A merced de un maléfico viento

Yiosef Ávila

ISBN: 979-843-00-3272-2

Diseño de portada: ANAID LEAQ
Contacto: leaqproductions@gmail.com

A mi madre, de quien aprendí el asombroso poder de la
imaginación...

A mi padre, que me cultivó el gusto por la lectura y el escribir relatos
desde mi adolescencia...

"Tan grande virtud como riesgo es ser bueno entre los malos. Y el mayor mérito para con los malos es ser entre los malos el peor."

Francisco de Quevedo. *Marco Bruto.*

"El mal es árbol que crece y que cortado retoña."

José Hernández. *Martín Fierro*

PRÓLOGO

Cuando el hambre aprieta, lo que sea es bueno.

En algún lugar del Valle de México.
Tiempo actual.

Ese día llovió con furia inclemente. Los rayos violentos rasgaban el cielo, de cuyas nubes caía una inmensa laguna. En la asquerosa covacha al fondo de la deteriorada vecindad, la muchachita había dejado de llorar. Solo escuchaba la tormenta y los repentinos truenos que hacían vibrar las ventanas del cuartucho. Más las pisadas de suelas duras, como de botas vaqueras, no las oía desde mucho rato atrás. El trapo que le tapaba los ojos – pardos e inocentes- era el trozo de una blusa blanca de algodón, cuya textura suave y fresca, se había corrompido al mezclarse con la sangre de quien fuera la última dueña de esa prenda. Ahora solo se trataba de un vil pedazo de tela áspero y hediondo, que amagado a la cabeza de la escuintla, le eclipsaba la vista por completo.

Pero de sus secuestradores, no había una señal de vida.

Sus tripas gruñían sin descanso. Habían pasado muchas horas tras el último bocado que tragó, y el cual le supo a manjar de dioses. El hambre padecida la engañó pensando que devoraba un trozo de pizza recién horneada, o algo así. Al no poder quitarse el vendaje –bajo la amenaza de recibir un plomazo en la choya, si lo hacía-, clavó ansiosas mordidas en un pedazo de bolillo duro, partido a la mitad, con algo de queso frito muy rancio, y una embarrada de frijoles de lata casi podridos, pero que al freírlos en la sartén, camuflaban el fétido aroma unos instantes.

Los mecates que sometían las manos y pies de la chica, le habían cortado parte de su piel, al intentar ella, en vano, liberarse varias veces. Férreos nudos, le impedían cortar los lazos del sometimiento. Ahora era solo un guiñapo humano a la voluntad de quienes la habían secuestrado.

La muchacha empezó a sentir pavor de algo mucho peor. Inició como una suposición muy lejana, que se volvió, poco a poco, una certeza en su mente desesperada. "Lo más seguro - así lo dijo primero dentro de sí, luego, a través de su lengua -, es que mataron a mis captores". Esa era la única prueba tangible que explicaba el por qué desde hacía quién sabe cuánto tiempo, se encontraba sola. Y sin ningún criminal vivo que pudiera decir el lugar donde la tenían raptada, la esperanza de sobrevivir, se desvanecía.

Pasó una hora. La lluvia aminoró. La aterrada chamaca oyó el arribo de un vehículo. Dos puertas del auto se abrieron y cerraron simultáneamente. Las pisadas se oían como de quienes traen puestas botas vaqueras. Después de un breve momento, ella prestó oídos a una intensa discusión entre hombres. Al parecer, los que acababan de llegar, hallaron al encargado de vigilarla, dormido y bien pedo. En el microondas yacía el plato de comida que debía haberle traído a la secuestrada antes de que oscureciera. Sin embargo, el que ella no pudiera distinguir siquiera una pizca de luz, carecía de relevancia aunque suponía que ya era de madrugada. Su estómago dejó de protestar desde algunas horas antes.

Por fin, prestó oídos al veloz caminar de alguien que calzaba botas y que entró pateando la puerta metálica del cuchitril en donde la tenían oculta. No hubo palabras del intruso hacia ella. Apenas un agitado respirar es lo que el sujeto emitía. Tampoco ella se atrevió a farfullar nada. La última vez que lo hizo le quemaron dos colillas de cigarro en la nuca. Era imposible olvidar el olor de su piel calcinada sumado al ramalazo terrible que sintió cuando le apagaron el primer cigarrillo.

El tipo hedía a loción fina. No se trataba de cualquier fragancia, sino de una especial, que la muchachita trató de identificar. Relacionó el olor con ciertos recuerdos, estancándose con precisión en aquella salida nocturna en la que la besó el guapérrimo Lorenzo Lara y le pidió que fuera su novia. Esa noche, él llevaba impregnada en su camisa la exquisita Aqua di Gio de Armani. Sin duda alguna, el mismo perfume que portaba el fulano silencioso ahora.

La muchacha tembló de espanto repentinamente. Creyó que aquel hombre podría ser el mismo Lorenzo Lara. Duraron apenas dos meses de novios, ya que él brillaba por su ausencia. Se veían tres veces por semana y no más de tres horas, en cafecitos o lujosos restaurantes. Aunque ella supo que Lorenzo venía de reputada familia poblana, la verdad, poco lo había conocido y por el contrario, éste si tuvo la dicha de asombrarse con la ostentosa mansión donde la chica vivía con sus padres y hermanos. Tras terminar el noviazgo, ella no tuvo contacto con él por meses, si acaso por Facebook, muy esporádicamente.

8

El secuestrador se le acercó lento. Le puso una mano en la frente y la sostuvo del cabello. Ella estaba segura que se trataba de Lorenzo Lara. Esa loción de Armani, era la que él usaba con frecuencia. Se pensó muerta, sin más razón.

El sujeto le gritó:
- ¡Abre la boca!
Ella suspiró aliviada. No era la voz de Lorenzo, su exnovio.
- Te voy a dar agua. Ábrela chingao – le repitió el criminal.
- Tengo mucha hambre señor – se disculpó la chava.
No hubo más palabras. El hombre arrojó violento la botella contra una de las paredes, quebrándose la taparrosca, por donde manó el vital líquido. Momentos después, otro de los raptores apareció en el sitio, mascando algo en la boca y llevándole a ella lo que en el microondas había permanecido a ser recalentado. La famélica chamaca abrió las fauces sin demora, tal como le indicaron desde el primer día en que la secuestraron. Parecía una bebita, alimentada a merced de quien quisiera, sin poder más que tragar y a veces masticar.

Era un hot dog lo que devoraba sin pausas, casi hasta atragantarse. El pan lo sentía blando, gracias al poderoso efecto térmico de las microondas. La salchicha en cambio, estaba helada. El trozo de carne, tenía mostaza y mayonesa embarradas, nada más. Y en menos de treinta segundos desapareció entre sus dientes todo el hot dog.

- ¡Perra, vaya que estás hambrienta! -le gritó burlón el que le puso la comida en la boca.

- ¡Quiero más! ¡Quiero más! ¡Por favor señor! –suplicó la secuestrada.

El sujeto Iba a darle el segundo jocho, cuando el hombre que apestaba a loción de Armani, le detuvo:

- Ni madres. Eso fue todo por hoy.

- ¡No señor! ¡No por favor! Deme un poco más – clamó la escuintla.

- Tu puto papi no suelta la lana, y ya pasaron cinco días. Se acabaron los caprichitos para ti pendeja.

- ¡Mi papá pagará señor! Él lo hará, solo deme de comer, un poco… señor…se lo ruego…

- Llama al chimuelo. Que traiga mi encargo –ordenó el botudo perfumado al otro.

Segundos transcurrieron y llegó un tipo chaparro apiñonado, gordinflón, con el pelo teñido de rubio. Le faltaban algunos dientes frontales y eso le hacía hablar chistoso:

- Mándeme jefe.

- Dale de comer a esta culera.

- ¿Le desató las manos? – dijo dudoso el achichincle.

- Dáselo en la boquita a la princesa... ella ya sabe cómo tragar sin usar sus manitas – vociferó el hombre al chimuelo.

La jovenzuela olió algo suculento y recién freído. En sus labios pudo sentir una carne dura y la mordisqueó sin pausas. No le supo a nada conocido, pero poco importaba. Sabía bien. Un poco tiesa, pero al menos carne frita. Mientras masticaba, el cadáver le rozó la punta de la nariz oscilando, ya que la mano del secuestrador le tenía suspendido de algo. Ella supuso que quizá era un hilo...o una cola. En la lengua sintió que se le pegaban unos pelillos chamuscados del animal consumido. Sin embargo, notó que el chimuelo le retiró de sopetón el trozo de carne cercenado.

- Jefe – dijo el subordinado – ya sólo queda esto.

- Dáselo chingao. No volverá a tragar hasta quién sabe cuándo.

Sin prestar atención a eso, la chica abrió las fauces y mascó una especie de tendón fibroso que le supo asqueroso, al grado tal que lo escupió de inmediato. Luego, pasaron algunos minutos sin que ella supiera que acontecía alrededor suyo, hasta que apareció otra vez el tipo de las botas y esencia de Aqua di Gio de Armani y le preguntó, ya más sereno, si deseaba algo extra de comida. La chamaca sólo pidió agua.

Un sujeto entró a la covacha y por orden del botudo, le puso una botella con cuidado en la boca, para que ella bebiera. Tan pronto probó el líquido en su lengua, lo expulsó con fuerza, tosiendo sin parar. La botella tenía puros meados. Tanto el chimuelo, como el botudo soltaron risitas maldosas. El sujeto volvió a ponerle el recipiente en los labios, pero ella los cerró mientras esquivaba el objeto agitando su cabeza con rapidez. El hombre botudo le tiró duro puñetazo en una mejilla, noqueándola de inmediato. Luego, le quitó la botella al otro, y sin más, la derramó sobre el pecho y el rostro de la indefensa joven.

La lluvia retornó con intensidad. Aquella misma madrugada, acompañado de su abogado y dos comandantes de la unidad antisecuestros de la Fiscalía General de la República, el padre de la chica secuestrada recibió la tercera videograbación en donde se podía apreciar a detalle, la vil humillación y abuso físico del que era objeto su primogénita. En la filmación, también se veía el madrazo en su cara y la empapada de orines sobre su cuerpo. No obstante, lo que causó especial repugnancia al cuarteto masculino, fue verla devorar, sin ella saberlo, una enorme rata de desagüe pasada por el fuego, con todo y su grisáceo pelaje y cuya larga cola fue lo último que trató de ingerir, sin lograrlo, pues la expulsó al instante, asqueada. Se veía en la macabra escena, cómo la mano del delincuente apodado "el chimuelo", de la punta de la cola, oscilaba los restos del calcinado roedor.

El efecto perturbador de este video logró su objetivo. El rico empresario, recibió a las cuatro de la madrugada, la quinta llamada del tipo de las botas, perfumado de Armani:

- Lo que te dije lo cumplo pendejo. Ya viste. Tu hija se tragó una pinche rata y ve a saber qué putas porquerías le vaya a contagiar. Tienes que meterla urgente a un hospital.

- Tengo el dinero. Solo no le haga más daño – imploró el padre.

- ¿Si juntaste los veinte?

- Tengo diecinueve millones quinientos mil pesos, no conseguí más.

Del otro lado del teléfono, la voz del criminal se tornó irritable:

- Hijo de tu puta madre… ¿por quinientos mil pesos quieres que valga verga tu hijita? Hasta ahora no le hemos metido más que comida y unos chingadazos. Pero a lo mejor se irá con una buena cogida- amenazó el secuestrador.

- ¡No, no, no! ¡Ya no más! Le consigo lo que falta. Se los doy en joyas y relojes muy finos.

- ¡No quiero esas mamadas puto! Puro billelle… ¿No entiendes? Al rato te mando otro videíto pa que cheques sino gime como puta tu princesita.

El criminal colgó.

El acaudalado padre sintió haber menospreciado una de las más cruciales reglas de las negociaciones, dictadas por el propio líder de la banda que tenía secuestrada a su hija: *"Cuando te hable por sexta vez, más te vale me tengas lo que pido, si no olvídate de tu puto dinero y anota el sitio donde podrás recoger lo que quede de tu chiquita."*

Y desde la quinta llamada, ya habían pasado tres terribles y angustiantes horas.

Amanecía radiante en la zona norte de la ciudad de México. El viento otoñal había disipado las nubes cargadas de agua. De repente, sonó una alerta en el Ipad del padre de la secuestrada. Era el aviso de que el cuarto video le estaba llegando desde un enlace privado de Youtube, y obvio, para no ser detectado el grupo criminal, habían subido el archivo desde una dirección informática perteneciente a un parque público en el centro de la ciudad. En la grabación se veía a su hija sollozando sin cesar, cubierta de sus ojos con otro trapo inmundo y con una blusa manchada como de vómito, con sus piernas al desnudo y una braga rosa que le cubría el pubis, la cual se notaba húmeda por la salida de la orina al perder, presa del terror, el control de su esfínter. La tenían en una colchoneta blanca muy puerca, repleta de sangrientas manchas oscuras Estaba inmovilizada de sus muñecas por unas esposas de acero cromado, bien pulidas o quizá nuevas. Sus piernas yacían libres de ataduras, pero cada una era fuertemente agarrada por un par de manos rudas, apreciándose la prominente musculatura de los antebrazos de uno de los maleantes.

De pronto, se oyó el comienzo de la rola *La vida es un carnaval* en la voz de la extinta e inolvidable Celia Cruz. Segundos después, un corpulento enmascarado se puso frente a la chica y empezó a tocarla desde su cabeza hasta una de sus piernas, lo cual provocó que aumentaran sus chillidos de pavor. En el acto, el mismo fulano mostró un enorme pepino, acercándolo a la cara de ella, rozando su frente y luego lo puso en el pubis de aquella, mientras que las rudas manos del secuestrador amenazaban con descubrirle su vagina. Ahí culminaba la grotesca escena de minuto y medio de duración.

Diez minutos después de recibir el video, sonó el teléfono del ricachón desquiciado. Antes de que el líder de la banda secuestradora le preguntara si quería ver el resto de la filmación y de paso despedirse de su hija, el hombre le informó, con llanto incontrolable: "Le tengo cuatrocientos mil pesos más. Devuélvamela ya."

Transcurrieron dos larguísimos y angustiantes días tras haberse pagado el multimillonario rescate. La policía anti secuestros no pudo lograr la captura de ninguno de los integrantes de esta peligrosa banda de maleantes. Todos los sofisticados dispositivos de rastreo –sobretodo los que iban dentro la maleta con la enorme billetiza- fueron desactivados por manos muy profesionales. Los expertos sospecharon que podría tratarse de gente que estuvo -¿o estaba?- en grupos tácticos policiales contra la delincuencia organizada. Y en cuanto a Miranda Johansson López, hija del poderoso empresario sueco Marcus Johansson, fue hallada viva en un paraje boscoso entre Real del Monte y Pachuca. Llevaba puesto un pants rojo unisex con sudadera blanca, unas chanclas para baño y una gorra negra, tal cual el líder de la banda de secuestradores "de las seis llamadas" le dijo a Johansson que estaría ataviada.

Tras revisarla exhaustivamente en un hospital privado, Miranda Johansson se refugió en la residencia paterna durante una semana. Por fortuna, no padeció ningún ultraje sexual dicho por ella, lo cual fue corroborado por una discreta ginecóloga. Después, muy sigilosamente, viajó a Suecia junto a su madre y hermanos, sin emitir palabra alguna y sin mostrar la coqueta mirada de ojos pardos que tan famosa la hizo en portadas de revistas de chismes sociales y en su propia cuenta de Facebook, la que cerró de inmediato tan pronto tuvo acceso a un dispositivo con internet.

PARTE UNO

HERIDAS, HERIDAS.

Quien defiende la vida, jamás se equivoca.

Ciudad de México, 19 años antes.

Algo especial había en el amanecer de ese lunes, último día del mes de marzo. En la avenida del Congreso de la Unión, que se extendía hasta llegar a la sede del Poder Legislativo Nacional, se erguían imbatibles los postes del alumbrado público, cuyas lámparas todavía se mantenían encendidas, a pesar de que pasaban de las ocho de la mañana y la luz solar se esparcía entre las ramas de los frondosos fresnos cercanos al edificio político. Brillaban sus faros con ese color naranja inconfundible que poco a poco iba siendo vencido ante el poder majestuoso de los rayos naturales del sol, hasta que llegó un momento en que su tenue luz era ridícula a los ojos de cualquier transeúnte.

Momentos después, los focos cesaron su energía en silencioso instante. Sin prestar atención a ello, un trío de agentes de la Secretaria de Gobernación, ataviados con ropa casual, se limitaban a observar el paso de la gente: primero, el de los sonámbulos peatones a su alrededor, y, después, el de los automovilistas, quienes por la premura de la hora, aceleraban, frenaban y accionaban los claxons de sus ruidosos vehículos. El rutinario ajetreo cotidiano de las grandes urbes no podía explicarse sin ese lenguaje tan sórdido del pitar de los incontables vehículos, cuyos conductores creían dar a entender la urgencia de llegar a sus cotidianos destinos, aunque fuera en vano.

Una de las escenas que los espías gubernamentales vieron a detalle fue la de un chofer que conducía un microbús repleto de personas, apachurrándose sin cesar. El tipo hacía muecas desesperadas ante el lento avance de la enorme hilera de autos que se perdía hasta cuatro cuadras adelante. Inútilmente – a falta de claxon-, pisó el acelerador de su unidad varias ocasiones, quemando combustible sin resultado alguno. Llegó un momento en que las órbitas de sus ojos amenazaban con salirse de sus cavidades como si se aplastaran tomates; su ira a punto de estallar mató la modorra de muchos pasajeros que a diario intentaban echarse un coyotito previo a comenzar la rutina laboral. Mientras tanto, una mujer cuarentona manejaba un lujoso deportivo por delante del enfurecido microbusero, con suma calma, que parecía disfrutar el lento tránsito por la avenida. Repentinamente, se llevó con su diestra un lápiz labial y sin soltar el volante con la zurda, comenzó a cubrirse sus gruesos labios de un rojo carmesí muy seductor. Por último, después de ver que el avance vehicular era nulo y de que el desquiciado chofer trató infructuosamente de buscar otras vías de escape, optó por apagar el motor de su auto y prosiguió a maquillarse sus mejillas.

Más adelante, aguantando el estruendoso sonar de las bocinas de los autos varados por veinte minutos, los tres agentes se percataron con notable inquietud, que la causa de ese inusual atolladero vehicular se debía a una enorme movilización de gente que venía camino hacia ellos, con destino al Congreso de la Unión. Los inconformes marchaban ocupando dos carriles de la avenida y su contingente se nutría de cada vez más personas, salidas de zonas aledañas. Algunos se integraban a la marcha desde calles contiguas, otros provenían del recién inaugurado parque "Constituyentes de 1917", y tal como gotas esparcidas en una ventana que son atraídas y fusionadas a una serpiente acuosa que se desliza por efecto de la gravedad, haciéndose cada vez más gruesa y fuerte, así la culebra de gente se movía sin cesar.

La masa que entró a la explanada del Palacio Legislativo de San Lázaro, estaba compuesta por más de dos mil personas, la mayoría mujeres jóvenes y adultas, lideradas por un curioso trío integrado por dos prominentes madres de familia y un sacerdote de carismática presencia.

Los automovilistas detenidos por la turba avante hacían llamadas por sus teléfonos avisando de tal imprevisto, otros filmaban o tomaban fotografías de la gente que seguía llegando al recinto legislativo, quizá por simple morbo o para poder justificar ante sus superiores el serio retraso de tiempo del que ahora eran presas. La señora al volante del deportivo, seguía varada frente a los nerviosos agentes de Gobernación, y ya había terminado de maquillarse. Pero su semblante ahora era molesto, contrario al que tenía cuando se dispuso a apagar su automóvil y a decorarse su rechoncha cara. En tanto, el desesperado chofer del microbús negociaba con sus pasajeros tratando de convencerlos de que aguardaran unos minutos en lo que los manifestantes dejaban las calles y el tránsito retornaba a la normalidad. Sus esfuerzos fueron inútiles, y en su rostro se dibujó el coraje desmedido mientras devolvía a los usuarios la tarifa correspondiente y éstos bajaban a prisa del camión perdiéndose entre la muchedumbre que proseguía su ruta hacia el edificio legislativo gritando fuerte consignas contra el aborto y a favor de la vida.

Abarrotado el enorme patio del Congreso Federal, la gente emitía murmullos pausados esperando recibir indicaciones de sus dirigentes, quienes a su vez alargaban la vista como rebuscando entre la marea popular a alguien importante. Los abucheos de las personas agolpadas a las afueras del edificio público fueron la primera señal de que estaban llegando los diputados Timoteo Gazca y Claudio Trinidad, del partido Demócrata Liberal, principales opositores a la reforma del artículo 333 del Código Penal Federal, cuyo cambio más relevante consistía en multar y condenar, la práctica del aborto bajo cualquier tipo de circunstancia, exceptuando si ocurría el deceso de la criatura dentro del vientre por causas naturales o por el riesgo de muerte de la embarazada. Dichos legisladores se abrían paso entre agresivos gritos y mentadas de madre por parte de la muchedumbre. De repente, dos hombres corpulentos y de rostros iracundos se interpusieron ante ellos y sin mediar palabra les arrojaron un par de huevos blancos, de cuyo interior, embriones de escasas semanas de gestación embarraron las solapas de sus finos sacos beige, cubierto de una sangre negruzca y pegajosa, y de una fetidez cadavérica que obligaba al vómito. Ante la macabra escena, la guardia privada intervino para proteger la integridad física de ambos diputados, a los que escoltaron soportando la carga de insultos y alaridos histéricos de la masa furibunda.

Como un fantasma en el desierto, el presbítero llamó al orden con tanta calma, que cualquiera habría dudado de la autoridad que su ataviado le imprimía; típica postura del timorato que no quiere lidiar con una turba cabría, aunque a la vez dejaba entrever una mueca de reproche por la nauseabunda situación.

Desde otro ángulo, los agentes de la Secretaria de Gobernación detectaron que se acercaba el diputado Severiano Magón, en medio de fuertes vitoreos y exclamaciones de apoyo, encabezando una cuantiosa comitiva de compañeros de cámara de su propio partido y de otros legisladores afines a su polémica reforma legislativa. Saludaba de mano a casi todo el que se la tendía, repartiendo al mismo tiempo alegres guiños para todo aquel que se dejara ametrallar por su férrea mirada de ojos café oscuro. Los gritos de los manifestantes se tornaron en una sola proclamación enérgica: ¡Se-ve-ria-no! ¡Se-ve-ria-no!, y el aludido avanzaba alzando sus hombros, sacando su prominente pecho bañado en orgulloso paso rimbombante, procurando imitar el estilo del expresidente estadounidense Ronald Reagan, del que era ferviente admirador.

Una marea de periodistas abordó al aclamado Severiano, que procuraba ser atento con la prensa aunque a veces, su principal sello era una respuesta parca cuando se le hacía alguna pregunta explosiva. Sin mirarles fijamente, asintió con un fugaz entrecejo para que le interrogaran sobre la marcha. Uno de ellos, le soltó a quemarropa:

- Señor diputado, ¿Esta manifestación de gente tiene el fin de presionar a sus compañeros para que aprueben las reformas al Código Penal?

- Esta gente está aquí porque cree en lo mismo que yo y que mis compañeros aquí presentes: la vida debe ser defendida desde el momento de la concepción.

- ¿Es eso un sí? – insistió el reportero al legislador.

- Mire – le repuso Severiano al informador - ya se sabía que el día de hoy se llevará a cabo la aprobación o no de las reformas que he propuesto junto a mis compañeros de bancada y de otros partidos. No le busque más tela de donde cortar. Es sentido común.

Un segundo reportero tenía en los labios la pregunta a punto de escupir, pero en el acto se detuvo de tajo por la prominente voz de Humberto Arreguín, el decano de los periodistas a nivel nacional, y que en muy raras ocasiones se hacía presente en eventos políticos como el que ahora estaba por acontecer. Poniéndole retadora mirada, Arreguín le descargó a Severiano con su añejo y rudo acento norteño:

- Lo que usted quiere es impedir el aborto a cualquier costa. ¿Dónde queda el derecho de la mujer o de una pareja a tomar esa decisión en casos graves como violación sexual o malformación genética del producto?

Severiano Magón detuvo su paso al identificar la voz del célebre comunicador, hecho que lo tomó por sorpresa. Sabía por experiencia ajena que contestarle de forma escueta o fría a Humberto Arreguín le traería serias consecuencias con los medios informativos por varias semanas. Girando su cabeza con calma, Magón ubicó la mirada del respetado periodista y clavándole la suya, le dijo en tono amable:

- Nos honra con su presencia, señor Arreguín. Sobre su pregunta, usted sabe que se llevaron a cabo intensos debates en la Cámara de Diputados, semanas antes al día de hoy, que ya es histórico por lo que representa. Le invito a que escuche mi deliberación final ante los compañeros diputados, los periodistas y la gente aquí reunida y la cual pide que se respete y proteja la vida de todo ser indefenso desde que está en el vientre materno.

- ¿Es justa y defendible la vida de un ser concebido violentamente o condenado a sufrir las consecuencias de un mal genético por el resto de su vida? – le cuestionó firme el encanecido informador, al tiempo que puso en sus labios un cigarrillo que todavía no era pasado por el fuego.

- Lea el libro bíblico de Job – respondió imperativo el diputado Magón-. Dios pone a prueba a cualquiera de nosotros, y hemos sido testigos de gente que naciendo con alguna enfermedad o deficiencia física, han logrado llevar una vida digna y exitosa. También hay casos de niños cuyas madres fueron violadas, pero ellas aceptaron poner su fe en Dios, llevando en sus vientres esas vidas inocentes para darlas en adopción a parejas infértiles que estaban aguardando la gran bendición de ser padres.

Pero el colmillo de lobo que ostentaba Humberto Arreguín le permitía formular preguntas cada vez más desafiantes, sabio de oficio tras más de cincuenta años de dedicarse al periodismo y también a la radio:

- Señor diputado, Dios también nos ha dado libre albedrío para decidir sobre nuestros actos. Usted pretende eliminar esa libertad a toda mujer que tenga derecho a abortar un producto no deseado fuera por violación o por malformación. ¿No persigue con esto el convertirse en un fanático intolerante protector de la vida?

- Usted me halaga señor Arreguín –repuso tajante Severiano Magón-. El que me llame fanático por salvar cualquier vida preconcebida es la bandera de la doctrina que defiendo. Y el tildarme de intolerante es algo que me colma de fuerza, porque el aborto no es asunto de tolerancia. También sepa usted que mis compañeros diputados y esta valiente gente no defendemos productos. Defendemos vidas humanas. Ese término médico jurídico de llamarle así a un ser humano concebido es ofensivo. Pero mi estimado señor Arreguín, le pido atestigüe lo que en la cámara ocurrirá en unos momentos. Terminando la sesión, si gusta, me cuestiona sobre ética y libertad, o de lo que usted me pida.

Con firmeza Severiano Magón dio por concluida la entrevista al colmilludo líder del gremio periodista, dando media vuelta para tomar rumbo a la entrada del Congreso uniéndosele el cura y las dos mujeres que iban a la cabeza de los manifestantes, mientras que un grupo de escoltas los resguardaban de los ansiosos reporteros, cuyas preguntas provocadoras fueron ignoradas por el diputado Magón, pues tenían el objetivo de detonar la bomba de declaraciones la cual dejó lista Humberto Arreguín momentos antes.

ΔΔΔ

Los guardias de seguridad se vieron rebasados por las enormes filas de gente que debían registrarse antes de entrar a la sala de sesiones del Congreso de la Unión. Pero los asistentes de Severiano Magón se habían adelantado a anotar los nombres del clérigo y de las prominentes damas cincuentonas que le acompañaban, a fin de no perder tiempo en dicho trámite. Un guardia que era "oreja" (soplón) de la Secretaría de Gobernación (Segob), tomó discretamente una fotografía del registro de ingreso, enviándosela de inmediato al teléfono móvil de uno de los agentes. Al revisar la imagen, el espía de la Segob leyó los nombres de los líderes de la manifestación. Se trataba del presbítero Tomás Quiñonez, representante de la Arquidiócesis de México, después Alondra Benavides, presidente de la asociación civil anti aborto "Luz de vida" con sede en Querétaro y por último Joaquina Bobadilla, directora del colegio católico femenil "Santa María de la Concepción" de la Ciudad de México. Luego, el guardia "oreja" de la Segob, simulando realizar una llamada, giró su cuerpo de forma natural tal como quien habla por teléfono, video grabando a los impacientes marchistas, que entre chifladeras y baladros presionaban a los empleados de seguridad con salirse de las filas y entrar a la gran sala legislativa.

El recinto público estaba atiborrado de gente. Varios grupitos de tres a cinco personas hablaban entre los pasillos y cerca de los curules, que en su mayoría yacían ocupados por los diputados. Estaba por llegar el primer cuarto de las nueve de la mañana cuando el presidente de la Mesa Directiva, Luis Tinoco, se dispuso a abrir la sesión pidiendo tanto a los legisladores como a los manifestantes que guardarán el orden dentro de la sala. Más el líder del Congreso vio que sus primeras llamadas no surtieron el efecto deseado: un fuerte abucheo inundó el principal espacio del edificio federal cada vez que su voz se oía por los potentes altoparlantes. En menos de un minuto, los intensos gritos de la gente y de varios diputados del partido Avanza Patriota se fortalecieron en tremenda silbatina que emergió del fondo de la sala, justo en los accesos de entrada y de salida por los que seguía entrando a paso veloz una masa descontrolada.

El diputado presidente Tinoco fue enfocado por los camarógrafos y su jeta descompuesta en nerviosismo apareció en las enormes pantallas de la sala de sesiones pero también a nivel nacional debido a los controles remotos que ya operaban la transmisión en vivo del evento. En los pómulos y la frente de Tinoco era fácil identificar un cambio de coloración, pues su tez - blanca lechosa - y el rubor ocasionado por la perturbación de sangre en su rostro, evidenciaba claramente la presión de la masa popular a la que estaba siendo sometido el líder de la Mesa Directiva del Congreso. Aunado a ese hecho, una sudoración intensa le empezó a brotar de las sienes y de su abundante cabellera risada oscura, inundando las cavidades de sus ojos café claro, provocándole una irritación molesta en cuestión de segundos. Pero en vez de retirarse el sudor con algún klinex, Luis Tinoco se talló la zona con rapidez, tornándose su mirada entre el rojo del lloriqueo y de aquel que está a punto de romper en llanto.

Para casi nadie era ajena la angustiante expresión del diputado Tinoco, a cuya cara ya le habían hecho acercamiento detallado los camarógrafos por órdenes de sus reporteros. Más quienes aprovecharon de inmediato ese momento fueron dos grupos de paleros que se habían apoderado de uno de los pasillos centrales, que gritaron efervescentes contra Tinoco: ¡Quiere chillar! ¡Quiere chillar! ¡Quiere chillar!

El nerviosismo de Luis Tinoco pronto transmutó a miedo, y de eso al pánico escénico, al grado tal que sus peticiones para llamar al orden se confundían debido a un tartamudeo invasor en la voz de quien hasta entonces muchos elogiaban como el hombre fuerte del partido Demócrata Liberal. Los golpes incesantes que daba con el martillo desde el impecable escritorio central donde se hallaba ubicado, eran inútiles.

19

Pensó entonces en pedir a las fuerzas del orden que desalojaran a los alborotadores, pero atinadamente consideró que esa acción sólo hubiera encendido la mecha de una bomba que en cualquier momento estallaría. Además, sólo contaba con un grupo de veinte guardias de seguridad dentro del recinto, los cuales no estaban entrenados para controlar a la incontable multitud que seguía nutriendo cada pasillo y espacio del Congreso de la Unión. Pero hubo un motivo muy fuerte que impedía a Tinoco el suspender la sesión legislativa –tal como le solicitaban con urgencia varios diputados desde sus curules o en el pasillo central-; motivo que era bien conocido por la gente a través de los medios y las redes sociales: su alzado orgullo. No en pocas ocasiones, el diputado Tinoco afirmó que él no se amedrentaba ante nada ni nadie. "Primero es mi deber como servidor público – alardeaba ante las cámaras – desempeñar la honorable tarea que el pueblo me ha encomendado. Y no retrocederé un paso en conseguirlo." Ahora sin embargo, estaba a punto de tragarse sus ensoberbecidas palabras.

En el instante en que Luis Tinoco iba a declarar suspendida la sesión parlamentaria de ese día, argumentando la falta de respeto y de orden dentro de la sala, impetuosamente se levantó de su curul el diputado Severiano Magón solicitándole la palabra. Consumido por el nerviosismo, Tinoco no se percató de las obvias intenciones de su compañero legislador y le otorgó la petición.

Magón comenzó calmando a la masa cuyos griteríos ya eran insoportables incluso para los propios diputados del partido Avanza Patriota, al que pertenecía también el orador. Tan pronto su voz se escuchó en las enormes bocinas, las pantallas proyectaron finamente su rostro duro y enérgico, y en el cual, se esbozaba una ligera sonrisa de triunfalismo absoluto de quien logra imponer el orden sin mayor problema. Como si de un padre tolerante y cariñoso se tratara, la gente en unos cuantos segundos se silenció casi al unísono. Al cabo de un minuto, se oían dispersos algunos murmullos de personas que apenas y podían identificarse dentro del inmenso recinto público. En las caras de distintos legisladores, férreos adversarios de Severiano Magón, privaba una expresión de temor e incertidumbre. Parecía que ellos mismos eran presas atrapadas en una jaula gigantesca totalmente vigilada por incontables ojos al acecho, dispuestos a impedir por cualquier medio que pudieran escapar. Incluso, la cincuentena de periodistas que habían tomado posición para cubrir el evento, respiraban tensos.

Magón culminó su intervención reiterando que debía reinar un clima de concordia en toda la sala. Insistió, imponente en su hablar, que sólo así daría comienzo la sesión y por ningún motivo se podía detener la agenda del orden del día, en cuyos puntos principales estaba el de la aprobación de las reformas al código penal impulsadas por su bancada. Tan pronto el tosco Magón guardó la lengua, se acercó flemático hacia el timorato de Luis Tinoco, dándole una palmadita en su hombro derecho, al tiempo que le cerraba su ojo siniestro. Esto no fue más que un fugaz mensaje sin palabras, un aviso para que Tinoco comprendiera que gracias a Severiano Magón el incendio popular había cesado. Mientras este aclamado miembro del partido Avanza Patriota bajaba de la máxima tribuna del país, fue aprehendido por un efímero pero estruendoso aplauso de la chusma presente.

La sesión dio comienzo antes de la diez de la mañana. Más de cuatrocientos cincuenta diputados ocupaban sus finos curules de caoba, y ya tenían listos sus respectivos dispositivos electrónicos para proceder con la lectura y votación o abstención de cada punto del orden del día. Los asuntos irrelevantes fueron desahogados fugazmente. La escena transcurría como si los legisladores fueran robots con instrucciones a apretar un botón a cada señalamiento del presidente de la Mesa Directiva. Más que personas vestidas con cierta elegancia y pulcritud, sus mediocres acciones emulaban a las de las máquinas silenciosas, con la única diferencia de que ellos eran seres orgánicos y pensantes. Este somero instante transcurrió vertiginosamente, pues casi todo el gentío sabía que el tema crucial a aprobar o rechazar era el de la reforma al artículo 333 del código penal federal, en relación a la terminación de la vida humana durante el embarazo.

Desde su curul, Severiano Magón releía un texto varias veces, subrayando algunos párrafos con una dorada y brillante pluma fuente. A veces interrumpía la lectura del documento para proceder con la votación de cada rubro anunciado por el diputado presidente Luis Tinoco. Su cara reflejaba una fuerza poderosa que podía causar sumisión y entrega a cualquier hombre de carácter débil. En ciertas partes de las hojas selectas, el congresista Magón dejaba entrever una mueca de arrojo, con cierta dosis de ferocidad.

En el reloj de la sala de sesiones, la hora marcaba las diez cuarenta y cinco de la mañana. Entonces, Tinoco leyó el décimo segundo punto de la orden del día: la votación a favor o en contra, de las reformas hechas a algunos artículos del Código Penal Federal. Su voz se volvió a entrecortar como si el temor regresará a su persona y anunció que como petición especial, Severiano Magón, el diputado autor de este proyecto, daría lectura a una conclusión general sobre el asunto a votar. Repentinamente, se desencadenó un ligero murmullo en las curules de los congresistas opositores, pues ese aviso los puso en alerta sobre el objetivo principal que buscaba el diputado Magón, lo cual, salvo extraordinarias condiciones podía permitirse. Sin embargo, la reacción del bloque opositor, compuesto por poco más de trescientos legisladores, fue nula.

Cierto es que la mayoría relativa la tenían los miembros de los partidos Demócrata Liberal (PDM), Unidad Revolucionaria (PUR), Ambientalista Mexicano (PAM), Agrarista-Obrero (PAO) y Amanecer Social (PAS), pero el recinto del Congreso Federal estaba tomado por la masa popular seguidora del partido Avanza Patriota (PAP), y del que Severiano Magón era legítimo líder. En aquel momento tan decisivo, solo el diputado Gaspar Benítez, del partido Unidad Revolucionaria, tuvo la osadía de pedir la palabra antes de que el micrófono le fuera cedido al aclamado Magón, quien frunció suavemente el entrecejo mientras dirigía férrea mirada a su compañero legislador.

Como presidente de la Mesa Directiva, Luis Tinoco estaba facultado por los lineamientos para otorgar el uso de la voz a cualquier diputado en funciones, por lo que autorizó a Gaspar Benítez a subir a la tribuna.

Benítez tenía fama de intervenir con sendos discursos en momentos especiales. No era un diputado que aburriera a la audiencia durante sus declaraciones, pero también sabía cuándo y cómo hacer uso de la voz. Por esa razón, a Luis Tinoco y a la mayoría de los congresistas no se les hizo raro que el también ex alcalde de Monterrey solicitara hablar antes que Severiano Magón, el cual no reclamó nada. Su rostro se había tornado sereno: en sus ojos no se distinguían encono o molestia alguna.

Gaspar Benítez se movió desde su curul hasta la tribuna de la oratoria. Era muy delgado y rebasaba el metro ochenta y cinco de altura, lo que le permitió llegar en un santiamén dando veloces zancadas. Tenía cabello cano abundante –acorde a sus sesenta años de edad- y un chistoso bigote medio cantinflesco, pues él se declaraba fan del cómico actor mexicano don Mario Moreno "Cantinflas". Aparte, una verrugota cercana a su barbilla y de la que le brotaban una docena de vellos, era el rasgo con el que la gente lo reconocía en fotos y videos. En definitiva, su figura casi quijotesca, no pasaba desapercibida para nadie.

En aquel momento, el diputado Benítez no llevaba papel que leer. Su mente ya tenía maquilado el mensaje al público reunido y a quienes sintonizaban el canal del Congreso y el de otras televisoras que cubrían el evento para todo el país. Enérgico y soltando una mirada seria hacia el fondo de la sala de sesiones, comenzó:

Distinguidos miembros de este honorable Congreso y autoridades representantes de los Tres Poderes de la Unión, respetables ciudadanos que nos visitan a este Máximo Recinto Legislativo: Fueron más de dos meses los que se destinaron a la presentación, análisis, debates y adecuaciones a los cambios hechos a diversos artículos del Código Penal Federal. Tan sólo a la radical modificación del artículo trescientos treinta y tres, en relación a la prohibición del aborto sobre todo bajo la causal de violación o abuso sexual, les recuerdo que se sostuvieron cerca de cincuenta mesas de discusiones. Hubo gente experta en su respectivo campo: médicos, biólogos, abogados, psicólogos, filósofos y hasta sacerdotes y pastores protestantes.

Al principio, el nivel de los debates fue notable. Reconozco en mi compañero diputado Severiano Magón su astucia para salir casi avante a cada cuestionamiento y crítica de la que fue objeto su proyecto de reforma. Pero la mayoría de los que integramos este congreso federal, nos percatamos que con nuestro referido diputado y el resto de su bancada no era posible dialogar, y mucho menos, persuadirles a suprimir el radical cambio al artículo en cuestión, al menos, en las situaciones en que el aborto es practicable según la presente ley. En definitiva, los legisladores dirigidos por Severiano Magón no hacen y votan leyes basadas en la realidad social, sino en doctrinas moralistas carentes de sentido común.

Conforme pasaron las semanas y los debates se incrementaron, me di cuenta que por irresponsabilidad, desgaste y falta de compromiso político de varios compañeros aquí reunidos, el tema central fue abandonado, y me quedo corto en el término. Este asunto fue condenado a la suma ignorancia de una parte considerable de los aquí presentes, y me atrevo a decir que ni siquiera leyeron una sola línea del documento que estamos por votar. Y justo ahora, lo que el diputado Severiano Magón solicita a esta máxima cámara legislativa es un abuso de la palabra, a fin de confundir y amedrentar a cada uno de ustedes para que esta torcida reforma sea aprobada.

¿Quieren una muestra de este atropello al derecho de las mujeres para abortar por embarazos originados por violación o hasta de forma voluntaria? Bien, pues les recuerdo compañeros congresistas, que hace apenas una semana, la píldora de emergencia o del día siguiente, ha sido prohibida y retirada de las farmacias en todo México, por una patraña del secretario de Salud y con la anuencia de nuestro torpe por no decir tibio presidente de la República. Ahora estamos a minutos de penalizar el aborto en todo el país. ¿Qué seguirá después? ¿Encarcelar a las parejas lésbicas u homosexuales? ¿Confinar en centros psiquiátricos a quienes tengan una tendencia sexual diferente? ¿Dar una recompensa a quien agreda a un darketo, al que traiga ropa con alguna frase o símbolo de protesta o al que no venere a la "Virgencita" – e hizo burlonamente el signo de comillas"- de Guadalupe ni a ningún santo? ¿Qué carajos sigue, compañeros? ¿Qué carajos sigue?

Gaspar Benítez mostraba una seguridad propia de quien enfrenta a un poderoso adversario y se sabe fuerte para vencer, pero su mensaje que comenzaba a dar muestras de persuasión en los rostros de varios diputados indecisos, fue interrumpido de golpe por un abucheo que inició desde una de las áreas donde se hallaba un ala reaccionaria de marchistas, extendiéndose al resto del recinto. Fue imposible que Benítez culminara su discurso, y esta vez, Severiano Magón no hizo seña alguna para calmar a la turba. El griterío desembocó en una expresión general y que bajo la consigna "¡Bájenlo! ¡Bájenlo! ¡Bájenlo!", alteró la calma que había reinado durante casi una hora.

Parlamentarios de otros partidos notaron que muchos de los marchistas comenzaron a tornarse más agresivos en sus expresiones; incluso algunos portaban bolsas de plástico negro donde guarecían frutas y huevos podridos esperando la orden para arrojárselos al enérgico orador en turno o a quien se atreviera a defenderlo.

Una señora que portaba varios escapularios y un hermoso rosario de cuentas plateadas, desde el cuello hasta su abultado abdomen, con el cabello teñido de un rubio intenso, y de tez morena oscura, tenía síntomas claros de haber perdido la paciencia escuchando el discurso de Gaspar Benítez. Lentamente había avanzado por la pendiente escalonada que lleva a la máxima tribuna, y burlando la seguridad por una docena de guardias distraídos ante la incesante rechifla, logró quedar a escasos metros del diputado Benítez. Percatándose del movimiento de la sigilosa mujer, Severiano Magón se levantó de su asiento para llamar al orden a la masa ruidosa. Cuando los jefes de cada zona notaron las señas que hacía su líder con sus manos, lanzaron tremendos alaridos para calmar al gentío, situación que en menos de un minuto fue controlada. Ya reinando el silencio, la doña de oxigenados cabellos respiró profundamente, luego contuvo unos segundos el aliento y sacó el estruendoso mensaje dirigido al abucheado legislador:

¡Ya cierra el hocico y bájate de ahí, asesino desgraciado!

Ni un segundo tuvo Gaspar Benítez de responderle a la amenazante mujer de cuyos ojos brotaba una ira volcánica, al tiempo que sus pies retomaron la marcha en dirección a la tribuna de oradores. Su ultimátum retumbó por el eco del edificio escuchándose en algunos pasillos repletos de gente, lo que detonó enormes aplausos entre los manifestantes.

Los agentes de seguridad no reaccionaron para detener a la furibunda fémina. En cambio, un centenar de ruidosos ya iban a apoyarla, mientras que el jefe de guardias daba señales desesperadas para solicitar respaldo al resto de sus amilanados compañeros, con el fin de formar una barrera de protección alrededor del presídium de la cámara. La envalentonada señora, apareció en la transmisión televisa del Congreso Federal, por lo que su semblante pudo apreciarse unos instantes en red nacional. Aparentaba más de cincuenta años y en su pómulo izquierdo se podía apreciar una gruesa y añeja cicatriz producida por una afilada arma. Frente a frente, la decidida mujer y el diputado Benítez se arrojaron miradas de centelleante coraje. De inmediato, un grupito de manifestantes pronunciaron: "¡Venga Conchita! ¡Venga Conchita!", logrando que el orador Gaspar Benítez retrocediera un paso al notar que la bravucona mujer seguía su marcha hacia él. Ese movimiento tuvo una tremenda reacción en contra del diputado Benítez, pues la masa de gente explotó como pólvora almacenada al grito de: "¡Que se baje! ¡Que se baje!"

Cuando parecía que la aclamada señora iba a alcanzar a Gaspar Benítez para arremeterle una trompada, intervino entre ambos Severiano Magón, calmando con sus manos a la aguerrida Conchita, suplicándole que se retirara del escenario para evitar que la sesión no fuese suspendida. En el acto, Conchita se transformó en una dama silente y hospitalaria. Severiano Magón parecía que en vez de político, tenía poderes de hipnotista, ya que había controlado el encabritado carácter de la buscapleitos quien ahora se dejaba llevar de brazos por el diputado Magón sin que ningún nervioso guardia la mirara de reojo siquiera.

Al tiempo que la plácida mujer iba en dirección a los pasillos, la masa retornó a sus lugares aplaudiendo fugaz su nuevo triunfo, cual rebaño de ovejas guiadas por una fuerza silenciosa. Ya para nadie presente quedaba duda de que el control del recinto estaba en manos de Severiano Magón. Él no tuvo que solicitar la palabra para que Gaspar Benítez, su más férreo adversario en ese momento, se bajara de la tribuna pública aparentando hacerlo de forma voluntaria, ni mucho menos para pedirle que se desapareciera, tal cual hizo Benítez – señal de derrota definitiva para sus compañeros de bancada – perdiéndose en los pasillos de la Cámara.

ΔΔΔ

No habiendo más oradores inoportunos, el presidente de la Mesa Directiva otorgó la palabra al que para ese entonces ya era el más ovacionado congresista. Severiano Magón rondaba los cuarenta años, siendo un tipo de cuerpo atlético, con piel blanca colorada y de estatura media. Este último rasgo, no era debido a su carga genética, sino al uso de botines con tacones elevados que le ayudaban a corregir su chaparrez natural. Pero un importante punto a su favor era la fuerza expresiva de sus ojos de intenso café oscuro, los que además equilibraban el resto de su cara: labios gruesos, rojizos y firmes, resguardando una sana dentadura blanca. Era lampiño de mejillas pero no así de la zona del bigote y la piocha, presumiendo una atractiva y castaña barba de candado. Su nariz era estéticamente estrecha, sin cartílagos de alas ni otras protuberancias. Las orejas cerradas así como un poblamiento fino de las cejas, enunciaban finalmente un rostro enérgico pero confiable. No obstante esto último, en proporción a su sotaca figura, sus manos eran pequeñas aunque macizas y con el vigor que imprime un hombre maduro al saludar.

Algunos expertos en imagen pública calificaron negativamente una parte del aspecto físico de Severiano Magón, cuando aquél les manifestó su interés de entrar en el desafiante y poderoso mundo de la política. Pero lejos de desanimarlo, lo incitaron a descubrir alguna fortaleza no muy conocida de su personalidad, a fin de que pudiera usarla para imponerse. Y en ese sentido, Severiano poseía un arma infalible que había aprendido a usar desde su época de estudiante de derecho: su enérgica, contagiosa y persuasiva voz.

El momento cumbre había llegado. Severiano Magón, de pie en la máxima tribuna, con mueca contemplativa, tomó el micrófono ajustándolo debajo de su barbilla. Moviendo su cara de un extremo a otro, recorrió con la vista al inmenso auditorio que superaba las tres mil personas y dio comienzo a la lectura del texto que había estado subrayando:

Compatriotas todos que nos acompañan en esta sesión del Honorable Congreso de la Unión y por las transmisiones de los medios de comunicación. Damas y caballeros. ¿Hasta qué grado tiene que llegar el ser humano con tal de defender un ideal como la vida misma? Aquí tenemos la prueba más tangible. Hay mucha gente de los aquí presentes que desde la media noche encendieron la vela de la esperanza, en sus hogares, con sus familias enteras. Lleva esta gente despierta casi doce horas y sus oraciones, no han sido en vano. Son personas a las que yo admiro, no sólo por su

25

sacrificio y espíritu de lucha, porque para ellas, no hay fatiga que les detenga un solo paso al caminar cualquier distancia desde sus hogares; tampoco el hambre les sacude las entrañas en lo más mínimo, pues primero les nutre el ideal de defender la vida de todo ser humano concebido se trata.

Ahí tenemos el caso de nuestra amiga Conchita – dijo Severiano señalando a la brava fémina, quien asintió sonriente con la cabeza – que hace un momento le ha hecho honor a su nombre de pila: Concepción. Ella misma es símbolo de protesta y de coraje ante la injusticia de permitir que se siga asesinando a un ser desprotegido. Ella es el emblema de nuestra lucha ante el silencio y conformismo de mucha gente que ignora la gran cantidad de crímenes cometidos cada día en contra de las inocentes criaturas de Dios – y Magón apuntó su índice derecho hacia arriba, lo que hizo que la muchedumbre aplaudiera efusivamente unos instantes. Luego retomó el mensaje:

En mí hay dolor y culpa, compatriotas. Reconozco que en mi juventud, el delicado tema del aborto no cobraba el matiz enorme que hoy me colma. Mi interés se centraba en combatir al partido en el poder, que por más de ocho décadas estuvo carcomiendo la esencia de las instituciones y de la vida social de nuestro país como un cáncer voraz. No me detenía ni siquiera a leer las noticias sobre la tasa creciente de bebes asesinados y que de haber nacido, podrían ser hoy exitosos abogados, médicos, investigadores, empresarios, deportistas, artistas, profesores y gobernantes de nuestro destino. Por aquellas almas abandonadas a su suerte, y a las cuales no protegí en su momento, les pido perdón con sumo dolor y reclamo un minuto de silencio. Les pido me acompañen, de forma respetuosa.

Severiano Magón apagó sincero la mirada tal como lo hacía en misa, durante la recitación del acto de contrición. Tras de él, la sala entera enmudeció impresionantemente. Ni siquiera los dinámicos empleados de los medios de comunicación daban sensación de moverse o respirar. Era de admirar la férrea disciplina que los marchistas imprimían a cualquier orden de su líder máximo. Los diputados apenas y daban muestra de querer rascarse sus afeitadas mejillas o cualquier parte de su cuerpo trajeado. A escasos segundos de que ese silencio reinante contagiara hasta la más inquieta de las moscas, se escuchó un tono bufo de teléfono celular proveniente de uno de los diputados del ala Demócrata Liberal, y que rápidamente fue objeto de incesantes quejas de gente cercana para que enmudeciera su aparato, acto que consumó el legislador con la frente ruborizada, sin que mediara palabra alguna.

Al cumplirse el minuto, Severiano Magón recobró un semblante como la de un torero a punto de dar la estocada final. Dirigiéndose a la Mesa Directiva del Congreso, exclamó:

Señor secretario, solicito atentamente que este momento de silencio recién concluido quede transcrito en el acta de esta sesión como un hecho cívico sin precedentes, en memoria de los mexicanos abortados, por la negligencia de muchos de los *aquí presentes, empezando por un servidor.*

Severiano suspiró profundo, alzando la vista al resto de la asamblea legislativa:

Ahora a nuestro asunto compañeros de esta legislatura federal. Estoy aquí una vez más, para pedirles a aquellos diputados que están en contra de las reformas al Código Penal, que mediten seriamente el cauce de su voto. No es posible vivir en un México que legaliza el asesinato de sus futuras generaciones. No es concebible el aborto. Si es concebible el derecho a nacer. Sean conscientes que el día de hoy vamos a hacer historia, no sólo en nuestro país, sino a nivel mundial. Vamos a ser de las pocas naciones que prohíbe este crimen artero, esta abominación diabólica, que hasta nuestros días mata a un millón de bebes en el mundo cada semana; tan sólo en México se han contabilizado más de quinientos mil casos en los últimos dos años. No podemos aniquilar las semillas del porvenir de nuestra nación.

Es cierto que yo no sé del terrible dolor emocional que toda mujer pasa cuando queda embarazada al haber padecido una violación en lo más íntimo de su cuerpo. Entiendo que lo menos que anhela una compatriota en ese estado, al extremo humillante, es darle la vida a un ser cuyo padre es un depravado y delincuente sexual. Puede ser por venganza, por repudio total o por el simple hecho de intentar borrar cualquier indicio de tan abominable sujeto, el que una mujer embarazada por violación sexual busqué deshacerse del hijo que se ha gestado en sus entrañas.

Y en cuanto a la mujer enterada de que su hijo en el vientre podría padecer una lamentable enfermedad física o mental, provocándole sufrimiento y reducción en la calidad de vida, también le digo: la comprendo. La maravillosa ilusión de quienes tienen el gozo de ser padres es solamente comparable con el hecho de serlo. En lo que menos se piensa durante la gran noticia de un embarazo es que a nuestro hijo algo malo le vaya a ocurrir durante su gestación. Anhelamos desde la alegría de nuestros corazones el que, ajeno a que tenga los ojos, la boca, el color de piel o cualquier otro rasgo de la mamá o del papá, lo único valioso es que nazca sano. Pero no siempre ocurre así. Y la consternación es inmensa, como también lo es el trazar los nuevos planes con un hijo que según nos han dicho, no podrá valerse por sí mismo.

A veces el destino nos pone en una cruel encrucijada, decían los envalentonados héroes que nos dieron patria. Tenemos que optar por una vía, y ésta puede ser la que nos traiga las peores consecuencias por el resto de nuestro existir. Pero si hay un camino verdadero, ese siempre será el de optar por la vida. Elegir esta senda, es uno de los mayores propósitos que pueda uno tener. Quien defiende la vida jamás se equivoca.

27

Ese es el llamado que hoy les hago a aquellas mujeres que buscan desesperadamente abortar ya sea por una violación o por una malformación de su hijo. Elijan dar la vida a ese humano indefenso. Elijan el perdón y no la muerte. Elijan el amor, frente al rencor o al miedo.

Severiano hizo una pausa de algunos segundos, no para tomar un respiro ni para beber agua de la botella que su asistente le había dejado previo a iniciar su perorata. Alzó la vista hasta quedar suspendida su mirada hacia el lejano techo del Congreso. Luego, fugazmente, dejó caer su cabeza hacia el texto, señal de que su mensaje no había concluido. Pretendía dejar en claro que sólo su voz era la que debía colmar los oídos de cada persona presente, y al menos en ese recinto lo estaba logrando. Se llevó su índice diestro a la altura del labio inferior, y como si fuera a tocarlo, retomó su discurso, con mesura en la voz:

Antes de concluir, les narraré el caso que vivió Jacinta, paisana nuestra de sangre indígena que iba con frecuencia a lavar ropa ajena a un arroyuelo cercano a su humilde choza. Ella procreó cuatro hijos con su marido, un hombre encadenado al terrible vicio del alcohol, que trabajaba cuando quería, y perdía su escaso jornal en parrandas y cantinas. En una ocasión, Jacinta bajó al río para lavar una considerable cantidad de prendas de familias vecinas, lo cual le garantizaría comprar algunos kilos de maíz, frijol, papa y calabaza, alimento suficiente para dar de comer a sus pequeños durante unas semanas. Se había ocultado el Sol, y se preparaba para llevar la carga de ropa recién lavada, cuando dos sujetos salieron sorpresivamente a su encuentro. Sin mediar palabra, la amagaron y luego de pegarle de manera cobarde para aturdirla, la llevaron a un escondido paraje, donde la violaron varias veces. Pensando que podría acusarlos para ser enviados a prisión, uno de los brutales tipos la apuñaló en el pecho en dos ocasiones y la dejaron a su suerte.

¿Qué fuerza le dio a Jacinta el impulso necesario para detener su lagrimeo, ponerse en pie y llegar a carretera para pedir auxilio? Sólo Dios sabe.

La hemorragia era intensa, su corazón empezó a flaquear. Afortunadamente, justo en el momento que pisó el camino, un auto se detuvo frente a ella. Era la policía. Jacinta despertó convaleciente tres días después, acompañada de su familia, estando pegadito a ella su marido, sorpresivamente sobrio. Las heridas que recibió, aunque algo profundas, no habían tocado su corazón, que latía débil, pero más vivo que nunca. Sin embargo, una herida de incomparable dolor y fondo, se abría más y más: la deshonra y humillación al haber sido ultrajada. Ese hecho le dejó un trauma, que, por tremenda vergüenza ante su esposo e hijos, prefirió callarlo al momento en que las autoridades le preguntaron el motivo por el que sus agresores casi la matan. Jacinta alegó un intento de asalto y que al forcejear con uno de ellos, el salvaje la acuchilló para salir huyendo.

Conforme pasaron las semanas, ella se percató que su flujo no llegaba. Su sospecha se acentuó cuando un mareo intenso muy familiar la privó unos momentos de sus actividades hogareñas: estaba embarazada.

Este hecho no hizo más que albergar la desgracia profundamente en la vida de Jacinta. ¡Cuando ella creía que la artera agresión sufrida empezaba a olvidarse! Su marido llevaba meses sin intimidad con ella, situación que le impedía decirle que el hijo en su vientre era suyo. Además, el hecho de casi quedarse viudo al frente de sus niños le hicieron enmendar su viciado camino. Dejó la bebida y evitó juntarse con aquellas malas influencias que tanto daño le habían ocasionado. ¿Por qué pues ahora que su cónyuge estaba corrigiendo su vida le pasaba esta terrible pena? Jacinta se desmoronó en su lecho al no saber cómo sortear la nueva tragedia, causa de su larga angustia, desde que fue atacada sexualmente.

Entonces buscó de inmediato a una vieja partera, que no sólo ayudaba a dar a luz sino también a matar la vida inocente en las entrañas de la mujer que se lo pidiera. Antes de atenderla, vio a dos muchachas fortachonas someter a otra joven mientras que la anciana, abriéndole la boca, la hizo tragar un líquido. Todavía retenida, le propinó varios golpes abajo del estómago y luego la soltaron.

Poco después, la mujer recibió a Jacinta quien pudo verla a detalle. Era horrenda de cara y no tenía un ojo, dándole más aspecto de bruja diabólica que de comadrona abortista. Jacinta le narró lo sucedido, luego acordaron un pago y el secreto absoluto, propio de los que planean un terrible crimen guardándose para sí los detalles de la maligna obra. Pero en la madrugada del día en que abortaría, Jacinta soñó con una niña de hermosos cabellos y rostro, que con su sola mirada derramaba pura tristeza, y en su profunda aflicción, le pidió que la dejara vivir. Buscó abrazarla, sin conseguirlo. A cambio, la pequeña le respondió con lágrimas, y antes de desaparecer en medio de una gran fuente de luz, le dijo que Dios siempre la protegería de la maldad. Jacinta despertó bañada en sudor y con fuertes palpitaciones que turbaron el descanso de su marido, quien la consoló sin sospechar nada más.

A pesar del extraño sueño, Jacinta disipó sus dudas y apenas amaneciendo se dirigió apresurada rumbo al domicilio que le había dado la partera para realizarle el aborto. En eso vio a varias patrullas de seguridad regresar de la ruta a donde ella iba y se acercó a un grupo de gente que murmuraba entre sí. A pregunta de Jacinta, una vecina le narró que a temprana hora, llegaron policías para detener a la anciana partera por haberle ocasionado una mortal infección a cierta mujer a la que le había hecho un aborto. Al intentar huir por la azotea de su casa, extrañamente tropezó, cayendo por el borde hacia el suelo de una casa aledaña y en la que reposaba una antigua cruz de piedra, donde se rompió el cuello. La asesina había muerto.

Jacinta, espantada, acudió con el mejor consejero que podría tener una mujer en semejantes tribulaciones: el sacerdote de su parroquia. Fue él quien la bautizó, quien le dio la primera comunión y la catequesis de confirmación cuando era niña. También el que la casó con su marido y por ende, su cercano confesor. Al relatarle lo sucedido Jacinta, el párroco pudo calmarle su desesperación. Luego, con suavidad, la persuadió a impedir que ese ser gestado en su vientre fuera injustamente asesinado. El buen sacerdote intercedió por ella ante su esposo, hombre al final de todo muy devoto, y entendió que la vida de ese futuro bebe tenía especial significado para Dios. Al nacer, cual fue la sorpresa aún más grande para Jacinta y su esposo al enterarse que era una niña; la primera de la familia. Tanto sus padres como sus hermanos recibieron con mucho amor a esta nueva integrante, y, dado que estuvo a punto de no nacer, la bautizaron con el nombre de Natalia Esperanza.

Compatriotas: pasaron ya quince años de esa historia que comenzó como un trágico hecho y culminó con un invaluable regalo que es el dar la vida. Además, tengo la dicha de decirles, que hoy nos acompañan dos de los protagonistas de este acontecimiento...la jovencita Natalia Esperanza y el valiente sacerdote, Tomás Quiñónez, démosles un afectuoso aplauso.

Causó gran admiración esa noticia que dio Severiano Magón al auditorio. Las cámaras televisivas enfocaron a la pareja mencionada por el orador, la cual facilitó su identificación para la gente al ponerse de pie, alzando las manos conjuntamente. Una estruendosa ola de aclamaciones y palmoteos inundó el recinto público al tiempo que las miradas y señalamientos de curiosos se entrecruzaban al buscar a los aludidos. Natalia Esperanza era una pequeña y delgada adolescente cuya piel morena oscura denotaba el resto de sus rasgos nativos: frondosa cabellera lacia, negra y trenzada; labios delgados, débilmente rosáceos; nariz de muñeca; tímidos ojos de noche sin luna y sin estrellas. Simbolizaba en su cuerpo la palabra nahua soapil (muchacha), portando un vestido típico de las campesinas del bajío mexicano. Por su parte, el párroco Tomás Quiñonez exhibía negra sotana elegante, con botones dorados que brillaban debido a su notable pulidez. Era un tipo alto y de complexión atlética, con moderadas entradas de calvicie y un cutis bien afeitado, aunque su buen manejo del rastrillo no podía ocultar los abundantes folículos gruesos y negruzcos, que le dibujaban una enorme sombra barbuda, desde los pómulos hasta el final de su grueso cuello. Grandes cavidades óseas albergaban sus ojos, cuyas minúsculas pupilas de color miel, daban un aspecto curioso de su mirada.

Tres minutos duró la exaltación del público, rayando varios gestos y lágrimas de un sinnúmero de concurrentes eufóricos. Hubo varias personas que fueron hacia Natalia Esperanza y Tomás Quiñones y no dejaban de empaparlos; de fugaces abrazos a la primera, y de besos en la mano al segundo. Los camarógrafos enfocaban las lentes hacia ellos por lo que su aparición en las mega pantallas del congreso y en la transmisión nacional televisiva, los convirtió en auténticos protagonistas del relato de Severiano Magón. Una docena de periodistas los tenían ya en la mira para poder acribillarlos de preguntas tan pronto terminara su discurso el diputado Magón.

Por fin el júbilo de la gente se desvaneció entre suaves y esporádicos aplausos. Severiano Magón levantó su diestra en señal de que retomaría la palabra. Sorpresivamente, no tenía texto que leer. En algún momento durante la última aclamación de la masa popular, le debió entregar el discurso a su asistente. Entonces, presintiendo que las cámaras le volvían a apuntar a su persona, Magón dejó pasar unos segundos de silencio mientras escrutaba a la audiencia con sus pardos ojos centelleantes. Súbitamente, apoyó el codo del brazo derecho sobre la palma de la mano zurda y con la otra se cubrió parte de los ojos, quedando congelado un instante, aparentando ser una estatua de cera a punto de cobrar vida.

Retirando su diestra del rostro, Severiano volvió a hablar:

Compañeros diputados que aún disienten de estas reformas al Código Penal Federal. Sólo puedo agregar que de ustedes depende, y ya no de mi o del resto de los legisladores aquí presentes, la votación a favor o en contra del derecho natural a la vida de todo futuro mexicano, tal como Natalia Esperanza, quien aparte de cursar la preparatoria, tiene vocación para ingresar a una orden de hermanas católicas que auxilian a niños de la calle. Su vida tiene un sentido, un propósito, una causa noble que es servir a seres indefensos. Ella está para ellos y por la voluntad de Dios. Imaginen en cada aborto practicado, la destrucción de una vida que pudo beneficiar a su familia, a su comunidad, a su ciudad y país.

¿Quedará tranquila su conciencia, tras saber que ustedes se convertirían en cómplices de crímenes imperdonables y con doble daño? Si, compatriotas. Me refiero al doble daño por legalizar la muerte de un humano inocente y desprotegido, pero también por haber impedido que un mexicano tuviera la oportunidad de servir a su patria. ¿Qué golpe de arrepentimiento les arrebatará el más profundo de los sueños, tras reflexionar que cualquier producto abortado, como muchos llaman a las criaturas en el vientre, podría haber sido un Beethoven, un Octavio Paz, una Clara Barton o una doctora Matilde Montoya? Y acerca de la doctora Montoya, la primera mujer que estudió medicina profesional en México, no olvidemos que ella adoptó a cuatro hijos. Así es, Matilde Montoya adoptó cuatro hijos, realizando la dicha tan especial de ser madre, aunque también sufrió la desaparición de una de ellos, su hija Esperanza, a la que había enviado a Alemania para que fuera concertista y de la que sólo se supo que fue detenida por los malvados nazis de Hitler.

En fin. Que este día compañeros legisladores, sea histórico. Que en cada rincón de México y en el resto del mundo se sepa que nosotros protegemos la vida humana

31

bajo cualquier circunstancia, exceptuando claro está, el riesgo de muerte de la mujer embarazada o cuando ya la criatura ha dejado de vivir por causas naturales dentro del vientre materno. Y para aquellas compatriotas que no quieran saber nada del hijo que esperan, les ruego reconsideren el darlo en adopción a parejas esperanzadas de tener la maravillosa dicha de ser padres, sin importarles que este ser inocente haya sido concebido por la desgracia de una violación o que tenga algún padecimiento que le impida desarrollarse a plenitud. Que nunca sea visto como un obstáculo, sino más bien como un privilegio de este regalo de Dios que es la vida. Mediten bien su voto compañeros diputados, medítenlo muy bien. Se los rogamos.

Entonces, sacando una fotografía de su saco, Severiano mostró sobre su pecho a una carismática bebe arropada en una fina manta que las cámaras de televisión enfocaron a detalle por varios segundos. Luego, con la imagen sostenida, se dispuso a culminar su mensaje:

Por último, dedico estas palabras a mi esposa Evelia y a mi hija Andrea, nacida en la madrugada de este día. Evelia hoy comienza la construcción de la más poderosa muralla para defender la vida humana, tal como te prometí hace años que ese momento llegaría. Las amo Evelia y Andrea, gracias por ser mi familia. Es cuanto por decir.

Todavía no bajaba de la tribuna Severiano Magón, cuando las más de tres mil personas rompieron el frágil silencio con ensordecedores aplausos y enérgicas porras que enaltecían hasta los más timoratos, a excepción clara de algunos estresados legisladores opositores a las reformas. Otros, sin embargo, se notaban realmente convencidos de votar a favor de la defensa de la vida humana desde la concepción. Se tuvieron que aguardar cerca de cinco minutos para lograr el sosiego en la sala y proceder a despachar el penúltimo asunto de la orden del día. En las telepantallas de la enorme sala legislativa apareció el nombre de cada diputado y cuál fue el sentido de su voto.

ΔΔΔ

Por extrañas razones que sólo germinan en la mente de los hombres, los cambios realizados al Código Penal Federal, en especial, al artículo trescientos treinta y tres, logró aprobarse casi por unanimidad, registrándose la ausencia de una cincuentena de congresistas, todos ellos curiosamente miembros del izquierdista partido Demócrata Liberal, principal opositor a la controvertida reforma.

Con este triunfo avasallador del partido Avanza Patriota, se daba por concluida otra dura gresca legislativa entre los ideólogos liberales y los doctrinarios conservadores. Además la maraña leguleya de esta reforma, dejó sin posibilidades de objeción a las 32 entidades federativas, en los que la terminación legal del embarazo se establecía acorde a lo que discutieran los congresos estatales, esto es, desde Baja California Norte en el extremo noroeste nacional hasta el último sureste en Yucatán. Con ello, de un solo disparo político, se había desclasificado al aborto como delito del fuero común - sancionado según las leyes de cada estado de la República mexicana durante décadas- para ser incluido en el Código Penal Federal. Este hecho les heló la sangre a distintos solicitantes de esta práctica médica, tanto en la Ciudad de México como en los estados de Oaxaca, Hidalgo, Veracruz y otros, en cuyos territorios el aborto se había legalizado algunos años atrás, bastando con la simple voluntad expresa de cualquier mujer de pedir la terminación de su embarazo.

Por supuesto que ante el nuevo escenario, el frente de lucha de los políticos y activistas pro aborto contra esta reforma aprobada tendría como campo de batalla a los tribunales del Poder Judicial de la Federación, aunque de eso se enterara el amable lector más adelante. De momento, con los cambios legales aprobados, la penalización nacional del aborto traía consigo sanciones muy fuertes para quienes resultaran culpables de cometerlo. Comenzando por la pena de cárcel, el mínimo de años a purgar era de tres y el máximo de veinte. Las multas por otro lado, oscilaban entre los cien mil hasta quinientos mil pesos sin excepción.

Para obtener la victoria de hoy, la estrategia del partido Avanza Patriota (PAP) había consistido en cambiar a su favor el voto opositor o indeciso a través de la presión psicológica. La táctica principal fue la indetectable y bien organizada movilización popular para tomar el Congreso de la Unión, y en ambas, los objetivos se cumplieron exitosamente.

Este escenario desconcertó a los experimentados agentes de la Segob, a quienes el director del Centro de Información y Seguridad Nacional (CISEN) les había encomendado personalmente, una semana antes, la detección de cualquier anomalía o evento que pudiera influir en la votación a favor de las dichosas reformas al Código Penal Federal, las cuales sólo tenían el respaldo de los diputados del PAP y de ocho independientes, sumando apenas un tercio del total. En los medios incluso, a escasos tres días de la tan esperada sesión del Congreso de la Unión, fuentes oficiales afirmaban con plena seguridad de que no iba a aprobarse la polémica ley antiaborto. Pero ahora, mirando atónitos en las pantallas de votación los ratificados cambios a los artículos alusivos al aborto, los ojos de los agentes del CISEN exhibían el amargo fracaso de su misión. Seguro el trío de espías en este momento pensaban en lo mismo: el día anterior a la sesión del congreso, su jefe de operaciones les consultó, por separado, si consideraban indispensable el resguardo del recinto legislativo con el apoyo de mil miembros de la Guardia Nacional más otros quinientos de la policía capitalina. La respuesta de los agentes al mando superior coincidía en que tal medida no era necesaria, ya que los manifestantes leales a Severiano Magón que le seguían a las sesiones, nunca llegaba a unas treinta personas, casi siempre mujeres.

Pero ahora ya no había lugar al arrepentimiento para los tres investigadores que comentaban entre sí sobre la alta posibilidad de ser despedidos, o cuando menos pagar el craso error siendo enviados como archivistas hasta lo más recóndito de la Secretaria de Gobernación por quién sabe cuánto tiempo. Esto ya lo sabían minutos previos a que los medios iniciaran transmisiones de la sesión, pues sus teléfonos móviles les acechaban a cada instante. Un mensaje, proveniente de un número no rastreable, le inquirió a uno de ellos sobre la posibilidad de mandar cuatro unidades antimotines de cincuenta elementos cada una para desalojar a los manifestantes. El espía se limitó a responder: "Negativo, más de dos mil rodean e ingresan al lugar. El riesgo de denuncia por situaciones de abuso de la fuerza es muy alto". En otras palabras, sabía el experto agente que ya era demasiado tarde para reaccionar.

La enorme masa escuchó en voz del presidente de la Mesa Directiva, que las reformas aprobadas entraban en vigor al día siguiente, como lo marcaba la ley. De pronto, el gentío que invadía la sala del Congreso de la Unión exigió furibunda: ¡Mañana no, ahora! ¡mañana no, ahora!, y así por más de cinco minutos. La famosa Conchita, que momentos antes estuvo a punto de vapulear al diputado Gaspar Benítez, dirigió una desatada avalancha de mujeres y hombres para acosar a los diputados y obligarlos a darle vigencia inmediata a la ley. Conocedores de su territorio, los parlamentarios saltaron de sus curules como delincuentes en persecución; sus asistentes junto al escaso personal de seguridad fungieron de escoltas para contener a la plebe enfurecida. Los abultados cachetes de Conchita parecían a punto de reventar por la agitación y alaridos que emitía contra los escurridizos diputados que aún no se guarecían en el área de despachos. Unos manifestantes jaloneaban a un nervioso legislador que luchaba por llegar a la puerta principal. Éste logró zafar su antebrazo con fuerza, no pudiendo evitar que su ancho codo impactara en la nariz y el labio superior de Conchita quien cayó noqueada, sangrando sin cesar de la cara.

Al ver a su líder en el suelo, la gente encolerizó y antes de que el resto de congresistas, sus asistentes y los guardias pudieran rescatarlo, el político fue arañado, desgreñado y madreado por varios puños, pies y bolsas de mano que salieron volando. Unos fotógrafos capturaron el rostro sangrante de Conchita, y en sus mentes ya leían el título de la nota amarillista: *¡Diputado desfigura rostro a mujer manifestante!; ¡Diputado golpea a marchista de la ley antiaborto!; ¡Ante una reclamación ciudadana, legislador le rompe la cara!*

Severiano Magón se mezcló en la cada vez más nutrida y agresiva multitud, tratando de calmarla. Los reporteros se peleaban entre sí a empellones y codazos por lograr las primeras palabras del diputado más poderoso de México en ese momento.

Sus declaraciones, lacónicas y entrecortadas, eran símbolo de su aire de victoria:

- Señor diputado, ¿Por qué la violencia si la asamblea logró votar la ley anti-aborto sin problema? – le cuestionó un periodista.

- La violencia la desataron los cobardes que se escondieron allá –dijo Magón apuntando hacia el ala de despachos.

- Pero sus compañeros se resguardaron de esta gente que intentó hostigar-los, diputado – le soltó un regordete reportero.

- No confunda. Estos ciudadanos están en su derecho de que les atiendan sus quejas. Y ellos los recibieron a fregadazos.

- Señor diputado, ¿había necesidad de llegar a esto? – preguntó un nervioso mozalbete del gremio reporteril.

- Si a usted lo ignorarán siempre los políticos que le pidieron el voto, no me haría está pregunta – le gritó Magón.

En torno a Severiano se abrió un espacio ancho y éste pudo atender a la casi inconsciente Conchita. Ella recobró el sentido al ver a su héroe llegar a su lado. Aunque Magón no era hombre de afectos, se dejó abrazar por la eufórica señora de cabellera oxigenada, quedando las solapas de su saco azul cielo con varias motas de sangre que seguía brotando por las heridas de Conchita, mientras interminables flashes de cámaras ametrallaban a ambos protagonistas de tan caótica escena. Conmovida hasta las lágrimas quedó mucha gente cuando Magón le ayudó a incorpo-rarse y con apoyo de Marcos Domínguez, líder de la bancada de su partido, la llevaron en hombros hasta la salida del edificio y de ahí a un hospital cercano para atenderle las lesiones.

El zafarrancho popular se prolongó por más de cuarenta minutos. Finalmente, la sesión de la Cámara de Diputados pudo reanudarse, y en el último punto de la orden - asuntos generales - un grupo de diputados del partido Avanza Patriota pidieron en-tonar el himno nacional. Aún rondaban cerca de la sala más de un millar y medio de marchistas que con obediencia cantaron no plenos de orgullo, sino con rabia en sus bocas, las estrofas del cántico mexicano, siendo hondamente pronunciada la estrofa que dice: *"Piensa ¡oh Patria querida! que el cielo, un soldado en cada hijo te dio, un soldado en cada hijo te dio."*

Mientras tanto en Palacio Nacional el presidente de México, Julio del Castillo, llamó a rendir cuentas a su secretario de Gobernación, quien tenía el encargo especial por parte de su jefe de impedir la aprobación de la reforma que penalizaba el aborto bajo cualquier causal –excepto el de riesgo de salud para la madre– la que ya era conocida en las redes sociales y en el lenguaje reporteril como *"Ley Severiano"*. Muy nervioso se notaba el presidente del Castillo reuniendo más tarde a su gabinete de crisis política hasta casi culminar la madrugada, analizando y previendo los posibles costos que la gente les cobraría en las próximas elecciones del año entrante.

El resto de ese día no transcurrió normal en varias ciudades de la República mexicana. La noticia sobre las reformas aprobadas al Código Penal Federal se esparció como rayo, a través de la televisión y de la radio, y en las redes sociales. Twitter fue el canal más intenso en donde las incesantes cascadas de opiniones se vertían segundo a segundo. Los mensajes más retuiteados mostraban sería preocupación por el asunto: **A partir de mañana, el aborto es delito bajo cualquier circunstancia; Mujeres que en México sean sorprendidas abortando, directo al tambo; La reforma al artículo 333 enviará a prisión a la mujer que aborte incluso si fue violada o tenga malformación del feto; ¿Estás embarazada y piensas abortar? Fuera de México tu única posibilidad.**

Otros, más radicales, fijaron su postura en contra de los también llamados diputados *papistas* – refiriéndose a cualquier miembro del partido Avanza Patriota (PAP)-: **¡El cuerpo de la mujer y su derecho a usarlo no puede ser sujeto de ninguna pinche ley!; Papistas y diputados cobardes, aborten el 333, o serán abortados en las próximas elecciones.**

También abundaron los tuits apoyando la reforma recién aprobada:

A partir de hoy, ¡todo ser humano concebido tendrá derecho a la vida en México!; Ejemplo de amor a la patria y al prójimo han dado hoy los diputados federales al penalizar el aborto en México; Dios no abandona a sus futuros hijos en México, el aborto queda prohibido, No más abortos en México, gracias Severiano y valientes diputados. Los hashtags más relevantes al respecto decían: *Todo México es provida; Ley Severiano aprobada; Ni un aborto más en México; Ley provida si, aborto no,* etc.

Pero ninguno de ellos destacó tanto como aquel que rebasó más de treinta mil retuiteos en menos de dos horas, si bien es cierto según se supo después, con la ayuda de boots programados. El mensaje fue tuiteado por una líder feminista de la Ciudad de México, dedicado al legislador Magón:

Severiano, papista servidor del Vaticano y del clero mexicano, no reformaste, DEFORMASTE el 333. Ahora, métete tu leysita por el ano.

También en Facebook e Instagram abundaban comentarios y réplicas para solicitar requisitos que le pedían a toda mujer decidida a terminar la gestación en su vientre. Proliferaron también mentadas de madre, dobles sentidos y un sinfín de vulgaridades, muestra clara de la impotencia social de algunos grupos surgida a raíz de la reforma recién votada al artículo 333 y los otros.

Pero si en la realidad virtual reinaba el caos, en la realidad social el desorden tiranizó a miles de clínicas y hospitales de toda la república. Abarrotadas filas de mujeres pedían adelantar o solicitar para ese día un aborto, y sólo se les practicaba a las que portaban órdenes judiciales detallando que su embarazo se debía a violación sexual o malformación congénita.

Totalmente ignoradas fueron las féminas que, estando en la Ciudad de México, tenían derecho a abortar por voluntad propia sin importar la causa. En esta situación se hallaban adolescentes de barrios bajos, ignorantes en temas sexuales; oscilaban entre los doce y quince años, y en sus primeros encuentros con chicos inexpertos, habían quedado encintas. También habías varias parejas que estudiaban el bachillerato o la universidad, y muchas prostitutas. El personal médico no se daba abasto para atender y explicar, en la mayoría de los casos, que el procedimiento no era sencillo, y, acompañados de abogados penalistas, les recomendaban solicitar una orden de amparo para autorizarles la extracción del embrión o feto, según fuera el caso, en días próximos. Pasantes de medicina, la mayoría con conocimientos básicos de ginecoobstetricia, fueron contratados urgentemente en las salas de quirófano para llevar a cabo aspiraciones, legrados y hasta riesgosas histerectomías. Era de esperarse de tales principiantes que cometieran ciertos errores, dada la intensa carga de trabajo a la que eran sometidos por vez primera, y en al menos nueve casos, sus fallos fueron letales, debido a las imparables hemorragias o infecciones no controladas tras las intervenciones quirúrgicas.

La última mujer a realizarse una succión fetal en México entró a las 23:50 horas estableciendo un arriesgado tiempo record para tal operación, pues antes de la media noche se le había absorbido la criaturita que llevaba dentro. Se trataba de una ilusa quinceañera queretana que había sido preñada por un profesor de su escuela y éste había huido de la ciudad sin dejar rastro alguno. Sumando esta situación, fueron 4,990 abortos los que se ejecutaron en los 32 estados de la República mexicana en poco más de doce horas. Estando a punto de nacer el día primero de abril, ningún galeno se atrevió siquiera a tomar la llamada de quien le pidiera, a cambio de una buena suma de dinero, practicarle un aborto.

Un amor escondido.

El Bajío mexicano, unos meses después de la penalización nacional del aborto.

A sus diecisiete años y cacho de meses, Carmina Luna Atanacio irradiaba una contagiosa energía que se notaba en su forma de caminar por las estrechas calles de su natal San Bonifacio, pueblucho desapercibido en la larga frontera entre Jalisco y Guanajuato, habitado por menos de cinco mil personas. Carmina era la última de seis hijos y la única fémina, siendo parida cuando su madre Alfonsina finalizaba la cuarta década de vida.

De niña había padecido flacura extrema, imprimiendo sobretodo en sus pómulos el desnudo sello de tal consunción. En aquel entonces su rostro y piel parecían de fina porcelana; su cabeza lucía decorada de una hermosa cabellera lacia oscura, dándole a veces una apariencia de infanta difunta, pero por algún milagro vuelta a nacer. Asustados sus padres ante esta situación, la hicieron revisar por un puñado de gente, desde el viejo doctor Bernabé, el único hijo de San Bonifacio que fue a Guadalajara para retornar vestido de bata blanca ejerciendo como galeno, hasta la sorda doña

Meche, la partera experta en herbolaria que todos tildaban de loca. Pero ningún especialista en su respectiva área de la salud humana halló la causa de la extraña languidez de la última hija de la familia Luna Atanacio.

Al llegar Carmina a los doce años, las glándulas liberaron el cofre hormonal de varios secretos, hasta entonces por ella ignorados. La menarca, fue el primero de éstos y jamás olvidó la escena. Le ocurrió justo en la homilía dominical de la parroquia de San Bonifacio. Alfonsina ya esperaba el momento en que su hija tuviera el primer flujo menstrual, pero jamás se atrevió a siquiera imaginarse que la iniciación a la adolescencia le ocurriera en la casa de Dios y rodeada por medio pueblo de testigo. Con un poco de paciencia, y unos cuantos pellizcos agudos de Alfonsina en las inquietas manos de Carmina, las dos cumplieron con la Santa misa, aunque por vez primera, y extrañamente para muchos ojos feligreses, madre e hija no fueron a comulgar la Hostia consagrada. Susurrándole a Carmina, Alfonsina le advirtió que era pecado el presentarse al altar con su ropa manchada, y que no lo permitiría quedándose también a su lado. Terminada la ceremonia y vaciándose de gente la parroquia, ambas mujeres abandonaron discretamente el lugar; Carmina cubierta de la cintura para abajo con el chal de su madre. Llegando a casa, Alfonsina le ordenó asearse y luego con cariñosa paciencia la ayudó a usar toallas higiénicas, las cuales conseguía a través de su marido, que laboraba en la única farmacia del pueblo. Pero acerca de ese primer sangrado, las preguntas de la angustiada muchachita avergonzaron a su mentora quien al principio la ignoraba, tal cual la madre de Alfonsina hizo lo mismo con ella al llegar su primera regla. Cuando Carmina tuvo su tercer periodo, quiso saber en boca de su madre el motivo de su ciclo menstrual, pero Alfonsina le prohibió mencionar el asunto con un grito que sonó a bofetada, aunque eso si, le hizo la promesa de que el día que ella tuviera novio o pretendiente, le hablaría de esto sin pretexto.

En el colegio, Carmina tampoco logró resolver con algunas amigas el comienzo de su ovulación. Le pidieron -algo nerviosas y en voz baja- que no les narrará el mínimo detalle del incidente sucedido en la parroquia, y se percató que las madres de sus compañeras, al igual que la suya, las habían atemorizado con el mismo mensaje, es decir, que hasta que un hombre añorara algo más que amistad con cualquiera de ellas, entonces les sería expuesto el misterio del sangrado vaginal.

En San Bonifacio se carecía de biblioteca y no se conocía a nadie -excepto el añejo doctor Bernabé- que tuviese libros sobre salud y mucho menos de sexualidad humana. Carmina ya conocía las laptops que los padres o hermanos de sus compañeras les traían del norte gabacho al volver de su chamba como indocumentados, pero al no haber internet en aquel pueblito estos aparatos eran más un medio de entretenimiento casero. Carmina no obstante ya había visto una muestra del uso de internet al haber ido con sus padres de fugaz paseo a la bellísima Guanajuato. Unas primas le habían presumido algunas fotos y videos en sus redes sociales, y la experiencia le resultó fascinante a la chamaca pueblerina. Ella anhelaba que algún día llegara el internet a San Bonifacio, pues teniendo a un oráculo tecnológico de ese nivel, cualquier duda que tuviera sería resuelta. Lo que más le gustaba de tener acceso a la red global de información es que, a diferencia de su madre, de sus amigas del colegio o de x persona, en internet ella podía hacer una consulta privada, sin pena ni temores a regaños o rechazos y la respuesta estaba en menos de un segundo.

Carmina siguió experimentando cambios sin saber qué fuerza o cosa se los producía y sin pedirle el más simple de los permisos. En unos cuantos meses le brotó un moderado vello púbico y axilar, eso sin olvidar que el sudor expedido en esa región le daba cierta repugnancia. El timbre de su voz se transformó en un dulce y melodioso conjunto de sonidos que atraía la atención hasta de los pueblerinos más distraídos. Los labios se le tornaron carnosos y sensuales, resaltándole un bello lunar izquierdo entre la frontera de su labio superior y su desapercibido bigotillo. Las caderas se ensancharon acumulándole grasa en sus nalguitas, que poco a poco esculpieron cada parte de sus glúteos hasta dejarlos como obra maestra de la naturaleza genética.

Finalmente, notó que los pechos también le crecían abultadamente y sus pezones –erectos y pronunciados- le ocasionaban cierto cosquilleo placentero cuando los frotaba con sus dedos antes o después de bañarse. Cerca de convertirse en quinceañera, Carmina poseía un busto mayor al de su madre, y ésta -un tanto seria, otro tanto orgullosa- le confeccionó un discreto vestido para celebrar sus primeros cinco lustros de vida, el cual, aunque censuraba las curvas de sus voluminosos senos juveniles, no impidió que las miradas incómodas de hombres de todas las edades la acribillaran justo en esa zona protuberante de su esbelto cuerpo, todo esto al finalizar la misa así como en la comilona que sus padrinos le regalaron en un bodegón donde mil san bonifacenses se dieron cita.

ΔΔΔ

Carmina Luna Atanacio acababa de cumplir los diecisiete años, cuando un día se le acercó Jacinto Cañada Fajardo, joven que escondía con risueño carácter la tribulación psicológica causada por la agónica muerte de su padre Fermín, fenecido al intentar cruzar como indocumentado el infernal desierto de Arizona unos dos veranos atrás. Dicha tragedia le obligó a desertar de la escuela preparatoria y a buscarse una chamba como propinero y despachador de combustible en una gasolinera de la concurrida autopista León –Guadalajara para así auxiliar a su jefecita Gumercinda con el sustento de sus tres hermanos menores mientras ella vendía tortas y otras garnachas en la banqueta de su casa.

Era Jacinto un hombre de dieciocho años, alto y delgado, con rostro imberbe y ojos color miel, siendo este rasgo, el que tenía en común con su madre y con Carmina. Más también su cabello, rizado y castaño, había sido herencia de su jefecita Gumercinda. Los labios en cambio, gruesos y rojizos, así como el resto de sus facciones –sobre todo la sonrisa decorada por una dentadura blanca y perfecta– provenían de su finado padre.

No existiendo en San Bonifacio lugares íntimos para hablar, Jacinto procuraba ver a Carmina cuando ella salía de clases los viernes, día en que él pedía descanso en su trabajo y ella le inventaba a sus padres la típica mentirilla de hacer trabajo en equipo para entregar el lunes a algunos exigentes y malhumorados profesores que viajaban desde otros municipios de Guanajuato. Ambos jóvenes se descubrieron en la primera infancia, pero pocos lazos de afecto amarraron, en parte porque sus madres Gumercinda Fajardo y Alfonsina Atanacio –inseparables amigas desde niñas– se bronquearon a cachetadas y jalones de pelo en su juventud y desde entonces no se dirigían la palabra. El origen del conflicto ocurrió en una posada a la que acudieron los hermanos Luna Rojas, cuyos padres atendían una concurrida carnicería en La Piedad, Michoacán, y habiendo ahorrado una fuerte cantidad de dinero, decidieron retornar a San Bonifacio con todos sus vástagos, a excepción de Juliano, el segundo de los cinco varones y el más ambicioso, recién ingresado a la carrera de leyes en Guadalajara. En ese tipo de verbenas decembrinas, rondando tanto muchacho apuesto y alguno que otro no tan agraciado, era normal que las jóvenes bonifacenses aceptaran el ritual del cortejo romántico. Así que cualquier chamaca que con un pretendiente terminaba bailando o parloteando durante la posada, era seguro que llegara bendecida en matrimonio ante el altar parroquial, o, en el peor de los casos, arrimada con su hombre en casa de los suegros.

El caso es que en aquella fiesta, las amigas Alfonsina y Gumercinda - ya fuera por el instinto reproductivo o por el más ardiente deseo pasional- fijaron la vista en Volodio, el más alto y corpulento de los cuatro carnales Luna Rojas. Y como leonas clavando sus ojos en una presa distraída, sin atender nada alrededor suyo, lucharon por lograr el primer saludo (la mirada coqueta, más que cualquier otro gesto), siendo elegida Alfonsina para bailar, lo que significó que ella fue la suertudota de esa noche.

Lo que nació como un malentendido entre Alfonsina Atanacio y Gumercinda Fajardo -el pensar mutuamente que su mejor amiga sólo le decía "jugando" que el mismo hombre le había gustado- acabó en violenta disputa. Primero fueron los reclamos -hasta por tonterías de la niñez- después, provocativos insultos; finalmente, un seco bofetón de Gumercinda a su rival tuvo respuesta inmediata de la ofendida, quien desgreñó a su agresora.

Finalmente, el matrimonio Luna Atanacio selló el fin de todo trato entre Alfonsina y Gumercinda, no volviéndose a dirigir palabra alguna – evitaban estornudar o toser con tal de no oír ni el suspiro mutuo- ni siquiera estando presente el respetado párroco de la comunidad, quien en vano procuró reconciliarlas varias veces. Ese odio mutuo, coció también sendas rivalidades en los maridos de tales señoras, y de paso entre sus vástagos, con excepción tanto de Carmina como de Jacinto, amiguitos de juego en la única escuela primaria del pueblo. En ese privilegiado lugar, disponían de media hora cotidiana para divertirse, tiempo en el que sus madres no les vigilaban con sus miradas acérrimas, como buscando culminar el ajuste de cuentas pendiente entre la dos.

No fue raro pues, para todo san Bonifacio, el que ningún miembro de la familia Luna Atanacio estuviera durante la misa y el sepelio del cuerpo repatriado de Fermín Cañada, esposo de Gumercinda Fajardo, hechos lamentablemente marcados de tufo político, pues ahí estuvo presente un importante achichincle del gobernador de Guanajuato y algún que otro lambiscón a su lado, dando discursos hipócritas sobre la solidaridad de la gente en momentos tan difíciles, aunque sus pretendidas intenciones eran darse a conocer entre la gente para las próximas elecciones, las que para su mala suerte, terminaron perdiendo.

Tres años después de la trágica muerte del jefe de la familia Cañada Fajardo, tanto Jacinto como Carmina evitaban hablar de ese episodio lamentable, causante de un dolor extraño y profuso en la mente de su madre Gumercinda.

Una calurosa tarde de viernes, hallábase la joven pareja platicando en una loma alta, cercana al panteón del pueblo. Jacinto le sostenía una mirada tierna y a la vez desafiante a su compañera, quien se sentía molesta por el efecto de la falda corta que le apretujaba su cadera, causándole a la vez una picazón en sus suaves y hermosos muslos, que difícilmente podía evitar. Jacinto la respetaba al extremo, y desde que se veían a escondidas, sólo la había saludado de mano en dos ocasiones.

- Si tanto te molesta la comezón, ráscate. No te aguantes– le dijo con suavidad a Carmina.

- Me da pena hacerlo delante de ti. No me gusta rascarme ahí delante de nadie- le contestó ella algo ruborizada.

- Pues entonces me volteo, o mejor, me voy a caminar unos minutos para que acabes con tu queja. Sé bien lo que significa sentir mucha comezón en lugares donde los mirones pueden pensar mal o reírse-. Y de un salto se incorporó Jacinto dándole la espalda a la joven colegiala.

- No Jacinto, sola no me dejas –repuso Carmina-. Quédate de espaldas y me pondré una crema para quitarme la molestia–. Acto seguido, ella metió mano en su mochila y sacando un frasco del cual se untó moderadamente el ungüento para calmar la picazón. Alzó su rostro y viendo a su compañero, le esgrimió una bella sonrisa y continuó:

- ¿Ya ves? Terminé. Mejor vamos a otro sitio a platicar. Es más… ¿por qué no caminamos hacia el terreno de don Pascual? Es de lo más tranquilo.

- Don Pascual está loco desde que su mujer lo dejó hace varios años para irse con un político- replicó Jacinto en tono burlesco pero con ojos sinceros, pues también deseaba ir ahí. Luego dijo: Hasta sus dos hijas se fueron con ellos. Se la pasa bien borracho y jodido todo el día. Ya ni oye nada.

Carmina pareció comprender lo que la mirada de su pretendiente trataba de decirle, así que sólo agregó:

- ¡Pues por eso Jacinto! Don Pascual está sordo y se la pasa encerrado en su casa. La otra vez el señor padre le contó a doña Clara, la de la tienda por mi casa, que pasaron a visitarlo él y su velador y ni los reconoció. Pero que eso sí, su hogar está peor que chiquero de puercos. Y le dijo el padre que pedirá ayuda a las autoridades para que se lo lleven a un asilo y le den buen trato. Bueno, lo que quiero decir es que ahí es el mejor lugar donde podemos ir con tranquilidad.

Entonces, una fuerza nunca antes sentida por Jacinto, lo impulsó a tomar la mano derecha de Carmina. Fue como un relámpago, porque ella nada pudo hacer para evitarlo. Pero tampoco le desagradaba. La frialdad de los dedos y la palma de su acompañante le liberaron ciertas descargas de adrenalina que aceleraron su pulso cardíaco y con ello su respiración.

Antes de pronunciar palabra alguna, Jacinto exclamó:

- ¡Vámonos para el terreno de don Pascual pues!

Recorrieron unas cuantas rancherías paupérrimas, procurando pasar desapercibidos para los que vivían ahí, y en veinte minutos arribaron al lugar acordado. La casa del ermitaño don Pascual lucía deteriorada por fuera: muros carcomidos dejaban caer como boronas los restos de la vieja pintura blanca invernal, revelando parte del rojizo enladrillado con huellas de desgaste por los efectos de las lluvias y los vientos estacionales. Los marcos de las ventanas además de estar repletos de polilla, sostenían cristales sucios, amalgamados a añejas telarañas, cuyas ponzoñosas capulinas –la especie arácnida más abundante– hacían más de un año que las habían tejido. La puerta principal –férrea, de madera de pino– se erguía solemne para darle el único toque de presencia a esa morada tan deprimente. Alrededor de ésta, como guareciéndola de cualquier merodeador o intruso cercano, una abundante hierba verde oscuro conformaba un muro natural entremezclándose con una cerca de madera corroída que luchaba por mantenerse rígida ante los embates de los ventarrones cálidos. Dispersos sin aparente sentido, sobrevivían algunos rosales y unas cuantas margaritas que en su tiempo fueron parte de un bello jardín, ahora extinto por el exuberante matorral.

La jovial pareja pasó de largo la casa y Carmina tomó de la mano a Jacinto, al tiempo que le dirigió una pícara sonrisa mientras se encaminaron hacia un pequeño almacén, en cuya puerta se apreciaban unas pilas de rastrojo, sin algún propósito fijo más que quizá darle cierto sentido de uso a esa bodega abandonada. Entraron ahí, sin hacer ruido y notaron que un silencio casi sepulcral imperaba en el lugar. Ni siquiera el silbar de algún pájaro, o el sonido de lagartijas o ratones se oyeron, delatando la fugaz huida cuando la pareja entró. El olor era agradable: hierba seca, añejada por varios meses, tal era la esencia de aquel sitio cuyas ventanas ennegrecidas por el polvo acumulado, reprimían la luz del Sol. Carmina observó que una escalera de madera, permitía subir al segundo piso del almacén y se aventuró a ello, soltando la mano de su compañero. Al elevarse, pudo ver una sábana natural de hojas de maíz y varias mazorcas desperdigadas por toda la superficie. Llamó en voz baja a Jacinto, que observaba por una ventana cualquier rondín que estuviera haciendo don Pascual. Él subió con sigilo la escalera, hallando acostada a la chamaca en una pose tierna, clavándole la mirada como una invitación a recostarse a su lado.

Entonces las palabras cesaron. Jacinto jugueteó con sus dedos en los brazos, el abdomen y parte de los costados de Carmina, que estalló en una risa aguda por el cosquilleo naciente mientras éste la escrutaba con sus ojos y sus oídos, pues el verla en esa pose tan infantil, le causaba enorme regocijo. En un instante, Jacinto se recostó comiéndose con la vista a Carmina. Los ojos de ella, de brillante pardo claro, se ocultaron al cerrarse los nerviosos párpados. Su boca se abrió para recuperar aire perdido durante el retozo y Jacinto vio una invitación única para besarla. Carmina seguía con los párpados caídos y sus labios entre abiertos cuando sintió el ósculo suave de su compañero. En ambos, una descarga de adrenalina les latigueó la columna vertebral y repentinamente, se abrazaron por la cintura por unos segundos que les parecieron horas. Antes de que el Sol se ocultara por el horizonte del valle cubierto de dorado pastizal, la rozagante pareja se retiró por el mismo sendero silencioso y escondido por el cual habían llegado.

ΔΔΔ

Nadie en San Bonifacio tuvo una pizca de sospecha del noviazgo secreto entre Carmina Luna Atanacio y Jacinto Cañada Fajardo. La pareja acordó hablarse públicamente mediante un lenguaje mimetizado de señales, muecas y frases para poderse encontrar a solas, al menos unas tres horas, cada viernes por la tarde. El horario y las actividades de Carmina les parecieron de lo más habitual a sus padres, que nulo interés mostraron en averiguar la rutina semanal de su hija, pues era normal que muchos estudiantes se reunieran los viernes para adelantar las tareas escolares, ya que los sábados debían cumplir con otras obligaciones familiares – los varones, ayudando a sus padres en el campo; las mujeres, en tareas domésticas o cuidando a sus hermanos más pequeños – y los domingos se iba a la Santa Misa y después al tianguis, donde la mayoría del pueblo se saludaba, y entre las compras de la despensa y otras cosas, el chisme fluía como viento otoñal, arrastrando las palabras como hojas caídas de los árboles en la memoria de adultos y viejos, mientras niños y jóvenes callaban resignados su tedio.

El último jueves de ese caluroso mes de mayo, Carmina fue por un encargo de su madre a la miscelánea de doña Tomasina, una viuda de espalda encorvada y blancos cabellos que a sus noventa y tres años cuidaba de su tienda sin ayuda y con la mente lúcida para los cálculos monetarios, cuyas manos trémulas recibían y daban el dinero en curioso zigzagueo. La nonagenaria comerciante atendió con una sonrisa discreta a la muchacha, recibiendo el mismo gesto. Mientras doña Tomasina buscaba las cosas del pedido, Carmina reconoció una voz masculina que emergía oculta tras el destartalado y ruidoso refrigerador:

- Tanto tiempo sin verte, compañera de escuela.

Pasmada, Carmina giró su cabeza repentinamente y observó a aquel sujeto. Llevaba camiseta blanca y pantalones de mezclilla, zapatos negros, algo desgastados y una gorra grande que le cubría la frente y parte de sus ojos. Sin concentrar el olfato, percibió un ligero aroma a gasolina, que impregnaba las prendas de ese hombre. Captando de inmediato el saludo, y viendo que doña Tomasina merodeaba cerca, exclamó un tanto serena:

- Hola Jacinto, ¿saliendo de trabajar?

- Llegaron unos técnicos a hacer unas revisiones a la gasolinera y me dieron la tarde. Y como mañana es mi día de descanso, pos a disfrutar. ¿Y tú qué me cuentas? – dijo Jacinto, que seguía impasible en aquella esquina, ausente de luz.

Con un guiño en su ojo izquierdo, que se traducía en un simple "Te extraño" a su compañero, Carmina respondió:

- Pues estudio la preparatoria y nos dejan muchas tareas. Es más difícil que la secundaria. Mis maestros nos aburren, sólo la maestra Georgina vale la pena, quisiera ser como ella.

- ¿Qué les enseña esa maestra? – volvió a indagarle Jacinto, saliendo de su escondite con una botella de refresco casi a punto de terminar y mordiéndose su labio inferior, señal que la pareja interpretaba como el ansia de poder besarse lentamente.

- Nos enseña formación cívica –contestó Carmina esbozando una sonrisa cómplice-. Ella es licenciada en derecho y nos explica que tenemos que estudiar mucho para poder cambiar la injusticia que hay en el país. Nos dice que las mujeres somos más que amas de casa y cuidadoras de hijos. Que como los hombres, también somos libres de elegir lo que nos guste hacer, de aprender una profesión, de trabajar y ganar dinero. De no casarnos tan jóvenes y poder... –¡Trum!-. Súbitamente, un golpe seco en el despachador de madera interrumpió a Carmina quien junto a Jacinto enfocó la mirada hacia la figura de doña Tomasina, que mostraba el ceño fruncido al tiempo que abría la boca de morados labios, exhibiendo sus pálidas encías decoradas por unos cuatro moribundos dientes pintados de café oscuro, a punto de zafárseles debido al encinto coraje.

- Esa maestra está loca – balbuceó la anciana, y luego alzó la voz -, nunca la mujer debe desobedecer lo que dice su hombre. Dios Santísimo así lo manda y se nos dice cuando nos casamos, ante el altar, a través del señor padre: "Obedecerás a tu marido, le serás fiel y tendrás los hijos que Dios les mande". Esa mujer les envenena la cabeza con esos pensamientos del diablo. Yo conocí a mi esposo, que Diosito Santo tenga en su Gloria – y se persignó la doñita –, en Ciudad Juárez. Allá nos casamos y nos venimos aquí, a su tierra natal, porque mis suegros le regalaron una buena tierra. Y con sus ahorros de allá con los gringos, pusimos esta tienda. Y nos fue bien, con todo y que Diosito Santo por su Santísima Voluntad no nos mandó hijos – culminó tajante doña Tomasina pegando un par de veces con su índice derecho la mesa del despacho.

- Doña Tomasina, la entiendo, pero los tiempos van cambiando –replicó Carmina con tono conciliador.

- Allá fuera di lo quieras escuintla, pero en mi tienda no opines de esas cosas malignas, porque mando yo. Y déjame terminar con el encargo de tu mamá para que no la hagas esperar.

Dicho esto, la anciana les dio la espalda, refunfuñando para sus adentros, mientras Carmina tomando en serio la advertencia de Tomasina, a fin de evitar un regaño en casa o del propio párroco, dejó el fugaz debate por la paz.

- Bueno, yo me juyo pa mi casa que si no espantan – dijo Jacinto, que discretamente acarició una de las manos de su novia, la cual le correspondió rozando parte de sus dedos a la altura de su abdomen.

- Me dio gusto volver a verte. Y cámbiate esa ropa, que jedes a gasolina. No vaya a ser que termines quemándote.

- Si no me lo dices, ni cuenta me doy. Uno se acostumbra a estos olores al chambear en esto–le repuso apresurado Jacinto, y ya con un pie en la acera, le preguntó:

- ¿Tienes mucha tarea? Mejor hazla mañana, para que descanses sábado y domingo.

- ¿Y acaso crees que los viernes no hago nada? Vaya, vaya. Cada viernes al salir de clases me junto con mis amigas para aventajar. Te hace falta regresar a la escuela - contestó Carmina con tono seco, más Jacinto escuchó la frase corta que tanto anhelaba oír de ella: *"Vaya, vaya"*; en su lenguaje camuflado significaba *"Te veré en nuestro refugio"*.

- ¡Ay compañera! Ya no me meto en tus asuntos, pero bien que me acuerdo lo empeñada que eres desde que éramos niños. A ver si platicamos otro día. Adiós -. Y comprendió feliz Carmina que se verían mañana, pues el "A ver si platicamos otro día" era la confirmación de Jacinto para encontrarse en el paraje cercano a la casa del ermitaño Pascual.

Ambos jóvenes culminaron el día cenando en paz con sus familias. Sin embargo, esa noche de reparador descanso, habría de ser la última que disfrutarían los dos, cada uno por su lado, en muchísimo tiempo.

ΔΔΔ

Ligado en cola de caballo, el cabello oscuro y lacio de Carmina Luna Atanacio oscilaba con suavidad rozando sus hombros, mientras se alejaba con sigilo de un grupillos de amigas, las cuales gastaban energías acaloradamente discutiendo sobre los tipos más guapos de una revista gabacha que le había traído el hermano de una de ellas al volver del vecino país del norte. Al llegar a un tramo de la carretera central de San Bonifacio, Carmina esperó impaciente el camión urbano que la dejaría cerca del sendero rumbo al rancho de don Pascual. No era cualquier viernes para ella y para Jacinto. Cumplían ese día, en la clandestinidad total, cinco meses de novios. Observó su sencillo reloj digital y notó que faltaban cinco minutos para las dos la tarde. Jacinto llegaría pronto a la cita y se perderían tres horas en el viejo granero; su granero donde se besaron por primera vez.

No hacía tanto calor como el día anterior, y era en parte a un mar de nubes que eclipsaban la luz del sol, empujadas por vientos refrescantes del sur. Carmina se mezcló en el paraje boscoso esperando a su hombre, recargándose en el tronco de un fresno añejo, en el que una semana antes, Jacinto había burilado las iniciales de sus nombres guardándolos en un corazón de trazos surrealistas. La colegiala notó que tras cinco minutos de espera, ni un rastro de su novio percibía. Al cuarto de hora, sólo el canto de las alegres golondrinas y de alguna que otra ave silvestre, le daban cuenta de los únicos testigos en aquel lugar. Empezó a sentirse sola y por vez primera en su vida, desprotegida.

Sin embargo, una corriente de aire fría le reveló que ella no estaba acompañada de pájaros y otros bichos únicamente. Esa ventisca llevaba una fragancia fuerte, pero relajante, cuya esencia resonó en la mente de Carmina imaginando unas varoniles mejillas imberbes tan aclamadas por ella. Respiró hondamente para retener el olor del aire perfumado y de un vistazo buscó el sitio de dónde provenía esa loción.

Jacinto Cañada, la observaba a unos diez metros de distancia, posado desde lo alto de una roca cubierta de musgo. Al verse mutuamente, él gritó su nombre. Ella alzó sus brazos sonriendo espontánea y corrió hacia él. Jacinto dio un brinco enorme y cayó flexionando tanto sus rodillas, que quedó hincado de cara a Carmina. Ambos aceleraron sus pasos y se encontraron en arrebatado abrazo. Después, tras ocho días sin tocarse, unieron sus labios con desesperación adictiva.

El embelesado dúo se perdió entre el follaje denso del bosque, rumbo a su refugio hospitalario. La tarde transmutaba apacible, nostálgica e irrepetible. Cercano ya el verano, parecía ese momento el clímax de un atardecer otoñal, galanteándose el viento en el rostro de los novios, meciendo sus cabellos. Las aves parecían escoltar a la joven pareja entre gorjeos y danzas curiosas que dibujaban en la imaginación espirales, elipses y parábolas. Para Carmina Luna, no había momento más perfecto. Evocó sueños a realizar junto a Jacinto Cañada, que le daba oídos a toda fantasía que de su mente nacía y de su boca brotaba.

Al llegar a la inerme finca, ambos siguieron las debidas precauciones de rutina: un vistazo a la redonda para detectar cualquier indicio de don Pascual; la puerta de la entrada cerrada como de costumbre; algún movimiento inusual a través de las ventanas; el menor susurro –aunque fuese el de un programa de tele o radio- de personas cercanas a la casa, y por último, el escrutinio absoluto del pequeño granero; su silencioso escondite predilecto desde que hicieron novios.

Tras cerrar la puerta de la bodega por dentro, respiraron aliviados. Se dieron un abrazo recio pero efímero, y se volvieron a besar, ahora con suavidad, como aquella primera vez en el mismo escenario sin testigos. Carmina jugueteó con la lengua de Jacinto. Él tenía algo de experiencia en ese tipo de besuqueo – lento, pero que hervía la sangre- el cual aprendió en cauto encuentro con una cliente de la gasolinera -mujer curtida y despechada por marido infiel –justo al año de morir su padre. Jacinto le correspondió a Carmina saboreando la suya, y rozando hábilmente sus labios superiores, sintió el aire que suspiraba su compañera –primero a ritmo bajo, después más intenso –al tiempo que en sus cuerpos una excitación en cadena los obligaba a prodigarse caricias en la intimidad de sus masas candentes.

Jacinto no le dio tregua a Carmina para cambiar de lugar. Una esquina cubierta de espigas de trigo fue el sitio elegido para que la inexperta pareja prosiguiera el candente ritual. Carmina Luna era toda inocente en las emociones que le nacían por vez primera al entregarse a ese momento junto a Jacinto y se acordó que una de las tianguistas del domingo –con mala fama de caza hombres– contaba con picardía a algunas clientas sobre los "ratos a solas más divertidos y deliciosos" al estar en compañía masculina.

Jacinto Cañada abandonó los labios de Carmina para explorar la suave piel de su cuello y la muchacha no opuso ninguna resistencia. Pero no se sentía dominada. Más bien anhelaba el recibir de Jacinto ese vaivén de caricias y besos por las distintas zonas de su cuerpo nunca antes exploradas por ningún varón. Las poderosas y placenteras endorfinas se movían en su organismo a cada segundo. Entonces deseó repentinamente que Jacinto posara sus manos sobre sus senos, y, sin musitar palabras o hacer gestos – telepatía pura-, su novio ya lo hacía. Deslizó éste los dedos de su diestra sobre el abultado pecho izquierdo ayudándose con la zurda a levantar la camiseta blanca de Carmina –de algodón desgastado y con el emblema del colegio– descubriéndole su vientre que ardía de un fuego pasmoso. Ella olfateaba el cabello de Jacinto y buscaba responderle sus besuqueos y caricias dándole tiernos ósculos en sus orejas y sus imberbes mejillas. De pronto, la mano zurda de su hombre tocó su brassier azulado y ella se alejó con ligero espanto sin pronunciar palabra alguna, aunque su mirada era desafiante; pero poco después se mordió sus labios inferiores y con sus manos atrapó la nuca de Jacinto, en clara señal para que éste prosiguiera con el apasionado experimento. Y así lo hizo Jacinto.

Le alzó su camiseta escolar quedando al descubierto el sostén, la única frontera de tela entre sus intrépidos dedos y los pechos de Carmina. Jacinto se quedó pasmado contemplando la belleza –simétrica, perfecta- del busto de su chica, de los que podía apreciar parte de las areolas de sus pezones, muy erectos. Fue ahí donde Carmina deseó desnudarse toda frente a Jacinto. Ya en las primeras veces de su noviazgo, cuando se habían besado por largos ratos, sentía como un denso aceite le cubría su vagina. La primera vez que le ocurrió tal sorpresa fue en el tercer viernes a escondidas en el granero. En aquel momento, separó su boca inmediatamente de la de Jacinto, imaginando que su flujo menstrual la había hecho una visita anticipada en muy mal momento. Al revisarse lejos de la vista de su preocupado Jacinto, se limpió un extraño ungüento tibio y transparente, de olor fuerte y raro. Pero no era sangre.

Ahora, el misterioso líquido lubricante de Carmina no dejaba de fluir al ritmo de su corazón excitado, deseando ser despojada del resto de sus prendas, a través del permiso dado, ya por su voluntad cedida a través de sus lozanos gemidos para que procediera Jacinto.

Todavía más certero, dando rienda suelta a su instinto masculino, Jacinto comenzó a besar las inmediaciones de los senos voluptuosos de Carmina, quien con cierta timidez, colocó sus manos sobre la espalda de su compañero –cubierta por una gruesa camiseta azul, saturada de esa deleitosa loción- y lo acarició en lento zarandeo de arriba hacia abajo, tratando de invadir con sus inquietos dedos, el dorso de Jacinto bañado en sudor, partiendo desde su embarnecida cintura.

En ese jugueteo entre inocente y osado de los jóvenes tórtolos, transcurrieron quince minutos.

Trataba Carmina de levantarle la camiseta humedecida a su novio -que tampoco oponía resistencia- cuando sus ojos advirtieron la figura de un sujeto que les observaba –con rostro grotesco, mirada perversa– desde una de las ventanas mugrientas del almacén. Como rayo, Carmina Luna puso al tanto a Jacinto Cañada, que se levantó en el acto para averiguar lo que ocurría en lo que ella se ataviaba con su playera colegial rápidamente, pero el extraño merodeador ya no se veía afuera o en los alrededores del granero.

Destilando miedo, Carmina se abrazó a Jacinto y le dijo, con voz pasmada:

- ¡Tiene una cara horrible! Nos miraba como un maldito demente.

- ¡Carmina, amor! Cálmate. Debe ser un teporochito o un familiar de don Pascual – le respondió Jacinto, quien lucía más sereno, pero alerta.

- Si tan sólo hubieras visto su cara, ¡vámonos ya mi cielo! –le rogó Carmina, todavía muy alterada.

- No hagas ruido –le pidió Jacinto – que voy a echar un ojo para que no nos cache. Aguarda.

No quería ella desprenderse del cuerpo de Jacinto, pero él la apartó con suaves movimientos al tiempo que le pedía silencio llevándose su índice izquierdo a los labios. Abrió la puerta con cautela y notó despejada la corta senda de pastizal que rodeaba el almacén. Pudo apreciar la casa de don Pascual en calma absoluta –una calma muy extraña, sospechó- como nunca antes había sentido desde que visitaban ese lugar.

De pronto, se vinieron a la mente de Jacinto claras dudas que le inquietaron al escudriñar el acallado paraje:

¿Por qué no se oía el repique cotidiano de las campanitas colgadas de las vigas del aposento habitado por el viejo ermitaño? ¿Y el cese del crujir de las maderas de la descuidada cerca, tan golpeadas por el viento primaveral que su sonido habitual era parte natural del paisaje, a qué se debía? ¿Y por qué había una peculiar tejana color gris sobre uno de los barandales inmediatos a la puerta de la casa, la cual al llegar ellos no estaba? Peor aún: ¿De quién era la alta silueta que podía ver claramente desde uno de los cristales del segundo piso y que no correspondía a la figura achaparrada de don Pascual?

Sin dejar de ver la destartalada vivienda, Jacinto hizo un rápido ademán con su mano derecha para que Carmina lo siguiera. La sombra humana seguía parada - casi estática, como estatua misteriosa- frente a la ventana, apenas cubierta por una cortina teñida de un gris cenizo, encubriendo la identidad de quien detrás estaba. Entonces, bruscamente, Jacinto y Carmina advirtieron un silbido agudo y tosco, que los dejó paralizados. Tal sonido provenía del techo del granero, su solitario y apacible refugio.

Carmina Luna miró de reojo y casi saltando llegó a su novio, vociferando, frenética:

- ¡Es él! ¡Ese es el tipo Jacinto!

- ¿Qué quiere usted? – le lanzó fuerte el joven Cañada al pervertido merodeador, aventando el pecho y dejando caer sus brazos en señal de reto. El aludido permaneció quieto, erguido sobre la azotea del almacén. Su respuesta fue el mismo chiflido grosero, pero con más volumen, tornándose en su rostro una mueca de sorpresa fingida y burlona. Después, se llevó una mano atrás de la cintura y la volvió a mostrar, cargada con una pistola escuadra, de garrafal tamaño.

- ¡Vámonos Jacinto! – clamó Carmina al tiempo que se resguardaba atrás de Jacinto, quien sabía que tratar de huir podría significar el recibir sendos disparos del desconocido agresor. Su memoria le refrescó instantáneamente la anécdota de uno de sus compañeros despachadores de la gasolinera donde trabajaba, el cual, durante un asalto nocturno, cooperó con los atracadores en todo lo que le ordenaron, pero en cuanto uno de los timoratos empleados se echó a correr, tres fogonazos de uno de los delincuentes acribillaron el cuerpo del infortunado hombre, matándolo en el acto. "Hay que hacer todo lo que te pidan, que estos culeros van más nerviosos que uno y a veces se les van las balas"; tal era el consejo con el que siempre terminaba su relato ese compañero, pensó Jacinto dentro de sí, en tanto que levantaba sus manos en señal de calma y mirando bien al empistolado, volvió a gritarle:

- Si quiere dinero, no hay problema, lo tengo en mi cartera. Pero no nos haga mal.

El tipo les lanzó perversa ojeada, dirigió el arma hacia ellos y dejó de silbar. Nada más.

- Por favor, tranquilo señor –suplicó Jacinto Cañada, respirando su propio miedo y el de Carmina, que no se soltaba de sus hombros y más bien lo jalaba con desesperación para escapar.

De pronto, una seca detonación se escuchó desde la casa de don Pascual. Carmina Luna gritó nerviosa y Jacinto viró su cabeza echando un vistazo hacia la morada, percatándose que la enigmática silueta ya no estaba en el ventanal de la planta alta. En cambio, la puerta maciza de la vivienda se abrió de golpe, para dar paso a un hombre de elevada estatura, complexión atlética, tez blanca colorada, sus ojos ocultos por unas gafas opacas, el cabello a rapa –reluciente su cráneo, con el resplandor de los rayos solares- y vestido con pantalón de mezclilla oscuro, camisa blanca con una chaqueta de cuero café y botas negras tipo militar. Portaba en su mano zurda un teléfono móvil y en la otra una pistola de minúsculo tamaño pero dotada de un cañón de notable anchura. Luego, un tercer sujeto apareció tras la puerta de pino. Era mucho más bajo que el segundo, de piel morena tostada y figura algo fofa. Una barba de candado le decoraba su rostro acentuando su fruncido ceño maldito – no de malvado, sino de alguien que sufrió un cruel sortilegio- que evitaba sostenerle la mirada a cualquiera que osara hacerlo. Iba ataviado de unos jeans azules, una fina y lisa camisa, ligeramente rosada, calzando botas de piel de cocodrilo y luciendo una cabellera lacia teñida en rubio con el peinado hacia atrás.

Al posarse junto al rapado pistolero, la asustada pareja notó que el último hombre era más sotaco de lo que parecía o quizá, el otro era grandulón y achaparraba a cualquier individuo de estatura media que se pusiera a su lado.

En unos segundos, el fulano que estaba en la azotea del granero saltó con agilidad apuntando su arma hacia arriba, cercando a Carmina y Jacinto a pasos lentos.

Era alto, pero no como el pelón de gafas oscuras. Delgado de cuerpo, su piel apiñonada se revelaba en los brazos semicubiertos por una camiseta de color roja, con símbolos vinculados a la muerte –sobresalía la esquelética parca, cubierta de un manto negro, levantando la amenazante guadaña-, y el resto de su semblante, bastaba una palabra para resumirlo: repugnante. Desde su nariz, raquítica y deforme; sus pómulos repletos de granos negruzcos, su boca con el labio inferior hinchado y el de arriba escondido, y las pupilas gigantes de sus ojos, bañadas de un iris de rojo terrible…de ira…de venganza.

Para marcar la sentencia a lo grotesco, una larga cicatriz de navaja le recorría casi toda su frente cacariza perdiéndose en su sien derecha cubierta por un frondoso y rizado cabello color azabache. No se había equivocado Carmina al describirle a Jacinto esa monstruosa cara en el momento en que los estaba espiando.

Hay que ser más prudentes...

"No se encuentra a alguien tan malvado que sea incapaz de hacer algún bien." Francesco Guicciardini. *Recuerdos.*

Eran tres tipos que nunca habían visto en San Bonifacio. Ni siquiera Jacinto, que a diario memorizaba las facciones de indistintos clientes que llegaban a la gasolinera, ubicó los rostros de aquél temible trío que aparentaban menos de cuarenta años. Tampoco supo del asunto que los tenía reunidos en tan alejado sitio del pueblo.

Pronto quedó claro que el líder del grupo era el chaparro de abominable mirada, que tomó el sombrero gris acomodado en el pasamanos y se lo puso sobre la cabeza; apoyando sus manos en el barandal, ametralló con la vista a los intimidados novios y les dijo en tono amenazador:

- ¿Qué chingaos andan haciendo aquí cabroncitos?

Le respondió Jacinto, entre tartamudeos y la angustia disparada en los ojos:

- Mi novia y yo nos escondimos en esa bodega señor... pues para pasar un ratito juntos y sólo eso. No volveremos a hacerlo, discúlpenos.

El hombre del sombrero ni siquiera miró a Jacinto al oírlo, su vista más bien se posó en la de Carmina Luna y le increpó:

- ¿Y tú, qué alegas? ¿A poco en ese pinche lugar tan culero te gusta que tu cabroncito te la meta toda?

- Es verdad lo que dice mi novio – replicó entre nerviosa y confundida Carmina – pero no me mete cosas, no sé qué dice usted señor.

- ¿Tú qué dices Lagartijo? ¿Dice la neta esta cabroncita? –le preguntó el mismo sujeto al de la camisa roja y facciones horrorosas.

- No le crea jefe. Bien que me los caché echando pasión a todo motor. Esta guila ya se estaba dejando besar los chicharrones por este pendejo y fue cuando me vio -detalló el Lagartijo, fajándose el arma cerca del ombligo.

- Siempre cagándola pinche Lagartijo –le contestó irónico el de la tejana gris, al tiempo que sacaba un cigarro y el grandulón rapado se lo encendió tan pronto puso en su boca el pitillo. Tras la primera bocanada de humo, les dijo, impaciente:

- Cabroncitos, ustedes no tenían que estar aquí hoy. Cualquier otro día habría estado bien, pero no hoy. Miren que hay tantos pinches lugares en este puto pueblo para irse a dar una buena cogida y escogen justo éste – volvió a echar una fumada y agregó-: No...no...no...hay que ser más prudentes.

Jacinto, que apretaba las frías y trémulas manos de Carmina, intentó negociar evitando el tartajeo de sus palabras:

- Señor, le juramos por lo que más quiera que no nos volverá a ver, ni sabrá nadie que los hemos visto. Con decirle que nosotros nos escondemos aquí porque nuestras familias no se quieren y no nos dejarían ser novios. Nos la estamos jugando al hacer esto, déjenos ir por favor.

Una vez más, silencio absoluto. El cigarro mutaba a un rojo escarlata a cada jale de humo del chaparro del sombrero, arrojando efímeros anillos grisáceos que exhalaba por su boca al ritmo de la tarde agonizante. Por fin, a punto de extinguirse el fuego en la colilla, llamó al gigante de la choya afeitada y le cuchicheó algo al oído. Éste se desapareció atrás de la casa y en un santiamén ya traía unos largos y resistentes mecates. Retomó la voz el líder de la banda poniendo sus maléficos ojos en Jacinto Cañada:

- Ahora escúchame bien cabroncito. Me respondes a todo lo que te pregunte y nada más. ¿Estamos claros?

Jacinto asintió con la cabeza, ya repleta de pavoroso sudor, observando las cuerdas que sostenía el enorme fulano.

- Tu nombre completo y el de tu cabroncita – le indagó el ensombrerado.

- Jacinto Cañada Fajardo y ella Carmina Luna Atanacio, señor – respondió sincero el adolescente.

- ¿Sus domicilios y a qué se dedican?

- Yo vivo en la calle División del Norte número catorce y ella en Ejército constitucionalista pero no sé su número, señor.

- ¿Es tu vieja y no sabes el número de su pinche casa? ¿Me quieres hacer pendejo? - le requirió burlonamente el nefasto hombre.

- Si, disculpe. Como le dije antes, nuestras familias no se hablan y por eso yo no he ido nunca a casa de Carmina, pero sé cuál es su calle.

La aludida, intervino de pronto, para respaldar la explicación de su novio.

- Eso es cierto señor, yo vivo en la calle Ejército Constitucionalista número cincuenta y ocho. Pero Jacinto no pasa por ahí para que mis padres no tengan sospechas de que me busca.

- Por eso a las pinches viejas les va como les va –prorrumpió brusco el chaparro, quitándose amenazante el sombrero - por abrir el hocico cuando deben cerrarlo. Vuelves a soltar una sola palabra cabroncita y te la voy a cobrar muy dolorosa, ¿quedó clarito?

Carmina soltó un fugaz y espantado "ajá". Jacinto la tomó en sus brazos sin replicarle nada al funesto interrogador que continuó:

- ¿A qué se dedican ustedes y sus familias?

- Yo trabajo en una gasolinera y mi madre vende comida, mis hermanos van a la escuela. Carmina estudia la preparatoria…

Alzando una mano, le interrumpió el hombre:

- ¿Y tú jefe de qué la gira?

- Murió ya hace tiempo señor –le contestó Jacinto.

- ¿Cómo valió madres?

- ¿Perdone?

- ¿Cómo valió madres? –repitió molesto el chaparro.

- ¿Quiere decir cómo falleció mi papá? -alegó Jacinto, con extrañeza.

- ¿Eres sordo o te haces pendejo? No vuelvo a preguntarte cabrón… -alzó su voz cortante, el temible lidercillo.

El chamaco, no perdió segundo alguno:

- Unos gringos encontraron todo quemado a mi jefecito. Lo mató el calor del desierto de Arizona, según nos dijeron los policías que nos lo trajeron para enterrarlo.

- ¡Sólo los pendejos cruzan ese pinche infierno de arena y por míseros trescientos dólares a la semana! –intervino el Lagartijo en tono hiriente, provocando en Jacinto Cañada un apretujón tanto de muelas como de su puño diestro con ganas de romperle la jeta a toda costa. En cambio, aguardó su furia esperando que el mandamás del trío castigará la intromisión del imbécil que les custodiaba las espaldas. Apenas un instante, el chaparro se apartó del barandal y se movió hacia las escaleras, frunciendo más el ceño, señal clara para Jacinto que el comentario de su hombre le había enfadado.

- El Lagartijo tiene razón – fue la amarga respuesta del sotaco, para frustración del joven huérfano de padre-. Hay que estar o loco o bien guey para cruzar a los yiunateds por los putos infiernos de Arizona y Texas. Pero sigámosle...y tu Lagartijo, ya chitón, que se me espantan las dudas.

El Lagartijo alzó sus manos en señal de obediencia y el interrogatorio continuó:
- Entonces, Carmina, tu lady... ¿dices que estudia?
- Si, preparatoria... – respondió turbio Jacinto.
- ¿En qué preparatoria?
- En la Fray Servando Teresa de Mier, señor.
- Mmmmm ...esa no la conozco – dijo el sujeto y desvío la vista hacia el pelón gigante, diciéndole-: ¿Te suena a ti esa escuela? ¿Alguien de nuestra gente o de los otros han ido ahí?

El sujeto meneó negativamente su colorada cabeza afeitada, por lo que el chaparro prosiguió el interrogatorio a Jacinto:
- ¿Y de qué la gira la familia de Carmina?
- Su papá atiende una farmacia y su mamá se encarga de la casa. De sus hermanos, dos se casaron y viven en Guanajuato, uno es maestro y el otro es eléctrico. Los otros tres trabajan en el mercado, vendiendo carne.
- ¿Esos tres cuñaos tuyos, no han agarrado vieja? – insistió el bandolero.
- Andrés tiene novia con planes de boda, señor – soltó la sopa Jacinto.

Alrededor de unos diez minutos siguió la averiguación a detalle sobre la relación oculta de los pasmados novios, desde la causa de la repulsión entre las familias Luna Atanacio y Cañada Fajardo, hasta el por qué eligieron ese paraje tan recóndito para intimar. Ya cuando los tenues rayos del atardecer rasgaban las hileras de tejas enmohecidas de la casa de don Pascual –del que hasta ahora Carmina y Jacinto no sabían nada- el chaparro decidió el destino de la juvenil pareja retenida.

Al principio, usó una persuasiva comunicación con ambos adolescentes. Se acercó a los dos sin tocarlos, corroborando aquellos lo corto de su estatura. Les reveló que eran agentes de la policía – pero no les mostró placa o identificación alguna- y tenían vigilado a don Pascual Lozano Godínez por sospechas de esconder droga en su propiedad. Por tanto, el comando policial que él dirigía fue a inspeccionar la casa del solitario hombre. Luego les aclaró con un lenguaje tan convincente – carente ya de rudeza y vulgaridad- que ahora debía interrogarles a ambos, como señalaba el procedimiento de rutina, ya que las bandas criminales se movían a sus anchas en sitios solitarios, desapercibidos, sin presencia de gente, como la casa del señor Pascual. Y debido a que Carmina y Jacinto se metieron en propiedad privada, lamentablemente eran sospechosos del delito de narcotráfico. Sin embargo les dijo, con mirada amable y esperanzadora, qué él creía todo lo que Jacinto Cañada le había dicho, y que en un rato, una vez comprobada la información de aquel, los dejaría en libertad.

Por último, les avisó que iban a estar en distintos lugares, para interrogarlos personalmente y detectar cualquier incongruencia en las respuestas dadas por Jacinto pero que no tuvieran temor de que algo grave les pasaría. Todavía más amable, les alentó a abrazarse para que se sintieran en confianza. Jacinto recompuso su inquieto rostro poniendo mueca de alivio efímero. Le pidió a Carmina que dijera la verdad de todo lo que le preguntarán, pues así los soltarían sin problemas. "Sabrán que nosotros, de delincuentes, no tenemos nada y nos dejarán", le musitó a su chica. Se volvieron a abrazar y unieron sus labios sin dejar de mirarse.

ΔΔΔ

Carmina Luna fue metida a la casa de don Pascual por el hombre bajo, ordenando a sus presuntos policías que llevaran a Jacinto Cañada al granero. De un vistazo, Jacinto notó escondida, discretamente entre los pliegues de la camisa del chaparro, parte de la culata plateada de una pistola, la cual reflejaba el brillo de los últimos y lejanos rayos del Sol poniente.

Dentro del almacén, el Lagartijo puso de espalda al muchacho y sin mediar palabra, le jaló con rudeza sus manos, reaccionando éste con sorpresa, soltándose de la maniobra con nerviosismo hacia su vigilante, quien le reclamó con timbre encabronado:

- ¡Ora culero! ¿Te vas a poner rejego?
- Dijo su jefe que sólo nos preguntarían. ¿Qué me quiere hacer? – exigió serio Jacinto.
- Okey culero, okey. La quieres perra ¿eh? –se impacientó el Lagartijo sacando su arma otra vez.

Pero de relámpago, el altote rapado intervino por fin:

- Cálmate cabrón – su voz sonó pasmosa a los oídos de Jacinto-. Guarda tu chingadera y me dejas esto a mí.

El Lagartijo se aplacó al instante, como temiendo recibir duro castigo de no acatar el mandato. No pronunció nada, más bien se encubrió la pistola tan veloz como la había levantado. Esperaba al menos Jacinto, escuchar el mote o apodo del segundo policía, al que –ya no tenía ninguna duda– era al que había vislumbrado como la enorme sombra en aquella habitación de la casa de don Pascual.

El pelón le puso una de sus manotas –proporcionales a su inmensa altura- en el hombro a Jacinto y lo obligó a girar. El chamaco no le pudo ver los ojos: seguían cubiertos por los lentes opacos, de amplio cristal. Pero si le distinguió una gruesa cicatriz en su musculoso cuello, pegada a su barbilla. Entonces el grandulón le dijo:

- Hace rato oíste al jefe que nada hay que temer, entonces ¿por qué te resistes Jacinto? –su timbre era demasiado perturbador, pensó el muchacho al oírlo por segunda ocasión, además de fue el único del trío que lo llamó por su nombre de pila. Luego le explicó:

- Tenemos que atarte las manos pues nada sabemos de ti. Ni siquiera sabemos si aquí tienes algo con que pudieras atacarnos.

- No tengo nada señor policía, le juro por…-irrumpió Jacinto, pero el gigantón lo acalló al instante:

- Shhhhhh, no hables...me emputan las interrupciones. ¿Estamos?

Jacinto Cañada se resignó a contestarle al de las gafas negras. Aparte, su voz no era desafiante, sino imperativa. Continuó el tipo:

- No vamos más que atarte para asegurarnos que no vayas a poner en riesgo tu vida o la de nosotros. ¿Estamos?

Bastó eso para convencer al palidecido joven san bonifacense. Sin embargo, un pequeño atisbo en su mente surgió al estarlo amarrando de manos y pies. ¿Por qué si eran policías no le habían puesto esposas, tal como en los noticieros de la tele se veía cuando capturaban a cualquier delincuente? ¿Y no debían llevarlos a un vehículo oficial o hacia una estación de policía para interrogarlos, tal cual ocurría con todo sospechoso? Algo crucial: ¿Por qué no les dieron sus nombres o mínimo les mostraron una identificación de la agencia policiaca a la que pertenecían?

Una vez que los mecates sujetaron fuerte las extremidades de Jacinto, el grandulón le dictó al Lagartijo que escudriñara en el pantalón del chamaco, hallando un par de llaves, una sencilla cartera de cuero cuyo interior resguardaba dos fotografías –una de su madre Gumercinda y otra de su padre Fermín, un mes antes de la trágica muerte de éste-; también una credencial suya de la secundaria federal "Ejército Trigarante", la cual lucía muy deteriorada a diferencia de su recién impresa credencial electoral. Por último, ciento noventa pesos en billetes de cincuenta y de veinte.

El par de sujetos murmuraron algo y luego salieron del granero. Jacinto, por fin, respiró tranquilo.

A los pocos minutos, volvió el tipo de las gafas oscuras y cabeza afeitada. Sus manos iban vacías; la cartera seguro ya la tenía el chaparro jefe de ellos. Algo lejos, Jacinto Cañada prestó oídos al encendido de una camioneta Cadillac Escalade –se había memorizado las particulares prendidas de motor de cientos de autos y pick ups que a diario cargaban gasolina en la estación- y su sospecha renació con tintes desesesperados en el latir de su corazón. Otra descarga de adrenalina se le liberó de súbito. Sus palpitaciones ascendieron, sus pupilas se dilataron, sus músculos estaban tensos y en su mente un pensamiento se grabó: ¿De cuándo acá la policía traía camionetas de lujo para sus inspecciones de vigilancia?

El Lagartijo llegó a San Bonifacio en menos de tres minutos. Le pisaba al acelerador de la potente troca Cadillac color negro alcanzando ciento cincuenta kilómetros por hora en la recta de cinco mil metros que separaban la finca de don Pascual Lozano Godínez y la primera casa de aquel pueblito fantasma en la geografía política de Guanajuato, que todavía no aparecía en ningún mapa viejo o moderno, ni en el sistema GPS. El Lagartijo empezó a indagar, primero con la vista, después con algunos peatones, sobre cualquier farmacia que hubiese por ahí. Le informaron de una –la única, de hecho – y cómo llegar a ella. Estando cerca de la botica, se encontró con una patrulla a bordo de la cual iban cuatro agentes. El copiloto le hizo una seña para que se detuviera. Luego, el mismo oficial bajó del vehículo y recargándose en la puerta del conductor, le dijo al Lagartijo:

- ¡Qué milagro que apareces compa!

- Ya ves, ya ves mi comander, vengo por un encargo del patrón –respondió urgido el achichincle.

- ¿Cómo está por cierto? Me dejó colgado con un bisné empezando el año – insistió el policía al tiempo que curioseaba el interior de la elegante camioneta con ojos saltones.

El Lagartijo comprendió que estaría muy difícil zafarse de la plática con el metiche uniformado, así que optó por quitárselo de encima con una maniobra autorizada por su jefe para ese tipo de situaciones. Metió disimuladamente la mano debajo de su asiento y sacó tres mil pesos en un fajo de billetes de doscientos.

Tratando de rematar la charla, le contestó impaciente, aunque con un toquecito de cortesía:

- Mi comander, debo irme. Mi patrón me espera y sabes cómo se encabrita si me tardo en un mandado. Aquí te dejo un regalo pa que invites a tu tropa –y le dio el dinero con la zurda, mientras que con la derecha ponía la palanca de velocidades en avanzar. El agente policial montó una falsa sonrisa al ver y palpar la billetiza. Sin contar el varo, lo metió en una bolsa trasera del pantalón y le extendió la mano para despedirse, añadiendo:

- Ta bueno compa. No te entretengo más. ¿Todo bien? ¿Algo que necesites para que cumplas con el encargo del jefe?

- Todo en orden mi comander. Ahí nos vidrios pronto – concluyó el Lagartijo y correspondió con el saludo de mano. Quitó el pie del freno para que avanzará la Cadillac Escalade y luego aceleró exageradamente a más de setenta kilómetros por hora para recorrer un tramo de trescientos metros. Con un rechinido de llantas se detuvo frente a la farmacia "Don Clodoveo", apagó el motor y a paso veloz entró al dispensario.

Una señora de blanca y larga cabellera, cubierta con un chal oscuro y bastón en mano, aguardaba en el mostrador. Pocos segundos después el vendedor salió de unos estantes de medicinas; hombre alto, robusto, de piel morena clara y las pupilas de sus ojos matizadas en café tostado. Llevaba consigo una cajita con grageas, explicándole a la anciana la dosis y el costo. En lo que la clienta contaba el dinero para pagarle, atendió al Lagartijo. Éste le leyó de su teléfono móvil lo que buscaba y el farmacéutico procedió a surtir el pedido. Ducho en su oficio, en veinte segundos ya le tenía sobre la mesa la mercancía, y le hizo la cuenta, sumando en una corroída calculadora el precio a pagar.

Con pena en la cara, la encanecida mujer le murmuró al vendedor que le faltaban doscientos pesos para saldar el costo del medicamento, pero que volvería en la tarde. Apenas con la mirada –muy apática- según interpretó el Lagartijo, el farmacéutico fingió no escuchar las palabras de la señora, pero sus ojos merodeaban la cajita con grageas y las manos tembleques de aquella. Ignorando la presencia del vendedor, el Lagartijo le pidió a la señora que se llevara la medicina, pues él se la cubriría. Serio, el comerciante le informó que tales cápsulas valían ochocientos pesos más aparte lo suyo. La anciana, mostrando cara atónita, tuvo intenciones de negar humilde la valiosa ayuda que de ese gentil desconocido recibía, más no pudo pronunciar palabra: el Lagartijo tomó el producto y lo puso en una de las palmas arrugadas de la vieja pueblerina. Ella lo observó con ternura y le bendijo:

- Que Diosito y la Santísima Virgen María le den mucho más, joven.

- Gracias señito, aunque soy una oveja muy descarriada. Seguro me iré al infierno – le aclaró con extraña mueca el sujeto.

- No diga eso joven. Pórtese bien como ahorita y Dios le recompensará.

Salió la señora y el encargado le puso ojos adustos al anónimo benefactor para ajustar cuentas, diciéndole:

- Ochocientos de las grageas de la señora, más ciento treinta de su encargo, dan novecientos treinta señor.

Al instante, sin sacar cartera, ni soltar palabra, el Lagartijo le extendió un fino billete de dos mil pesos. El boticario tomó el dinero y no supo que alegar. Su rostro transmutó a varias expresiones en una sola: sorpresa, coraje, frustración, duda, miedo... ¿alegría?

Vaciló casi medio minuto, le ganó la duda:

- Disculpe joven, ¿pero no tiene otro billete?

- ¿Qué problema hay con éste? – dijo inquieto el Lagartijo.

- No tengo cambio. Discúlpeme – repuso tácito el vendedor, evitando decirle, presa del asombro, que era la primera vez que recibía el papel moneda de mayor denominación en México.

- ¿Qué tan jodido está su changarro que no tiene vuelto? –preguntó con mofa el Lagartijo.

- Pero ni siquiera para juntarle doscientos pesitos joven. Perdone, es que nunca me han pagado con este billete – argumentó apenadillo el de la farmacia, ya con talante nervioso al escudriñarle el horrendo rostro al comprador, a quien le devolvió el dinero con la efigie del prócer Miguel Hidalgo y Costilla, la cual no dejaba de apreciar.

El Lagartijo se encogió de hombros. Tomó las cosas que había ordenado y le dijo:

- La doñita a la que le pagué su medicina, ¿cómo se llama?
- Doña Cuca señor.
- Y lo que se llevó, ¿por qué tan caro? ¿Pa qué mierdas sirve?
- Es para sus huesos, tiene problemas de calcificación – le explicó el encargado, que aún sostenía el billete en su mano derecha.
- ¿Y tan grave es eso? – lo miró inquisitivamente el Lagartijo.
- Para doña Cuca si. Hace unos meses estaba en la parroquia y al arrodillarse, se le quebró un pie a la pobre. Pegó un grito que espantó a todos. En la clínica le dieron como receta tomar esas cápsulas. Pero son caras. Sólo me las surten para ella.

Directo, el Lagartijo le sonsacó al boticario su nombre.

- Volodio Luna Rojas para servirle joven – contestó el farmacéutico, mirándolo con temor.
- Pues a ella le entrega los mil setenta pesos de cambio – ordenó el Lagartijo, rápido para calcular dineros. Luego agregó: - Ahora mismo le aviso. ¿Entendido Volodio?
- Si joven, como guste. Aquí le guardo a doña Cuca el vuelto de usted.

El tipo abandonó la farmacia y pudo ver que a media cuadra, la señora del chal negro y blancos cabellos caminaba tambaleante, apoyando bien un pie, deslizando suave el otro y el bastón firme, en su diestra. Maniobrando la camioneta, alcanzó a la anciana:

- Doña Cuca, le dejé un dinero para que compre más medicinas. Se lo pide a Volodio, el de la farmacia y aquí tiene una ayudadita más – dijo el Lagartijo mientras le extendía un billete de mil varos.

El Lagartijo no pudo ver la cara boquiabierta de la enferma octagenaria, pues apenas recogía ésta el dinero con la zurda, de una pisada el vehículo arrancó de prisa dejando una estela de polvo en el camino fundido de piedras y terracería. Tapándose la boca con su chal negro, a fin de no aspirar la polvareda levantada, la mujer murmuró: "Vaya que este muchacho si es una oveja descarriada, pero ojalá Dios lo salve del mismísimo infierno".

El ocaso moría para dar nacimiento a una noche de cielo despejado y prometedor de miles de estrellas como protagonistas silenciosas. En la casa de don Pascual, Carmina Luna Atanacio había contado detalles más privados sobre sus padres y sus hermanos. El chaparro del sombrero gris, no anotaba nada. Curiosamente, a Carmina no la amarró de pies y manos, pero ni falta hacía: la hermosa colegiala permanecía cautiva y obediente a todo lo que el siniestro líder del grupo de policías le pedía. En el fondo, una calma le colmó la mente al saber que estaba con gente buena -policías sin uniforme, pero policías al fin- tanto ella como Jacinto. Al fin y al cabo, el hombre que la tenía cara a cara les dijo a ambos con toda razón, que al haberse metido a propiedad

61

ajena, esto debía aclararse pronto. Pasado un rato, oyeron el arribo de la camioneta Escalade. Su potente motor de ocho cilindros se hizo sentir por un fuerte rugido que el chofer le imprimió al pedal. El jefe supo al momento que el Lagartijo retornó del pueblucho, pues esa era su firma personal al dejar el volante: un último y fuerte acelerón.

El achichincle entró por una verja que daba a la cocina de la descuidada vivienda. Su patrón lo recibió ahí mismo, revisando detenidamente las cosas que traía de la farmacia. Todo en orden. Le envió a que fuera a ver cómo iba el asunto del otro guey, en clara alusión a Jacinto Cañada Fajardo. También le dijo a su sirviente que le llevara agua al chavo y que le diera algo de comer para calmar el nervio.

Carmina permanecía en una de las sillas de la mesa comedor en la oscura zona de la casa de don Pascual. Por más que se concentraba, no percibía ningún susurro, quejido, respiración ni estornudo, del dueño de la misma. Pensó que el viejo ermitaño había huido al notar el acecho de los agentes policiacos, aunque aún no se explicaba el disparo venido de ahí y que tanto ella como Jacinto oyeron al instante de su intento de fuga.

La jovencita puso oreja a algunos ruidos que provenían de la cocina. En un par de minutos, el hombre achaparrado llegó a donde ella, trayendo dos vasos con agua. En tono amigable, le entregó uno de los recipientes; Carmina le agradeció sin verle a los ojos y lo albergó en sus heladas manos para luego descansarlo sobre sus piernas. El tipo se bebió de un sorbo el resto del agua; de la comisura de sus labios, una gota le escurrió hasta debajo de su grueso cuello, esquivando en zigzag los cuantiosos vellos negros de su barba de candado mestiza.

Así pasaron unos instantes, sin musitar palabra entre ambos. Entonces, el chaparro accionó el teléfono celular del Lagartijo y se puso a revisar algo, sin siquiera mirar a la detenida. Carmina prestó mucha más atención a los sonidos que originaba el aparato. A poco de oír, algo muy familiar pudo identificar: era la voz de su padre. La reconoció sin confusión, así le redujera el volumen al celular el tipo que la vigilaba. Las otras dos voces, sin embargo, no supo de quiénes eran. Sus extremidades se helaron más, pero no soltó ninguna palabra.

Por fin, el sotaco le preguntó:

- Uno de mis hombres fue a corroborar lo que tu novio y tú nos contaron. Mira – y le mostró la pantalla del celular –, y dime si alguien de aquí te parece conocido.

Carmina Luna revisó cada detalle de la videograbación mostrada. Vio primero imágenes chuecas pero claras del techo blanco y los bordes metálicos de algunos estantes de la farmacia "Don Clodoveo". Luego, un tanto fugaz, aparecía el fondo de la tienda y después, la figura de su padre, Volodio Luna Rojas, llevando algo en sus manos. Aunque la escena se mostraba inestable por estar moviéndose el celular, pudo oír a través de su progenitor lo que el Lagartijo fue a comprar: "Pernoctona cien pesos… preservativos, treinta pesos…total, ciento treinta pesos, joven". Luego, un abrupto zigzagueo del aparato y se acabó la filmación. Carmina permaneció callada mientras su centinela retiraba el celular de sus ojos y lo dejaba en la mesa comedor. Y al instante la interrogó:

- ¿Y bien? ¿No identificas nada?
- El señor que ahí aparece, es mi papá – soltó la chamaca con timidez.
- Eso es lo que quería oír –le dijo el hombre -, entonces, ya estoy viendo que tú y Jacinto no me mintieron. También supe por otras personas sobre tu familia y la de él. El reporte de mis muchachos es cierta. Relax, relax Carminita. Los vamos a dejar.

Carmina esbozó una breve sonrisa que escondía una enorme alegría oculta. El tipo fue a la cocina a servirse más agua y notó que ella seguía aguardando en la silla, con el vaso en sus piernas. Así que le dijo en tono mucho más optimista:

- No te aflijas tanto escuintla, sólo pasaron un susto. ¿Aprendiste la lección?

Carmina asintió con rapidez y obediencia, tal cual un niño acaba de librarse de un duro castigo y reposa dócil, ante quien le perdona el agravio cometido. Con el vaso en una mano, el sujeto de ceño violento, lo acercó hacia Carmina y la invitó a brindar:

- Pues como dicen en mi pueblo…¡salud!–. Y chocó su vaso con el de ella, que respiraba con sumo alivio. Ambos bebieron de los recipientes plásticos de colores fríos: él, de un sopetón acabose el vital líquido; ella, apenas consumió un cuarto del vaso, por lo que la animó con fugaz risa a que se tomara el resto del agua:

- ¡No, escuintla! ¡Échatelo todo! ¿A poco nunca has brindado con alguien? Es agüita fresca, échale.

Alentada ante el carácter amigable del chaparro, Carmina se bebió todo el vaso. De principio, le supo a agua de botella, y no de refrescante manantial, como la que acostumbraba a tomar, la cual traían en cubetas su padre y sus hermanos de un pozo natural a medio kilómetro del hogar. Pero poco después, le pareció que el líquido tenía un leve sabor a químico, más no le dio importancia. Su custodio se paró y le dijo que irían a soltar a Jacinto, para que pudieran marcharse. Le ofreció llevarlos a un paraje seguro para que nadie pudiera verlos y evitar el chisme popular que la pareja no quería. Carmina, le agradeció el favor, todavía cautiva de los nervios. Notó que el sotaco volvió a tomar su celular e hizo una llamada, dirigiéndose rumbo a la cocina. No podía entender con claridad lo que decía el hombre ya que masculiaba frases lejanas y rápidas. Al cabo de unos diez minutos, el sujeto seguía al teléfono y Carmina se sintió algo débil y con sueño a pesar de resistirse. No comprendía cómo, de repente, se le adormecía su cuerpo y le costaba trabajo mantener los párpados abiertos.

Un escalofrío fuerte la sorprendió al instante. Su cerebro se hizo preguntas, basadas en previa evidencia oída: ¿Qué diantres era la Pernoctona, que el Lagartijo le había traído a su temible patrón? ¿Y los preservativos, para qué eran?

Pero fue en vano. Carmina Luna Atanacio, entraba al reino de Morfeo, dejando caer el vaso de plástico rojo, quedando apenas suspendida en aquella silla de madera vieja repintada con chapopote.

Como venidos del Infierno.

"Yo oigo la voz del terror que se levanta en mi corazón."

Esquilo. Las coéferas.

Una hora transcurrió antes de que Carmina despertara. Durante ese lapso, tuvo solo un sueño: se veía junto a su padre, Volodio, cargando una gran cantidad de medicamentos mientras él iba explicándole el uso de cada uno de éstos. Le sonaban términos raros y complicados de memorizar: betudlina, arcumolona, crelitona, pratremulina, etc. Finalmente, su padre le enseñó uno que le sonaba conocido: "Pernoctona". También le advertía con seriedad que no tomara nunca pastillas de esa marca. No le argumentaba el por qué y eso le causó mucho miedo a ella.

Al irse lentamente la modorra, Carmina primero escuchó el canto de los miles de grillos esparcidos por el campo. Luego, inhaló aire con lentitud, identificando un olor a humedad encerrada. Por último, abrió sus suaves párpados y recibió la tenue luz que nacía de una lámpara de buró. Pudo sentirse acostada, sobre un colchón poco rígido de tamaño mediano, y su cuerpo cubierto por una cobija café. El lugar no le era familiar, pero cuando trató de incorporarse se enteró realmente de su verdadera situación: se hallaba fuertemente atada de pies y manos. Sus brazos delgados estaban extendidos en forma de T y sus muñecas amarradas hasta los barrotes de madera de la cabecera de la cama, lo mismo que sus piernas abiertas sujetadas de sus tobillos, a las patas frontales de ésta.

Carmina Luna Atanacio creyó estar soñando aún. Su cabeza le dolía un poco, pero hizo un esfuerzo por acordarse de los últimos momentos antes de caer rendida en la casa de don Pascual. Sus somnolientas neuronas la pusieron al corriente sobre el instante en que bebió el agua que el hombre chato le había servido. Lo restante fue complicado, pues unir los trozos de aquel hecho era imposible, ya que ella estuvo desconectada. Intentó levantarse pero fue inútil, debido al efecto del agua mezclada con el potente fármaco de la Pernoctona que seguía presente en su cerebro. Sin embargo, su tacto despertó del letargo y le reportó indicios de una sensación algo extraña en toda su piel ya que al parecer no traía ropa puesta.

Carmina sintió la rugosidad de las reatas que la sometían a la cama, también lo liso y fresco de una sábana donde su dorso reposaba. Ella desconocía que el efecto del tranquilizante, disuelto en aquel vaso con agua que le dio a beber el chaparro, la tumbó por buen rato. La pernoctona cumplió bien el encargo, pues Carmina no pudo siquiera recordar el zarandeo cuando le removieron su apretado pantalón de mezclilla claro, el cual por ser viernes, se les permitía usar a las colegialas en vez de la falda.

Carmina tomó aire con fuerza y luchó contra las cuerdas buscando romperlas, sin lograrlo. En cambio, desde una esquina, apareció la horrenda figura del Lagartijo. Con ansiosos ojos de un depredador ante su indefensa presa, el malandro individuo exclamó: "¡Jefe, la morra ya despertó!"

En pocos segundos, enérgicas pisadas retumbaron en las paredes y el piso de la habitación, por cuya puerta apareció el misterioso chaparro, fumando otro cigarro, seguido por el rapado gigantón de gafas oscuras. Carmina seguía atónita y un halito de lo más profundo de su ser, le congeló la voz.

El jefe de la banda les dio indicaciones a sus achichincles: el Lagartijo se iría checar a Jacinto y el Tuerto –primera vez que Carmina se enteró del mote del rudo y enorme pelón– celaría los alrededores de la finca, por si alguien o lo que fuera, merodease. Los dos hombres cumplieron las órdenes sin alegar nada, pero se notaban nerviosos. Carmina no se interesó en averiguar cómo había llegado a ese lugar; cada pensamiento suyo se centraba en buscar la forma de huir del rufián que se había quitado sus finas botas de piel de cocodrilo, desabrochándose un cinturón negro en cuya hebilla plateada se reflejaba, con la luz débil de la lámpara del buró, el rostro pálido de la joven sometida.

El chaparro se desvistió reposadamente y le lanzó su tétrica mirada a Carmina diciéndole: "Si cooperas conmigo y mis muchachos, te juró que en mi vida volveremos a vernos, ¿vale mamita?"

Carmina se retorció buscando alejarse –inútilmente por la tensión de los mecates – del siniestro hombre, que ya estaba casi desudo, salvo por una trusa que más parecía un boxer por lo chato de su tamaño. Ella le notó un tatuaje grande en la zona de los pectorales, que exhibía a un tosco sujeto de sombrero y bigote apuntando un pistolón a la cabeza de otro que yacía de rodillas pidiendo clemencia con las manos.

Sin avisar, el tipo tomó con su mano derecha un trozo de la colcha que cubría a la chica y la arrojó al piso. Tal acción provocó un alarido muy agudo de Carmina que por fin se vio sin ropa a excepción de su calzoncillo, que por alguna razón, no le habían quitado. Luego el hombre revisó de pies a cabeza a la estremecida adolescente, que en balde gritaba contra aquel que ya se había bajado su trusa, mostrándole el pene erecto, rodeado de negruzcos vellos púbicos y del que le escurría un viscoso líquido transparente. Nunca antes la muchacha había visto el miembro sexual de un hombre, exceptuando un par de veces con los niños de escasos dos o tres años que solían salir tiernamente encuerados a pasearse por los patios de las casas vecinas. Además, las ilustraciones de los libros de biología que Carmina vio con curiosidad muchas veces no describían esa forma exagerada del órgano masculino. Esto que tenía frente a sus ojos era distinto.

No teniendo más escapatoria, Carmina rugió a quienes anhelaba su inmediata protección: "¡Jacinto! ¡Jacinto, auxilio! ¡Papá! ¡Papá! ¡auxilio!"

Levantando su puño izquierdo bien apretado, el supuesto jefe policial la amenazó: "¡Cállate putita o les parto su madre a ellos también! ¿Eso quieres cabroncita?"

Surtieron efecto tales palabras. Carmina Luna, contuvo el llanto pero no así el lagrimeo, que se le desbordaba a chorros desde sus aterradas pupilas bañándole sus suaves mejillas hasta perderse por detrás de su cuello. Trató de vociferar de nuevo cuando sintió que las manos del chaparro comenzaron a bajarle su braga con rudeza, dejándola totalmente desnuda ante el desalmado del que en ese momento, ella ya no creía que fuera un auténtico policía.

El cruel fulano la lamió con instinto bestial – impúdico, obsesivo- en sus lampiñas piernas, su delgado vientre y principalmente en sus senos durante unos minutos que a Carmina se le hicieron tortuosas horas mientras sollozaba con los ojos cerrados. Cuando el tipejo la tuvo frente a su boca, le volvió a advertir: "Me muerdes putita, y te trueno los dientes. ¿Estamos?"

Carmina gimió angustiada un sí. Pero de súbito, estalló en un chillido que ya no pudo contener. Al hombrecillo no le perturbó el grito de la muchacha, al contrario, su depravada excitación vino en aumento. Así la estuvo lamiendo en su cara hasta culminar en los cerrados labios de Camina. Ella sentía el pene caliente y macizo del criminal meneándose por su abdomen embarrándola de ese aceite que le manaba por el orificio.

Transcurrió un cuarto de hora hasta que el hombre tatuado puso una de sus manos sobre la vagina de Carmina y con sus dedos, la palpó un instante y le dijo: "¿Todavía no estás mojada? Si con lo bien que te estás portando mamita. Mojadita te va a entrar más rico."

Cubierta de un miedo letal, desde la cabeza hasta los pies, Carmina vio que su agresor se puso algo en el miembro viril, una especie de bolsita de hule transparente. Después la tocó por segunda vez en el área genital frotándole su clítoris con suavidad en tanto gozaba viendo las muecas y chillidos de pesadilla de la muchacha sometida. Impaciente, el gañan indagó otra vez:

- ¿No te gusta así mamita? ¿Te traigo a tu cabroncito para que te ponga calientita? Si no aflojas, te va a doler esta piola.

Carmina Luna, le rogó gritando:

- ¡Déjeme por favor! ¡Por lo que más quiera! ¡Déjeme ya!

- No, pos así no nos entendemos. ¿Te doy un consejo chingón? Imagínate que soy tu Jacinto…cierra tus ojitos…e imagínate eso…ahí te voy –y dicho esto la comenzó a violar.

Los dolorosos quejidos de Carmina inquietaron al sotaco patán, pues se le hacían demasiado ruidosos a comparación de las otras cuatro mujeres que ultrajó en momentos diversos al iniciarse en el mundo del crimen. Aquellas féminas eran un poquito mayores que Carmina, pero sus gritos no llegaban a la intensidad de los de aquella pueblerina que ahora padecía la peor de las humillaciones. En definitiva, no tuvo necesidad de abrirle las piernas a la fuerza pues las cuerdas bien tensas cumplían esa función, inmovilizando a la desgraciada escuintla que se ahogaba en llanto. Pero cuando retiró un instante su verga de la intimidad sexual de Carmina, comprobó que era virgen: de su himen recién perforado, el condón se cubrió de sangre.

Estupefacto de placer, el sotaco violador jaló de la nuca a su víctima y le soltó con risa escalofriante:

- Nadie te la ha metido todavía ¿eh mamita? Es tu primera vez…dímelo…dímelo…dímelo…

- ¡Ay!….ya dejéme…por favor…¡ay! ¡Me duele mucho señor! –clamó entre impotencia y miedo la jovencita.

Siguió estirándola con brutalidad de sus lacios cabellos, persistiendo ansioso:

- Dímelo chingada… ¿soy el primero que te meto el pito?

- ¡Si! ¡si! ¡pero ya déjeme! ¡ya no quiero esto! ¡me duele mucho señor! –confesó Carmina Luna, ya histérica.

La respuesta esperada, sobrexcitó al criminal. De la mesita donde estaba encendida la lámpara recogió una cinta canela y cortó con sus dientes dos trozos para taparle la boca a Carmina que trató de evitarlo lanzándole rabiosos mordiscos. Viendo que la chica peleaba intensamente por zafarse de los mecates –al grado que se rasgó la piel de ambas muñecas- le propinó un chingadazo en el mentón que casi la noquea. Luego se agarró el pene, lo sacudió con rapidez y removiendo el preservativo de látex, retornó a la posición inicial sobre Carmina, diciéndose como quien acaba de ganarse un premio muy especial: "Vaya perra suerte la mía! Tenía un chingo de años de no surtirme a una pollita... ¡aquí te va tu primer premio mamita!" – y volvió a violarla por largo rato, estando ella seminconsciente debido al puñetazo en su piocha.

Durante la forzada cópula, Carmina no hizo sino malinterpretar aquella advertencia que su madre le dio a raíz de la llegada de su menstruación, la que le explicaría una vez que ella tuviera su primer novio. Ya desde chiquilla, recordaba la manera en que caballos, perros, bueyes, asnos, gatos, chivos, borregos y los gallos montaban a las hembras en los meses más cálidos. Pero al preguntar sobre esos raros juegos animales, de nadie obtuvo respuesta clara. Para Carmina no había mucha conexión entre el observar los coitos de aquellos animales y el nacimiento natural de las crías, como se daba en diferentes épocas del año. Así la vida se abría camino, tan normal para toda la gente de San Bonifacio, lo que con el tiempo hizo que ella perdiera el interés sobre aquel chusco encuentro entre hembras y machos.

Pero sometida ahora a la violencia sexual de aquel engendro depravado, Carmina albergó en su mente la idea de que su ciclo menstrual podría ser una extraña maldición. Algunos recuerdos seguían tan vivos que ahora le daban cauce a sus oscuros pensamientos. Por ejemplo, al llegar su menarca y poco antes de cumplir diecisiete años, la situación era normal y la controlaba con el uso de toallas femeninas, tal como su madre le había enseñado. Pero un año atrás, le aparecieron trastornos menstruales que la mantenían encerrada en su habitación por horas, invadida de un intenso dolor que a veces era mitigado con algunos tés de hierbas que su madre Alfonsina le preparaba. También hubo ocasiones en que los senos y pezones se le hinchaban al grado tal, que al menor roce con éstos, sentía como si se le cortase la piel, aunado a agudos cólicos que la retorcían en la cama pataleando sin cesar largo rato. Otras veces aparecían punzadas en sus huesos y fuertes migrañas que le mataban el sueño. Aparte estaba el hecho de esa expulsión sanguinolenta mes a mes sin poderla evitar, y que de acuerdo a los libros de biología que con mucho interés Carmina había leído, cumplía el propósito de ceder el espacio a nuevos óvulos fértiles.

Entonces recordó que Jacinto Cañada Fajardo la buscó –tras años sin hablarse-, un día antes de que su periodo regresara. Tal vez en ciertos hombres– meditaba sufriendo Carmina-, ese fuerte hedor los atraía hacia las mujeres que estuvieran por menstruar para ultrajarlas con su cosa parada.

El violador por su parte se agasajaba a placer lamiendo los pechos de Carmina y penetrándola con rudeza. No dejaba de gemir agitadamente, balbuceando frases sucias y albureras mientras friccionaba el miembro viril en la vagina irritada de la desgraciada muchacha. De un momento a otro, aceleró el ritmo del coito, eyaculando profusamente dentro de ella – pudo sentir un líquido caliente invadiéndole su cavidad sexual

–deteniéndose con estruendoso alarido que espantó más a Carmina. Luego, se recostó sobre aquella dejando caer su cuerpo fofo sin la menor preocupación de asfixiarla con sus setenta kilos de peso y se adormiló.

Fue una ira combinada con pavor y una dosis de adrenalina, lo que le dio fuerzas a Carmina Luna Atanacio para sobrevivir al horror que no acababa todavía en esa noche primaveral del último viernes de mayo. Tras media hora de descanso, el chaparro se paró del lecho y se vistió poniendo su vista infernal en la desconectada muchachita sanbonifacense. Ella mantenía sus párpados caídos y había cesado de llorar – debido a que sus glándulas lagrimales estaban agotadas– con la cabeza en dirección hacia una ventana de corroídas cortinas. A manera de despedida, la cubrió otra vez con la cobija y le remató estas palabras: "Es la cogida más chingona que he tenido mamita, ya veremos si se repite…"

ΔΔΔ

El violador salió unos minutos, dejando la puerta abierta. Abajo, llamó al grandulón centinela y averiguando si todo estaba en orden, lo alentó a disfrutar del cuerpo de Carmina. Como sugerencia le murmuró: "No le digas al pinche Lagartijo, pero esta vieja no es putita. Le quería dar su primera bombeada ese pendejito, pero ya me la peló. Ahí tú sabes si usas globo o te la chingas como va."

Carmina oyó duras pisadas que cimbraban los muros y el piso de la habitación. Entonces apareció ante ella el Tuerto, que le dirigió extraña sonrisa. Cierto motivo particular le impedía quitarse los lentes opacos, aun de noche. Se desabrochó el cinturón de cuero café con hebilla cuadrada y Carmina respiró hondamente intuyendo el suplicio que volvería a sufrir. Se sentó en la cama y sin remover la colcha le acarició su vientre palpándole la vagina con su manota derecha. A punto de explotar otro chillido de ella, el Tuerto le introdujo su inmenso dedo índice cubierto por un condón e hizo suaves meneos como buscando algo. Carmina Luna sufría un doble ultraje; tanto en su cuerpo como en su mente, el convertirse en objeto de la abominación sexual de tales bestias humanas que no merecían ser llamados hombres.

El Tuerto retiró su dedo de prisa de la vagina de la chamaca en desgracia, reaccionando con un gemido apenas audible pues la cinta canela le tapaba la boca. A través de las facciones del rostro del delincuente se veía un leve tono de disgusto tras examinar que el preservativo usado estaba impregnado de semen. Se lo quitó con la zurda, evitando mancharse el resto de su extremidad y dijo con su temible voz: "Ya te dejaron una surtida de leche… ¡Lástima que no te vi primero! Pero la pasaremos chévere…Carmina…"

Escuchar su nombre a través del Tuerto fue horripilante para la desamparada muchacha. Pensó que era el diablo encarnado en aquel sujeto quien le hablaba. Pues si el enano que primero la había agredido sexualmente tenía ojos demoníacos, el tono de aquel tipo grandulón y de mirada oculta era la del rey del averno. Pero ella nada podía hacer.

El Tuerto sólo se desnudó de la cintura para abajo, y, con otro condón puesto, invadió el sexo de Carmina Luna de modo vil e iracundo, abriéndole dolorosas llagas. Ella suplicó al segundo violador que parara, que se detuviera, que ya no la lastimara. Lamentablemente, sus ruegos se perdían por los trozos de cinta en su boca que le cercenaban las palabras. En un instante, le miró con fijeza para que el demente encimado sobre ella tuviera clemencia al verla llorar – irritados tanto sus ojos, que parecían sangrarle-, pero se encontró ante el talante de aquel sujeto, ya desprovisto de sus gafas negras, comprendiendo la causa de su apodo: en su cuenca izquierda no tenía ojo, tan solo una pared de piel dura con extrañas bifurcaciones queloides; del lado derecho, en cambio, la escudriñaba un siniestro ojo negro, cuya excitada pupila, reflejaba la mueca horrorizada de Carmina.

Dentro de sí misma, la impotencia y la humillación la consumían en la más terrorífica experiencia de la que ansiaba con toda su rabia que fuera sólo una pesadilla. Más sus sentidos no la engañaron. Olió el sudor amargo secretado por aquellos salvajes que contra su voluntad la poseyeron; oyó sus repugnantes gemidos de gozo y que ella quiso acallar a gritos; entrevió sus caras perversas ante el horroroso suplicio que de ellos recibía; pero nada contuvo el efecto exterminador del ultraje, que si bien no la aniquiló en lo físico, si causó estragos en su mente. De pronto aparecieron frente a ella sus padres y hermanos, con semblantes demacrados, plenos de repudio hacia ella, y que debido al hecho de haber ocultado su primer noviazgo, el castigo divino o el mismo infierno la habían hecho pagar tan inocente mentira. Ahora si le resonaba real y letal, esa frase del párroco en la homilía de los domingos: "¡Ay de aquellos que viven mintiendo a su prójimo, porque su pena será terrible! ¡Muy terrible!" Luego, toda su existencia se desmoronaba ante sí: sus amigas, los vecinos, la gente de san Bonifacio...su querido Jacinto Cañada Fajardo... todos ellos, le daban la espalda de por vida.

ΔΔΔ

Le bastaron quince minutos al Tuerto para desfogarse con el cuerpo de la jovencita, que yacía toda ida, como desconectada de la espantosa realidad que padecía. Es posible que no sintiera cuando el Tuerto le retiró su miembro viril ni tampoco el abandonarla en aquella escena del crimen bajo la apariencia de una apacible cama. Lo que si notó Carmina fue la aparición del horripilante Lagartijo. Aunque a éste no le dijeron sus secuaces que Carmina era "pollita"-esto es, virgen o inexperta sexual-, en el granero interrogó a Jacinto Cañada quien le reveló lamentándose –con el cañón de la pistola apuntándole a los testículos- que su novia no sabía nada de sexo. Así pues, el malparido criminal la halló descobijada y sin perder el tiempo –pues le advirtió su jefe que en quince minutos debían largarse- la terminó de violar con su miembro al natural con bastante saña, mordiéndole con rudeza ambos pezones, abofeteándola al final. Esta miserable despedida tuvo por fin el desquitarse con el resto del botín plenamente deshecho por sus otros secuaces. Como sello de su crueldad, secretó su cuantioso esperma dentro de ella y luego la marcó con residuos de la sustancia orgásmica en sus vapuleadas mejillas.

Reunido el trío de ultrajadores en la sala de la rústica vivienda, discutieron unos asuntos vinculados a una gente con las que el chaparro quería ajustar cuentas. Los tres omitieron mencionar cómo habían gozado violando a Carmina Luna Atanacio. El único que pidió un "extra" (volver a ultrajarla) fue el Lagartijo, pero su jefe se lo prohibió rotundamente. Ahora tenían que organizar el plan de huida, pero también checar quién pagaría por "el par de platos rotos". Al no obtener permiso para disfrutar otra vez el cuerpo de la muchacha, el Lagartijo le aconsejó a su patrón que lo mejor sería eliminar a la parejita, evitando dejar cabos sueltos. "Usted dice y me los quiebro rápido, ni van a sentir dolor", aseguró el sicario con cicatriz de navaja en el rostro. Pero nuevamente, la orden recibida fue clara por parte del sotaco: a ese par de noviecitos pendejos, se les dejaría vivir para que aprendieran la lección de no meterse donde no los llaman, o dicho de otra forma, de no andar en el lugar y en el momento equivocados. De inmediato, el Tuerto hizo una llamada por el celular, y tras oír instrucciones, avisó a su jefe.

Antes de largarse, los hombres liberaron a Jacinto Cañada y como "ayuda", le dieron una pistola descargada con el fin "de que pudieran cuidarse él y su novia, pues no se sabía qué tipo de culeros rondaban por su pueblo" le dijo el jefe del grupo. El muchacho no quiso aceptar el fogón, pero ya no objetó nada al ponérsela el Lagartijo en la mano. El jefe del trío también le informó a Jacinto que Carmina estaba en la casa, algo cansada por el interrogatorio, pero que les habían pedido un taxi para llevarlos a donde le indicaran. Entonces, sonó el celular del Tuerto y dijo un apenas audible "okey". Segundos después llegó el Lagartijo al volante de la camioneta Escalade y la abordaron sus compañeros. Con calma, avanzó el vehículo por la vereda adornada del follaje primaveral perdiéndose en la espesura de la noche bañada de lejanas, mudas y brillantes estrellas.

Otra fuerte descarga de adrenalina resintió Jacinto Cañada al encontrar a su novia Carmina Luna amordazada y con el rostro destruido de dolor. Al verlo, ella pareció rechazarlo con la vista y giró la cabeza al lado opuesto, tratando en vano romper las sogas de su sometimiento. Estaba entrecubierta con la dura colcha, asomándosele sus trémulos pies y tobillos. Jacinto acudió a su lado y no supo por dónde ayudarla; quizá removiéndole la cinta canela que llevaba pegada desde bastante rato, quizá las tensas cuerdas cuyos sólidos nudos se negaban a desatarse por manos inexpertas, quizá simplemente abrazarla fuertemente y decirle que aquellos policía raptores ya se habían ido. Comenzó por pedirle calma, pero era inútil, pues la muchacha en un segundo, cayó presa de la histeria. Optó por desprenderle con cuidado la cinta de sus labios, recibiendo un alarido ensordecedor, como una bomba que detona toda su carga a medio metro de distancia. Trató de sostenerla en sus brazos, pero fue peor; su griterío era incontrolable.

Jacinto halló apilada debajo de la cama la ropa de Carmina. Entre tartamudeos, le gritó a su chico que le diera el bulto de prendas que llevaba en sus manos y que se largara del cuarto. Él, quizá en shock por todo lo acontecido, no se daba color de la humillante situación padecida por su novia, quien ahora lo trataba como si fuera un extraño, un maleante... como si fuera uno de aquellos tipos que momentos antes habían desaparecido.

Contagiado del espanto que Carmina emanaba, Jacinto salió de la recamara, cerrando la puerta con rapidez. Luego pegó el oído para percibir lo que ella hacía. Tras unos segundos, pudo oir que Carmina azotó la ropa y los zapatos contra el piso, y de nuevo, contra la pared, golpeando uno de sus calzados en la puerta, aturdiendo levemente a Jacinto, quitándose de inmediato. Luego, puro silencio. Daba la impresión de que Carmina Luna castigaba cada pieza de su atuendo – los zapatos negros semiboleados, las calcetas rojas con algunas caritas de animalitos, la camiseta escolar, los jeans claros, el brassier azulado, su braga blanca- como si cada una la hubiese traicionado al no resistirse para ser removidas de su ahora cuerpo victimado del peor ultraje. Por fin, tras un par de minutos de no escucharse nada, Jacinto, sin necesidad de poner la oreja en la puerta, oyó a Carmina sollozar otra vez. Ella recuperó fuerzas, contuvo el llanto y fue a recoger sus prendas: primero, el calzón, luego el pantalón, el brassier, la camiseta, las calcetas y dejó sus zapatos. Cerró sus lagrimados ojos mientras se ponía su braga blanquecina con bruscos temblores. La herida fresca de la violación sufrida latigueó sus entrañas con rabia, pues su calzón fue la última frontera que impedía que los abominables coitos se consumaran, pero también fue la única prenda que ella vio cómo le fue quitada contra su voluntad para vulnerar su virginal sexualidad. Antes de que le cubriera por completo su pubis y sus nalgas intentó romper con sus manos la trusa, lo cual no consiguió por la dureza de la tela, pero eso no hizo sino que ardiera en cólera. Se bajó la braga de inmediato, la llevó a su boca y con sus afilados caninos logró desgarrar parte de ésta. Sus rabiosas uñas terminaron de partir la prenda en dos partes.

Jacinto no se apartó de la alcoba. Pensaba que debía hacer y lo primero que hizo fue sacar la pistola que se había fajado a la cintura para estar listo por si el trío de criminales volvía. Y en cierta forma, su mente no erró del todo. Desde las ventanas de la sala, empezó a notar que se cubría de luz artificial el espacio de la casa, hasta que repentinamente, varios faros brillaban potentes arrojando sus chorros luminosos hacia la propiedad de don Pascual. Alerta, Jacinto puso el dedo en el gatillo del arma –una escuadra calibre nueve milímetros marca Glock, en buen estado –pero nada sabía de su empleo, ni siquiera cómo quitar el seguro de disparo. El frío metal de la fusca pareció traspasarle la piel, hasta los huesos de sus dedos. Esta era la primera vez que tenía una pistola auténtica en su poder, pues las que ya había empuñado en su niñez, eran de juguete.

Antes de que él pudiera alertar a Carmina de que habían llegado más vehículos, la esperanza resurgió: casi de forma sincronizada, las torretas de tres camionetas patrulla se encendieron, combinándose las luces blancas de los faros con los intermitentes tonos azul y rojo policíacos. Jacinto Cañada se sintió protegido sin duda alguna. Se dirigió a la habitación donde se hallaba su novia y le dijo, en tono confiado:

"¡Carmina, amor! Hay policías aquí. Nos van a cuidar. No temas."

Más el silencio de aquella fue la respuesta.

Los agentes Alfredo Parra y Bernardo Ortiz fueron los primeros en entrar a la oscurecida morada. Preguntaron quién estaba y desde las escaleras, Jacinto Cañada les respondió que sólo él y su novia, encerrada en uno de los cuartos. Le exigieron bajar con las manos en alto, más Jacinto, ignorante acerca de los procedimientos policíacos en escenarios de ese tipo, les dijo que tanto él como Carmina habían sido detenidos por tres sujetos armados que decían ser policías, aunque realmente los habían tratado con violencia al interrogarlos y tenían miedo de salir. El oficial Bernardo Ortiz –de complexión atlética y estatura alta- apuntó su linterna de donde apenas se distinguía la silueta de Jacinto y llevándose su diestra a la culata del revolver enfundado, le ordenó con tosquedad:

- Señor, baje ahora con las manos arriba. Es la última advertencia.
- ¡Pero no hemos hecho nada! Como le dije… ¡nos encerraron y amarraron desde la tarde, créame! –vociferó nervioso el chavo.

Bernardo Ortiz no titubeó esta vez. Sacó su arma y con el cañón apuntando hacia arriba, replicó:

- ¿Quiere que sea por las malas señor? ¡Obedezca!

Jacinto Cañada acató el mandato y los policías lo revisaron exhaustivamente. Presa del nervio, el muchacho no consideró necesario deshacerse de la pistola y se la encontraron fajada en la cintura. Acto seguido, lo esposaron y Alfredo Parra llamó a dos de sus compañeros que aguardaban cerca de la entrada a la casa. Requisaron bien el primer piso y no vieron nada sospechoso. Luego, los agentes Ortiz y Parra subieron a la segunda planta y se acercaron a la habitación donde Carmina Luna seguía en aparente quietud. Tocó la puerta Bernardo Ortiz y al no obtener respuesta, entró con sigilo. Descubrió a la chica de espaldas a la puerta, temblando de frío – a pesar de ser noche con brisa cálida, casi veraniega -, arrodillada frente a la mesita cuya lámpara estaba apagada, impregnando de total oscuridad el resto del cuarto.

Salvo sus desnudos pies, traía puestos los pantalones de mezclilla y la camiseta blanca del colegio; su cabeza yacía hacia abajo con los brazos exhaustos y sueltos en clara señal de la innegable zozobra.

Tanto Jacinto Cañada como los policías que lo celaban brincaron asustados al prestar oídos a los chillidos de Carmina Luna, originados al momento en que Bernardo Ortiz la tocó por el hombro para revisarla, ya que no atendió a las preguntas que el policía le hizo al descubrirla. Sin necesidad de inmovilizarle sus manos, ambos uniformados la sacaron a la fuerza, estremeciéndose con sus agudos gritos que obligaban casi a sellarle la boca con lo que fuese. Jacinto no hizo sino agravar el angustiante sometimiento de Carmina, exigiendo a los guardianes del orden público que la soltaran. Bernardo Ortiz hizo apenas un gesto de enfado con los ojos a uno de los policías y éste, sin vacilar, le propinó al chico tremenda patada directo a la ingle, que lo hizo caer súbitamente consumido de dolor.

Para entonces, ya habían llegado otras tres patrullas con varios oficiales a bordo, portando fusiles ametralladoras. El joven Cañada, que se recuperaba a lentitud por el chingadazo recibido, veía innecesaria la presencia de tanto hombre fuertemente armado en un paraje donde apenas con un par de policías podía controlarse la situación. Quería gritarles que ellos debían ir en busca del trío de delincuentes que no tenían ni quince minutos de haberse largado de ahí, pero juzgó cauto el no abrir más la boca hasta que se lo pidieran.

Carmina Luna en cambio, estaba custodiada por la pareja de oficiales Ortiz-Parra así como por otros tres agentes que hablaban entre sí. Al poco rato, uno de ellos exclamó, con tono algo perturbado, desde la entrada de la casa: "¡Sargento, enfriaron a uno!"

Repentinamente, un uniformado del grupo que vigilaba a Carmina se dirigió a una pequeña habitación del segundo piso repleta de triques y en la cual, atado de pies y manos, yacía tirado el cadáver de un individuo sesentón, con un tiro en la cabeza cuyo proyectil le había perforado la zona de la coronilla con tremendo boquete de salida por lo que antes fuera su aguileña nariz. Irritado, el sargento escupió al suelo y meneando la choya murmuró: "Ni con todo el hocico repleto de mole es inconfundible el pinche Pascual. ¡Vaya manera de tronarse a este infeliz ruco!"

Minutos más tarde, arribó el comandante de la policía de aquella jurisdicción, Regino Bocanegra, apodado el "Comander", que se trataba del mismo a quien el Lagartijo se había quitado encima dándole el fajo de tres mil pesos al haber entrado a San Bonifacio. Haciéndose el que ignoraba los hechos terribles que habían sucedido en aquella casa – pues fue el Tuerto quien vía telefónica lo enteró de las fechorías cometidas-, giró instrucciones a sus hombres sobre lo que debían hacer con Carmina Luna y Jacinto Cañada. A ella la enviarían a revisión médica y sería puesta ante un agente del Ministerio Público en calidad de posible víctima de violación; el chamaco sería llevado a los separos de otra agencia ministerial como sospechoso del homicidio de Pascual Lozano Godínez y también del ultraje sexual contra la desquiciada joven, para que diera su declaración de hechos. En tanto, el resto de policías debían brindar apoyo a los peritos de la Fiscalía de Justicia del Estado que llegarían a la propiedad rural para recabar las investigaciones sobre los crímenes ocurridos.

Pasaban de las diez de la noche. En las calles de san Bonifacio un ambiente de serenidad colmaba los apagados aposentos, aunque por unos instantes, la calma se vio interrumpida tras escucharse las escandalosas sirenas de varias camionetas patrulla acelerando velozmente. Luego de que algunas miradas curiosas notaron que las unidades policiacas iban más allá del pueblito, el sopor retornó invitando al descanso necesario de aquella gente morbosa. Más no en todas las viviendas reinaba la quietud de la oscuridad, pues a esa hora, en las casas de las familias Luna Atanacio y Cañada Fajardo seguían prendidas las luces, envueltas en un tenso ambiente de incertidumbre y mortificación al no tener noticias de sus jovenzuelos hijos Carmina y Jacinto.

La misteriosa mano del Cucú.

"Pagar justos por pecadores". Anónimo. *Refrán*

No hubo dificultad para los supuestos garantes de la justicia montar la farsa que resolvió el crimen de Pascual Lozano Godínez y la violación sexual contra la joven Carmina Luna Atanacio. Las principales pruebas demostraban que Jacinto Cañada Fajardo era el único culpable de los indignantes acontecimientos en la casona del occiso Pascual. La pistola marca Glock calibre nueve milimetros, con la que fue victimado el viejo don Pascual, tenía sus huellas dactilares, y, peor para él, la portaba en el momento de la revisión policial. Lo extraño es que el arma homicida le pertenecía al muerto, según reportaron los peritos en sus pesquisas al hallar el estuche original así como varias balas de la Glock en el ropero de la recámara donde dormía don Pascual, por lo que la explicación más coherente era que Jacinto había tomado desprevenido al anciano, asegurándole la fusca para someterlo y luego, a sangre fría, volarle la tapa de los sesos. Por lo demás, el móvil del homicidio, según el fiscal que organizó el expediente, fue un ajuste de cuentas entre narcomenudistas. Tal acusación se fundamentaba en un paquete de cocaína, de baja calidad, hallado en el cuarto de tiliches donde Jacinto seguramente inmovilizó y luego le dio muerte al infeliz ruco. En cuanto a Carmina Luna, la hipótesis apuntó que el homicida tenía una relación sentimental con ella y la engañó llevándola a esa casa. Al no querer la chica tener sexo por las buenas, la contuvo por la fuerza y la violó.

Aunque la investigación oficial se presentaba concisa y bien argumentada, cualquier abogado con poca experiencia en derecho penal podría haber detectado algunos cabos sueltos para darle la libertad a Jacinto. Primero, la declaración ministerial de Carmina Luna, que, previo apoyo psicológico, describió con ira a los tres hombres que la habían ultrajado y ninguno se acercaba ni por tantito a la fisionomía de Jacinto Cañada. Segundo, que durante la revisión física tanto a Carmina como a Jacinto, se hallaron dos tipos de sangre en el abundante semen vertido en la vagina y mejillas de la chica, pero no hubo rastro de dicha secreción en el pene de él, salvo restos de orina. Aparte, los grupos sanguíneos no correspondían al del Jacinto. El esperma, acorde a la infalibilidad del estudio, pertenecía a otros varones. Y por último, la extraña ausencia de la prueba del rodizonato de sodio para comprobar si el presunto culpable había disparado el arma para matar a Pascual Lozano, era más que suficiente para echar abajo la farsa judicial que buscaba imponerse como caso resuelto. Pero dichas observaciones tan relevantes pasaron inadvertidas por el mediocre defensor de oficio asignado premeditadamente para auxiliar a Jacinto Cañada, el cual muy esperanzado, le relató sin omitir detalles sobre todo lo acontecido ese fatídico día.

En realidad el martirio jurídico que sufrían los dos jóvenes san bonifacenses apenas daba comienzo. Tan sólo en el torbellino legaloide en el que les revolvían la cabeza las autoridades judiciales, sometiéndoles a agotadores interrogatorios, tanto Jacinto como Carmina desconocían que sus primeros testimonios fueron alterados así como otros elementos de prueba, eliminándolos del expediente. La orden venía directamente de un tipo con el mote de *"El Cucú"* que operaba desde la dirección de Criminalística de la Fiscalía estatal. Era un nefasto sujeto que había sido designado en ese puesto para entorpecer o anular cualquier indagación sobre delitos graves que involucraran a gente poderosa.

Fue el Cucú quien leyó minuciosamente las declaraciones ministeriales de Carmina Luna y Jacinto Cañada, enterándose a detalle del brutal trato que ella recibió del trío de maleantes desde que les capturaron hasta que desaparecieron sin dejar rastro. Estando a solas en su despacho, el Cucú cambió del texto original los elementos clave descritos por la joven pareja, como la media filiación de los tres agresores que se decían policías; el disparo oído cuando iban a huir de la finca; o el que a Jacinto lo encerrarán en el granero y a ella en la vivienda; un hecho clave fue que Carmina viera a su padre grabado en el celular de uno de los malandros, aunque también relató que el chaparro puso a dormitar con un tranquilizante que vertió en el vaso con agua así como otros aspectos cruciales que le daban coherencia y veracidad a la atroz experiencia relatada por los adolescentes.

En resumen, los hechos violentos en la casa de Pascual Lozano Godínez, de acuerdo al documento final filtrado por El Cucú, ocurrieron así:

Jacinto Cañada Fajardo fue a la casa de la víctima aquella tarde de ese viernes. Se hizo acompañar de dos hombres de su célula criminal, cuya apariencia nada tenían en común con la de "el tuerto", Lagartijo y menos con el chaparro del sombrero gris tal cual los describieron a detalle Carmina Luna y Jacinto Cañada. Ya en la morada de don Pascual, le sorprendieron sin que éste pudiera defenderse. Tras inmovilizarlo, inspeccionaron la vivienda, hallando algunos paquetes de droga escondidos en las habitaciones. Y como era de esperarse en los ajustes de cuentas entre traficantes de droga, Pascual Lozano fue ejecutado a sangre fría por Jacinto Cañada Fajardo. En cuanto a Carmina, ella había salido del colegio y se dirigía sola a su casa, siendo vista por los secuaces de Cañada Fajardo, que ya traían de éste la orden de levantar a una muchacha para disfrutarla sexualmente como remate ante el botín de narcóticos hallados en la casa de don Pascual. Tras raptarla, lograron dormirla usando un potente fármaco y el resto, era un relato cruel, sádico y repugnante, de cómo había sido consumada la violación por Cañada y sus hombres.

En la narración de hechos, el Cucú recurrió a imágenes despiadadas para provocar la indignación y el morbo enfermo de algunos funcionarios judiciales. Lograr ese efecto manipulador en las declaraciones escritas no era nada sencillo. El testimonio de Jacinto Cañada debía coincidir con el de Carmina Luna. Así las circunstancias, los falsos y crudos testimoniales abonaron mucho para que tanto el fiscal como el juez penal germinarán en sus mentes la sentencia más que merecida que debía dictarse contra tan abominable criminal.

Pero por si todavía la moribunda esperanza de Jacinto Cañada Fajardo daba sus últimos latidos en pos de ser absuelto de los sendos crímenes cometidos, el Cucú ordenó darle el tiro de gracia asignándole al abogado Martín Botija.

El defensor de oficio de Jacinto Cañada era un burócrata parasitoide del poder judicial. Había egresado de una universidad particular de baja categoría –de las llamadas "patito"- que apenas contaba con la certificación de la Secretaria de Educación Pública para expedir títulos profesionales. Mediocre en su formación académica – tal cual la mayoría de sus profesores lo eran– había tronado en cuatro ocasiones la materia de derecho penal por lo que resultaba muy contradictorio el que hubiese conseguido una vacante como defensor público. Equivalía a que un cirujano hubiera reprobado varias veces la asignatura de cardiología y se le diera trabajo en un hospital para hacer cirugías a corazón abierto. Pero eso no era todo en su historial. De cuarenta juicios en los que había participado, sólo ganó uno y eso debido a que el caso no presentaba evidencia sólida para castigar al sospechoso, y sin contar que el mismo fiscal le había ayudado a redactar los alegatos a fin de que en el procedimiento el juez pudiera liberar a su cliente. En otras palabras, tanto el fiscal como el juez acordaron dejar en libertad a un presunto ladrón que costaba más papeleo y tiempo encerrarlo por robarse unos cuatrocientos pesos, y de paso le dieron una lección gratis a Martín Botija sobre cómo realizar una sencilla defensa penal. Pero cualquiera de los restantes litigios que llevó a encargo, eran sinónimo de la palabra desastre. Tan pésima reputación como abogado tenía Martín Botija, que, cuando un sospechoso se enteraba que Botija sería su defensor, prefería declararse culpable a cambio de recibir la mínima sentencia y no perder tiempo en una causa que estaba perdida por principio de cuenta.

Más lamentablemente Jacinto Cañada desconocía quién era el desastroso Botija. Ignoraba el ingenuo muchacho que minutos antes de entrevistarse con Martín Botija, a éste le entregaron un extracto de las primeras indagatorias de los hechos violentos en la casa de Pascual Lozano Godínez, y, debido a los efectos de una fuerte cruda por una larga borrachera, ni siquiera prestó atención a la primera hoja de la investigación. Ya iniciado el juicio, lo único que Martín Botija incluyó como "evidencia relevante" en el expediente fue un alegato sobre la pistola homicida que tenía en su poder Jacinto Cañada al momento de su detención. Se trataba de la Glock nueve milímetros tipo escuadra de línea especial, cotizada en unos diez mil pesos, y que según el abogado Botija, era muy difícil de conseguir en México, incluso en el mercado negro. Con banal oratoria argumentó el defensor de Jacinto que dicha arma era del auténtico asesino, y su cliente, que apenas y ganaba cuatro mil pesos al mes despachando gasolina, sólo la había tomado para protegerse en caso de agresión. Al escuchar eso, el juez le dirigió a Botija una mirada reprobatoria en tanto que el fiscal manipulaba su celular sin siquiera prestarle atención. Luego, el juez le exigió poner cuidado en otro tipo de pruebas, como la del rodizonato de sodio para comprobar si el acusado había hecho fuego con dicha pistola. Y es que dicha pesquisa si se la habían aplicado a Jacinto tal cual lo indicaba la ley, y como era de esperarse, el análisis había salido negativo, lo cual era un paso importante a favor de demostrar la inocencia del joven Jacinto Cañada.

Sin embargo, para cuando el inútil de Martín Botija solicitó dicha prueba pericial a la dirección de Servicios Periciales de la Fiscalía, el dictamen original ya había sido modificado a positivo por uno de los hombres de El Cucú, hundiendo a Jacinto Cañada hacia una condena infranqueable y de la cual, ni él ni su angustiada madre, quien lo acompañaba en cuanta audiencia podía, tenían sospecha alguna.

△△△

En cuanto a la opinión pública, la prensa corrupta publicó en sus primeras planas, atroces titulares de amarillismo ramplón que eran literalmente leídos por los comentaristas de los noticieros radiofónicos de la mañana y de la tarde, así como en los espacios informativos de la televisión local. El diario "El letrado guanajuatense" describía a Jacinto Cañada peor que una bestia: **"Confiesa monstruo ser asesino y violador"**. El rotativo "Todo Guanajuato" casi lo sentenciaba: **"Cadena perpetua puede recibir asesino y violador de san Bonifacio"**. El periódico "Derecho de informar" alababa el trabajo de las autoridades para resolver el doble crimen: **"Policía y Fiscalía dan ejemplo en la lucha contra el crimen"**.

Pero ninguno de esos matutinos fue tan lejos como "La campana de Dolores", que de plano anunció: **"Pena de muerte para el chacal de san Bonifacio: ciudadanía"**. El texto formaba parte de la columna editorial de dicho diario cuyo dueño era el exgobernador Constantino Flores, de corte ultraconservador y famoso durante su gobierno por su aplicación de cero tolerancia contra la delincuencia, la cual le había granjeado varias quejas por el abuso de las fuerzas policíacas tanto hacia gente lacra como inocente. Esa nota se apoyaba en un sondeo público que "La campana de Dolores" encargó a una casa encuestadora para averiguar lo que la gente opinaba de las fechorías de Jacinto Cañada. Según el estudio, el noventa y tres por ciento de los entrevistados estaban a favor de que el Estado eliminara a Cañada si en la ley penal se contemplara la sentencia de muerte. El impacto de dicho encabezado fue tan duro, que se reprodujo en algunos de los diarios nacionales de mayor circulación, e hizo eco en emisoras de radio y televisión con cobertura en todo el país, además de las redes sociales, siendo Twitter el canal donde por cinco días los temas del momento –o trendtropics- de mayor debate entre millones de tuiteros fueron *Sí a la Pena de muerte* y **NO a la pena de muerte**.

Sólo el semanario "Laberinto cotidiano" había seguido el caso de Jacinto Cañada Fajardo con sentido profesional y ético del deber periodístico. Dos reporteros de este medio publicaron las inconsistencias que presentaba la investigación ministerial sobre los crímenes imputados a Cañada; información que les filtró un sigiloso burócrata harto de las tropelías cometidas contra cualquier indefenso en las corrompidas dependencias gubernamentales. Pero de poco sirvieron tales reportajes pues el "Laberinto cotidiano" disponía de apenas mil ejemplares para distribuir en la capital y alguna que otra urbe importante de Guanajuato, por lo que en muy rara ocasión lograba generar impacto en la opinión pública, sobre todo en temas de intriga, corruptelas políticas y campañas electorales.

Dos días antes de que se diera la primera audiencia del juicio oral contra Jacinto Cañada, su defensor Martín Botija había sido invitado a tomar unas cervezas con una pareja de policías judiciales, uno de los cuales –famoso por su temperamento agresivo- le pidió que convenciera a su defendido para que solicitara no volver a ser interrogado tanto por el fiscal como por el juez; es decir, que se daba por cierto lo que estaba escrito en la declaración ministerial que Jacinto hizo tras ser detenido, esto a fin de que el proceso se agilizara y el juzgador diera pronta sentencia al caso.

El par de agentes judiciales recibieron tal encomienda especial por parte de el Cucú, quien quería evitar que durante el juicio público los audaces reporteros del "Laberinto cotidiano" y otros periodistas de medios nacionales, se enterarán de las extrañas incongruencias que podrían surgir al compararse el testimonio impreso de Jacinto Cañada – del que ya habían obtenido algunas copias alteradas por el Cucú – y lo que él volviera a narrar tal cual pasó realmente. Pues de ocurrir esto y bajo la irrestricta cobertura del gremio periodístico, se daría muy mala espina a toda la investigación criminal salpicando de sospechas a la Fiscalía estatal y sobre todo a la dirección de Criminalística a cargo de el Cucú, lo que sin duda culminaría en un escándalo mediático de incontrolables consecuencias.

Martín Botija cumplió al pie de la letra la orden indirecta del Cucú, aunque no se dispuso a convencer a Jacinto Cañada. Más bien lo instruyó sobre lo que debía decir cuando el juez le concediera repetir su versión de los hechos violentos en la finca del occiso Pascual Lozano Godínez. Confiado el chamaco en que su defensor -al que consideraba algo simpático y amable– sabía muy bien su labor, sólo le dijo al juez que lo que había declarado ante el Ministerio Público fue lo que en realidad sucedió. Y no tenía más que agregar, pues había dicho solo la verdad.

Aparte, la presentación y desahogo de pruebas fueron contundentes para demostrar la culpabilidad de Jacinto Cañada, quien no entendía la situación. Lo que el fiscal mostró en el juicio era evidencia que Jacinto apenas y reconocía, pero alarmantes dudas le asaltaron al escuchar que tales objetos lo involucraban en el asesinato de Pascual Lozano Godínez y en el ultraje sexual contra Carmina Luna. Para colmo de males, los policías Alfredo Parra y Bernardo Ortiz, quienes se encargaron de detener a Jacinto Cañada y hallar a Carmina Luna, dieron crudo y falso testimonio. También un corrompido subordinado del Cucú, entrenó por algunas horas al par de agentes de tal forma que sus exposiciones no dejarán dudas al respecto sobre la premeditación, ventaja y alevosía de los arteros actos de Cañada.

El incompetente parásito de Martín Botija tampoco solicitó testigos que hablaran de la inocencia de Jacinto, que habrían negado rotundamente su incursión en el crimen organizado y mucho menos que tuviera tendencias de violador sexual y asesino. Pudiendo contactar a los despachadores de gasolina con los que Jacinto se veía a diario y eran buenos amigos, o al propio párroco del pueblo de San Bonifacio, que conocía al muchacho desde que era un chiquillo de siete años y sin temor hubiera movido a mucha gente para hacer fila y testificar a favor de Jacinto; con todo eso a su favor, lo claro es que el licenciado de pacotilla Botija, nunca tuvo intención de hacerlo ni de siquiera mantener al tanto del juicio a Gumercinda Fajardo viuda de Cañada, la afligida madre del desgraciado mocoso.

Más todavía quedaba la declaración oral de Carmina Luna ante el juez y el fiscal, cuya versión de los hechos era pieza clave para dar o no veracidad al caso.

Sumamente confundida y en presencia de su madre y el mayor de sus hermanos, la joven víctima parecía muerta en vida. Desdibujado su rostro; ausente la sangre de su piel; el cabello descuidado, enmarañado; resecos, duros y helados sus tenues labios; la mirada puesta en el suelo, ausente del mundo. Quizá jamás volvería a ser la misma chamaca inocente y de presumida sonrisa cautivadora. El informe psicológico de Carmina dejaba en claro que sufría de síndrome de estres postraumático tipo BH[1] lo cual explicaba lo extraño de su gélido comportamiento con su familia y la demás gente que la cuidó en su deplorable situación. El reporte alegaba que la víctima sufría de serias confusiones, temores y hasta respuestas erróneas las cuales podrían crear contradicciones a favor de la inocencia de su agresor, Jacinto Cañada.

La psicóloga a cargo de la valoración clínica de Carmina firmó bajo el nombre de Olga Bañuelos, una treintañera inexperta en tratamiento a personas ultrajadas, pero a la vez, una de las tantas fulanas que se acostaba con el Cucú dos o tres veces por mes, con lo cual obtuvo sin broncas la jefatura del Departamento de Atención a Víctimas de Violencia Sexual de la Fiscalía estatal.

El informe de Olga Bañuelos describía el estado emocional hecho añicos de Carmina Luna y fue contundente para que el juez penal estuviera muy atento durante el careo entre los dos jóvenes protagonistas de la tragedia. Y en efecto, la primera reacción de Carmina al ver a Jacinto, fue un silencio escoltado por unos ojos plenos de rabia contenida. Ella empezó a respirar aceleradamente. Ya no escuchó lo que el fiscal le preguntaba en voz alta, mencionando su nombre con frecuencia. En un instante, la sala del juzgado estaba callada y ni Carmina Luna se percató de aquel acontecimiento. Fue el fiscal quien tocándole el hombro suavemente le pidió responder la primera pregunta, referente a su identidad y edad.

Ella contestó tartamudeando. Y también con el resto de preguntas sobre su persona, su familia y sus ocupaciones. De repente, Carmina le gritó a Jacinto: "¿Por qué lo hiciste? ¿Por qué no me salvaste?"

Y sin más Carmina rompió en lastimero sollozo, no recibiendo la más mínima muestra de afecto de su madre Alfonsina y su hermano Rubén que permanecían sentados como estatuas frías a pesar de que el juez, conmovido por la escena, les hizo discretos ademanes para que fuesen a consolarla. Con la cabeza resguardada entre

---

[1] En referencia a las investigadoras Anne Burgess y Linda Holdstrom, quienes en 1974 publicaron un estudio que describía el síndrome de estrés de la mujer violada.

sus brazos, la chamaca se consumía entre las densas lágrimas que se esparcían sobre la madera de olmo añejo de la mesa donde estaba. El duro momento hizo contener el aliento y tragar saliva a casi todos los presentes; Jacinto Cañada en cambio, cubrió su cara con ambas manos.

Confidencias entre la profesora y su alumna.

Después de la detención de Jacinto y el traslado de Carmina al hospital, tanto ella como él desconocían el destino de sus mutuas existencias. Los cubría el manto de la incertidumbre, de no saber, ni tener la menor pizca del paradero de uno ni del otro. Si a Jacinto Cañada no le dieron una madriza en los separos de la agencia de la Fiscalía en la que estuvo detenido, fue para evitar que la prensa amarillista retratara un rostro vapuleado y se acusara a los agentes ministeriales de aplicarle senda tortura a ese chamaco ingenuo para culparlo de ambos crímenes. De ahí que la treta orquestada por el Cucú siempre tuvo por objetivo el alterar la investigación ministerial sin tocarle un cabello a Jacinto. Y por ahora, durante el juicio contra el muchacho, su plan le estaba saliendo para chuparse los dedos.

En cuanto a Carmina Luna Atanacio, fue su profesora Georgina de León quien la auxilió inmediatamente, no sin ciertos recelos de los padres de la violentada joven-zuela. Y es que los inquietos progenitores de Carmina no tuvieron noticias de lo que le había pasado a su hija hasta pasadas las nueve de la mañana del día siguiente.

Alfonsina Atanacio sostenía un rosario en sus temblorosas manos cuando tocaron la puerta de su casa y al abrirla estaba un trío de policías con semblante preocupado. Aunque tenían prohibido decirle al matrimonio Luna Atanacio lo que le había pasado a su pequeña Carmina, un sargento, morboso por ver la reacción de Volodio y Alfonsina, les soltó con frialdad: "Al parecer la raptaron unos hombres y la amarraron para divertirse. No puedo decirles más señores, acompáñenos por favor."

La señora Alfonsina estiró con tanta fuerza el rosario que el hilo se partió y algunas cuentas cayeron al piso, rebotando libremente ante la mirada turbada de los uniformados. Volodio Luna, por el contrario, se llevó las manos al rostro, cubriéndose los ojos por largo momento. Alfonsina trató de indagar más al indiscreto oficial de policía, pero su lengua estaba paralizada. Finalmente, su marido exhaló, preguntando con tono dudoso:

- ¿Solo me la amarraron? ¿O le hicieron algo más?

- No puedo decirle más señor –le replicó el agente–, pero es el reporte que me pasaron mis superiores. Acá los esperamos.

Salieron los policías y los esposos no se dirigieron palabra alguna. Una extraña barrera de silencio les impedía hablarse.

En el área del hospital donde permanecía Carmina Luna, privaba un ambiente tenso, impregnado de murmuraciones. Ella oía lo que ciertas enfermeras y algún que otro médico decían sobre el perverso ataque sexual de la que había sido blanco. No muy lejana de la sala de observación donde Carmina se encontraba –apenas separada del resto de pacientes por un visillo blanco- pudo distinguir una voz quisquillosa, que entrecortando las palabras, dijo:

- Y a esta pobre mocosa, se la ensartaron a huevo. Aunque ya ves lo que dicen, si andas buscando al diablo, seguro te mete el trincho.

La vocecilla parecía no tener interlocutor, o al menos, eso creyó Carmina. Tras una pausa, volvió a musitar:

- Hay mocosas que ya quieren palo, pero mira nada más, a ésta se la ensartaron tres culeros. Ya valió madre su vida. Jamás volverá a coger igual.

Y entonces Carmina ya no quiso escuchar más y se tapó ambos oídos con sus heladas manos. Luego resintió en su cavidad vaginal un fuerte ardor que por vez primera la aquejaba y se enroscó en el camastro rompiendo en llanto. Por más que se esforzó en imaginar otra cosa, no pudo evitar que su memoria reviviera las ultrajadas que tales bestias humanas le infligieron. Entre cada sollozo, se le aparecía un violador, vivo y terrorífico. El chaparro de ojeada maldita con su pecho tatuado con la escena de un hombre a punto de asesinar a otro, sometiéndola a su voluntad, noqueándola en la barbilla, poseyéndola sin cesar. Después el tuerto, con su tono de voz de ultratumba, la cabeza calva y una de sus cuencas sin globo ocular, que le daba un aire muy macabro. Eso sin contar el incesante e insoportable desgarre que la fricción le provocó cuando éste la penetraba con su miembro viril. Y por último el Lagartijo, al que había evitado mirar pero que de reojo pudo verle cómo se mecía impaciente sobre ella, con aquel cutis asqueroso y repleto de granos negruzcos, de mirada perversa, con aliento nauseabundo y esa cicatriz facial de pesadilla. Y soltó más llanto Carmina al acordarse de que ese cretino la mordió en sus pezones hasta sangrarla.

En Carmina Luna, surgió un natural deseo de ardiente venganza. Quería ver sufrir a sus violadores. Y a Jacinto Cañada Fajardo, el inútil noviecillo que fue incapaz de protegerla, no dejaría de gritarle ¡cobarde!, cada vez que le viera a la cara, delante de quien fuera. Y de paso, humillar a diario, durante años, a los policías que llegaron tarde a la casa de Pascual Lozano Godínez, por no salvarla del ataque sexual que ese trío de salvajes le propinó; en otras palabras, por no cumplir a tiempo con su deber. Pues en tal tribulación de la vida de Carmina los hombres parecían una plaga dañina en su cabeza atormentada. Pero entonces sintió que una mano la tocaba con suavidad en su hombro izquierdo, al tiempo que olfateaba un perfume de aroma muy peculiar, el cual le recordó fugazmente su salón de clase del bachillerato público "Fray Servando Teresa de Mier".

Era Georgina de León, su profesora de la materia "Formación cívica".

ΔΔΔ

Aparte de su impactante presencia física –rondaba los cuarenta años, de figura esbelta y un metro setenta y cinco de estatura, tez blanca apiñonada, frondosa y natural cabellera rubia ceniza, ojos de azul noche y labios de tono fuego (rara vez se los pintaba) – Georgina de León poseía el don nato de la persuasiva oratoria. Su voz, lenta y de tonalidad fuerte, influía en mucha gente presta a escucharla. Había aprendido, con el paso de los años, a combinar tanto su impecable imagen corporal como su talento comunicador para obtener las metas que perseguía.

Pero Georgina de León no solo tenía el rol como docente de preparatoria en el recóndito San Bonifacio. También litigaba con notable éxito y era la responsable de propaganda de "Mujer es poder", una importante asociación civil integrada mayoritariamente por mujeres profesionistas y cuyo eje de acción era luchar a favor de los derechos laborales, políticos y humanos de cualquier fémina de Guanajuato. Aunque evitaba la docencia, se había inmiscuido en aquel bachillerato rural para suplir a una entrañable amiga de la universidad que lentamente se reponía de las dolorosas lesiones infringidas por su exmarido y ahora prófugo de la ley. Y tras dos meses de convivencia y enseñanza con esos estudiantes de humilde condición y hasta ingenuo trato, Georgina les había empezado a estimar. Ni siquiera el más relajiento de sus alumnos, podía compararse a los chiquillos infectados de majaderías, pornografía, alcohol, drogas y neurosis violenta típico de las zonas urbanas. Al observar a los alegres mozalbetes de San Bonifacio, Georgina de León con frecuencia suspiraba con nostalgia su niñez y juventud, época donde la televisión mexicana ejercía más control en sus contenidos culturales, como las telenovelas de corte agresivo y muy sensual, que se transmitían a partir de las nueve de la noche y no como ahora, desde las seis de la tarde. Pero cosa rara en ese pueblito de Guanajuato, escasas familias tenían televisor en su hogar. Uno de los motivos era que la señal analógica de televisión había sido sustituida por la banda digital algunos años atrás por lo que sólo un canal era sintonizable y tenía baja calidad. Por tanto, el televisor convencional se había vuelto un objeto inútil. Más eso no le impedía a los san bonifacenses divertirse con otros juegos –antaño olvidados por las nuevas generaciones de las ciudades-, tales como el yo-yo, el trompo, el balero, la matatena, la baraja, el avión y hasta los quemados. Sin embargo, lo que le daba tranquilidad a Georgina de León era que sus estudiantes no se distraían con los teléfonos celulares, ya que simplemente no los tenían. En cambio, cuando Georgina recorría por asuntos de trabajo las grandes ciudades como Celaya, León, la misma Guanajuato o las cercanas Querétaro y Guadalajara, las escenas cotidianas exhibían a niños y jóvenes de distinta edad – no se diga a adultos - hipnotizados por los popularísimos smartphones.

La propia abogada era presa irresistible de tan vertiginoso fenómeno adictivo. Procuraba contrarrestarlo acordándose a menudo de una dramática escena que poco tiempo atrás vio en un parque cercano a su despacho particular. Cuatro niños no mayores de cinco años se reunían cada tarde para jugar fútbol por una hora. Sus madres les ponían ojo y mientras ellos se divertían aquellas charlaban amenamente. Unas semanas después, el gobierno municipal instaló una red inalámbrica de internet gratuito y todo cambió. La mamá de uno de los pequeños sacó su smartphone y comenzó a navegar por la red sin prestar atención a la charla de sus amigas.

Su acción tuvo una réplica increíble en las otras mujeres, quienes dejaron la sana plática para conectarse con sus aparatejos a internet y se la pasaron absortas el resto de las tarde. Al día siguiente, la escena se repitió. Tras el típico saludo de beso, las cuatro madres sacaron los teléfonos móviles y se presumieron fotos y chismes a través de las redes sociales. Sus pequeños se divertían jugando fútbol como de costumbre, hasta que la alegría acabó cuando dos de ellos fueron a la lucha por el balón fuera del parque, pasando justo en el carril del transporte urbano y precisamente cuando un camión transitaba por ahí, arrollándoles mortalmente. Ninguna de las mamás se percató del accidente hasta que uno de los niños espantado les avisó de la tragedia.

Georgina de León había visto todo desde su oficina, lo que le causó una severa conmoción por varios meses. Más afortunadamente, la fiebre de los teléfonos celulares todavía no hacía su arribo a san Bonifacio, de momento.

∆∆∆

Georgina de León se enteró del brutal ataque sexual a Carmina Luna mientras descansaba en casa el sábado por la mañana. Una empleada de la fiscalía, a la que Georgina le ayudó a ganar un juicio contra un despido injustificado años atrás, le filtró el chisme completo sobre una chamaca estudiante de san Bonifacio a la que se la "enchufaron" varios tipos. "Enchufar" era la palabra clave para decir violación sexual entre el personal de la fiscalía estatal. Al saber que posiblemente se trataba de una alumna suya, salió volando hacia el hospital donde se hallaba la joven víctima.

Y ahora Georgina de León estaba con Carmina consolándola, procurando absorber un dolor que no se puede sentir hasta que se padece en carne propia.

Carmina se abrazó a su mentora resguardando su cabeza en el vientre de aquella. Así pudo desahogarse por largo rato, hasta empapar parte de la blusa roja que Georgina llevaba puesta. La abogada no se inmutó para nada al percibir como se humedecía su prenda tras ser invadida por el lagrimeo de la muchacha en desgracia.

Por fin, en una pausa, donde no había más llanto que sacar, Carmina Luna le gritó a su profesora:

- ¿Por qué me hicieron esto? ¿Qué les hice para que me hicieran esto?

Y volvió a gimotear con menos fuerza sin desprenderse de Georgina de León, que tenía colocada su mano derecha sobre la cabellera deshecha de Carmina, acariciándola en breves intervalos de tiempo.

Con tono suave en las palabras, Georgina le susurró a su pupila:

- Carmina, estoy aquí para cuidarte. No estás sola. Llora todo lo que quieras pequeña.

El efecto fue el esperado. Carmina Luna se desahogó como nunca antes le había ocurrido, ni siquiera cuando su padre, delante de un nutrido grupo de feligreses, la desgreñó al salir un domingo de misa por haberle mostrado la lengua burlonamente a uno de sus hermanos que la molestaban cerca de la sacristía. Tenía en aquel tiempo ocho años, y la humillación sufrida la mantuvo encerrada en su habitación el resto del día, sollozando contra su almohada, hasta que su madre, cerca de la media noche y afligida por la pena de su hija, la reconfortó en silencio largo rato, perdiéndose las dos en el sueño profundo.

Pero este sufrir de Carmina le ardía en toda el alma, más que en su juvenil cuerpo. Al cuarto de hora, pareció serenarse la jovenzuela al cesar del lloriqueo. De pronto, apareció una enfermera de rasgos secos y tras de ella un largirucho médico ataviado de una bata blanca en la cual se percibían, a la altura de las mangas, varias motas de sangre recién salpicada. El rostro del galeno –moreno claro, de nariz respingona y ojos saltones– espantó a Carmina, clavando sus dedos en una de las piernas

88

de Georgina de León. Ella entendió el mensaje de inmediato. Le atemorizaba la presencia masculina, especialmente de desconocidos.

El médico intentó hacerle una revisión de rutina auxiliado de la enfermera, más fue infructuoso cualquier argumento para que Carmina Luna accediera a ello sin estar presente Georgina de León. Le suplicó la mancillada adolescente a su profesora, con voz apenas audible, que sólo una mujer pudiera examinarla. Georgina tenía un olfato especial para detectar puntos débiles en las reacciones emocionales de las personas con las que trataba asuntos graves –el de Carmina era uno de tantos- por lo que no le fue difícil negociar con aquel galeno de carácter amable la presencia de una doctora para atender a Carmina.

Sin embargo al llegar la cirujana, la muchacha no quiso ser revisada. Una carga insondable de culpa y vergüenza la tenía boca abajo negándose a la atención médica. Por dentro, Carmina guardaba harto asco de su cuerpo. Ninguna otra persona - aparte de su madre y el trío de bestias que la violó- había visto su parte genital, y ese pensamiento revolvía perturbadoramente su conciencia. Así que de no haber oído las suaves y persuasivas palabras de Georgina de León, Carmina Luna no habría cedido. Ya durante el palpamiento se tapó la cara con sus manos heladas y nerviosas.

Concluida la auscultación a la muchacha, Georgina se quedó con ella. El propósito de permanecer a su lado fue ganar la confianza de Carmina para averiguar algunos hechos clave de su violación. La profesora se aseguró de que no hubiera familiares de pacientes o personal del hospital pelando la oreja hacia donde estaban ellas. Aguardó con paciencia a que una enfermera cambiara un suero a un enfermo nonagenario de aspecto cadavérico. Tras quedarse a solas, se apostó a un lado de Carmina, y tomándole ambas manos le preguntó en tono compasivo:

- Carmina, ¿saben tus papás que estás aquí?

La chica negó con la cabeza.

- ¿Algún familiar o conocido te ha visitado ya?

Carmina Luna repitió el gesto. Georgina continúo:

- Pequeña, es importante que me digas dónde localizar a tus papás. Pero sobre todo – y le acarició una de sus mejillas humectadas por el sollozo- quiero que me dejes ayudarte a salir de esto que te ha ocurrido. No va a ser nada fácil, pero haré todo lo que pueda para lograrlo. ¿Estás de acuerdo?

Un silencio largo envolvió a Carmina, cerrando sus párpados y con arduo esfuerzo –pero infructuoso al fin- quiso viajar a aquellos momentos felices que sepultaran las impresiones del ultraje padecido, que se recreaban tan nítidas como si acabara de ser mancillada segundos atrás.

- Carmina – le suplicó su profesora – mírame.

- ¡Ayúdeme a olvidar lo que me hicieron! – gritó la adolescente sin mostrar sus pupilas color de miel.

- Con terapia puedes lograr mucho –le contestó Georgina de León-. Debes saber que esto le ha pasado a muchas jóvenes más chicas que tú y se han recuperado, han podido.

- Lo que quiero es olvidar todo – interrumpió Carmina entre dientes y tono iracundo-, no me importa lo que le pase a otras.

- Olvidar, pequeña… eso no se puede. Pero hay formas de que sigas feliz con tu vida a pesar de lo que has vivido.

- Entonces no quiero su ayuda… déjeme sola maestra – sentenció seca Carmina.

Georgina de León se apartó ligeramente de su alumna y puso su mirada en el viejo suelo blanco, hasta fijarla en una loza partida a la mitad, guardando silencio por unos segundos.

Luego suspiró y sin soltar la vista, le dijo:
- ¿Sabes Carmina? Cuando tenía diecisiete, también fui violada. Y mi vida se quebró en dos.

La jovenzuela la miró atónita, y sin demorar más, Georgina de León fue directo al grano:
- Un profesor por el cual yo sentía mucho afecto, me llevó a su departamento…
- ¿Un departa qué? - le indagó curiosa Carmina.
- ¿Un departamento? Es una casita de un piso, con dos o tres recámaras y un baño. Los encuentras en las ciudades –le aclaró Georgina, advirtiendo que su alumna le echaba ojos absortos como cuando impartía un tema interesante en clase. Así que prosiguió el relato:
- Pues este profesor, me hizo ir a su departamento para explicarme una guía de estudio que no comprendía muy bien. Una vez adentro, me ayudó a responder varias preguntas, pero luego, puso algo de música, sirvió cerveza y se acercó demasiado a mí. Me empezó a tocar mi cara y mis manos. Cuando menos me di cuenta, me estaba besando. Traté de alejarlo, pero me dijo que si gritaba o huía, haría que me expulsarán de la preparatoria. La realidad es que yo estaba becada en esa escuela y mis papás me habían logrado pagar con muchos sacrificios las primeras colegiaturas. Pensé que el quedar fuera de ahí sería un golpe duro para ellos y también para mis planes de seguir estudiando. Viendo que no tenía escapatoria, lo único que le pedí es que no me hiciera daño. Pero no fue así. Me obligó a desnudarme y me violó no sé cuánto tiempo…– al decir esto fue inevitable que se le quebrara la voz a Georgina de León, pero Carmina no le vio el menor indicio de lágrima alguna. Por mucho rato reinó el silencio, apenas interrumpido por las pisadas de las enfermeras al entrar y salir de las habitaciones aledañas.

Entonces, Georgina suspiró levantando su cabeza con los ojos cerrados y retomó el hilo:

- Este cobarde me desgarró y me hizo sangrar. Lloré sin poder gritar mientras él se divertía con mi cuerpo como un animal desquiciado. Aún recuerdo su rostro y su boca maloliente por la que se asomaban un par de dientes plateados y sus pervertidos ojos que me veían sin parar. Su lengua lamiéndome mi pecho, mi cuello, mi abdomen, y yo sin poder defenderme. Al terminar, me acompañó hasta una calle y me dio dinero para que me fuera en taxi. Esa noche ni siquiera saludé a mis papás, me subí a mi habitación y me fui a bañar de inmediato. Me sentía repugnante ¿sabes?

Carmina había cubierto su nariz y boca con ambas manos. La anécdota de su profesora, a la que consideraba fuerte, segura de sí misma y carismática, la impresionó de tajo. Como la chamaca no se atrevía a soltar palabra, Georgina de León concluyó con la voz entrecortada:

- Casi nadie sabe de esto y mis papás nunca se enteraron. Bueno –exhaló suavemente, poniendo otra vez sus ojos acuosos, en aquella loza despostillada– ahora tú también te has enterado, aunque sé que me guardarás bien el secreto.

La chamaca apenas asintió con la cabeza, mientras su profesora recogió con los dedos de la mano zurda las lágrimas a punto de desbordarse.

- ¿Pero qué fue de ese tipo? ¿Nadie lo acusó? – preguntó inquieta Carmina Luna.

- Hasta donde supe, él se volvió a meter con una alumna y la embarazó. Los papás de la chiquilla le obligaron a responder por su hija y por el bebé. Y no la pasó del todo mal, pues al casarse con su hija, el suegro le consiguió un buen empleo y ese tipo nefasto aparentemente se calmó.

Carmina Luna tornó su rostro de asombrado a confuso y dijo:

- Maestra, no entiendo qué tiene que ver lo que le hizo a esa muchacha y lo de embarazarla.

- ¿Qué es lo que no entiendes?

- Lo de por qué quedó embarazada.

Georgina de León le clavó una mirada de extrañeza.

- Carmina, no estoy bromeando. Si sabes de lo que te hablo. Sabes el riesgo que hay al pasar por una cosa así.

- Maestra –suplicó Carmina-, le pido me expliqué bien de qué riesgo habla. Soy una babosa, discúlpeme.

La profesora y abogada agarró con suavidad las frías manos de su pupila. Con semblante paciente e intuitivo, le dijo:

- No eres ninguna babosa Carmina. Dime, ¿si sabes cómo nos embarazamos las mujeres? ¿La idea más sencilla que tengas?

La chamaca negó con la cabeza. Luego, quiso decir algo…

- Te escucho, por favor – le pidió Georgina.

- He visto a varios animales tocarse, los machos se enciman sobre las hembras y luego de un tiempo, pues nacen sus hijos.

- Eres muy observadora Carmina. Y ¿sabes por qué cada mes tienes tu periodo menstrual?

Carmina se contuvo unos segundos, como intentado fraguar una respuesta, pero finalmente dijo un simple y escurridizo no.

- ¿Tu mamá no te dijo por qué nos pasa la menstruación? ¿Con otras chicas no has hablado de eso?

- Desde que me pasó le pregunté, pero me dijo molesta que no lo volviera a hacer hasta que algún chico me pidiera ser su novia. Con mis amigas también quise enterarme, pero me dijeron serias que de eso no hablaban. Y ya no insistí.

Esa respuesta fue suficiente para que Georgina de León comprendiera lo que alguna gente le había contado sobre la fama de los habitantes de San Bonifacio y su vetusta moralidad en el tema de la educación sexual de padres a hijos. Comprendió al instante que sería inútil reformular las preguntas que fueran necesarias acerca de la regla menstrual, de la ovulación, de la cópula sexual y de la procreación humana. Porque era evidente que sobre tales cuestiones, tanto Carmina Luna como el resto de los jóvenes san bonifacenses, desconectados de la vida agitada de las ciudades y ajenos a los contenidos volátiles en las redes de internet, lo ignoraban casi todo.

Pero ahora el principal adversario era el tiempo. En cualquier momento, los padres de Carmina Luna llegarían a verla. Georgina de León le explicó a la escuintla, sin dar mayores detalles, que podría quedar embarazada tras el ataque sexual que le infringieron la noche anterior. Se limitó a decirle que así se procreaban los hijos, si bien lo que le habían hecho a Carmina, era una salvajada. Georgina también le pidió que confiara absolutamente en ella, pues lo que urgía era impedir que quedara encinta.

Y en efecto, unos minutos después arribaron Alfonsina Atanacio y su esposo Volodio Luna, acompañados de dos oficiales de la policía.

ΔΔΔ

Bochorno inaudito percibió Carmina en los ojos de su madre; rabia ácida en los de su padre. La joven respiró con agitación, señal previa de una tormenta matizada de llanto. Antes de que Georgina de León pudiera emitir palabra alguna, Volodio Luna le preguntó rudamente:

- ¿Y usted quién es?

- Buena noche señor. Soy Georgina de León Herrera, profesora de Carmina – le respondió serena la abogada, pero aquél no le dijo más. En cambio, con la vista aciaga le recriminó a su hija:

- ¿Es cierto lo que me dicen aquí los señores – y movió su cabeza hacia donde estaban los uniformados –que te revolcaste con unos pelados?

- Volodio – intervino con timidez Alfonsina Atanacio – no se lo digas así, te lo pido…

- ¡Tú no te metas! – la calló su marido, viéndola de reojo. En tanto, Carmina se escondió en el lecho de su maestra y liberó un corto pero fuerte sollozo.

- ¡Contéstame mocosa! – insistió Volodio más encolerizado.

Georgina de León guarecía con sus manos la cabeza de la chamaca. Soltándole unos ojos mezclados de conciliación y valentía, le habló así al padre de aquella:

- Señor Luna, con todo respeto, lo que le ha sucedido a su hija no es como se lo han dicho. Les pido salgamos un momento y les explicaré lo que pasó.

Cualquier otra mujer – peor aún varón – que se atreviese a dialogar con Volodio Luna encabritado como ahora estaba, no se habría librado de una sarta de majaderías y algunos empellones. Esa era la primera reacción que aguardó Alfonsina Atanacio, pero, por extraña razón, si acaso por la presencia policíaca o por el tono persuasivo de Georgina de León, su esposo se contuvo y sólo le alegó:

- Vamos pues. Y tú – le ordenó a su mujer – quédate con la escuintla.

En el fondo, Carmina Luna no quería que su maestra la dejara, ni siquiera un instante. Mas ahora le tocaba estar frente a su madre, encarándola para narrarle su tragedia y pedir su consuelo, pero ante todo, su perdón.

Alejados algunos metros de la sala de observación, entre el vaivén de enfermeras y médicos cuyas conversaciones se confundían generando un murmullo ininterrumpido, Georgina de León puso al corriente a Volodio Luna sobre la violación sexual que sufrió la última de sus vástagos. Ella tuvo dudas sobre si podían ser tintes de machismo los que pintaban el semblante de ese hombre. Ya fuera por su constante refunfuñar al escucharla; por su postura retadora sacando el pecho, alzando los hombros y cerrando ambos puños; o por su cara agresiva plagada de facciones impositivas; o por la escena anterior donde silenció a su esposa de un grito e hizo llorar a su hija con dos palabras; el punto es que Georgina creía tener ante sí, la figura típica del macho pueblerino. Aunque también pensó que tal comportamiento podría ser la consecuencia debida a que el padre de familia no tenía manera de guardar la calma ante la terrible noticia.

No teniendo Georgina de León más que informarle a Volodio Luna, éste le preguntó el motivo de su visita. Ella le dijo que fue a apoyar a Carmina, en lo que llegaban él y su esposa e iba a mencionarle el riesgo de que su hija quedara embarazada pero Volodio la interrumpió secamente:

- Ya está su madre con ella como vio usted. Ya se puede ir maestra.

Inconforme, iba Georgina a retenerlo para hablar más sobre el asunto, pero el jefe de la familia Luna Atanacio le dio la espalda, quedando frente a una pareja de policías a quienes indagó con voz más respetuosa:

- ¿Saben algo de los pelados que le hicieron esto a mi chamaca?
- Solo que agarraron a uno en la casa del victimiado –replicó uno de ellos.
- ¿En la casa del qué? –inquirió con extrañeza el padre de Carmina.
- Quiso decir del muerto, señor Luna –se inmiscuyó Georgina de León aclarando: Victimado es una persona asesinada, es a lo que se refiere el oficial.

El agente de la ley, con cara apenadilla, nada alegó por la corrección del término hecho por la abogada de León. Volodio Luna se tornó hacia ella, con aire impaciente:

- Le dije que ya se podía ir maestra. Déjeme con los señores policías.
- También litigo en los tribunales señor. Lo de Carmina apenas es el comienzo de una investigación penal. Por eso necesito que hablemos en privado y con su esposa.
- ¡A ella no la meta en esto maestra! La bronca sólo es entre mi chamaca y yo – le gritó embravecido el hombre.

Ante esa respuesta se disiparon las dudas que Georgina de León tenía acerca de la conducta autoritaria de Volodio Luna. Era un hecho que se topaba con un machista cerrado a la razón y con el que era inútil argumentar un pero. Simplemente, su ley no admitía discusión: en el tema de su familia, sobre todo tratándose de su esposa e hija, él tenía la última palabra.

El resto de la plática entre Georgina y Volodio se diluyó comentando detalles en relación al obligatorio proceso judicial por el que debía pasar Carmina en calidad de testigo y víctima, proceso además muy agotador para ella, pues le tocaría fibras emocionales cuando tuviese que relatar otra vez los hechos vinculados a su ultraje sexual. Sin escucharse imperativa, Georgina de León le pidió a Volodio Luna apoyar con muestras de cariño y solidaridad a su hija en todo momento. Por último – y eso si en clara advertencia por la mirada seria -, le señaló enfática que las lesiones físicas se irían en días, pero el trauma psicológico quizá tomaría mucho tiempo en ser borrado de la mente de Carmina.

Sin perder más tiempo, Georgina de León se despidió de Volodio Luna, cuyo semblante al acabar la charla era más de incertidumbre que de rabia. Ella incluso percibió que el tipo se había amansado al oírla en esos minutos de plática. Pero ahora lo que tenía planeado Georgina cuidadosamente, era librar a Carmina Luna de una consecuencia ni siquiera imaginada por la desgraciada muchachita. En otras palabras, era prioritario evitarle un embarazo.

△△△

Georgina de León hizo dos llamadas. La primera fue para Ramiro Trujillo, abogado experto en el tema de la ley de Amparo y uno de los que mayor clientela tenía en la Ciudad de México pero también en otras urbes vecinas. Le planteó el caso de Carmina y el riesgo que corría de no sólo pescar alguna enfermedad venérea, sino también de quedar encinta. Requería por tanto la posibilidad de practicarse un aborto, amparándose contra la polémica ley nacional anti aborto o "ley Severiano", que prohibía la terminación del embarazo sin importar la circunstancia de la concepción.

Ramiro Trujillo fue contundente con Georgina de León: al menos hasta pasados dos años, no habría posibilidad de conseguir un amparo contra dicho artículo de la ley penal mexicana. El asunto claro, tenía tintes políticos. Varias asociaciones civiles de tipo feministas y pro abortivas de varios estados del país, además de la propia Comisión Nacional de Derechos Humanos, habían solicitado al pleno de la Suprema Corte de Justicia de la Nación su intervención para declarar inconstitucional la ley antiaborto.

Lo que no sabía la opinión pública era que un alto funcionario del máximo órgano judicial del país, tenía la importante misión de obtener cien millones de pesos más del próximo presupuesto anual, dinero que se destinaría para gastos personales de algunos ministros y sus colaboradores más cercanos: desde desayunos, comidas y cenas en restaurantes de lujo, así como la compra de mobiliario de madera carísima o hasta jabones para baño de exóticas marcas francesas cuyo costo rebasaba los doscientos pesos por pieza.

Para lograrlo, este cabildero se había reunido con algunos diputados federales del partido Auténtico Patriota que formaban parte del grupo liderado por Severiano Magón. Y a cambio de beneficiarse con esa exorbitante cantidad, la mayoría de los ministros de la Suprema Corte se comprometieron a retardar con complicados tecnicismos jurídicos, cada una de las ya de por si confusas solicitudes de grupos feministas y de la Comisión Nacional de Derechos Humanos que pedían anular la ley anti aborto.

Tal negociación entre los diputados del partido Auténtico Patriota y el importante burócrata de la Suprema Corte de Justicia fue llevada a cabo con mucho sigilo, sin despertar sospecha alguna, pues faltaban algunos meses para empezar a elaborar el dictamen del presupuesto federal. Mientras tanto, el acuerdo secreto ya daba sus primeros frutos: una por una, iban cayendo las peticiones de las organizaciones ciudadanas, muchas de éstas por argumentos tan inverosímiles, que hasta ciertos ministros miraron con extrañeza el no saber lo que ellos mismos habían argumentado con su firma de por medio, al rechazar las solicitudes de nulidad contra la reforma al artículo que impedía el aborto en casos de violación sexual e incesto y malformación genética.

Georgina de León sabía que Ramiro Trujillo le hablaba con certeza. Su alta reputación se debía no tanto a ganar casi siempre la mayoría de los casos que representaba sino a la veracidad y contundencia de la información que recibía y usaba para sacar tremenda ventaja a favor de sus clientes. Además, una regla innegociable de la ética de de Ramiro Trujillo era nunca revelar de dónde había obtenido datos de esta naturaleza.

Por tanto, el consejo final que Trujillo le dio Georgina de León fue buscar "otros medios" para ayudar a su alumna, pues recurrir al amparo era la última opción ante el escurridizo factor tiempo. Tras colgar con Ramiro Trujillo, la litigante, revisó exhaustivamente su agenda de contactos y después de meditarlo por un buen rato, telefoneó a Benito Tostada.

Apodado "el rufián" entre el gremio de abogados de la Ciudad de México, Benito Tostada se especializaba en defender a médicos acusados de negligencia en el ejercicio de su trabajo. Ya fuera un dermatólogo que al atender una simple irritación en la piel causaba una quemadura irreversible al paciente o algún cirujano plástico que cobraba un dineral por rejuvenecer a cualquier millonario narcisista, pero en vez de eso, le provocaba horrenda parálisis en el rostro; tales eran los clientes predilectos de "el rufián" Tostada. Pero también acudían a él gastroenterólogos, otorrinos, ortopedistas, proctólogos, urólogos, pediatras, ginecólogos oftalmólogos, oncólogos y hasta el curioso caso de un veterinario demandado por haberle causado la muerte a un exótico ratón vietnamita.

Cierto era que no todos sus clientes tenían mala fama. Muchos enfrentaban las querellas judiciales por falta de experiencia, al realizar cirugías de alto riesgo, o también, por interpretaciones equívocas de un diagnóstico, y por distracciones fatales durante una intervención quirúrgica. Otros, sin embargo, eran auténticos matasanos. Los había adictos a determinada droga o también a la embriaguez y que al estar intoxicados, les abrían las entrañas a niños, adultos y ancianos con secuelas terribles. O también los que suministraban fármacos innecesarios a pacientes, cuyos efectos secundarios los hacían recurrir al quirófano para evitarles un mal mayor, a un alto costo económico y con daños irreparables a su salud. Y este tipo de criminales en bata blanca, eran los que más pagaban por solicitar los servicios de Benito Tostada.

Georgina de León había sido su novia en la época universitaria y él había sido cautivado por su belleza e inteligencia, al grado de proponerle matrimonio en tres ocasiones. Aquella se cansó de la insistente petición de su galán y terminó la relación con cierta rudeza. Tras la ruptura, Tostada le dio el mote cariñoso de "Leona", porque vivió en carne propia el carácter imponente del apellido paterno de Georgina. No obstante, Benito Tostada aguardaba la esperanza de volver a su lado. Ahora, al recibir su sorpresiva llamada, se tornó emocionado al escuchar su voz –tenía más de dos años sin oírla- pero Georgina lo saludó cortésmente para luego preguntarle sobre algún médico especialista en aborto.

Con tono irónico, Tostada respondió:

- Leona ¿acaso me ves cara de doctor? No puedo ayudarte con eso y más ahora con lo de la prohibición.

- No te hagas Benito –lo presionó Georgina– que bien sabes lo que te estoy requiriendo.

- Y bien sabes que no le hago el paro a médicos abortistas. No va con mi ética.

La Leona perdió la paciencia, alzando la voz:

- ¿Tú vienes a hablarme de ética? ¿Bromeas? ¿Tú que defendiste al doctor Gaunidio Cueva cuando en una de sus borracheras le extirpó las trompas a una desgraciada chica dejándola estéril de por vida? ¿O cuando representaste con éxito a aquel cocainómano, hijo del banquero Fabián Melquíades, que le deformó el rostro a un chamaco de seis años al tratar de quitarle unas simples verrugas? ¿Y qué ética te vistió en los juzgados al lograr la exoneración y hasta devolución de la fianza, del cirujano Tudor Galván, acusado de la muerte de un esposo y padre de tres niños, que en una simple cirugía de la pierna tu cliente le cortó por error la femoral? ¡Ah y seguro ya lo sabes! Galván ahora enfrenta un cargo por dejar inválida a una madre de familia, seguro irá a buscarte para…

- Que se rasque solo – irrumpió seco Tostada -, no tiendo a ayudar dos veces a un mismo cliente.

- Benito, a lo que voy es…

Una vez más, "el rufián" no dejó terminar a Georgina:

- No tienes que repetirlo Leona, mi respuesta será la misma. No puedo aconsejarte con quien ir para eso que ocupas. ¿No me dirás que estás esperando un paquetito por ahí?

-No es lo que supones. Y no tengo tiempo de explicaciones. Veo que no cuento contigo, adiós.

Antes de que Georgina de León cortará la llamada, el penalista alcanzó a agregar:

- Un gustazo oírte mi Leona. Aguarda mi turno, besos mi preciosa exnovia.

Georgina de León buscó una cafetería para ordenar su cabeza. Pensó que había sido muy tosca al llamarle a Benito Tostada sin buscar al menos una forma más amena de pedirle la crucial información. Aunque poco importaba eso, pues quedó muy claro que su propia expareja sentimental le negó la ayuda que tanto requería.

La abogada de León caminó a paso acelerado y dio con un pequeño local cafetero, en la cual se hallaban consumiendo dos alegres señoras cincuentonas. Se sentó en una mesa ubicada en un rincón, cercana al único cuarto de baño y volvió a revisar la agenda de su teléfono móvil, indagando los nombres de quienes pudieran brindarle los datos de un especialista en abortos.

Georgina de León pidió un café cortado y un bísquet con mermelada de fresa a manera de mitigar los retortijones que resentían sus entrañas a causa del hambre mañanera. En tanto, anotaba datos en su libreta personal. La información se refería a abogados con el mismo perfil de Benito Tostada aunque también de otros que sabían de galenos clandestinos que trabajaban sin cédula profesional o que eran pasantes de medicina, pero muy hábiles con el bisturí.

Mientras escribía en la agenda, sonó su teléfono celular. Vio un número desconocido, pero era frecuente para Georgina recibir llamadas de diversa índole, ya fueran personas interesadas en contratar sus servicios como abogada o por parte de la asociación feminista *Mujer es Poder* a la que ella pertenecía. Tras cuatro timbrazos de su móvil –le fascinaba oír el tono de la rola *Justicia* de Lila Downs– respondió. Una voz masculina muy familiar, le espetó pausadamente a su oído:

- Ahora si podemos hablar con calma, leoncita hermosa.

- ¿Benito? –le dijo Georgina - ¿Y este número?

- Si... mira, casi no lo uso, salvo para ocasiones especiales –le aclaró más acelerado "el rufián" Tostada, prosiguiendo:

- Escúchame atenta, leoncita. Esto que quieres hacer es muy arriesgado para ti. Si las autoridades averiguan que te involucraste en ello pueden enjaularte de siete a diez años como cómplice. ¿Comprendes?

- Desde que se aprobó esta porquería de la ley antiaborto me puse al corriente y esa es bronca mía, ¡solo facilítame la información que requiero carajo!

- No cambias chingao. Allá tú. Te avisaré si hay alguien con el perfil que buscas.

Pero Benito Tostada era extremadamente cauto. Él sabía por un par de clientes vinculados a una banda criminal que desde hacía algunos años, sus líneas telefónicas y celulares estaban intervenidas. Y en dos ocasiones, trataron de vulnerar sus cuentas de correo electrónico y de Whatsapp.

Por ello, Georgina comprendió de inmediato el mensaje cifrado que Tostada le dio en tono indiferente:

- Cambiando el tema, el día que vengas al defectuoso, te invito a una auténtica menudería, de las pocas que aún venden riquísima pancita y te matan el antojo bien sabroso. ¿No me dirás que no?

- Luego vemos eso. Sabes que repudio ir a la gran ciudad. Benito, espero tu llamada pronto, cuídate –culminó Georgina de León siguiéndole la corriente a su interlocutor que apenas agregó un fugaz ciao.

Benito Tostada no había podido ser más claro con ella. El defectuoso aludía al viejo nombre del Distrito Federal –la Ciudad de México-, es decir, al De Efe, y era palabra muy popular. Pero Georgina era de las escasas personas que estaba enterada del repudio del "rufián" Tostada a comer las vísceras de animales y sobre todo el menudo. Ella sin embargo sabía que *"menudería"* era un término que en escasos pueblitos del sur de México hacía referencia a sitios ilegales donde las jóvenes embarazadas iban a abortar. Tales lugares recibían ese mote por doble motivo: la frecuencia con la que las adolescentes recurrían a finalizar el embarazo (se sabía entre la gente que **"a menudo van las escuintlas ahí"**) y porque les sacaban la pancita con todo y chamaco, en condiciones asquerosas de salud.

Georgina de León supo eso al leer un trabajo de investigación de Benito Tostada cuando éste, en su último año de bachillerato, se fue en las vacaciones de verano con un grupo de frailes misioneros incursionando por la sierra de Oaxaca. Charlando con un solitario lugareño parlanchín, y al calor del mezcal que sinceraba a cualquiera, Tostada indagó sigilosamente lo de las *"menuderías pa las escuintlas"*. Así fue que en peligrosas barrancas y en repugnantes letrinas abandonadas, halló la macabra evidencia extraída de los cuerpos de varias mozalbetas –masas sanguinolentas deformes, otras con señales de lo que al parecer eran manos humanas, carcomidas por ratas - y fue desde entonces que a Benito Tostada empezó a darle asco consumir ya fuera menudo o cualquier platillo hecho de tripas animales.

Sus notas de diario acerca de dicha experiencia le permitieron redactar el documento que ya en la carrera de leyes le sirvió a Tostada para saldar la materia de sociología jurídica, pero a Georgina de León la sensibilizó profundamente sobre el deplorable ambiente social y represor de los varones hacia las mujeres en aquellas regiones olvidadas.

Georgina tuvo que ser paciente hasta que "el rufián" Tostada la llamara para darle más datos sobre esa "menudería" especial ubicada en la Ciudad de México. En tanto, le perturbaba el no poder acompañar en tan terrible tribulación a Carmina Luna. Además, la defensora y también activista no tenía dudas de que la "ley nacional antiaborto" promovida por el diputado Severiano Magón se infringía a diario. El problema es que no todas las mujeres desesperadas por aplicarse un aborto en México contaban con los recursos económicos para lograrlo. Las hijas de familias opulentas por ejemplo, al saberse embarazadas por irresponsabilidad propia, no reportaban nada del asunto y partían a los Estados Unidos o a Cuba para eliminar "el problemita".

Otras, de clase media, asumían el riesgo de abortar en casas clandestinas que a diario iban desapareciendo debido a las multas costosísimas infringidas por las autoridades al detectarlas, sin olvidar claro, la amarga sentencia de cárcel para las personas que ahí laboraban, aun fueran empleados de limpieza, a quienes se les acusaba de complicidad en el delito de aborto.

Así fue como en la gigantesca Ciudad de México y también en Guadalajara, Monterrey, Veracruz, Saltillo, Puebla, Querétaro y otras grandes urbes, las noticias llovieron a cantaros en torno al cierre de clínicas abortivas ilegales. Durante un par de meses, el fenómeno aparentemente se redujo. Pero lo que en realidad ocurrió fue un proceso de adaptación muy peculiar por parte de la gente que desafió la penalización nacional del aborto.

Enchiladas al estilo Primavera.

La primera consecuencia de la prohibición del aborto en México fue la subida desorbitante de su costo. De dos mil a tres mil pesos eran los precios promedio antes de que se aprobara la también conocida como "Ley Severiano". Ahora, las cifras oscilaban entre los quince a veinte mil pesos, dependiendo del lugar y la fama de quien efectuara la terminación de la vida prenatal. Y si bien no pulularon estos sitios encubiertos de angustia y muerte, la mayoría no eran más que consultorios privados en los que operaban médicos dineristas en solitario o si acaso con la asistencia de alguien de su entera confianza, porque el riesgo era alto.

Había también sitios improvisados –casas desapercibidas, locales abandonados, bodegas recónditas- pero repletos de suciedad y a cargo de pobretones e inexpertos estudiantes de medicina buscando centavos urgentes. Incluso hubo lugares donde intervenían enfermeras jubiladas cuya raquítica pensión las forzaba a hacer este tipo de "chamba pesada", término usado discretamente entre ellas para ejecutar un aborto.

El cobro tan elevado por consumar este delito tenía un justificante absurdo, sobre todo en caso de que las cosas salieran mal. Pues a quien fuera sorprendido practicando un aborto, se le detenía inmediatamente junto a la embarazada y a quien

estuviera con ellos. Luego se iniciaba una investigación y de no contar con antecedentes penales, el abogado del abortista *in fraganti* solicitaba fianza para que su cliente
afrontara el juicio en libertad.

Ahí era entonces donde los jueces se daban su agosto, pues la mayoría, fija-
ban la fianza más alta, la cual antes tenía como tope máximo veinte mil pesos, pero
con los cambios de la "ley Severiano", la nueva fianza llegaba a los quinientos mil
varos. Esta situación legal para un profesionista no sólo significaba perder una fuerte
suma de dinero, sino también su cédula para ejercer la medicina y la clausura de su
consultorio, sin dejar de lado el hecho –casi infalible- a ser recluido en prisión por al
menos tres años.

La captura de algún que otro sospechoso de liquidar la vida prenatal era noticia
que poco amansaba a los miembros del partido Auténtico Patriota y a su líder, el diputado Severiano Magón, quien junto a un puñado de sus hombres más leales, planearon
aplicar un fuerte golpe contra las redes de aborto clandestino.

En una sesión extraordinaria del Congreso de la Unión una docena de diputados del partido Auténtico Patriota, lograron la aprobación y disponibilidad inmediata
de quinientos millones de pesos para crear un programa federal operado conjuntamente por la Secretaria de Salud y la Fiscalía General de la República, cuyo objetivo
fue hallar todo lugar que se dedicara "al asesinato despiadado de cualquier ser humano inocente concebido en el vientre materno", según justificó verbalmente la dirigencia nacional del partido Auténtico Patriota en voz del propio diputado Severiano
Magón.

Finalmente, tras unas semanas de intenso trabajo, le correspondió a Gladiola
Madrigal, titular de la Fiscalía General de la República, anunciar con bombo y platillo
el programa nacional **Auxiliando Mujeres con Preñez Acontecida Repulsivamente
A sus Deseos**, que para facilitar su difusión popular se resumió bajo las siglas
AMPARADOS.

Una primera crítica al nombre de AMPARADOS fue que dejara de lado el lenguaje inclusivo en referencia al género fémenino, por lo que lo correcto era llamarlo
AMPARADAS, toda vez que es la mujer quien se embaraza y no el hombre. Muy tranquila y amable, la fiscal Gladiola aclaró que el término correspondía a que el programa
en realidad beneficiaba a **DOS** personas: la mujer encinta –que era la que primer pro-
tegida- y la criatura en su vientre.

Pocas horas después de la rueda de prensa, Gladiola Madrigal fue el blanco
preferido de los medios y de algunos líderes de opinión e influencers de las redes
sociales debido al controvertido programa AMPARADOS - cuyo nombre real, la criti-
caron enérgicos - no tomó en consideración las palabras "violación", "incesto" y "ultraje
sexual", ni tampoco hizo referencia a las mujeres como víctimas. La prensa cruda le
parodió que el enunciado: *"Preñez acontecida repulsivamente a sus deseos" era una*

manera romántica y cursi de disfrazar el hecho real: "Embarazo ocurrido contrariamente a la voluntad de la mujer". Y no obstante la lluvia de críticas por semanas, la fiscal de la nación soportó estoicamente e incluso pudo convencer a varias voces adversas sobre los alcances positivos del programa AMPARADOS durante su primer año de trabajo.

De acuerdo a los antecedentes y para los fines que fue creado, el programa AMPARADOS, dispuso de una impresionante estructura de operación con más de diez mil personas para trabajar en toda la República mexicana, y eso tan sólo en su primer año de funciones. En cada estado del país, había un coordinador previamente elegido por el comité asesor de la Fiscalía federal. Estos burócratas poseían un natural instinto de sabueso humano para detectar cualquier centro o paraje clandestino en el que se realizaran abortos. También debían organizar sus propios equipos de trabajo instalándose en las 32 capitales de la nación y tenían permisos para realizar operativos conjuntamente con la Secretaria de Salud o entre ellos mismos en estados colindantes. Así por ejemplo, el coordinador de AMPARADOS en Durango podía apoyar a las investigaciones y búsqueda de sitios para abortar si se lo pedían los jefes de dicho programa en Zacatecas, Sinaloa, Coahuila, Chihuahua y Nayarit, y viceversa.

Contando con buen presupuesto, AMPARADOS dotó de suficiente equipo logístico y de transporte para facilitar la complicadísima tarea que el personal tenía que efectuar a diario. Su base de datos se nutría de las pesquisas que le proporcionaba la Fiscalía General de la República en todo México, así como las policías estatales y municipales que por ley tenían que facilitarle para el éxito de sus objetivos. Además, se dispuso de una red de denuncia anónima de la ciudadanía que observara movimientos sospechosos de gente, sobre todo de mujeres jóvenes en solitario y con signos apreciables de embarazo.

Poco a poco, la Fiscalía General de la República a través del programa AMPARADOS priorizó las acciones de investigación policiaca al nivel de las pesquisas en delitos graves como tráfico de armas o narcóticos, extorsión y secuestro. En ocasiones, discrecionalmente, funcionarios de alto nivel de la fiscalía, reasignaron a algunos comandantes tareas de búsqueda y desmantelamiento de sitios dedicados al aborto. Todavía más: la fiscal Gladiola Madrigal autorizó la integración de un grupo especial llamado **"Custodios de vientre"**, reclutando en un par de meses a quinientas personas y cuyo perfil tuvo el visto bueno por un consejo asesor dirigido por el diputado Severiano Magón. Casi todos tenían en común el ser miembros de escasas pero poderosas organizaciones antiabortivas tales como la queretana "Luz de Vida", presente en veinticinco estados del país, así como "Madre es bendición", dirigida por Dinora de la Torre, esposa del secretario federal de Salud, Julio Brea, y la que también había fundado una docena de casas hogar para madres solteras en la Ciudad de México, con buenas instalaciones y suficiente personal para atenderlas, ya que la asociación civil "Madre es bendición" recibía unos quince millones de pesos anuales del gobierno federal y de empresas importantes por medio de aportaciones deducibles de impuestos, logrando con ello realizar la ardua labor social, y por la cual, Dinora de la Torre no cobraba un solo peso.

En cuanto al grupo *Custodios de Vientre*, éste se integró tanto por hombres y mujeres. Todos los candidatos recibieron un secreto y profesional entrenamiento en las instalaciones de la Fiscalía de la República y en el resto de las delegaciones en el país. Aunque la Secretaria de la Defensa Nacional no les autorizó portar armas de fuego – orden especial del presidente de la República a través de su secretario de Gobernación-, se les dotó de gas pimienta, estiletes y esposas para inmovilizar a cualquiera durante las incursiones en lugares bajo sospecha de practicar abortos.

En esencia, el programa AMPARADOS operó a base de denuncias anónimas vía telefónica a veces con una pequeña recompensa. A través de una intensa campaña en medios electrónicos principalmente, se intentaba persuadir a la población con mensajes que pedían dar aviso a las autoridades y así evitar crímenes contra seres humanos en gestación e indefensos.

El más impactante de estos anuncios fue hecho para la televisión nacional y llegó a viralizarse en las redes sociales. Abría con un conmovedor video de un feto humano en el vientre materno chupándose un dedo en tanto que oía el latir de un corazón; luego, la imagen se congelaba y una cortina gris escalofriante invadía el útero con todo y feto mientras el ruido de una máquina machaba algo como carne y huesos. Después, el alarido espeluznante de una mujer y el chillido de un bebe se revolvían con el ahora lento y desvanecido latido cardíaco. Por último, la escena se teñía de rojo sangre y tras un breve silencio, una voz femenina clamaba dolorosa: *"Tú puedes rescatar a este ser humano. Se trata de una vida inocente que tiene el mismo derecho que tú a ser amado, a tener hogar y una familia, a reír y jugar, a ir a la escuela, hacer amigos y ser feliz. Si sabes de algún sitio o de alguien que quiera acabar con la vida de ese pequeñito, no lo pienses más y llámanos. Programa federal contra el aborto, AMPARADOS"*.

Otro spot hecho por una de las mejores empresas de propaganda, abría con una voz masculina magnéticamente persuasiva: *"Permíteme distraer tu atención un momento y medita por un instante…¿Tú permitirías el asesinato de un excelente deportista? ¿O de una experta en la salud? ¿Tal vez de una talentosa artista…o de un gran gobernante? En ti está la oportunidad de evitar una tragedia que podría afectar tu propio bien y el de México. Llama y denuncia anónimamente. Programa federal contra el aborto, AMPARADOS."*

En este segundo corte propagandístico aparecieron figuras públicas muy populares de México: el deportista en escena era el delantero argentino Pablo Tracio mientras metía un golazo de chilena para el club Querétaro; la profesionista se trataba de la oncóloga e investigadora Diana Gamudio que en bata blanca atendía a un enfermo de cáncer; la pintora Emilia del Prado, plasmando un inmenso y bello mural representaba al artista; finalmente el ex gobernador de Puebla, Rogelio Magón caminaba inaugurando una escuela con varios niños, haciendo la alusión al gobernante del spot. ¿Tenían algo en común estas cuatro personalidades además de importante fama? Pues sí. Todos eran partidarios de la causa próvida. El futbolista Tracio provenía del Club Atlético Tucumán de Argentina, cuya ética abrazaba la defensa de la vida humana desde la concepción. La doctora Gamudio aparte de ser madre de cinco hijos, dirigió algunos años la fundación "Luz de Vida". La muralista Emilia del Prado era fuerte donadora para casas hogar de madres solteras en situación de abandono en las ciudades más grandes de México. Y en cuanto a Rogelio Magón, abuelo del poderoso diputado Severiano Magón, llevaba ya en la sangre la lucha a favor de la vida humana en el vientre materno.

ΔΔΔ

Metiendo toda la carne al asador y arriesgando el futuro político en las urnas, el movimiento pro vida impulsado por el partido Auténtico Patriota bajo la batuta de Severiano Magón, finalmente pudo conectar de manera inteligente con las fibras sensibles de muchísima gente al impulsar esta campaña de anuncios reflexivos durante varias semanas. Las primeras llamadas al número gratuito que la Fiscalía General dispuso en todo el país eran de broma o falsas. Pero pasado un mes desde el bombardeo de spots del programa AMPARADOS, se recibieron denuncias reales, incluso con información muy oportuna para dar con sitios escondidos en los que se practicaban abortos. Y también quedaron de manifiesto los primeros operativos en los que se integró a los nuevos agentes federales de la Fiscalía, conocidos como "Custodios de Vientre".

En la ciudad de Guadalajara ocurrió el primer caso. Se trataba de una jovencita llamada Adela López, ultrajada sexualmente por un tío materno un día antes de su fiesta de quince años. El degenerado simplemente se largó a Estados Unidos sin dejar el menor rastro. La chica, por miedo y vergüenza a ser rechazada por su familia, guardó silencio hasta ya transcurridos tres meses del embarazo.

Tras contarles a sus padres lo sucedido, su iracundo progenitor pegó el grito en el cielo y la amenazó con correrla de su hogar si no abortaba; además, en ese instante supo la causa de la sorpresiva desaparición de su hermano violador meses atrás y del que ninguna noticia se tenía de su paradero. Su madre, de carácter sumiso ante su colérico marido, se limitó a ponerle algo de ropa y la envió a casa de sus abuelos maternos, no tanto por vergüenza de los vecinos, sino para evitarle más humillaciones y hasta algunos chingadazos de su padre.

104

En el fondo, Adela ansiaba eliminar a la criatura guarecida en sus entrañas. Siguiendo el consejo de unas amigas, la quinceañera denunció lo ocurrido y de inmediato fue registrada en el programa AMPARADOS bajo la causal de víctima de violación, quedando como "protegida del Estado". Tal clasificación jurídica consistió en que cualquier mujer agredida sexualmente y con embarazo posterior, ingresaba a una base de datos, donde se le daba apoyo económico y un seguimiento por parte de personal de la Secretaria de Salud para garantizar la buena gestación y el parto sin complicaciones.

Pero sucedió que el agresor sexual de Adela López, cautelosamente y por medio de un amigo, le envió diez mil pesos para que abortara. A su modo de entender, esa era la forma en que podría quitarle el angustiante peso a su sobrina, a quien en un momento de placer sexual depravado, le había jodido la existencia.

Sin saber el alto riesgo que corría –tanto en lo físico como en lo legal– , Adela contactó a un tal "Domingo siete" por Facebook quien le informó de cierto lugar donde podrían arreglarle el problema. Le costaría ocho mil pesos y en menos de una hora saldría de la intervención. La chamaca aceptó. "Domingo siete" la citó en un parque público a las ocho de la mañana de un sábado.

Llegado el día, un hombre y una mujer vestidos de pants negros y gorras blancas la encontraron sentada en la fuente tal como se le había indicado previamente por la red social. Discretamente le pidieron que mostrara el dinero y la única identificación que poseía: su credencial de estudiante de tercero de secundaria. Tras corroborar que todo estaba en orden, llevaron a Adela a un auto con vidrios polarizados y se pusieron en marcha. Antes de tomar una transitada avenida, la mujer le puso una amplia cachucha negra y le ordenó que bajara la cabeza hasta nuevo aviso. La adolescente sudaba de miedo, y más al no saber el sitio hacia dónde se dirigía. Tras unos veinte minutos de recorrido, el conductor paró. La mujer le dijo a Adela que podía levantar su cara. Al hacerlo, no supo en qué lugar de Guadalajara se encontraba. Era un barrio popular de calles estrechas y con casas de un piso principalmente. La mayoría de las viviendas exhibían en sus muros horrorosos grafitis. Al bajarse, un suave viento impregnado de tiner casi la hizo lagrimear. No lejos de ahí, un trío de niños vagabundos apostados en la banqueta, calmaban el hambre matutina inhalando los dañinos gases del solvente.

La mujer tomó de un antebrazo a Adela mientras que su compañero abría la puerta de una casa, en cuya fachada, apenas y se distinguía un oxidado letrero cuyas letras mayúsculas en azul formaban la palabra dentista. La ingresaron en un cuartucho donde sólo había un maltrecho sofá de tela, a tal grado que se le veían los resortes en los carcomidos asientos. Sin ninguna compañía, la escuintla aguardó treinta minutos, cuando repentinamente, escuchó unos aterradores gritos de dolor de una joven. Pensó en huir de aquel sombrío lugar, pero ya no pudo. Una tipa de rudo semblante y notable corpulencia entró a la habitación. Traía un celular en la mano derecha y en la zurda un cuaderno y bolígrafo que le entregó a Adela. Intimidante en su hablar, le pidió a la jovencita que escribiera su nombre, edad, domicilio y el motivo por el que estaba ahí. Luego, le ordenó que leyera lo que había escrito. Tras terminar, la mujer le preguntó si alguien la había convencido u obligado a abortar, lo cual Adela negó con la cabeza. Antes de recogerle la hoja, le dijo que la firmara. Después salieron rumbo a un cuarto más grande, en cuyo centro se hallaba dispuesta una mesa de revisión ginecológica, y, en otra esquina, una silla de atención bucal. De inmediato llegó el hombre de pants negro y gorra blanca y le indicó a Adela que se desnudará de la cintura para abajo, dejándose sólo la ropa interior. La chamaca obedeció sin chistar. A los pocos segundos entró la fulana fortachona con una caja llena de instrumentos la cual puso en el asiento de inspección bucal. Acto seguido, tomó su celular enfocándolo hacia Adela. El tipo se puso frente a la asustada adolescente, que había esparcido de sudor su camiseta, y le preguntó preocupado si era su voluntad que le extirpará la criatura que llevaba en sus entrañas. La chica respondió con un simple y tímido sí.

Momentos después, la mujer sujetó a Adela de ambas manos por detrás y le dijo que no se moviera. Como corderito a punto de ser sacrificado, la chica obedeció. Sintió inmovilizadas sus muñecas por dos aros de metal grueso y frío percatándose que había sido esposada. Antes de que pudiera emitir palabra alguna para saber la causa de ese atropello, la tipa le informó que estaba siendo detenida en flagrancia de tentativa de aborto, por lo que sería remitida a la autoridad judicial para que diera cuentas de su acto. Todo eso se lo dijo a Adela de frente y con el aparato móvil apuntándole a ella, pues la filmó acorde al procedimiento. De hecho, la había grabado momentos antes, cuando le pidió que escribiera y leyera sus datos personales y la razón de su estancia en esa casa.

Adela seguía semidesnuda y la mujer procedió a ayudarla a ponerse los pantalones y zapatos, en tanto que el hombre de los pants negros y la gorra blanca permanecía como estatua. La muchachita no pudo evitar el sollozo ante la escena tan humillante. La agente encubierta marcó por celular y se identificó mediante un nombre, una clave y un grupo policial: Teresa 113, Custodio de vientre. Luego tomó con rudeza a Adela de un brazo, obligándola a bajar de la mesa. Con voz encabritada le dijo: "Por querer matar a un inocente te vas a refundir en el tambo, mocosa taruga".

Todo fue una trampa. Ese centro clandestino de aborto había sido desmantelado por el grupo "Custodios de Vientre" con apoyo de agentes federales el día anterior de que Adela López acudiera ahí. Al operador "Domingo siete" se le detectó fácilmente por Facebook y se le detuvo sin problema, pero además, los "Custodios de Vientre" aguardaron para sorprender a Adela y a otra chica, ya que fueron las últimas en ser registradas para abortar en ese escondrijo. Por tanto, los gritos que Adela oyó eran de la otra escuintla, de unos dieciocho años, que se puso histérica tras escribir voluntariamente en papel la misma información que a Adela se le había requerido.

Los videos tomados por la agente Custodio de vientre Teresa 113, se admitieron como evidencia clara del delito de tentativa de aborto, pese a las críticas, quejas y recomendaciones emitidas por la Defensoría de los Derechos Humanos de Jalisco y de asociaciones feministas. Los jueces consideraron que en las pruebas grabadas no se notó presión de nadie que obligara a las adolescentes a escribir y leer su identidad, domicilio, y principalmente, su intención de terminar el embarazo. Pero al menos en el caso de la otra joven histérica, no había delito que perseguir, pues curiosamente, no estaba encinta. Ni siquiera tenía rastro de haberse hecho un aborto. El informe clínico así lo confirmó, por lo que fue puesta en libertad, no sin antes recibir una advertencia por un par de mujeres de dura espina, ordenándole no decir ni pizca de lo que le había pasado en aquel lugar.

Con Adela López, en cambio, fue otro el veredicto. Aparte de la grabación donde admitía querer abortar, se documentó su perfil de "protegida" en el programa AMPARADOS de la Fiscalía General de la República. Personal de AMPARADOS le había dado a firmar a Adela una carta responsiva que explicaba que a partir de la denuncia por violación sexual y de su embarazo probado, ella debía recoger una tarjeta de apoyo por cinco mil pesos mensuales, a cargo de la Secretaria de Salud del gobierno federal. Aparte de las consultas clínicas y el parto, si Adela decidía quedarse con la custodia de ese hijo, tanto los gastos de alimentación e higiene, así como cualquier revisión pediátrica y los medicamentos durante los primeros diez años de vida, correrían a cargo de la Secretaria de Salud. Lógicamente, la futura madre tenía que cumplir con las citas periódicas y atenderse en hospitales o centros de salud públicos, tomando en cuenta que toda mujer "protegida" por el programa AMPARADOS tenía prioridad en ser atendida y con trato digno por el personal médico, de enfermería y administrativo, motivo por el cual se les daban capacitaciones a todos ellos. Pero en los últimos párrafos, el texto aludía a la prohibición de terminar voluntariamente la gestación de la criatura, ya que estaba prohibido y penado por la ley. Adela sin embargo, no tuvo interés en leer el documento rubricado por ella. Y para colmo de males, su abuela, casi analfabeta y pendiente de eliminar cualquier cosa relacionada a la atrocidad cometida contra su nieta, usó esta carta responsiva para encender el calentador de gas.

El abogado defensor de Adela López argumentó que ella desconocía la ley antiaborto, luego de que su anciana tutora incinerara el texto informativo. "La ignorancia de la ley no exime de su cumplimiento" fue la frase unánime que la juez aplicó para sentenciar a la chamaca a seis meses de prisión, en un área especialmente acondicionada para llevar su gestación a buen término. Pero no era todo: la condena iniciaría una semana después de que ella pariera a la criatura, más si elegía conservar la custodia completa, la pena se anulaba y podía gozar de todos los beneficios del programa

AMPARADOS hasta que el infante cumpliera diez años. De lo contrario, el recién nacido quedaba bajo cuidado de una casa hogar en busca de padres adoptivos y la adolescente madre purgaría la pena completa.

El caso de Adela López fue uno de los que agitó más el avispero en las redes sociales y que tuvo bastante cobertura en los medios de comunicación. El repudio social contra la llamada "ley Severiano" o ley antiaborto aumentó considerablemente en la Ciudad de México y en algunos estados de la República mexicana. En esos lares, las encuestas mostraron descontentas a mujeres entre diecisiete a treinta años. Por otro lado, la gente de treinta a cincuenta años se tornaba preocupada, aunque veía tolerable aplicar la "Ley Severiano" siempre y cuando el gobierno federal cobijara con hogar, alimentación, ropa y salud a los nacidos hasta que pudieran valerse por sí mismos.

ΔΔΔ

Al poco de comenzar la vigencia de la ley nacional anti aborto, un nuevo reglamento emitido por la Secretaria de Salud obligó a los médicos tanto de clínicas públicas como particulares a reportar si una paciente estaba encinta y de cuántas semanas. Para las mujeres clasificadas como "protegidas" o aquellas cuyo hijo se le diagnosticara padecer una malformación genética, podían elegir ser atendidas en consultorios privados, pero debían entregar un reporte ginecológico a las autoridades sanitarias a fin de saber el estado de su embarazo. Aquellas que no contaban con dinero, eran apoyadas de inmediato para acudir a centros u hospitales públicos donde se les daba seguimiento estricto en tanto se elaboraban estudios meticulosos acerca de su condición mental y económica.

De los domicilios en los que podía refugiarse cualquier embarazada en situación de probable aborto, tenía conocimiento el grupo "Custodios de Vientre". Y además, vía la Secretaria de Relaciones Exteriores, tal cual lo disponía el criterio de la ambigua "Ley Severiano", ninguna mexicana con pasaporte vigente y atenuantes de violación podía abandonar el país hasta pasados dos meses desde el ultraje y solo tras la revisión del personal médico de la Secretaria de Salud. En caso de que la agredida estuviera embarazada, había dos opciones: la primera era permanecer en México hasta parir y firmar los papeles para entregar a su hijo a casas de adopción o darlo de alta en el registro civil si decidía criarlo. La otra era salir del país, pero si al retornar dentro del periodo de gestación se comprobaba que la viajera había abortado, se le detenía enseguida por los "Custodios de Vientre", que estaban alertas en las principales fronteras con Estados Unidos, Guatemala y Belice pero también en todos los aeropuertos internacionales de México.

Si una mujer retornaba a México tiempo después de su embarazo, debía hacerlo con su hijo, en cuyo pasaporte familiar estarían los nombres y la fotografía de ambos. Pero de entrar sin criatura a su cuidado, tenía que demostrar haberlo dado en adopción, dejando copia de un certificado legal donde cedía la custodia del recién nacido a las autoridades del país así como a la casa hogar de huérfanos o la pareja de padres adoptivos según fuera el caso. Sin embargo, a pesar de tanto obstáculo jurídico, la ley anti aborto tenía un punto débil, aunque riesgoso. De hecho, era aplicable en casos muy especiales, prácticamente en mujeres que habían abortado de urgencia. Consistía en presentar una constancia médica que explicara que el fin del embarazo fue debido a causas forzosas ajenas a la madre o porque pondría en riesgo su vida antes del alumbramiento. El problema de apelar a este recurso legal radicaba en validarlo con las firmas de tres gineco obstetras, uno de los cuales debía laborar en cualquier nosocomio o clínica dependientes de la Secretaria de Salud nacional. Y para obtener dicho documento, se hacían estudios exhaustivos tanto físicos como mentales a la fémina que había abortado, los cuales determinarían si efectivamente no hubo intención de hacerlo. Este justificante también era obligatorio presentarlo en casos de aborto accidental en el extranjero, y si bien ahí la influencia de la ley antiaborto se desvanecía, el obtener las tres rúbricas médicas era muy complicado, pues no cualquier galeno quería ver tachada su reputación de abortista.

Así el transcurso de los acontecimientos, ocurrió que otra joven "protegida" por el programa AMPARADOS, de nombre Griselda Cuevas y que contaba diecinueve años, regresó de Cuba tras permanecer dos semanas por vacaciones. Llegó al aeropuerto internacional de Monterrey acompañada de una hermana mayor que ella. Los "Custodios de Vientre", que olfateaban como sabuesos en cacería el rastro de cualquier mexicana encinta, verificaron al instante en sus dispositivos electrónicos el ingreso de Griselda y el andén donde estaba. Incluso sabían el periodo de gestación en el que se hallaba la futura madre cuyo hijo se concibió por abuso sexual. Costosa tecnología les permitía cumplir con su prioritaria misión. Cuando Griselda Cuevas presentó su pasaporte, éste se escaneó, y de forma oculta –incluso el oficial de migración no vio nada raro en su pantalla-, se envió una alerta a los smarthphones y tabletas de los "Custodios de Vientre", movilizándose enseguida para inspeccionar a Griselda en un discreto cuarto. Resultó que la joven había abortado en la isla caribeña y no traía consigo la constancia médica que pudiera salvarla, por lo que fue detenida de inmediato. Se le sentenció a siete años de prisión, mientras que su hermana apenas y libró la acusación de ser su cómplice tras pagar cien mil pesos a su abogado defensor durante el fugaz juicio oral.

△△△

En otra situación con antecedentes distintos, el asunto llegó hasta un conflicto diplomático. Una preciosa modelo zacatecana de veintitrés años apodada "Primavera", había quedado encinta tras consentir tener sexo con el dueño de la importante agencia de modelaje donde ella laboraba. Siguiendo la normatividad, Primavera presentó la prueba de embarazo y al instante sus datos quedaron registrados ante la Secretaria de Salud y la unidad de investigación anti aborto "Custodios de Vientre". Después, ella le exigió a su jefe responder por la criatura y para su sorpresa, el hombre no se echó para atrás. Gustoso aceptó pasarle una buena pensión alimenticia pero sólo a condición de realizarse estudios de ADN para determinar sin problema la paternidad del bebe, pues le dijo, que ya antes otras íntimas mujeres le habían salido con el mismo chanchullo. Además, el hombre se había enterado por chismes, que la guapa Primavera también tuvo coitos con dos compañeros de trabajo, muy atractivos, pero no adinerados como él. Dada así la situación, la joven modelo vio frustrada la oportunidad de forrarse buen dinero y aprovechando un viaje de trabajo a la Argentina, concertó cita en una clínica para que le practicaran un aborto.

Ya con su embarazo terminado, y con sangre fría, Primavera aplicó un audaz plan pues quiso evitar el juicio penal tal como le pasó a sus paisanas Adela López y Griselda Cuevas. Durante el vuelo de regreso, la bella chica le hizo plática a un importante empresario chileno cautivándolo con sus fascinantes coqueteos. Al contarle angustiada que podría ser detenida de inmediato al llegar al aeropuerto de México, el embelesado hombre de negocios –de nombre Rubén Osuna -logró sacarla rápidamente por helicóptero, aunque antes tuvieron que mostrar sus pasaportes, poniendo en aviso a los "Custodios de Vientre", que cerca estuvieron de capturar a la muchacha. La pareja viajó por aire rumbo a un rascacielos con helipuerto, donde ya los esperaba un automóvil diplomático, enviado como favor especial de su amigo, el embajador de Chile, que le dio refugio y comida a la hermosa Primavera, con la condición de que no dejara el edificio del gobierno chileno.

Este incidente provocó la colérica reacción del ala combativa del partido Auténtico Patriota y de su líder Severiano Magón, quien en conferencia de prensa, exigió al secretario de Relaciones de Exteriores le pidiera al diplomático chileno entregar inmediatamente a la prófuga zacatecana, pues se trataba de una sospechosa de aborto.

Ni media hora había transcurrido cuando ya se esparcía por redes sociales la osada petición del diputado Magón, precipitando a que el portavoz de la embajada de Chile contestara que la mexicana Primavera había solicitado asilo político y se estaba investigando su petición. Entonces, el canciller de México, por indicaciones del presidente de la República, le pidió al embajador que una comisión negociadora pudiese entrevistarse con la refugiada sin que ella saliera de esa sede diplomática. En tanto, a través de un canal privado, el presidente de Chile le ordenó al embajador que debía entregar a Primavera sólo si un dictamen médico daba cuenta de que ella había abortado voluntariamente. En ese momento de alta tensión, la guapa modelo usando su cuenta de Twitter -donde la seguían cerca de cien mil personas- escribió: *"El gobierno de mi país quiere detenerme sin explicarme por qué. TEMO POR MI VIDA. Agradezco la valiente protección de la embajada de Chile."*

Veinticuatro palabras o ciento treinta y nueve caracteres bien combinados. Las mayúsculas en una frase angustiante: TEMO POR MI VIDA. Ese mensaje, más parecido a un telegrama urgente enviado por alguien desesperado en tiempos de guerra, incendió de molestia e indignación a más de dos millones de tuiteros y otros tantos más de facebookeros de México, Chile y otros países de Hispanoamérica en menos de cinco días. La inmensa mayoría de los internautas exigieron a las autoridades mexicanas no perseguir a Primavera, pero también hubo bastantes tuiteros que le pedían a la guapa modelo explicar la causa de su persecución. Pero ella no dio más respuestas. Del otro lado del hemisferio, los chilenos enviaron cientos de miles de mensajes, muchos de ellos retuiteados por mexicanos y otros hispanoparlantes con el trendtropic (tema del momento) *Chile te cuida Primavera*, mostrando solidaridad y exigiendo al presidente de Chile le diera asilo político a la modelo veinteañera. También recibieron incontables mensajes de apoyo *Todos Somos Primavera, No estás sola Primavera y Primavera perseguida*.

Por medio de las redes sociales, se organizaron enormes manifestaciones que desquiciaron por cinco horas el tránsito de las calles aledañas a la Fiscalía General de la República y a la sede del partido Auténtico Patriota, en donde la muchedumbre rabiosa lanzó consignas, mentadas de madre y ordenó que se dejara de perseguir a Primavera.

Una crisis diplomática sin precedente entre México y Chile anunciaba las primeras llamas. Y como la tal Primavera no había dicho en su red social el por qué del hostigamiento de la policía contra ella, tuvo que ser el diputado Severiano Magón el que agregó más leña al fuego. Él ya tenía detalles claros del incidente en el aeropuerto gracias a la cooperación incondicional de la Fiscalía General de la República. Usando también sus redes sociales, Severiano solicitó a los secretarios de Gobernación y de Relaciones Exteriores, la aplicación del artículo 33 para expulsar al empresario chileno Ruben Osuna por haber ayudado a huir a la joven abortista. Enterado rápidamente de ello, el poderoso hombre de negocios, reaccionó como cianuro. A través de su cuenta de Facebook, Osuna anunció que si lo echaban de México, cerraría una enorme planta metalúrgica, dejando sin trabajo a diez mil obreros en menos de un mes.

Así las cosas al extremo, fue necesaria la intervención directa de los presidentes de México y de Chile. Y tras un diálogo privado, vía telefónica, las negociaciones se resolvieron para beneficio de las partes involucradas. Por orden presidencial y con el aval del Congreso de Chile, el embajador le dio estatus de refugiada a Primavera, permitiéndole vivir en la sede diplomática durante unos días para después trasladarla en avión oficial a Santiago de Chile con sus familiares más cercanos. El presidente de la nación sudamericana, adicto a los flashazos y cámaras de la prensa, la recibió en sencillo acto en el Palacio de la Moneda, rodeado éste por un centenar de gente; la mayoría eufóricas mujeres y pronunció un discurso sobre la fraterna hospitalidad que el pueblo de México tuvo con varios exiliados de Chile tras el golpe militar en 1973 liderado por el usurpador Augusto Pinochet contra Salvador Allende. El mandatario chileno, alzando la mano derecha de Primavera, dijo haber perdido en el exilio a muchos amiguitos de su infancia, que se quedaron a vivir en México pero que hoy eran exitosas personas. Pero lo más relevante de su perorata, fue el refrescar la memoria de sus gobernados acerca de la prohibición total del aborto en Chile, establecida en 1989 por orden del propio dictador Pinochet. En una frase cargada de emoción, el presidente chileno soltó: *"Hoy y tras varios años de debates y cambios políticos, Chile ha despenalizado el aborto en casos de violaciones, malformaciones físicas y riesgo para la madre. Pero también hoy, el mundo ya sabe que lamentablemente, el gobierno de la hermana República de México ya aplica la misma ley a sus mujeres, criminalizándolas, sin importarle las consecuencias. Mas hay que ser pacientes, como hace unos momentos le dije a Primavera, la nueva hija adoptiva de Chile, aquí a mi lado....no hay ley injusta y sorda que dure siempre. Ya lo veremos."*

Tras estas fuertes declaraciones del presidente de Chile en acto público, fue urgente sofocar el incendio diplomático que ya se esparcía sin control en las redes sociales. De inmediato, el secretario de Relaciones Exteriores de México emitió un comunicado donde dijo respetar el derecho a la libertad de expresión del jefe de la nación chilena, además de aclarar que la persecución policíaca contra Primavera fue un malentendido que se esperaba resolver a la brevedad. En el documento, el canciller aludió que la joven agradecía el apoyo del presidente de México, pero por el momento no se sentía tranquila radicando en su tierra natal. El portavoz también manifestó a la opinión pública que Primavera podía regresar a México cuando lo deseara, y que el supuesto abuso de autoridad que la obligó a encerrarse en la embajada de Chile, tendría sanción. Sin embargo, a Gladiola Madrigal, Fiscal General de la República y a sus agentes Custodios de Vientre no se les tocó ni un cabello. En definitiva, ningún miembro de esta corporación fue removido, ni llamado a comparecer ante otras instancias gubernamentales. El presidente de la República –a quien la violenta oposición tachaba de títere de su antiabortista esposa-, evitó hablar del conflicto y principalmente responder preguntas acerca del discurso pronunciado por su homólogo chileno. En cambio, como espuma incesante expulsada por la rabia social, varios diputados locales, federales y senadores de diversos partidos de izquierda, protestaron enérgicos por la supuesta injusticia que intentó cometerse contra la ciudadana Primavera. También metieron su cuchara en este episodio mediático varios alcaldes y gobernadores, pidiéndoles a sus legisladores suprimir la Ley Antiaborto a la brevedad. Pero en realidad fue el movimiento feminista, que al calor de la defensa de las nuevas libertades cívicas, más pelea dio por la causa de la paisana Primavera, obteniendo amplía cobertura de los medios además de popularizarse como nunca antes en las redes sociales Twitter, Facebook y en Youtube. En cuestión de semanas el feminismo organizado recibió miles de solicitudes de inscripción así como donativos de una parte de la ciudadanía a favor del aborto, aunque también de parte de la gente pro vida hubo fuerte respuesta manifestando principalmente en las redes sociales su encono por la falsa victimización de Primavera.

En la sede nacional del partido Auténtico Patriota (PAP) se reunió de emergencia el consejo político, del cual el presidente de México y la mayoría de su gabinete eran integrantes. Luego de un debate intenso, se aprobó dar una declaración inmediata apoyando las protestas de la gente por el exilio de Primavera y de paso, darle a la joven mexicana una gran disculpa. La idea central se resumía en esta frase: "Las manifestaciones del diputado Severiano Magón, que pertenece a nuestro partido, no representan a los que conformamos este instituto político". Por último, la rueda de prensa se acordó que iniciara a las nueve de la mañana del día siguiente.

Pero, desestimando las medidas urgentes que dieron expertos asesores en situaciones de crisis, los miembros del consejo político del PAP fueron sorprendidos por la contundente, rápida y secreta operación del equipo de Severiano Magón. Así que mientras la alta jerarquía de dicho partido acababa de votar para dar el comunicado oficial, a esa misma hora, en un restaurante de ambiente familiar a media cuadra del famoso Samborns de los azulejos, diversos reporteros de medios nacionales acudían a una conferencia de prensa en voz del propio Severiano Magón.

La oportunidad, según expertos politólogos, era clave para rescatar del fangoso malestar social al partido Auténtico Patriota, y al que Severiano Magón pertenecía desde que tenía dieciocho años. Ya en sus declaraciones, no obstante, quedó claro que en vez de lanzarle una cuerda de rescate a su partido, Severiano más bien le arrojó un ancla: *"En México, no toleraremos a criminales, y menos a quien tenga la maldad de asesinar desde su vientre, a un ser indefenso. Esa mujer (refiriéndose a Primavera), ha dejado de ser paisana nuestra. Allá el gobierno chileno y su conciencia de darle refugio a esa homicida. Soy un auténtico patriota y aquí ella ya no es bienvenida."*

Como era de esperarse, de inmediato le llovieron sendas preguntas al controvertido diputado papista, una gran parte de ellas comparándolo como un verdugo hacia las mujeres que habían decidido abortar por haber sido ultrajadas. Pero Severiano

113

contestaba a los reporteros en ronco tono, sin ocultar el coraje: "La ley en México prohíbe el aborto bajo cualquier circunstancia excepto el riesgo de vida para la mujer y eso no se discute más". Los periodistas con más callo dejaron las preguntas bomba para el final, ya cuando Severiano Magón tenía escasa saliva en la lengua:

- ¿Qué ley lo faculta a usted para ordenar que el embajador de Chile le entregué a nuestras autoridades a la mexicana Primavera?

- Fue una petición que le hice como representante popular al secretario de Relaciones Exteriores. Y también lo solicité como ciudadano indignado – replicó Severiano.

- Pero usted le ordenó al canciller de México que presionara al embajador de Chile para entregar a la ciudadana Primavera a los agentes federales Custodios de Vientre – remarcó otro reportero.

- Es una exigencia ciudadana. No agregaré más.

- Diputado, ¿Cuántas firmas respaldan tal exigencia ciudadana? –sonó una voz chillona del fondo.

- Todas fueron verbales – repuso Magón-. No hubo tiempo de firmar nada. ¡Por el amor de Dios! Era exigirle a nuestro canciller o dejar que esa asesina se saliera con la suya.

- Pero ella dijo que sin mediar orden quisieron detenerla al dejar el avión, por eso huyó y pidió asilo al embajador –alegó otro reportero de acento yucateco.

- Quien nada debe nada teme –dijo certero el diputado Magón-. Esta mujer al contrario, pidió el asesinato de una criatura indefensa y trató de ocultarlo. Sabiendo que sería revisada, inventó esa farsa que se le estaba persiguiendo y pidió ayuda a ese chileno, que seguramente creyendo sus mentiras terminó por ser su cómplice.

- ¿Proseguirá con su intención de pedir la expulsión del extranjero que la ayudó? – le soltó el jefe de prensa del diario nacional "El Porvenir".

- No descansaré hasta verlo fuera de México – expresó exaltado Magón.

- ¿Si sabe que se trata de Rubén Osuna? Es Director General de Inversiones de la compañía Aceros del Sur, una de las más poderosas en nuestro país.

- ¡No me importa que sea hermano del presidente de Chile! – vociferó Severiano Magón.

- ¿Aún de nuestro presidente de la República? – le retó la corresponsal del diario francés Le Monde.

- Nuestro presidente es más sensato y un férreo defensor de la vida desde el momento en que es concebida -. Severiano inhaló profundo y sus pardos ojos mostraron un soberbio resplandor. Luego reveló:

- Nuestro presidente es quien autorizó el programa AMPARADOS y desde luego, la formación de los Custodios de Vientre. Señores no tengo más que decir. Gracias por su atención, buena noche.

Rodeado de siete diputados papistas y otros tres asistentes, Severiano Magón se levantó de la mesa e hizo oídos sordos ante la avalancha de preguntas del gremio reporteril. La batalla más fuerte por parte de algunos grupos radicales para erradicar la ley nacional antiaborto había iniciado.

Lo que es no tener bolas.

El empresario chileno Rubén Osuna saltó a la fama en las redes sociales a raíz del caso de la mexicana Primavera. A cada minuto le llovían los mensajes de simpatía y admiración en su cuenta de Facebook, la que en cuestión de dos semanas se saturó de solicitudes de amistad tanto de mexicanos como de chilenos, por lo que abrió una Fan Page. En Twitter también le ocurrió algo similar: de tener unos trescientos seguidores, en una semana ya contaba con tres mil, y en promedio, por día, lo seguían unos cuatrocientos tuiteros, la mayoría de su país y de México, pero también del resto de Hispanoamérica y España. Además, ni la secretaría de Gobernación ni la de Relaciones Exteriores lo molestaron en lo más mínimo, pues sabían que su poder económico le garantizaba un fuerte respaldo político.

En contraparte, la situación se tornó más adversa al partido Auténtico Patriota. La mayoría de los tuits y las publicaciones en Facebook daban cuenta de cierto repudio social por la aplicación de la ley federal antiaborto que Severiano Magón había logrado promulgar meses antes. Artistas e intelectuales simpatizantes al izquierdista partido Demócrata Liberal fueron contundentes en sus redes sociales: *"La mujer sabe. La mujer elige. La mujer decide. Ya basta de tu machismo puritano, Severiano"*, escribió el poeta Xavi Julián; *"Mi próxima canción es sobre la penalización del aborto y su principal defensor, el "santito" Severiano Magón"*, parodió la juvenil cantante de pop Briseida; *"Custodios de Vientre son los policías que capturan a las mujeres que abortan. Pero más bien son bestias de porquería"*, tuiteó el actor Guano Tarsicio; *"Mi gran error: votar por Severiano Magón y candidatos del PAP. Mi solución: mandarlos a la fregada en la próxima elección"*, sentenció la directora de cine Fernanda Vega. Éstas y cientos de miles de opiniones eran escritas bajo los temas aborto a la Ley Antiborto y aborto a la Ley Severiano.

Pero el mensaje más polémico y retuiteado – arriba de cien mil repeticiones- fue escrito por una chica desconocida, que radicaba en Chiapas: "Mi hermano me violó. Estoy embarazada. Presiento que el bebe nacería con algo malo y no quiero que sufra más de lo que yo sufro. Perdónenme. Adios."

La autora, bajo el pseudónimo de "Dulce niña", tenía dieciséis años y se llamaba Lilia Huerta. Vivía con su madre y su único hermano en una casita de interés social. El tuit que envió no se trató de una broma pesada. En su desesperación, se quitó la vida con un tiro en el corazón. Quizá buscaba dejar una marca en el órgano del ser humano que más sufre al pasar por una cruel desgracia, pues la necropsia reveló que el vital músculo de la jovencita había quedado partido en dos, con absoluta precisión. El arma –una escuadra calibre 45- le pertenecía a su hermano, un drogadicto que se dedicaba a asaltar a transeúntes de colonias paupérrimas. La muchachita, a diferencia de su consanguíneo, era alumna ejemplar de bachillerato y quería estudiar medicina. Sus materias favoritas: biología y anatomía. Por la primera, Lilia pensó sobre las posibilidades de que algún padecimiento irremediable se pudiera transmitir a un hijo engendrado entre hermanos. Y debido a la prohibición del aborto en casos de embarazos por ultraje, tomó la angustiante decisión de eliminar el humillante suceso y la sospecha de una malformación genética de la creatura, con su propia muerte.

Para muchos, este suceso de trágico desenlace fue la gota que derramó el vaso. Según algunas encuestas a nivel nacional, la gente indecisa o neutral frente al tema fijó postura para legalizar el aborto bajo las causales de violación y defectos congénitos del ser gestado. Hubo diversos plantones convocados por grupos feministas contra el partido Auténtico Patriota, tanto en su sede nacional como en el resto de los estados. También se organizaron protestas contra la Fiscalía General de la República en el Zócalo de la ciudad de México, exigiendo las renuncias inmediatas del diputado Severiano Magón, de la fiscal Gladiola Madrigal y que se permitiera el aborto de manera legal y gratuita sin importar la circunstancia.

Más cuando todo indicaba que la presión popular iba ganando terreno para erradicar la Ley Antiaborto, ocurrió algo que le dio un alivio a los principales dirigentes del partido Auténtico Patriota y de paso al presidente de la República, miembro de ese instituto político.

Nuevamente fue en la Embajada de Chile. Ocho mexicanas, bajo el pretexto de solicitar visas de estudiantes, se negaron a abandonar el edificio diplomático aludiendo estar encintas por causas ajenas a su voluntad y pidieron asilo político para poder abortar y vivir en tierras chilenas. Aunque el octeto femenino quiso evitar un escándalo pasó lo contrario: dos de ellas, presas del nerviosismo, exigieron a gritos entrevistarse con el embajador o con el empresario Rubén Osuna, afamado salvador de la mexicana Primavera.

Los guardias de la embajada pudieron controlar al grupo de mujeres, pero algunas personas lograron videograbarlas con sus teléfonos móviles, viralizándose en poco tiempo las lamentables escenas. Los reporteros de la prensa más popular se desplazaron a la Embajada de Chile, otros fueron al edificio ejecutivo de la compañía "Aceros del Sur", a fin de entrevistar a Rubén Osuna sobre ese hecho. Para su mala fortuna, lo hallaron conversando con unas personas afuera del rascacielos y lo abordaron de inmediato. Osuna desconocía lo que pasaba al interior de la sede diplomática chilena, por lo que tras ser interrogado al respecto, negó tener participación en dicho suceso así como desconocer la identidad de las mexicanas que pedían refugio. El importante hombre de negocios empezó a sentirse hostigado por el acribillamiento de preguntas que le llegaban de una docena de periodistas, todos apuntándole sus smartphones hacia su jeta, más aparte algunos fotoreporteros que capturaban sus incesantes muecas de angustia. Tras negar con la cabeza bruscamente cualquier cuestionamiento que la marabunta reporteril le hacía, Rubén Osuna no pudo más y estalló:

"Que les quede bien claro: ¡No es mi interés ayudar a esas mujeres! No sé sus nombres, edades ni domicilios. Ellas han ido a la embajada de mi país por su voluntad. Reconozco el haber ayudado a Primavera, porque así me lo pidió en aquel dramático instante. Ella ahora vive en Chile como todo mundo sabe. Hasta ahí llegó mi papel. No soy activista social, ni tiendo a apoyar causas sociales."

Osuna hizo una fugaz pausa para limpiarse con la diestra el sudor que manaba de su frente y luego dijo: "¿He sido lo bastante claro? ¡Déjenme en paz!"

Dicho esto, Rubén Osuna les dio la espalda a los comunicadores y se dirigió hacia el gigantesco corporativo, cuyos cristales de espejo reflejaban en una de sus caras el sofocante brillo solar. Trataron de frenarlo los reporteros más persistentes, pero rápidamente intervino el áspero grupo de escoltas de Osuna, iniciándose un forcejeo que culminó con la súbita caída de una periodista, ocasionándole un fuerte raspón en uno de sus brazos, ante la indiferencia total de los guardaespaldas del chileno cuya única misión era protegerlo. Tal escena fue transmitida a detalle en tiempo real por Youtube y Facebook, por lo que, expuesta en su naturalidad la irritante declaración de Osuna, le pasó seria factura y rechazo en las redes sociales. Así pues, la notable popularidad que alcanzara en un mes, se le desvaneció en apenas cuarenta y ocho horas. Los ataques más duros los recibió incluso de chilenos residentes en México y del país andino. Muchos de sus connacionales lo tildaron de cobarde, oportunista e insensible. Miles de tuiteros y usuarios de Facebook mexicanos lamentaron que sólo mostrara solidaridad con la bella modelo Primavera para ser famoso. Algunos lo amenazaron de muerte si no se largaba de México. En consecuencia de la tremenda avalancha de violencia digital en su contra, Rubén Osuna procedió a cerrar sus cuentas de Twitter y Facebook, no sin antes dejar un mensaje impregnado de arrogancia: "Lo dije y lo sostengo: No defiendo gente. Si no les gusta una ley, quítenla. Y si no, no se quejen con gente honesta y valiente como YO."

En cuanto a las ocho muchachas que intentaron quedarse en la Embajada de Chile, fueron expulsadas el mismo día. El portavoz de dicha sede diplomática no presentó cargo alguno, pero tan pronto las pusieron fuera del edificio chileno, se les trasladó a prisión preventiva por unas horas, bajo el cargo de tentativa de aborto, que finalmente se desechó, a falta de pruebas. Sin embargo, se les cancelaron en automático sus pasaportes a petición de la Fiscalía General de la República y estuvieron bajo vigilancia domiciliaria de los "Custodios de Vientre" alrededor de una semana. Luego se supo que de esas ocho mujeres, sólo cinco estaban encintas; tres de ellas declararon haber tenido coito sin anticonceptivos con sus parejas y las otras dos por estupro.

Un mes después de este incidente en la embajada de Chile, Rubén Osuna y su chofer escolta desaparecieron cuando se dirigían a un torneo de tenis en las cercanías del paradisiaco Puerto Montt, al sur del país andino. Pasados tres días, la policía encontró el auto donde viajaban. El guarro permanecía en la cajuela con las manos y pies bien amarrados pero con vida. De Osuna, en cambio, sólo se hallaron sus testículos en un frasco, envuelto en un trozo de papel escrito –según reveló la prueba pericial- con su propia sangre y cuyo macabro mensaje decía: *"Lo que es NO TENER BOLAS pa defender a las mujeres cuando más lo necesitan".*

Tras numerosas pesquisas, las investigaciones no obtuvieron pruebas contundentes para dar con los responsables de tal salvajada.

En cuanto a Primavera, la buena suerte que la acompañó tras recibir la valiosa ayuda de Rubén Osuna, por extrañas circunstancias de la vida, le cambió de un día para otro. Ella disponía de un vasto apoyo por parte del gobierno y de empresarios cercanos a Rubén Osuna, hallando un oasis de felicidad en el exilio, pues trabajaba para la televisión chilena como presentadora de un popular programa mañanero sobre salud y deportes. Cierto día, cuando entrevistaba a una psicóloga sobre el tema del aborto, la invitada le manifestó ser pro vida y orilló a Primavera a debatir abiertamente. En un momento dado, la guapa mexicana afirmó que ella respaldaba la terminación legal de todo embarazo bajo las causales de violación sexual, malformación genética del feto y riesgo de vida para la madre, tal cual se establecía en la ley nacional de Chile. Ante tal respuesta, la psicóloga le pidió ver un video corto, con el objetivo de que pudiera darle una opinión al respecto. Primavera no objetó nada y la producción reprodujo el material enlazándose al teléfono móvil de la entrevistada. La escena en efecto, duraba un minuto, pero fue una bomba nuclear para Primavera. Aparecía ella, hablando con un sujeto dentro de una sala confortable, sin sospechar al parecer que había una cámara oculta. Tanto la calidad de audio e imagen era excelente, por lo que ni un niño de cuatro años habría dudado que se trataba de la auténtica Primavera.

Al comenzar el video, la muchacha expresó lo siguiente: "Bueno Leo...ya lo sabes, estoy esperando un bebé. Quiero saber si vas a apoyarme con los gastos. Y mira, no tenemos que estar juntos ni casarnos claro, al final cada quien decide qué hacer con su vida sentimental. Pero si quiero que me digas ahora qué haremos. Por qué me ayudes o no con el bebé, yo si quiero tenerlo." El hombre, en tono apacible, dijo: "Yo te juro ahora Primaverita chula que respondo por ese niño, y si bien no tenemos que estar unidos como pareja, te garantizo por escrito y firmado ante juez que tendrás para comenzar diez mil pesos mensuales para todos los gastos del embarazo. Lo único que pido antes y estoy dispuesto a pagarlo, es la prueba de paternidad, sólo eso." La guapa modelo repuso seria: "¿Cómo una prueba de paternidad? ¿Es que acaso no confías en mí al decirte que es tu hijo?". Al tipo se le veía encogerse de hombros respondiendo: "No niego que podría ser mío querida, pero también sé que un par de zopilotes descansaron en tu nido. Zopilotes que trabajan contigo en la agencia, por cierto."

Concluida la grabación, Primavera ya no apareció frente a las cámaras para explicar la bochornosa escena que desenmascaró la farsa por la que muchísima gente se solidarizó con ella tanto en México como en Chile principalmente. El productor del espacio mandó a anuncios y tras volver pusieron a otra simpática chica para darle seguimiento al programa televisivo, en tanto que Primavera explotaba histérica amenazando con demandar a sus calumniadores con cárcel y millones de dólares para resarcirle el daño moral. Lo cierto es que hacia el mediodía, el video original ya empezaba a viralizarse en las redes sociales de mexicanos, chilenos y otros internautas hispanohablantes, ejerciendo presión para que las autoridades de México y Chile tomaran cartas en el asunto para averiguar si Primavera pudo haber cometido un aborto voluntario, sin ninguna de las atenuantes permitidas. La identidad del hombre visto en la filmación era la de Leopoldo Aramzubia, dueño de un consorcio importante en el giro del modelaje internacional, quien sin pelos en la lengua dijo que lo expuesto en la escena era cierto, sumándose a la petición de la gente para investigar a la popular joven.

Al cabo de una semana, el gobierno chileno le retiró el estatus de exiliada a Primavera, y a manera de amable cooperación diplomática con el Estado mexicano, le entregó a la INTERPOL a la bella modelo a fin de que fuera llevada a su país natal y puesta a disposición de la Fiscalía General de la República, lo que finalmente ocurrió.

Habitación trece. Clave tres.

Georgina de León leía atónita la nota del macabro hallazgo de las gónadas de Rubén Osuna cuando sonó su teléfono celular. Era Benito "el rufián" Tostada. Charlaron rápido, y por obvias razones de seguridad, desde otro número sin registrar por Tostada.

- ¿Qué novedades me tienes Benito?
- Tal como te lo dije, hay una rica menudería en el defectuoso, mi Leona.
- Okei. Pero por ahora, parece que tengo que esperar un rato.
- Claro. Hasta que no sepas si hay que darse una vuelta por acá. Tú me avisas.

- Okei, pero antes Benito, requiero un favor muy especial, incluso para evitar ir a esa menudería y mejor te invito por acá un buen cabrito como te gusta.

Cinco segundos se diluyeron lentos sin que "el rufián" Tostada pronunciará palabra alguna.

- ¿Benito? ¿Me escuchas?
- Haber mi Leona, ¿y ahora qué? –le respondió serio el penalista.
- Necesito una píldora especial.

- ¿Te parezco que soy farmacéutico? No me chingues Georgina –gruñó Tostada.

- No te hagas pendejo. ¿Puedes si o no? O ¿Dime con quién? No seas cabrón - insistió algo coqueta en la voz, Georgina de León.

- Si te refieres a ese tipo de píldora...las retiraron hace meses del mercado, prácticamente no se consiguen en ninguna farmacia o tienda.

- Benito...Benito...- lo llamó con ternura Georgina como en los viejos tiempos.

- ¿Cuándo te veo mi Leona? – le suplicó excitado "el rufián" Tostada-. Me cae que tengo unas ganas de verte... ¡extraño tus rugidos condenada!

- Consígueme esa píldora y acá nos vemos, te aseguro que la pasaremos de perlas. Pero rápido. Llámame...un beso...

Y le colgó.

El sensual timbre de Georgina de León tenía un efecto persuasivo en los hombres, cuando no en ciertas mujeres, y sabía hacer buen uso de él. En la última llamada con Benito, había dado en el blanco. Hacia las cinco de la tarde de aquel sábado, el último de mayo, "el rufián" Tostada le marcó nuevamente, habiendo transcurrido apenas dos horas, desde el anterior enlace telefónico. Y además le tenía buenas noticias: estaba por recibir la pastilla especial que tanto le urgía.

Compuesta por la sustancia química Levonorgestrel, la famosa píldora del día siguiente estaba prohibida en México. Una semana antes de que se aprobara la Ley Severiano la cual penalizaba casi por completo el aborto en el país, Julio Brea, Secretario de Salud nacional, autorizó retirar esta gragea no sólo del cuadro de productos autorizados para la planificación familiar, sino que en rueda de prensa, presentó un informe basado en investigaciones hechas por dos prestigiosas universidades estadounidenses, en las que se explicaban los efectos abortivos al tomar la también llamada pastilla de emergencia.

Para comprender un poco el por qué de este hecho tan impactante, hay que decir que el secretario Brea no era solamente un alto burócrata del gabinete federal. Se tituló de medicina con mención honorífica en la U.N.A.M., especializándose en radio oncología y también en salud reproductiva. Tenía publicados diez trabajos importantes, entre libros e investigaciones acerca del cáncer en la población mexicana y otros sobre problemas de infertilidad. Aparte escribía cada semana una columna sobre políticas de salud en un importante diario de la Ciudad de México y en ocasiones acudía a un añejo programa de Radio UNAM para hablar del cine, uno de sus pasatiempos predilectos. Por último, el doctor Brea era amigo cercano de Severiano Magón y por supuesto, simpatizante pro vida.

La polémica noticia ocurrió cuando el presidente de México, Julio del Castillo, se hallaba de gira por Centroamérica. Y como reguero de pólvora, los reporteros que cubrían el viaje presidencial recibieron órdenes de sus jefes para sorprender al mandatario mexicano mientras daba una conferencia de prensa en compañía de los presidentes de El Salvador y Honduras, en Tegucigalpa. En esas naciones, el aborto no se permitía bajo ninguna circunstancia, y por ende, tampoco la venta de las pastillas del día siguiente.

La primer pregunta bomba vino de la corresponsal del semanario mexicano "Evidencia", preguntándole al presidente de México si había autorizado prohibir la venta de las tabletas Levonorgestrel. El político respondió titubeante y tratando de zafarse dijo que eso no era tema de la reunión con sus homólogos. Menudo error cometió.

Salvo los escasos periodistas lambiscones y chayoteros, el resto acribilló al presidente Julio del Castillo con cuestionamientos en torno a la restricción de la pastilla de emergencia para evitar embarazos. Aquél trató de escudarse alegando que eran varias las medicinas que se habían proscrito y no las recordaba. Pero el representante del diario "La Retaguardia" le aclaró que el secretario de Salud Julio Brea sólo había informado de la prohibición definitiva de la famosa píldora anticonceptiva. El mandatario mexicano se ruborizó de encono. Entonces intentaron salvarlo dos reporteros de la cadena Telexico, lanzándole un par de preguntas sobre la gira presidencial, a las que el presidente del Castillo respondió tranquilo ganando un urgente respiro. Mientras tanto, su homólogo de Honduras siendo el anfitrión, lo observaba con seriedad, en tanto que el presidente de El Salvador con cierta comicidad. Pero ninguno intervino para acallar a los exaltados reporteros. Entre la terquedad de éstos y las esquivas respuestas cada vez más nerviosas del presidente de México, el corresponsal en Centroamérica del "New York Times" le lanzó una pregunta filosa:

- Señor presidente…quizá su secretario de Salud quitó por error la pastilla del día siguiente, ¿usted regresando enmendará ese grave tema?

Por vez primera en mucho tiempo, la paciencia del presidente de México llegó a su límite y respondió con voz firme, seguro de sí mismo:

- ¿Qué mi secretario de Salud cometió un error? No, no. No confunda las cosas. No voy a enmendar algo que ya está hecho y además bien justificado. Mire, las leyes nacionales de Honduras y El Salvador, que bien conocen los señores presidentes aquí conmigo, prohíben el uso de ese tipo de productos. No me dejarán mentir-. El presidente del Castillo hizo una breve pausa al tiempo que los aludidos asentían con la cabeza. Luego, con su índice derecho señaló enérgico al periodista internacional y dijo-: El mayor error ha sido permitir el abuso de la pildorita entre los jóvenes mexicanos, pues la consiguen para tener sexo sin control, sin llevar una vida espiritual en familia, alejados de Dios y de sus Sagrados Mandamientos. Esa pildorita es una de las manifestaciones del libertinaje sexual. Y para el gobierno que represento ya fue suficiente de esa bazofia. ¿Le ha quedado claro?

Tras esta declaración, pocos quisieron rebatirle al jefe de la Nación mexicana. Sentían su mirada fuerte y consideraron que lo mejor era dejar la sarta de ataques por la paz y que mejor sus propios patrones se encargaran de encararlo, si es que podían.

Y tal cual lo manifestó en Tegucigalpa, no se echó para atrás el presidente de México. Tan pronto la Secretaria de Salud prohibió la venta de la pastilla del día siguiente, comenzaron varios operativos de dicha dependencia para erradicarla si bien, no del país, al menos si de las tiendas y farmacias establecidas en las grandes y medianas urbes, en los pueblos más habitados y donde hubiera indicios de su venta clandestina. La reacción de la gente no se hizo esperar. Se hicieron pequeñas marchas y plantones frente a la Secretaría de Salud y en los alrededores del Palacio Nacional, exigiendo la venta legal del eficaz anticonceptivo. Y para colmo de los inconformes pocos días después, se aprobó la Ley Severiano que prohibió el aborto en México bajo casi cualquier causal.

ΔΔΔ

Yendo hacia Guanajuato en su lujoso Audi, Benito "el rufián" Tostada contemplaba la diminuta píldora de Levonorgestrel con ojos de asombro. Nunca antes él había pagado tanto por un fármaco – si acaso veinte mil varos por unas grapas de fina cocaína colombiana -, que sólo hacía efecto en el cuerpo femenino. Al volante, iba vuelto la chingada uno de sus achichincles de nombre Fabrizio, ambicioso pasante de derecho al que Tostada acudía para misiones especiales.

El dúo tomó la autopista México-Querétaro hacia las cinco treinta de la tarde y antes de las ocho de la noche ya estaban en Guanajuato. Fabrizio hundió el acelerador y en pocas ocasiones redujo de ciento ochenta kilómetros por hora, cuidándose de ser infraccionado por los patrulleros federales que vigilaban la importante arteria vial del país. Precavido, como tenía la costumbre, Benito Tostada le mandó un mensaje a Georgina de León por el chat secreto de Telegram, citándola en el restaurante de hamburguesas "Baco", famoso por preparar papas a la francesa bañadas en una deliciosa salsa alí-oli, y de las que Tostada era adicto cuando visitaba aquella ciudad.

Georgina llegó en quince minutos apenas recibió el mensaje de "el rufián" Tostada y no se le hizo raro que él ya estuviera esperándola, a solas, en una mesa cercana a la cocina. Tan pronto sus ojos capturaron la esbelta e imponente figura de la litigante, Benito Tostada se abalanzó hacia ella para abrazarla con ansiedad.

-¡Mi Leona! ¡Qué digo mi Leona! ¡Leonsota! Ah cómo te extrañé condenada.

Fingiendo alegría, Georgina correspondió al apretón de su expareja, pero sabiendo que los minutos corrían, le susurró al oído:

-Siempre te sales con la tuya cabrón. Reconozco que eres hombre de palabra. Y más cuando hay una urgencia.

Luego se separaron y Benito Tostada invitó a Georgina de León a que pidiera algo de comer, para acompañarlo. Ella se disculpó, pues no tenía hambre, aunque finalmente no pudo resistirse a probar de la doble orden de papas fritas a la alí-olí que volvían loco el paladar de Tostada.

Georgina le indagó con interés sobre las últimas andanzas de su vida, para no ir directo al grano. Su táctica rindió frutos, ya que al ritmo de la grasosa comida que el litigante consumía a placer mientras le desahogaba parte de sus anécdotas, una cosa llevó a la otra:

- Pues checa Leona, de este asunto de un pinche doitor que recién saqué del tambo por dejar paralítico a un paciente, le pregunté de tu encargo y me puso en contacto con un guey que consigue todo tipo de medicamentos proscritos. Y te hago entrega de una vez.

Benito Tostada, metió la mano en una de las bolsas externas de su elegante saco italiano y le dio a Georgina de León una cajetilla repleta de cigarros de marca barata. Al abrirlo, de León se percató que sólo uno de los pitillos estaba colocado al revés, con el filtro abajo, por lo que en su interior rodeada de tabaco se hallaba la cápsula de Levonorgestrel.

La abogada tomó el cigarro con cuidado, a fin de observar bien la diminuta tableta escondida. Tras asegurarse de que era lo que quería, le dijo a su compañero:

- Eres muy chingón. ¿Ahora dime cuánto te debo?

- No es nada mi Leona –le respondió Tostada con sonrisa pícara. Pero añadió: Bueno, ya sabes que aquí no fijamos un precio, sino un momento de aprecio. Espero me apapaches por venir hasta acá, querida.

- Eso es otra cosa Benito –le aclaró seria Georgina-.Te prometí un cabrito. Pero esta vez te pagaré este parote, así que dime cuánto es.

"El rufián" Tostada nubló su semblante. Metió una papa frita de largo tamaño a su boca, previamente embarrada de la deliciosa salsa alí-olí. Luego de tragársela, le contestó seco a su temperamental exnovia:

- Me salió tu chistecito en siete mil pesos. Más los gastos de viaje. Pero dejémoslo así.

Georgina de León le echó tremendos ojos a Benito Tostada. Antes de que emitiera una palabra, aquél le aclaró:

- ¿Acaso crees que te miento? Averigua con tus amiguitas feministas en cuánto se consigue la chingada pastilla.

- No he dicho que no te crea Benito. Solo me parece que el precio se me hace muy abusivo. No tiene sentido – dijo todavía con su mirada atónita, Georgina de León.

- Esta madre –le explicó Tostada, señalando hacia la cajetilla donde estaba escondida la píldora- no es negocio como las drogas. Y además, si te cachan con ella, la multa va de los cinco hasta los treinta mil varos. O de a perdis, seis meses en prisión.
- Pero para que hayas pagado ese dineral vaya que debe ser negocio Benito – le respondió dubitativa la bella abogada.
- Leona, no me entiendes ni me entenderás hasta que litigues al nivel donde me muevo -le dijo ya impaciente el penalista-. Luego sumergió su índice derecho en el aderezo alí olí y tras chuparlo gustoso le explicó a Georgina:
- Mira, el guey que me la vendió, la compró en unos cinco mil pesos a un traficante de fármacos. Éste a la vez la debió haber conseguido originalmente a tres mil pesos, que es el primer precio cuando evitas intermediarios. Como me la pediste con premura, no tuve chance de buscarla al precio más bajo. Me habría llevado unos dos o tres días. Ahora, pa que aprendas: la ganancia de mi contacto, y del que se la consiguió de volada, fue de dos mil pesos por piocha. Y si yo hubiera querido sacar algo extra, te la estaría vendiendo a nueve mil. Son otros dos mil para mí. Esto lo sé bien.
- Me parece absurdo que alguien pague nueve mil pesos por una pastilla de éstas– insinuó con terquedad Georgina, al tiempo que sacó discretamente otro cigarro de la cajetilla barata, olfateándolo. "El rufián" Tostada le montó mueca burlona y tras deglutir un pedazo de una jugosa hamburguesa de Sirloin, repuso:
- Yo podría venderla hasta en doce mil pesos fácil, Leoncita. No das crédito a lo que te digo porque vives en tu pinche burbuja de honestidad. El cabrón que me la entregó me dijo que ha cobrado esas cantidades a mujeres desesperadas por evitar embarazarse y asumir el riesgo de un aborto en alguno de esos culeros sitios repletos de ratas.

Georgina de León no quiso alegar más. Comprendió rápido los enormes már- genes de ganancia que dejaba el mercado negro de fármacos ilegales en México. Eso sí, le insistió a Benito Tostada el pagarle en dos partes por la gragea ilegal. Ahí en el restaurante le daría tres mil varos, y el resto por medio de un cajero. Pero Tostada no se veía nada satisfecho con esa petición. Su necesidad de hombre exigía cobrarle algo totalmente opuesto a la hermosa activista y abogada. No había viajado unos cuatro-cientos kilómetros en dos horas y cacho solo para ir a tragar las sabrosas papas a la francesa de las hamburguesas "Baco", ver a su sensual exnovia Georgina de León, y darle una simple pastilla de Levonorgestrel a cambio de siete mil varos.

"El rufián" Tostada le dijo a Georgina que se irían a hospedar a algún hotel céntrico pues Fabrizio, su asistente, pestañeaba de agotamiento. Ella, a fin de no verse pésima anfitriona, le ofreció quedarse en su departamento, ya que disponía de una habitación para visitas además del sofá. Ante esa propuesta, Benito Tostada no objetó nada, comenzando por el hecho de que Georgina pagó la cuenta cuando aquél seguía atiborrándose de papas fritas.

Una vez que dejó hospedados a Benito Tostada y al joven Fabrizio en su departamento, Georgina de León fue rápidamente hacia la clínica donde permanecía su alumna Carmina Luna Atanacio. Marcaban las 9:30 de la noche cuando la abogada de León entró al nosocomio, el cual parecía desierto de gente. Sigilosamente se escabulló entre los pasillos del lugar, evitando ser sorprendida por las malhumoradas enfermeras que retachaban a quien deambulara por ahí fuera del horario de visitas.

ΔΔΔ

Carmina dormitaba de costado. La tenue luz blanca emitida por los tubos de gas neón del cuarto, se vio eclipsada por una figura alta y esbelta, proyectando su sombra sobre el cuerpo de la muchacha. Era la sombra de Georgina de León. La abogada se puso frente a Carmina y se agachó a la altura de su rostro. Le acarició su lacia cabellera con lentitud, para despertarla. Segundos después, los cafecinos ojos de Carmina Luna vislumbraron a quien le tocaba su pelo, pronunciando débilmente su nombre. Georgina de León le correspondió con una sonrisa consoladora. En la mirada de la chica, Georgina detectó vergüenza y miedo entremezclados.

- Carmina, perdóname por llegar tan tarde - se disculpó Georgina y tras una pausa breve, continuó:
- ¿Qué ha ocurrido con tus papás?

La adolescente no dijo nada y volvió a cerrar los párpados. Su profesora nada sabía sobre el gélido abrazo que le extendió su silenciosa madre Alfonsina, mientras evitaba los ojos endemoniados de su padre, Volodio, que le recriminó una, y otra y varias veces, el no haberse defendido, el no haber arañado y mordido a cada hijo de la chingada que se la anduvo cogiendo.

Todo eso en apenas cinco minutos de contacto con sus padres. El resto del día, lo había olvidado.

Georgina de León, buscó romper el silencio de la chica:
- Carmina, no te dejaré sola. Vine a ayudarte.

La muchacha tomó con rapidez la mano que le acariciaba su cabello y apretándola con fuerza, le rogó, con los ojos apagados:
- ¡Lléveme con usted maestra! ¡No me deje aquí!
- No temas pequeña. Estás conmigo - la tranquilizó Georgina.

Carmina Luna, se incorporó abrazando a su mentora y a punto estuvo de desahogar el llanto, pero en vez de eso, inhaló profundamente.

- Suéltalo Carmina, déjalo ir - le susurró Georgina. La chamaca solo exhaló con suavidad y jaló más airé a sus pulmones. Pero no lloró.

- No quiero volver a mi casa. No quiero volver a la escuela. No quiero que nadie me vea.

- Calma, calma -le dijo Georgina-, vas a estar bien. Sólo debes tener mucha paciencia pequeña. Ahora lo que importa es que no quedes embarazada Carmina.

- ¡Eso no va a pasarme maestra! Yo no quiero tener un hijo y menos como estoy...¡quisiera ya no saber más de nadie! –gritó la muchacha sin soltarse de su profesora.

- Pequeña, tranquilízate - repuso Georgina de León acariciándole su cabellera lentamente -. Si gritas y me encuentran contigo, me corren de aquí. Escúchame con atención, no me interrumpas. ¿Podrás?

- Si...si... - musitó temblando Carmina Luna.

- Lo que te pasó ayer todavía no acaba. A los que te hicieron esto, se les atrapara y se les castigará terriblemente. Eso tenlo por seguro...

- ¿Qué les harán? ¡No quiero verlos nunca más! -irrumpió la joven pueblerina.

- Carmina, te pedí que me oigas –le dijo ya con seriedad Georgina, separándose de aquella para verla, y continuó-: Debes saber que lo que sufriste, no quedará sin castigo. Ya verás. Pero es muy posible que lleves dentro de ti, una sustancia de quienes te atacaron. Esa sustancia solo la producen los hombres y se llama...

- Esperma, se llama esperma -dijo una voz seca a espaldas de Georgina de León, quien al voltear se encontró a una enfermera de cuerpo atlético, semblante duro y con las manos al frente entrelazadas.

- ¡Ah! Buenas noches –exclamó sorprendida Georgina.

- Buenas –replicó la mujer vestida de blanco–. No puede estar aquí, excepto en horario de visitas.

- Lo sé, y le pido una disculpa. Estaba por retirarme –alegó Georgina, con aire conciliador.

- ¿Quién la dejó entrar? ¿Es familiar de la paciente? –sonó ruda la enfermera.

- No hallé a nadie con quien pedir autorización. Soy abogada y también maestra de la paciente, para servirle.

- Retírese ya mismo. No puede estar aquí y menos con ella– le increpó la empleada del hospitalucho, señalando con su índice derecho a Carmina, que se puso a temblar. Pero Georgina no se amedrentó ni un pelo y levantándose rápido, encaró a la enfermera bajando el tono de su voz -: Le vuelvo a pedir disculpas. Por favor, hablemos afuera.

Ambas mujeres se alejaron de la habitación donde estaba Carmina Luna. La enfermera casi le llegaba a la nariz a Georgina, aunque de inmediato se sumergió en la mirada fascinante de aquella, quien a la vez vio el nombre impreso en el gafete de la asistente, susurrándole:

- Claudia, quizá usted ya sabe lo que a esta infeliz chiquilla le pasó ayer. Usted seguro cubre el turno de noche ¿no?- la uniformada de blanco asintió fugaz con la cabeza. Georgina prosiguió:

- Pues lo que le hayan dicho sus compañeras acerca de Carmina, es nada a lo que yo sé. Ella era virgen al momento de ser ultrajada. Y no fue uno. Fueron tres hijos de la mierda. Hoy por la mañana, Carmina se negó a revisarse por médicos varones y fue necesaria la llegada de una gineco obstetra. Ha estado con ataques de llanto y sin el apoyo familiar como debiera ser. Sus padres son personas muy mochas de educación, lo cual no es que sea malo, pero en casos tan graves como el de su hija, no ayudan en nada. Quisiera estar con ella solo unos minutos más a solas. Permítame consolarla y luego me iré. No le pido más y ambas quedaremos muy agradecidas.

La enfermera Claudia tornó su aspecto de hostil a amable. Alzando las cejas y mordiéndose un labio, suspiró profundamente y dijo:

- Ya comprendo profesora. Mis compañeras me dijeron que se trataba de una chica histérica que se había escapado de su casa inventándose lo de la violación sexual. Cuando nos llega gente así la ignoramos, o si es necesario, les toca un sedante. Usted sabrá que en los hospitales como éste, se ha perdido la empatía y solidaridad con los pacientes. Disponga usted con la muchacha, pero no se tarde mucho, pues mi superiora anda atendiendo unas personas y luego hará la ronda de rutina. Yo estaré vigilando para avisarle.

Georgina de León no perdió segundo. Regresando al cuarto, notó que Carmina se mordía las uñas de una mano sin cesar. La abogada se sentó al lado de su pupila, y lacónica en sus palabras, le aclaró que aquella enfermera le había permitido estar poco tiempo acompañándola.

Después le soltó en tono preocupante y pausado, como cuando explicaba algún tema en clase al grupo de Carmina:

- Es el semen lo que los hombres crean para embarazar a las mujeres. El semen lleva cientos de millones de espermatozoides, como escuchaste decir a la enfermera hace un momento. Y basta solo uno, y nada más que uno, Carmina, para que cualquiera de tus óvulos, quedé fertilizado y tengas un hijo.

- Pero eso no puede ser. Eso no. Yo quiero casarme y ser mamá luego. Maestra no me diga esto.

- Te digo esto porque estás en riesgo de quedar embarazada. Te lo diré una vez más: dentro de ti hay millones y millones de espermatozoides, y con uno que te toque, engendrarías un hijo. Lo que te hicieron esos malditos cobardes todavía no se acaba. Pero respira tranquila. Hay una forma de evitarlo.

Carmina Luna alegaba lo imposible:

- Quizá si me sacan eso del semen con alguna máquina, ya no me pase nada…

- No hay cosa o máquina que pueda hacerlo, pequeña –le aclaró Georgina.

- Tal vez, si me ponen alguna medicina maestra…lo que sea, algo que detenga los espermazoides –insistió Carmina con desesperación.

- Hay espermaticidas, en efecto, pero no son totalmente efectivos y deben usarse al momento de que el hombre contacta a la mujer –le expuso Georgina de León, viendo su reloj.

- No quiero hablar de eso...por favor... -suplicó Carmina tapando sus oídos con las manos.

- Lo sé, lo sé pequeña. Por favor, te pido confíes en mí. ¿Puedes hacerlo?

Carmina Luna ignoró las palabras de su mentora. En un último intento, apeló a su fe:

- ¿Y si le rezamos juntas ahora mismo a Dios y a la Virgencita de Guadalupe un rosario para que me evite el embarazo? Consígase un rosario maestra, y si se puede unas veladoras. ¡Ayúdeme con eso, por favor!

Georgina de León tomó las manos de la desgraciada escuintla y sin soltarlas, la miró con brusquedad:

- Rezaré contigo diez, cien o mil rosarios si es necesario. Pero ponme atención: rezar no será suficiente. No dudo de que Dios y la Virgen escuchen tus plegarias, pero también nos dieron inteligencia y libertad para hacer medicinas que ayudan en momentos tan difíciles como el que has vivido.

- Pero usted dijo que no hay medicina para quitarme el semen o los espermazoides.

- Espermatozoides –la corrigió Georgina–, y si hay algo muy efectivo. Pero, no me has dicho si confías en mí. Quiero saberlo.

- Si maestra, confío en usted –replicó casi por instinto Carmina-. Pero antes que todo confío en Dios y en la virgencita.

Georgina de León puso una mueca de sorpresa en tanto sacaba de su chaqueta de cuero la diminuta pastilla del día siguiente. Se la mostró a Carmina Luna, la cual fijó la vista en el envoltorio plástico que cubría a la gragea. Al instante, de León le reveló:

- Esta cosita puede evitarte un embarazo. Tienes que tomártela ahora–. Y en el acto, Georgina ya estaba sacando de su pequeño bolso, una botella con agua fría.

La chamaca permaneció callada varios segundos, con los ojos puestos en el extraño fármaco. Al no decir palabra, Georgina la apresuró:

- ¿Qué pasa Carmina? ¿Te inquieta algo?

- No quiero tomar esto maestra. Mejor rece conmigo. Se lo pido –farfulló la muchacha.

- Si de verás confías en mí, sabes que esto no te hará daño – le replicó Georgina.

- Maestra, no quiero nada...recemos ya de una vez, sin rosario y sin velas, pero pidamos juntas a Dios y a la virgencita...- imploró Carmina viendo con extrañeza a Georgina.

- Rezaremos lo que quieras, pero sólo te pido me digas por qué no quieres tomar la pastilla.

- Abráceme, maestra.

Georgina de León y Carmina Luna se estrujaron un instante largo. La chamaca gimoteó otra vez, pero con voz entrecortada, le dijo a su profesora:

- Ayer, uno de los policías me dio a beber agua. Solo recuerdo que me dio mucho, mucho sueño...y cuando desperté, estaba en una cama, sin ropa y...él...él..él...me hizo...

Carmina explotó en llanto tan solo recrear en su mente el hecho de su violación sexual. Ni siquiera en la mañana, cuando la alumna y la docente se abrazaron, su lloriqueo fue igual de doloroso. La enfermera Claudia apareció en la puerta y agitando sus manos de arriba a abajo, le pidió a Georgina que calmara a la atormentada chica. Por fin, tras un par de minutos, Carmina relajó su respiración y dijo:

- Sé que ese maldito algo le puso al agua. Lo hizo para dormirme. Ya no quiero tomar cosas extrañas.

Georgina de León intentó convencer a Carmina Luna por medio de información concreta. A través de su smartphone, navegó por internet buscando notas sobre el uso real de la pastilla del día siguiente, y se las mostró a Carmina. Pero la adolescente parecía estar ausente, en otro mundo.

El tiempo apremiaba. Carmina le dirigió mirada dudosa a su mentora y le expuso:

- Usted no puede asegurar que vaya a tener un hijo de aquellos que me tocaron, usted está equivocada.

- Carmina...no puedo obligarte a tomar la pastilla –le dijo en tono afligido Georgina-. No puedo hacer que entiendas el enorme riesgo que tienes, y no tengo tiempo de contarte los casos de jovencitas como tú, y que hoy son madres de una criatura no deseada, porque fueron violadas por tipos como los que te atacaron. Lo único que te pido es que confíes en lo que te estoy dando, a fin de evitarte un sufrimiento mayor. Sólo te aclaro una cosa más: si quedas embarazada, no podrás abortar por ningún motivo ya sea aquí o en cualquier lugar de México, porque irías a la cárcel.

- ¿Abortar?

- Si, vaya, evitar que el engendro que llevarías en tus entrañas nazca – le explicó la abogada de León.

Carmina Luna parpadeó varias veces. Se llevó las manos al rostro con desesperación, hasta tomar su desmarañado cabello y lo tironeó con fuerza. Georgina de León la observó callada, con mirada severa. La mozalbeta respiró profundo.

- Deme la pastilla maestra, haré lo que me dice.

Demasiado tarde. La enfermera Claudia no se percató de que venía su irritable jefe junto a tres tipos. Fue tan sorpresiva su llegada, que Georgina de León apenas y alcanzó a poner en la mano derecha de la chamaca la pequeña cápsula guardada en el empaque y retuvo aparte la botella con agua. De León identificó de vista a dos hombres: un agente del Ministerio Público y un policía judicial, a quienes saludó arqueando las cejas rápidamente. El tercero, vestía traje y tenía cara simpática y le era desconocido.

La jefa de enfermería encaró a Georgina rudamente. La litigante ni se inmutó, pues estaba acostumbrada a lidiar con gente así. Pero le preocupó que Carmina no se pudiera tomar la píldora del día siguiente, que era lo prioritario. El trío varonil contempló la escena seriamente, mientras la muchacha trataba de suplicar con rostro muy angustiado el que no hubiera hombres cerca de ella, ni siquiera su padre o sus hermanos, ni menos su novio Jacinto.

Georgina de León dijo estar ahí por ser profesora de Carmina Luna Atanacio, pero también su abogada para asesorarla en la terrible situación que afrontaba. Esa justificación fue irrelevante para la burócrata, que alzándole la voz le ordenó abandonar el recinto hasta el siguiente horario de visitas. Georgina se incorporó como relámpago. Por vez primera, Carmina Luna notó un semblante firme en su profesora: su espalda era un sólido muro; sus hombros, alzados e imponentes; el pecho al frente, los brazos y manos, sueltos, dispuestos al combate; pero fue su rostro lo que hizo que retrocediera un paso la prepotente empleada del hospital. Denostaba fuerza, iniciando por los ojos, llenos de bravura; las cejas, un poco arqueadas, dispuestas a reñir en un duelo de miradas, y sus labios, entreabiertos y sin pintar, listos a liberar las primeras palabras de su afilada lengua.

A manera de evitar la intimidante presencia de Georgina de León, la jefa de enfermería fingió leer un papel que tenía en sus manos. Tras notar que no llevaba visible alguna identificación, Georgina le expuso con firmeza:

- Míreme bien usted. A no ser que quiera un reporte por la manera en que me ha faltado al respeto ahora, le exijo sólo unos minutos con esta joven. Sé que estoy fuera del horario de visitas, pero considere usted que la circunstancia que me trae a hablar con ella es muy delicada.

- Usted no puede reportarme. Yo nada más cumplo con mi trabajo –le contestó nerviosa la enfermera.

- ¿Sabe algo? –le dijo Georgina al tiempo que tomaba su teléfono celular –, resulta que tengo aquí el número de Samuel López, subdirector de este hospital y seguro querrá hablar con usted cuando le diga cómo me ha tratado. Ahora dígame su nombre y cargo.

Georgina de León revisó una lista de contactos y procedió a marcar.

- Espere profesora –clamó la empleada del nosocomio con rostro pasmado-. No moleste al doctor Samuel. ¿Están bien cinco minutos para estar con la paciente?

- Con eso será suficiente –asintió Georgina mostrando el ceño fruncido a la vez que cancelaba la llamada.

La jefa enfermera pidió a los tres hombres que iban con ella retirarse a uno de los pasillos para que Georgina y Carmina concluyeran su charla. Tanto el agente del Ministerio Público como el policía judicial salieron obedientes, pero el otro tipo permaneció inmóvil, con los brazos cruzados, mirando fijamente la mano diestra apretada de Carmina Luna.

- Señor, ¿puede retirarse por favor? –le pidió Georgina de León al trajeado, pero éste ni parpadeó.

- ¿Qué escondes en esa mano? –sonó la autoritaria voz del hombre hacia Carmina.

- Oiga, déjela en paz y salga –le ordenó Georgina al extraño.

- Yo de aquí no me muevo –contestó el tipo, sin dejar de observar a la espantada muchacha.

Georgina se puso frente al hombre, dándole la espalda a Carmina:

- Identifíquese.

- No interfiera –dijo el tipo- o pediré que la arresten.

- Eso lo veremos estúpido -bramó casi furiosa la abogada de León.

El hombre metió mano a uno de los bolsillos de su saco y le mostró a Georgina una identificación con fotografía, que exhibía en letras grandes de color negro lo siguiente:

FISCALÍA GENERAL DE LA REPÚBLICA.
Unidad Especial Preventiva CUSTODIOS DE VIENTRE.
Agente activo Gabriel David Rodríguez Balbuena.

Era la primera vez que Georgina de León conocía y a la vez enfrentaba a un miembro de los Custodios de Vientre. Al ver el gafete, Georgina reaccionó con expresión indiferente en el rostro, pero sin soltar palabra. El funcionario federal quiso apartarla moderadamente con el brazo izquierdo, a fin de poder encarar a Carmina Luna, aunque sólo provocó que la guapa litigante se lo desviara con su mano derecha y a la vez le diera un empujón con la zurda. De inmediato, retornaron los otros hombres y tras de ellos, la nerviosa jefe de enfermería, tratando de controlar la situación.

El oficial Gabriel Rodríguez le dijo al agente del Ministerio Público que debía retirar a Georgina de León, ya que obstaculizaba con las investigaciones que él tenía que realizar. A la vez, Georgina, ahora más tranquila y con su mirada persuasiva hacia Rodríguez, pidió que le dieran unos momentos para despedirse de Carmina Luna, la que por cierto, yacía nerviosa con la cabeza abajo y los ojos abiertos parpadeando sin parar.

El alboroto aumentó de volumen pues ni Georgina de León ni el agente federal de los Custodios de Vientre cedían un ápice de su postura. Aquella quería cinco minutos a solas con la angustiada adolescente; el otro pedía que la abogada se fuera sin demora. Y en medio del caos, el agente ministerial mediaba para hallar un acuerdo entre ambas partes. Impaciente, el oficial Gabriel Rodríguez marcó por un radio teléfono. La respuesta fue inmediata. El Custodio de Vientre susurró apenas cuatro palabras: "Habitación trece. Clave tres".

Georgina presintió que no lograría su cometido, pero tampoco dejaría que el nefasto sujeto de la fiscalía se saliera con la suya. Se le ocurrió pedir un minuto nada más con Carmina Luna y prometió que se iría del hospital. Al agente del Ministerio Público se le hizo justa la petición y le dijo a Gabriel Rodríguez que les permitiera despedirse, dicho lo cual, le indicó con la mirada al policía judicial se pusiera delante de Rodríguez para presionarlo a salir.

No obstante, el agente Custodio de Vientre había sido capacitado en un curso de psicología criminal y buscó ganar segundos extra, alegando que no se iría hasta que Carmina Luna le mostrase ambas manos. Esta vez, el rostro de Georgina de León se tornó colérico, con la sangre a punto de estallarle por los ojos al tiempo que le dijo:

- ¡Ya deje de chingar de una vez!

- Eso es un insulto a la autoridad -increpó Gabriel Rodríguez con ojos saltones.

- ¡Sólo lárguese ya! -sonó desesperada Georgina, mientras miraba al representante del Ministerio Público al que le dijo:- Licenciado, le suplico intervenga con este señor.

La táctica del agente Rodríguez Valdez surtió efecto. El agente del Ministerio Público se limitó a exponer:

- Licenciada, acaba de insultar a un oficial del orden público. Eso es motivo de arresto, usted lo sabe.

Mordiéndose discretamente un labio, Georgina de León se arrepintió de arrojarle la palabra chingar (casi siempre en una gresca usaba las palabras fregar y joder, pero muy rara vez, chingar) al Custodio de Vientre. Pero antes de que alguien más hablara, fue el mismo agente Gabriel Rodríguez, con rostro apacible, quien trató de menguar la tensión:

- Les propongo hacer como que no oímos esa palabrita, que dicho sea de paso, en voz de una mujer es muy lamentable. Por mi queda zanjado el asunto siempre y cuando ella –y señaló con el índice a Carmina Luna- muestre ahora las manos.

- No veo que haya ningún problema con eso, agente Rodríguez –respaldó en tono serio el agente del Ministerio Público.

El otro policía le hizo un discreto gesto a Georgina de León para que cediera a la petición. En el rostro de la jefa de enfermeras se apreciaba una sonrisa burlona con aire vengativo hacia Georgina, la cual evitó mirar con cierto nerviosismo a su alumna para solicitarle que obedeciera la orden del agente federal Rodríguez, aunque ni falta hizo; ya Carmina ya mostraba en el acto sus dos manos temblorosas pero vacías.

Todos pusieron una mirada de calma, excepto el agente Gabriel Rodríguez, quien estaba dispuesto a inspeccionar más a fondo, guiado por ese olfato de intriga obsesiva, un aspecto tan innato en él, que fue determinante para ingresar al selecto grupo Custodios de Vientre de la Fiscalía General de la República.

El agente del Ministerio Público le preguntó si con esa prueba era suficiente, a lo que asintió con indiferencia el oficial Rodríguez, pero por último le pidió a Georgina de León con tono conciliador, que le acompañase un momento para comentarle algo de suma importancia y después no habría problema si quería estar cinco minutos o un poco más con Carmina Luna.

Georgina no vio nada raro en la petición del oficial Gabriel Rodríguez, pues al fin y al cabo, había evitado meterse en un aprieto doble ya que en primera podían haber visto la pastilla del día siguiente en manos de Carmina, y en segunda, por el insulto dicho instantes atrás al tozudo Custodio de Vientre.

Salieron los cuatro de la habitación donde reposaba Carmina, pero el agente Gabriel Rodríguez les pidió que se alejaran unos metros más para no perturbar a los pacientes de las habitaciones adjuntas. Entonces doblaron hacia el pasillo que conducía a la central de enfermería y ahí el custodio federal les ofreció una disculpa por su actuar seco y algo altanero, sobre todo hacia Georgina de León, quien apenas le devolvió la atención con un fugaz "gracias". Luego le habló a ella sobre el motivo de su presencia, ya que, como estaba descrito en la ley mexicana, cualquier mujer bajo posible circunstancia de embarazo, fuese la causa voluntaria e involuntaria, debía resguardar la vida del ser humano que se gestaba en su vientre. Y en la situación lamentable de Carmina Luna Atanacio, esa causa no podía descartarse por ahora, y durante al menos, pasadas unas seis semanas tras la violación sexual que sufrió. Georgina asentía a todo lo expuesto por el oficial Rodríguez sin objetarle nada, pues quería zanjar el asunto y retornar con su pupila para que tomara la píldora de emergencia y deshacerse del empaque medicinal.

Al tiempo que Georgina de León escuchaba respetuosa –aunque ya impaciente por dentro- al oficial Gabriel Rodríguez, por la puerta de urgencias del nosocomio, ingresó una mujer de baja estatura, de unos treinta años, piel blanca y cabello corto teñido de rojizo, ataviada de una blusa con mangas cortas, pantalones y tenis, todos de color blanco. Los empleados del turno de la noche la saludaron de reojo y no se les hizo nada raro que entrará por ahí, ya que era común ver a pasantes de medicina hacer sus guardias a cualquier hora del día.

La mujer caminó aceleradamente por los pasillos hasta llegar al corredor opuesto en donde conversaban Georgina de León con la jefa de enfermeras y los agentes policiacos. Dio rápido con la habitación trece y al entrar la vio vacía. También pudo ver que una de las tres camas no estaba tendida y la puerta del baño entreabierta. Acercándose despacio, con la ayuda de las silenciosas suelas de los tenis que calzaba, observó a Carmina Luna meterse algo a la boca e ingerir agua de un vaso de cristal. Sin demora, la mujer amagó a Carmina por la espalda ordenándole escupir lo que se había tragado. La chica puso tremendo grito presa del pavor, dejando caer el vaso, quebrándose en varios trozos.

Al oír el chillido de la chica y el ruido de cristal roto, Georgina de León y el trío de hombres corrieron veloces hacia el cuarto trece, en tanto que la jefa de enfermería los siguió dando trotes chuscos. Hallaron en tremendo forcejeo a las dos mujeres; Carmina con ambas manos, trataba zafarse del brazo diestro de la agresora, quien con la mano zurda quería doblegar hacia abajo y con mucha dificultad la cabeza de la muchacha.

Georgina de León se fue directo hacia la mujer vestida de blanco buscando liberar a Carmina, pero ni siquiera pudo rozarle la espalda: el Custodio de Vientre Gabriel Rodríguez la empujó bruscamente presionándola contra uno de los muros del baño. Entonces se sumaron a los gritos de Carmina, los de Georgina, quien pidió el auxilio de los otros hombres, que atónitos no sabían cómo responder. Fue el policía judicial –de aspecto corpulento y cara desafiante– quien iba a intervenir para ayudar Georgina, sin embargo, Gabriel Rodríguez lo detuvo alegando que la mujer que sometía a Carmina Luna, era su compañera Verónica Piña, también Custodio de Vientre.

En medio del caos, Georgina calmó su rabia y le pidió al agente Rodríguez que la soltará. Éste en cambio, mientras estrujaba con ambos brazos el cuerpo de Georgina, les dijo al par de hombres -en ese instante parecían muñecos de cera-, que prestarán su ayuda a la agente Verónica Piña. Ella como trueno aseguró que la chica había ingerido algo y su vida corría peligro, por lo que era urgente provocarle el vómito. Rápidamente la jefa de enfermería que presenciaba sorprendida el alboroto, sacó de uno de los bolsillos de su blanca filipina un par de abatelengüas. Después, haciendo a un lado a los funcionarios ministeriales, se colocó frente a Carmina Luna y en fugaz maniobra le introdujo en su boca las piezas de madera presionándole la lengua, en tanto la Custodio Verónica Piña seguía intentando dirigir hacia el suelo la cabeza de Carmina. Pero las dos mujeres tenían mucha dificultad y fue necesaria la ayuda del policía judicial para abrirle la quijada a la histérica muchachita y hacerla devolver lo tragado.

Carmina expulsó primero, directo al piso, algo de agua con pequeños restos de comida. Luego de unos instantes, tosió fuerte, señal clara de que ocurriría un segundo vómito. La jefa de enfermería la jaló en dirección del retrete para evitar regar los residuos gástricos de aquella pero los dos agentes Custodios de Vientre le gritaron simultáneamente para que la chamaca naseara otra vez en el suelo; sin embargo, una parte fue a caer a la tasa del baño esparciéndose lentamente.

Georgina de León ya no oponía resistencia al agente federal Gabriel Rodríguez y echó ojos llenos de angustia a Carmina, de cuyos labios le salía una escasa baba transparente. El agente Rodríguez liberó a Georgina, comenzando a indagar en los restos de comida que yacían en el piso, en tanto que la Custodio Verónica se auxilió con un bolígrafo para checar el vómito en el escusado.

- Aquí no hay nada –dictaminó Gabriel Rodríguez.

Pasó un instante y Verónica Piña, sin dejar de maniobrar con el bolígrafo, le dijo a éste:

- Veo algo, muy muy clarito–. Y metió con cuidado su diestra al retrete, ante el asombro de todos (la jefa de enfermeras hizo una mueca de asco), sacándola lento. Una pasta líquida de color rosáceo con trocitos de comida invadía la pequeña palma de su mano, y en donde nace el dedo anular se notaba a detalle, con sus bordes todavía curvos, diminuta como una lenteja, una solitaria pastilla de tinte amarillo.

La agente Piña le pidió a la jefa de enfermeras un frasco en donde poner la píldora, en tanto que el Custodio Gabriel Rodríguez inspeccionando con ojos de lechuza, buscaba una caja o envoltura de medicamento, primero en el cesto de basura del baño y luego en el resto de la habitación. Carmina Luna respiraba agitadamente, sostenida por la jefa de enfermeras que le dirigía condenables ojos. En eso apareció la enfermera Claudia, con semblante estupefacto, y ni tiempo tuvo de explicar cómo pudo Carmina ingerir la misteriosa pastilla no autorizada por médico alguno del hospital, ni tampoco lo de la presencia de Georgina de León fuera del horario de visitas, ya que su superiora le ordenó llevar a la muchacha a su cama y suministrarle un calmante.

Todo transcurría sin pausas. Los agentes Custodios de Vientre se enfocaron en obtener la evidencia restante: la tira plástica o la caja del medicamento que identificara el fármaco ingerido por Carmina. La jefa de enfermeras corrió a buscar un frasco para guardar la píldora que permanecía en la mano guacareada de la Custodio federal Verónica Piña. El representante del Ministerio Público hablaba por su teléfono celular sin dejar de observar las labores de rastreo de la pareja de agentes federales.

Afuera de la habitación, Georgina de León y el policía judicial susurraban:

- Yo no quería que esto pasara –dijo ella con rostro acongojado-, no debió pasar esto.

- Esta gente raya en una obediencia casi paranoica –le explicó el policía ministerial mientras la alejaba del cuarto tomándola del brazo-. No se puede dialogar con esta gente. Son como soldados que sólo buscan lograr la misión que se les ha pedido. Usted y yo lidiamos con algunas personas así y a veces podemos controlarlas o si no, esquivarlas.

- Pero lo que le han hecho a esta chica –alegó Georgina– es un abuso, es algo ilegal y no…

- Y no hay nada ilegal en lo que han hecho –irrumpió el judicial– pues así lo marca su reglamento de procedimientos. Para los Custodios de Vientre, una mujer que ingiere algo durante el periodo de fecundación, podría estar evitando quedar embarazada o incluso atentar contra su vida.

- Pues lo hecho, hecho está –admitió Georgina, suspirando profundamente-. No puedo dejar sola a Carmina. Yo asumo la responsabilidad de lo que ha ocurrido.

- Mire –le replicó el agente judicial encogiéndose de hombros– no es correcto lo que voy a aconsejarle, pero sólo lo diré una vez. Usted debe irse ahora, pues ya está involucrada en esto.Y busque un buen abogado penalista.

Ahora Georgina de León no razonaba fríamente, como solía hacerlo. Le afligía que Carmina Luna, de víctima, pasará a ser acusada por algo ilegal que la chica desconocía. No obstante, el policía investigador le dijo a Georgina que para ayudar a Carmina a a salir de este nuevo y grave embrollo, era mejor si la abogada ganaba tiempo suficiente para planear una sólida defensa. Por tanto, huir fue la única opción inteligente en ese preciso instante.

Discretamente se despidieron de mano y el agente ministerial le dio su tarjeta de contacto. "Me llamo Stewart López, ahí vienen mis datos. Contácteme. La mantendré informada de lo que ocurra con la muchacha. Y por ahora cálmese".

Georgina avanzó a trotes rumbo a su vehículo –un impecable Dodge Mónaco 1978, verde olivo, herencia de su abuelo paterno Miguel– mientras iba repitiendo en su mente el nombre del agente Stewart López. Por el aspecto físico de éste (moreno oscuro, abundante barba negra sin afeitar por unos días, cejas poco pobladas, rechonchos cachetes, cabello chino frondoso, macizo de cuerpo y menos alto que ella) Georgina meditaba lo raro que se oía pronunciar un nombre anglosajón, en un tipo con todos los rasgos del mexicano mestizo y con apellido español. Lo normal en alguien así fuera que se llamara Juan o José, tal vez Ramiro o Ramón o Gabriel, o Carlos, Luis, Felipe, Hilario, Pancho…incluso hasta Catarino o Ponciano… ¿pero Stewart López?

Esta tontería ocupaba momentáneamente el pensamiento de Georgina de León, ya que seguía nerviosa y una manera de tranquilizarse, tal como le había aconsejado Stewart López, era curiosear con sandeces. Ya dentro de su gigantesco y lujoso auto, centró su atención en evitar incriminar a Carmina Luna por haber ingerido la píldora del día siguiente. Inhaló aire profundamente y lo mantuvo por varios segundos. Volvió a hacer lo mismo dos veces y aguardó otro tanto. Finalmente, Georgina encendió el potente motor ocho cilindros de su Mónaco, que rugió soberbio tras la bocanada de gasolina del carburador. Ya tenía claro lo que debía hacer sin demora.

"...haiga sido como haiga sido..."

Hacia las once de la noche, Alfonsina Atanacio recibió una llamada telefónica en la casa de una tía que le había dado alojamiento en tanto se resolviera la situación médica y sobre todo jurídica de su hija Carmina. La buscaba el Custodio de Vientre Gabriel Rodríguez quien le dijo sin detalles que algo le había de ocurrido a Carmina Luna. La madre quiso averiguar lo que fuera. "Dado lo grave de este incidente, nos urge su presencia para que pueda hablar con su hija y que nos ayude en las investigaciones", le explicó en tono preocupado el agente Rodríguez a la asustada mujer.

En quince minutos llegó Alfonsina Atanacio a la clínica hospital, en cuya entrada principal había dos autos patrulla con las torretas encendidas, aparte de una tercera que venía llegando a alta velocidad, dando un enfrenón que causó un rechinido de llantas turbando el sueño y las miradas de varios curiosos apostados en la sala de emergencias, mientras aguardaban cualquier noticia de su familiar atendido. De ese vehículo policiaco se bajaron tres uniformados y corriendo se reunieron con un grupo de cinco compañeros que vigilaban el acceso por la zona de emergencias. Alfonsina oyó que el jefe de los policías emitía una descripción en voz alta: "Es una mujer de unos treinta a treinta y cinco años. Mide como un metro setenta. Tez blanca. Cabello largo, castaño y recogido con coleta. Pantalón de mezclilla y zapatos de piso, una chamarra de piel café. Lleva una bolsa de mano color rojo oscuro. Deténganla en el acto y me avisan." Los demás se limitaron a asentir con la cabeza y el grupo se disgregó en muchas sombras mezcladas entre los oscuros pasillos y alrededores del nosocomio.

Cuando Alfonsina Atanacio trató de entrar, uno de los uniformados se le interpuso de un modo tosco y sin darle ninguna explicación. La pueblerina dijo –con voz apenas audible y colmada de miedo- que el agente Gabriel Rodríguez le pidió que viniera pues algo grave había pasado con su hija Carmina. Sólo así, el policía dispuso del radio comunicador contactando a su jefe para informarle de la llegada de Alfonsina, recibiendo la orden de que aguardara por un rato.

Finalmente, hizo presencia la Custodio de Vientre Verónica Piña, conduciendo a Alfonsina hasta un pasillo cercano a la habitación donde Carmina Luna reposaba por los efectos de un sedante. Pasó un cuarto de hora de silencio hermético. De pronto, y a manera de parcial revelación, las palabras de la agente Piña angustiaron a Alfonsina a tal grado que sintió un retumbar en las entrañas:

- Su hija no ha tenido más que un vómito, ya la verá. Más bien preocúpese de que ella no vaya a parar a la cárcel.

- ¿Mi hija? ¿A la cárcel? –clamó espantada Alfonsina–, pero si ella no hizo nada malo, señito.

La preocupante voz de Verónica Piña pinchó más el pasmado semblante de la madre de Carmina Luna:

- Ya le explicará mi compañero en lo que se ha metido su chamaca. Pero señora, yo le recomiendo que busque un buen abogado.

Habían transcurrido muchos años desde que Alfonsina Atanacio escuchó la palabra abogado. Recordaba que fue en el tiempo en que su pequeña Carmina –la misma que ahora veía adormecida - dio sus primeros trotes. El asunto tenía que ver con la disputa legal de unas tierras en las que tenía especial interés un cuñado de ella, contratando a un licenciado experto en derecho agrario, que resolvió la sentencia a favor de aquél, a cambio de unos cuantiosos honorarios. Y de eso es lo que más se quejaba el cuñado de Alfonsina: del dineral pedido por el licenciado, que más bien parecía ser un ratero, etcétera. El simple hecho de traer a la memoria aquel momento, consternó más a Alfonsina Atanacio. "Un abogado, ¡Ay Diosito! Un abogado, ¡Ay virgencita! ¿De dónde podremos pagarle pa ayudar a mi muchachita?" musitaba la mortificada madre.

Entonces aparecieron repentinamente el Custodio de Vientre Gabriel Rodríguez y el agente del Ministerio Público, a quien el propio Rodríguez lo presentó como el maestro Arreguín. Ambos hombres mostraban jetas serias, acentuando Arreguín zafios ojos en Alfonsina Atanacio. Gabriel Rodríguez fue directo al grano y le relató a detalle los hechos poco antes ocurridos en la misma habitación donde se hallaban. Alfonsina reaccionó perpleja. No supo qué decir. Su tez clara se tornó rojiza y a la vez azulada, tal vez de coraje, tal vez de vergüenza, tal vez de ambas, pero eso sí ...con un indudable matiz de miedo.

El Custodio Rodríguez le hizo algunas preguntas acerca de Carmina y Georgina de León, a la que ahora andaban buscando por probable complicidad de suministrar un fármaco ilegal. Alfonsina Atanacio sólo puso las manos al fuego por su hija y fue sincera: Carmina hablaba mucho de la tal profesora Georgina, considerándola la mejor maestra del bachillerato pero no tenía más que decir, si acaso que apenas la había conocido en la mañana, al estar la docente consolando a su chamaca. Alfonsina tampoco sabía ni una pizca de la píldora del día siguiente, aunque por parte de su esposo Volodio, encargado de la única farmacia de San Bonifacio, algo supo sobre los usos de dicha pastilla. Con ojos plenos de atención en Alfonsina, el agente Rodríguez se dio por satisfecho aunque le dijo preocupado que Carmina sería investigada por intentar tomar dicha píldora, ya que estaba prohibida bajo pena de cárcel.

Al lado del Custodio Gabriel Rodríguez, el maestro Arreguín parecía un maniquí decorativo. Quieto, sin movimiento, dispuesto a actuar hasta recibir una orden. Pues sólo así se interpretó su reacción cuando Rodríguez le dijo que podía continuar el interrogatorio con Alfonsina Atanacio. Sin embargo, no pudo esbozar en sus labios ni una palabra, ya que el policía ministerial Stewart López les interrumpió secamente para pedir la inmediata presencia de Alfonsina ante su hija, que ahora padecía otra crisis nerviosa.

Y no exageraba Stewart López. Los desquiciantes gritos de Carmina Luna se esparcían a más de un centenar de metros donde Alfonsina y el trío de agentes se reunían. Nunca antes Alfonsina Atanacio se había estremecido al oír los alaridos de la última de sus vástagos. Imagine el lector el llanto de una muchacha no por berrinche, no por capricho, no por un chingadazo o por llevarse tremendo espanto ni aún sentir la amenaza de un toro enfurecido. Todo eso elevado a una intensidad agobiante. Era un chillido intolerable el que emitía Carmina Luna y cosa tremenda debía ser el origen de eso. No hubo necesidad de que Stewart López dirigiera los pasos de Alfonsina, pues aquella se dirigía en veloz marcha hacia la habitación donde una pareja de Custodios de Vientre vigilaba a su histérica hija.

Tanto los pacientes de los cuartos aledaños, las enfermeras y los médicos de guardia... vaya, hasta los bien entrenados Custodios de Vientre, cubrían sus orejas con ambas manos para soportar el tormentoso griterío que lejos de disminuir, iba en aumento. Pero bastó que Carmina vislumbrara a su madre para que de sopetón, el sollozo ensordecedor se apagara. Alfonsina Atanacio no salió ilesa de aquella crisis nerviosa de su hija, y, por vez primera frente a ella, derramó lágrimas entremezcladas de angustia, impotencia y rabia. Carmina Luna se enganchó a la humanidad de su madre apretando con desesperación la espalda de aquella contra su pecho, dificultándole inhalar aire. Alfonsina le devolvió fugaces caricias en su cabellera, y así, en silencio, se consumieron varios minutos sin emitir palabra.

En tanto transcurría esta desgarradora escena, Georgina de León arribó presurosa a su departamento. Encontró a solas a Benito "el rufián" Tostada en el sofácama que ella había dispuesto al buen descanso de su achichincle, pero ni tiempo hubo para que el calenturiento Tostada le explicara que había enviado a un hotel a su esclavo para que así pudieran apapacharse como en los buenos y añejos tiempos, pues Georgina le cantó todo lo que acababa de ocurrir en la clínica hospital. Y no se tenía que ser un experto truhan en derecho penal como Tostada para concluir que las autoridades, tan pronto tuvieran el resultado clínico de la píldora abortiva, pondrían tanto a la profesora como a la alumna tras las rejas.

"El rufián" Tostada supuso que Georgina le estaba mintiendo a fin de evitar el acostón que él tanto ansiaba al igual que un cocainómano tras varios días sin meterse el polvo. Pero al ver que ella metía con premura ropa en un veliz, fue a abrazarla por la espalda cariñosamente; la respuesta de su compañera fue darle seco codazo en la panza que le sacó el aire momentáneamente. Benito Tostada le puso atónita mirada y Georgina, sin dejar de empacar, le devolvió unos ojos vestidos de temor, ojos que hace muchos, pero muchos años no le había visto. De hecho, recordó Tostada que aquellos ojazos de espanto se los vio cuando ella acababa de cumplir veinte años y le dijo que tenía un retraso en la regla de diez días.

Con esa evidencia irrefutable de que Georgina de León no mentía, "el rufián" Tostada suspiró:

- Tal como me has contado, lo importante es sacarte de aquí ahora.

- ¿Y qué crees que estoy haciendo Benito?

- Yo solo te veo meter ropa. Pero no me dices nada más - le replicó Tostada.

- De momento, iré a casa de una prima –contestó nerviosa Georgina-. Luego haré una declaración firmada de que la pastilla que vomitó Carmina se la he dado yo con engaños. No quiero que viva otro infierno del que ahora ya sufre por lo de la de violación.

- Mira Leona –le dijo Benito en tono de regaño-, ya la cagaste bastante esta noche. Vaya, la cagaste desde que me pediste ayuda por teléfono. ¿Sabes que mi número de celular está intervenido peor que mil pájaros en el alambre? Y con eso, todavía escupes a los cuatro vientos que te ayude a conseguir esa puta píldora por la que han fundido en prisión a más de un centenar de chamacas pendejas como esa alumnita tuya.

- Óyeme cabrón, ¡esa chica fue ultrajada! –le espetó Georgina furiosa.

- Pus haiga sido como haiga sido –dijo irónico Tostada-. El punto es que también me has involucrado pinche Leona jija de la chingada. En definitiva, si te chingan a ti, me pasan a chingar a mí y eso no lo voy a permitir.

- Benito, si me agarran, no te delataré –le prometió Georgina, echando un largo suspiro y dirigiendo la vista al techo.

- No me pienso arriesgar. Ya me conoces. Agarra las chingaderas que ocupes y vámonos.

- ¿Irnos? Estás guey. Yo contigo no voy a ningún lado –gritó desafiante la Leona, al tiempo que se acomodaba su larga cabellera, gesto, por cierto, que calmó el nervio brusco del rufián Tostada.

- Mi consejo es que abandones esta ciudad. Confía en mí. Por esta única vez os lo pido, Leoncita.

- Lo que quieres es coger, cabrón. Te conozco Benito, eres un cabrón calenturiento –le aclaró Georgina-. No te veo arriesgando tu graaaan reputación por mí. Olvídalo.

Benito Tostada se metió un cigarro a la boca y extrajo su lujoso mechero Dupont de oro de una de las bolsas de su saco. Hizo fuego y tras la primer exhalada de humo dijo:

- Tengo una discreta casa que le embargué a un tipo hace un par de años. Está en México. Está bien chingona. Ahí te refugiarás.

- Ni loca me iría allá. Esa ciudad me desquicia toda. Ni madres Benito. No voy – sentenció de brazos cruzados Georgina de León.

Entonces, "el rufián" Tostada le echó a Georgina una perorata legaloide sobre el auténtico lío en el que se acababan de involucrar tanto ella como Carmina Luna. En pocas palabras, la muchacha pueblerina podría ir a prisión un año tan pronto tuviera un hijo en caso de que estuviera embarazada por las violaciones sufridas, o si no fuera así, también recibiría sentencia de cárcel por haber ingerido la prohibida píldora del día siguiente. Respecto a Georgina, su licencia y cédula profesional para ejercer el derecho quedarían suspendidas por diez años, además de enfrentar una condena en prisión de por al menos treinta y seis meses. Sin embargo, Benito Tostada le ofreció ayuda legal con un buen penalista afincado en Querétaro. Y de los altos honorarios y otros gastos de ese abogado para defender a Carmina, Tostada se encargaría.

Georgina de León atendió en silencio cada palabra de su exnovio, al que ahora ya no veía como un patán bajo de escrúpulos. Tal vez, en esta situación, él tenía la última palabra. En cuanto a Carmina Luna, era seguro que no la volvería a ver en mucho tiempo, o quizá nunca, pero lo que más quería era que su alumna quedara absuelta y, muy en el fondo de las cosas, que algún día volviera a ser una mujer feliz.

Poco antes de llegar el alba del último domingo de mayo, Georgina de León abandonó su departamento, maniobrando el impecable Dodge Mónaco 1978 verde olivo seguida por Benito Tostada y su chofer. Lo que Georgina ignoraba, es que pasaría bastante tiempo para que ella volviera a manejar su flamante auto estadounidense, el cual resguardó, curiosamente, en el garaje de la añeja casa de su abuelo paterno Miguel, lugar donde ella recibió el magistral obsequio y que ahora era el hogar de sus quejumbrosos y espantados padres.

Dos momentos agridulces.

Los análisis químicos demostraron que la píldora que le fue sacada a Carmina Luna mediante vómito forzado contenía Levogestrel, la sustancia que impedía la fecundación del óvulo dentro de las primeras veinticuatro horas tras la cópula sexual. El resultado pericial perturbó la mañana de los Custodios de vientre Gabriel Rodríguez y Verónica Piña, quienes ahora contaban con evidencia irrefutable para acusar a Carmina por posesión y uso de la pastilla del día siguiente, fármaco prohibido en México. Y por extraño que parezca esto al lector, ambos agentes federales se miraban con cierta consternación por el porvenir nada halagüeño de la adolescente pueblerina. En los casos cada vez más frecuentes en los que les tocaba intervenir, las acusadas eran jóvenes sin antecedentes penales graves, otras, prostitutas y teiboleras. Algunas elegían una vida muy liberal, cambiando de novio casi a la par del tinte de uñas, pero eran hijas de familia, en cuyos planes no estaba el quedar embarazadas y menos contra su voluntad.

En ese recuento de casos, la agente Verónica Piña percibía en Carmina Luna cierta ingenuidad a diferencia de las otras chamacas encintas por violación de las que

144

tenían registro. Cuando le asignaban una investigación, en Verónica emergía un fantasma de su pasado adolescente: ella había padecido un intento de ultraje cuando rondaba los quince años, por parte del director de la secundaria a la que asistía.

La agresión ocurrió en los últimos estantes de la biblioteca y justo a esa hora – las cuatro de la tarde – todo el personal se había retirado a descansar y el intendente vigilaba la lejana entrada del colegio de cualquier intruso o gente ajena al lugar. Verónica tenía que darle orden a varios libros por indicación del director, luego de que una maestra la reportara por problemas de conducta. A los pocos minutos de iniciar su trabajo llegó el director para observarla, aunque la intención de éste fue someterla rápidamente. Durante ese terrible instante, Verónica Piña intentó defenderse como pudo, pero fue doblegada sin mayor problema por el atacante, tipo de mediana estatura pero de brazos fuertes quien la sujetó con rudeza y jalándole su larga caballera, empezó a manosearla y lamerle su nuca a la par que se excitaba como perro de la calle. Entonces, justo cuando el depravado le quiso bajar su falda escolar, sintió un chingadazo en la cabeza y soltó al instante a Verónica, quien a la vez expulsó tan agudo alarido que su agresor se echó atrás cubriéndose los oídos.

Había sido el intendente, un sujeto treintañero, de baja estatura pero corpulento, quien golpeó al jefe escolar por detrás. Tenía ojos marrones enfurecidos, con los que le acribilló la mirada al abusador sexual que seguía atolondrado moviendo ambas manos tratando de cubrirse. De sopetón el vigilante increpó al directivo como si se tratara de un ajuste de cuentas: *"¿No aprendes la lección cabrón?; ¿Quieres dañar a las niñas y luego esconderte como vil rata?; ¿Te acuerdas de Claudia Lucero?".* Y antes de mediar palabra, cuantiosos puñetazos le llovieron en pecho y rostro al abusador por parte del rabioso empleado, uno de ellos tan intenso, que se oyó un quebradero de dientes y lo tumbó tipo nocaut. Lo siguió pateando en todo el cuerpo, y a cada golpe propinado salía el aire embravecido por la boca del vigilante. Dos incisivos de amarillento color escaparon embarrándose de los ensangrentados labios de su jefe; pero otro madrazo los puso hasta una de las esquinas del recinto. Y si Verónica Piña no lo hubiera calmado, de seguirlo moliendo a patadas, el violador hubiera ido al panteón y el héroe a la prisión.

Al día siguiente, las investigaciones policiacas revelaron que el vapuleado director –terminó con la mandíbula y la nariz rotas, cinco dientes perdidos, tres costillas fracturadas, un hombro dislocado y un testículo deshecho– tenía mucha cola de inmundicia depravada: trece denuncias por violación sexual a menores, siete más por estupro, cuatro por realizar pornografía infantil con alumnas de primaria y dos por acoso sexual a profesoras de secundaria. Con ese historial escandaloso, les pareció muy extraño a los padres de Verónica Piña y también al resto de la comunidad escolar, el que no hubieran capturado a tan perverso sujeto y peor todavía, que siguiera laborando en un centro educativo. Pero de inmediato se supo que la razón de ello, era la relación de sangre que unía a este monstruo trastornado con el líder del Sindicato de Maestros de la República Mexicana, quien lo protegía como a un hijo, aunque en realidad era su sobrino-ahijado. Y el destino que les fue de mucho gozo y bienestar para ambos parientes, esta vez se las cobró implacable: cayendo el pedófilo violador, también cayó su poderoso tío. Los medios y la opinión pública no perdonaron tanta infamia y mientras que el primero fue sentenciado a ciento cuarenta años de prisión, el otro, que oficialmente llevaba diez días como flamante secretario de Educación Pública del nuevo gobierno federal, fue destituido del puesto entre burlas y humillaciones; luego se dispuso de una investigación por complicidad a favor de su sobrino aunque finalmente le exoneraron –se rumoró de una intervención personal del presidente de México como pago de una vieja deuda-. Ya calmadas las aguas y mediante un sigiloso movimiento diplomático, se le envió hasta el peligroso país del Yemen a trabajar en un cargo irrelevante de la embajada. No se supo nada más de él.

Quien también se llevó el reconocimiento social fue el intendente. Su nombre era Joaquín Durán. Se difundió que tenía una hermana menor de diecisiete años –Claudia Lucero-, violada dos años antes por el susodicho director, lo que encendió de ira a su hermano y se propuso dar con el responsable y sorprenderlo en una de sus fechorías. Practicaba box diariamente y no tenía antecedentes criminales, por lo que le fue sencillo cambiar de empleo y seguir con la pista del violador de su carnalita, quien cada año era removido de escuela y de ciudad cuando sonaban las alertas de alguna acusación en su contra. Así las cosas, en ese pasar de tiempo, Joaquín Durán tuvo que moverse a Córdoba, Veracruz y posteriormente a Zacatecas capital, de donde era oriunda Verónica Piña. En Córdoba, supo Joaquín, fue donde el tipejo acosó sexualmente a una maestra y en cuanto ella puso la queja, aquél se peló con destino a Zacatecas. Curiosamente, la escuela que le fue asignada carecía de personal de intendencia y de inmediato fue contratado, ni más ni menos que por el mismo violador de Claudia Lucero Durán. En entrevista con la prensa, Joaquín Durán afirmó que quería golpearlo hasta la muerte, pero logró contenerse, pues de lo contrario su venganza no tendría pruebas claras y él hubiera ido a la cárcel. No, no. El objetivo era "agarrarlo en caliente", justo cuando estuviera por cometer otra de sus salvajadas contra alguna niña o mujer. Y fue entonces que la encargada de la biblioteca le dijo que una estudiante – Verónica Piña – se quedaría una hora acomodando libros en los estantes por orden del director como castigo por problemas de conducta. Joaquín Durán presintió que el momento había llegado. Sólo tuvo que esperar pacientemente y checar desde su puesto de vigilancia cómo el pervertido sujeto se dirigía hacia la biblioteca, con paso discreto por el largo pasillo. Aguardando un par de minutos, preparó su teléfono en modo de grabación de video para tener la prueba contundente e infalible y el pretexto incuestionable para matar a esa bestia con sus propias manos.

Después abrió silencioso la puerta de la biblioteca y avanzando lentamente escuchó con claridad los primeros gritos de súplica de Verónica Piña. Con su celular obtuvo una escena evidente del ataque sexual contra la jovencita.

El resto, el lector ya lo conoce.

Esa trágica experiencia abrió las reflexiones de la Custodio federal Verónica Piña, para quien era un enigma la fuerza tenaz que permitió a Joaquín Durán, seguir, vigilar y aguardar el momento preciso para cobrarle dolorosas fracturas al ultrajador sexual de su hermana. Incluso tras ser exonerado del delito de lesiones, la fiscalía zacatecana le ofreció a Durán la posibilidad de convertirse en policía investigador o estudiar la profesión de criminalista, pero él decidió seguir probando suerte en el boxeo y trabajar de comerciante. En cambio, Verónica Piña, jamás olvidaría que tendría una deuda impagable con el sujeto que casi lleva a la tumba al desgraciado patán que cerca estuvo de violarla. Todavía más: durante la primera semana en que ocurrió el impactante hecho, la madre de Joaquín Durán le había revelado a un reportero de investigación, que ella iba a abortar a su primogénito, pues el padre de Joaquín la había embriagado y después abusó de ella. Al no disponer de dinero suficiente y no tener noticias del violador, pensó en deshacerse de la criatura con una vieja comadrona de su pueblo. Para su fortuna, la partera le aconsejó no abortarlo, argumentando que nadie sabía lo que Dios tenía preparado para su niño, ya que con el correr de los años, él podría ayudar a quien menos lo esperara. Así que la mujer decidió tener al bebé y a los pocos meses de nacido, su padre regresó arrepentido y dispuesto a velar por él y su madre. La familia se mantuvo unida y más hijos llegaron con el paso del tiempo. Pero para Verónica Piña, las fuertes y sabias palabras que la comadrona le había aconsejado a la madre de Joaquín marcaron a profundidad su pensamiento sobre la defensa de la vida humana desde su concepción. Y una vez terminada la preparatoria, decidió ser agente de investigación policiaca y no sólo eso: a su ceremonia de graduación acudió como invitado especial Joaquín Durán, mencionándolo con orgullo en su discurso de agradecimiento por haberla salvado de aquél depravado sexual.

∆∆∆

El caso del agente Custodio de Vientre, Gabriel Rodríguez era más enigmático. De su vida privada era muy difícil obtener la mínima pista. No tenía cuenta de Facebook o de otra red social salvo los servicios de mensajería privada Signal y Telegram. Los datos de mail y celular personales eran reservados a escasos familiares y algunos importantes funcionarios del gobierno. Desde su egreso de la Universidad de Guadalajara como licenciado en informática, ningún compañero de generación tenía noticias de él, ni dónde laboraba o vivía. No obstante, fue el segundo mejor agente graduado del grupo de investigación Custodios de Vientre. Destacó en pruebas de lógica-matemática, psicología, derecho, rendimiento físico y control de confianza.

Sólo una pequeña observación marcaba su notable expediente: su mención como testigo en un juicio penal cuyo principal antecedente tuvo un proceso de adopción que no se concretó. Tal asunto, fue declarado bajo protesta de decir verdad por Gabriel Rodríguez.

Esta historia sucedió así. Gabriel y su esposa padecieron problemas de esterilidad y tras cinco años de intentar tener un hijo natural, eligieron la vía legal de la adopción. Se les avisó que tenían que ser muy pacientes, pues la lista de espera demoraba de dos a tres años. Pasó el tiempo y ya cercano el plazo límite, les notificaron del orfanatorio general que debido a cambios recientes en la ley, se le dio el derecho a adoptar hijos a matrimonios civiles homosexuales. Y no sólo eso: un tribunal de la Ciudad de México emitió una orden para dar prioridad a dos lesbianas casadas el gozar de tal beneficio jurídico, por lo que Gabriel y su mujer tuvieron que aguardar otro largo tiempo. Esta mala noticia llegó justo cuando en la familia nuclear de Gabriel Rodríguez, se supo de una situación nada halagüeña. Perlita, chamaquita de apenas catorce años y sobrina de Gabriel, estaba encinta. La causa no fue violación, ni nada por el estilo. La puberta cayó encandilada con su primer galán, un preparatoriano que se las daba de rompecorazones por su gran atractivo físico. Ni siquiera una semana de noviazgo cumplía la pareja cuando él la sedujo sin mayor resistencia y sin mediar anticonceptivo. Luego, tras enterarse del "domingo siete", las familias de ambos jóvenes coincidieron en que la solución idónea era el aborto. Los padres del casanova irresponsable se ofrecieron a pagar los gastos médicos y lo que fuera necesario para evitar que su hijo arruinara su vida casándose a la fuerza y ejercer de papá antes de los dieciocho. Ya andaban buscando agendar fecha en una clínica abortiva cuando Gabriel Rodríguez y su esposa vieron en ese "lamentable" problema, la respuesta a sus súplicas y anhelos de convertirse en padres. Con mucho tacto, el matrimonio sin hijos habló con los padres de Perlita y los convencieron para proponerle a su hija la vía de la adopción. Aunque al principio ella se negó a seguir con el embarazo, sus tíos le hablaron con el alma, dejando salir el sentimiento más hondo donde cada uno le expuso el enorme vacío al no tener la maravillosa dicha de tener un bebé entre sus manos, para criarlo con amor y fortaleza. También le suplicaron que viera la película *Juno*, en la que seguramente se sentiría algo identificada con la figura de una madre adolescente que decide dar en adopción a un hijo no esperado. Y con todo esto, dieron en el clavo. Perlita, aceptó tener a la criatura que llevaba en las entrañas y cederlo en adopción a sus tíos estériles.

Estando por acabar el segundo mes de gestación, varias compañeras de la escuela bombardearon a la adolescente vía las redes sociales con diversa propaganda a favor del aborto impulsada por grupos feministas, artistuchos sin brújula y algunos influyentes miembros de la política y de la farándula. En consecuencia, Perla decidió apagar su teléfono por horas, aminorando un poco la angustia que le carcomía la tranquilidad. Pero lo cierto es que en la mente de la chica se confabularon tantas historias posibles sobre la vida que tendría en adelante de seguir con el embarazo. Le espantó sobremanera el perder su esbelta y sensual figura; su liso y plano abdomen convertido en una barriga repleta de manteca maternal y ni qué decir de sus lampiñas piernas o sus nalgas esculturales, incontables veces expuestas en fotos de Instagram y en los que centenares de muchachos le daban el adictivo corazón rojo del deseo. "No quiero tener celulitis. No quiero celulitis en mi cuerpo", farfullaba Perla, una y otra vez. Así la situación, la demoledora avalancha de mensajes sumió en tremendo agobio a Perlita y no quiso saber más de aquel ser albergado en su vientre.

Al comenzar la novena semana de embarazo le marcó a su tío Gabriel Rodríguez para pedirle perdón. No tenía intención de dialogar. Aquél le suplicó que la oyera, que lo dejara hablar, que todo estaría bien. Gabriel le reveló con la voz cortada, sollozando, que había soñado con la bebé, pues veía a una niña tan hermosa y sonriente como su madre Perlita. Que en aquel trozo de pensamiento nocturno, esa nena reía plena de amor e inocencia, extendiendo sus bracitos y manitas para ser abrazada por él, su padre adoptivo.

Pero sólo silencio y más silencio es lo que Gabriel Rodríguez percibió lejano a través del auricular, como presintió que lejana era la esperanza de que su sobrina Perla no abortara. Más en eso falló la intuición de Gabriel, pues al recibir esa lamentable llamada, Perlita tenía veinticuatro horas de haber ido a exterminar a su criatura.

La chica siguió su vida en tranquilidad y hasta la suerte le sonreía en grande. Sus padres le obsequiaron un viaje por Europa y un ostentoso teléfono celular; el galancillo patán que la había embarazado le pidió reanudar la relación a cambio de no comentar nada del aborto, mientras él se portaba muy romántico y detallista con ella, siendo la envidia de varias muchachitas que veían a la pareja más popular del momento. Pero un día que salían del cine, ella recibió varios mensajes vía las redes sociales. Revisándolos, su faceta alegre se turbó de espanto al leer tanto mentadas de madre, amenazas, reclamos y algunas notas de seria preocupación por cuantiosas amistades y familiares. Abrió algunas imágenes reenviadas y pudo ver capturas de pantalla del popular servicio de mensajería *Dime Dime* en las que se publicaron conversaciones privadas entre ella y su novio cuando recién estaba embarazada.

Como pólvora encendida, el chismógrafo de las redes siguió su paso incesante. La evidencia se compartía al ritmo de diez a doce veces por minuto, sin importar que fuera auténtica o falsa la información. Y en las dos conversaciones plenamente identificadas con el perfil de la pareja, se leyeron tremendos mensajes que indignaron a la comunidad virtual de varios lugares de México, los cuales quedaron fijados por mucho tiempo en diversos sitios de internet y que decían lo siguiente:

PRIMERA CONVERSACIÓN PRIVADA

- Nene, ya cheque la prueba.....estoy preñada!!!! ☹☹☹ ¡¡¡Qué putas vamos a hacer!!!
- putaaa maaaaa!!! ¿¿Pues no que te habías echado la píldora?? ☹
- creí haberla tomado!! Creo que lo olvidé!!!!
- Hay que arreglarlo en una clínica, le diré a mis papás, ya me pasó una vez hehehe ☺
- weeey!! yo no quiero ser mamá!!! Solo quedamos en coger y coger ☹
- Tranquis!! No tendremos esa cosa!!!
- No seas mamón!!! Esa cosa es tu hijo!! Aunque si, ahora es una cosilla muy X ji ji ☺

SEGUNDA CONVERSACIÓN PRIVADA

- Ya hablé con mis papis.....y al igual que los tuyos todavía no quieren ser abuelos ni oír chillidos a las 3 de la mañana y verme toda madreada por las desveladas!!! Nos apoyan al 100%%%
- Great!! Abortation operation is in mode on!!! ☺☺
- ay!! ya me dio meyo nene!! Y si de verdad está viva esa chingaderita?? Y si es una persona como dicen los de la iglesia??? ☹☹
- Noup...... son puras pinches células inútiles como las que enseñan en la school, no te aguites!!!
- Oye!! después del abortation ya solo lo hacemos con condón!!! No quiero quedar toda rara y con cicatrices feas ☹

En vano Perla trató de explicar por su misma red social que habian hackeado su cuenta, exhibiendo mensajes falsos. No había manera de engañar a la activa y experimentada comunidad de internet, que viralizó toda la evidencia irrefutable acerca de la fechoría cometida en contubernio con sus familiares y los de su novio.

El escándalo virtual se expandió por gran parte de México durante semanas. De la escuela, Perlita fue expulsada poco antes de concluir la secundaria y no hubo otro colegio que quisiera admitirla para terminar el ciclo académico, pero ni a ella le interesaba estar en contacto con gente de su edad. Sin embargo, esto apenas era la punta del iceberg para la muchachita.

Cuatro fuertes organizaciones antiaborto presentaron denuncias contra Perla y sus cómplices por terminar el embarazo debido a su falta de responsabilidad y desinterés en cuidar a la criatura procreada. Dado que la opinión pública exigía justicia, un juicio penal se inició inmediatamente. Ya durante el devenir de las investigaciones, los testimonios de Gabriel Rodríguez y su esposa fueron cruciales, revelando el acuerdo privado de adopción tan pronto naciera el bebé de su sobrina Perla. Y como tanto ella como su parentela negaron las acusaciones, Gabriel se vio forzado a exhibir vídeos y documentación clave en los que la adolescente no sólo les concedía adoptar, sino que se daba cuenta por certificado médico sobre su estado de preñez.

Finalmente, tanto Perlita como su novio recibieron sentencia de cárcel. A ella le tocó purgar un año y al fulanito tres, pues era mayor de edad y además fue quien le ofreció el aborto como primer y único remedio a su embarazo no anhelado. Los padres de ambos jóvenes libraron las rejas tras pagar cuantiosas fianzas y una buena indemnización por calumniar a Gabriel Rodríguez, ya que trataron de arrastrarlo al banquillo de los acusados aludiendo que él también era cómplice del crimen cometido, pero Gabriel sostuvo que Perla le había dicho que fue un aborto espontáneo y así le creyó, por lo que jamás se le pudo comprobar lo contrario.

En torno a esta dramática historia, una duda importante quedó en el aire: ¿Quién logró hackear las cuentas de la joven Perla y exhibir sus chats privados, piezas esenciales de la evidencia condenatoria? Pues aunque se supo durante el juicio que Gabriel Rodríguez era informático de profesión, él dijo no tener habilidades tan avanzadas para efectuar un espionaje a ese nivel. Sin embargo, Rodríguez se reservó de mencionar algo crucial cuando lo interrogaron: tenía un buen amigo que trabajó por años en la empresa *Dime Dime* y conocía muchos trucos para acceder a la información privada de cualquier usuario.

ΔΔΔ

En conclusión, tanto Verónica Piña como Gabriel Rodríguez tenían episodios difíciles de olvidar en sus vidas personales.

Pero ahora el compromiso profesional que ambos habían adquirido al ingresar a los Custodios de Vientre de la Fiscalía General de la República, les alentaba a detener a cualquiera que osara en lo material o en lo intelectual, atentar contra la vida humana prenatal sin importar la causa de la concepción. Y eso, más que un compromiso, era un juramento. Toda la capacitación que recibieron se fundamentó en priorizar la vida tanto de la madre como la de la criatura. Desde técnicas de interrogación hasta detenciones forzosas, se tenía que tener sumo cuidado con una mujer estuviera o no embarazada. El protocolo exigía que en todo instante un Custodio de Vientre tenía que permanecer al lado de la detenida, previamente esposada de manos para evitar agresiones contra terceros o contra ella misma, tal como ingerir fármacos o sustancias abortivas, pero insistiendo en tratar con calma y mucho respeto a toda fémina bajo sospecha de preñez. Por lo tanto, cualquier defensor de los derechos humanos habría protestado por el rudo proceder con que la agente Verónica Piña logró que Carmina Luna vomitara la píldora "del día siguiente". Este abuso de fuerza, no obstante, se les permitía a los Custodios de Vientre si veían algo sospechoso que amenazara la concepción. Y si bien todavía no era un hecho que Carmina estuviera embarazada, el haberla cachado tomando la pastilla prohibida, era causa suficiente para consignarla por consumo de medicamento ilegal. Pero de confirmarse la preñez de Carmina, entonces enfrentaría el cargo de tentativa de aborto con una pena mínima de seis meses de prisión, si un juez le daba clemencia.

Por lo pronto, el Custodio Gabriel Rodríguez procedió a atar la mayor cantidad de cabos sueltos en la investigación criminal, dando prioridad a la búsqueda de Georgina de León, la principal sospechosa de haber facilitado la pastilla del día siguiente a Carmina Luna, aunque de momento, no pudiera demostrarlo. Para tal labor, les encargó a otros agentes difundieran los datos completos y aspecto físico de Georgina de León a las autoridades de Guanajuato.

En cuanto a Carmina, se dio cuenta que su situación había empeorado al ver su muñeca izquierda esposada a la barra de su camastro y notar las preocupantes muecas de los Custodios de Vientre que murmuraban entre sí. También repentinamente iban las enfermeras de turno para someterla a revisiones rápidas, de acuerdo al procedimiento clínico en casos de posible intoxicación. Luego se dejó entrever un médico de semblante molesto, cuya impecable bata blanca legitimaba su ruda presencia. Transcurridas tres horas y vencida por el agotamiento físico, la muchacha pudo refugiarse en el sueño al tiempo que el Custodio Gabriel Rodríguez redactaba un reporte. Pero apenas se habían diluido cinco minutos, cuando Carmina irrumpió su necesario descanso al recibir varios bofetones e insultos por su padre Volodio, en tanto que su madre Alfonsina le suplicaba detenerse. Gabriel Rodríguez intervino colérico para defender a Carmina de Volodio Luna; en ese instante, el pueblerino, con gesto retador quiso intimidar a Gabriel Rodríguez, pero aquél no sólo le sostuvo la mirada sino que le dio un empellón que espantó al padre de Carmina, alejándose de ella avergonzado.

La humillada chica no derramó lágrimas esta vez. Sus glándulas parecían estar secas. Para el Custodio Rodríguez tal situación era extraña, pues Carmina había recibido a quemarropa mentadas de madre e improperios que la reducían a la condición de puta por parte de su progenitor, sin olvidar las bofetadas. La Custodio Verónica Piña llegó poco después y con más tacto que imposición, pudo hablar con serenidad con el matrimonio Luna Atanacio, recomendándoles apoyar más que nunca a su hija, pues no hacerlo la orillaría a tomar medidas trágicas. Y sin narrarles detalles, la agente federal Piña les contó sobre el intento de violación que tuvo cuando era adolescente al igual que Carmina. Esta confidencia ayudó para apaciguar el orgullo herido de Volodio Luna, cuyos ojos mostraron ligera compasión hacia su muchacha.

Lamentablemente, poco duró el efecto, pues cuando Volodio fue requerido por los policías para completar el informe de los hechos delictivos, algunos uniformados le picaron la cresta emocional, pues como sonaja le hacían ruido sobre el tremendo lío en que la profesora Georgina de León había involucrado a su ingenua hija. El resto de las conjeturas parecían despejar cualquier vestigio de duda. Con la testificación apegada a lo ocurrido y el posterior escape de Georgina, el panorama señalaba a Carmina Luna, de ser víctima de ataque sexual a presunta culpable en tentativa de aborto.

Ya a solas, y aparentemente tranquilo, Volodio Luna le inyectó el veneno de la pesadumbre a su esposa Alfonsina, quien le creyó todo, invadiéndole la amargura a su corazón de madre.

Esa fue quizá para Carmina Luna Atanacio la noche más dolorosa de su vida. Aunque estaba unida a ella, a fin de protegerla de la ira verbal y física de su padre, Alfonsina Atanacio parecía haber muerto para su hija. La madre le seguía hablando, la atendía si quería beber agua, pero nada más. Y si su chiquilla le pedía ir al baño, observaba presa de la vergüenza, cómo una mujer policía le procedía a quitar los grilletes a Carmina. Luego, con semblante amable pero sin apartarse dos metros de la chamaca, la agente la esperaba de espaldas, con la puerta entrecerrada, mientras Carmina expelía la orina o sus heces en aquel sarroso migitorio, para después lavarse las manos y volver a su cama en donde era esposada otra vez.

Tras su alta del hospital, Carmina Luna estuvo bajo observación por treinta días, en un área restringida de ginecología a cargo de la Secretaria de Salud nacional, en el cual se encontraban otras jóvenes en circunstancias parecidas a las de ella. Había quienes luego de ser violadas, lograron tomar la píldora del día siguiente y evitaron el embarazo, pero no el juicio penal y seguramente una condena en prisión.

Era fácil identificarlas, pues portaban un dispositivo de monitoreo permanente, en alguno de sus tobillos. Otras escuintlas tenían varias semanas de estar encintas, pero buscaron la manera de realizarse un aborto clandestino y fueron detenidas. También se dieron los casos de chicas ilusas o hasta maduras, que consintieron el sexo sin ningún anticonceptivo, y tras embarazarse, no teniendo suficiente apoyo material y afectivo de la familia o del padre de la criatura, informaron de su situación a las autoridades médicas para ser inscritas en el programa federal AMPARADOS. Y casi todas las mujeres que pudo observar Carmina, no rebasaban los dieciocho años, tal como ella.

Más si osare un extraño enemigo...

Carmina Luna Atanacio tenía ocho semanas de embarazo cuando se enteró por un noticiero radiofónico que Jacinto Cañada Fajardo fue condenado a cincuenta años de prisión. Esto sucedió al ir ella iba bajo resguardo de los Custodios de Vientre, Gabriel Rodríguez y Verónica Piña, para que testificara ante un juzgado penal contra su profesora, Georgina de León, por obligarla a tomar la ilegal pastilla del día siguiente.

En el reportaje se informaba que el juez que leyó la sentencia – temido por su frialdad al momento de emitir un fallo acusatorio- le explicó al jovenzuelo que la condena se había sustentado de la siguiente manera: por el homicidio doloso del señor Pascual Lozano Godínez, veinte años; por el rapto y violación sexual de Carmina Luna, quince años; por la portación de arma de fuego de uso exclusivo del Ejército mexicano, ocho años; por entrar ilegalmente a la casa del asesinado, cinco años y, por la posesión de narcóticos, veinticuatro meses.

La noticia concluía que, en caso de haber buena conducta por parte del sentenciado, su estancia en prisión podría reducirse a una quinta parte, pero nada más. Pasará lo que pasará, así Jacinto Cañada se convirtiera en el reo ejemplar de todo el país, tendría que purgar forzosamente cuarenta largos años.

Un rayo de dolor estremeció la mente de Carmina, haciendo estragos en sus entrañas, en donde ahora refugiaba una vida humana de la que no quería saber más. Imaginó a su novio Jacinto, saliendo de prisión casi a los sesenta años –eso si la autoridad lo liberaba por buen comportamiento-, con su cabello canoso, muchas arrugas y el cansancio arrastrando tras sus espaldas. Lo pudo ver como un hombre aniquilado por dentro, con más de la mitad de su existencia vertida en el olvido carcelario y sus sueños consumidos por la añeja amargura de la cruel injusticia.

La agente Verónica Piña volteó hacia Carmina y al notarla con la cabeza gacha y los párpados caídos le dijo que no había duda de que la justicia seguía imperando en México. "El desgraciado que te agredió estará purgando por mucho tiempo lo que hizo. No siempre las víctimas pueden ver tras las rejas a los que les hicieron daño. Deberías estar alegre por eso", le dijo Piña. Y quiso todavía agregar otro comentario tratando de animar a Carmina, pero el Custodio Gabriel Rodríguez, mirándola seriamente de reojo, le pidió que no le dijera más.

Ante el primer comentario de Verónica Piña, tan fuera de lugar como al que ahora se dirigían –la ciudad de Guanajuato, que era para Carmina como san Bonifacio pero mil veces más grande, lleno de autos, edificios, mucha gente y demasiado ruido-, la muchacha no hizo más que ignorarlo y negar con un intenso grito dentro de su ser, el injusto destino contra su querido Jacinto. Cerró sus manos con tanta rabia que logró clavarse algunas uñas en ambas palmas, pero ese dolor parecía ser una caricia en su piel, pues en su mente surgían casi a detalle, las asquerosas caras de los tres sujetos que la violaron aquel fatídico viernes al anochecer. Porque fueron ellos, y solo ellos, los culpables del malestar emocional que acechaba a Carmina a cada rato. Porque había sido aquel hombre chaparro y de barba de candado, con ojos crueles y un tatuaje revestido de muerte, al que más odiaba por haberla ultrajado primero. Y aunque no quería volver a verlo nunca – sobre todo sus maléficos iris -, en el fondo pedía a Dios, a sus ángeles y santos, a toda potestad y fuerza celestial, que aquel sotaco del averno padeciera un tormento similar al de ella. Y una vez violado, que se le mutilara a cuchillo su miembro viril y se les diera a los cerdos. Pues era sin duda ese chaparro malparido, el hombre que hasta el último día, hora, minuto y segundo de vida no dejaría de maldecir Carmina Luna, jurándolo en sus adentros.

Y en cuanto al otro par, el rencor de la jovenzuela se abalanzaba tal como el fuego al rugir del viento quema los pastizales secos. Para Carmina también merecían el tortuoso ultraje y la mutilación sexual de sus cuerpos. Sin embargo, al gigantesco pelón y tuerto, como castigo especial habría que arrancarle el otro ojo y abandonarlo en la barranca del Río fantasma, cercano a San Bonifacio. Ese riachuelo se había secado varios años atrás, debido al desvío de su cauce para abastecer a una presa de la región, cuyas laderas yacían decoradas de rocas de múltiples formas y tamaños, en las que pululaban las temibles arañas capulinas y los peligrosos alacranes güeros, y el misterioso cascabeleo de las serpientes era señal que enloquecía a cualquiera que se perdiese hasta el fondo de la cañada. De hecho, los lugareños habían hallado en aquel paraje solitario a algunos difuntos tras varios días o hasta semanas de su desaparición; unos habían ido a parar ahí tras consumir una jarra de pulque y querían bajar la cruda refugiándose de las mentadas de madre de su furibunda esposa; otros en cambio, iban a buscar a alguna cabra alejada del rebaño y hallaban a la parca diluida en la ponzoña aniquilante de aquellos bichos o de las víboras cascabeleras.

En cuanto al horripilante Lagartijo, cuya cara era una blasfemia contra la belleza, Carmina deseaba que le fuera desgarrado todavía más su horripilante rostro con navaja. Pero, entendiendo que ese tipo se lamentaría a cada rato de su jeta desfigurada, sería necesario arrancarle su asquerosa lengua para que así nadie oyera sus quejidos. Y una vez cercenado el órgano del habla, dárselo a los chanchos y que viera este adefesio humano la escena macabra, que marcaría el comienzo de su mudez completa.

Eran esas las venganzas pendientes que en la cabeza de Carmina se cocían espontáneamente, cuando llegaron al juzgado penal. La muchacha se atemorizó sobremanera al ser abordada por diversos reporteros que seguían su caso, pero rápidamente, los Custodios de Vientre recibieron apoyo de una docena de policías para liberar el paso rumbo a las instalaciones del edificio judicial. Ya dentro, Carmina Luna y ambos agentes federales se dirigieron a la sala penal. Repentinamente, un sujeto no muy alto, de rostro y cuerpo rechoncho y de abundante barba oscura, se presentó ante el trío como Joaquín Manrique, el abogado de Carmina Luna. Manrique estaba ahí por encargo especial de Georgina de León, quien permanecía escondida en la Ciudad de México, en una casa de Benito "el rufián" Tostada.

El litigante pidió con sumo respeto unos momentos a solas con Carmina. Los agentes Custodios de Vientre cedieron asentando la cabeza, alejándose un par de metros. Con voz pausada y baja, Joaquín Manrique le explicó a la muchacha la situación que iba a encarar, dándole detalles sobre el tipo de preguntas que le harían tanto el juez como el fiscal. Le aclaró también que por ningún motivo debía mentir, con tal de proteger a su profesora Georgina de León, sino por el contrario, debía contestar que la píldora "del día siguiente" se la había dado su maestra con el propósito de evitarle un embarazo. Pero – y en ese punto fue muy enfático el regordete Manrique -, Carmina Luna tenía que manifestar que la profesora Georgina le advirtió que al haber sido violada por aquellos desalmados tipos, el riesgo de quedar encinta era alto.

Ya durante el interrogatorio, parecía Carmina estar ausente. Respondía por inercia, totalmente ida, desconectada de la realidad. Al principio se mostró nerviosa. Le temblaban las manos y constantes escalofríos hicieron golpetear su hermosa y blanca dentadura. Pero en cuanto escuchó de la autoridad oír el nombre de Jacinto Cañada Fajardo, señalándolo como el que la había atacado sexualmente, Carmina entró en shock. Fue necesario repetirle algunas preguntas hasta en tres ocasiones. Nadie podía imaginar que en su memoria, la muchachita revivió los últimos momentos de felicidad junto a Jacinto en aquel granero, donde estuvo a punto de caer seducida por él, antes de que fueran sorprendidos por aquel trío de malditos barbajanes.

Extenuante resultó ese proceso para Carmina Luna, pero finalmente, su testimonio la salvó de prisión. Se le informó vía el abogado Manrique que el juez pudo darle la exoneración por los delitos de tomar la proscrita pastilla del día siguiente y de la tentativa de aborto, pues había sido engañada por las argucias de su profesora Georgina de León, quien desde semanas atrás tenía orden de aprehensión de un juez federal.

ΔΔΔ

Una vez libre del juicio penal, como era de esperarse, Carmina Luna quedó inscrita como protegida en el programa nacional AMPARADOS. Dado su antecedente pre abortivo, algunos datos biométricos –fotografía de su cuerpo y cara, registro de sus huellas dactilares– fueron registrados en la base de información de la Fiscalía General de la República. De inmediato le dieron una credencial de identidad con chip electrónico vigente por doce meses, la cual tendría que presentar en la clínica asignada para las consultas de obstetricia y pediatría, así como para la compra de comida durante el embarazo, incluyendo pañales, biberones, ropita de bebe y medicamentos. La cantidad abonada mensualmente era de cinco mil pesos y una vez concluido el plazo mencionado, si Carmina decidía dar en adopción al hijo parido, el apoyo económico terminaba.

Carmina y su madre Alfonsina fueron llevadas por los Custodios de Vientre Gabriel Rodríguez y Verónica Piña hasta su natal San Bonifacio, en donde la gente mirona salió a la calle a cuchichear cerca de la casa de la familia Luna Atanacio. Ya en la pequeña y sencilla sala, los varones, encabezados por Volodio Luna, recibieron a las mujeres marchitas de rostro y a los agentes federales. Los hermanos de Carmina exhibían una llaga profunda en la honra, pues sus miradas humillantes eso reflejaban; un incómodo zigzagueo de cejas y los pómulos enrojecidos de vergüenza daban a entender que ellos también padecían el tormento de la menor del clan Luna Atanacio, su única carnala. Y la suma de las facciones de ellos, recaía sin duda, en la jeta de su machista padre, Volodio Luna.

El Custodio Gabriel Rodríguez comenzó alentando a Volodio y a sus hijos a dar unas palabras de apoyo para Carmina Luna, pero fue como dirigirse a estatuas de cementerio. Ni una palabra, ni un tosido, ni un ligero suspiro se escuchó de aquellos hombres muertos por un instante que no culminaba. La agente Verónica Piña arqueó sus pobladas cejas y soltó un aire inconforme ante la lúgubre escena. Gabriel com-

158

prendió el mensaje de su compañera y retomó la palabra, explicándoles con voz conciliadora a los seis integrantes Luna Atanacio que el embarazo de Carmina era una auténtica prueba de caridad de toda la familia para con ella, que no se trataba de un error ni de una maldición, sino por el contrario, esa criatura cambiaría la vida de todos y podría tomarse como una bendición. Pero no viendo más que brazos cruzados por parte del jefe de la familia Luna Atanacio hasta su último vástago, Gabriel Rodríguez tuvo que recurrir a una habilidad oratoria acorde con la idiosincrasia de la gente pueblerina, que a veces reaccionaba algo sumisa o en otras muy enérgica ante situaciones complejas como la padecida por Carmina.

Tal capacidad comunicativa que en su entrenamiento como agente le detectaron, tenía como objetivo esencial, dirigir una perorata de memoria, sin errores y con elocuencia. Pero como cualquier principiante, Gabriel cometió errores en los primeros mensajes a familias turbadas por el ultraje sexual y consecuente preñez de sus hijas. No obstante eso, aprendió de sus fallos y fue mejorando paulatinamente, al grado de modificar el discurso final en aspectos clave, tal cual les expuso en aquel momento, viendo con ojos de franqueza, a los integrantes del clan Luna Atanacio:

"Hoy comienza un momento muy especial en la vida de ustedes como familia. Por un acto deplorable y malvado, en contra de la voluntad de Carmina, ahora ella está embarazada. Esto para nada debe juzgarse en contra de Carmina ni de ustedes. Así como tampoco es culpable el ser humano que puede nacer en unos meses. Tal hecho podemos aceptarlo, dolorosamente sin duda, pero aceptarlo al fin, como una manera misteriosa en que la voluntad de Dios ocurre sin que busquemos la muerte de un inocente. Además, ¿en cuántas ocasiones hechos de esta naturaleza o hasta peores no suceden?"

Gabriel Rodríguez hizo una breve pausa. Previamente a estar en aquella sala, él estudió el entorno hogareño de los Luna Atanacio. Por ejemplo, en el pasillo al entrar a la casa, se respiraba incienso agradable mientras hacía el recorrido rodeado de símbolos trascendentales del catolicismo: primero una cruz de madera con un Cristo de metal reluciente, bellamente forjado por manos artesanales. Luego una añeja imagen de la Virgen de Guadalupe en un marco apolillado, adornada de perfumadas rosas en cuyos pétalos escurrían cristalinas gotas de rocío. Finalmente, se veía un cuadro hecho a base de repujado que representaba la Última Cena de Jesucristo y sus Apóstoles.

Y en la salita en donde ahora se reunían todos, se erguía imbatible una pintura al óleo del Arcángel San Gabriel dándole la Anunciación a María sobre la Divina Concepción de Jesucristo. Sin duda, el Custodio de Vientre Rodríguez nunca había tenido una atmósfera tan propicia para esparcir su mensaje, el cual continuó en tono reconciliador:

"Veo con mucho agrado que ustedes son una familia católica. Pues bueno, recordemos que a María la Virgen, madre de Jesús, en su momento casi la repudia su futuro marido José, por pensar que estaba encinta de otro hombre. Sabemos, claro, que finalmente San José supo por un Ángel que el Niño Jesús era sagrado y voluntad de María de que naciera. Aunque claro es, no hay ningún comparativo entre la Divina Concepción del Hijo de Dios y el cualquier persona del mundo entero. Ahora bien, el hecho que ha marcado dolorosamente a Carmina tomará tiempo; sólo Dios y ella saben cuánto será suficiente para dejarlo atrás. Sin embargo, ante semejante prueba que su hija y hermana está afrontando, es vital el amor y compasión de todos ustedes, su familia. Es cierto que no hay ley que le obligue a Carmina y a ustedes a aceptar y querer a este ser inocente, ya que eso sólo el corazón de cada uno puede saberlo. Siendo así la situación, lo único que les pide el Estado y la ley de México es cuidar la vida de esa inocente criatura en el vientre materno de ella hasta el día de su alumbramiento, en el que, si así lo ha decidido Carmina con el vital apoyo de ustedes, el recién nacido quedaría bajo la protección de casas hogar para niños huérfanos que cuentan con amplias y agradables instalaciones así como personal especializado en la atención integral para los pequeños que ingresan, en espera, claro de hallarle una pareja de buenos padres que por algún motivo no han podido engendrar hijos."

Gabriel Rodríguez inhaló aire un momento, clavando su mirada en los padres de Carmina, que a la vez le devolvían muecas de incertidumbre. Luego les dijo:

"Se recalca a ustedes como a su hija, que la obligación legal de brindar protección durante el embarazo de ella implica que, bajo ningún motivo, pueden obligarla sea de forma verbal o física, a que haga cualquier intento que tenga por objeto el abortar la vida del ser humano que alberga en su vientre. De la misma manera, Carmina tampoco debe hacer por cuenta propia dicho atentado, y si alguno de ustedes se percatara de ello, deben evitarlo a cualquier costa, ya que de no hacerlo, podrían ser cómplices de un crimen, con la consecuencia lamentable de que tanto Carmina como cualquiera de los aquí presentes, de probarse su culpabilidad, enfrentarían a la justicia penal. Pero más que mortificarse por eso, les pido ahora que mediten bien en sus corazones, si el hecho mismo de negarle el derecho a nacer a esta criatura o a cualquiera en gestación, también se nos hubiera aplicado de palabra o pensamiento, a ustedes o a mí, de quien fuera la intención de abortarnos, cuando estábamos en el vientre materno.

Les rogamos pues, asistan en cualquier necesidad que se le presente a Carmina, anteponiendo siempre el bienestar de ella y del pequeño ser que habita en su vientre. Les aseguro que no habrá mayor recompensa para cada uno de ustedes por cumplir esta invaluable y sacrificada misión, vista con benevolencia celestial por Nuestro Señor Todopoderoso y por el Estado mexicano, tal cual se canta con orgullo en nuestro glorioso himno nacional: "Más si osaré un extraño enemigo, profanar con sus plantas tu suelo, piensa oh Patria querida, que el Cielo, un soldado en cada hijo te dio... un soldado en cada hijo te dio".

El Custodio Gabriel Rodríguez había declamado este mensaje no sólo de memoria, sino con grata elocuencia, pero además, por primera vez, Rodríguez mencionó nombres y palabras religiosas –lo cual iba en contra del de por si cada vez más ignorado estado laico- logrando que la familia Luna Atanacio además de que su compañera Verónica Piña, le miraran con asombro. Y no fue casualidad.

Por experiencia, la agente Piña identificaba la frialdad de otros oficiales cuando debían informar a la víctima y familiares sobre la operatividad del programa federal AMPARADOS. Una parte de ellos no tenía el tacto emotivo, ni la empatía para conectar con la gente afectada por delitos de tipo sexual. Al respecto, Verónica también carecía de esa virtud, por lo que siempre esquivaba la conversación grupal como la que había tenido su compañero Gabriel Rodríguez con Carmina y su familia. Pero esta vez, Verónica Piña notó muy conmovido a Gabriel. Algo dentro de él, le hizo hablar con el corazón en los labios, de manera que el mensaje sonó más a una petición de clemencia, que a una orden expedida por las instituciones de justicia. Incluso Carmina, un instante después que concluyera su mensaje Gabriel Rodríguez, se levantó y fue a abrazar a ambos Custodios de Vientre, que, con natural sorpresa –nunca les había ocurrido esto- le correspondieron con cariño casi parental. Tal escena incomodó para sus adentros al matrimonio Luna Atanacio y de paso a sus vástagos. Más ellos seguían con sus rostros enmascarados de amargura y un repentino rubor marcándoles su piel apiñonada de un rojo amanecer.

ΔΔΔ

Un hermoso sol escarlata se escondía en la extensa colina frente a la casa de los Luna Atanacio justo en el instante en que los Custodios de Vientre se marcharon en su automóvil rumbo a Querétaro. Pero en aquel hogar de San Bonifacio la tragedia había llegado para quedarse. Muestra de ello fue ese silencio extraño, nunca antes vivido por Carmina y los suyos. La muchacha fue ignorada tal cual un fantasma solitario, descansando en una silla del comedor, con la cabeza sumisa por largo tiempo. Volodio Luna se esfumó de la casa sin decir a dónde iba y los hermanos de Carmina buscaron refugio en sus habitaciones, sin hacer ruido alguno. Alfonsina por el contrario, se puso a lavar trastos y a preparar la merienda sin ver siquiera la sombra de Carmina, proyectada por la tenue luz artificial del techo. Luego, la jovenzuela se incorporó de golpe y caminó apresurada a su cuarto, azotando la puerta tras de sí. Ella sabía la consecuencia de ese acto: tenía doce años cuando tras una discusión con su madre, le dio tremendo cerrón a la misma puerta. Alfonsina le gritó que saliera inmediatamente, y al hacerlo, la desgreñó en castigo por su arranque berrinchudo.

161

Pero ahora, no hubo reproche. Nadie en su casa quería meterse con Carmina, como si gozara de una protección especial o algún encantamiento imposible de quitar.

"El tiempo lo cura todo", recordaba Carmina esa frase que la profesora Georgina de León – ahora prófuga de la ley – repetía de vez en cuando al terminar un tema delicado en la clase de Ética. Pero entre más días pasaban, menos entendía esas cortas palabras. Lo que si le había surgido sin tener duda alguna era el sentir repugnancia absoluta contra el acto sexual. No quería saber nada de sexo y menos de los hombres. No quería verse desnuda ante el espejo y menos hacia su zona genital. Para bañarse cerraba los ojos y al vestirse lo hacía con la vista al frente y apoyándose del tacto para ponerse la ropa. Eso si, la chamaca se ensombrecía de vergüenza, pues ningún varón de la familia le hablaba en lo mínimo, ni siquiera le dirigían una fugaz mirada. Su madre Alfonsina, ya no le decía hija, Carmina o algún apelativo cuando la quería regañar –como mocosa o escuintla-, solo le preguntaba si quería comer, bañarse u otra ayuda, siempre en tono seco y en voz baja.

Antes de cumplir la primera semana desde la partida de los Custodios de Vientre, Carmina Luna Atanacio tuvo incontables pesadillas y todas eran una horrenda mezcolanza del ultraje sexual que había recibido. Una de plano le perturbó la madrugada entera impidiéndole conciliar el sueño: ella se veía junto a su mamá durmiendo plácidamente en la habitación de la casa, cuando entraban de golpe los tres malnacidos que la violaron y procedían a hacer lo mismo con su madre mientras Carmina aterrorizada pedía auxilio a su padre y hermanos. Y por un momento se tranquilizó al ver a algunos de ellos entrar de sopetón para socorrerlas, pero eran ultimados con sendos disparos hechos por el repugnante sujeto con el mote del Lagartijo. El chaparro y el enorme tuerto se burlaban a carcajadas; después el primero asfixiaba a Alfonsina Atanacio con sus propias manos. Acto seguido, se dispuso a agarrar del cuello a Carmina, pero justo ahí despertó la chica angustiadísima y gritando ayuda. Al poco rato oyó abrir la puerta de su cuarto y pudo ver la silueta de su madre, quien se limitó a preguntarle si quería algo. Carmina le pidió que estuviera con ella, anhelando un abrazo, una caricia, un trozo de consuelo urgente en tan desesperante momento. "Ya duérmete. No grites más", le espetó Alfonsina en la oscuridad de aquella madrugada que jamás olvidaría la futura madre adolescente.

Al cabo de un mes, Carmina tuvo que salir de la casa paterna para cobrar el primer apoyo del programa AMPARADOS y someterse a revisión médica, en la pequeña clínica de salud de San Bonifacio. El trámite no fue complicado y además muy discreto por la encargada administrativa, pues casi medio pueblo sabía la terrible pena que cargaba a la muchacha y por ende todo el clan Luna Atanacio. Además, una buena noticia es que el Custodio de Vientre Gabriel Rodríguez fue a verla para saber de su situación física y emocional, lo que sembró una sonrisa efímera en la cara de Carmina, aunque por dentro anhelaba desahogarse con él. Ella quería confesarle a Gabriel el inmenso vacío que a diario se expandía en su hogar, el cual iba matando lentamente los fuertes vínculos que Carmina aún conservaba por sus padres y hermanos. Le urgía narrarle lo doloroso que era convivir casi entre hombres, cuyos rostros de lástima hacia ella emergían en los fugaces momentos cuando se encontraba con cualquiera de sus consanguíneos o su progenitor. Carmina también quiso expresarle que lo que más afligía a su corazón era el gélido trato que su madre tenía para con ella en todo momento. Pero no pudo hacerlo, pues Carmina fue acompañada de Alfonsina Atanacio, quien guardó celosa distancia de su hija para oír lo que le indicaran y ver todo documento para firmar o llevarse consigo.

De lo que ya no se enteró el Custodio federal Gabriel Rodríguez–aunque siempre tenía la sospecha en cada caso atendido– fue que una vez que Carmina entró a la casa familiar, su madre le exigió fríamente la entrega de todo el dinero recibido. Y lo hizo además delante de su padre, quien las esperaba en el comedor hojeando sin interés una vieja revista de artículos farmacéuticos. Sin mediar palabra y obedeciendo sin titubear, Carmina entregó los cinco mil pesos íntegros a Alfonsina Atanacio. Iba a retirarse a su habitación cuando su padre Volodio dio la orden de que se quedara y a la vez exigió a su esposa que contara cada billete. Terminada la labor, Alfonsina le dijo a su marido que todo estaba completo y a un chasquido de dedos de aquél, le indicó que le diera el dinero inmediatamente. Luego, parándose de la mesa, Volodio Luna salió de la casa para no regresar hasta casi la media noche, preso de embriaguez. De los cinco mil pesos, ni Carmina ni su madre se atrevieron a preguntarle que había hecho con ese varo.

Esta situación se volvió a repetir al mes siguiente, pero esta vez, Volodio Luna retornó con dos amigos también caídos en pulque. Con aire de macho encabritado, puso música ranchera a todo volumen y el ridículo trío despertó a toda la familia. Los hijos mayores trataban de calmarlo pero en vano fueron sus acciones. Solamente intervinieron con fuerza cuando su padre le pegó un chingadazo en el rostro a su esposa Alfonsina, tirándola al piso. Mientras la protegían sus otros vástagos, Volodio, endemoniado de ira, pudo entrar a la recámara de Carmina y jalándole la cabellera, la arrojó de la cama. Sin perder tiempo el hombre le gargajeó a su hija una sarta de groserías: perra, puta, culera, guila, malagradecida, hija de la chingada. Y a pesar de su estado etílico, Volodio iba a propinarle fuertes patadas en la cara y en el vientre a Carmina, pero dos de sus hermanos lo impidieron sometiéndolo contra la pared y aguantando el lenguaje soez de su enloquecido padre. Uno de ellos, alto y corpulento, de nombre Ismael, le rogó de sopetón: "Carnalita búscate otra casa, aquí ya no estás a salvo."

Aquella trágica noche fue la última que Carmina Luna Atanacio pasó en el hogar paterno. Aunque los lazos de sangre son muy fuertes para mucha gente, para otros, no significan nada. Sin embargo, esa madrugada tan terrible, tuvo un toque especial grabado permanentemente en la memoria de Carmina: fue defendida al igual que su madre por todos sus hermanos. La recostaron en la cama, poniendo ojos de lechuza a cualquier intento de agresión del encabritado Volodio, quien siguió en la sala pegando gritos y maldiciones junto a sus compinches de copas. Carmina pudo conciliar el sueño unas horas, sintiéndose tranquila con la vigilancia de sus carnales al pie de la cama, en tanto que el borrachín de su padre recibía aplausos de los amigotes sinvergüenzas tras cada improperio dicho contra su mujer y su hija, sin importarles un bledo. Finalmente, antes de caer en sueño profundo, un fugaz e imposible deseo surgió de la mente de Carmina: ¡Ojalá que en aquella maldita tarde en que fue violada, todos sus hermanos hubieran ido a auxiliarla con furor y venganza!

Amanecía en San Bonifacio con un cielo sin nubes, aunque anunciando con ventiscas la llegada de una tarde lluviosa, cuando Carmina fue llevada a la clínica de salud del pueblo, esperando obtener refugio urgente, ya que como protegida del programa AMPARADOS se permitía albergar por los días necesarios a toda mujer que fuera hostigada en el hogar familiar tal como le sucedió a ella por parte de su padre. Esto se lo habían repetido una docena de veces tanto los Custodios de Vientre como el personal de la clínica, pues era común enterarse de casos similares o peores a los de Carmina. El protocolo no era complicado: había que llenar un reporte de incidencias o motivos por el cual la embarazada ya no quería vivir en la casa familiar; también traer a algún testigo que corroborara la información escrita, luego firmar ese reporte bajo protesta de decir verdad y aguardar indicaciones. También se le pedía a la solicitante de albergue que llevara al menos tres cambios de ropa y su credencial del programa AMPARADOS así como su identificación oficial si era mayor de edad. Carmina estaba a menos de una semana de cumplir los dieciocho años, por lo que el encargado de la clínica le pidió a Alfonsina Atanacio quedarse con su hija algunas noches. El médico, hombre añejo en canas y arrugas, la atendió discretamente y con tono muy amable. También le dispuso una pequeña habitación de consulta que casi no se usaba y donde había un camastro y un baño en buenas condiciones. Tras revisar a Carmina, el galeno le ayudó a llenar el reporte, procediendo a notificar a las autoridades correspondientes, quienes le indicaron que resguardara a la joven embarazada por una semana mientras se hacían las gestiones para brindarle un espacio a Carmina en algún lugar de Guanajuato o en otro estado.

Aquellos siete días fueron un merecido alivio para Carmina, pero también para su madre y todos los varones de la familia Luna Atanacio. Así, sin decir adiós, hasta pronto…hasta nunca…que Dios les bendiga…los quiero y los perdono…que sean muy felices como anhelo serlo yo. Así, cerrados sus labios con el candado del dolor amargo y la rabia contenida, en una ley del silencio impuesto para con los suyos, que ahora le eran extraños; así se separó Carmina de su clan de sangre, pues en aquel momento de su vida, ella tenía algo en claro: no volver a la casa de sus padres nunca. Y por ende, tampoco a su querido San Bonifacio, su pueblucho natal.

En sus adentros, la futura madre jovenzuela parecía haber comprimido todo sentimiento negativo sin poderlo eliminar. La vergüenza se había reducido a una mancha en su inocencia derruida. Luego se percató que ni la humillación ni la repugnancia de su padre le afligía. Tampoco la amarga angustia, lacerante, de su madre. O las ojeadas de lástima de sus hermanos y cualquier gente de san Bonifacio, a excepción clara del párroco del pueblo, el único viento que soplaba a su favor. Éste era un sacerdote fuerte de carácter, que reprochaba enérgico, ya fuera en la homilía de la Misa, durante las catequesis o en la calle misma, a cualquiera que le hiciera gestos burlones o comentarios hirientes a Carmina. Le llegó a tener mucha compasión a la desdichada escuintla y la gente se percató, más temprano que tarde, de su mala actitud. La valiosísima intervención del clérigo brindó frutos importantes, a tal grado que el propio Volodio dejó de repudiar a su hija, e intentó hacer las paces con ella acudiendo a la clínica de salubridad, su refugio temporal. Pero pese a que el sacerdote día a día consolaba o veía por el bienestar de Carmina –obteniendo de ella un efímero semblante sonriente– al interior, su corazón estaba destrozado.

Porque en Carmina ese sentimiento destructivo muy perturbador había llegado para echar amargas raíces en su mente. No quería nombrarlo pero tenía nombre. No sabía explicarlo pero podía explicarse. Le brotó por vez primera mientras oía en la radio, junto a los Custodios de Vientre, la larga condena de cárcel contra su querido Jacinto. Este sentimiento de aniquilar lentamente a los mequetrefes que la violaron sin piedad, hizo reacción en cadena. Era mezcla de rabia y grito justiciero; de anhelada venganza e ímpetu de dañar, de exterminar; un ansia sin freno por liberar una fuerza tenebrosa que se nutría de todos sus pesares, de todas las sensaciones aberrantes que había padecido desde que fue víctima del tremendo ultraje sexual. Y la suma de todo ese sentir tan malévolo se llamaba odio.

Carmina sentía odio en su corazón. Los síntomas ya eran evidentes en ella semanas antes de marcharse de San Bonifacio: su sonrisa no se dibujaba en los pálidos pómulos; el color de su piel se le había ido, incluso aunque intentara maquillarse, parecía como sí el cosmético no hiciera efecto alguno. Su hermoso y lacio cabello azabache también estaba marchito, sin vida. Lo más terrible, sin embargo, era la extrema frialdad de su piel. Gélidas manos de cadáver, a pesar de que el cálido verano tostaba el pellejo de la gente expuesta al radiante sol. El médico del pueblo no tuvo respuesta ante este hecho. Y su madre Alfonsina no tuvo otra salida - ¿acaso había otra? - que contarle al párroco el escalofriante fenómeno. El cura, preocupado, les pidió a madre e hija que rezaran el Rosario diariamente poniendo las manos de Carmina junto a varios cirios pascuales encendidos. "La luz de los Corazones Sagrados de Nuestro Señor Jesús y su Madre Santísima le disipará el mal a tu hija" le dijo el purpurado a la espantada Alfonsina.

Quizá esto sea extraño para el lector ajeno al mundo religioso pero, misteriosamente, este ejercicio espiritual fue una poderosa medicina contra la frialdad inexplicable de Carmina. Las extremidades de la muchacha recuperaron su calidez lo mismo que la espalda, el cuello y su cara. Vaya, el cuerpo entero de Carmina antes de rezar el Rosario era hielo macizo. Más en el primer día de hacer la oración, el calor había regresado a ella y alguna que otra breve sonrisa. Todavía más: en cada Ave María, en cada Gloria, en cada Padre Nuestro, Carmina desahogaba muchísimo dolor cuan no decir sufrimiento. Su madre pudo comprobarlo al verla derramar harta lágrima pero sin sollozar.

Justo al medio día de cumplirse la semana en la que estuvo refugiada en la clínica del pueblo, arribaron los agentes Custodios de Vientre, Gabriel Rodríguez y Verónica Piña para firmar la orden de traslado de Carmina hacia un albergue para jóvenes gestantes en situación de abandono o maltrato. La saludaron con ternura alegre, pero a cambio sólo recibieron de aquella un gesto gélido e indiferente. Verónica le entregó una pequeña tablet con mucha música y videos juveniles, a manera de obsequio de los Custodios por haber cumplido sus dieciocho años, pero Carmina sólo les pidió que la sacaran lo más pronto de San Bonifacio, teniendo listo un equipaje mediano con algo de ropa y zapatos. Tanto Gabriel como Verónica comprendieron el mensaje y en menos de media hora desde su llegada, ya tomaban camino rumbo a la autopista federal.

Así fue como Carmina abandonó su pueblucho natal y también la oración por algún tiempo. Ni se llevó el Rosario, ni ningún crucifijo o escapulario que su madre Alfonsina y el párroco le rogaron portar, ni siquiera el librito de rezos que le dieron por su Primera Comunión. Así lo había decidido ella y la consecuencia directa fue el retorno voraz del odio en los recovecos antes vacíos de su corazón.

La consumía a cada hora el ánimo de la venganza, tal como un volcán en erupción expulsa su fuego devorador y no hay fuerza existente que logre abatirlo. Carmina no estaba consciente de qué diantres era ese caudal de emociones destructivas que la afligían, pero podía a veces, en la aparente calma del medio día, sentir el reproche o la angustia -¿acaso sería el miedo?- de la criatura albergada en sus entrañas. Y era inevitable, lo sabía la joven futura madre, que una vez que explotaban en su mente tales sentimientos de rencor, su refugiado hijo le respondía con pataditas incesantes por unos minutos. Sólo entonces, cuando Carmina movía sus manos en vaivén sobre el vientre, el misterioso ser cesaba la protesta. Así ocurrían las fugaces charlas entre Carmina y aquel oculto huésped desde hacía un par de días. Ella no emitía ni una palabra. Pero tan sólo con recibir los primeros puntapiés de la criaturita, la chamaca sabía que ese caudal de negatividad interna le incomodaba bastante al fetito.

Unos ojos profundamente tétricos.

"No hay peligro mayor que el de la eternidad; no hay riesgo más cierto que el de la muerte." Juan Eugenio Nieremberg. *Diferencia entre lo temporal y lo eterno.*

El programa nacional AMPARADOS del que Carmina Luna Atanacio era beneficiaria, le abrió las puertas a un nuevo albergue para mujeres embarazadas o madres solteras en condiciones económicas precarias. El lugar llevaba por nombre C.A.M. (Centro de Atención Maternal) "Concepción y Amor", siendo administrada por una asociación civil con fuertes vínculos a miembros importantes del movimiento nacional pro vida, tanto políticos como gente empresaria, quienes inyectaban vastos recursos financieros y materiales para brindar digna calidad de vida a través de adecuadas instalaciones, mobiliario, ropa y alimentación a mujeres encintas y madres en abandono.

El albergue se había construido en los límites de Guanajuato con el estado de Querétaro, en un paraje del pueblo mágico de San Miguel de Allende. Tal ubicación no era casualidad, más conociendo la alta plusvalía de los bienes raíces en esa zona de gran atractivo turístico del Bajío mexicano. En su origen, el enorme terreno fue donado por un grupo de estadounidenses retirados del ejército y otros miembros activos del poderoso Partido Republicano, cuya postura antiaborto se reconocía de antaño. Pero había un dato extra que sólo el gobierno de México resguardaba: el líder de esa agrupación conservadora, de nombre Richard Lionheart, era muy cercano al expresidente de Estados Unidos, Donald Trump, y lo que si se sabía públicamente, es que Trump era abierto defensor de la vida desde la concepción. De hecho, se sospechaba que fuertes montos de dinero de la fundación de Trump, se destinaron a la compra de terrenos para la edificación de albergues como el de San Miguel de Allende. Y es que, a raíz de la ley federal que prohibió el aborto en todo México, poco a poco, se empezaron a abrir centros de atención materna en varias ciudades del país y en cada inauguración, no sólo estaba presente el popular y polémico diputado Severiano Magón, sino también el cercano camarada de Trump, Richard Lionheart.

El C.A.M. "Concepción y Amor" consistía en un amplio edificio de tres mil metros cuadrados de construcción con terreno de sobra para expandirse de ser necesario. El estacionamiento se dispuso al lado de una arboleda frondosa de pinos y sauces, en los que se podía disfrutar de sombra a cualquier hora del sol además de algunas jardineras repletas de plantas y flores de la región. También había bancas para quien gustara deleitar el oído al cantar de las aves de paso o de las que tenían sus nidos en la copa de los árboles. Este lugar con frecuencia era el preferido para que las muchachas refugiadas recibieran a las visitas familiares y pudieran conversar en calma. Por dentro, este hospicio tenía cincuenta habitaciones cada una con cuatro camas individuales, guardarropa y un baño completo; lo necesario para dar cobijo hasta doscientas mujeres. También contaba con cinco aulas de aprendizaje, adecuadas para la enseñanza de la educación secundaria y preparatoria en modalidad abierta, pero además la directiva de este albergue tenía un convenio con la Universidad Autónoma de Guanajuato para brindar estudios profesionales a las jóvenes encintas y madres solteras que tuvieran el interés en cursar una licenciatura, asistiendo al campus de San Miguel Allende o por medio de la plataforma de internet según fuera el caso. Adicionalmente, el C.A.M. "Concepción y Amor" disponía de dos canchas de usos múltiples, un pequeño gimnasio y una sala audiovisual para el entretenimiento vespertino de la comunidad protegida. Y justo al llegar Carmina Luna Atanacio a su nuevo hogar, había setenta y seis mujeres bajo resguardo, once de ellas con hijos menores de un año.

Después de darle una sencilla y caritativa bienvenida por parte de la directora y parte de su equipo del C.A.M., Carmina fue instalada en una amplia y confortable habitación compartida con dos chamacas, que no rebasaban los quince años de edad. Ambas tenían el antecedente en común con Carmina de estar embarazadas por ultraje sexual y optaron por salir de casa debido al hostigamiento familiar. El acomodar así a las muchachas no fue azaroso. La jefa del área de atención psicológica revisaba exhaustivamente cada expediente y decidía qué adolescentes compartirían el espacio cotidiano, a fin de generar empatía y vínculos fuertes al hablar de sus tragedias personales.

Pero pasó una semana y ninguna entabló conversación con las otras, si acaso para darse un simple saludo de buenos días, evitando mirarse a la cara. Ya fuera por vergüenza o indiferencia, el trío femenino se mantuvo callado y no parecía que alguna de ellas quisiera romper el hielo del silencio. Siendo ésta la situación cotidiana y no observando conductas sospechosas de Carmina ni de sus compañeras, la jefa de psicología consideró oportuno intervenir mediante actividades que estimularan el diálogo de las tres embarazadas. Primero los invitó a participar en juegos recreativos, lecturas de cuentos acorde a su edad y les proyectó la aclamada película *"La habitación"*, acerca de una joven raptada varios años y que tuvo un hijo de su agresor, criándolo con obsesivo amor materno. Sin embargo, ni así se despertó el interés de hablar entre las chamacas. La terapeuta enfrentaba un problema que no parecía tener solución inmediata y pensó que lo mejor sería cambiar a otras habitaciones a las tres escuintlas, esperando que se soltaran a hablar con otras compañeras.

Fue entonces, durante una calurosa madrugada, que Carmina despertó gritando de una terrible pesadilla, empapada de sudor y temblando con desesperación. Alondra, una de sus compañeras, corrió a su cama para calmarla mediante un ligero abrazo. Carmina agradeció complacida el gesto y le contó su perturbador sueño, donde nuevamente el protagonista era el maligno chaparro que la había violado. El cuchicheo perturbó a Noemí, la otra adolescente, que yacía acostada de lado dirigiéndoles su mirada oculta por la suave luz de la luna llena que inundaba la alcoba.

Noemí se les unió a la conversación con una voz mucho más débil, apenas como susurro:

- Yo…también tengo pesadillas diario. Parecen tan reales que me quiero morir ahí mismo.

- ¿Ves a los que te….. a los que….te? – intentó preguntarle Carmina.

- Veo al que me violó – repuso de tajo Noemí-. No fue más que uno. Pero creo que jamás lograré que se vaya de mi cabeza. Es el hermano de mi novio, o más bien…de mi exnovio.

- ¡Tu propio cuñado! –gritó Alondra llevándose las manos a la boca– ¡Igual que a mí! ¡No, no puedo creerlo!

Noemí se incorporó del lecho y narró su historia. Fue una tarde mientras ella esperaba a su galán en casa de los padres de él, pues les había ido a ayudar en el negocio familiar ya que su hermano mayor se sentía muy agripado. La cosa es que él susodicho enfermo le pidió a la chica que le trajera unos medicamentos y al entrar aquella en la habitación, éste la sometió y bajo la amenaza de asesinarla hizo que se desvistiera, ultrajándola de inmediato. Tras el hecho, Noemí se marchó a su casa y no supo qué hacer. No tuvo ni la fuerza ni la confianza para contarle a nadie, ni siquiera a su abuela, su confidente, la violación sexual sufrida. Eso sí, se negó a responder los mensajes de Whatsapp y las incontables llamadas de su novio durante varios días, hasta que éste se paró frente a su familia rogando hablar con ella. Tanto sus padres como su abuela la presionaron para que encarara al muchacho y decirle en todo caso, que ya no quería seguir con la relación. Pero en vez de eso, les contó la verdad, hasta con detalles. El padre de Noemí se puso a llorar. La madre y la abuela en cambio se lanzaron enfurecidas contra el novio –que en realidad nada sabía del lamentable suceso– y entre empujones y golpes lo corrieron de la casa. Acudieron de inmediato a las autoridades y derivado de las investigaciones fueron a detener al violador pero ya había huido de la ciudad, y a la fecha, nada se sabía de su paradero. De paso, Noemí fue escoltada por Custodios de Vientre registrándola en el programa federal AMPARADOS tal como a Carmina y a Alondra. En casa, sólo su abuela se compadeció de ella pero al no tener medios para ayudarla, Noemí decidió salirse del hogar familiar.

El caso de Alondra por el contrario, aunque parecido por la afinidad con el transgresor sexual (su casi cuñado), tuvo una circunstancia diferente. No entró en detalles, pero les explicó a sus compañeras que a ella le gustaba el hermano de su novio. Y antes de que ocurriera el ataque, ella le lanzó algunas miradas coquetas y le insinuó en privado lo guapo que era. Otro error que admitió la puberta es haber aceptado ir con él a dar la vuelta a las afueras de la ciudad y de paso, beber cerveza juntos hasta quedar muy ebria. Lo que siguió apenas y lo recordaba. Sólo se percató al despertar que su teléfono celular marcaba las tres de la madrugada y estaba desnuda al lado de su cuñadito, también caído de alcohol. Para cuando aquél se incorporó, Alondra le dijo que la llevara a su casa, más no le hizo caso, sometiéndola para violarla como perro en jauría. Incluso estuvo a punto de asfixiarla, pero por fortuna, una patrulla policiaca hacia una ronda en aquellos parajes abandonados. El tipo fue detenido y enjuiciado. Aceptó su culpa aunque argumentando que Alondra había sido quien lo sonsacó a beber y a tener relaciones sexuales. Aparte, una vez que se dio la concepción, éste negó que el hijo que ella esperaba fuera de él. Se le sentenció a cinco años de prisión, pero logró obtener el indulto de los padres de Alondra a cambió de doscientos mil pesos, purgando sólo cinco semanas de encierro. Para ella, por desgracia, su vida se trastornó en constantes humillaciones de su familia, aparte de entregarle a sus progenitores, todo el dinero que recibía mes a mes del programa federal AMPARADOS tal como le sucedió a Carmina.

El resto de la madrugada se esfumó al son de anécdotas chuscas o algunas más amargas que las muchachitas se relataron en voz baja, sentadas en círculo sobre el piso frío para refrescarse del intenso calor veraniego. A Carmina le cayó muy bien romper el sepulcral silencio que impregnaba su trastornada personalidad. Generó mucha simpatía con aquellas escuintlas, que empezaron a verla y tratarla como si fuera una hermana mayor. Hubo momentos en que ella enjugó las lágrimas de Alondra y de Noemí, ya en esa alcoba compartida, ya en los amplios jardines del albergue "Concepción y Amor". El personal de psicología y de ginecobstetricia se alegraba de mirar a aquel particular trío femenino unido en la solidaridad por la tragedia común. Aunque muy en el fondo de su mente, Carmina Luna Atanacio no podía engañarse a sí misma. Esas compañeras de habitación no eran sus hermanas auténticas, jamás serían su familia. Podría recurrir a ellas para desahogar su pena, contarles sus pesadillas, quizá hasta hablarles un poco de la vida que tenía antes de sucederle el salvaje ataque sexual. Pero fuera de eso, y de las circunstancias cotidianas que la convivencia le ofreciera, Carmina anhelaba estar en algún lugar donde nadie supiera de su desgraciada existencia, donde pasara desapercibida, donde cualquiera pensara que ella era una persona de lo más común, sin nada importante que contar.

ΔΔΔ

Los meses corrieron a cuenta gotas, sin que ninguna anomalía afectara la gestación de Carmina, Noemí y Alondra. Durante el chequeo médico de la primera, en el quinto mes de su preñez, el ultrasonido reveló que era un varón el que residía en su vientre juvenil. En aquellos días, una amable monja que daba ayuda voluntaria en el albergue, se compadeció sobremanera con Carmina y le brindó consuelo como nunca antes ni después llegó a recibir de una persona desconocida. En realidad se entabló entre ambas un fuerte vínculo afectivo, al grado tal que impactantes confidencias salieron a flor de piel. Resultó que esta religiosa, de nombre Gudelia, también fue abusada sexualmente a los diecisiete años.

El culpable: su propio padrastro. Para la monja Gudelia no fue sencillo narrar su historia, pues el recuerdo amargo la hacía sollozar con tartamudeos. Cabizbaja y mirando el piso del patio principal del albergue, controló el lagrimeo, narrándole a Carmina:

- Al principio mi padrastro era bueno conmigo, pues había sido amigo de mi papá quien murió cuando yo tenía unos diez años. Él me trató con cariño y hasta intercedió a mi favor las veces que mi mamá me regañaba por cualquier tontería. Pero al cumplir mis trece años, noté que me empezó a mirar extraño, así, como miraba a mi mamá cuando quería abrazarla y darle besos. Claro que esto sucedía estando solos él y yo, pero nunca sospeché que sus intenciones eran violarme en algún momento.

Carmina observaba atenta a la monja Gudelia; aquella, tras una pausa pronunciada, suspiró:

171

- Para cuando cumplí quince años, me hicieron una fiesta muy bonita, con muchos chambelanes e invitados, hasta tuve mariachi por una hora y un pastel enorme, riquísimo, aun lo recuerdo – dijo mientras se humedecía los labios con su lengua rosada-. Pero a partir de ahí sólo fue cuestión de tiempo para que él buscara tenerme vulnerable y hacer su maldad. Yo podía eludir estar en casa ya que procuraba ir con mi mamá de compras, o meterme a clases de guitarra por las tardes, de manera que mi padrastro no podía tenerme a solas en el hogar. Pero cierto día, cayó una fuerte tormenta. Yo iba a ir a mi clase de música, pero mi mamá le dijo a este hombre que no me permitiera salir por riesgo a mojarme…– Gudelia se llevó ambas manos al rostro y musitó con pesadez-: ¡ay! ¡ojalá mi mamá me hubiera dejado empaparme o que hasta me cayera un rayo esa tarde de horror! Una laguna gris cubrió el cielo y para colmo de males, se cortó la electricidad...y ahí fue donde el barbaján malparido me atacó...No lo vi venir, no lo vi venir. Me puso en la cara un trapo que olía raro, obligándome a respirar y caí desvanecida. No supe más de mí.

- ¿No tuvo forma de despertar? ¿Quizá de gritar por ayuda a alguien cercano? – indagó Carmina temblando de nervios.

- Fue tan rápido. Me empecé a sentir mareada y luego un desmayó imposible de parar. Desperté semidesnuda, me dolía mucho abajo, –y señaló hacia su pubis- sabía que algo terrible me había pasado. Mi padrastro estaba, curiosamente, en la recámara con mi madre haciéndole lo mismo que a mí, con la diferencia de que a ella le fascinaba y además era su voluntad. Al día siguiente supe por ella que cuando llegó a casa, él le dijo que me había quedado dormida, bien arrullada con el goteo de la lluvia y le pidió que no me despertara.

La mujer del hábito monacal presintió en los ojos de Carmina que le haría esa pregunta inevitable:

- Y si, y si… -prosiguió Gudelia tocándose el vientre– me engendró una criatura. Lo supe al mes y cachito, mi regla se detuvo. Nunca me había ocurrido desde que tenía once años. Y lo peor es que él lo sabía, no sé cómo, pero le noté en su cara un nervio de que yo le contara a mi mamá que no me llegaba el periodo. Era tanta mi confusión que no vi el plan que este malvado barbaján tenía listo. Una mañana mi mamá había ido a atender un asunto de su trabajo, cuando de repente, mi padrastro me levantó en friega y nos fuimos a un pueblito como a una hora de nuestra casa. Llegamos a una bodega abandonada y ahí me obligó a entrar con una mujer de horrenda cara, chaparrita y ciega de un ojo. Parecía una auténtica bruja, hasta se me pone chinita la piel de recordarla. Ella me metió a la fuerza a un cuartucho asqueroso y con la ayuda de otras dos muchachas grandulonas y rudas, me sujetaron bien duro. Así de sopetón, la bruja me hizo beber una porquería y luego me golpeó mi vientre unas cuatro o cinco veces.

Carmina estaba atónita con sus ojos saltones paralizados.

- Vieja desgraciada...vieja maldita...¡ay Diosito Santo, perdóname –dijo la monja Gudelia arrepentida y persignándose-. ¡No debo maldecir a nadie! Pero mira Carmina, con esa cosa que me hizo, al día siguiente empecé a sentirme muy mal y un tremendo sangrado me salió de abajo, al grado tal que mi madre se espantó y me llevó volando con el doctor. Aquél me hizo varias preguntas y terminé por contarle lo que posiblemente mi padrastro me había hecho en mi cuerpo, sobre todo en mi parte ín- tima. Mi madrecita gritó como nunca lo hizo antes, ni siquiera cuando mi padre la dejó viuda. El doctor, consternado, nos aclaró que yo había tenido al parecer un aborto natural. Fue entonces donde algo me dio valor, creo que fue la Virgencita de Guada- lupe –y se persignó con reverencia– y les conté sobre la anciana bruja y sus ayudantes a quienes me había entregado mi padrastro. La cosa cambió entonces, pues el médico llamó por teléfono a la policía y me llevaron para ser interrogada acerca de las dos desgracias que me pasaron, quiero decir, la violación de mi padrastro y el aborto que me produjo aquella vieja mala.

- Pero supongo que no hubo justicia para usted...esa gente malvada nunca paga –alegó Carmina con ojos cerrados y el ceño fruncido.

- No he terminado –le dijo serenamente Gudelia tomando las heladas manos de Carmina-. Un juez ordenó de inmediato detener a mi padrastro. Lo agarraron justo en su trabajo, delante de todos los empleados y algunos hermanos suyos, pues tienen un negocio familiar. Una empleada que aborrecía a mi padrastro porque la hostigaba a diario para obtener favores carnales, me contó que él, tras ser arrestado, chilló peor que un cerdo al matadero. Fue necesario que le dieran algunos golpes en su pansota chelera para someterlo y llevárselo en la patrulla. Se le acusó tanto de haberme violado como de que abortara en contra de mi voluntad. Y hasta eso el juez tuvo algo de cle- mencia: le dio quince años de cárcel en vez de treinta. Pero antes de cumplir el año encarcelado, amaneció bien muerto. Se cortó el cuello con una cuchilla de afeitar de contrabando.

Carmina se tapó la boca de la impresión. Gudelia respiró hondo. Luego, mor- diéndose el labio superior, soltó el aire en lento bisbiseo:

- Y bueno, a la bruja que mató al hijo que llevaba en mi vientre, le tocó la justicia de arriba. Iba la policía a detenerla no sólo por lo que me hizo, sino por haberle causado la muerte a otra mujer que se infectó gravemente tras hacerle un aborto. Ella trató de escapar por la azotea de su casa, escondiéndose. Pero nadie se explica cómo, de repente, se tropezó y cayendo desde lo alto fue a dar justito justito hacia una cruz de roca maciza, una antigua cruz que era de la parroquia de ese pueblito y que la había conservado la familia de un viejo cura, a la entrada de su casa. Tras golpearse, esta acólita del diablo se partió cabeza y cuello. Dicen que murió al instante, que no sufrió. Pero muchos creen que no fue así. El único ojo que le servía, lo tenía abierto, rodeado de su añeja y malvada sangre, y era de total espanto en ella, como si antes de expirar viera en un fugaz instante la Ira de Dios Todopoderoso –Gudelia hizo una

173

reverencia con sumo temor– y de paso al séquito de demonios listos para llevarse su alma al infierno y atormentarla sin fin.

- En mi caso, por desgracia –dijo Carmina con voz amarga- los canallas que me desgraciaron seguro andan bien quitados de la pena o hasta ya le jodieron la vida a otras estúpidas como yo. Y ni que decir de mi querido Jacinto, inocente de todo lo que se le acusó... ¡Si llega a salir, será cuando sea un anciano! Y de mis padres y hermanos... bueno, ya no quiero saber nunca más de ellos.

- Mira hija –le dijo compasivamente la monja Gudelia a Carmina, tomándole las manos-, nos tocó padecer estas terribles pruebas, cada una a su modo y no tiene sentido vivir con odio hacia nuestros enemigos, pues no seremos nosotras quienes ajusten cuentas con ellos.

Carmina separó con brusquedad sus manos de las de Gudelia al tiempo que le puso una mirada desafiante:

- A los malditos que me hicieron esto, ¡daría la misma vida de este escuintle que llevo dentro y al que ya no soporto, con tal de verlos sufrir por horas, o días...o meses! Que me suplicaran matarlos y no darles ese regalo. Vaya que me he imaginado torturas para disfrutar...vaya que si...el platicar en las madrugadas con mis amigas Noemí y Alondra me ha permitido descubrir lo increíblemente vengativas que somos las mujeres cuando odiamos con las vísceras.

Gudelia trató de calmarla sosteniéndole esos ojos furibundos con los suyos de caridad. A un lado de ambas, pasó una muchachita quinceañera portando una pancita maternal de casi nueve meses, al tiempo que les sonreía.

La religiosa le habló serena:

- Carmina. Carmina querida. No puedo imaginar el sufrimiento que te aqueja y peor todavía, me niego a creer que el remedio definitivo para quitártelo, sea el vengarte con toda la saña y salvajismo habido y por haber. Yo deseé por varios meses destripar y mutilarle su cosa horrenda a mi padrastro, dársela a los perros, rociarlo de gasolina y quemarlo vivo. Te lo juro por mis papacitos. Pero eso me hizo padecer peor que cuando aborté a la mala. Tuve unas pesadillas espeluznantes, nunca antes soñadas. Es más, creo sin duda que vi una parte del infierno. Creo totalmente que en esas visiones horrorosas estaban las almas atormentadas de mi padrastro y de la anciana que me mató al niño en mis entrañas.

- Para mí, eso del infierno creo que es más un cuento. Si hay infierno, es aquí, aquí, donde ahora estamos.

- Si al menos me dejaras terminar –le dijo ya en tono preocupado Gudelia a Carmina, pero ella suspiró indiferente. La monja continuó:

- Tal vez Dios, la Virgencita María o mi ángel guardián me llevaron en los sueños a mirar como verdaderamente están pagando por toda la Eternidad estas personas que me hicieron daño. Porque mira querida niña, en esas pesadillas a mí no me pasaba nada de nada. Sólo fui fiel testigo de las torturas diabólicas que me dan un enorme pavor sólo de recordarlas. Los demonios en su reino no tienen límites para destrozar de incontables maneras las almas de los desgraciados pecadores.

Carmina volvió a interrumpir:

- ¡Ay hermana Gudelia! Ya me dejó intrigada, pues ¿acaso hay seres más malvados que los propios hombres en la tierra? Me trata de decir que los diablillos son tremendamente incomparables a los malditos perros que me atacaron, o a otros cabrones que violan y despedazan a mujeres y niñas peor que bestias, y que no le temen a la muerte? ¿Ha visto las noticias que a veces salen en la televisión del albergue? No se vaya a enojar conmigo, pero la he visto persignarse seguido cuando sacan esas cosas horripilantes, así que dígame en serio si más bien el infierno no lo sufrimos aquí.

- El que yo me persigne es para pedir por las ánimas de esa gente inocente asesinada como dices. Y de paso pedirle a Dios Santísimo nos libre de esos males. Pero te suplico me dejes contarte algo más. Si después de esto decides no creerme, es tu decisión. Yo habré cumplido.

La muchacha pueblerina asintió con la cabeza, con cierta mueca irónica.

- Bien. Recuerdo claramente las dos pesadillas más grotescas. En una estaba mi padrastro, tirado bocarriba y con un rostro de miedo supremo. Lo que ví fue su alma, que se parece mucho al cuerpo humano, pero en vez de tener piel o ropa, lucía pintado de gris oscuro y carcomido, como al descarapelarse la pintura de una pared. Él se veía desesperado por gritar pero no podía. Algo muy poderoso y tétrico no lo dejaba. El lugar era en verdad siniestro: un enorme túnel de drenaje nauseabundo, con unas cucarachas negras del tamaño de un zapato grande y ojos furibundos. Además volaban y yo oía su horrible aleteo como chillidos de cerdo, y todas se reunían sobre el alma de mi padrastro, que nada pudo hacer para escapar. Entonces, se oía otro terrible grito, de ultratumba, como el de la maldita llorona que algunas personas que acampan en los bosques han dicho que se escucha repentinamente a lo lejos y en pocos segundos lo vuelven a oír muy cerquitas. Y vaya, con ese alarido, las malditas cucarachas empezaban a devorar sin piedad a mi padrastro mientras aquel seguía sin poder exclamar su tormento. Luego, aparecieron dos diablos, y sin decir nada, con todo y esos insectos detestables tragándose el alma del desgraciado, lo tomaron de los extremos, estirándolo con fuerza hasta partirlo por la mitad, como si fuera un bolillo duro. El diablo más grande, aparte de ser el más horripilante de rostro, porque sus ojos eran de un raro fuego negro y su boca tenía afiladas navajas por dientes, se quedó con la cintura para arriba y su compañero con el torso hacia abajo. Lo que siguió fue horripilante. El alma de mi padrastro, sufría agonizante en ambas extremidades, la violación de estos seres infernales. El más abominable le introducía su cola y algo más asqueroso en la boca y en los ojos. El otro, con unas garras incandescentes lo humillaba por lo que alguna vez fue su fundillo, como le dicen en mi pueblo al orificio rectal. Tras culminar el cruelísimo suplicio, arrojaron ambas mitades a un agujero enorme donde continuaban devorándolo esas cucarachas terroríficas. Y justo ahí, solamente

175

en ese instante, alcancé a oír una vocecilla escabulléndose del interior de su ser. Es como si todo su dolor se acumulara en una fracción de tiempo y explotara en un grito intenso, pero, extrañamente, sólo se percibía como un susurrillo insignificante, aunque lo suficientemente claro para oír tres palabras: "Dios mío, perdóname..."

Yo te juro que quería pedir por él, para que lo dejaran en paz, porque no merecía sufrir así. Después de todo, antes de lo que me hizo fue amable y solidario conmigo. Pero en ese momento una voz profunda me decía, "No desperdicies oraciones por él. No hay más que hacer. Si ellos –supongo se refería a los diablos – quieren dejarlo unas horas o hasta un día, será su decisión. Pero...¿qué es un día, o dos, o cien, o mil o un millón, en la Eternidad? Así concluía esa voz con tono severo y a la vez de lamentación por ver el horrorosísimo castigo a mi padrino que me atacó sexualmente, después me obligó a abortar y ya en la cárcel se suicidó.

Carmina Luna Atanacio miraba atónita a Gudelia. Sus manos, de la nada, empezaron a temblar. La monja cerró sus ojos un momento, luego expuso unos ruegos a Dios y tras un silencio prolongado, narró la segunda pesadilla:

- La otra visión es la más terrorífica, trata de no preguntarme detalles, pues eso me altera demasiado. Primero que nada, el lugar del averno en el que ocurrió era un inmensísimo valle. No se le veía inicio ni fin. Sobre la superficie había extraños fuegos danzantes, que esperaban ansiosos la llegada de algo. Además, a gran distancia una de otra y desde una inmensa altura, se veían escalofriantes cabezas de animales deformes, oscilando macabramente. Yo veía desde lo más alto del valle avanzando a una increíble velocidad y entre tanta testa horrenda, el lugar parecía no acabarse nunca. Finalmente, una voz poderosa, dijo: AQUÍ. En ese momento me detuve y vi la cabeza gigante de una cabra negra, como del tamaño de un edificio de diez pisos, y su vaivén lo hacía colgando de una larguísima cadena. También recuerdo que cada eslabón era una enorme serpiente negra mordiéndose la cola.

Entonces pude ver clarito, así como ahora te miro yo, Carmina, a la anciana que me hizo abortar. Salía de una de las cuencas ardientes de la cabra infernal, gimiendo de espanto como creo jamás he oído ni oiré a alguien de este mundo o del más allá. Sus chillidos hacían eco en todo el maldito valle y los fuegos danzantes que se veían lejanos, apostados en la superficie, le respondían con macabras burlas. Yo seguí viendo a la bruja condenada. Su rostro estaba todo inflado, como un globo a punto de tronar. Peor aún eran sus ojos azabaches, y de los que en vez de lágrimas, le escurría sangre podrida repleta de larvas ciegas y afiladas como cuchillas. Ésta seguramente fue la causa de que tuviera esa jetota, pues la tenía repleta de bichos por dentro, y de tantos que eran, le iban reventando su piel espiritual.

Carmina entonces hizo un ceño confuso, pero Gudelia le aclaró rotunda:

- Si, ya sé que quieres preguntarme a qué me refiero yo con lo de piel espiritual. Pues para no desviarme en explicaciones más raras, acuérdate que te dije que cuando vi la cruel tortura contra mi padrastro, él no mostraba un cuerpo como el que tenemos en este mundo, pero de que tenía un cuerpo que sufría en la dimensión infernal, vaya que lo tenía. Y lo peor, es que por más que lo destrozaran tanto los dos diablos como esas cucarachas gigantes, el alma de mi padrastro ya no podía morir. Su cuerpo espiritual ya no para de sufrir tras los tormentos grotescos, no puede.

- Lo único que imagino ahora es la plastilina –dijo Carmina algo intrigada-. En la escuela varias veces hice manualidades con ella, desde figuras geométricas hasta muñecos y ni como saber si la plastilina sufría.

- No, no mi niña –le aclaró la monja Gudelia-. La plastilina es algo artificial, no hay vida ahí. En el mundo espiritual, en cambio, sólo hay un cuerpo inmortal que viaja o se mueve por el Cielo, el Purgatorio y el Infierno. En definitiva, lo tenemos toda la gente, pero aquí en la tierra se halla encerrado en el cuerpo físico. Es el que mira, el que oye, el que siente, el que reconoce sabores y olores, pero cuando fallecemos, el alma sigue su recorrido a alguno de esos mundos, donde ya no hay tiempo. El Cielo lo imagino como un gozo infinito y hermosísimo, pero el infierno, el infierno… en fin, si ya más o menos me has comprendido el ejemplo, prosigo.

Carmina asentó mirándola atentamente y Gudelia soltó la lengua:

- Bueno, pues te decía… esa vieja mata niños se llevaba ambas manos a su rostro con insoportable dolor. Esto hizo que ella se precipitara hacia el hocico de la cabra negra que la engulló tal cual un sapo se come a una mosca. Luego estuvo triturándola con sus fauces, mientras se oían burlonamente miles de voces demoniacas. ¡Esos siniestros balidos me perturban solo de recordarlos!

Carmina Luna se echó atrás de botepronto. Resulta que Gudelia por un segundo mostró unos ojos profundamente negros, muy tétricos. Luego, el iris se tornó pardo natural, pero la adolescente mantuvo su distancia, con la piel y vellosidades electrizadas.

- ¡Sus ojos, hermana Gudelia! –dijo Carmina presa del espanto.

- Lo sé –replicó con frialdad la monja– .Por algo dicen que los ojos son el espejo del alma. Y por eso no me gusta recordar esta pesadilla y menos narrarla. Por favor, no le cuentes a nadie de esto que acaba de pasarme. Procuraré ir al grano, aunque no es sencillo.

Carmina la alentó a seguir, sintiendo un extraño pavor mental.

- Pues bueno –dijo la monja- la cabra mostró una lengua negra como el chapopote de la que salía un espantoso humo, y escupió a la anciana del hocico. Aquella estaba cubierta de una lama podrida, con incontables moscas entrando y saliendo. El alma de la mujer seguía gritando pero con esa baba cubriéndola, no se oía nada. Poco después, una fuerza invisible la levantó y la hizo quedar frente a la testa de la cabra, la cual dejó de moverse. Pude ver que su vientre también empezó a hincharse con rapidez y al estar presa en esa saliva asquerosa, su barriga inflada logró romperla. Pero al hacerlo su alma quedó deshecha, como si a una persona la quemaran con ácido y gasolina a la vez. La mujer chilló con una fuerza descomunal y yo quería no ver más, ansiaba tanto irme de ahí. Pero en vez de eso, presencié su panza gigantesca, de la que comenzó a parir a unos pequeños monstros mitad demonio y mitad animal, que lo mismo la rajaban por dentro con grotescas llagas o con sus macabras garras se divertían brincando en la que alguna vez fue su útero. El primero de los paridos se metió a la boca de la anciana para ahogarle los tremendos quejidos. Los otros, al menos unos diez, tenían varias cabezas de zopilotes, cuervos, ratas de caño, diablillos con ojos blancos bordeados de sangre colérica y colas de serpientes de fuego. Todos ellos giraban sus cuerpos de maneras tan extrañas que nunca he visto algo similar en la tierra, ni por animal o por ningún ser humano por más acróbata que sea. De pronto vi que ya no estaba la cabeza de la cabra. En su lugar, flotando por un aliento tenebroso, apareció un príncipe de los avernos al que incontables voces tenebrosas aclamaban al unísono con el mote de *"el señor de las moscas"*. Era en verdad lo más horrendo que puedas imaginar en sueños, ¡y no le deseo a nadie topárselo en esta vida o en la que sigue! Puedo sólo decirte que en sus ojos y boca infernales ví los rostros de muchísimas almas convertidas en larvas de mosca. En verdad que no hay ser jamás creado por el hombre ni en el arte, ni en el cine ni en su imaginación, que iguale a cualquier criatura infernal.

La monja Gudelia volvió a mutar. La piel de su rostro, con tinte trigueño, se tornó de blanca palidez y sus manos temblaron incesantemente. Carmina ya no dudaba más: el infierno existía y no sólo en el relato de la religiosa confidente, también en otra realidad aparte. Trató de abrazar a Gudelia pero aquella la apartó con sus manos tembleques y le pidió rezar juntas un Padrenuestro, el Ave María y el Gloria. Sólo así pudo retornar la paz a su mente, aunque su tez seguía pálida. Luego, con aire resignado, culminó su relato:

- Oí que *el señor de las moscas*, habló con terrorífica voz. Al principio se parecía a la de un gato que maulla presa del miedo y lo que dijo no se entendía en ninguna lengua creada en la tierra. Pero después esa voz se transformó de inmediato. Su sonido era similar al de millones de aleteos de insectos atacando a niños pequeños, gritando en vano por auxilio. Entonces, los monstros paridos por la vieja bruja se le iban por toda el alma y lo mismo la mordían, como la desgarraban y le mutilaban lo que ellos quisieran. Uno de estos abominables seres, con aspecto de un caballo sin cabeza y cola de escorpión azabache, la picó en un ojo, hinchándoselo hasta reventar con pus verdosa e hirviente en la que nadaban unas ratas gris oscuro, pero con cintura y piernas humanas. Repentinamente, el señor de las moscas sujetó la cabeza de la anciana maldita y de un jalón la decapitó. Los restos de su alma, con todo y sus demoniacos engendros pegados a ella, los pateó con furia cayendo hasta el fondo del valle, en la que los fuegos danzantes, ansiosos tal cual hienas hambrientas, les dieron dolorosísimos tormentos que ya no describiré. Lo que si vi clarito, pero bien clarito, fue al príncipe infernal poner la cholla de la mujer abortista frente a él. De su deformada boca se fugó el diablillo que la había silenciado momentos atrás. Con voz muy lastimada, el alma de la mujer – o al menos lo que sobró de ella - le suplicó al demonio que se la tragara pronto. Pero en vez de eso su verdugo la partió de un golpazo con una pezuña, oyéndose como un relámpago terrible y quedando un espectral reguero. Otros demonillos recogían los pedazos más grandes y se los llevaban al señor oscuro, que en vez de devorarlos....en vez de......tragárselos...

La monja Gudelia suspiró un momento y con los párpados caídos dijo:

- Lo que hizo fue...tallarse con ellos su asquerosísima cola, de la cual le salían incontables moscas, cucarachas, larvas y otros insectos rastreros. Por cierto, no me preguntes cómo, pero el olor que desprendía ese demonio jamás lo he olido en animales muertos tras varios días, ni al pasar cerca de desagües tapados o repletos de aguas negras, ni tampoco al tirar huevos podridos o comida descompuesta. Es un olor que te obliga a vomitar y marearte sin fin. ¡Terrible!

Gudelia se tapó nariz y boca y abriendo los ojos, retiró la mano del rostro para culminar su relato:

- Súbitamente, este engendro alzó su infernal cabeza y me miró a profundidad, dejándome paralizada de un horror inconcebible, al grado tal que por poco y seguro arrastra mi espíritu hacia él. Porque créeme mi Carmina que seres de maldad absoluta como el señor de las moscas, gozan de un poder enorme para destruirnos. Afortunadamente una fuerza celestial más poderosa me llevó lejos de este maldito ángel caído, y en aquel momento disfruté de una paz tan maravillosa como nunca más he sentido, ni en sueños ni despierta. Lo último que recuerdo es haber visto tenues sombras y me desvanecí hasta despertar.

Un largo silencio consumió los últimos rayos de sol, tiempo que contemplaron tanto la religiosa como la jovenzuela encinta. Una inmensa parvada de pajarillos cubrió el trozo celeste del patio del albergue, cuando de pronto cayó una de las aves cerca de los pies de Gudelia. Su lento respirar indicaba que iba a expirar en unos segundos, tal vez por vejez, tal vez por alguna herida o enfermedad. La monja se compadeció del animalito tomándole en sus manos, y sin decir palabra, alejose de Carmina a pasos lentos para perderse en el largo pasillo que conducía a la salida del recinto.

ΔΔΔ

Por la noche, el trío femenino compartió parte de las vivencias del día. Al parecer, nada relevante merecía ser relatado. Alondra pasó casi todo el tiempo en la habitación, durmiendo profundamente tal como le ocurría a cualquier mujer durante la gestación, según le explicó la ginecóloga. Noemí se entretuvo haciendo yoga para embarazadas, descubriendo su gran flexibilidad en piernas y espalda, convirtiéndose

179

en la alumna ejemplo de la instructora de esta disciplina ancestral. Como punto importante, les dijo a sus amigas, que el yoga combinado a la meditación le permitió encontrar una paz indescriptible con la cual se sintió muy feliz. Carmina por su parte, sin dar detalles de su charla con la monja Gudelia, le preguntó a sus amigas si creían en el infierno o si pensaban que era puro cuento.

- ¿A poco te llegaron a amenazar con irte al infierno si abortabas al bebé? – dijo irónica Alondra mientras se sobaba el vientre.

- Eso alguna vez me lo mencionaron pero fue hace años, cuando tomaba catequesis para mi primera comunión – le explicó Carmina.

- No es que sea algo tonto, pero si lo preguntas ahora es que quizá te inquieta eso – repuso Alondra seriamente-. Digo, a mí si me advirtieron cuando recién quedé embarazada que podría caer en el maldito infierno y sufrir castigos por toda la eternidad si llegaba a abortar. Pero, ¿tú si lo crees?

- Hasta ayer no creía, bueno, todavía hoy terminando la comida, no me creía la existencia del infierno –asestó Carmina la primera duda.

- Algo canijo debiste haber visto o quizá leíste historias de terror –intervino Noemí al tiempo que estiraba sus largas piernas.

- Ambas cosas –le replicó Carmina– y les juro que pasé harto miedo.

- Pues tendrás que contárnoslas y al detalle bien detallado como dice la hermana Gudelia– le dijo Alondra ya con escéptico suspiro.

- Pues que chistoso que la menciones Alo –dijo Carmina- pues precisamente por ella supe de que el infierno es tan real como que hay un cielo, y tan seguro seguro, que mañana saldrá el sol.

- Viniendo de una monja o de un padrecito, obvio es que tienen que decirnos que existen esas cosas, Carmi – exclamó Alondra encogiéndose de hombros.

Carmina comenzó a narrar una historia casi similar al que su confidente Gudelia le había dicho. La única diferencia es que en vez de describirles a sus compañeras de cuarto la tragedia de la monjita, les aclaró que se trataba de una amiga de la infancia de aquella mujer de convento, esto con el propósito de guardar la auténtica identidad de la víctima de violación y de sus victimarios, esto es, el padrastro de Gudelia y la anciana comadrona que la hizo abortar.

Al concluir las dos pesadillas, Noemí se mordisqueaba las uñas. Alondra en cambio, seguía con desplante dudoso. Sin pelos en la lengua, le dijo a Carmina:

- Nos dijiste que creías ya en el infierno porque habías escuchado historias de terror y porque viste algo canijo, algo que te dio haaarto miedo. Pues eso es lo que no nos has contado.

- Esperaba que me evitaras hablar de eso Alondra -advirtió Carmina con mueca nerviosa-, luego prosiguió:

- Cuando Gudelia me estaba describiendo que la cabeza de la cabra negra hacía balidos horrorosos, pude mirarle unos ojos más oscuros que la noche. Todas sabemos que ella tiene ojitos lindos, color de miel, pero por un instante, parece, creo, bueno no sé....yo pensé que la cabeza de la cabra infernal la había poseído.

- ¡Carmina! ¡Dios mío! –gritó sorprendida Noemí– ¡Tu piel está toda chinita, se te pararon los pelos! Ya no me cuentes más, que esas cosas atraen al diablo.

- No diré una palabra, te lo juro amiga –concluyó Carmina.

- Yo...mira, Carmina. ¿Qué te puedo decir? –dijo Alondra– Pensé que ibas a hablarnos de ver gatos, cuervos o el famoso perro negro; o que se cayeron objetos y se oyeron voces. Lo que la gente llama cosas del más allá. Pero lo de checar como los ojos de la madre Gudelia se le pusieron muy oscuros... ¡eso si te la creo! Chequen bien. Una vez jugando a la ouija con mis amigas de la escuela, estuvimos una hora dándole a la méndiga tablita. No ocurrió nada. Pero justo cuando íbamos a dejar la chingadera en paz, sucedió lo que tanto queríamos, que nos contactara algo del más allá. Lo más extraño, Carmina, es que el ser que nos respondió algunas preguntas nos reveló que su antiguo nombre era el de la cabra maldita. Entonces, saqué una foto con mi celular a mi compañera que manejaba la ouija en ese momento. Con el flash no pude ver mucho, pero al estar revisando el carrete esa noche, ví claramente como sus dos ojos estaban totalmente negros. Y vaya que me espanté mucho y hasta tuve pesadillas varios días seguidos donde me perseguía una sombra gigante con aspecto de cabra.

- ¿Y cómo te libraste de eso? –indagó Carmina.

- Pues, no vayan a reírse....en serio....pero logré dormir muy tranquila rezando y rezando. En aquel tiempo mi abuela me enseñó a rezar el Rosario y vaya que fue el mejor remedio –mencionó Alondra con aire satisfecho.

Entonces Carmina se acordó de las veces que oraba con ayuda del párroco y de su madre Alfonsina Atanacio, tanto el Santo Rosario como otras devociones. Pero consideró innecesario sacar el asunto con sus compañeras de cuarto, dejando que cada una se llevara sus propias reflexiones a la almohada. En los días siguientes, sin embargo, la monja Gudelia mantuvo poco contacto con Carmina, y en esos breves momentos de encuentro, la religiosa tenía semblante afligido.

A la mitad de la semana treinta y ocho, Carmina sintió ligeras contracciones y se le preparó para el posible alumbramiento. Estando bajo observación la visitó Gudelia, su íntima confidente, entregándole un librito con los nombres y significados para cualquier recién nacido, platicando amenamente sobre el tema y contando algunos chistecillos que le dieron mucho ánimo a Carmina, sobre todo para mitigar los espasmos repentinos que iban en aumento. La monjita le reveló que de haber sido mamá, le habría puesto Carolina o María José a su bebé de ser niña, y Hernán o Darío en caso de ser varón. Para Carmina esos nombres sonaban muy bonitos al ser pronunciados, pero poco interés tenía ahora elegir el título con el que el hijo que vivía en sus entrañas sería llamado y reconocido. Su mente no cesaba de maquinar pensamientos y recuerdos diversos, sobre todo tras los amargos sucesos de su violación sexual. El que más perturbación le afligía fue aquel donde pudo evitar el embarazo tomando la píldora del día siguiente; pastilla que le proporcionó, quien sabe cómo, su profesora Georgina de León, de la que ya no tenía noticia alguna. A veces con frecuencia, a veces no tanto, Carmina se recriminaba: "Debí tomarme la pastilla sin preguntar", "¿Por qué dudé de mi maestra Georgina? ¿Por qué no le hice caso rápidamente?".

ΔΔΔ

Transcurría una mañana apacible invernal, con un cielo azul hermosamente libre de nubes, cuando Carmina fue llevada a un confortable cuarto con tres mamás y sus recién nacidos. Dos de ellas eran quinceañeras, y otra todavía más chica, quizá de unos once o doce años, se preocupaba mucho por no tener los senos suficientes para albergar el urgente calostro que su criaturita clamaba con llanto inconsolable. La tranquilizó el que una de sus compañeras alimentara a su bebita con suma compasión y amabilidad. Cuando la pequeña sació su hambre, cayó dormida y la adolescente la tomó en sus brazos para acurrucarse y dormir un rato. Antes, le dio las gracias a la otra jovenzuela por haberle dado leche materna a su hija y charlaron cordialmente en voz baja, por consideración a la otra joven madre y a Carmina, quien las oía quieta y boca arriba, con los párpados caídos:

- Me llamó Luz Elena, casi tengo dieciséis años y aquí a mi bebé, creo que lo llamaré Pablo. Nació antier –dijo la madre en funciones de comadrona.

- Mucho gusto. Soy Esperanza, yo cumpliré doce el mes que viene, si Dios quiere. A mi niñita no sé cómo llamarla todavía. La tuve hoy a las dos de la madrugada.

- Si, te calculé unos doce años a lo mucho. ¡Qué valiente el haber tenido a tu beba a esta edad! ¿Nunca te pasó por la cabeza evitarla? –le soltó directo Luz Elena.

- ¡No para nada! –exclamó la chamaquita–. Mis padres me iban a llevar a Cuba para abortar, debido a la prohibición del aborto en México. Pero, cuando íbamos a tomar el avión…

- Ya sé, ya sé –interrumpió Luz Elena con aire de certeza– los agentes Custodios de Vientre te impidieron salir del país.

- Pues no fue eso –le dijo Esperanza con ojos inquietos–. Más bien vimos desde una ventana cercana al pasillo de abordar, la explosión de uno de los motores del avión. Bueno, hasta fue noticia viral por algunos días…

- ¡Ah ya recuerdo! ¡Si, Si! ¿Cómo olvidar ese video viral del mentado avión que explotó antes de despegar? ¡Dios mío! ¡Y pensar que tú ibas a tomarlo!

- Íbamos a morir todos seguramente. Pero lo más extraño fue la reacción de mi mamá. Minutos antes de abordar el avión ella estaba leyendo una novela en donde dejó hasta subrayado un pedacito que me memoricé de tanto reelerlo: *"El mundo estalló. Estalló el ruido: el de los gritos, el de los taconeos sobre los suelos de madera, el ruido que hacen los cuerpos que huyen".* Y pues eso es lo que ocurrió tras ver y oír la explosión del avión…¡toda la gente y nosotros salimos vueltos la chingada de regreso a la sala de espera!

- Tons, ¿tu mamá leyó eso y creyó que se hizo realidad poquito después? – dedujo Luz Elena.

- Ándale. Algo así. Nos dijo aterrada que dejó de leer justo en esa página al momento de irnos a abordar el avión.

- ¡Dime el nombre del libro para echármelo! –suspiró Luz Elena.

- *El ruido de las cosas al caer*, aunque tarde mucho en leerlo. Me costó un chorro conectar con esa lectura –dijo Esperanza con la mirada perdida. Un breve silencio se hizo presente, un silencio que absorbe momentos y los tritura para reciclarlos y darles un nuevo nombre y lugar en el emporio de los objetos poco a poco olvidados de la memoria.

Así esto, de chispazo, Esperanza retomó su relato:

- El caso es que a partir de ahí, yo les exigí a mis padres que me dejaran tener al bebé y luego ya vería lo de darlo en adopción. Ellos seguían espantados con lo del accidente del avión y me apoyaron.

- A todo esto, ¿Tus papás cómo tomaron la noticia? ¿Tienes noticias del padre de tu beba? – preguntó Luz Elena con curiosidad.

- Fue mi profe de mate, un tipo muy agradable, de unos treinta años –le confesó Esperanza con ligero aire enamorado-. Yo la neta he sido muy huevona en la escuela, todas las materias las libré de panzazo, menos matemáticas. Y como mi papá se hartó de que fuera a reprobar mate, contrató a este profe, porque tenía muy buenas opiniones en Facebook. Incluso nos agregamos como amigos y por inbox me dejó tareas o yo le decía mis dudas. Y empecé a sacar ochos y hasta mi primer nueve en mate por lo que mis papás estaban muy contentos con él. El caso es que un día, para preparar un examen final de álgebra, mi mamá me dejó en su casa porque ahí también daba asesorías a pequeños grupos y eso era garantía de tranquilidad para los papás. Cuando se fue el último chavo de su casa, mi mami me avisó que llegaría por mí en media hora, pues estaba atendiendo a algunos clientes todavía. Pero bueno, en menos de eso, y ya no recuerdo cómo, nos empezamos a besar muy lindo y pues me dejé llevar, así como en las películas gringas, donde las parejas se dan los primeros kikos y de ahí van directo a la cama. De lo que si no me olvido es que yo iba en fachas, ya sabes… tenis, pants y blusa, así que fue rápido para él desnudarme… ¿y qué te digo? Bueno, nueve meses después tuve a esta nenita hermosa.

183

- ¡O sea! ¿Me estás diciendo que tú consentiste que te violara este tipejo? ¿No le dijiste que se detuviera? – le cuestionó más sorprendida Luz Elena.

- Puedo decirte que si me dolió la penetración, pero no en sí el acto sexual. Además yo no fui violada porque él no me forzó a hacerlo. Me dejé llevar, si, pero en cuanto a lo que sucedió puedo decirte que por algo pasó. No lo sé todavía, pero algún día lo sabré.

Luz Elena, tratando de contener su impaciencia, le dijo con seriedad:

- Pues a tu edad pienso que tienes la vida arruinada. Es muy hermosa tu bebita, pero no tienes leche en tus chichitas para alimentarla. Tienes carita muy linda pero cuerpo de niña. Tus jefes por lo que veo no te quieren más en sus vidas. Por eso estás aquí ¿No? Y en cuanto al papá de tu hija, seguro huyó o les dio dinero a tus jefes para no meterlo a la cárcel. Es típico. Ya no podrás estudiar, ni trabajar, ¿cómo podrás mantenerte tú si tienes que pensar también en tu beba? Pudiendo haberlo evitado. Digo, yo si fui violada por un cabrón al que yo llamaba tío. Él ya está en prisión, y toda mi familia, peleada a muerte. Hallé refugio temporal en este bebé, al que anhelo llamarlo Pablo porque es el nombre de mi primer novio, quien, por cosas raras de la vida, me pidió no abortarlo. Me ha pedido vivir juntos y criar a este nene, él está estudiando ingeniería mecánica y ya trabaja en el taller de su papá. De parte de su familia, me brindan todo el apoyo, pero yo me he alejado de ellos, porque me duele mucho todavía pasar por esta situación y no hallar ninguna respuesta, tampoco acepto decir que esto pasa por algo como tú lo manifiestas o peor aún, como otros me han dicho, que Dios quiso esto para mí.

Carmina abrió sus ojos, respirando hondo para intervenir en la conversación del par de madres escuintlas. Estaba de acuerdo en lo que Luz Elena había dicho, pues ella sentía el mismo alejamiento de su parentela y de todo quien la conociera, si bien lo único que se le hacía muy raro es que el novio de esa muchacha la aceptara con todo y un hijo que no era suyo, y además con la imborrable mancha de la violación sexual.

Carmina soltó el aire, volteando el cuerpo para dirigir su mirada hacia Luz Elena y Esperanza. Ya con las palabras en su cabeza se preparó a soltarlas, pero Esperanza se le adelantó:

- Luz, te agradezco me des tu opinión, a veces es lo que más necesita una en una situación así. Quiero explicarte sin embargo, que mi caso es diferente, como segura estoy, al de todas las que estamos aquí. Los hechos son distintos. Mis padres como te dije, decidieron apoyarme tras la explosión del avión en que viajaríamos a Cuba para que abortara. En cuanto al padre de mi hija, si, huyó pero para evitar la cárcel. Cuando le dije que estaba embarazada, él me pidió hablar con mis papás. Y claritamente como te hablo ahora, él estuvo conmigo y con ellos. Poniendo su linda cara nos prometió que se encargaría de mí y de todos los gastos del bebé en adelante, siempre y cuando yo siguiera viviendo en mi hogar familiar, además de estudiar hasta la universidad. Además dijo que también cuidaría del bebé para que yo tuviera descanso y pudiera salir a divertirme algunas veces con mis amigos.

- Me estás choreando ¿verdad? –interrumpió sarcásticamente Luz Elena.

- Grabé la conversación en mi celular sin que nadie se diera cuenta. Cuando gustes la escuchamos, pero sólo entre nosotras Luz –le dijo confiadamente Esperanza.

- ¡Ah chingao! No, pues….así ni como negar que dices la neta. ¡Eres muy vivaracha!

- Y deja te cuento el resto –repuso Esperanza-. Mi papá perdió la cordura y empezó a gritonearme y de paso acusó a mi mamá de que por su descuido salí con mi domingo siete –Esperanza miró tiernamente a su bebita–. Luego quiso golpear a mi profe, bueno, a quien pudo ser su yerno, pero eligió llamar a la policía. Mi mamá trató de calmarlo así que en ese lapso mi profe se despidió de mí y se fue discretamente de nuestra casa. No volví a saber de él por varios meses.

- Entonces, ¿sigues en contacto con él? –por fin intervino con rostro asombrado Carmina Luna Atanacio.

- Claro que si – le respondió Esperanza mirándola sorprendida–. Nos hablamos por el Telegram, por chat ultra secreto.

- Ah si, es como el Whatsapp pero que disque muy privado, ¿no? –agregó Luz Elena.

- Así es. El punto es que, el padre de mi hija me dijo que quiere conocerla. Y de alguna manera, también arreglar las cosas con mi familia. Esta es una de las razones del que yo esté aquí, en parte.

- ¿Quiere decir que es muy posible que él te visite al albergue? –preguntó inquieta Luz Elena.

- Es una posibilidad, pero estamos tomando todas las previsiones. Yo soy menor de edad y él que haya decidido salirme de casa de mis padres obedeció a una situación especial.

- Cuenta, cuenta… -le pidió Carmina.

- Por parte de mi papá, el guardó total secreto de mi embarazo con sus familiares y amistades. No así mi mamá, que le contó a su familia y el chisme se prendió como pólvora. Una hermana suya que pertenece a un movimiento feminista pro aborto, habló con mis padres y fue directo al grano: les ofreció deshacerse del parásito en mi panza.

Carmina y Luz Elena se miraron extrañadas tras oír la palabra parásito. Pero no irrumpieron a Esperanza:

- Ella tenía un contacto que hacía abortos clandestinos a muy alto costo, pero como favor especial, nos ofrecía mitad de precio por la operación, toda vez que no se me notaba nada, y además, todavía no daba aviso a las autoridades sobre mi embarazo. Bajo esas circunstancias, según ella, el procedimiento sería rapidísimo y mi vida seguiría tan normal como nunca antes lo fue. A partir de ese instante, sentí repugnancia por esa mujer, la hermana de mi mamá.

- ¡Que curioso! –exclamó Luz Elena con voz chistosa al apretarse la nariz-. Yo terminé repugnando a mi tío por haberme violado y tú a esa tía por haberte querido ayudar.

- Discúlpame –le dijo seriamente Esperanza-, eso no era ayudarme, ni un tantito. Para empezar, no habló conmigo, sino en privado con mis papás para que me obligaran a abortar. ¡Les dio a entender que yo no podía decidir por mí misma, como si fuera una niña de cuatro o cinco años! Luego les insistió en que yo fui víctima de un desgraciado macho abusador y que no era justo que de premio me convirtiera en su incubadora de hijos. Por último, remató llamando parásito a la bebita que llevaba dentro de mí.

- Pero, ¿cómo estás segura que dijo eso tu tía si habló con ellos a solas? –le increpó Carmina.

- Bueno… es que también oculté mi celular para grabar la charla. Cuando se fueron, lo recogí y oí todo lo que hablaron.

- ¡Qué chingona eres! ¡Y vaya hija de la chingada la vieja esa! No pues, ¡así cómo no te ibas a encabronar! –le dio la razón Luz Elena en tanto que Carmina la miraba asombrada.

Esperanza acarició la mollera de su recién nacida, tratando de peinarle sus primeros pelitos delgados. Luego observó a sus compañeras de cuarto y les dijo:

- Y ahí no acaba la cosa. Mis papás tomaron una actitud indecisa. Tuvieron miedo y vergüenza de que fuera a tener un hijo a mi edad pero por otro lado no querían obligarme a abortar por temor a que los denunciara a la policía o en las redes sociales. Así que le pidieron a mi tía que me convenciera y con gusto apoyarían en lo que fuera.

- Supongo le rompiste su pinche madre –dedujo Luz Elena-. Yo lo habría hecho o de paso, una buena rastriza de greñas.

- No soy alguien que le guste arreglar broncas a madrazos –le aclaró Esperanza-. Pero además, mi tía no iba sola cuando habló conmigo. Una mujer muy atractiva la acompañaba y me di una idea cuando fue ella la que trató de convencerme de abortar en vez de mi tía.

- ¿Te enamoró acaso con su sonrisa o sus ojitos pispiretos? –preguntó sarcástica Luz Elena.

Las adolescentes montaron amena carcajada hasta que una enfermera les pidió guardar silencio para no despertar a los bebés y madres de los otros cuartos contiguos. Esperanza suspiró aliviada, prosiguiendo:

- Pues de cara si la recuerdo muy guapa, o como dicen los hombres "una mami", "una chulada", "un bombón". Pero fue su manera de hablar lo que me impactó.

En pocos minutos me pintó destruida mi vida si yo concebía al bebé. Que no sería feliz por el resto de mi existencia y para colmo, tampoco habría felicidad para esa criatura. Por la manera en cómo me lo explicó todo, casi me convence de abortar.

Un escalofrío recorrió el espinazo de Carmina Luna Atanacio. Fue repentino y llevaba una fugaz sospecha de saber que quizá ella conocía a la guapa y elocuente mujer que había entrevistado a Esperanza. Iba a decir su nombre a manera de duda, pero lo pensó dos veces y le dijo:

- ¿Recuerdas cómo se llama esa amiga de tu tía?

- Su nombre no se me grabó –le aclaró Esperanza- pero su apellido era León. Lo recuerdo muy bien, porque es mi animal favorito desde niña. ¡Ah cómo extraño mis peluches de leoncitos!

El rostro de Carmina se puso pálido y sus manos registraron una temblorina que apenas pudo disimular con un falso estornudo. Esperanza no notó mucho la turbación facial de aquella, pero Luz Elena, que si podía verla más de cerca, se dio cuenta de su nerviosismo. Esperanza continuó su relato:

- El punto es que tanto mi tía como su amiga quedaron de regresar al día siguiente para llevarme a la clínica donde hacían abortos y que me percatara que todo era muy rápido y discreto. Les di a entender que estaba de acuerdo… ¡y realmente lo estaba! Digo, no es que fuera a tomar la decisión luego luego, ¿pero qué perdía con ir a ver una clínica abortiva ilegal?

- Y todo gracias al speech de la tesorito "Laura León" o como se llame –repuso indiferente Luz Elena.

- Pues si…la forma tan segura de hablar es la mayor arma de esa tal León –reiteró Esperanza con rostro perplejo.

- Pero, ¿y qué pasó finalmente? –preguntó Carmina mordiéndose una uña.

- Pues resulta que al día siguiente mi tía llegó a nuestra casa sin su amiga. Nos explicó a mis padres y a mí que había tenido un asunto urgente que atender. Yo me negué a ir si no iba esa mujer con nosotras. Entonces, más a fuerzas que de ganas, mi tía nos dijo que por desgracia unos sujetos habían violado a una alumna suya y quería ayudarla a evitar un embarazo.

- En otras palabras, dándole la pinche pastillita del día siguiente –interrumpió Luz Elena echando un vistazo sospechoso sobre Carmina.

- No dio detalles de eso –atajó Esperanza– pero es lo que mis papás supusieron. Mi mamá dijo que conseguir esa pastilla no era difícil pero si muy costoso y arriesgado, porque está prohibida su venta.

- ¿Tú mamá cómo sabe eso? –le preguntó Carmina con ojos inquietos.

- Ella es abogada de las farmacias *Herbolaria Mexicana*, imagínate todo lo que sabe de medicinas permitidas o ilegales.

- ¡Asunto cerrado! Si ella trabaja con los de Herbolaria, es la neta de netas –dijo Luz Elena.

- ¿Y cuándo volviste a ver a esa mujer, la tal León? – trató de indagar Carmina disimulando su nervio.

- Jamás, jamás –respiró aliviada Esperanza–. De hecho por eso ya no fui a la clínica secreta de abortos, pues yo insistí que estuviera esa señora. Y ya que lo pienso, ¿quién sabe? Si esta mujer hubiera estado conmigo, de seguro me convence y no tendría a esta hermosura de nena en mis brazos.

La madre adolescente hizo una pausa para cuchichiarle tiernos balbuceos a su bebita. Luego miró extrañada a Carmina y dijo:

- Ahora que recuerdo… días después salió en las noticias una foto de ella siendo buscada por la policía, al parecer por ayudar a una chica a abortar.

- O tal vez a que no quedara embarcelona –aclaró Luz Elena frotándose el vientre–. Si como dices se trató de la alumna a la que violaron, algo grave pasó.

- Yo estuve ahí –susurró Carmina con rostro compungido–, y es cierto, esta mujer le dio la píldora a esa chica, pero se la tomó demasiado tarde y la hicieron vomitar.

- ¿Tú viste todo? ¡Increíble! –exclamó Esperanza-. Su bebita hizo un suave quejido y la inexperta jovenzuela la arrulló para evitar que despertara. Luego le dijo a Carmina:

- Supongo estabas cerquita en el momento en que ocurrió esto.

- Si… ahí estaba. Fue algo muy feo, preferiría no hablar de ello.

- Ya decía yo porque te veías muy rara, como espantada –señaló Luz Elena.

- ¿Al menos podrías aclararme si conoces a esa mujer? ¿quizá te suene su apellido? – quiso saber Esperanza con aire curioso.

- Se llama Georgina de León –repuso Carmina- es abogada y forma parte de una asociación llamada "Mujer es poder", de onda feminista.

- ¡Es a la que pertenece mi condenada tía! ¡Caray! ¡Vaya que es chico Guanajuato!

Luz Elena acurrucó a su recién nacido en su lecho, acariciándole sus cabellitos húmedos. Luego suspiró profundamente y a manera de prolongar más la charla le preguntó a Carmina:

- Y sobre la desdichada chica, ¿no supiste algo más? ¿Al menos su nombre?

- Car…carmi..na…se lla lla ma Car…mina –tartamudeó la escuintla, y luego sintió tremenda contracción abdominal que la tiró en cama, liberando un grito de dolor cual vocero del evento impostergable. La fuente se le reventó casi al mismo tiempo del alarido de Carmina, que puso en alerta al personal del albergue para acudir en su auxilio.

El proceso de parto había comenzado.

Luz Elena y Esperanza trataron de ayudarla pero no fue necesario. Ya dos enfermeras atendían a Carmina Luna Atanacio de la manera más paciente y animosa, una a su lado le tocó la frente que sudaba súbitamente las primeras gotas por los espasmos dolorosos e incesantes, en tanto que la otra empujó la cama portátil para dirigirla a la sala de obstetricia.

Luz Elena exhaló una duda:

- ¡Caray! ¡Ojalá le vaya bien en el parto! Justo cuando nos estaba diciendo el nombre de esa chica, la alumna de la tal León...¿dijo Carmina?

- Ese mero –asintió Esperanza– ¡Y que excelente memoria tiene! Sabe el nombre de la alumna y el de la amiga de mi tía. Yo no lo recuerdo bien...¿Regina? o ¿Marina?

- Georgina de León –pronunció lentamente Luz Elena–, pero nos quedamos con las ganas de saber el de esta chava. No se lo preguntamos –dijo Luz Elena un poco apenada.

- Pero una de las enfermeras si mencionó su nombre para calmarla. Le dijo ¡Luna, Luna!

- ¡Es que me tapé los oídos cuando empezó a chillar! ¡Ah que gritos más fuertes echa! – se excusó Luz Elena.

Dos minutos después de que la muchacha originaria de San Bonifacio fue trasladada a la sala de partos, llegó a la habitación la monja Gudelia y preguntó:

- Hola hijas. Me dijo la directora que aquí está reposando Carmina Luna. ¿Saben algo de ella?

Las adolescentes madres, boquiabiertas, se acribillaron con sendos ojos de sorpresa.

La loca amante de la venganza.

"Únicamente a través del llanto puede el hombre en la tierra vislumbrar la eternidad." L. Venillot. *Cartas.*

Sólo se ocuparon treinta y cinco minutos para que el hijo de Carmina Luna Atanacio saliera de su vientre, el último día de febrero, que cayó en viernes 29, al ser año bisiesto. Fue el único parto acontecido en el albergue Concepción y Amor.

El alumbramiento fue natural, sin complicaciones aunque nunca antes se había escuchado tremendo griterío como el de Carmina debido a las dolorosas contracciones. La experimentada obstetra tuvo que usar doble tapón de oídos ya que los chillidos de la joven madre desquiciaban a cualquiera. Otra enfermera de plano se cubrió las orejas con todo y tapones y ni así parecía soportar los gemidos taladrantes que expulsaba Carmina. Pero éstos sucumbieron justo cuando ambos piecitos de la criatura abandonaron el vientre materno para darle merecido descanso a la madre empapada en sudor que cayó dormida por cinco horas.

Carmina despertó lentamente teniendo a su lado a la monja Gudelia quien rezaba el Rosario con musitada voz. Aunque tenía sed, no quiso interrumpir la oración y esperó a que la religiosa concluyera las letanías a la Virgen. Entonces le pidió un poco de agua. La monjita amablemente le acercó el vaso y le ayudó a beber. Poco hablaron esa tarde, pues Carmina estaba exhausta y sentía su cuerpo extraño, algo ligero. Se palpó el abdomen y entonces recordó que horas antes, había parido un hijo. Ahora sería cuestión de tiempo para que se lo llevaran a su lecho, tal cual procedían las enfermeras del albergue.

Carmina se dio cuenta de que se hallaba en otra habitación. Había dos camas sin ocupar y frente a ella, un bellísimo cuadro al óleo de la Virgen María sosteniendo al Niño Jesús, ambos mirando los ojos de quien les viera, y como fondo, un místico y maravilloso amanecer rosa celestial.

Tras suspirar profundamente, Carmina preguntó a Gudelia:

- ¿Qué hora es?
- Es una hora inolvidable. Es una hora muy especial. Son las tres de la tarde – le respondió la monja.
- ¿Especial en qué sentido? – replicó Carmina.
- ¡Ay mi niña! ¿Ya lo olvidaste? Recuerdo habértelo dicho unas cinco veces. Es la hora de la Divina Misericordia de Dios.

Carmina cerró los ojos y guardó largo silencio. Gudelia inició la devoción a la Divina Misericordia ya con voz más alta, de manera que Carmina escuchó completamente todo el sagrado rezo. Justo al concluir la monja la devoción, la jovenzuela abrió sus párpados y le dijo a su acompañante:

- No entiendo cómo puede tener Dios misericordia con aquellos que golpearon, se burlaron y asesinaron cruelmente a su Hijo Jesús. No me cabe en la cabeza.
- Es por eso que es incomprensible e insondable la Misericordia de Dios - respondió Gudelia muy serena-. Ni los ángeles más cercanos al Altísimo ni la Santísima Virgen María, nadie, nadie, mucho menos el diablo, pueden comprenderla.
- ¿Cómo que insondable? – cuestionó Carmina.
- Es que nos es imposible descubrir el por qué de ella –aclaró Gudelia-. Sólo Dios sabe por qué perdona todo el mal hecho por la gente, siempre y cuando tengamos un corazón arrepentido.
- ¿Así de plano? ¿Dios lo perdona todo? Eso si no me la creo– le dijo irónica la chamaca parturienta. La religiosa se colgó el Rosario levantándose de la silla, para poder mirar el cielo vespertino a través de la ventana. Luego giró hacia Carmina y le dijo:
- Como dijiste hace un momento, después del beso del traidor Judas, de las negaciones vergonzosas de su Apóstol Pedro, de todas las humillaciones, de los mal-

tratos, de las calumnias, de que le desgarraron su Espalda a latigazos, de las amenazas, de los asquerosos escupitajos, de haberle puesto una horrenda corona de espinas que le hizo sangrar su Sagrada Cabeza, además de la propia crucifixión terrible y la agonía dolorosísima y lenta que soportó su Amado Hijo Jesús, y todavía haber soportado todo esto frente a su madre la Virgen que le lloraba sin parar pidiendo clemencia, bueno…imagínate todo esto… y Dios no destruyó a sus acusadores y verdugos ese día ni en los siguientes, ¡esa es la más clara manifestación de su Divina Misericordia!

- Yo en cambio –dijo Carmina con aire vengativo– no voy a perdonar a los que me atacaron hace tiempo. A esos tres malditos, quiero que Dios los mande directo al infierno. ¿A poco esto que acabo de decir puede perdonármelo Dios?

- Si pides con total arrepentimiento a su Misericordia, Nuestro Señor lo hará. Y fíjate que acabas de darle una orden a Dios, como si Él fuera tu sirviente vengador, maldiciendo además a tus malhechores. Pero justo ahora pido en mi corazón por ti, mi niña.

Con un nudo en la garganta, Carmina exclamó:

- Hermana, no se ofenda, no se enoje, no me deje de hablar…pero es que yo, en este momento, soy incapaz de pedir perdón a Dios y mucho menos de darlo a los desgraciados que me violaron.

- Y sin embargo, estás viva –alegó la religiosa-. Pudo ser peor lo que te hicieron.

- Lo dudo totalmente –recriminó Carmina– no hay mujer en la tierra que le haya pasado lo que a mí.

Gudelia puso ojos compasivos en la jovencita y le dijo:

- Así como te ocurrió, seguramente no. Con los mismos malvados, tal vez nunca se repita. Pero supe de otras chicas y hasta de niñas de cinco o seis años edad, a las que violaron y además les dieron torturas insoportables hasta matarlas de manera salvaje. No te diré cómo las hicieron sufrir. La ira me invade tan sólo recordarlo y para mí es muy difícil pedir clemencia a Dios por semejantes malnacidos al servicio del demonio.

- ¿Y por qué no me mataron de una vez aquel día? –respondió Carmina con voz cortada.

- Solo Dios sabe eso, mi niña. Quizá es una prueba muy dura para ti, quizá es porque ese niño tenía que nacer. Tal vez tendrá que cumplir una misión importante. Además, muchos embarazos sea cual sea su origen no se logran siempre por causas naturales.

- ¡Ay hermana Gudelia! –dijo arrepentida Carmina– en vez de rogar a Dios por aquellas niñas que sufrieron lo que yo y hasta peores cosas, como una muerte horrible, yo se la deseo a mis violadores… ¡No tengo perdón de Dios!

- A diario estás en mis oraciones Carmina, a diario – respondió sonriente Gudelia.

- Tal vez de nada sirva –dijo la muchacha resignada- yo también me iré al infierno por lo que siento. No tengo remedio.

- Pide Misericordia a Dios, no dejes de rogar por obtener la Divina Misericordia – insistió esperanzada la monja Gudelia.

- Tan solo quisiera tener una manera de demostrarle a Dios que puedo perdonar todo lo que he sufrido recientemente. Pero no veo cómo ni cuándo ni con quién – añadió Carmina.

Justo en aquel instante, una enfermera regordeta ingresó a la habitación llevando un bultito en sus brazos. Con suave voz le dijo a Carmina:

- Buena tarde. Espero hayas descansado bien. Te traigo a tu niño.

La joven madre apenas pudo reaccionar. Miró a Gudelia con inconfundibles ojos saltones, tratando de rogarle a la religiosa que se encargara de la criatura. Aquella comprendió enseguida y le pidió a la enfermera dejárselo un ratito a su cuidado mientras la inexperta madre se acomodaba para recibirlo. La cuidadora sin embargo, había visto la reacción extraña de Carmina y, tal como la habían capacitado, debía quedarse al menos un cuarto de hora para velar por la seguridad de cualquier recién nacido en caso de que la madre le rechazara o le agrediera, tal como había pasado en algunas situaciones de hijos paridos de mujeres ultrajadas sexualmente.

Con tono cortés y directo, la enfermera les explicó a Carmina y Gudelia que ella tenía el encargo de cuidar tanto del bebé como de la mamá, para lo cual podía esperar el tiempo necesario mientras Carmina recuperaba fuerzas o regresar con la criatura posteriormente. Diez minutos transcurrieron, pero para la jovenzuela fueron como diez segundos. Supo entonces que no podía aguardar más tiempo y haciendo un espacio a su costado izquierdo, le dijo a la enfermera que estaba lista para tener al niño.

Carmina ya había cuidado a otros bebes de las vecinas amigas de su madre cuando iban de visita por las tardes para echar chisme mientras preparaban tamales y atole en épocas de frío u organizando las comilonas para las festividades de la parroquia. Pero la nueva experiencia de recibir a su propio hijo, fue algo que trató de evitar hasta ese instante.

La primera impresión de Carmina fue el agradable olor de su hijo aseado, pero evitó verle el rostro. Fue un momento muy incómodo para las tres mujeres en la habitación, empezando por Carmina quien se ruborizó varios minutos con el inevitable escurrimiento de agua por su frente, pecho y axilas, como si estuviera en un baño sauna. La monja Gudelia hizo algún rezo pero sin devoción profunda, toda vez que miraba a la adolescente madre con preocupación, esperando pudiera darle una mueca sencilla de simpatía al recién nacido de sus entrañas. Y la enfermera invertía la vista entre el viejo reloj de manecillas a un lado de la puerta, luego hacia el trozo de cielo azulado a través de la ventana, y por último, en la enrojecida y sudorosa Carmina que permanecía tal si fuera una estatua de carne y hueso junto a la criatura dormida.

193

Pasados quince minutos desde que madre e hijo compartían el lecho, aquél despertó hambriento con el llanto demandante del calostro maternal. Ya Carmina no podía ignorarlo más, y en las miradas de sus acompañantes interpretó el claro mensaje de que debía tomarlo en sus brazos y amamantarlo. Aún con ello, otro minuto se diluyó en el reloj colgante antes de que la joven madre se dispusiera a cargar a la criatura, pese a que sentía opresivamente los ojos preocupados de la enfermera al notarla indiferente y sin afectarle el agudo chillido del niño. Ya levantado, Carmina trató de arrullarlo con seseos agradables. Fue inevitable que le viera su cabecita, cubierta de harto pelo oscuro y humedecido de sudor, con nariz corta y abultados cachetes. Sus párpados los tenía cerrados y hacían frontera con un par de cejas negras muy pobladas. Entonces Gudelia robó las palabras que iba a pronunciar la enfermera y le dijo rogándole a la chamaca:

- Carmina, tu hijo tiene hambre. Acércale su cabecita a tu pecho. Él hará el resto.

Carmina clavó senda mirada en la monja y luego en el bebé lloriqueante. Parecía tener un bloqueo mental pues continuó arrullando a su hijo con más lentitud, hasta que detuvo el zigzagueo. Discretamente descubrió su seno derecho y con delicadeza puso la cabeza del chiquito para que su boca y el pezón se encontraran por primera vez. En efecto, el llanto cesó y el festín de leche materna desinfló la presión bochornosa que tenían las tres mujeres en aquel cuarto.

Al principio, como suele ocurrir naturalmente, Carmina hizo algunas muecas de dolor tras las primeras succiones del niño recibidas en su pecho, situación que se redujo poco a poco. La enfermera se dispuso a salir, devolviendo un cordial gesto a la monja Gudelia con el cual le encargaba velar por un rato a la madre y a su hijo. Gudelia escudriñó el rostro de Carmina, quien aparentaba estar desconectada del mundo, como si fuera un androide.

El bebé sació su hambre de calostro invadiéndole el sueño de nuevo, reposando su cabecita en la teta de su madre hinchada de leche. Ella aguardó unos instantes y tras notar que dormía profundo, lo volvió a dejar a su costado y mirando boca arriba cerró sus ojos de los cuales brotó un intenso lagrimeo. Gudelia consideró respetuoso dejar que Carmina desahogara lo que tuviera dentro, musitando lentamente un Padrenuestro. La chamaca ya no oyó el Ave María ni el Gloria que devotamente rezaba la monjita siempre tras el Padrenuestro. Un largo silencio invadió el recinto, congelando todo a su paso, como si el tiempo mismo estuviera suspendido.

Repentinamente, Carmina confesó quebrándose su voz:

- Dios mío perdóname por lo que dije contra este niño. Estoy envenenada de odio, Señor Dios.

Gudelia contuvo el aliento y todo su cuerpo; sus ojos se confundieron en el inerte vacío.

194

- Todo este tiempo – continuó Carmina a lágrima viva- desde que empecé a sentir sus movimientos dentro de mí, le desee todo el mal posible a este niño. Ya quería tenerlo en mis manos para escupirle, para gritarle todo tipo de maldiciones. Buscaba arañarle su cara, su pecho, toda su espalda. También jalarle sus cabellitos hasta arrancárselos de dolor. Y si…tal vez bañarlo en agua hirviendo, y mientras, disfrutar, reírme como una loca amante de la venganza contra este niñito.

Gudelia rompió en llanto. Tomando su Rosario pidió la Divina Misericordia con suavidad. Carmina sollozaba para liberar la rabia contenida, tal cual la ponzoña se extrae succionándola y luego se escupe al suelo:

- ¡Dios de mi corazón! ¡Perdóname por todo aquello que quería hacerle a este bebé! ¡Por pensar en romperle los huesitos y uñas de sus pies y manitas! ¡Por desear echarle gargajos asquerosos de mi boca y embarrarle su boquita con mi propia mierda! ¡Por quererlo asfixiar con mis manos! ¡Por planear quitarle vida sin que él pudiera levantar un dedo para evitarlo! ¡Dios mío, no merezco ser la madre de este chiquito! ¡Ayúdame te lo ruego, a saber qué es lo mejor para los dos! ¡Pero te ruego Señor Dios, que no sufra en su vida y mucho menos llegue a saber la historia de cómo se engendró dentro de mí!

Carmina se echó a llorar pero no con estridencia en sus quejidos, era más un llanto de clemencia y de liberación, el desahogo necesario apretando con todas sus fuerzas una de las confortables almohadas que tenía en su respaldo. Lentamente la rabia se fue consumiendo como la última humareda de un terrible incendio, que por más destructivo y enorme que parezca, tarde o temprano, sucumbe hasta la más violenta brasa.

Una brisa cálida inundó la habitación, anunciando la primera oleadilla de la primavera. Carmina execraba agua de su frente y pecho, que se confundía con alguna que otra lágrima que recorrían sus mejillas. En cambio, Gudelia, vestida con el hábito monacal y una curiosa chalina de lana oscura, no expulsó la mínima gota de sudor. Toda ella parecía una estatua de cera. Sus manos y pies permanecían quietos y su semblante expresaba un éxtasis espiritual a través de sus ojos detenidos por una fuerza desconocida y fascinante, una energía imperturbable de paz y temor al mismo tiempo, una llama de amor y sumisión absoluta, una voz sublime que albergaba al silencio más solemne, un viento en la soledad susurrando a la eterna felicidad; en otras palabras, un camino estrecho de pesares franqueado por un sendero de infinita Misericordia.

Carmina llamó a Gudelia una docena de veces. No obtuvo respuesta. La monja estaba quieta, silente. La jovenzuela empezó a inquietarse aunque se tranquilizó al ver que su mirada no era tenebrosa y oscura como aquella vez en que le relató su trágica experiencia de juventud con su padrastro y la comadrona abortista. De repente, Carmina se sintió absorbida por el mismo abandono sensorial o éxtasis de Gudelia, tan

195

sólo contemplando los ojos de la monjita. Era una especie de contagio místico e irresistible al que Carmina sólo tuvo que dejarse arrastrar. Pudo oír un lejanísimo clamor de serenidad y después, no supo más.

Pasó un cuarto de hora y una enfermera fue a revisar a Carmina y a su bebito. Vio a la madre y a la monja con los ojos clavados en el vacío y les habló suave, para no despertar a la criatura. Pero tampoco les respondieron. Se acercó con preocupación a Carmina y tocándole un hombro le cuchicheó al oído su nombre un par de veces. La muchacha despertó.

Poquito después Gudelia también lo hizo. La enfermera pensó que se trataba de una broma ligera de ambas mujeres, pues ellas se dirigían miradas cómplices, dando a entender que sabían muy bien lo que habían hecho, aunque en realidad, las dos comprendían que algo muy poderoso les había ocurrido. Antes de retirarse, la enfermera amablemente, les pidió evitar esas conductas chistosas y más con el bebé a resguardo.

Ya a solas de nuevo, Carmina quiso saber con curiosidad desbordada aquello que les ocurrió en sus adentros. Más no podía hablar con facilidad. La lengua no estaba paralizada, pero su pensamiento era un caos. Aunque quería preguntarle a Gudelia varias cosas, por extraño que parezca, su mente era un remolino inquieto de emociones incesantes. Afortunadamente, la monja tomó la palabra, de manera apacible:

- Sé que esto que acabas de vivir no se compara con soñar lo más raro y loco de tu vida. Y lo sé porque esto no es para nada un sueño, ya que estabas despierta cuando te sucedió. Y además, tus ojos no se cerraron. Y también sé que aunque pasaron algunos minutos de esta tarde, en realidad estuvimos toda una mañana contemplando el otro mundo. Mi niña, ¿qué quieres saber?

Carmina se sintió libre para hablar:

- Hermana, hermana –le dijo con delicadeza-, ¿qué lugar es ese? ¿Esas voces tan hermosas y tranquilas de quiénes eran?

- El lugar –le respondió Gudelia– era tan sólo el camino al Paraíso Celestial. Las voces eran coros de Ángeles y de nuestra Madre Santísima María. Ella quiso darte un abrazo y darte una muestra breve de la Misericordia Divina. ¡Dichosa eres por haberla recibido mi niña!

- ¿Por qué nunca antes las había sentido? –preguntó Carmina angustiada.

- Tu corazón estaba cerrado por el odio y la rabia. Es como si alguien intentara abrir una puerta que no tiene cerradura ni abertura. Es casi imposible.

- ¿Casi imposible? –replicó la muchacha con sed por saber.

- Tu rencor e ira no pueden soportar el Amor y la Misericordia de Dios –le aclaró la monja– y terminan abriendo la puerta de tu corazón, como el de cualquier persona, menos quizá el de los soberbios, pero tú no eres así.

- ¿Y cómo logré abrir mi corazón? ¡Fue algo tan maravilloso! –exclamó Carmina plena de júbilo.

- Tras soltar todo el dolor, el odio y la rabia que albergabas contra tu hijo y pedirle perdón a Dios como lo hiciste hace un rato, arrepentida por esos terribles pecados, lograste abrirlo a todo el amor divino e inundaste el mío también y lo cual siempre te agradeceré. No tengo duda de que Nuestro Señor Jesucristo y la Santísima Virgen siempre te protegerán y a tu niño. Es lo único que puedo agregar, mayor explicación no tengo Carmina.

En esa reflexión de Gudelia, Carmina advirtió mucha verdad. Tan sólo al decirle que había soltado dolor, odio y rabia, ella sentía dentro de sí que un enorme y terrible peso había sido eliminado inmediatamente. Éste había surgido desde el trágico momento en que fue ultrajada por aquellos tres malvados sujetos y cesó al dejar de amamantar a su hijo justo en este día que marchaba lentamente hacia el ocaso.

Pero lo más hermoso y revelador en Carmina fue el haber gozado de esa impresionante experiencia mística que junto a la monja Gudelia, ambas podrían recordarlo siempre que quisieran, sin temor o vergüenza a que las tildaran de locas o dementes, pues donde una fuera llamada así, la otra estaría defendiéndola al haber participado también de la poderosísima visión del mundo espiritual. Y más que palabras, fue al mirarse que juraron sellar ese pacto de verdad por el resto de sus vidas.

ΔΔΔ

Al tercer día del parto, Carmina recibió la visita de los Custodios de Vientre, Gabriel Rodríguez y Verónica Piña. Ambos le trajeron ropa nueva para ella y su hijo, charlaron amenamente por largo rato y de paso les dieron seguimiento a otras jóvenes madres inscritas en el programa federal AMPARADOS. Carmina vio gratamente que su pequeñito se regocijó en los brazos de Gabriel Rodríguez, quien no pudo evitar sentirse afortunado de recibir las primeras miradas curiosas de la criatura, pues desde el alumbramiento había permanecido con los párpados caídos. Pero además le respondía muy bien a sus apapachos, con brevísimos bocetos de risa que encandilaron el rostro del agente custodio. Ya con más ganas de sacarse la espinita que de hacer plática, Carmina le preguntó a Gabriel Rodríguez si su niño le recordaba a alguno de sus hijos. De inmediato, el custodio Rodríguez opacó la alegría que su semblante desbordaba y con triste mirada le dijo a Carmina que a su esposa y a él no se les había dado la maravillosa dicha de ser padres. Con voz entrecortada Gabriel Rodríguez quiso explicarle a la joven madre las situaciones adversas que su mujer y él enfrentaron al intentar adoptar, pero en ese momento una enfermera pidió hablar con él por lo que le devolvió el niño a Carmina. Mientras Gabriel charlaba en el pasillo, su compañera Verónica Piña entró a hacerle compañía a Carmina; poquito después Gabriel Rodríguez les avisó desde la puerta de la habitación que iba a atender un trámite pendiente con la directora del albergue.

Carmina aprovechó para amamantar a su vástago quien ya lloriqueaba por hambre y calor materno. Verónica Piña observaba tiernamente la escena, aunque pudo ver cierto rastro de pena en la jovenzuela y pensó que era por el hecho de mostrar parte de su seno a una desconocida. Creyó oportuno retirarse para dejar de incomodar a Carmina pero ella le pidió que no se fuera, y de paso le confirmó que se sentía apenada al enterarse que Gabriel Rodríguez aun no era padre. La agente Verónica guardó silencio por un rato. Pero tal quietud se tornó incómoda y consideró hablar sobre el asunto que Carmina le había revelado. Y en efecto, un anhelo muy grande de Gabriel y su esposa consistía en tener un hijo, pero ya fuera de forma natural o por el recurso de la adopción, no podían realizarlo.

- Hay veces en que por más que desees algo, no lo obtendrás –dijo Verónica Piña cabizbaja.

- ¿Usted cree que ambos serían muy felices si tuvieran hijos? –le preguntó Carmina al tiempo que le cambiaba de pezón a su pequeñito hambriento.

- Si pudieran ser padres te aseguro que una enorme felicidad les inundaría sus vidas. Lo han buscado por años y años y nada. En fin, que en Dios quede si les concede esa maravillosa bendición.

Hacia las cinco de la tarde, la pareja de Custodios de Vientre se despidió de Carmina prometiéndole visitarla dentro de un mes o dos, dependiendo de la carga de trabajo que tuvieran. La muchacha volvió a sonreír tras largo tiempo sin hacerlo y con sus amielados ojos trató de decir cuánto lamentaba que el agente Gabriel Rodríguez y su mujer no hubieran tenido hijos.

A lo lejos, por el poniente, en vano luchaba la luz del sol para iluminar el firmamento. Densas nubes oscuras repletas de rayos y truenos anunciaban la llegada de un fuerte aguacero; la penumbra nocturna había llegado antes. Carmina tomó a su criatura y asomándose por la ventana miró a los Custodios de Vientre entrar a su automóvil y partir por el camino directo a la tormenta. Tras oír el estruendoso sonido de un relámpago de hermosa tonalidad violeta, Carmina sólo exclamó: Que Dios los acompañe y los cuide en su viaje.

El enigmático tatuador de Adalberto.

Una oleada de mensajes de Whatsapp y Telegram retumbaban con timbrazos secos el celular del Custodio de Vientre Gabriel Rodríguez mientras conducía a ciento cuarenta kilómetros por hora por la autopista México-Querétaro durante el tercer día de marzo. En el reloj del reproductor de música de su auto –un Grand Marquis 94 negro en estupendas condiciones mecánicas- faltaban tres minutos para las tres de la tarde. Rodríguez llevaba prisa pues debía acudir cerca de Toluca para apoyar en una redada contra una banda criminal de tráfico sexual. Su misión era detectar y proteger a mujeres embarazadas a las que les iban a realizar abortos en el interior de un viejo carro de ferrocarril abandonado; tal información a detalle provenía de un importante miembro de dicha banda, que a cambio de evitar una larga condena tras las rejas, colaboró en esta importante operación policiaca.

Junto a Gabriel Rodríguez iba un agente encubierto de la Unidad Especial anti tráfico de personas de la Fiscalía General de la República, al que por obvios motivos de seguridad se le conocía por el seudónimo de "Adalberto". Este sujeto tan solo verle el rostro, daba miedo. Era bajo de estatura, pero fornido y tatuado en ambos brazos y toda la zona del cuello. Sus pinturas rayaban violencia bestial: dos lobos negros mordiéndose a muerte en su brazo izquierdo, mientras que en el diestro una furibunda osa

199

esperaba trabar combate con tres enormes pumas al filo de un despeñadero, que amenazaban a dos aterrados oseznos tras su madre. Pero era el tatuaje del pescuezo el que más llamaba la atención de todo el que lo viera. Se trataba de un dragón oscuro a punto de ser degollado por un poderoso ángel dotado de una espada radiante de luz. El monstruo emergía por los aires con el hocico escupiendo fuego tratando de morder o incendiar al valiente ser celestial quien ya le llevaba ventaja en la altura y con ambas manos blandía el metal de la justicia divina para dar el golpe fatal. Mucha gente no podía evitar caer hipnotizada por la tremenda belleza de semejante obra maestra del misterioso tatuador, ya que, a diferencia de las pinturas de sus brazos que habían sido hechas por artistas conocidos de la Ciudad de México, de la del cuello de Adalberto no se sabía quién era el autor, pues se negaba a revelar la identidad a cualquiera que se lo rogara, aun con alguna buena suma de dinero de por medio. Sin embargo, el Custodio de Vientre Gabriel Rodríguez quería averiguar más sobre ello y le preguntó a su compañero:

- ¿Tanto misterio por ese tatuaje tan perrón? ¿Pues qué mal puede haber en saberse el nombre de quien tiene tan chingona mano?

- Y dale Gabriel. Pareces cura de confesionario chingao –respondió seco Adalberto.

- Pues si así lo quieres ver, adelante –repuso animado Gabriel-. Dilo con toda confianza, pues los curas guardan secreto de confesión toda su vida.

- Dije que pareces cura, otra cosa es que lo seas… - suspiró Adalberto.

- Si de algo sirve, yo no estoy apostando con nadie por saber el nombre del tatuador.

- Bueno, a todo esto, ¿cuántos pinches rayones tienes? No te he visto uno.

- Si por rayones te refieres a esas madres, pues no estimado, no me gustan – aclaró Gabriel sin quitar los ojos de la carretera-.Pero es que no deja de impresionarme lo magnífico del dibujo que llevas en el cuello. En la corporación se ha dicho tanto sobre él. Muchos compas tatuados dicen que el estilo del trazo y los colores no son de gente que viva en México.

- Pues hay mitad de cierto en ello y la otra mitad es falsa –le reveló parco Adalberto.

- Entonces tu tatuador misterioso es extranjero pero vive en México –dedujo Gabriel.

- Al revés, al revés. –musitó lentamente Adalberto en tanto observaba un lejano cerro perdido en el horizonte para luego darle una pista-: Me lo hizo un querido paisano, que vive en el gabacho y aprendió la técnica del tebori, el tatuaje tradicional de Japón, hecho a pura mano.

- Okey. ¿Tiene nombre este maestro del tebori? –insistió el Custodio de Vientre.

- Sólo diré que él me tatuó cuando cumplí treinta años.

200

- Pues que gran trabajo. Me cae que si algún día quisiera hacerme uno, tendría que ser como ese que tienes en el pescuezo – concluyó amablemente Gabriel.

El par de agentes arribó justo a la hora acordada con otros elementos de seguridad vestidos de civil y bien armados. El agente encubierto Adalberto era la pieza clave para que el operativo fuera exitoso. En teoría, no habría necesidad de disparar un solo tiro, si el elemento sorpresa se cumplía punto por punto. A través de un lenguaje desapercibido de señas, Adalberto avisaría si era procedente intervenir en la captura de los principales jefes de la banda criminal o en su caso, evitar un escenario peligroso para todos.

Ataviados como si fueran migrantes centroamericanos, veinticinco agentes federales se dividieron en pequeños grupos alrededor de los carros de ferrocarril cercanos al que se usaba para practicar abortos clandestinos. Oportunamente y de manera sigilosa, a fin de evitar que auténticos indocumentados perturbaran a los agentes encubiertos, un día antes se les llevó a una cancha techada propiedad del ejército mexicano, dándoles comida y ropa pero sin permitirles salir hasta que hubiera concluido el operativo.

Hacia las cinco de la tarde los policías camuflados observaron la llegada de tres camionetas y un auto compacto de donde salieron quince personas: ocho varones y siete mujeres. Cinco de ellos portaban a la vista fusiles AK 47 y R-15. Cuatro féminas sujetaban con rudeza a las otras tres. Las sometidas parecían tener de entre quince a veinte años. El agente Adalberto había llegado con ese grupo malandroso y se le podía observar charlando con dos hombres al parecer no armados. Casi de inmediato, éstos abordaron el carro viejo de ferrocarril junto a las mujeres. Así transcurrieron diez minutos mientras el custodio Gabriel Rodríguez aguardaba monitoreando la operación desde una camioneta tipo van prestada por una compañía de ferrocarriles, junto a otros policías de la Unidad Anti tráfico de personas.

De pronto, Adalberto apareció sobre el borde de la puerta principal del vehículo ferroviario y sacando un cigarro lo encendió. Tras dar unas dos bocanadas de humo, estiró ambos brazos en total relajación. Esa fue la señal de luz verde. Al instante, dos grupos de policías encubiertos de migrantes se acercaron a los hombres armados pidiéndoles limosna con tono sumiso y entrenado acento hondureño. Los guardianes procedieron a darles dinero apresuradamente sin advertir que por la retaguardia avanzaban cuatro agentes encubiertos con las armas apuntando hacia los delincuentes. El amago fue rápido y exitoso.

El agente espía Adalberto se metió al carro de ferrocarril en el momento en que una mujer estaba por remover el pants de una muchacha que yacía recostada sobre una mesa de parto en pésimo estado. Otra tipeja de aspecto rudo, tirándole a luchadora profesional, inmovilizó las muñecas de la jovencita que sudaba nerviosa y con rostro espantado, mientras que otra compinche se dispuso a preparar la cánula con la máquina de succión conectada a una batería portátil.

El par de hombres carcajeaban fuerte al ver videos virales de cursilerías y estupideces. Frente a ellos, sentadas en el piso, permanecían las dos chamacas quietas como estatuas. Adalberto se unió a los malandros mostrándoles un video similar, logrando que ambos quedaran de espaldas al acceso del coche ferroviario. Luego, Adalberto con tono burlón y fuerte dijo: "Está de huevos esto". Súbitamente, cinco agentes ataviados de migrantes abordaron el carro y apuntando con sendas pistolas, pudieron capturarles sin que hubiera lesionados. Acordado en el plan, el policía encubierto Adalberto debía fingir sorpresa para no sembrar sospechas en los jefes del grupo criminal, por lo tanto fue detenido en medio de insultos policiacos junto al resto de delincuentes.

El Custodio de Vientre Gabriel Rodríguez resguardó a las jovencitas con ayuda de dos mujeres policías y las trasladaron a la Ciudad de México para darles atención médica y psicológica. Las investigaciones revelaron datos cruciales sobre el modus operandi de este grupo de trata de personas, siendo el primero de ellos que las chamacas eran de la costa del Golfo, para ser más precisos, de Veracruz y Tabasco. A simple vista, eran muy bellas físicamente, con cuerpos delgados y rostro fino, hermoso y trigueño. Luego se supo que tenían diecisiete años y que habían caído en una trampa mediante una convocatoria falsa en las redes sociales para trabajar como edecanes en un evento de tres horas con una paga nada despreciable de cinco mil pesos. El gancho para generar confianza total de los padres de las víctimas consistía en una visita directa al hogar por parte de dos elegantes y educadas ejecutivas que mostraban varias fotografías de la agencia de modelaje con diversas jovencitas trabajando en actividades en centros comerciales o incluso al lado de personajes del mundo del espectáculo y algunos políticos de renombre, lo cual daba certeza a quien las viera. Sin embargo, lograr el permiso final tenía que realizarse con más astucia, por lo que mediante un adelanto de mil pesos en efectivo a cada muchacha, se pedía como única condición el firmar un contrato temporal de trabajo además de la obligada rúbrica de los padres, los cuales accedían sin reparo, pues el documento garantizaba el pago del dinero restante incluso aunque el evento fuera cancelado.

Una vez bajo su control, fuera ya de la ciudad, los delincuentes adormecían a las jóvenes con fuertes barbitúricos en botellas de soda que ingenuamente ellas consumían mientras alegres se iban maquillando con la ilusión de triunfar como edecanes. Ya inconscientes, se deshacían de sus teléfonos móviles arrojándolos a los ríos o barrancas despobladas según narró una de las chicas que llevaba un año desaparecida y que llegó a conocer algunos procedimientos de la banda criminal al pelar bien la oreja cuando éstos se organizaban para una fechoría. La muchacha aseguró que este paso tenía que realizarse sin excepción y con rapidez; por medio de canales privados de radio, los delincuentes les decían a sus jefes que los peces (teléfonos celulares) ya estaban en el agua. La víctima también explicó que en cierta ocasión, al haber capturado a un par de quinceañeras, uno de los secuaces que era nuevo en la banda, escondió el costoso teléfono de una de las víctimas con el propósito de revenderlo por su cuenta. Ignorando que la familia de la puberta había denunciado a la policía su extraña desaparición, se consultó a investigadores cibernéticos, que dieron con la localización del aparato. Sin embargo, ya el líder del peligroso grupo había sido advertido por un corrupto agente policiaco justo en el momento en que un comando antisecuestro iba a capturarlos. Tras llegar al sitio hallaron todo deshecho el celular de la chica desaparecida y a su lado, ultimado de varios tiros, el cuerpo del bribón que intentó hacer su agosto con la venta del smartphone de alta gama.

Pero las muchachas narraron más hechos terribles durante su cautiverio. La peor tortura psicológica fue cuando permanecían encerradas por días con otras mujeres de su edad o incluso niñas de escasos diez años. Ya fuera alguna u otra adolescente recién raptada, los crueles captores les mostraban noticias recientes de Alertas Amber donde se veía la foto e información básica de la joven desaparecida.

Con sádica ironía, los criminales les decían:

"¿Ya ves? Si te quiere tu familia, ya te andan buscando…¡pero pa que te encuentren!", o también, *"¡Ah, ¿qué han de pensar justo ahorita tus jefes? ¡Ya me la mataron! ¡Se la han de estar comiendo las ratas en cualquier lugar!"*

Con los datos coincidentes de las tres chicas salvadas, la Unidad Especial Anti tráfico de personas averiguó que había cerca de cincuenta mujeres retenidas y algunas de ellas tenían siete años haber desaparecido, según pudieron constatar las jovenzuelas al revisar las fotografías de archivo de la policía. El Custodio de Vientre Gabriel Rodríguez estuvo presente en todos los interrogatorios dirigidos a este trío femenino junto al agente Adalberto quien sigilosamente usaba gorra, bigote falso y gafas oscuras para no comprometer la operación cuyo fin era desarticular a esa banda criminal.

Por otro lado, esas tres adolescentes quedaron embarazadas tras haber sido prostituidas sin ningún preservativo pues así lo había solicitado un cliente. Ellas describieron sin errores la media filiación del sujeto: aproximadamente de entre 35 a 40 años, muy alto, atractivo y de complexión atlética. Más que un tipo buscando sexo por dinero, aparentaba ser un seductor amable y simpático quien además embriagó a las jóvenes para inducirlas al acto sexual más por diversión que a la fuerza. Y en efecto, el colmo del asunto es que este hombre resultó ser el padre de las criaturas. Algo que desconocían las chamacas es que él había acordado pagar diez veces el valor de cada una con el propósito de preñarla y quedarse con el hijo. Y por diestra o siniestra, el cabecilla de la banda delictiva se había engolosinado con la rápida y jugosa ganancia de dinero, rompiendo el acuerdo con el cliente semental, pues al llegar el sexto mes de gestación, las chicas tenían que guardar reposo y eso implicaba perder ganancias al no prostituirlas.

Ese error fue clave para que la investigación criminalística diera los primeros frutos para acabar con este grupo de trata de mujeres. A través de una denuncia anónima bien encriptada e imposible de rastrear, se revelaron algunos lugares, nombres y horarios en los que se movían los traficantes con la "mercancía" a comerciar, lo cual permitió que agentes expertos como Adalberto integraran una estrategia efectiva y sigilosa que permitiera cercar y atrapar a los principales jefes criminales. Precisamente, en una redada, cayó un miembro importante de esa banda traficante de mujeres que, a cambio de evitar una sentencia de cuarenta años de cárcel, decidió cooperar como testigo clave para la Fiscalía General de la República. Con su vital ayuda, adiestró al agente Adalberto para involucrarse poco a poco en el tejemaneje de la organización malhechora y ganarse la confianza de los restantes cabecillas. Fue una labor de casi medio año, pero con el operativo reciente en los andenes ferroviarios, el éxito resultó casi rotundo pues quedaron encarcelados los dos principales mandos de dicha agrupación canallesca.

El único obstáculo para lograr el objetivo más importante consistía en acudir a la guarida en el que se hallaba el resto de las mujeres capturadas y liberarlas; de paso, detener o eliminar a todo malandro que se resistiera al arresto y resguardar cualquier evidencia material (fotos, mapas, direcciones, papeles, estados bancarios, dinero en efectivo, armas y cartuchos, etcétera) como virtual (imágenes digitales, filmaciones, transferencias de dinero, chats y notas de voz, emails, mensajes de texto); en otras palabras, aquello que permitiera armar una carpeta de investigación tan abundante e irrefutable para refundir a cadena perpetua a semejantes lacras de la sociedad.

Aunque el tiempo seguía siendo factor clave para el éxito final del operativo, conocer los códigos y protocolos de seguridad de cualquier célula delincuencial en caso de situaciones de alto riesgo, garantizaba los mejores resultados. Durante el periodo en que se involucró con la banda traficante de mujeres, el agente espía Adalberto había obtenido la confianza suficiente para saber tres datos de vida o muerte: la ubicación exacta de la sede central, la contraseña de acceso a este lugar y el apodo del lugarteniente que revelaría su auténtica identidad, pues, por lógicas razones, los jefes criminales le habían indicado a Adalberto bajo total reserva, que si surgía un problema grave como la captura o muerte de ellos, acudiera a la guarida a dar el aviso urgente al resto de la banda para que destruyeran la evidencia más comprometedora y pudieran huir a toda prisa, aunque antes debía preguntar por alguien que respondería al mote de "El Caín" y eso era todo.

Por tanto, quedó claro que "el Caín" sabría qué hacer inmediatamente. Empero, para el agente encubierto Adalberto el escenario no era sencillo pues quien se identificara como "el Caín" podría ser cualquiera de la docena de tipos vigilando el lugar con el resto de las mujeres retenidas. Y como en toda organización lo natural es que hubiera rencillas o envidias, Adalberto traía pique con un par de fulanos que se la pasaban hostigando a las muchachas en sometimiento, pues tenían prohibido hacerlo.

Dado entonces tal precedente, lo que menos quería el agente espía era enterarse que el mentado Caín podría ser alguno de aquellos depravados criminales.

ΔΔΔ

Habían transcurrido tres horas desde la captura de los capos y parte de sus secuaces en el carro de ferrocarril, cuando el custodio Gabriel Rodríguez recibió la orden de alistarse para salir a la guarida criminal al frente de diez agentes de su división policiaca. La indicación establecía que sólo hasta que el lugar estuviera bajo control total del comando armado de la fuerza pública, los Custodios de Vientre intervendrían para proteger a las mujeres en desgracia, dando prioridad a aquellas que estuvieran encintas. Con la información valiosa del testigo colaborador de la fiscalía, el agente Adalberto confirmó que el centro de operaciones de la banda se ubicaba en una planta química que producía cloro y otras sustancias de limpieza, de la cual el dueño era amigo de uno los cabecillas aprehendidos, habiendo acordado entre ambos la renta de una amplia bodega dentro del terreno de la fábrica. Quince personas laboraban en ese lugar durante la mañana y hasta las siete de la tarde, las cuales nada sabían de los movimientos de gente extraña sobre todo durante las noches. Así la situación, cuando el agente Adalberto arribó al lugar, ya la oscuridad comenzaba su reinado y esto permitía el uso de tecnología especial de asalto a disposición de una treintena de policías esparcidos en puntos de acceso clave del escondrijo de criminales.

Adalberto se identificó con el velador del lugar, que ya tenía indicaciones de dejar pasar a la bodega a todo quien preguntara por el tal Caín o por el dueño de la planta industrial. El agente encubierto caminó con paso apresurado pero con rostro indiferente, detectando a simple vista dos videocámaras por donde él hacía su recorrido. Llegó a una puerta de metal y vio un interfon con cámara. Apretando el botón cinco veces seguidas, aguardó cinco segundos y luego lo oprimió una vez por diez segundos (esta era la clave general que cualquier miembro de la banda criminal debía usar en caso de emergencia). De inmediato, una voz seca masculina se oyó por el intercomunicador:

- Diga.
- Busco al Caín.
- ¿A quién? –replicó la voz.
- Al Caín.
- Repita, repita –insistió el hombre.

- Quiero ver al Caín –gritó Adalberto.
- ¿Para qué asunto? –respondió la voz electrónica.

Tal era la pregunta faltante, acorde a la instrucción recibida. Adalberto adquirió confianza, y supo que responder:

- Se detuvo el clorato de berilio, se detuvo el clorato de berilio.
- Enterado, pásele rápido –le ordenó el interlocutor.

Se oyó un chasquido eléctrico abriendo el cerrojo de la puerta y Adalberto musitó: *"En la cueva del lobo"*. Llevaba integrado un micrófono nanométrico oculto en el cuello de su camisa con el cual podía transmitir mensajes claros a los líderes del escuadrón de rescate. Dentro del almacén, lo franquearon tres tipos de aspecto rudo portando fusiles cuerno de chivo a los que no reconoció. Era claro que, o se trataba de nuevos miembros de la banda delincuencial o tenían órdenes de permanecer en dicho lugar. Uno le auscultó entre su ropa hallándole la pistola Beretta nueve milímetros, resguardándola sin dirigirle palabra alguna. Luego lo encaminaron hacia el interior de la bodega a través de un pasillo iluminado por una molesta luz ámbar. Ahí pudo ver, a mirada de halcón, a una decena de hombres portando armas de grueso calibre y a los que ya identificó sin duda alguna. Atrás de ellos, en un largo espacio, había dos contenedores de tráiler separados a una distancia de treinta metros, y frente a éstos, una cerca metálica de cinco metros de alto, totalmente electrificada y con una sola puerta de acceso. En esos contenedores de acero permanecían en silencio varias muchachas y unas cuantas niñas apostadas en literas con colchonetas hediondas y repletas de óxido.

Adalberto puso cara de preocupación al reportarse con los malandrines conocidos. Pero ninguno le habló. Con aire impaciente, volvió a preguntar por el Caín. Una vez más, sólo hubo silencio. Instintivamente giró la cabeza justo en el instante en que una mano pesada le tocó el hombro derecho y vio un rostro familiar, que le sembró una dosis de nervios imposible de ocultar: se trataba del comandante Galilei Lozano, añejo compañero en los comienzos de Adalberto en la Unidad Antisecuestros de la entonces llamada Procuraduría General de la República.

El policía encubierto pegó un brinco como si hubiera visto un espectro. Su lengua quedó paralizada. A la vez sintió como si el corazón se le saliera del pecho, y luego un dolor extraño le carcomía las entrañas como ácido fatal. En cambio, el hombre que lo había tocado, se mostraba serio, con ojos de encendida sospecha y asintiendo con la cabeza fue directo al grano:

- Aquí tienes a Caín. ¿Qué te trae por aquí?

Adalberto calmó el miedo. La presentación y pregunta del comandante Galilei le indujo a pensar que también se trataba de un agente espía bajo el mote de "Caín", por lo que, de haberlo querido desenmascarar, le habría llamado por su nombre verdadero, en vez de Adalberto. Ahora aquél debía seguirle la corriente:

- ¡Qué alivio Caín! –dijo suspirando Adalberto-. Pues nos cayó la tira hace unas horas, nos pelamos los que pudimos. El patrón Mefistófeles me dio indicaciones que si algo llegaba a pasar, viniera a este lugar y hablara con usted. Y he cumplido.

Hubo murmullos entre los hombres y caras de espasmo. El Caín intervino:

- ¡Ey cállense batos! Chequen las pinches cámaras a ver si no hay movimientos raros. Y veamos contigo… me dicen los chavos que eres Adalberto. ¿Cómo no te agarraron a ti los tiras?

- La cagaron en la redada, yo creo que recibieron pitazo y se fueron a lo guey. Eso nos dio chance de escapar a algunos, pero a los patrones no. Ahí se los chingaron.

- ¡Cómo se los chingaron cabrón! ¿Les dieron fierro? –preguntó encabritado el Caín.

- No, no –aclaró Adalberto–, los amagaron, pero sin tirar bala.

- ¡Ah, y todo este desmadre por esas pinches zorritas cargadas! –gritó Caín– yo se lo advertí al señor Mefistófeles, vaya que se lo advertí. Este bisne con aquel pendejo que pagó para preñar a las zorras no iba terminar bien.

- Pues ahora usted manda –le señaló Adalberto, mirando al resto de los nerviosos sujetos.

- Yo que voy a mandar, ¡aquí todo se fue a la chingada! –clamó el Caín con ojos plenos de ponzoña asesina. Luego se dirigió a un grupito de cinco guaruras y dijo rugiéndoles:

- A ver cabrones, ya saben qué procede… se ponen las putas máscaras como les enseñé, abren la llave del tanque y tomen los aspersores…rocían la mercancía y la meten al tráiler negro. ¡Órale, en chinga culeros!

Adalberto se quedó pasmado. Notó que el Caín le hizo un ademán para que lo siguiera fuera de la bodega. Mientras iban caminando a solas, el supuesto lugarteniente de la banda roba mujeres le susurró:

- Así que ahora te llamas Adalberto, ¿eh cabrón?

- Qué pinche susto me has dado, comandante Galilei –respondió atónito Adalberto.

- ¿Cuál Galilei? ¡Qué pinche Galilei ni que ocho cuartos! Soy Caín, no sé a quién te refieres cabrón –dijo sarcástico el sujeto al tiempo que apretaba el botón de apertura de un portón eléctrico descubriendo frente a ellos dos camiones tráiler de colores rojo y negro. Luego el tal Caín se montó en chinga sobre la unidad oscura y la encendió. El potente motor retumbó los oídos del agente Adalberto quien dando la espalda a su acompañante susurró hacia el micrófono oculto que portaba:

"Tamarindo, potro negro, cianuro rosas. Tamarindo, potro negro, cianuro rosas."

Por medio de un pequeño comunicador que traía el líder del operativo policiaco, el Custodio de Vientre Gabriel Rodríguez oyó clarito el código dicho por el colega Adalberto. Pocos conocían el significado, pero Rodríguez era uno de ellos, ya que en el viaje por carretera que habían hecho horas antes, Adalberto le reveló algunas claves que utilizaban en redadas contra grupos delictivos. La primera, "Tamarindo", se refería a la presencia no esperada de un policía, tal vez encubierto o quizá coludido con los criminales, como era el caso del tal Caín, cuyo verdadero nombre era Galilei Lozano. Las palabras "Potro negro" tenían doble relevancia: potro significaba que algún delincuente haría uso de un vehículo grande, como era el tracto camión que Adalberto avistó, y negro describía el color de la unidad. La frase "Cianuro rosas", revelaba un posible ataque contra mujeres, con sustancias químicas. Esto es lo que Adalberto reportó cuando el Caín dio la orden de rociar con algún líquido a la "mercancía", es decir, a todas las mujeres dentro de la bodega.

Tan pronto dio el código Adalberto, un equipo táctico obtuvo luz verde para ingresar al recinto, destruyendo las videocámaras de vigilancia con disparos de francotiradores lo que puso en alerta al par de matones a los que el Caín les había encargado la tarea de monitorear, pero apenas iba a tomar su radio uno de ellos para avisarle a su jefe, cuando un corte de energía dejó a oscuras la bodega y sus alrededores. Segundos después se oyó un estruendo seco en la puerta de acceso y luego una voz de mando militar proveniente de aquella zona gritó la orden de que todos arrojarán las armas y se tiraran al suelo.

Sin saber cómo reaccionar, el instinto de supervivencia precipitó a algunos malandros a rafaguear con sus armas en dirección a la entrada lo cual resultó fatal para ellos, pues el escuadrón policial les repelió con sendos disparos usando equipo de visión nocturna. Cayeron heridos de muerte cuatro sujetos y tres más con lesiones menores.

Adalberto y el Caín estaban a unos cien metros de la balacera, observando las ráfagas de tiros como destellos azarosos de luciérnagas mortales en una penumbra impenetrable. El Caín le sonrió a Adalberto con extrañeza, pero aquél no supo interpretar esa mueca rara. Por un lado pensó que era un gesto de agradecimiento por haberle ayudado a acabar con el resto de la banda traficante de mujeres, más otra sensación le hizo sentir que su antiguo compañero Galilei Lozano trabajaba realmente para esta bola de desgraciados. El Caín, todavía con la sonrisa dibujada en el rostro, le dijo a Adalberto:

- Saca el fogón.
- Me la quitaron tus hombres al entrar –replicó nervioso el agente espía.
- Que lástima, pinche pendejo…que lástima… -le dijo el Caín al tiempo que le apuntaba con una Magnum tres cincuenta y siete, detonándola tres veces hacia el pecho y abdomen de Adalberto que aguantó los impactos por un instante y luego se desplomó bocarriba.

Ya sin fuerza, sin aliento y sin esperanza, Adalberto oyó las pisadas del sicario al descender del tráiler, quien lentamente se acercó hacia él. Presintió que le daría el tiro de gracia, quizá a boca de jarro, para destrozarle la jeta. Y cerró sus ojos marrones.

Pero no sucedió así. Galilei Lozano o "el Caín" encendió una lamparita de bolsillo, luego sacó una hoja doblada y la devolvió a su forma original. La parte de arriba mostraba una ficha técnica ni más ni menos que de la poderosa agencia F.B.I. de los Estados Unidos. Pero la otra mitad tenía impreso un rostro en tamaño mediano de un sujeto con las características faciales del agente Adalberto, además de una barba de candado y una mirada temible, desafiante.

El Caín puso la hoja frente a la cara del baleado y apuntó la luz de la linterna al papel, pero aquél seguía con los párpados abajo. En tono sorpresivo, el sicario le pidió que mirara un momento y Adalberto lo hizo. Sus temores se confirmaron. Haciendo un doloroso esfuerzo, dijo con los ojos puestos en la foto impresa:

- Car...nal...carna...lito.

- Esto es pa cobrarle a ese culero de Pepe Linares el chingarse a mi tío Pascual y pa que sepas bien: ¡no tardo en partirle su puta madre, pinche Teodoro! Ahora si, vete a la chingada.

En ese instante media docena de policías rodearon a los dos sujetos y amagaron al Caín mientras daban la alerta de auxilio al comprobar las gravísimas lesiones en la humanidad del agente encubierto Adalberto.

En la bodega, el caos danzaba con el chillar de mujeres presas del miedo que se agruparon hasta el fondo de aquel sitio, todavía a oscuras. Sólo hasta que se dio la orden, se levantó el interruptor de la fuente de poder y la luz se esparció por todo el almacén. Entonces, las nerviosas prisioneras comprobaron que había varios hombres vestidos de negro y con los rostros bien cubiertos por cascos y gafas opacas, portando fusiles de asalto con miras de laser encendidas que apuntaban hacia diversos lados, sobre todo aquellos en los que había contenedores de trailer. También yacían algunos cuerpos en el suelo, inertes como maniquís vestidos, unos panza arriba, otros con la jeta embarrada de sangre y boca abajo. Un par de malandros se ocultó tras unos tambos plásticos azul marino y al ser descubiertos por miembros del escuadrón policial amenazaron con hacerlos estallar pues según ellos estaban repletos de combustible. Pero su mentira fue descubierta inmediatamente: de aquellos grandes cilindros se desprendía un olor no a gasolina, sino a cloroformo. Un audaz francotirador se apostó desde lo alto de una de las esquinas del almacén y tras apuntar su fúsil contra uno de los delincuentes escondidos en los barriles, hizo una descarga y el proyectil destrozó el hombro izquierdo del maleante que amenazaba con incendiar el lugar. Tras ver a su compañero retorcido de dolor en el piso, el otro sujeto tiró su arma, rindiéndose con las manos en alto.

El objetivo de estos dos truanes era empapar de cloroformo a todas las mujeres durante varios minutos hasta causarles mareos fuertes o desmayos, y de ahí meterlas a la caja del tráiler color negro según las órdenes del Caín. Al Custodio de Vientre Gabriel Rodríguez se le hizo poco práctica esta tarea, pues sólo hubiera bastado ordenar a las sometidas el subirse al carro transportador amenazándolas a punta de pistola. Pero antes de poder hacer el señalamiento, el comandante del escuadrón explicó a sus elementos que para este tipo de grupos criminales, era más seguro llevar "su producto" adormecido que despierto, pues en caso de una inspección, las mujeres podrían gritar por auxilio, tal como ocurría y seguía ocurriendo en distintos parajes de México y del mundo.

Ya controlado el almacén de cualquier amenaza por la unidad de operaciones especiales, Gabriel Rodríguez se dirigió con la decena de Custodios de Vientre para tranquilizar a las mujeres en crisis y atenderlas con todos los cuidados. La mayoría de esta brigada la componían mujeres bien entrenadas en escenarios de riesgo como el del operativo violento que había culminado casi exitosamente.

Todavía daba la última instrucción el Custodio Rodríguez cuando escuchó gritar su nombre por parte de dos elementos que atendían al malherido Adalberto. Instintivamente, Gabriel Rodríguez salió como bala hacia el portón abierto y al llegar pudo ver en los débiles ojos del policía caído cómo se le escapaba lentamente la vida. Le dijo un uniformado que el moribundo pidió su presencia, pero le suplicó que no lo hiciera hablar, pues eso aceleraría la muerte. El Custodio de Vientre se inclinó cerca de la cabeza de Adalberto, única zona visible de su cuerpo que no estaba ensangrentada; éste, apenas al verle recuperó fuerza y giró su testa con lentitud. Un par de policías apretaban las mortales perforaciones en su pecho y le ordenaron amablemente no moverse y que se tranquilizara, a la espera de los paramédicos. Adalberto, ignorando lo último, levantó titubeante su diestra para indicarle a Gabriel que pegara más su oreja hacia él. Al hacerlo, el agonizante le susurró:

- Ora sí te diré quién me tatuó el cuello, sólo a ti, sólo…a…ti.

- Compa, compa, si me lo dirás –suplicó compasivo Gabriel Rodríguez– pero ahora aguanta, no hables compa.

- Me lleva la chingada... –escupió sangre Adalberto– mira lo puteado que estoy. Sólo te pido algo a cambio de esto….sólo te pido….pídele a Diosito por mi, diario…que me….perdone…

- Mi compa, ¡aguanta y me contaras lo que quieras, no te me rindas ahora! – le animó Gabriel tomándole la mano ensangrentada.

- Fue mi carnal –respondió Adalberto con voz apenas audible– mi carnal es quien me…me tatuó en el cuello… a San Miguel Arcángel… contra el dragón. No le digas a nadie.

- ¡Compa! Te guardaré el secreto, ¡aguanta compa, ya viene la ayuda! – susurró Gabriel en cuyos ojos esperanzados se formaron lágrimas de dolor.

- Si llegas a toparte a ese cabrón…-prosiguió Adalberto con un débil empuje de su corazón- dile que lo quiero un chingo… que siempre lo querré… pese a lo que es…dile que pida a Dios por… mi… Gabriel…pídanle…a Dios…

Adalberto clavó la mirada en la del Custodio de Vientre. Parpadeó una y una vez más. Silenciosa e invisible, la muerte le sorbió su último aliento y se marchó dejando inerte a aquel recipiente masculino de huesos, sangre y carne.

Gabriel Rodríguez cerró los párpados de su compañero muerto e hizo una oración musitándola lentamente en tanto que los demás le acompañaban con rostros caídos. A algunas cuadras se oían las sirenas de las ambulancias que acudían al lugar del enfrentamiento. Uno de los policías le preguntó a Gabriel que le había alcanzado a decir Adalberto antes de su óbito. El Custodio de Vientre, viendo el cadáver sobre el charco de sangre, sólo dijo que le pidió buscar a su hermano y decirle que le rezara a Dios por él.

- ¿Hermano? ¿Cuál hermano? ¡No tenía hermanos! –respondió el oficial.

- Así me lo dijo –explicó Gabriel-, tan claro como ahora te lo digo.

- Quizá se refería a su hermana, que vive en Estados Unidos –añadió el policía.

- De la hermana si sabía –alegó Gabriel–, en alguna charla me habló un poco de ella.

Una voz de mando ordenó a los presentes que fueran a apoyar acordonando el área para la llegada de los peritos criminalistas. Gabriel Rodríguez iba a despedirse de Adalberto observando su ensangrentado pecho –la camiseta blanca que llevaba puesta estaba casi teñida de rojo-, cuando el comandante que disipó a los policías momentos antes le dijo secamente:

- Es una pinche lástima que se nos haya ido Teodoro. Era un chingón que respiraba el peligro. Así quiso vivir, combatiendo a las lacras más culeras.

- ¿Teodoro era su nombre?

- Si –dijo el comandante– era José Teodoro. Y su carnal que dices, José Teófilo.

- Entonces si tiene un hermano –respiró aliviado Gabriel.

- Si, vaya que lo tiene. Y si te dejó ese recado para él, díselo sinceramente. No le vayas a mentir –advirtió el comandante.

- Para nada. La cosa es ¿dónde lo encuentro? –indagó Gabriel.

El oficial colocó su fusil ametralladora sobre el hombro y se dispuso a revisar la cabina del tráiler que seguía encendido. Miró fijamente al Custodio de Vientre y con mueca seria le dijo:

- Él te encontrará.

ΔΔΔ

Hasta esa noche, el Custodio de Vientre Gabriel Rodríguez desconocía el nombre de pila de Adalberto. En escasos meses de haberse conocido, apenas y habían cruzado palabras sobre otros asuntos que no fueran los de índole criminal, motivo por el cual, la vida privada del policía asesinado era un enigma. Y es que cualquier chisme, rumor e información crucial sobre la identidad de los agentes que ayudara al crimen organizado a evitar redadas y golpes contra su gente, era oro molido.

Pasada una hora tras el aseguramiento de la bodega clandestina y la levantada de los cuerpos de delincuentes así como del agente Adalberto, la brigada de Custodios de Vientre al mando de Gabriel Rodríguez había contabilizado cuarenta y ocho mujeres con edades de diez a veintidós años. La mayoría eran mexicanas, el resto de Guatemala y Honduras y más de la mitad ya habían sido sometidas como esclavas sexuales, detectando a nueve con abortos realizados durante el terrible cautiverio. Al mostrarles fotos de otras chicas desaparecidas, los investigadores se enteraron que, lamentablemente, hubo muchachas que al resistirse o por intentar huir, fueron asesinadas a brutalidad, algunas de ellas frente al resto de sus compañeras, que no tuvieron otra salida que acatar las órdenes de aquellos malvivientes.

Gabriel Rodríguez sintió una horrenda opresión en el pecho tras averiguar lo que las jóvenes rescatadas les relataron. También observó a otras chamacas bajo el influjo de drogas o alcohol, cuyos cuerpos desnutridos y esqueléticos, estaban al borde del colapso. Tal escenario y la repentina muerte de su compañero Adalberto le revolvieron el estómago y un mareo en la cabeza lo doblegó un instante, pero tras respirar hondo, pudo recuperarse. Presintió que aquella sería una de las más largas noches de su vida y buscaba un remedio, un punto donde desahogar la tremenda experiencia que, aunque parecía tener final feliz, en el fondo sabía que muchas de esas escuintlas liberadas llevarían heridas y cicatrices emocionales por el resto de su existencia.

En aquel momento, quiso Gabriel Rodríguez llamar a su esposa para romper el llanto. Pero cuando ya tenía listo el número para marcarle, desistió. Se lo habían dicho incontables veces en el entrenamiento de la brigada Custodios de Vientre. No se podía llamar a ningún familiar ni amistad íntima cuando las labores de investigación de cualquier evento seguían su curso. Lo recomendable era despotricar toda la presión frente a una pared, también abrazando a los compañeros policías que tuvieran la misma sensación y en última instancia, contra los detenidos sin agredirlos físicamente. Sin embargo, Rodríguez había intentado hacer lo contrario. Más al no marcarle a su mujer, suspiró lentamente y mejor revisó su celular.

El Custodio de Vientre vio una centena de mensajes. La mayoría provenían de los chats grupales de familiares y amigos, los cuales casi nunca respondía, pues le hartaban los chistoretes y las cascadas de textos, imágenes y videos reflexivos, moti-vacionales o cursis. También observó recados de su esposa, de algunos cuates de la universidad con los que tenía esporádico contacto, así como de su compañera Veró-nica Piña y uno de la directora del albergue "Concepción y Amor" en San Miguel de Allende.

Revisó los de su mujer, Caro, -porque no le gustaba que él la llamara Carolina– y disimulando el malestar interno que le azotaba, le grabó un audio con romántica voz, para decirle que su jornada había transcurrido tranquila, esperando volver en dos días con ella pues tenía mucho trabajo acumulado. Luego verificó el mensaje de Verónica Piña que en audio de voz le saludaba cordial pero también le dijo que la habían llamado del albergue "Concepción y Amor" preguntando por él para un asunto importante. Aquello no era la primera vez que ocurría. En ocasiones, al haber incidentes, las au-toridades de estos lugares tenían la obligación de avisar a los líderes Custodios de Vientre sobre tales situaciones, y en caso de no obtener respuesta inmediata, marca-ban a otros subordinados, tal como ocurrió con la agente Piña. Así pues, Gabriel Ro-dríguez revisó el mensaje pendiente de la directora del albergue en el que había es-tado apenas unos días antes y cuyo recuerdo inmediato fue el grato momento de tener en sus brazos al hijo de Carmina Luna Atanacio. El aviso decía así:

"Estimado Gabriel, buen día, le pido que a la brevedad se comunique conmigo vía telefónica para tratar un asunto de delicada importancia."

Justo en el momento en que terminaba de leer el mensaje, el perfil de la remi-tente apareció en línea por lo que Gabriel Rodríguez texteó la respuesta para saludarla y confirmarle si le marcaba mañana a una hora más prudente que la actual. La direc-tora le envió un mensaje corto de voz para pedirle si le era posible hablar ahora. Iba a responderle Gabriel que él prefería llamarla a las ocho o nueve de la mañana pues tenía mucho trabajo pendiente ahora, cuando en ese instante la encargada del alber-gue le mandó otro comunicado: "Es sobre Carmina".

Entonces Gabriel sintió ese cosquilleo que electriza la piel por un mal presen-timiento. Usando el propio Whatsapp hizo la llamada.

- Gabriel buena noche y disculpe – le dijo amable la directora del albergue.

- A sus órdenes señora Lucrecia – respondió el Custodio de Vientre, preocu-pado.

- Créame que si esto no fuera importante, le habría molestado mañana.

- Yo pensaba en marcarle mañana precisamente para no perturbar su noche – aclaró Gabriel Rodríguez.

- Estando al frente de este lugar atiendo el teléfono hasta de madrugada. Para que esté tranquilo Gabriel –le explicó Lucrecia con poquito aire de resignación.

- Pues tranquilo no estoy ahora que digamos. ¿Qué pasa con la señorita Car-mina? La saludé apenas hace unos días y conocí a su niño. ¿Están bien?

- Mire Gabriel, el tema es delicado pero no es para alarmarse tanto.

- ¿De qué se trata? – dijo serio el agente Gabriel.
- Bien. ¡Al grano como dicen en mi tierra! –exclamó la directora-. Carmina habló conmigo a solas y ha decidido rotundamente dar en adopción a su criatura.
- ¿Pero cómo? ¿Así de rápido? ¡Apenas lo parió! –repuso Gabriel.
- No, no, no –dijo Lucrecia-. Le expliqué a ella que al menos entre los trámites y el alimentar con pecho a su pequeño, tendrán que pasar unos tres meses. En todo caso, si ella quisiera desprenderse del chiquillo pronto, aquí podemos suministrarle leche materna.
- ¡Menos mal! – suspiró Gabriel Rodríguez-. Y fíjese que sé de casos de madres que deciden dar en adopción a sus hijos, pero pasadas dos semanas. En fin, gracias por avisarme para checarlo en el expediente de Carmina, mañana con calma…
- Todavía hay más –interrumpió la jefa del albergue- ¡Agárrese bien!
- Estoy tan firme como un roble, la escucho –dijo algo cortante Gabriel.

La directora guardó silencio por unos segundos que incomodaron a su interlocutor. Aquél, queriendo dar por terminada la llamada pues seguía con la cabeza revuelta por los lamentables sucesos de la noche, le preguntó cortés:
- ¿Señora Lucrecia? ¿Sigue ahí? ¿Me oye? Mejor hablamos mañana…
- Oiga esto Gabriel –dijo con voz profunda Lucrecia-. Carmina quiere, bueno, no quiere, anhela que usted y su esposa sean los padres adoptivos de su niño.

Ahora la situación se invirtió. Gabriel permaneció mudo un rato. Luego, suplicando, él exclamó:
- ¡Repita! ¡Repítame eso!
- Lo que oyó. Y yo sé que lo oyó muy bien – dijo Lucrecia en tono muy apacible, agregando:
- Usted hace tiempo me había dicho que intentaron adoptar algunas veces sin lograrlo. Pues mire lo que son las cosas. ¡Sus ruegos han sido escuchados!
- Señora Lucrecia…estoy, estoy…¡uy! ¿Cómo explicarlo? ¿Está segura que Carmina quiere eso? ¿Alguien no la está obligando a hacerlo? Tal vez la familia de ella…
- Nadie de su familia sabe todavía del parto. Carmina ha rechazado las llamadas por teléfono que sus padres le han hecho. Por lo que este asunto, usted y su esposa lo tienen que venir a hablar en persona con ella y conmigo. Pero de momento, tras haber conversado seriamente con Carmina, yo le aseguro que en ella vi total convencimiento de su decisión.
- No dudo de usted señora Lucrecia –aclaró Gabriel Rodríguez– sólo que, me parece impactante. Apenas tuve a la criatura media hora en mis brazos, felicité a Carmina por el nacimiento y ya así, de la nada, ¡quiere dárnoslo en adopción! ¡Es que me parece increíble! ¡Maravilloso!

- Entiendo por su última expresión ¿que está usted de acuerdo? –preguntó curiosa Lucrecia.

Rodríguez sonó esperanzado:

- A reserva de hablar primero con mi esposa, y luego, ambos con Carmina, le doy mi palabra de honor que si acepto muy feliz ser padre de ese niño.

Gabriel Rodríguez quedó de confirmarle la cita a Lucrecia para visitar a Carmina en días próximos. Tras colgar la llamada, Gabriel ya tenía esperando a tres Custodios de Vientre a sus espaldas que iban a darle su parte sobre las niñas y muchachas rescatadas en la bodega. Los reportes traían malas noticias, detalles sobre torturas, y abortos realizados en la clandestinidad a varias de ellas. Algo bueno dentro de este torbellino de desgracia es que la mayoría de las chamacas negaron estar embarazadas o tener alguna enfermedad de transmisión sexual. Claro que había que realizarles las pruebas clínicas a todas para descartar cualquier daño en su salud corporal, cuan no decir de la mental. En cambio, las jóvenes en estado de drogadicción fueron llevadas inmediatamente a un centro de rehabilitación con sumo cuidado. De hecho, hubo una situación que pudo controlarse sin que pasara a mayores. En medio del caos, se agrupó exitosamente a siete mujeres intoxicadas por algún narcótico o alcohol, pero una de ellas fue identificada por algunas féminas como miembro de la banda criminal, aunque fingía estar fuera de sus cabales. Al revisarla, se le halló una pistola repleta de balas, por lo que se supuso que tenía intenciones de huir en cuanto estuviera lejos de la vista de la autoridad.

De inmediato, se detuvo a la sospechosa y se le trasladó junto con el resto de los compañeros heridos a un hospital bajo estricta vigilancia policiaca.

Toda esta información se le dio al jefe de los Custodios de Vientre, Gabriel Rodríguez. Sin embargo, las subordinadas se dieron cuenta que la cara de él radiaba una alegría indescriptible, que, para la vibra tenebrosa circundante en el lugar, la mueca de Rodríguez parecía una luz de esperanza en aquel momento infectado de abominación y oscuridad pocas veces visto.

Ya de plano, una de las agentes al dar su parte notó que Gabriel Rodríguez aparentemente la veía y oía, pero su mente andaba en otro lugar. Tuvo que preguntarle discretamente a Gabriel si se hallaba bien, a lo que éste, mirando hacia el cielo despejado, con algunas estrellas en el firmamento, le dijo sereno:

- Mil disculpas…mil disculpas…Es que hace un momento recibí la maravillosa noticia de que mi esposa y yo seremos papás.

Rapsodia sobre un tema de Paganini.

Tras la detención del mentado Caín por el asesinato del agente encubierto Adalberto que llevara en vida el nombre de José Teodoro Linares, salieron a relucir cosas extrañas durante las pesquisas. El aludido sicario tampoco se llamaba Caín; su identidad real era la de Galilei Lozano Servín y también colaboraba de policía secreto para desarticular bandas criminales dedicadas al secuestro y a la trata de personas. Lo raro es que tenía más de medio año sin dar señales de vida a sus superiores y se le creía muerto, pues tal era la suerte de algunos agentes espías pillados por los delincuentes que tras torturarlos a brutalidad, les daban cuello, desapareciendo los cadáveres.

El presunto culpable explicó que su nula comunicación se debió a que había levantado sospechas al interior de la organización criminal y tuvo que demostrar con lamentables hechos su lealtad a dicha banda. Entre las reprobables acciones que cometió, dijo humillar, amenazar y hasta golpear a mujeres por órdenes directas de los jefes malandros. Con esa simple declaración, el mentado Caín quedaba libre de cualquier denuncia interpuesta contra él, sin importar los testimonios en su contra de las jovenzuelas sujetas al comercio sexual e inclusive el de los rufianes capturados que para evitar una larga condena en prisión, cantaban a detalle los abusos cometidos por el policía encubierto Galilei Lozano. Ninguna querella le podía infligir ni siquiera una amonestación pública, pues todo su violento actuar estaba permitido dentro de los límites del férreo entrenamiento para ganar la confianza de los líderes de la célula criminal. Por el contrario, si Galilei hubiera realizado una violación sexual, obligar a un aborto o cometer asesinato contra cualquier fémina, su suerte con la justicia habría sido distinta.

No obstante, otra circunstancia crucial impedía que Galilei Lozano quedara libre inmediatamente y fue el hecho de haberle quitado la vida al policía Adalberto, por lo cual estaba en la mira de la Fiscalía General de la República, a la que ambos pertenecían. Su abogado defensor argumentó que Galilei Lozano había disparado al agente Adalberto al confundirlo con un peligroso delincuente, presentando como evidencia una ficha técnica impresa de la página oficial del F.B.I. en la que se daba cuenta del perfil criminal de un tal José Teófilo Linares alías "Pepe Linares", ni más ni menos que el hermano gemelo del agente encubierto José Teodoro o "Adalberto".

De acuerdo a esa ficha del F.B.I., Pepe Linares se había dedicado al trasiego de narcóticos en algunas ciudades de Estados Unidos y se le consideraba altamente violento, además de bien capacitado en manejo de armas y tácticas profesionales de ataque y sobrevivencia militar. El documento no exhibía que hubiera pertenecido a alguna corporación policiaca o castrense, pero si tenía vínculos a un exclusivo centro privado de formación de escoltas de alto nivel en Texas, cuya gran reputación se debía a disponer de excelentes instructores que pertenecieron al Servicio Secreto de Estados Unidos, a El Mossad de Israel y al Cuerpo Especial de Seguridad del presidente de Rusia.

Bajo ese argumento, la defensa del agente espía Galilei Lozano solicitó su libertad plena, pues el dispararle a muerte a Adalberto, a quien confundió con el tal "Pepe Linares", en realidad fue una respuesta instintiva de supervivencia de Galilei al presentir que podría correr riesgo su vida en manos de tremendo sujeto tan bien entrenado para matar.

Pero por otro lado, la Fiscalía aseguraba que Galilei Lozano mentía plenamente pues al menos quedaban en el aire dos inconsistencias con evidencia clara e irrefutable obtenida por el micrófono oculto que portaba el agente Adalberto. La primera recaía en el hecho de que el agente José Teodoro Linares "Adalberto", se dirigió en voz baja a "El Caín" llamándolo por el cargo de comandante y por su nombre real; es decir, se daba por sentado que Adalberto ya conocía al tipo que habría de asesinarlo momentos después, y al llamarlo comandante se debió a que cinco años antes tanto víctima como victimario colaboraron en un par de operativos contra grupos delincuenciales. Había documentación de sobra al respecto. Segundo: el que Adalberto claramente con su voz, respondió haber sido desarmado al entrar a la bodega para después ser herido mortalmente por Galilei Lozano "El Caín". Pero por fortuna para Lozano, antes de iniciar la necropsia, se halló una afilada navaja sujeta al chamorro derecho del cadáver de Adalberto, y además, el micrófono oculto que portaba se había dañado al recibir los impactos de bala, por lo que no se registró cuando Galilei llamaba al moribundo por su auténtico nombre de Teodoro.

Basándose en estos hechos claros, el alegato defensor de Galilei Lozano cobró fuerza, concediéndole no sólo la libertad, sino la limpieza de cualquier cargo penal en su expediente y el retorno a la corporación policiaca o incluso su transferencia a otra oficina de gobierno si así lo deseaba para evitar conflictos con sus compañeros de armas.

Por otro lado, el funeral de José Teodoro Linares "Adalberto" fue discreto e íntimo, con apenas media docena de agentes de la Fiscalía General de la República – los mejores amigos del occiso – y también el Custodio de Vientre Gabriel Rodríguez. Para la prensa de nota roja fue imposible averiguar el nombre del oficial muerto en el operativo final contra la banda de trata de mujeres, ya que se evitó todo tipo de filtraciones sobre el peligroso trabajo de los policías federales encubiertos y de paso, el no revelar la identidad de los familiares de los caídos en cumplimiento del deber.

Gabriel Rodríguez sólo ubicaba de vista a dos de los agentes reunidos en torno al ataúd donde se resguardaron los restos del finado Adalberto. Con discreto ademan de respeto, Rodríguez saludó a los compañeros y observó que portaban armas en la cintura. Después presentó las sinceras condolencias a la viuda, a la madre y a otros familiares de Adalberto acompañándoles en el rezo de un Rosario y luego salió de la funeraria a tomar aire.

Al cuarto de hora, iba a despedirse de los deudos del muerto cuando fue abordado por un agente vestido de paisano, al que no recordaba haber visto entre los policías presentes en el velorio. Aquél, en efecto, le explicó que entraría más tarde, hasta que algunos de sus colegas vinieran a hacer guardia para evitar cualquier imprevisto desagradable o de mayores lamentaciones. El hombre se identificó como el oficial Arturo, encargado de investigaciones especiales de la Fiscalía de la República y uno de los primeros "alumnos" en aprender maniobras criminalistas por el ahora extinto José Teodoro Linares. De hecho, y sin entrar en detalles, le reveló a Gabriel Rodríguez que fue él quien le sugirió el nombre falso de Adalberto al agente espía del enigmático tatuaje del cuello. Pero sobretodo, el oficial Arturo tenía un mensaje privado para Gabriel y estaba aguardando a que éste saliera de la funeraria.

Arturo fue parco, clavando sus fuertes ojos negros en Gabriel Rodríguez:

- Alguien quiere entrevistarse con usted. Le voy a dar este número –y le entregó una caja de cerillos usada– márquele solamente de un teléfono público. Espere que suenen tres timbrazos, luego cuelga. Marque otra vez, aguarde cuatro timbrazos y cuelga. Luego marque y le responderán.

- ¡Ah cabrón! – se inquietó Gabriel - ¿Puede decirme de quién se trata?

- Es alguien cercano a nuestro compa Teo, que en paz descanse. Más datos no puedo darle- le explicó el oficial Arturo con voz hipnótica añadiendo-: Lo que si debo decirle es que este número es sólo para usted. Nadie más debe saberlo.

- Bueno, al menos dígame a qué hora le puedo llamar a esta persona. ¿Qué tal si tiene el celular apagado o sin señal? –insistió Gabriel con sospecha fuerte de que se trataba del carnal del agente Adalberto.

- De eso no se preocupe, señal tiene y está encendido las veinticuatro horas – habló escurridizo el mensajero, con la testa fija en la de Gabriel. Por último exclamó:

- ¡Ah por cierto! No vaya a dejar pasar varios días, a lo mucho unos tres.

El oficial Arturo se desvaneció entre la penumbra de un pasillo poco iluminado en el que apenas y se distinguían un par de vehículos. Gabriel Rodríguez metió la cajita de cerillos en una de las bolsas de su chaqueta de cuero negro, luego prosiguió a la funeraria y dio amable despedida a los familiares de Adalberto. Después, acercándose con respeto al fino ataúd de caoba, le dirigió una última mirada compasiva al rostro bien maquillado del muerto. Ahí le contempló un breve momento, escudriñando los párpados caídos, inertes adargas que protegían ese par de perlas azabache que daban miedo y una inevitable sugestión de que aún estaban vivas pero atrapadas en el más profundo sueño. Siguió mirando las cejas pobladas, la nariz chata, los pómulos carnosos, el cutis afeitado y brilloso. No había duda: excelente trabajo habían hecho los embalsamadores con el rostro del finado Adalberto. Por último, admiró con fascinación la auténtica belleza del tatuaje en su cuello, línea por línea, detalle a detalle, todo el trazado tenía el talento de una mano prodigiosa. Antes de alejarse del féretro, en silencio, Gabriel le rogó a Dios que tuviese Misericordia con el alma de este buen hombre, cuyas palabras finales fueron revelarle al artista que le había tatuado el San Miguel Arcángel contra el dragón en temible y mortal combate.

ΔΔΔ

Gabriel Rodríguez retornó a su casa gozando de un permiso laboral de tres días para descansar tras el exitoso operativo de desmantelamiento de la cruel banda de trata de mujeres, que además fue noticia nacional y también se diseminó por algunos países a través de las redes sociales. Rodríguez halló reconfortante refugio en los brazos de su esposa, pero no quiso descansar más de medio día, pese a que había dormido en promedio cinco horas diarias en la última semana. Su mujer –Carolina Toscano-, notó que su marido padecía un insomnio raro, pues dormitaba escasos diez o quince minutos y luego abría el ojo, con mirada entre ansiosa y fascinante, con ganas de querer decirle algo de gran relevancia, pero al mismo tiempo, anhelaba conciliar el sueño.

Carolina le sugirió tomar píldoras para adormilarse, pero él le propuso irse de paseo. ¿El destino? San Miguel de Allende, Guanajuato. No muy convencida de la salida de improviso, Carolina intentó persuadir con ternura a Gabriel, pero aquél ya tenía lista un par de maletas con suficiente ropa de ambos; exhibiendo un semblante vigoroso, sin ojeras de desvelo y con entusiasmo por salir, lo cual fue determinante para que su esposa aceptara salir de viaje.

Durante el trayecto, muy apacible, con un hermoso cielo azul despejado y clima fresco, Carolina Toscano quiso saber al menos por qué Gabriel había elegido ir a ese turístico pueblo mágico guanajuatense. Aquél le respondió que le tenía una sorpresa tan agradable y especial, que seguramente nunca la olvidaría. Ella por el contrario, pensaba en el día de hoy, haciendo memoria sobre algo muy importante que debía ser recordado, pero por más que se esforzó –y vaya que tenía buena capacidad nemotécnica– nada pudo hallar en su cabeza que tuviera que ver con San Miguel de Allende y el día que se iba por el incesante océano del tiempo.

Estaba el matrimonio atravesando la ciudad de Querétaro, a escasos cuarenta minutos de su destino, cuando la mujer se acordó de algo y le dijo a su marido:

- Mi vida, ¿hace unos días estuviste en San Miguel o no? De allá me hablaste. Ibas con Vero Piña.

Gabriel Rodríguez ni siquiera movió las cejas. Manejando con la vista al frente por la fluida autopista federal 57, respondió sonriente a Carolina:

- Así es amor, allá anduvimos por asuntos de trabajo.

- ¿No me irás a llevar ahí y me dejarás encerrada en el hotel o paseando sola mientras tú atiendes algo de la chamba eh Gabriel? –dedujo Carolina con seriedad.

- Para nada mi cielo –le contestó tierno su esposo–, se trata de que ambos disfrutemos el viaje y algo más.

- Pues ojalá así sea, porque ya van dos viajecitos que hacemos y en ambos te la pasaste atendiendo tus asuntos mientras yo me quedé en el cuarto del hotel aburridísima.

- Te aseguro Caro que esta vez no atenderé ninguna llamada del trabajo. Relájate cariño. Disfruta este momento.

Carolina guardó silencio un buen rato. Después con aire caprichoso le expuso a Gabriel:

- Mi vida, ¿Al menos podrías adelantarme un poquito de esa sorpresa tan maravillosa?

- No comas ansias cielo. Te aseguro que éste será uno de los días más felices juntos.

Carolina Toscano no dijo más. Dirigiéndole una mueca coqueta a Gabriel Rodríguez, quiso conseguir la más mínima pista pero no tuvo éxito. Entonces se limitó a escuchar música de la radio queretana, a través del estéreo del automóvil, y tras estar oyendo diversas emisoras del cuadrante FM, fijó la sintonía en la estación cultural Radio Universidad que en ese momento ponía la bellísima *Variación número 18 de la Rapsodia sobre un tema de Paganini* de Sergei Rachmaninoff y que al matrimonio Rodríguez Toscano le fascinaba oír. Sin embargo, Carolina con rostro triste, pensó: "Esta música es la que yo le habría puesto a un hijo mío para arrullarlo en mis brazos. Es la pieza perfecta".

Al estar llegando a San Miguel de Allende, Gabriel viró por otra carretera que rodeaba el espléndido pueblo mágico. Su radiante casco histórico era indiscutiblemente coronado por la belleza del templo neogótico de San Miguel Arcángel, siempre imponente desde cualquier lugar que se le viera. Carolina yacía dormida desde un cuarto de hora atrás, pues con la genial melodía de Rachmaninoff abatió el asiento y cerró los ojos. Su esposo hizo alto en un cruce de calles esperando la luz verde del semáforo, y en ese lapso, pudo ver que de la mejilla izquierda de Carolina, había corrido una solitaria lágrima dejando un surco por la capa de maquillaje ligero. Después de unos diez minutos de manejo, llegaron al centro maternal "Concepción y Amor", estacionándose Gabriel frente a un enorme fresno que prodigaba una estupenda sombra y tras apagar el motor del Grand Marquis, le marcó a la directora.

Uno, dos, tres, cuatro, cinco, seis timbrazos. No hubo respuesta. Así esperó dos minutos. Luego bajó de su vehículo con sigilo para no perturbar el sueño de Carolina. A unos diez metros del auto, remarcó otra vez sin obtener contestación. Entonces miró el cielo hacia el poniente, apenas decorado de algunos rabos blanquesinos desvaneciéndose por los vientos del sur. Gabriel suspiró inquieto. Quizá habría sido mala idea ir al albergue sin avisarle a la directora Lucrecia, de bote pronto. Quizá Carmina ya había pensado bien las cosas. Quizá ya no estaría dispuesta a dar a su hijo en adopción. Estaba a punto de marcarle a la directora por tercera vez cuando una voz familiar le sorprendió a su espalda:

- ¡Gabriel, que gusto verle de nuevo!

Girando el rostro, el Custodio de Vientre alegró la mueca y respondió al instante:

- ¡Hermana Gudelia! ¡Que agradable volver a vernos!

- ¿Hace tres meses? O ¿Quizá más? –dijo dudosa la monja.

- Si mi memoria no falla, algo así –aclaró Gabriel-. Vine de visita rápida, también a ver a Carmina y a otras chicas amparadas.

- Y fíjese nada más, justo hace unos días, mi Carmina acaba de ser mamá.

- Tuve la enorme dicha de cargar a su pequeñito y charlar con ella. Un hermoso niño –expuso radiante Gabriel.

- Tiene unos ojos lindísimos –le describió la monja Gudelia-, es muy mirón. ¡Ah ese chiquillo va encandilar a propios y extraños con esa mirada!

- Fíjese Gudelia –dijo Gabriel– tenía en mis brazos al bebé de Carmina y ella me explicó que todavía no mostraba sus ojos cuando de pronto los abrió. En ese momento el chiquito me vio parpadeando varias veces y Carmina se quedó admirada.

La monja le sonrió un instante a Gabriel, como queriendo decirle algo pero no fue necesario. Atrás del Custodio de Vientre, saliendo de uno de los pasillos franqueados por grandes pirules y encinos, venía Carmina Luna Atanacio con un libro en sus manos.

- Conozco ese coche negro –señaló Carmina con la vista puesta hacia el Grand Marquis de Gabriel Rodríguez.

Gabriel reaccionó alzando los hombros, al haber sido sorprendido. Gudelia volvió a sonreírle al agente federal quien le respondió alegre:

- ¡Usted ya había visto a Carmina! Vaya que les salió bien el sustito.

- Ya ve. Ya ve. Gabriel, usted no nació para policía. No tiene buenos reflejos – dedujo la monjita en mirada cómplice con Carmina.

- No soy policía hermana Gudelia –aclaró Gabriel– soy un Custodio de Vientre. No llevó arma ni chaleco antibalas ni gas pimienta.

- Pero si trae esposas –le soltó de sopetón Carmina deteniéndose al lado de la monja.

- Si –repuso algo ruborizado Rodríguez– es parte del equipo obligatorio que usamos cuando consideramos que alguien puede atentar contra otros o contra su persona.

Carmina abrió el libro por la mitad y cubriéndose con éste la boca dijo:

- Por eso es que me esposaron aquella vez en el hospital ¿no? Yo era peligrosa en aquel momento.

- Carmina…cuando pasó eso…pues… -titubeó Gabriel un instante, pero la jovenzuela le interrumpió de tajo, bajando el texto de sus labios carmesí.

- No, mire señor Gabriel. No tiene que decir nada más. Ya entendí que de no haber llegado ustedes, ni siquiera estaríamos aquí. No sé si viviría en la cárcel o con mi familia pero lo cierto es que yo no habría conocido a la querida hermana Gudelia y mucho menos a mi hijo.

- Voy adentro mi niña, o dime si quieres que te acompañe –dijo la aludida monja ya dando casi la media vuelta.

Carmina negó con la cabeza mientras Gudelia dirigiéndoles una mirada amable siguió su camino. Cerca del Grand Marquis de Gabriel Rodríguez, la joven madre fue a una banca y se sentó. Gabriel Rodríguez le hizo compañía a paso lento y mirando el libro que llevaba, le preguntó por él.

- Es un libro sobre mujeres que tuvieron la dicha de ser mamás solteras y lograron sacar a sus hijos adelante. Estoy leyendo sobre Matilde Montoya, ¿sabe quién fue?

- Si supe de ella – dijo Gabriel – en una clase de historia me tocó hablar sobre Matilde, la primera doctora de México en la época del presidente Porfirio Díaz.

- ¡Asi es! ¡Me impresiona usted! –gritó Carmina con mueca animosa–. Yo no sabía todo lo que tuvo que soportar, tantos desprecios y humillaciones para estudiar medicina rodeada de puros hombres.

- Y ya habrás leído que incluso el mismo Porfirio Díaz la apoyó y hasta fue invitado a su examen oral frente a varios médicos profesores.

- ¡Si, si! ¡Me fascina todo lo que luchó por lograr su tan amado sueño de ser médico! –exclamó Carmina dando golpecitos en el lomo del libro.

- Lo que desconocía –dijo confundido Gabriel– es que haya sido madre soltera.

- Tuvo cuatro hijos pero nunca se casó según he leído. Los adoptó –repuso Carmina mirando al cielo.

- ¿Cuatro hijos adoptados? ¡Vaya mujer! ¡Qué fuerza Dios mío! –suspiró Gabriel.

- Si, cuatro. Fíjese, mi mamá me contaba que cuando llegó el quinto de mis hermanos ella quería pararle ahí. Literal. Buscó la manera de quedar operada para no volver a embarazarse.

- ¿Y luego?

- Pues y luego quién sabe. Según le dijeron en la clínica le habían amarrado las trompas, o algo así. Pero me dijo mi mamá que si Dios quiere, uno llega y punto.

Entonces Carmina volteó su rostro al de Gabriel y agregó:

- Tal vez en el fondo ella tenía la ilusión de tener una niña tras haber parido cinco hombres.

- Como bien dices, cuando Dios lo manda, se cumple y ya –sentenció el Custodio de Vientre con ojos inquietos.

- Así es. Así es. ¿Y sabe algo? –dijo Carmina mirando al cielo- yo creo firmemente que Dios quiere mandarle a usted y a su esposa un hijo.

Gabriel Rodríguez aguardó un breve instante para después echarle ojos esperanzados a la muchacha:

- Carmina. ¿Entonces lo que me contó la señora Lucrecia por teléfono es cierto?

- No sé qué le haya dicho, pero a mí me avisó que usted vendría a platicar conmigo.

- Me dijo que quieres dar en adopción a tu hijo.

Tras unos segundos, Carmina expresó indiferente:

- No es así. Creo que le dijo mal la señora Lucrecia.

A Gabriel Rodríguez se le hizo un nudo en la garganta. Giró la cabeza hacia donde estaba estacionado su Marquis negro, tratando en vano, de vislumbrar a su mujer que seguía recostada en el asiento abatido. Inhaló y retuvo aire suficiente como para sumergirse más de un minuto bajo el agua –uno de sus ejercicios favoritos al nadar- y mirando perplejo a Carmina clamó desconcertado:

- ¡Pues para ser una broma vaya que es de muy mal gusto! No entiendo el motivo que tuviste para contarle tu supuesta decisión a la señora Lucrecia y que ella convencida de tus palabras, me avisara de inmediato.

- Entonces usted está aquí debido a que la directora le habló de mí.

- Así es. Vengo desde la Ciudad de México para aclarar este asunto ahora Carmina.

- Pues como le repito – alegó Carmina con más sobriedad –, la señora Lucrecia no le dio bien la información sobre mi decisión.

- ¿Entiendo por tanto que conservarás a tu niño? ¿Quizá te arrepentiste al final? – dijo serio Gabriel a la jovenzuela madre.

Carmina abatió los párpados y tocándose la frente respondió:

- No. No. Sólo el tiempo suficiente que pueda amamantarlo. Quizá unos cuatro meses según me explicó la pediatra. Terminada mi lactancia, deseo mucho que usted y su esposa sean sus padres.

Gabriel Rodríguez se quedó inerte. Como si esa última frase de Carmina Luna Atanacio le paralizara el tiempo. Apenas, consciente de sí mismo, reaccionó fugaz sólo hasta que pudo oír su nombre repetido fuertemente por la muchacha de lacios cabellos.

- ¿Está usted bien señor Gabriel? –preguntó Carmina extrañada.

- Discúlpame, discúlpame Carmina –dijo apenado Rodríguez-. Ahora ya comprendí. No fue culpa de la señora Lucrecia el haberme dado mal la explicación. Fui yo al decir que tú habías elegido dar a tu bebé en adopción. Debí mencionar que tú habías elegido darnos a tu hijo a mi esposa y a mí.

- ¡Ya ve! –dijo amable Carmina– me estaba haciendo pensar mal de la señora Lucrecia porque al hablar con ella, clarito le dije que yo sólo los quiero a ustedes como padres de mi niño. Y ella me prometió hablar ese mismo día con usted. Por eso el verlo aquí es la señal que yo esperaba.

Una imparable ráfaga de electricidad recorrió todo el cuerpo de Gabriel Rodríguez, desde la cabeza hasta los pies, haciéndolo temblar de felicidad. Hacía muchísimos años que no sentía tan poderosa sensación. De hecho, se le vinieron a la mente dos momentos clave en su vida: la primera vez que besó en los labios a Carolina, cuando aceptó ser su novia y la segunda, cuando ella le aceptó el anillo de compromiso, tres años después, para ser su esposa.

Gabriel no titubeó al oír de Carmina el maravilloso e invaluable regalo que ella estaba dándole en aquel momento, así que le pidió a la chamaca que aguardara un momento mientras él fue a despertar a su mujer. Para su sorpresa, Carolina seguía recostada pero con los ojos abiertos e inexpresivos, fijos en el toldo interior del Grand

224

Marquis negro. Gabriel le pidió con dulzura que lo acompañara para presentarle a alguien muy especial, y que era el motivo del viaje improvisado que él había decidido realizar en este día.

Carolina Toscano le pidió un minuto para tomar aire y estirar el cuerpo, así como quitarse lo entumido de las piernas por el largo recorrido carretero. Al incorporarse, la mujer de Gabriel se sintió algo desconcertada por el lugar donde se hallaban. Pudo leer el grabado de la casa albergue encima de la entrada principal por lo que le reclamó a su marido el que la volviera llevar a un sitio relacionado con su trabajo de Custodio de Vientre. En cambio, él la abrazó con ternura, notándole Carolina unos ojos acuosos que le anunciaban algo sorprendente, pero no imaginaba qué. Descendiendo del auto, percibió a algunas personas que salían del refugio, y, a pocos metros, estaba una jovenzuela delgada de lacios cabellos leyendo un libro, sentada en una banca. Tomándola del brazo, Gabriel condujo a su esposa rumbo a aquella chamaca solitaria.

La presentación fue amena y respetuosa, con lenguaje sencillo entre ambas mujeres. Luego, Gabriel pidió a Carmina que le explicara a Carolina el motivo por el que estaban hoy de visita en el albergue, principalmente para verla a ella. Sin rodeos, evitando caer en detalles, Carmina Luna Atanacio sostuvo la decisión que momentos antes le había confirmado a Gabriel:

- Señora, mi deseo es que tanto usted como su esposo puedan quedarse a mi niño como hijo suyo. Si ustedes están de acuerdo, primero que nada.

Pero Carolina Toscano, a diferencia de su marido, puso una cara de extrañeza y no enmudeció tras oír esas palabras:

- Mira mija. Mira bien mija. Júrame por lo que más quieras que sostendrás tus palabras...por favor...tienes que...

- Caro, por favor – interrumpió Gabriel a su mujer.

- No, no mi vida –le replicó Carolina–, es que ya no estamos para soportar más desilusiones, otra más ya no la aguantaría.

- Mi cielo, si Carmina ha dado su palabra, con eso nos basta –le dijo ansioso Gabriel.

- Pues a mí no me basta –sostuvo Carolina- y no me ha gustado nada el que no me mencionarás una sola pizca de este encuentro Gabriel. Como tu esposa, bien lo sabes, nos debemos confianza total. Lo acordamos siempre. ¡Con estas cosas no se juegan!

- Baja la voz, corazón –le rogó Gabriel Rodríguez–, te pido disculpas, lo sé. Me equivoqué en no darte detalles sobre eso, pero creí que esta grandiosa sorpresa te agradaría como nunca.

- Es que la sorpresa –insistió Carolina aventando las manos abiertas al frente – es que no hay sorpresa. Por eso te pido Carmina, que me puedas jurar por algo, que cumplirás esta promesa, por favor.

Carmina le echó ojos muy serios a Carolina. Sin decir palabra, se levantó de la banca y a paso acelerado abandonó a la pareja, pese a la súplica de Gabriel para que no se fuera.

Así transcurrió un largo y silencioso momento. Gabriel tenía pensamientos confusos. Quizá debió ir a solas para hablar con Carmina y con la directora Lucrecia antes de avisarle a Carolina. O tal vez pudo comentarle un poco a su mujer sobre la alta posibilidad de adoptar a un niño, pero sin dar más datos. "Sólo Dios sabe", pensaba Gabriel afligido, sin poder reclamar con argumentos sólidos el por qué de la actitud dudosa y condicionante de Carolina hacia las intenciones de Carmina Luna por dar en adopción a su hijo.

Mientras él elucubraba tales meditaciones en su mente, Carolina ya se había encerrado en el flamante Grand Marquis negro, decidida a no volver a salir hasta que Gabriel encendiera el motor, abandonaran de inmediato aquel lugar y estuvieran muy, pero muy lejos de ahí.

PARTE DOS

CICATRICES CICATRICES

Derecho a saber y derecho a callar.

Ciudad de México. Tiempo actual.

Por más que intentaba auto controlarse, Gabriel Rodríguez no podía evitar morderse las uñas. Era, desde muy niño, una típica reacción que evidenciaba el nerviosismo por alguna situación padecida. Ahora ya se había lastimado el borde de los dedos índice y anular derechos, y sus dientes se disponían a arrancar trocitos al meñique y al pulgar de una buena vez. Entonces, su asistente le avisó vía telefónica que había llegado la visita que tanto esperaba. Era alguien tan importante en su vida, pero algo desapercibida en la de cualquier gente que le echara un ojo encima, excepción clara de quien estuviera involucrado en el mundo del derecho penal y de las noticias acerca del aborto y las asociaciones pro vida en México.

Esta visita pendiente por recibir Gabriel David Rodríguez Balbuena, director del Centro Federal de Investigaciones contra el Crimen Cibernético, era a simple vista, una mujer que oscilaba de treinta y cinco a cuarenta años de edad, de cara fina y cabello corto, rizado y rojo conservador, piel blanca y de cuerpo delgado. Salvo el teñido de su pelo, en todo su rostro no lucía maquillaje. Su boca de labios firmes tampoco había sido lustrada por lápiz cosmético, pues su tono natural, rojo carmesí, despertaba atracción a la vista de propios y extraños, sin menospreciar tampoco unos cautivantes ojos amielesados.

Al despacho del director Gabriel Rodríguez, se asomó discretamente su jefe de prensa y tocando suavemente a la puerta le preguntó:

- Buenas maestro, ¿entonces qué pasó? ¿Le envío al fotógrafo para algunas capturas?

- Gracias Pedro –respondió Gabriel en tanto observaba nostálgico una fotografía-. Ya lo pensé bien y no será necesario.

- Si me permite un último consejo, considero que una oportunidad de este tipo ayudaría mucho para edificar fuerte su imagen ante los medios.

- Bien, aprecio tu consejo. En otra ocasión será.

- Tal vez, maestro, ya no se dé una chance como ésta. Considérelo fríamente – dijo Pedro persuasivo.

- Ve por un café –dijo riendo Gabriel– y relájate. Hoy no habrá fotos con tu servilleta.

Gabriel Rodríguez calmó su ansia de morderse las uñas bebiendo un sorbo de café que se había enfriado tres horas antes. Respirando profundo, salió de su oficina en dirección a la sala de espera. Ahí observó a la mujer que aguardaba leyendo la primera plana del diario "El vocero nacional", con suma atención.

- ¿Qué dicen las noticias de hoy? –preguntó amable Gabriel.

La dama dejó la lectura del diario, se incorporó del sillón y respondió sorprendida:

- Mi estimado, ¿a esta hora no sabe lo más importante que ocurre en nuestro México?

- Algo supe, si algo –repuso Gabriel– supongo que es la noticia de la liberación de la chica secuestrada, la hija del empresario Johansson. Miranda ¿no?

- Si, esa es una de las principales. Pero la otra es sin duda la que más pólvora va a explotar...la reinstauración de la pena de muerte. Estoy helada.

- Tenemos mucho que platicar ¿no crees?

- ¡Pues vaya que sí! Después de tanto tiempo.

- ¿Qué te ofrecemos? ¿Café, refresco, un té? – le dijo Gabriel.

- Nada de beber por ahora. Sólo una buena y tendida plática.

Gabriel Rodríguez susurró a su secretaria de que no le pasara llamadas ni que nadie del personal interrumpiera la reunión privada que iba a sostener. Después, abriéndole con cortesía el paso a su invitada, cerró la puerta de su despacho y en una pequeña salita se dispusieron ambos a conversar. Gabriel fue directo al grano:

- Impresionante... no te reconocí al verte. ¿Y cómo debo llamarte? ¿abogada o psicóloga Carmina Luna Atanacio?

- Gabriel, dígame Carmina, siempre Carmina. Es un gusto saber que ha avanzado mucho en su carrera policial.

- No, mira –le aclaró Rodríguez–, si hay alguien que merece mi reconocimiento pleno por haber triunfado tanto, partiendo de cero, eres tú.

- Pues poco a poco –explicó Carmina– usted sabe mi historia, o mejor dicho, mis historias. Sin embargo, usted y su esposa siempre me han apoyado y están pendientes de mis avances académicos y laborales.

- Y así como echaste buena semilla, ahora tu buena cosecha es merecida y seguro estamos que seguirás dando grandes frutos – le dijo orgulloso Gabriel.

- Le agradezco sus palabras. Y pues para más bien que mal, ahí voy. Seguro habrá leído o visto algunas entrevistas que me han hecho. No me gusta mucho salir en la prensa, pero es parte de mi trabajo.

- No me he perdido ninguna de tus entrevistas, ni tampoco Carolina. Te vemos muy activa, defendiendo a las madres solteras desamparadas. ¡Qué coraje que este gobierno haya suspendido el programa AMPARADOS y también pretenda tumbar la ley nacional anti aborto!

- Es una infamia –lamentó Carmina– porque además, hay demasiadas mujeres que contaban con esos recursos para poder subsistir junto a sus hijos. Hablamos de techo, vestido, comida, salud y escuela. Así de carpetazo, este tipejo nefasto que tenemos de presidente y muchos de sus diputados lambiscones pro aborto, dejan en claro que no les importa la vida de mexicanos indefensos.

- Y en cambio mandan el mensaje de que es mejor la pena de muerte en México en vez de educar y cuidar a gente vulnerable. Desgraciados, traidores –expuso con voz fuerte Rodríguez.

- Gabriel, no grite –suplicó Carmina–. Si lo oyen podrían destituirlo, usted hace un trabajo excelente en este lugar.

- Precisamente por eso mismo, no pueden correrme y en este sentido, soy quizá uno de los últimos directivos del gobierno federal que no pertenece a esa banda de radicales izquierdosos. Además, mi puesto, por si no lo sabías, tiene un candado jurídico que le impide al presidente removerme, salvo por causa grave.

- ¿Entonces usted es uno de los intocables por la llamada ley de Autonomía Institucional Superior del Estado?

- Efectivamente. En base a esta ley, tengo que concluir el periodo para el que fui designado, que es de cuatro años y apenas llevo uno. No hay que agregar más.

- Y diario hay trabajo Gabriel. Esta dependencia según he revisado, es la que más carga laboral tiene.

- Diario, a cada hora, a cada minuto, cada diez segundos –alegó Rodríguez–. Hay maleantes que dañan mucho tanto en los bolsillos como en la integridad vital de bastantes víctimas usando el anonimato del internet.

- ¿Y cuál es el delito que ocupa el primer lugar? – indagó la abogada-psicóloga Luna Atanacio.

- El fraude bancario y la pornografía virtual son los que más analizamos y perseguimos –le dijo Gabriel mientras daba el último sorbo de café frío, agregando-: El primero es menos complicado de investigar gracias a las estrictas medidas de seguridad al hacer transferencias de dinero y casi el ochenta por ciento de los casos se resuelven a favor de las víctimas.

- Entonces, la pornografía es la que más dificultades presenta para ustedes – concluyó Carmina.

- Hay una modalidad de fraude que nos está complicando las averiguaciones. Como abogada te interesará conocer algo de esta índole.

- Soy toda oídos – respondió Carmina con ojos saltones.

- Esto ocurre en las redes sociales muy populares, como Facebook e Instagram y también por el servicio de comunicación de Whatsapp. El contacto se hace vía publicaciones para eventos de modelaje o pasarelas. Sin embargo, todas las cuentas son falsas, excepto la de las víctimas en potencia que quieren ganar dinero. Posteriormente, vía mail y usando navegadores de alta seguridad para la web oscura que instalan en sus celulares, reciben un enlace oculto para que hagan bailes sensuales, desnudos y hasta cópula sexual hasta donde hemos registrado como evidencia.

- Supongo que como anzuelo reciben un pago –dedujo Carmina.

- A las mujeres más inexpertas –explicó Gabriel– les depositan tres mil pesos con la promesa de recibir otros tres mil en cuanto ellas suban más material con las indicaciones claras de lo que deben realizar. A las que ya han tenido sesiones porno les pagan cinco mil, y les dicen lo mismo. Como es de esperarse, el segundo pago nunca llega y por otro lado, muchas ni siquiera se quedan con la primera paga.

- ¿Son transferencias falsas?

- No. El dinero se los dan y hasta muy amables les dicen que comprueben el depósito en un cajero automático. Pero también los criminales les aconsejan no retirar el dinero hasta recibir el segundo pago ya que podría quedar bloqueada la tarjeta por falta de fondos. Para respaldar esa mentira, esta gente les envía a las víctimas fotos o videos donde aparentemente el plástico no sólo no tiene fondos, sino que es retenido por el cajero. El truco es muy convincente y las jóvenes no tocan la lana. Para cuando ellas suben la segunda tanda de fotos y videos, los delincuentes ya retiraron todo el dinero y no vuelven a contactarlas. Obviamente casi nunca hay denuncia por parte de estas mujeres, pues avergonzadas tienen que cantar qué hicieron y proporcionar información de contacto y los links para entrar al sitio porno, pero es muy difícil rastrear a estos desgraciados, porque todo, todo, lo hacen vía la web oscura.

- Y supongo que ese material lo venden al triple de su valor en la web oscura – comentó Carmina.

- Mucho más que eso –repuso Rodríguez– sabemos que cobran de veinticinco mil a treinta mil pesos por una sola tanda de material recibido, entre fotos y videos.

- ¿Tanto así?

- Si ellos se arriesgan a perder hasta cinco mil pesos por muchacha que les envía material pornográfico, ya que algunas retiran la lana sin importarles que sea cierto o falso lo del bloqueo de la tarjeta, pues de perdida ya obtienen mínimo veinte mil varos libres de polvo y paja. Ahora bien, casi todas las chamacas involucradas suben la segunda tanda de grabaciones e imágenes confiando en que recibirán el otro pago, el cual nunca les llega. En cambio estos barbajanes venden dicho material en precio similar y sin mayor problema a sus clientes de la web oscura. A cálculo simple, estas bandas obtienen de jalón por las dos tandas de material enviado de una sola víctima, de cincuenta mil a sesenta mil pesos.

Carmina asentó con la cabeza y dijo:

- Pero además por cada muchacha pueden obtener esa cantidad varias veces, ya que es un producto disponible para quien lo desee comprar ¿o no?

- Pues sí, lamentablemente es como dices –suspiró Gabriel Rodríguez– y mira, tenemos dos casos especiales. El primero se trata de una escuintla de quince años originaria de Yucatán, de familia separada y con problemas económicos fuertes. Ella envió todo el material pornográfico tal como se le dijo y no cobró un solo peso, como te expliqué acerca del modus operandi de esta delincuencia. Total, lo que produjo fue ofertado en veinticinco mil pesos y de inmediato salieron tres compradores de Europa y otro de Canadá. También averiguamos que los adictos a este tipo de pornografía tienden a compartirse material gratuitamente o con un ajuste a precio, e incluso hay revendedores. El punto es que actualmente las agencias cibercriminales de Estados Unidos, Francia, Japón y Rusia nos han revelado que los vídeos de esta quinceañera andan circulando en al menos sesenta países, prácticamente toda Europa, otros de Asia, América, Oceanía y África.

- Impresionante –dijo Carmina Luna– en todos los continentes, excepto la Antártida.

- Pues fíjate que curioso –repuso Gabriel-, pero en un rastreo que hicimos en conjunto con la división de ciber-criminalística del FBI, dimos con un servidor que usa el navegador ultra seguro TOR el cual estaba ubicado en una región de la Antártida. Bueno, para decirlo sin rodeos, en la zona que controla el gobierno noruego.

- Es decir que hasta el fin del mundo hallaron a un comprador de pornografía pedófila.

- No precisamente Carmina. Supimos que esa computadora la solicitó un equipo de investigación que realiza estudios en minerales y los datos privados los envían a través del servidor TOR, para evitar espionaje o fugas de información. Pero así como los noruegos usan servidores de otros países muy alejados de la Antártida, de la misma manera, gente que compra pornografía virtual desde Asia o Europa, se cuelgan de la dirección IP de la región noruega antártica. Así es muy complicado rastrearlos.

- Entonces a la fecha los videos de esta chica yucateca siguen rondando por la web oscura –lamentó Carmina.

- De momento si – asintió Gabriel-. Pero deja te cuento el segundo caso, que es el que nos tiene esperanzados. Se trata de una joven de veinte años que vivía en Texas, hija de migrantes mexicanos pero decidió regresar al pueblo de sus padres, entre Zacatecas y Durango. Por medio de un anuncio falso en las redes sociales, ella siguió instrucciones y luego grabó y mandó sus videos. Particularmente, no es una mujer atractiva de cara, pero su cuerpo es muy esbelto y se convirtió en la obsesión de un cliente que creíamos vive en Italia. Pero no, está mucho más cerca de lo que imaginamos. Disculpa si omito detalles, sabrás que está información es confidencial, pero sé que hablo con alguien que comprende bien este tipo de investigaciones.

- Agradezco mucho la confianza Gabriel. Hasta donde considere contarme, adelante –dijo Carmina con semblante curioso.

- Esta joven –continuó Rodríguez– fue requerida para seguir enviando nuevo material una vez por semana. Pero llegó un momento en que este cliente le pedía subir videos cada día y ella aceptó con la condición específica de que le pagaran de inmediato. Como sabemos, el dinero no sale de las piedras y sucedió que un día el depósito no se realizó y la muchacha acudió al banco a retirar, entre comillas, la módica cantidad de cien mil pesos.

- ¿Cien mil pesos recibidos de un solo cliente?

- Eso te da una idea de cuántos videos y fotografías envío en poco menos de dos meses –expuso Gabriel-. Ahora bien, personal del banco tenía la indicación de avisarnos cuando alguien fuera a hacer el menor movimiento de esa cuenta pues ya la policía cibernética había identificado ese registro y otros como parte de una red criminal. Fue así que detuvimos a la joven y en el interrogatorio ha colaborado para ayudarnos a la captura de los comerciantes de pornografía digital que podamos. Entre otros, al misterioso cliente obsesionado con ella.

- El que supuestamente vive en Italia –dijo Carmina.

- Eso suponíamos, aunque ya lo hemos detectado que se mueve entre Canadá y los Estados Unidos, cerquita de nuestra frontera. Hasta ahí puedo contarte – concluyó Gabriel.

- Como psicóloga –mencionó Carmina- un aspecto inquietante que he estudiado en asuntos de esta naturaleza, son las obsesiones derivadas de fetiches que algunas personas tienen hacia otras. Quizá esto pueda ser una de las claves en este caso.

- Pues mira que acertada eres –dijo sorprendido Gabriel– ya que esta joven nos reveló que los últimos vídeos y fotos solicitadas por este cliente, debían seguir

233

instrucciones detalladas. Por citarte un ejemplo, aunque te aclaro que no con la información que ella nos dio por ser confidencial, pero le pedía filmarse vestida con uniforme de enfermera, o luego con traje de bombero, entre otras cursilerías.

- Es que aunque parecieran cursilerías, estos puntos son de especial atención –suspiró Carmina-. He leído de personas que fantasean impresionantemente deseando a sus parejas o a otras gentes verlas vestidas con disfraces de vampiros, de hombres lobo y de zombies, hasta cosas más normalitas como desearlas muy fodongas, o al estilo sport, con uniformes de la policía o del ejército, en fin.

- Tu ayuda me viene excelente Carmina y ahora que lo pienso, tal vez podrías apoyar como asesora externa en algunos casos que aquí tenemos –le propuso Gabriel.

- Prefiero evitarlo, no me lo tome a mal –aclaró respetuosa Carmina-. Por ahora, tengo muchos pendientes que resolver en las casas de asistencia social para mujeres vulneradas. Sin embargo, cuente con mi apoyo para proporcionarle revistas e investigaciones que abordan el tema de los trastornos de personalidad, sobre todo aquellos relacionados a perfiles de pedófilos obsesivos.

- No se diga más, te tomó la palabra – dijo sonriente Rodríguez.

ΔΔΔ

El siguiente cuarto de hora Carmina Luna Atanacio expuso otros temas, más de índole personal y de la misma manera le correspondió Gabriel Rodríguez, hasta que tocaron a la puerta y Rodríguez dio entrada con voz firme. Era su asistente notificándole la llegada de David Alfonso, su hijo. Gabriel le preguntó a Carmina si estaba lista, y en ella hubo un momento de nerviosismo disfrazado a través de una sonrisa fingida al tiempo que asentía con la cabeza. Gabriel Rodríguez le dijo a su secretaria que le enviara a su muchacho al despacho reiterándole la orden de no permitir ninguna interrupción hasta nuevo aviso.

Carmina jaló aire y juntando las palmas de sus manos a la altura de su barbilla, susurró:

- Ya pasaron otros seis años. Como se esfuma el tiempo.

- En un abrir y cerrar de ojos –respondió sereno el director del Centro Federal de Investigaciones contra el Crimen Cibernético.

Carmina dirigió una mirada curiosa a Rodríguez y dijo:

- A veces me he preguntado Gabriel, ¿qué habría ocurrido si ese día en el albergue, cuando yo me levanté de la banca y me fui, usted y su esposa Carolina simplemente se hubieran ido sin decirme nada más?

- También me he hecho esa pregunta Carmina –repuso Gabriel– y creo que si en el instante en que yo estaba dando la vuelta para tomar la salida a la calle, Carolina no te mira con tu niño en brazos yendo hacia nosotros...... ¡Dios mío!

- Benditos los ojos de Carolina. Nunca olvidaré cuando ambos se bajaron del auto y llorando recibieron a mi...perdón, quise decir a su...

- Siempre será tu hijo –respondió animado Gabriel Rodríguez en tanto Carmina cerró sus maquillados párpados.

Justo en ese instante, a la puerta de madera de pino, se asomó una cabeza masculina de un joven apuesto, de cabellera lacia y oscura, pómulos carnosos, nariz plana, barba y bigote moderados y mirada marrón desafiante. Con voz ronquilla, pidió permiso para entrar y le fue concedido, cerrando el portón a petición de su padre, Gabriel Rodríguez.

El joven iba vestido todo de blanco, ya que cursaba el primer año de medicina en la Universidad Nacional Autónoma de México y en su mano derecha sostenía un morral multicolor hecho por artesanos huicholes, con símbolos alusivos a la rica tradición herbolaria de los pueblos ancestrales prehispánicos. Respetuosamente, se presentó con Carmina y luego dio un beso en la mejilla a su padre. Gabriel le contó a su hijo algunos detalles de la profesión de Carmina y que le apoyaría con investigaciones y libros sobre perfiles criminales diversos. Sin embargo, la atención del joven parecía estar centrada en el rostro de Carmina, a la que indiscretamente la escrutaba como tratando de hallar algo que no sabía explicar. Sabiendo que tendría que ir al grano pronto, Gabriel Rodríguez le dijo a su vástago:

- Te pedí que vinieras hoy porque acabas de cumplir los dieciocho años. Quizá recuerdas a Carmina, cuando cumpliste los doce.

- ¡Ya! ¡Ya me acordé papá! -respondió satisfecho el joven–. Usted estuvo en mi fiesta de cumpleaños, aunque casi no platicamos, o no recuerdo, disculpe Carmina.

- De hecho –aclaró Gabriel– también fue a tu fiesta de seis años, aunque eras más pequeño para grabarte rostros.

- ¡Híjole! De las fiestas cuando era más niño tendría que ver fotos o vídeos, aunque ya me percaté que usted –y señaló a Carmina– aparece cada seis años cuando es mi cumpleaños, ¿o no?

- ¿Qué te he dicho de señalar a la gente hijo? –le dijo un poco serio su padre.

- Si, si...¡perdón! Es que a veces se me chispotea, diría el chavo del ocho –se excusó David Alfonso.

- No te preocupes. No pasa nada –le dijo con suavidad Carmina.

- Bueno, pero por lo que veo, supongo que antes de que tuviera seis años no me conocía –afirmó el muchacho.

- De hecho si –replicó Gabriel a su hijo–. Desde que eras un bebé, para ser exactos.

Carmina asintió con la cabeza aquellas palabras y le preguntó al joven:

- ¿David? ¿O prefieres que te diga Alfonso?

- Me agrada mucho más David, pero Alfonso también, mientras no me diga Poncho, porque suena a ponche, y no me gusta el ponche. Alfonso es el nombre que eligió mi mamá y David, el que me puso mi papá, porque también se llama así.

- Nombres de reyes antiguos ¿no? –inquirió Carmina.

- El famoso rey David de los israelitas…y si…de las mañanitas, ya se imaginará cuando me las cantan –alegó el mozalbete-. Y también sé que en España hubo varios reyes llamados Alfonso.

- Bueno, David –prosiguió Carmina– yo tengo entendido que tus papás te contaron algo acerca de tu origen, pues cuando llegaste a los siete años, supiste que ellos no eran tus verdaderos padres biológicos. Además, te hicieron una promesa, si es que así querías que fuera, de que, cuando fueras mayor edad, sabrías la identidad de uno de ellos.

David Alfonso oía atento a Carmina Luna Atanacio en tanto que Gabriel parecía una estatua, con los ojos puestos en el espacio que separaba a su hijo y a aquella mujer.

Como Carmina no agregó más palabras; David exclamó:

- Si, jamás he olvidado esa promesa, aunque no recuerdo la edad a la que se me diría. Mi papá quizá sabe bien que al enterarme de eso, yo insistí en conocer quiénes eran mis auténticos padres. Al menos hasta cumplir los diez años, creo.

- Fue cuando tenías once – aclaró Gabriel Rodríguez-. Lo sé claramente y tu mamá también.

Otro silencio invadió la oficina de Gabriel. Algunas miradas entrecruzadas invitaron a que se reanudara la conversación de inmediato. Fue Carmina quien continuó hablando:

- Pues bien David. Estoy aquí para contarte ese lado de la historia. Pero sólo si es lo que deseas.

No viendo el jovenzuelo algún documento o papel en las manos de Carmina o de su padre Gabriel, le habló sincero a aquella:

- No quisiera aplazar esto más. El que haya dejado de insistir a mis padres con esa duda no quiere decir que la haya olvidado. Digo, sin ofenderlos a ellos, pero físicamente no tenemos parecido. Hasta un niño puede darse cuenta. De mi cara no tengo nada robado de los genes de mi mamá Carolina y mi papá Gabriel. Tampoco su estatura por lo que usted ha visto, yo soy más chaparrito que ellos. Pero eso no me importa en lo más mínimo. Que algo quede claro: Yo los amo, porque me dieron un hogar, una familia y me han amado como a un hijo propio. Desde niño he sido muy feliz, he sido bendecido por Dios al darme estos papás adoptivos, fueron muy juguetones. Y muy responsables. Justos al castigarme por alguna que otra tremenda travesura, y demasiado, demasiado bondadosos. De hecho hubo varios instantes en que realmente pensé que ellos eran mis papás naturales, por su manera de tratarme y tuve dudas de que me habían bromeado al decirme que tenía otra mamá y papá, pues yo me he sentido como un hijo natural bien amado. Aparte me dieron una excelente educación y además han respetado mis decisiones cuando quise practicar fútbol y luego guitarra, o incluso unirme al grupo de socorristas antes de entrar a medicina, pese a que implica ciertos peligros por andar algunos días de madrugada atendiendo a heridos de accidentes o por violencia. Y también me enseñaron a tratar amablemente a mis semejantes. En fin, señorita Carmina, estoy muy agradecido con ellos y siempre serán mis padres, hasta el último día de mi vida.

Un nudo en la garganta se le hizo a Gabriel Rodríguez al escuchar esas sinceras palabras nunca antes pronunciadas por David Alfonso. Aunque salieron del corazón de su muchacho, supuso que las tenía meditadas desde once años antes, cuando le revelaron que ni Carolina ni él eran sus verdaderos padres biológicos.

Por su parte, Carmina mostró un semblante feliz y sereno. No tenía ya perplejidad en su mente. Aguardaba este momento crucial con algo de temor, desde que firmó los papeles de adopción para entregar a su criatura de cuatro meses de edad al matrimonio Rodríguez Toscano. A petición de Carmina, acordaron desde aquel día que cada cinco o seis años, ella visitaría al pequeño durante la celebración de su cumpleaños o en una fecha cercana a su onomástico, pero que al convertirse aquél en mayor de edad, Carmina podría revelarle una parte de aquella historia que los había unido como progenitora e hijo.

Calibrando la frase tantas veces meditada en su mente, Carmina Luna, serena, develó la oculta verdad al chamaco:

- Bien. Bien. Pues David, esta mujer que ves y que te habla, es tu madre natural.

El joven ataviado de blanco giró su cabeza buscando el rostro de Gabriel Rodríguez. Éste, que no podía disimular el brillo acuoso de sus ojos, le musitó:

- Es cierto hijo. Ella es tu mamá de nacimiento.

Una vez más, el silencio se apoderó del recinto. Ninguno de los tres reunidos parecía querer continuar la charla. Pero dada la confesión de Carmina, no había duda de que el momento de la palabra le tocaba a David Alfonso Rodríguez Toscano. Con las manos pegadas a su rostro, el chamaco transmitía un mensaje de querer hablar, pero sin saber qué decir. Luego, tras algunos suspiros de David, éste le suplicó a su padre dejarlo a solas con Carmina.

Gabriel quiso objetar la decisión de su hijo, preguntándole con respeto si es lo que deseaba y aquél le reiteró su petición. Entonces, como soltando un fuerte peso encima, Gabriel Rodríguez acató de inmediato y saliendo del despacho cerró la puerta. Afuera ya había gente esperándole para tratar diversos asuntos.

Muchas preguntas rebotaban en la cabeza de David Alfonso tal como las esferas numéricas impulsadas por aire dentro de la urna de los sorteos millonarios, pero con la diferencia que en vez de premio, aquí le había tocado acceder a una crucial verdad. Su cerebro fraguaba una duda, cuando ya otra aparecía y luego otra seguidamente:

¿Dieciocho años para conocer a mi verdadera madre?, ¿Por qué no quiso quedarse conmigo?, ¿Es posible que tenga otros hijos, mis hermanos?, ¿A qué edad me habrá tenido, pues se ve joven?, ¿Por qué ella eligió a mis papás?, ¿Me habrá vendido a ellos?, ¿Me irá a dar algo importante ahora que soy mayor de edad?, ¿Querrá que la perdone por haberme entregado en adopción?, ¿Me pedirá que recuperemos el tiempo perdido?, ¿Puedo confiar en ella?, ¿Ocultará otros secretos más importantes que éste?

Por fin, luego de una pausa larga, habló el muchacho con mirada esquiva, hacia el descansa manos de la silla donde posaba Carmina:

- No pensé que llegaría el momento en que pudiéramos conocernos. Admito que esto es lo que menos esperaba recibir como noticia en estos días, ¡qué digo días! ... ¡en este año! Incluso ya mi vida jamás será igual, ¿sabe?

Carmina escrutó el rostro de David Alfonso serenamente. No quiso responderle el comentario, aguardaba a que el muchacho diera rienda suelta a su caudal de sentimiento próximo a desbordarse. Éste continuó:

- Por un lado, me siento muy raro, hablando con una extraña que aparece en mi vida tras dieciocho años y afirma ser mi madre biológica. Por otro, la curiosidad me carcome la cabeza, tengo tantas cosas que quiero saber y espero respuestas. ¿Estoy en mi derecho o no?

- Estás en tu derecho –respondió Carmina Luna al reclamo de David.

- Vamos bien –dijo ya con tono nervioso el chamaco-. Entonces, aceptando el hecho de que usted es mi madre, dígame, ¿quién es mi padre?

- Esa, David, es una pregunta qué no puedo responderte –replicó Carmina afligida.

La cara de David Alfonso cobró extrañeza:

- Si pudo venir hoy al despacho de mi papá para darme la noticia completa de la cual yo sólo sabía una parte cuando era niño, no entiendo por qué no quiere decirme siquiera el nombre de mi padre biológico. Le repito que estoy en mi derecho y usted lo aceptó.

- Permíteme aclararte –dijo Carmina- que tanto tú tienes derechos como cualquier persona en este país y en el mundo. Apelando a este razonamiento, te pido consideres también mi derecho a no proporcionarte cierta información que lejos de ayudarte, te perjudicaría.

- ¿Tan peligroso o dañino es preguntarle la identidad de quien tuvo que ver con mi nacimiento? – insistió el hijo de Carmina.

- No estoy segura de los efectos colaterales que esta información podría causarte, pero te aseguro que aunque quisiera dártela, no tengo ni el nombre, ni otros datos personales de ese hombre.

- Al menos podría intentar decirme ¿dónde y cuándo se conocieron?

¿Cómo podía Carmina responder a tan dolorosa y complicada pregunta? Pues decirle que no se trataba de uno, sino de tres hombres los que la ultrajaron, desconociendo totalmente la identidad de aquellos, cierto era que una fuerte conmoción causaría saber tal hecho a David Alfonso. Pero viendo que el muchacho no le quitaba la mirada inquisitiva a su madre natural, ella sentenció con brusquedad:

- Sólo te diré esto y no quisiera volver a tocar el tema. Una sólo vez vi a tu padre. Una sola. Algo más: Nunca olvidé su rostro y nunca jamás quiero volver a verlo.

- Lamento mucho oír eso –dijo resignado David Alfonso–. Pero no se preocupe ya. Como le dije antes, soy hijo del matrimonio Rodríguez Toscano.

El que el hijo de Carmina haya querido indagar antes que nada el nombre de su padre, había sido como una primera ola muy fuerte para un nadador de aguas profundas revolcado varios metros por la arena. Carmina esperaba preguntas serias, difíciles y hasta algo majaderas, pero no ir de inmediato a esa cuestión en especial. No y no. Esa interrogante la tenía preparada para cuando David y ella fueran avanzando más durante la charla.

Aun en aquel momento de cierta tensión, su hijo mostró madurez y lanzó preguntas a las cuales su madre respondió sin mayor problema, en algunas explicando detalles precisos, en otras obviando información de manera discreta y asimilable para ambos. Durante media hora platicaron Carmina y David respetuosamente, evitando la primera llamarlo hijo y éste tampoco la llamaba madre, como si fuera un acuerdo tácito; un trato sencillo entre dos desconocidos a pesar de que se habían encontrado y convivido varios años antes.

Habiendo satisfecho David Alfonso las dudas que le carcomían la mente acerca de su madre biológica, dieron por finalizado el encuentro y al poco rato, Gabriel Rodríguez se reencontró con Carmina y su hijo, sentados apaciblemente en el sofá de su oficina. Algo apenada, ella se disculpó por el largo tiempo ocupado en el despacho de Rodríguez, pero él le dijo muy amable que había aprovechado para dar un rondín sorpresivo a las diferentes áreas de trabajo y atender breves inquietudes de su personal. Carmina creyó prudente despedirse de mano de ambos hombres, correspondiéndole Gabriel atento, pero David Alfonso la sorprendió con un beso de mejilla. Ya salía la joven abogada psicóloga cuando de parte del muchacho salieron estas palabras:

- ¿Vendría a comer a nuestra casa? Mi mamá me hizo lasagna, mi platillo predilecto. Ándele, ¿si?

Carmina y Gabriel quedaron desarmados al oír la propuesta. Una voz le decía a Carmina rechazar la cordial invitación de su vástago, pues quizá no era prudente seguir conviviendo con él y sus padres adoptivos apenas enterándose David Alfonso de quién era ella en su vida. No obstante, una corazonada la impulsó a aceptar sin mayor reparo:

- ¡La lasagna me encanta! ¡Que amable eres! Pero no quiero importunar a tu mamá.

- No se diga nada más, te vienes con nosotros –dijo gustoso Gabriel Rodríguez-. Ya sabes que Carolina es excelente anfitriona y más con gente como tú.

- Siendo así, será un placer comer con ustedes. Y mejor los sigo, dejé el auto estacionado cerca de aquí –explicó Carmina.

Ya rumbo a casa de la familia Rodríguez Toscano, Carmina Luna iba muy tranquila. Sentía un enorme alivio dentro de sí, tal cual el de alguien que acababa de soltar una pesada y dolorosa carga tras bastante tiempo de llevarla consigo. Y en cierta forma, ella creía estar casi segura que al menos en la cara de David Alfonso, no había ningún rasgo natural conocido de ninguno de los tres hijos de la chingada que la violaron aquel fatídico día.

Vale más que mil palabras...

"¡Oh, memoria, enemiga mortal de mi descanso!..."
Miguel de Cervantes Saavedra. *Don Quijote de la Mancha.*

En efecto, Carolina Toscano recibió amenamente a Carmina, aunque no le agradó enterarse por parte de su marido, el que ella le revelara a David Alfonso que era su madre natural. Y es que el matrimonio había acordado al menos el año anterior, que ambos padres adoptivos estarían presentes cuando su hijo David supiera esa noticia. Pero Carolina, muy discreta, hablando a solas con Gabriel, comprendió que su hijo se había portado muy respetuoso y que de él mismo había salido la invitación a Carmina para comer en casa. Ya durante el convivio casi todo giró en torno a David Alfonso y su primer año de medicina, tocando como tema principal el Juramento de Hipócrates.

Mientras el muchacho atendía una llamada personal, el matrimonio Rodríguez Toscano le narró a Carmina que en una ocasión, David Alfonso caminaba a unas cuadras de su casa y a pocos metros pudo ver a un niño que corría tras una pelota cruzando la calle sin fijarse, siendo arrollado por un taxi que lo dejó tendido en el cofre del vehículo y sin moverse. Se llamó de inmediato a los socorristas de emergencia, pero antes de que llegaran, un enorme y lujoso automóvil detuvo su marcha y de éste salió un sujeto muy alto, con mirada penetrante, pidiendo despejar el lugar al grupo de mirones que se angustiaban al ver el rostro sangrante del pequeño. El hombre procedió a revisarlo y checar sus signos vitales. Entonces le aplicó una técnica de reanimación y pudo controlarle la hemorragia que le brotaba cerca de una ceja. Este héroe anónimo aguardó el arribo de la ambulancia y hasta entonces dijo llamarse Gilberto Claro, médico particular. Al poco rato llegó la madre del niño luciendo tremenda cara de espanto. Atendía un puesto de tamales no muy lejos del lugar del accidente que casi le cuesta la vida a su pequeño. Ella lloraba desconsolada pero al enterarse que el doctor Claro había salvado a su chiquillo, le ofreció todo el dinero de la venta no sólo del día, sino de toda la semana. En respuesta muy cordial, el galeno le dijo que mejor le diera unos tamales para llevarle a su familia y además, le dio su tarjeta personal para atender en consulta a su hijo, pues era cirujano pediatra y había que descartar cualquier secuela del tremendo trancazo del que fueron testigos tanto David Alfonso y otros transeúntes. Sin embargo, David escuchó discretamente a la madre del lesionado decirle al pediatra que llevaría a su hijo a la clínica de salud del gobierno porque no tenía muchos recursos. La respuesta del doctor Gilberto Claro fue contundente: "Señora, lléveme a su niño y olvídese de gastos. Primero es la vida de él, el dinero es lo de menos".

Pocos meses después de aquel suceso, David Alfonso presenció otro hecho por demás perturbador. Asistía a un centro deportivo para ejercitarse en el gimnasio y a veces zambullirse en una alberca un par de veces por semana. Una tarde, oyó los gritos de auxilio de una mujer y de inmediato el sonido de un clavado en el agua. Cuando se acercó al lugar, estaba una veinteañera toda mojada de la ropa con una niña en brazos a la que puso sobre el suelo. La infante, inconsciente, tenía los ojos abiertos y los labios casi morados. Evidentemente, se había ahogado. La mujer que chillaba de angustia resultó ser la madre de la muerta, descuidándola por un instante mientras veía su teléfono móvil y no se percató que su hija buceaba sin cesar, cuando repentinamente le faltó aire y ya no pudo salir a la superficie. Los segundos eran clave en este viaje de la vida a la muerte. En tanto, la joven revisaba los pulsos vitales y de inmediato procedió a hacer la resucitación cardiopulmonar aplicada a niños. Casi medio minuto después, la párvula pudo expulsar el agua retenida y el color de la piel viva retornó a su cuerpo. La escena impactó mucho a David Alfonso, acercándose para brindar la ayuda que se pudiera, aunque ya no fue necesaria. Acerca de la joven heroína que dio su invaluable tiempo y conocimiento salvavidas, se supo que era Graciela Claro, recién graduada de medicina y sobrina del pediatra Gilberto, el mismo que ayudó a salvar al chiquillo atropellado tiempo atrás.

Ambas anécdotas curiosas y ciertamente relacionadas, según Gabriel Rodríguez y su esposa Carolina, motivaron a que su hijo David Alfonso eligiera estudiar medicina sin dudarlo, justo en el año en que terminaba la preparatoria. David sólo agregó que el juramento hipocrático ya había sido cambiado en algunas vertientes, pues su autor, el griego Hipócrates, lo escribió dos mil quinientos años atrás. Carmina escuchaba con sumo interés los gustos y pasiones de su hijo, pero no le interrumpía: lo mejor que ella hizo fue dejarlo contar y contar lo que quisiera sobre su vida y la medicina.

Llegado el punto en que el juramento de Hipócrates tocaba el tema de nunca ayudar a provocar un aborto a ninguna mujer, Carmina Luna Atanacio tuvo un momento de flaqueza y apenas pudo disimularlo. Casi por instinto, Gabriel Rodríguez fijó la vista en sus manos, que descansaban sobre la madera de caoba del fino comedor; Carolina Toscano sólo cerró los párpados y David Alfonso le puso ojos peregrinos a su madre biológica.

En aquel instante, Carmina navegó en el vasto océano de la mente, a través del mar de los recuerdos lamentables, tocando puerto en aquel momento en que ella, una chicuela de diecisiete años, persuadida por su profesora Georgina de León, ingirió la píldora abortiva del día siguiente, esa píldora que rápidamente le hicieron vomitar.

El semblante incómodo de Carmina se tornó rojizo y apenas con voz medio quebrada se excusó con sus anfitriones para ir al baño. En su ausencia, David Alfonso preguntó a sus padres si habían notado la cara afligida de Carmina. Ante el silencio de Carolina Toscano, Gabriel le pidió a su hijo prudencia y respeto, y que cuando fuera el debido tiempo, quizá su madre natural podría revelarle más detalles de lo que había vivido. David muy respetuoso, asintió con la cabeza.

Por su parte, Carmina Luna pudo reprimir el llanto a punto de estallar, succionando aire a sus pulmones varias veces. Le agradeció a Dios el haberle podido revelar a su hijo que ella era su madre de parto, tras dieciocho años de silencio, sin que aquél le reclamara con legítimo encabronamiento. "No hay plazo que no se cumpla, Señor mío", musitaba Carmina viéndose al espejo. Luego de diez minutos, regresó al comedor pero en ese instante una llamada telefónica de trabajo hizo que se retirara hacia el pasillo a responderla, avisando a sus anfitriones que no demoraría mucho. En tanto, la familia Rodríguez Toscano comentaba sobre el tema nacional que se expandía por el mundo entero: la reinstauración de la ley de pena de muerte en México.

Gabriel Rodríguez exclamó indignado:

- Esto se veía venir, tal como les dije hace una semanas.

- Sólo era cuestión de tiempo mi cielo – alegó Carolina.

- ¡Pinches diputados y senadores! – dijo Gabriel - no tomaron en cuenta nada. Ni las más de tres millones de peticiones firmadas vía plataformas de internet, ni la última encuesta nacional del INEGI donde el setenta por ciento de los entrevistados están en contra del regreso de la pena de muerte.

Carolina Toscano dio un sorbo a su taza de té y tras una pausa breve, le dijo a su marido:

- Te faltó mencionar la carta de protesta firmada por todos los premios Nobel de la Paz, más las intensas campañas de Human Rights Watch y de Amnistía Internacional y no se diga, a nuestro compadre Severiano Magón alborotando las calles de esta desquiciada ciudad con ese plantón de gente por tres días.

- Yo le sugerí que no bloquearan las calles –aclaró Gabriel– porque ese tipo de actos ya no abonan a ganar simpatizantes, sino todo lo contrario.

- Si, de acuerdo contigo – asentó Carolina.

Justo en este punto, tomó la palabra David Alfonso:

- Entonces, a ver si entendí. ¿Todas las marchas organizadas durante el movimiento estudiantil de 1968 fueron inútiles? ¿O qué hay del plantón dirigido por el candidato Héctor Celador en avenida Insurgentes tras el fraude electoral hace años? ¿No sirvió de nada?

- Mijo, dime una cosa – repuso Gabriel Rodríguez con aire bromista-, ¿tú estuviste en alguna de las manifestaciones de esos hechos que mencionas?

- Obvio yo no había nacido aún papá –dijo serio David Alfonso-, pero he visto documentales, he leído crónicas, como *La Noche de Tlatelolco* de Poniatowska y el de *¿Cómo nos robaron las elecciones?* del propio Celador. Lo que ahí explican, me deja claro que toda marcha pacífica por defender la democracia de nuestro México está justificada sin duda.

- Pero no estuviste ahí –alegó Gabriel tocándose el entrecejo- y por eso ningún documental o testimonio incluso de gente que vivió aquellos hechos, se iguala al hecho de vivirlos en carne propia.

- ¿Y tú si papá?

- Tú sabes que nací en 1986 hijo –señaló Gabriel- así que no me tocó nada del 68, si acaso la curiosa numerología de invertir el seis y el ocho para señalar mi década y año de nacimiento, vaya, el 86.

- Entonces no has estado en ninguna marcha –dedujo David Alfonso.

- En una marcha no. Pero si estuve en el plantón de Insurgentes en aquel verano inolvidable –replicó Gabriel Rodríguez.

- ¿Pero cómo? ¡Hasta ahora me voy enterando de esto papá! –dijo perplejo el aprendiz de galeno.

- Tarde o temprano te ibas a enterar de estas andanzas de tu padre –dijo riendo Carolina con mirada coqueta a su marido quien le correspondió igual.

- ¡Mamá! ¡Tampoco me contaste nada! Nunca imaginé que papá anduviera de revoltoso y menos en el mega campamento en apoyo al candidato Héctor Celador.

- Bueno, en aquella época yo tenía simpatía hacia algunas propuestas de los partidos de izquierda –afirmó Gabriel.

- ¡Ay David! En eso si miente tu papá – carcajeó más fuerte Carolina Toscano-. Él tenía amigos que le entraron a todo ese relajo del plantón de avenida Insurgentes. Y entre ellos había uno muy cercano al candidato Celador.

- Pero también era muy pero muy cercano a tu mamá –sostuvo Gabriel secamente.

- Pues no es que fuera muy cercano mi vida….era mi novio, no te hagas –dijo Carolina quien tras darle una mordidita a una galleta de chocolate, siguió hablando-: Hijo, el caso es que tu papá se paseó los primeros días en aquel lugar para echar chisme con sus cuates pero no se le veía interesado en acudir a los mítines de nuestro candidato vencido.

- ¡Ah, ¿entonces tú si estabas de cajón con la resistencia ciudadana a favor de Héctor Celador? –preguntó a su madre David Alfonso.

- Si, hijo. Yo era la que andaba en esa revuelta y por esos días conocí a tu padre y con ello, pues, el flechazo fue inevitable.

- ¿Tanto así?

- Tanto así que esa fuerte amistad de él con mi entonces novio se vino abajo.

- Y no sólo eso –interrumpió Gabriel Rodríguez– también la resolución del Tribunal Electoral Federal favoreció al candidato rival con la presidencia de México. En definitiva, fue un año del chille para ese amigo que tuve, pues no quedó su gallo de presidente, lo terminó la novia y de pasó nuestra amistad se fue a la chingada. Así son las cosas de la vida.

Tras estas palabras de su esposo, Carolina Toscano puso mueca de satisfacción plena.

- ¿Y te aventaste todo el plantón papá?

- Sólo unas dos o tres semanas mientras cuajaba el asunto de noviar con tu madre.

- Se aventó todo un mes – dijo sonriente Carolina – porqué fui yo la que quiso acampar hasta que no se contara voto por voto y casilla por casilla.

David Alfonso abrió la boca sorprendido. Luego puso una mirada de duda en su padre quien asintió con la cabeza, acribillando con ojos de resignada complicidad a su esposa Carolina.

- Mamá, ¡es que no puedo creerlo! Siempre has dicho que los políticos de izquierda o de ideas progresistas no te simpatizan ni votarías por ellos.

- Tuve mi época, tuve mi época de apoyar con todo a esa gente – le aclaró Carolina a su hijo – pero como muchas cosas te pasan en la vida cuando se es joven como tú, yo me desilusioné bastante de lo que hicieron gobernando años después varios políticos que conocí en esa campaña electoral.

- ¿Qué te desilusionó mamá?

Carolina Toscano agudizó en su mente las palabras exactas, tal como si la estuvieran entrevistando para algún medio de comunicación y respondió a David Alfonso:

- Me desilusioné por la manera en que la gente fue manipulada para que tomaran las calles y parques de esta hermosa ciudad y de otras tantas. Previo a este plantón, yo supe que muchas personas coincidían con nuestro movimiento que luchaba por denunciar el fraude electoral contra el candidato Héctor Celador. Pero así como tuvimos su apoyo moral y hasta la donación de dinero para el pago de abogados expertos en derecho electoral, esta manifestación tan larga y desgastante, provocó que nuestros simpatizantes nos recriminaran con justa razón el que hubiéramos causado cierre de comercios y de escuelas, además de largos embotellamientos diarios de tres horas debido a nuestras inútiles marchitas. ¡Ah, lo olvidaba! También hubo quejas por vandalismo y basura en toda la zona en donde se estableció el campamento de resistencia civil.

- Ya veo mamá –suspiró David–. Con esto que dices, creo entender las razones de ambos para no apoyar manifestaciones incluso contra esta ley de la pena de muerte.

- Es mucho más complejo de lo que parece hijo -intervino Gabriel-. Tu mamá bien puede decirte que la mayoría de la raza que va a marchar por causas justas, como los fraudes electorales, o contra el aborto, o contra la pena de muerte, o contra la impunidad, o contra la violencia de todo tipo, etcétera, en realidad no sabe para qué marcha.

Antes de que David Alfonso cuestionara a Carolina, aquella respondió:

- Parte de eso es cierto. En el mega plantón de avenida Insurgentes, al menos de mi grupo de resistencia, en el que habíamos unos quinientos, casi todos estaban reunidos ahí para echar la barra y comer gratis diariamente.

- Pues como le diría algún experto al famoso Rick Harrison de Las Vegas, yo te podría responder *"No lo sé Rick, parece falso"* –ironizó David.

- Pues mira hijo –dijo Carolina– yo te aclaro que en cuanto dejó de llegar la comida al campamento dos días después, de nuestro enorme contingente sólo quedamos diez, aunque en realidad fuimos nueve, ya que tu padre venía a diario pero no a apoyar la lucha contra el fraude, sino a estar conmigo casi todo el día.

- Lo cual confirma tu hipótesis de que hay gente que no siempre acude a una manifestación por que le interesa que le resuelvan sus demandas, sino por otros objetivos –dedujo David Alfonso.

- Para una muestra aquí tienes un botón –explicó señalándose Gabriel Rodríguez.

- Pero papá –insistió David– tú y mi padrino Severiano han contado no una ni dos, sino al menos que recuerde unas diez veces, sobre esa poderosa marcha de personas hace varios años con la cual se logró aprobar la ley anti aborto en todo México.

- Y la seguiremos contando hijo. Tu madre y yo estuvimos en ella. Es imposible olvidar cómo tomamos el Congreso del Unión y miles de voces pedimos se aprobara esa ley favor de la vida humana. Fue un día histórico.

- Pero hoy no piensas lo mismo acerca del poder de la gente tomando las calles para pelear por la vida humana, para evitar a toda costa esta ley de pena de muerte –dijo preocupado el joven estudiante de primer año de medicina.

Gabriel Rodríguez jaló su cabello con ambas manos hacia atrás lentamente. Luego le replicó a su muchacho:

- Mira David, debido a esa imponente marcha popular a favor de la reforma para penalizar el aborto, me percaté que había sido un error costosísimo el haber presionado a los diputados federales que no apoyaban nuestra demanda, ya que mucha gente en todo el país criticó la manera en que logramos nuestro objetivo, o sea, mediante la intimidación y paralizando las calles. En otras palabras, aunque estaban a favor de apoyar la ley anti aborto, el método no les agradó para nada. Y eso, algún tiempo después, tuvo consecuencias.

- ¿Cómo cuáles? – cuestionó interesado David Alfonso.

- En las siguientes elecciones nuestro partido perdió tres gubernaturas donde era favorito. En cuanto al Congreso de la Unión, también cayó como segunda fuerza política, con diez senadores y setenta diputados menos.

- ¡Ouch! No sabía eso – dijo David.

- Aun con ello – explicó Gabriel - tu padrino Severiano siguió liderando a bastante gente. Estuvo a un pelo de ganar la candidatura presidencial, pero los militantes del partido dieron su preferencia a Claudio Barbosa, un tipo honrado pero sin carisma ni energía.

- De eso algo recuerdo, estaba chavito pero si tengo memoria. Perdió bien gacho ¿no?

- Fue una derrota humillante –dijo Gabriel-, la peor en toda la historia del partido Avanza Patriota y de la que aún quedan secuelas. Y lo preocupante es que mi querido compadre insiste en usar la estrategia de la movilización de personas cuando esto ya no lo hacen los líderes de los partidos de oposición. Él no comprende que las marchas y bloqueos ya no tienen el efecto poderoso y de respaldo social que antes tuvieron.

- Yo he visto que a través de las redes sociales hay más debate y muchísima participación –dijo David– pero es un mar de comentarios, no sé si de eso pueda obtenerse algún beneficio para mi padrino Severiano y los que estamos en contra de la pena de muerte.

- Ya diste con un elemento clave hijo –sostuvo Gabriel Rodríguez–. Son ahora las redes sociales el principal canal de información en torno a la toma de decisiones de la gente sobre temas muy importantes como éste.

- Pero insisto papá, internet es un mar, que digo un mar, un océano de información y a veces la gente no quiere ni ver unos segundos la discusión sobre la pena de muerte. O en su caso le ponen like a comentarios como: "¡Ya era hora! Hay que darles matarile a las pinches ratas", o "Ya urgía una purga de criminales, gracias a Dios".

- Mira David –propuso esperanzado Gabriel- hagamos algo que traigo entre manos. Voy a invitar a comer a Severiano el próximo domingo con su familia y quiero que me ayudes a convencerlo de que trabaje más por una estrategia de lucha usando las redes sociales en vez de inundar las calles de gente. ¿Cuento contigo?

- ¡Suena estupendo! Me pongo a trabajar desde hoy en algo para proponérselo.

- ¡Ese es mi muchacho! Te voy a pasar unos informes especiales que elaboró mi personal sobre la medición de visitas en páginas de Facebook y Youtube, donde se discuten los principales argumentos acerca de la pena de muerte y el aborto.

En ese instante Carmina Luna retornó al comedor disculpándose con la familia Rodríguez Toscano por la demora. Con abierta confianza, les dijo que la había llamado un reportero que cubría la fuente del Congreso de la Unión. El motivo era muy delicado: estaba por entrevistar a un legislador del partido Demócrata Liberal en su despacho privado, cuando la secretaria de aquél le llamó para atender a unas personas brevemente en la recepción. Mientras aguardaba sentado, el periodista observó un documento sobre la parte central del escritorio del diputado y con sigilo se acercó a verificar el contenido, el cual tenía marcas con tinta fluorescente. Como relámpago, activó la cámara de su teléfono móvil y pudo fotografiar la página completa segundos antes de que el entrevistado retornara.

Terminando el encuentro, el reportero revisó el texto capturado, fijando su atención en unas líneas marcadas que decían lo siguiente:

"El objetivo es eliminar el artículo 333 que penaliza el aborto bajo cualquier tipo de circunstancia, excepto cuando está en riesgo la vida de la madre o de que hay muerte fetal comprobada. Con este cambio propuesto, el delito de aborto quedaría suprimido del Código penal federal y a la vez impide que los congresos de los 32 estados puedan sancionar este hecho como parte de sus leyes penales, al dejarlo sin ningún efecto legal punitivo, ya que se le está brindando categoría universal de derecho humano a que la mujer decida que hacer sobre su propio cuerpo sin excepción".

Al concluir Carmina esta noticia, Gabriel Rodríguez puso un rostro de rabia apenas contenida en tanto que su esposa se turbó de preocupación. Habían sido los primeros en enterarse extraoficialmente sobre lo que días antes se había manejado como un lejano rumor entre los pasillos del Congreso de la Unión, esto es, la supresión del delito de aborto en todo México. David Alfonso en cambio, veía a su madre biológica con mucho asombro, pues en ese momento comprendió que la llamada recibida por ella para darle tremenda información secreta, significaba que Carmina Luna Atanacio no era una abogada más del montón, sino una mujer con poder y reconocimiento. Para el chamaco, resultó complicado digerir en su mente el que unas horas antes se enterara que aquella era la mujer que lo había parido, y ahora de sopetón, Carmina les revelaba a él y a sus padres adoptivos la noticia que volvería a enfrentar a mucha gente por los tan peleados derechos a nacer o no nacer de toda criatura humana concebida.

Por su parte, Gabriel Rodríguez pidió a su familia no revelar nada sobre lo que habían escuchado en voz de Carmina, ya que de propagarse la noticia, se correrían tres graves riesgos. El primero es que se sabría la identidad del periodista que le filtró la delicada información a Carmina, y por ende, enfrentaría terribles consecuencias laborales y judiciales. El segundo riesgo es que se pondría fin a toda relación de confidencialidad que tanto este corresponsal como otros colegas guardaban con Carmina Luna, a la cual le dejarían de filtrar notas importantes y otros pormenores producto del cotidiano chacaleo reporteril. Por último, estaba el riesgo de perder el factor sorpresa como parte de la estrategia política que aplicaría el partido Avanza Patriota para impedir la eliminación de la ley anti aborto o "Ley Severiano" como popularmente se le conoció años atrás.

ΔΔΔ

Una vez prometido guardar silencio sobre este asunto, Gabriel Rodríguez le pidió a su esposa que invitara a cenar esta noche a sus compadres mencionando el código especial. Luego, Gabriel llevó a Carmina hacia su despacho particular para continuar hablando de este problema y contemplar escenarios de conflicto, pues en definitiva se vendría una nueva etapa de lucha desafiante entre la gente de izquierda y la de derecha. En tanto, Carolina Toscano se dispuso a contactar a su comadre Evelia, para convidarles a ella y su marido Severiano, unas tan prometidas crepas de huitlacoche con queso, acompañadas de un exquisito tinto. Ciertamente, se trataba de uno de los antojadizos platillos del matrimonio huésped, aunque la manera de invitarles - improvisada y con la información de las mentadas crepas –era el medio seguro acordado para que pudieran reunirse con urgencia Gabriel Rodríguez y Severiano Magón,

249

evitando generar sospechas para el espionaje telefónico gubernamental, pues primero las mujeres se ponían al tanto de sus vidas por veinte minutos, echando chismes e intercambiándose recetas culinarias para posteriormente hacerse la invitación a cenar. Sin embargo, esta vez la llamada fue rápida, pues Evelia y su marido se disponían a ver un exclusivo reportaje alusivo al tema de la reinstauración de la pena de muerte en México, aunque el matrimonio Magón Méndez confirmó gustoso la invitación para cenar las tan deliciosas crepas de huitlacoche, comprometiéndose a llevar un buen tinto.

Mientras tanto, David Alfonso se quedó en el comedor revisando en su celular todo tipo de contenido relacionado a la supuesta derogación del artículo que penalizaba el aborto a nivel nacional. Tras unos minutos de búsqueda, halló sólo un breve video subido anónimamente en el que se veía parado a un funcionario de confianza del Congreso federal susurrando palabras a una persona frente a él, sin que se le pudiera ver el rostro con claridad. El mensaje, con bajo volumen, decía "Está por definirse un documento importante para despenalizar el aborto. En una sesión podrá votarse rápido".

Ya a solas, Gabriel Rodríguez le pidió a Carmina Luna asesoría jurídica para elaborar puntos importantes y concisos que les permitiera actuar rápida y eficazmente a la gente de mayor experiencia y liderazgo del partido Avanza Patriota contra el proyecto de eliminación de la ley nacional anti aborto. Carmina alegó que lo más importante era plantear todos los escenarios posibles a través de los cuales los legisladores de los partidos Demócrata Liberal, Unidad Revolucionaria, Ambientalista Mexicano, Agrarista-Obrero y Amanecer Social, sostendrían su postura y con ello su voto decisivo y aplastante para lograr el objetivo esperado.

Carolina Toscano irrumpió en el despacho de su marido para avisarle que los compadres Evelia y Severiano confirmaban la cena de esta noche. Casi sincronizados, sin apenas mirarse a la cara, tanto Gabriel como Carolina invitaron a Carmina Luna a degustar las famosas crepas de huitlacoche, pero la abogada psicóloga respetuosamente rechazó el convite pues tenía que ir a su casa para revisar un expediente en el que se había demorado ya algunos días. En ese momento, sonó el teléfono móvil de Gabriel. Viendo que provenía de uno de sus empleados de mayor confianza, salió del cuarto excusándose con amabilidad. A su vez, Carolina Toscano se disculpó con Carmina para ir al baño, dejándola a solas en el amplio estudio alfombrado de su marido.

Aunque Carmina ya había visitado unas tres ocasiones el hogar de la familia Rodríguez Toscano, era la primera vez que entraba a ese despacho que más bien se veía como una agradable sala de estudio. El escritorio era grande, de refinada madera de encino y estilo clásico, en el que descansaba una lámpara de cobre tipo vintage y a un costado, había una pequeña columna de libros. Inclinándose, Carmina leyó algunos de los títulos impresos en el lomo de los textos: *Robinson Crusoe* de Daniel Defoe en color beige, *El Padrino* de Mario Puzo en pasta dura de rojo sangre, *2001 Odisea del Espacio* de Arthur C. Clarke en letras blancas sobre fondo negro, *La sombra del caudillo* de Martín Luis Guzmán, mostraba su título en gris oscuro rodeado de un azul marino, mientras que *Arráncame la vida* de Ángeles Mastreta tenía sus letras engalanadas de carmesí sobre un ocre brilloso y *Doña Perfecta* de Benito Pérez Galdos, tenía un tipografía sencilla en letras violeta. A un lado de este pilar de obras, se hallaba *La familia de Pascual Duarte*, de Camilo José Cela, abierto y subrayado con lápiz un corto párrafo, que Carmina leyó guiada por la curiosidad:

"Ésta se reía y su risa, créame usted, me hizo mucho daño; no sé si sería un presentimiento, algo así como una corazonada de lo que habría de ocurrirle. No está bien reírse de la desgracia del prójimo, se lo dice un hombre que fue muy desgraciado a lo largo de su vida; Dios castiga sin palo y sin piedra y, ya se sabe, quien a hierro mata..."

A Carmina le atraía la narrativa política e histórica, pero aquellos títulos le eran conocidos, y le resultó curioso el que cada uno de ellos representara un subgénero diferente –aventuras, policíaco, ciencia ficción, etc- por lo que dedujo que tal vez podría deberse a que Gabriel Rodríguez los tenía en su escritorio para clasificarlos adecuadamente.

Por lo demás, el despacho de Gabriel contenía una mesa y un pequeño sofá confortable que daban hacia un amplio ventanal por el que la luz natural se esparcía desde el amanecer hasta el ocaso. Finalmente, franqueando cada costado cercano a la puerta, se erguían dos enormes libreros similares de bella madera de roble, cuya altura casi tocaba el techo. Carmina se levantó de la silla para indagar discretamente en los estantes que alcanzaba a ver, los cuales albergaban libros y algunos objetos decorativos, como figurillas ecuestres, bustos en miniatura de personajes célebres, automóviles a escala coleccionables y algunas fotografías que llamaron la atención de Carmina, contemplando esos momentos capturados de la familia Rodríguez Toscano. Unas mostraban muy jóvenes a Gabriel y a Carolina precisamente en el plantón popular de avenida Insurgentes en contra del fraude electoral un par de décadas atrás. Aparecían a solas y abrazados, de espaldas a una multitud que marchaba portando carteles con la leyenda "voto por voto, casilla por casilla". Otras imágenes los exhibían muy felices el día de su boda religiosa, en alguna playa contemplando un atardecer y finalmente, celebrando el primer año de vida de David Alfonso y otros momentos hermosos de su infancia. Lo cierto es que Carmina ya había visto fotos de su hijo y conservaba todas las que se había tomado con él antes de darlo en adopción y también las de sus fiestas de seis y doce años respectivamente. Pero al ver a David Alfonso en esas instantáneas que no conocía, se le alegró mucho el corazón, al grado tal que difícilmente algo podría perturbarle ese caudal de gratas emociones.

251

Se ha dicho sin exagerar en la frase *"una imagen dice más que mil palabras"*, que en efecto, lo que alguien ve puede alterarle o, en el caso de Carmina, desestabilizar su estado mental. Pues así como ella observaba plena de gozo esas fotos añejas de su vástago con sus padres adoptivos, de inmediato, como relámpago inesperado seguido del tremendo rugir del trueno, en sus ojos renació un terror que parecía sepultado en lo más profundo del abismo de la memoria trágica. Y si, también había sido una sola fotografía la culpable de revivir el horror en la mente de Carmina Luna Atanacio. En un portarretratos de metal cromado, la imagen mostró a Gabriel Rodríguez varios años antes, cuando él trabajaba como agente federal Custodio de Vientre, y a su diestra, un hombre de baja estatura y cuerpo atlético, con barba de candado y mirada siniestra, posando para capturar ese instante en el tiempo.

Carmina cerró los ojos, negando en vano una y otra vez lo que acaba de ver. Pero algo le resultó innegable: esa cara jamás la pudo olvidar. Y si había que marcar una diferencia, sólo se trataba del color del cabello, ya que el tipo de la foto lo tenía castaño oscuro, en vez de rubio teñido como Carmina siempre lo recordó. Así el terrible momento, sin rincón para la duda, ahí estaba el mismo canalla que había violado primero a la última integrante de la familia Luna Atanacio, antes de dejarla a la suerte del otro par de malparidos a sus órdenes.

Carmina contuvo la respiración por largo tiempo. Su corazón parecía reventar de miedo desbordado. En aquel instante, le temblaba todo el cuerpo, pero logró hallar el autocontrol necesario aunque no pudo evitar un lagrimeo fugaz y silencioso. De pronto, Gabriel Rodríguez y David Alfonso entraron al estudio y vieron a Carmina sentada en el sofá limpiándose el rostro con un pañuelo de papel.

- ¿Todo bien Carmina? –le preguntó Gabriel extrañado.

- Si Gabriel, todo tranquilo –se excuso ella-. Lo que sucede es que vi algunas fotos de ustedes, ahí con David pequeñito y pues me llegó el sentimiento.

- No, no te disculpes, te comprendo – dijo Gabriel con suavidad y dirigiéndose a su hijo, que miraba perplejo a su madre biológica, le pidió que les trajera más café y algo extra de galletas o lo que Carmina quisiera.

- Yo estoy bien con un café sin azúcar, por favor David –dijo Carmina sonriéndole al muchacho.

En cuanto aquél salió del estudio, Gabriel Rodríguez cerró la puerta y sin perder tiempo le expuso preocupado a Carmina:

- Si algo jamás olvidé de ti, es la mirada y la voz cuando una cosa perturba tu tranquilidad. Así que de nueva cuenta, siéntete segura de contarme si te pasó algo que te haya hecho llorar.

- En realidad, Gabriel… - titubeó Carmina –en realidad…

- ¿Mi esposa te hizo un comentario o alguna grosería por haber venido a nuestra casa sin avisarle? Si fue así, te pido una enorme disculpa.

- Nada de eso, Carolina es una gran mujer, no dude de ella por favor –le dijo suplicante Carmina.

- Entonces fue una llamada o algo más –insistió Gabriel- porque en los minutos que me ausenté de aquí, tenías un semblante tranquilo y ahora parece que se te apareció un muerto.

Carmina se levantó de la silla y viendo hacia uno de los estantes del librero adornado de retratos, soltó el tremendo peso que la oprimía:

- Ya que insiste tanto Gabriel… acabo de identificar a uno de los hombres que me violaron hace años…

Gabriel Rodríguez se pasmó alzando y abriendo sus manos al mismo tiempo:

- ¿Estás completamente segura? ¿Lo capturaron acaso? ¿Alguien te llamó para avisarte?

Carmina Luna no pronunció palabra, pero sus ojos seguían apuntando hacia el mueble donde se hallaban las fotografías. Gabriel, más por instinto, siguió indagando:

- ¿Por qué miras hacia allá? ¿Reconociste al hombre en esas fotos? ¡Dios mío!

- Sólo vi una –respondió fría Carmina– pero es suficiente para mí. Es él sujeto.

- ¡Dios mío! ¿Puedes indicarme quién es?

- No quiero que tome represalias, se lo ruego Gabriel.

- Primero que nada, necesito que me digas quién es. Y te doy mi palabra que no moveré un dedo para causarle mal.

Carmina caminó lentamente hacia el librero y tomando el retrato, se lo mostró a su anfitrión, cuyo rostro destilaba gravedad.

- ¡No, no! ¡No puede ser! ¿Estás segura que se trata de él? –le cuestionó más nervioso Gabriel Rodríguez.

- Jamás olvidé su cara, jamás – repuso Carmina.

- Te pido por favor verifiques bien. ¡Cualquier detalle que puedas decirme ahora es vital Carmina! –le suplicó Gabriel entregándole la foto enmarcada pero ella se alejó bruscamente.

- ¡Gabriel, no me haga mirarle la jeta a ese maldito despreciable! Más podría darme datos de quién es él y que yo me encargue del asunto.

- Tendrás todos los datos que requieras, pero al menos ayúdame señalando si notas algo particular, ¡lo que sea es valiosísimo Carmina! -persistió Gabriel tratando de calmar a la cada vez más encabritada huésped.

Ella respiró profundamente, cerrando los párpados unos instantes. Luego, apenas viendo la cara de Rodríguez, le pidió mostrarle el retrato. Observándolo más a detalle, Carmina notó algo raro, y segundos después ya tenía una respuesta a la petición de su acompañante:

- Lo único que este desgraciado no tenía cuando me atacó, era ese tatuaje en el cuello. Y su cabello era rubio artificial, aquí se le nota castaño. No tengo más que agregar.

Para Gabriel Rodríguez, dicha respuesta fue aire puro. Aun así, quiso sacarse la espina de una vez y preguntándole de nuevo, ella le reiteró primordialmente lo de la ausencia del tatuaje.

- Carmina, te daré los detalles que gustes. Pero no será rápido. Esto va para largo –le dijo Rodríguez calmado.

- De eso ni se diga Gabriel –respondió firme aquella- aquí me quedo hasta que se aclare todo y considero que deberíamos hablar sin interrupciones.

Saliendo del despacho, Gabriel encontró a su mujer en el pasillo camino a la cocina. Bajando la voz, él le suplicó que no les interrumpieran la reunión que sostendría con Carmina, pues iban a hablar de un delicado asunto por un buen rato. Escudriñando la jeta preocupada de su marido -jeta muy expresiva, de la que ella reconocía al instante cualquier emoción manifestada por Gabriel-, respetuosamente, Carolina Toscano se ofreció a ayudar en lo que fuera, pero Gabriel le prometió que le contaría en cuanto Carmina se retirara de la casa. David Alfonso ya iba con las tazas de café servidas sobre una charola reluciente por lo que su padre se las recibió con amabilidad para después encerrarse con Carmina Luna Atanacio hasta la entrada del ocaso.

Una moribunda llama de esperanza.

Ya más apaciguada pero con ojos recalcitrantes de justicia, Carmina Luna aguardó a que Gabriel Rodríguez tomara asiento para conversar sobre el terrible tema del que apenas se veía la punta del iceberg.

Servido en dos tazas de fina cerámica blanca, el buen café de la serranía chiapaneca esparció su fuerte aroma lentamente por todo el estudio, pero parecía no conectar ni distraer ni un segundo el olfato de Carmina. Más bien, ella culminó rompiendo la breve pausa apenas Gabriel Rodríguez se acomodó en su amplio sillón de cuero:

- Bueno Gabriel, no sé si usted crea en las coincidencias. Personalmente, no me entusiasma hablar de ellas a menudo, pero al menos, en situaciones tan raras como ésta, no tengo duda que este día jamás lo voy a olvidar en mi vida.

Rodríguez eligió el silencio como respuesta, sin embargo, observaba a Carmina cuidadosamente. Ella prosiguió:

- Lo que quiero decirle, es que hoy, David Alfonso por fin supo que yo soy su madre natural. Y hoy mismo, poco después, identifiqué en una fotografía al que probablemente sea su padre. Vaya circunstancias tan coincidentes, ¿no lo cree?

- Carmina –suspiró Gabriel- vamos a aclarar punto por punto. Y antes de seguir, te comento que esta plática será totalmente privada entre tú y yo.

- No esperaba menos de usted –repuso algo brusca Carmina- ya que sabemos lo que puede desatarse si David y Carolina llegasen a saber quién es realmente el tipejo de esa foto suya.

Tocándose la barbilla, Gabriel respondió:

- Bueno, a todo esto, ¿cuáles son las coincidencias que para ti se presentan en este momento tan delicado?

- Sólo son dos, pero muy específicas –dijo flemática Carmina-. La primera tiene que ver con que usted aparezca al lado de ese hombre, señal para mí de que son muy cercanos, pues usted hasta me insistió que viera cualquier detalle que me pareciera extraño, como lo del tatuaje y el color del cabello. Y la segunda, es que esa foto corresponde a los tiempos cuando fui violada, no se diga también del momento en que nos conocimos usted y yo al ser detenida por el intento de tomar la píldora del día siguiente.

- ¿Y eso qué te hace suponer?

- No quiero dar por sentado algo concreto Gabriel. Creo que usted no sabe lo que ha hecho y es capaz de hacer ese tipo de calaña con la que tiene amistad. Pero ahora ya lo sabe y le pido enteramente que confíe en mí.

- Totalmente. No lo dudes –dijo Rodríguez–. Ahora bien, ¿Cómo puedo ayudarte?

Carmina fue al grano:

- Empecemos por la identidad de este hombre y su actual paradero. También a qué se dedica. Tal vez hasta podamos hallar a los otros desgraciados que iban con él y que también me atacaron.

Gabriel, impávido, miró la susodicha fotografía que seguía sobre su escritorio y dijo:

- Pues venga. Su nombre era José Teodoro Linares.

- ¿Era? –repuso Carmina extrañada.

- Así se llamaba –prosiguió Gabriel-. Su paradero actual, al menos de sus restos, es el cementerio de su pueblo natal, del que no recuerdo su nombre, aunque está en Nayarit. Además era agente de la Fiscalía General de la República.

- ¿Entonces murió? ¿Hace cuánto? –indagó Carmina.

- Eso vaya que lo recuerdo bien –asintió Gabriel con semblante extraño-. Fue la noche que me contactaron de la casa hogar para avisarme que querías hablar conmigo sobre la posible adopción de David Alfonso.

- ¡Hace dieciocho años! Pero Gabriel, ¿cómo está tan seguro de eso? ¡Le ruego sea sincero!

Consternado en la mirada, el ex Custodio de Vientre musitó:

- Él perdió la vida frente a mí. Tres disparos en el pecho. Y sé que jamás olvidaré ese momento.

Carmina sin embargo, reaccionó indiferente:

- Muchos le llaman a esto justicia divina Gabriel. Pero por lo que me dice, todo parece indicar que al otro par de malvivientes será imposible rastrearlos.

Rodríguez repuso confiado el rostro y dijo:

- Carmina, te aseguro que yo tengo sospechas sólidas de que José Teodoro Linares no es el criminal que te atacó junto a los otros que mencionas.

- Gabriel, por favor no me obligue a verlo una vez más en esa u otra fotografía. El que usted dude de mí en este asunto tan serio no va a llevarnos a nada bueno.

- No pongo en tela de juicio ni una palabra sobre lo que te ocurrió esa lamentable noche. Pero lo que ignoras seguramente es que José Teodoro tenía un hermano.

Carmina Luna brincó aturdida. Antes de interrumpir a Gabriel, éste agregó:

- Y es un hermano gemelo. Sin un tatuaje en el cuello, al menos, la última vez que lo vi.

- Gabriel, ¿y ese hombre quién es? ¿ese si está vivo? ¿hay manera de saber su paradero?

Rodríguez echó la mirada hacia el librero decorado con varias fotos enmarcadas. Sorbió una buena cantidad de café y echando la espalda atrás y luego adelante, le explicó a Carmina lo que tanto quería conocer evitando los detalles irrelevantes. Ella por su parte, tomaba nota en una pequeña libreta atiborrada de datos. Su atención se fijó en el nombre del gemelo del extinto José Teodoro Linares, es decir, el misterioso José Teófilo, con el que Gabriel Rodríguez tuvo contacto una sola ocasión, siendo este el relato del encuentro entre ambos hombres:

Al terminarse el Novenario religioso en memoria de Teodoro, como prefería llamarlo Gabriel Rodríguez, él iba del templo rumbo a su automóvil, cuando dos sujetos corpulentos le franquearon el paso, mostrándole sus charolas de policías ministeriales. La pareja policial quería hacerle unas preguntas finales de rutina que ayudarían mucho a la investigación sobre el asesinato del agente federal José Teodoro Linares, para lo cual le pidieron ir con ellos unos cuantos pasos, donde un perito criminalista le aguardaba en otro vehículo. A Rodríguez no se le hizo rara la amable petición y accedió. Ya en el sitio, se veía la silueta de un hombre en la parte trasera de una camioneta negra muy lujosa, sin placas visibles y con cristales entintados. Antes de que Gabriel pudiera detener el paso y advertir el inminente peligro en que se hallaba, uno de los policías le encañonó discretamente con su arma, obligándole a entrar a la troca. Una vez cerrada la puerta, el oficial guardó la fusca y ocupó el asiento del copiloto, en tanto que el otro agente se puso al volante de un brinco y arrancó el motor, moviéndose con calma entre tanto automóvil que carrileaba por la avenida. Gabriel Rodríguez era presa de un miedo tal, que no fue necesario decirle que mantuviera el pico cerrado hasta que se le ordenara lo contrario. Por otro lado, el sujeto que iba en la parte de atrás, al lado izquierdo de Gabriel, traía puesta una gorra con una bufanda oscura que le cubría ambos pómulos y la boca. Pocos minutos después, y ya en el Anillo Periférico de la Ciudad de México, el hombre bajó la bufanda y con ruda voz dijo llamarse Pepe Linares, el hermano de José Teodoro. En este punto, Gabriel le explicó a Carmina que no había duda de que ese sujeto decía la verdad. Era la viva copia del fallecido Teodoro, de cara y de cuerpo, es decir, achaparrado pero de complexión maciza. Y en efecto, el tal Pepe Linares no tenía ningún tatuaje en el cuello a diferencia de su extinto carnal.

Del imprevisto encuentro, Gabriel Rodríguez tenía sospechas de que éste podría darse en cualquier momento, pues fue avisado en dos ocasiones: la primera cuando minutos después del óbito de José Teodoro, un policía le aseguró que su hermano lo habría de encontrar, y la segunda, cuando el agente Arturo, que iba al funeral del oficial caído, le entregó a Rodríguez una caja de cerillos donde venía anotado un número de teléfono y luego indicaciones precisas para que contactara a alguien cercano a Teodoro. Sin embargo, Gabriel no hizo la comunicación ordenada y las consecuencias de ello derivaron en el que fuera levantado por esos hombres sin posibilidad de escapar.

Ya cara a cara con Pepe Linares, Gabriel Rodríguez dedujo que lo tenían bajo vigilancia quizá desde la noche de la muerte de su compañero José Teodoro "Adalberto" Linares. A manera de intimidación policiaca, Pepe le reclamó que no haya seguido las instrucciones clarísimas que el oficial Arturo le dio junto a la caja de cerillos. Iba Gabriel a darle una excusa pero Pepe Linares siguió indagándole información del momento agónico de su gemelo, pues sabía por testigos que el moribundo le había susurrado sus últimas palabras al custodio federal. Sin ocultar detalle, Gabriel le dijo a Linares que todos los policías cercanos a su carnal Teodoro le admiraban los tatuajes que éste poseía, pero el más enigmático y de impresionante belleza era el del Arcángel San Miguel a punto de degollar al dragón, decorándole su ancho cuello, aunque de cuyo artista no se sabía ni un ápice, pues Teodoro se negó a revelar incluso con dinero de por medio, la identidad del tatuador.

Pero Gabriel Rodríguez quizá era de los pocos que supo ese secreto. Y lo había oído ni más ni menos que del propio Teodoro, en los segundos finales de su existencia. Ese había sido parte del mensaje que le había revelado a Gabriel su compa "Adalberto", nombre falso que usó el agente federal José Teodoro Linares al realizar arriesgadas investigaciones encubiertas. Al narrarle esto, Gabriel Rodríguez sintió como daga los ojos penetrantes de Pepe Linares clavados en los suyos, escudriñándole cualquier indicio de mentira que pudiera costarle la vida al interrogado. Tal vez el hecho mismo de estar frente al misterioso artista del tatuaje era causa suficiente para que Rodríguez fuera silenciado de por vida o en su defecto, el ingresar forzosamente a la organización criminal de Pepe Linares. El caso es que bajo esa mirada de acechante víbora frente a la indefensa presa, Gabriel creyó oportuno revelar el resto del desahogo final de Teodoro, aunque primero consultó al gemelo de aquél si quería seguir oyendo. Y con un desapercibido asentamiento de cabeza, pero frunciendo amenazante el ceño, Pepe Linares le exigió pronta respuesta. Gabriel solamente expuso que antes de morir, Teodoro le pidió que le contara a su carnal que pese a todo lo que aquél había hecho, lo quería un chingo y que por favor orara por él ante Dios. Fue ahí cuando su vida se extinguió.

Largo tramo del periférico capitalino recorrieron los tres sujetos y el Custodio de Vientre Rodríguez abordo de la camioneta oscura y sin placas. En ese lapso de tiempo, Pepe Linares guardó silencio y sus hombres igual, excepto en un instante en el que el conductor recibió la orden de Linares de tomar la autopista México – Querétaro. Antes de que Gabriel Rodríguez preguntara a donde lo llevarían, el gemelo del extinto José Teodoro le señaló que él se bajaría en el siguiente semáforo para que abordara un taxi, entregándole un billete de mil pesos por las molestias causadas. Gabriel amablemente se excusó para no aceptar el dinero, pues portaba suficiente efectivo para pagar el transporte. En respuesta, Pepe Linares le extendió otro billete de mil varos alegando que si su carnal Teodoro estuviera vivo, le suplicaría aceptara la ayuda sin chistar. Entonces Gabriel comprendió que con José Teófilo "Pepe" Linares la cosa era seria y lo único que le objetó fue la entrega del otro billete, pues era demasiada lana para pagar un taxi. Linares se encogió de hombros diciendo que era costumbre entre él y su consanguíneo apoyar a la gente buena dando cada uno el mismo dinero, pues siendo gemelos, era un gesto caritativo. Antes de abandonar el vehículo, Pepe Linares le confirmó a Gabriel que en efecto, él le había tatuado el cuello a Teodoro usando la técnica tebori, ya que su hermano era muy devoto del Arcángel San Miguel. Por otro lado, y con una voz de venganza enmarcada, le dijo que el asesino de su carnal recibiría apropiada recompensa. Descendiendo Gabriel de la camioneta, Linares le pidió que jamás mencionara a nadie –especialmente a su esposa Carolina - ni su nombre ni el paseíto por la Ciudad de México que acababan de dar, y mucho menos el destino que le esperaba al sujeto que le dio muerte a su carnal Teodoro. Hubo un apretón fuerte de manos entre ambos hombres y después no volvió a saber de Pepe Linares, salvo en muy raros rumores dichos en los pasillos de la Fiscalía General de República.

Carmina Luna Atanacio había dejado de anotar en su libreta pero mantenía en su memoria casi todo el relato descrito por Gabriel Rodríguez entorno al mentado José Teófilo Linares, cuyas sospechas coincidían para identificarlo como el primero de sus violadores. Sólo le preguntó a su anfitrión si había ocurrido algo con el victimario del agente encubierto José Teodoro "Adalberto". Gabriel exhaló aire y con un gesto preocupado se limitó a responder:

- Se trata de Galilei Lozano. También estaba entrenado como agente espía. Durante el juicio se le dio la libertad bajo el argumento de que acribilló al agente Adalberto en defensa propia durante el operativo. La evidencia fuerte en su contra fue un extracto de grabación previo a la balacera en la bodega donde ocurrieron los hechos. Se pudo oír cuando ambos agentes se identificaron por sus nombres reales al parecer sin la presencia de otros testigos. Pero esa prueba fue descartada, quien sabe bajo qué criterios legaloides. El caso es que Galilei Lozano fue despedido como agente federal y le perdimos la pista. Aunque seis meses después de la muerte de Teodoro Linares, a Lozano se le halló en Los Ángeles, California, colgado de pies, mutilado de la lengua y abierto en canal con motosierra.

- ¡Demonios! –se pasmó Carmina-. ¿Usted cree que fue este hombre?

- Lo que yo crea es lo de menos –dijo Gabriel– pero lo que me aseguró Pepe Linares es que al asesino de su gemelo le tocaría una merecida recompensa. Saca tus propias conclusiones.

- Pero su hermano no falleció de esa manera –replicó Carmina-. Recibió disparos mortales y agonizó frente a usted, pero ese desgraciado de Galilei supongo que padeció tortura y una muerte lenta. ¡Vaya crueldad!

- Ahora quizá te das una idea del grado de violencia que tiene Linares –alegó Rodríguez-. Y dentro de todo lo perverso que padeciste, tú y Jacinto tuvieron la enorme dicha de no morir en manos suyas o de sus sicarios.

Ya por parte de Gabriel Rodríguez, no había más que contar. Pero para Carmina esto era oxígeno puro. No sólo recuperaba la esperanza de poder hallar al auténtico culpable de haberla atacado sexualmente cuando ella tenía diecisiete años, sino que se daba la posibilidad de iniciar una nueva apelación para modificar la sentencia de Jacinto Cañada Fajardo, el jovenzuelo exnovio de Carmina acusado de violación sexual contra ella, portación ilegal de arma de fuego y homicidio doloso en aquel paraje rural de San Bonifacio, Guanajuato. Más calmada, Carmina agradeció profundamente a Gabriel el haberle revelado lo que nadie sabía sobre los dos hermanos Linares, pidiéndole apoyo para poder contactar, si es que aún seguía con vida, al temible José Teófilo.

El ex agente Custodio de Vientre le dijo:

- En lo que pueda ayudarte cuenta conmigo. Tal vez siga vivo, y también sé quién puede darme noticias de él. Pero si vas a proceder penalmente contra Pepe Linares, te aconsejo tengas todo el cuidado. Su mayor ventaja es tener un perfil secreto.

- ¿No es un tipo de placeres o que haga apariciones desapercibidas?

- Ni siquiera sé cuáles propiedades, autos, negocios y terrenos tiene -explicó Gabriel-. Pero de que tiene dinero, tiene y bastante. Simplemente no aparecen registros con su nombre desde hace diez años.

- No quiero ponerle una trampa y mandarlo tras las rejas –repuso Carmina Luna-. Sólo quiero hablar con él y proponerle un muy buen trato.

- Voy a hacer una llamada y en cuanto tenga algo cien por ciento seguro, te diré cómo proceder –le prometió Gabriel Rodríguez.

Carmina Luna se despidió de Carolina Toscano y David Alfonso con amable gesto. No percibieron en ella ningún signo de perturbación ni tampoco en Gabriel Rodríguez, cuyo rostro era una amena máscara. Ambos sin embargo, se dirigieron miradas fuertes, de esas que evidencian el ocultamiento de hechos graves como los que se habían develado aquella tarde en el despacho de Gabriel.

Por lo que ocurrió durante el resto del día, sepa el lector que la familia Rodríguez Toscano se preparó para la cena y convivio con Severiano Magón y su esposa Evelia, enterándose de la información filtrada que horas antes recibió Carmina Luna Atanacio, referente a las intenciones políticas de eliminar la ley nacional contra el aborto en México. En cuanto a Carmina, hundió el pie en el acelerador de su auto para llegar pronto a su apartamento. Luego fue directo a revisar el expediente penal de Jacinto Cañada Fajardo, separando las fojas concernientes sobre los crímenes cometidos y por los cuales se hallaba en la cárcel desde hacía casi veinte años, sin ninguna chance de recuperar su libertad.

El reo más protegido del Cereso.

Jacinto Cañada Fajardo purgaba el noveno año de su larga condena en prisión cuando tuvo una visita fuera del horario permitido para familiares y amistades de la población reclusa del Centro de Readaptación Social (El cereso) de Celaya, Guanajuato. El guardia le notificó que se trataba de unas personas litigantes que querían hablar con él sobre su caso. Jacinto estuvo a punto de negarse a ir a la entrevista con esa gente pues desde que Martín Botija, su nefasto defensor de oficio, le había sepultado hasta el fondo la esperanza de alcanzar una sentencia moderada, Jacinto no había vuelto a hablar con ningún abogado ni ganas le faltaban. Durante los primeros meses tras las rejas, algunos presos le narraron el desastre en sus juicios al tener a Botija como representante legal, ya que en vez de conseguirles fallos de uno a máximo tres años de cárcel, el enredoso e incompetente licenciado, les ocasionaba penas cercanas a los siete u ocho años de encierro. Era casi una maldición. Pero incluso entre los propios reos, desde matones despiadados hasta secuestradores o narcotraficantes de ligero renombre, ninguno de ellos tenía una condena de cincuenta años como la de Jacinto Cañada, producto de las atrocidades de Martín Botija en el juicio. Y a pesar de esto, Jacinto gozaba de cierta tranquilidad entre el resto de la población reclusa, pues nadie lo acosaba o agredía.

El que Jacinto no fuera perturbado se debía a un código no escrito entre la jerarquía carcelaria, desde las autoridades del penal hasta los principales líderes de bandas que operaban a diestra y siniestra en ese lugar. ¿De qué se trataba esta regla? Muy simple: el recluso que tuviera la sentencia más larga de toda la comunidad, no sería molestado nunca, a menos que se buscara problemas. Y hasta antes de la llegada de Jacinto, sólo había un preso condenado a treinta y ocho años, de los cuales había purgado ya veintinueve y por buena conducta iba a salir en menos de tres. Todos los demás reos tenían penas de cinco a diez años en promedio, y otros cuantos, de once a veinte. Por lo tanto, Jacinto Cañada sería testigo de la libertad, en vida o en muerte, de todos los que estaban en "el Cereso" al momento de su llegada. En otras palabras, sin importar los delitos graves de violación y asesinato que tenía que purgar el jovenzuelo Cañada, aquél causaba lástima y compasión entre toda la comunidad del Cereso de Celaya, pues para nadie había duda que su juventud y adultez se le diluirían como quien se corta profundamente la piel y la sangre se disuelve en la incesante corriente del río del tiempo.

Sin embargo, el código ético que protegía a Jacinto Cañada tenía un contrapeso o punto débil. Bastaba con que el recluso amparado se atreviera a confesar abiertamente su inocencia de los crímenes en purga, al menos a tres miembros de la comunidad carcelaria -fueran guardias o reos-, y durante un año entero, le harían ver la peor de las suertes al desgraciado. Por esa razón, Jacinto tenía que mentir en algunas ocasiones cuando cualquiera le preguntaba detalles o motivos del por qué había violado a esa escuintla de nombre Carmina y de paso darle muerte con suma frialdad al anciano Pascual. Peor aún era soportar las regañadas y burlas de jefes de banditas o de custodios al tildarlo de pendejo, culero, pasado de verga, poco hombre, viola niñas y mata viejitos, entre otros calificativos terribles que el jodido Jacinto aguantaba estoico.

Pero todo cambió en la tarde de aquel día cuando Jacinto Cañada fue enterado que tenía visita sorpresiva.

Jacinto entró al área de comparecencias para abogados y defendidos, en la que había algunos reclusos con sus respectivos penalistas. El guardia lo condujo hasta una mesa en cuyas sillas descansaban un hombre y una mujer de espaldas a Cañada. Una vez frente a aquellos, el convicto escudriñó primeramente al varón, un tipo cincuentón de abundante cabello cano y cara ovalada, ataviado de un traje gris oscuro. Al mirar Jacinto a la mujer, pudo ver un joven y hermoso rostro de tez blanca con escaso maquillaje, con los párpados caídos, cabello negro sedoso, largo y recogido en cola de caballo. Su figura delgada exhibía un traje formal beige claro con botas negras, resaltando más la belleza de la mujer. Justo en ese momento Jacinto sufrió un espasmo como el que ve un fantasma del pasado; en su mente ya no quedaba duda de que esa dama guapa y bien arreglada era Carmina Luna Atanacio, su querida novia, a la que nunca olvidó.

Tanto Carmina como el hombre se levantaron de las sillas tranquilamente. El segundo se anunció como Ulises Tirado, miembro del colegio de la Barra de Abogados de Guanajuato. En cuanto a Carmina, no fue necesario que se presentase con Jacinto, pues aquél tenía incontrolable temblorina, por lo que ella trató de aminorársela, saludándolo sonriente:

- Buena tarde Jacinto.

El recluso ya no temblaba, ahora era una estatua.

- Jacinto, por favor, toma asiento – le pidió Carmina.

La estatua de carne y hueso que respondía al nombre de Jacinto, obedeció a lentitud.

Ulises Tirado nunca había visto el rostro de un hombre en shock como el del preso Cañada Fajardo. Desde su mirada, plena de silencio, y sus labios, separados por una sensación de asombro inaudito; su entrecejo fruncido, cómplice de aquel momento que nunca debió pasar. Con todo esto, había que acortar el tiempo y el asunto a tratar no era sencillo. Yendo al grano, Tirado le dijo:

- Gracias por atendernos señor Jacinto. Verá, nuestra visita tiene como objetivo el poder reabrir su caso ante las autoridades judiciales y apelar a una reducción de su sentencia. En resumen, haríamos una exhaustiva revisión de su expediente, para detectar inconsistencias en peritajes y testimonios de gente contra usted. El trabajo no es nada sencillo pues han pasado nueve años desde que se le dictó el fallo penal; sin embargo, no se preocupe, ya que el plazo de apelación no prescribe y la licenciada Carmina me solicitó personalmente el atender su situación jurídica. Tenga la plena confianza de que está en buenas manos pero el proceso va a llevarse un tiempo. ¿Hasta aquí vamos bien? ¿Tiene alguna duda?

Jacinto Cañada no dejó de mirar a Ulises Tirado, ni siquiera parpadeó. Tras permanecer en silencio un breve instante, Cañada dijo con voz clara:

- Gracias licenciado. Pero no me interesa. Estoy bien así.

Luego, el recluso se levantó del asiento y sin echarle ojos a Carmina, se fue rumbo a la puerta de salida. Ella le pidió a su jefe que aguardara y a paso veloz alcanzó a Cañada, tocándole la espalda:

- Por favor Jacinto, te pido me escuches ahora a mí. No te vayas de esta manera. Te lo suplicó.

Jacinto Cañada detuvo su andar y ya más dueño de sus emociones, le mostró su cara a Carmina. Ella lo llevó a otra mesa vacía, donde los rayos del sol vespertino se escabullían por una ventana y bañaban directamente ese lugar, causando un calor intolerable para las personas incluso friolentas. Pero a Carmina y Jacinto parecía no afectarles en nada la intensa radiación.

Mientras Ulises Tirado revisaba algunos papeles, Carmina Luna Atanacio le pidió perdón a Jacinto Cañada Fajardo por no visitarlo ni darle la mínima noticia de ella en tan largo periodo de tiempo, peor aún, habiendo padecido ambos, la auténtica tragedia que les había separado. Fue una labor titánica de Carmina resumirle a Jacinto en quince minutos, la mayoría de los hechos que ella padeció tras la última vez que se vieron en la sala de juicios orales durante el proceso penal contra él. En cada gesto y palabra dicha, la joven abogada ponía el corazón sincero y caritativo, del cual Jacinto no dudaba. Con esa confianza de manifiesto, aquél le correspondió revelándole que supo de su embarazo así como de su partida repentina de San Bonifacio sin despedirse de su familia. Estos hechos se los había relatado su madre cuando lo visitaba una vez por semana y sólo eran breves chismes de pueblo, sin agregar detalles extra. Fuera de eso, Jacinto ya no había tenido más noticias de ella.

Poco a poco, la comunicación fluyó más directa entre Carmina y el que fuera su primer y único novio. Jacinto escuchó con suma atención el objetivo de la visita de ella y de Ulises Tirado para ayudarle a obtener la tan anhelada reducción de condena. Cuando Carmina culminó de hablar, Jacinto, bajo estricta reserva, le manifestó que si aceptaba la invaluable asesoría jurídica, esto podría granjearle problemas a él, debido al código moral que protegía al recluso que tuviera la sentencia más larga, como era su caso. Cañada temía que si la comunidad carcelaria se enteraba que se le restarían algunos o varios años de prisión, entonces perdería la compasión solidaria y se dispondría de él peor que saco de boxeo a placer de guardias y presos.

Pero Carmina Luna venía dispuesta a despejar todo atisbo de incertidumbre en la mente de Jacinto Cañada. Primero lo calmó explicándole que un proceso de apelación en realidad era muy tardado y no siempre el veredicto obtenido satisfacía al prisionero. Lo segundo correspondía a los fallos muy favorables, es decir, cuando la sentencia lograba reducirse en un tercio y además con posibilidad de salir por buena conducta. Poniendo el ejemplo del propio Jacinto, de obtenerse dicho objetivo, se le podrían restar unos quince años de cárcel de los cincuenta que debía purgar. Y teniendo en consideración que ya había pagado cerca de una década tras las rejas, muy probablemente un juez le rebajaría la pena a veinticinco años o hasta menos. Por último, y sobre todo para dejar tranquilo a Jacinto, Carmina Luna le aseguró que todo juicio de apelación se mantenía bajo estricto secreto y ajeno a las autoridades de la cárcel donde estaba el recluso siempre y cuando se solicitara el beneficio de la confidencialidad previamente por escrito por parte del defendido y de su abogado. De esta manera, la sentencia modificada iba a resguardo de archivo del juzgado y el director del Cereso de Celaya conocería la resolución judicial sólo en las últimas 72 horas que le quedaran al convicto para ser libre.

No habiendo más que agregar por parte de Carmina, Jacinto Cañada Fajardo recuperó la esperanza de ganar su tan anhelada libertad en un plazo inmejorable. Él meditaba acerca de las enormes posibilidades de salir de la cárcel a los cincuenta en vez de los sesenta años, y definitivamente, todo año conmutado a su favor era un regalo invaluable. Incluso durante ese periodo –seguía reflexivo Jacinto- quizá podrían detectarse más inconsistencias en su caso y así obtener otros siete u ocho años menos de reclusión. Pero lo más importante es que ahora él estaba en las manos de alguien que en verdad quería ayudarlo y que pondría toda su capacidad y recursos para ganar la apelación. Siendo ésta su decisión y sin perder un segundo más, Jacinto cooperó con Carmina Luna y el penalista Ulises Tirado para cumplir con la compleja tramitología ante el tribunal de apelaciones. Dicho sea de paso, Carmina había sido la mejor estudiante en teoría del delito y derecho procesal penal, materias impartidas por el propio maestro Tirado, siendo a la vez uno de los mejores defensores del bajío mexicano.

Lo anterior expuesto daba indicios de que pronto llegarían buenas noticias para la situación jurídica de Jacinto Cañada, pero no fue así. La rigurosidad del juzgador no daba su mano a torcer. Y por más pruebas y nuevos testimonios aportados, incluyendo el de Carmina Luna, acerca de lo realmente ocurrido de su violación sexual y el asesinato de Pascual Lozano; no había ni duda razonable o ni siquiera una opinión que cambiara la perspectiva de la autoridad judicial, quien además expedía sus negativas resoluciones casi al cumplirse un año de haber recibido las solicitudes de revisión de sentencia. Y quizá una razón de peso influía en el ánimo y claridad mental del juez para resolver la apelación a favor de Jacinto Cañada Fajardo. Tal razón tenía como origen el terrible patíbulo mediático al que fue sometido el propio Jacinto durante el tiempo que se ventilaron en redes sociales y medios informativos los trágicos acontecimientos de violación y muerte en la casa del viejo don Pascual. Tan sólo el apelativo de "chacal de san Bonifacio", que le había tildado a Jacinto el diario guanajuatense *La campana de Dolores*, rondaba en la memoria de mucha gente lectora de ese rotativo, entre los cuales el juez de apelaciones había sido columnista por años.

Finalmente, este panorama tan sombrío llegó a su fin. Fue Ulises Tirado, el experto penalista y jefe de Carmina, quien se desistió de meter más dinero y sobre todo tiempo, a esta causa perdida. Así que luego de seis años de mucho desgaste, varios desvelos y agotadoras audiencias en el tribunal, con la cara enrojecida de coraje y también de pena, Ulises Tirado le dijo a Carmina que ya no continuaría representando a Jacinto Cañada, pero que le daba a ella plena autonomía para proseguir con la lucha aunque sinceramente no se lo recomendaba. Muy en el fondo, el penalista Tirado presintió que su aprendiz seguiría con el caso, pues no hubo duda del gran profesionalismo y pasión demostrados por Carmina para intentar persuadir al juez de la presunta inocencia del infeliz recluso Cañada.

Y en efecto, así pasó. Carmina Luna Atanacio obtuvo el papel de abogada de Jacinto Cañada Fajardo y él se convirtió en su primer cliente.

Los siguientes cuatro años fueron los más complicados, toda vez que Carmina no tenía asistente, por lo que ella en solitario investigaba y escribía el papeleo necesario para mantener viva la esperanza de que algún día Jacinto quedara libre. Ya para entonces las visitas de Carmina no se limitaron a informarle a aquél sobre su situación legal, sino que también se veían los domingos en horario de visitas familiares, coincidiendo en ocasiones con la madre de Jacinto y alguno de sus hermanos con quienes siempre mantuvo un trato muy amable.

Tal como sucedía en situaciones de este tipo, Jacinto Cañada comenzó a desesperarse al no tener claro el panorama sobre su situación legal. Incluso, accediendo a la biblioteca del Cereso de Celaya, pudo estudiar por su cuenta algunas leyes y códigos procesales en materia penal, comentándolos personalmente o por llamada telefónica con Carmina, abonando detalles importantes que ayudaran a agilizar la reducción de sentencia tan anhelada por el recluso. Ella se percató de la notable capacidad de análisis jurídico que Jacinto desarrolló a veces por su cuenta y en otras ocasiones platicando con la propia Carmina o con algunos defensores de oficio con los que Cañada llevaba buen trato.

Lamentablemente, ni por una ni por otra vía, se pudo ver la luz al final de túnel para Jacinto Cañada. Y desde que él aceptó el auxilio gratuito de Carmina para ayudarle a reducir su tiempo en prisión, se había evaporado una década sin avances importantes, dando un tiempo total de diecinueve años y escasos días tras los barrotes. Bajo este nefasto panorama, Jacinto quiso tirar la toalla de una vez por todas pues algunos reos veían con sospecha los frecuentes encuentros que el desesperado Cañada tenía con su defensora, y hubo quienes de plano le cuestionaron amenazantes si estaba intentando apelar su sentencia, lo que de ser cierto, lo pondría en riesgo de llevarse fuertes madrizas de la comunidad carcelaria al violar el código protector para el prisionero de mayor condena. Viviendo bajo este clima cada día más hostil contra él, Jacinto Cañada vio necesario adaptar ciertos hábitos que años atrás nunca consideró siquiera pensarlos. Procuró no deambular solo por los pasillos poco vigilados en donde estaban ciertos sujetos de alta peligrosidad, que gustosos le habrían extirpado el apéndice a navajazos por el simple placer de empaparse con la sangre de cualquier pendejo indefenso. También tuvo que mentirle a otros reos de su mayor confianza, acerca de que Carmina si era su abogada pero que le atendía asuntos civiles por fuera, tales como la renta de alguna casucha o el pago de un dinero para su madrecita abandonada, entre otros chismes. Muy en el fondo, no obstante, Jacinto Cañada estaba hartísimo de ver siempre un amanecer radiante de sol y finalmente irse a acostar durante la noche sabiendo que las cucarachas volverían a pasearse por todo su cuerpo siendo libres para regresar al asqueroso agujero del retrete de donde provenían. Pero él no era una cucaracha para escaparse cuando quisiera, ni ganas le faltaban. Habiendo leído en la biblioteca del presidio *"La metamorfosis"* de Kafka – cuando menos unas diez veces - lo que más extrañeza le provocó a Jacinto, fue nunca entender como Gregorio Samsa tuvo aquella horrorosa transformación en un gigantesco insecto.

Fue en aquellos días, por fortuna, cuando Carmina Luna pudo saber de la existencia del delincuente José Teófilo "Pepe" Linares, hecho tan relevante, con el que podría darse paso para obtener incluso la absolución definitiva de Jacinto.

Ahora la abogada Luna debía centrar todas sus energías y experiencia para dar una estocada contundente que no dejara cuestionamientos de la autoridad judicial sobre la inocencia plena de su defendido. Más para lograrlo, era necesario contar con el testimonio de culpabilidad del tal Pepe Linares, personaje tan escabullido, del que sólo unos cuantos sabían su paradero o de menos si todavía respiraba.

Así que ya encerrada en su departamento, acomodándose en el comedor con su laptop encendida junto una docena de textos y gacetas jurídicas repletas de anotaciones y subrayados fluorocentes, Carmina Luna trabajó intensamente hasta el filo de las tres de la madrugada en un proyecto bien argumentado para solicitar ya no la reducción de condena de Jacinto Cañada Fajardo, sino su exoneración total de todos los crímenes que seguía purgando tras las rejas.

A pesar del agotamiento exigido, Carmina no tenía sueño. En su mente rebotaba el ansia de visitar a Jacinto a primera hora de la mañana y darle la noticia tan importante. Pero luego de meditarlo con la almohada, eligió ser prudente y esperar a que Gabriel Rodríguez le avisara si había contactado al peligroso y desaparecido Pepe Linares.

Tres balas para el Coralillo.

Para ser sábado de quincena, la plaza comercial "El libanés" lucía sin gente. Quizá era por la hora, las diez de la mañana, el que la mayoría de los locales apenas iban abriendo sus puertas. El nombre de este sitio no fue elegido por casualidad. Fue inaugurado por la familia mexicana libanesa Slame, cerca de Polanco, al iniciar la década de 1990, convirtiéndose pronto en uno de los lugares de mayor exclusividad en la Ciudad de México. Casi todas las tiendas de "El libanés" se dedicaban a la venta de fina joyería y relojes de gran lujo; ropa y calzado de diseñador, artículos de piel y restaurantes de comida exótica de oriente medio o bajo la autoría de maestros culinarios de alta cocina internacional. También se habían instalado prestigiosos bancos extranjeros, algunos de los cuales disponían de espacios lujosos y privados para llevar a cabo reuniones y firmas de negocios de gran calibre, destacando por ejemplo, el acuerdo de compra-venta multimillonaria del gigante tecnológico germano Brushet por parte de la poderosa familia Solano Haddad, compuesta por hijos y nietos de inmigrantes libaneses llegados en los años cincuenta del siglo veinte, la cual controlaba el noventa por ciento de las telecomunicaciones en México y buena parte de Hispanoamérica.

Uno de los rincones predilectos de "El libanés" para atender asuntos rápidos, era la cafetería "Don Luciano". Se ubicaba en un área poco frecuentada por gente, pues ofrecía una vista aburrida pero además no tenía videocámaras de seguridad a diferencia del resto de la plaza. Era el sitio idóneo para estar desapercibido y de paso, disfrutar de un exquisito café con sabores de la región árabe. El especial de la casa se preparaba con granos de rigurosa selección y que en lengua libanesa se le decía "Awéh Luciano". Esa fue la bebida que pidió Gabriel Rodríguez mientras ponía la vista a cualquier indicio extraño a su alrededor. Personalmente, Rodríguez había desarrollado la habilidad de observar sigilosamente aparentando no hacerlo, por si alguien más le miraba. En ocasiones traía gafas opacas y en otras su concentración iba puesta en ver los reflejos naturales en los charcos inertes de las calles; también en ventanas de aparadores o en los medallones de automóviles. Y cuando hacía ese ejercicio, Gabriel siempre escudriñaba a la gente. Ahora, mientras absorbía su aromático café, se dio cuenta de una pareja de ancianos que comían amenos pan dulce y al parecer chocolate caliente, en una mesa a escasos metros de la suya. De lado opuesto, el único camarero platicaba con el encargado del lugar sobre la desastrosa goleada que la selección mexicana de fútbol le dio a Cuba en un encuentro amistoso en el estadio olímpico de los Pumas de la UNAM. Y eso fue todo lo que Gabriel Rodríguez miró con ligera atención.

Justo cuando el reloj daba las 10:45, Gabriel dio el último sorbo a su "Awéh Luciano" y pidió la cuenta. Ya pagado el servicio, se retiró de la discreta cafetería rumbo al estacionamiento, cuando de repente el amable camarero le dijo que había olvidado su ticket de compra. Al recibir el insignificante papelito, Rodríguez se percató de que había unas anotaciones en lápiz y agradeció el buen gesto del mozo. Ya más lejos de aquel sitio, revisó la tira blanquesina en la que estaban impreso el nombre de la cafetería, la fecha, la hora y el consumo a pagar. Más abajo, con diminutos garabatos escritos, observó lo que parecía un número telefónico. Al entrar a su auto, Gabriel sacó un teléfono celular sencillo con un chip de prepago recién adquirido. Marcó la clave numérica y en efecto, oyó los tonos de enlace en espera. No hubo respuesta. Lo intentó una vez más, tras aguardar cinco minutos. Tampoco hubo contestación. Entonces iba a arrancar su vehículo cuando recibió un mensaje de texto, del mismo número al que había marcado:

"Llame en punto de las 11:15, 3 timbrazos.
Cuelgue. A las 11:17, 5 timbrazos. Cuelgue."

Gabriel siguió al pie de la letra la indicación. Justo a las 11:20, recibió una llamada a su teléfono alterno hecha por un número oculto. Una voz masculina le preguntó si en realidad quería ver al amigo Pepe. Con un rotundo sí, Gabriel aguardó la respuesta la cual consistió en acudir solo y exactamente en una hora, a un paraje

270

abandonado, cerca de Ciudad Netzahualcóyotl, a la que se tenía acceso por un camino de terracería. La voz varonil también le dijo que de no llegar a la cita en punto, jamás volvería a tener noticias del amigo Pepe.

Ya en camino, Gabriel Rodríguez no pensaba en otra cosa más que en Dios y en su familia. Las manos le temblaron y no era para menos. Este asunto al que ahora se dirigía, significaba cumplir el favor tan especial que él le había prometido a Carmina Luna Atanacio. Pero de antemano conocía el enorme riesgo que tal misión le podía costar, es decir, su propia vida. Porque con Pepe Linares la cosa no era juego y muestra de ello radicaba en la complicadísima tarea de siquiera hallar una sola foto o cualquier indicio de este irrastreable personaje, incluso para el Centro Federal de Investigaciones contra el Crimen Cibernético, a cargo del propio Gabriel Rodríguez y en la que habían expertos hackers en búsqueda de información de gente muy escabullida.

Estando cerca del lugar descrito, Gabriel recibió otra llamada del número encriptado y en el que la misma voz masculina le dio la orden de estacionar su vehículo frente a una estructura de anuncios espectaculares y a cuyo lado derecho estaba una inmensa nopalera. No tuvo problema Gabriel para aparcar en el sitio que se le indicó. Pocos minutos después, un auto Cavalier azul marino con vidrios polarizados se puso por detrás de su coche, luego le rebasó y una mano grande salió de la ventana del copiloto, haciendo una seña a Gabriel para que les siguiera el paso.

El Cavalier que guiaba a Gabriel Rodríguez por el sendero de terracería iba muy rápido, levantando una enorme nube de polvo que a veces impedía ver claramente el trayecto a Rodríguez. Pudo percatarse que a lo lejos, quizá a unos doce kilómetros, se veía una comunidad rural con decenas de casas esparcidas en un pequeño valle. Pero el resto del lugar, estaba inhabitado.

Transcurridos diez minutos desde que siguiera al Cavalier azul marino, éste repentinamente detuvo su marcha frente a un caminito que abría paso a una barranca enorme. En esa vereda, había un enorme árbol frondoso, que daba amplía sombra a quien se apostara cerca de su tronco y a unos pasos de este gigante silencioso, estaba una camioneta Ford Lobo versión Harley Davidson, de fino acabo negro con relucientes policromados. Entonces salieron del Cavalier cuatro hombres altos y corpulentos, ataviados de chamarras y pantalones de mezclilla y botas de casquillo. Uno de ellos le ordenó a Gabriel Rodríguez apagar su automóvil y que bajara del mismo. Ya fuera, otro de los tipos le dijo Rodríguez que dejara cualquier teléfono celular y objetos personales en el auto, incluyendo su anillo de casado. Luego procedió a registrarlo con cierta rudeza, tratando de hallar el menor indicio de micrófonos o micro cámaras. Un sujeto con tremendo vozarrón le gritó al gorila revisor que dejara en paz a Rodríguez y en vez de ello, fuera a resguardar el auto de aquél, lo cual hizo el malandro sin chistar. La otra pareja de fulanos condujo a Gabriel Rodríguez con el que daba las órdenes quien a la vez continuó el paso hacia la camioneta Lobo. A un par de metros, levantó la mano abierta para que se detuviera el trío que lo seguía. Tras intercambiar palabras en voz muy baja con alguien que estaba en el asiento del conductor, la puerta se abrió y Gabriel escuchó a la distancia, la canción "El jefe de jefes" de Los Tigres del Norte. Después, cerrándose la puerta de la inmensa troca, se oyeron unas fuertes pisadas en dirección a donde se hallaba Gabriel.

Vistiendo camiseta polo naranja, jeans negros y tenis Adidas blancos, José Teófilo "Pepe" Linares se paró frente a Gabriel Rodríguez. Con ligera sonrisa, el chato individuo le señaló a Gabriel que le acompañara hacia el tupido árbol. Los hombres a su alrededor se reunieron junto al otro tipo que acababa de hablar con Linares, apostándose en la troca, sin perder de vista a su patrón, como leales perros de guardia.

Quizá Gabriel Rodríguez enmascaró bien, frente a aquellos maleantes, el intenso miedo que le brotaba. Pero con Pepe Linares era imposible fingir. Acostumbrado Linares a identificar los signos de suma angustia de diferentes personas a las que eliminó, ya fuera por órdenes recibidas, ya fuera por iniciativa propia, él ahora percibía el incesante temor de Rodríguez manifestándose a cada segundo. Podía verlo en sus ojos a través del constante pestañeo incontrolable y también en el sudor que le brotaba por la frente, cuello y espalda pesé a que el día era fresco; pero también podía oírlo en su respiración acelerada, aunque Gabriel apenas había caminado unos cuantos metros. Finalmente, pudo sentir ese temor al estrecharle fugazmente la mano y notar un escalofrío típico de quien está en alto peligro de muerte. Pepe Linares no dijo palabra, y comprendiendo el mensaje, Gabriel permaneció callado.

En el horizonte decorado por un pequeño valle semidesértico, se desplazaba un vehículo por el largo camino de terracería, levantando a su andar esa nefasta marea de tierra seca. Pepe Linares veía la marcha de aquel automóvil que a simple vista, estaba por llegar al pueblito que Gabriel Rodríguez alcanzó a divisar cuando iba en la ruta siguiendo al Cavalier azul.

Instantes después, se perdió el brilloso reflejo del auto, debido a un cambio de trayectoria. Entonces Linares rompió el silencio:

- Ahora si estoy sorprendido. Muy, muy sorprendido. ¿A qué debo el gusto de que nos volvamos a encontrar en estos lares de la vida, tras un chinguero de años?

- Antes que nada, le agradezco mucho la entrevista –respondió Gabriel-. Es bueno verlo entero y…

- No me hables de usted, me siento raro –le interrumpió Linares-. Si hasta somos casi de la misma edad Gabriel.

Rodríguez suspiró calmado:

- Muchas gracias. Entonces, te reitero mi agradecimiento por escucharme.

- ¿Y a qué debo el especial interés de platicar con el mero mero jefe del Centro Federal de Investigaciones contra el Crimen Cibernético? Por cierto, ¡muchas felicidades! –dijo con ligera ironía Pepe Linares.

- Es un tema muy delicado y por el cual, pido tu total atención –suplicó Gabriel.

- Soy todo oídos –repuso Linares- pero métele velocidad compadre, porque tengo otros asuntos que atender.

Gabriel Rodríguez supo condensar la trágica historia de Carmina Luna Atanacio sin mencionar su nombre, tampoco el de Jacinto Cañada Fajardo y el del asesinado Pascual Lozano, ni siquiera el pueblo de San Bonifacio, lugar en el que ocurrieron los hechos deplorables de los que era responsable directo Pepe Linares. Por su parte, aquél compartió cigarrillos con Gabriel, quien tenía mucho tiempo sin echar una fumada. Cerca de concluir el relato, José Teófilo Linares se puso dos pasos al frente e interrumpió a su acompañante:

- Si. Si. Eso que me cuentas lo recuerdo clarito. Salió en las noticias de todo México. ¡Qué chingaderas! ¿O no Gabriel?

Gabriel Rodríguez miró perplejo al chaparro criminal:

- ¿Entonces supiste del caso? Me interesa muchísimo lo que puedas decirme Pepe.

- Creo saber a dónde quieres ir – dijo tosco Linares-. Yo pensé que me buscaste para ayudarte en alguna investigación complicada, aunque mis negocios poco tienen que ver con el mundo de los hackers y esas cosas del internet. No bueno, la cagué.

- ¿Me dejas al menos concluir este asunto? – le rogó Gabriel.

Pepe Linares giró su cuerpo hacia Rodríguez y encendiendo otro cigarro, dijo con la típica mirada desafiante:

- No es necesario. Yo la concluyo por ti. Es más, puedes unir cabos sueltos si gustas. En primera, a esa desgraciada escuintla yo me la cogí un ratote. Creo que era virgen. Luego se la chingaron mis muchachos. Al imbécil de su noviecillo, le dejamos el arma descargada con la que yo mismo, tu servilleta aquí presente, le metió un tiro en la choya al vejete de Pascual Lozano, que no era un santito solitario como quería aparentar, sino que me jugó chueco resguardando un chingo de coca en su casa, en contubernio con uno de mis hombres, pues querían verme la cara de pendejo. Por lo demás, supe que el baboso chamaco fue a la cárcel y todo por andarse metiendo en donde no le llaman. ¿Tienes algo más que agregar Gabriel?

- Omitiste lo del embarazo – mencionó Rodríguez con el corazón mezclado de rabia y tristeza.

- ¡Ah cabrón! – respingó Linares - ¿Quedó preñada la tal Carmina?

Gabriel Rodríguez asintió con la cabeza abajo.

- ¿Y yo qué putas quieres que haga? ¿Reconocerle al niño? ¿Al menos lo tuvo? ¿Qué putas chingaderas quieres Gabriel? –le gritó Pepe Linares echándole una bocanada de humo directo al rostro.

- Si, ella lo tuvo y después lo cedió en adopción –dijo tranquilo Rodríguez.

- Ya veo. Quiere dinero de mí, seguro es eso. ¿Me quiere chantajear la tal Carmina y te ha enviado directito a que me decida? Mira cabrón, hoy le llevas quinientos mil dólares y con eso tendrá para que se den la buena vida. De una vez te los doy.

- No Pepe. No se trata de eso. Mi mujer y yo adoptamos a ese niño. Hoy ya es un joven alegre y estudia medicina. Él apenas acaba de enterarse de que Carmina es su madre natural pero ella no le reveló quién es su padre.

Pepe Linares se jaló su negra y frondosa cabellera hacia atrás. Luego retrocedió un paso y dando otra fumada, exhaló tranquilo, con el rostro apaciguado de botepronto:

- Dime con sinceridad, con el corazón en la mano Gabriel. ¿Crees que ese muchacho es hijo mío?

- Es hijo nuestro. De mi esposa y mío.

- Déjate de mamadas. De ustedes sólo tiene el nombre y los apellidos. Yo quiero saber la neta. ¿Se parece a mí ese chamaco?

- Tiene más parecido a su madre natural y es un poco más alto que tú –dijo Gabriel sosteniéndole la mirada a Pepe Linares.

- ¿Por qué me echas esos ojos cabrón? ¿Crees que tenemos parecido tu hijo y yo? –clamó encabritado Linares.

- Sólo era curiosidad. Tranquilo Pepe. ¿Puedo proseguir con el asunto a contarte?

Pepe Linares dio dos largas fumadas sin decir nada. En su mente surgió un recuerdo imperecedero, al que no le daba importancia desde mucho tiempo atrás. Este pensamiento escondía dos intimidades acerca de los otros hombres que junto a Linares, violaron bestialmente a Carmina Luna. En el caso del grandulón sujeto apodado "el Tuerto", sabía su patrón que sin importar la mujer con que tuviera sexo –consentido o a la fuerza– este criminal siempre usaba condones, debido a un temor a ser contagiado de sida u otra enfermedad venérea, tal como le había ocurrido a su padre al andar cogiendo putas de mala muerte como siempre las llamó durante los últimos meses de su doloroso padecer hasta morir. En aquel momento, "el Tuerto" era un chavito de doce años, sin experiencia sexual, terriblemente espantado al escuchar los gritos de tormento de su promiscuo padre, al orinar sangre y al tener que asearse el pito repleto de llagas horrendas. Y este secreto del por qué "el Tuerto" se cubría el miembro con preservativo, Pepe Linares lo supo en una tarde confidencias al calor de unos excelentes tragos de Cognac.

En cuanto al horripilante Lagartijo, Linares conocía que su sicario no era de los que usaba condones al copular con una mujer, fuera la circunstancia que fuera. Sin embargo, Lagartijo padecía oligospermia y nunca había embarazado a ninguna chica que él supiera. De este problema de infertilidad masculina, Lagartijo tuvo noticia al esperar con ansia la concepción de un hijo junto a una hermosa noviecilla con la que estaba tremendamente enculado. Varias veces intentó la pareja concebir una criatura pero al no lograrlo, optaron por realizarse pruebas de laboratorio donde para su desgracia, el entonces aprendiz de sicario supo que tenía varicocele y en su orgullo varonil no hubo cabida para someterse a una cirugía que le habría corregido el problema. Así de herido en su hombría, al calor de otras copas de mezcal y con unos buenos porros de marihuana, Lagartijo le reveló a su patrón Pepe Linares la causa de su infertilidad.

Si Linares hubiera querido enterar a Gabriel Rodríguez de tales secretos del par de matones que con él ultrajaron a Carmina en la casa de don Pascual Lozano, de inmediato se lo habría dicho sin pelos en la lengua. Pero no. Así no era el actuar de Pepe Linares.

Decidió resguardar esta crucial información, y poniéndole una mueca de impaciencia le dijo a Gabriel:

- Háblale pues. Pero en cuanto me acabe el cigarro, nos despedimos y a la chingada.

Gabriel Rodríguez no perdió segundo:

- Pues mira, si vengo de parte de Carmina Luna para pedirte como favor único y muy especial, el que puedas reunirte con ella. Donde tú digas y bajo tus reglas. Más no puedo decirte porque no sé lo que ella quiere hablar contigo.

Pepe Linares tiró la colilla sobrante del cigarrillo acabado:

- ¿Sólo eso quiere esta mujer?

- Sólo eso. Y bueno –agregó Rodríguez- lo que si me dijo es que no quiere ajustar cuentas contigo ni llevarte a los tribunales, para tu tranquilidad.

- ¿Me juras por el alma de mi hermano Teodoro, al que viste morir frente a ti, que se trata sólo de un encuentro sin más por haber? –cuestionó Linares.

- Pongo las manos al fuego por ella, te prometo que...

- Júramelo por el alma de Teodoro, ¿o eres sordo, cabrón? –le interrumpió Pepe apuntándole con amenazantes ojos negros.

- Te juro por el alma de tu carnal y buen compañero mío, José Teodoro Linares, que Carmina quiere verte para hablar –suspiró Gabriel como soltando la tremenda carga que lo tenía angustiado.

Ahora era Pepe Linares quien no se veía tranquilo. Pudo checar de nuevo que un vehículo se desplazaba por el sendero de tierra colindante con el pueblucho esparcido por ese vallecito en el horizonte mexiquense. Así permaneció un par de minutos, dándole la espalda a Gabriel Rodríguez. Luego gritó: ¡Tlacuache!, y a paso veloz llegó uno de sus achichincles con servil rostro.

- Dame tu fogón –ordenó Linares, y en el acto, el sicario le entregó una pistola escuadra brillantemente cromada viendo con preocupación a Rodríguez.

- ¿Qué opinas de esta preciosura? –dijo Linares a Gabriel Rodríguez, mostrándole el arma con el cañón hacia arriba.

- Está...muy, muy perrona –repuso nervioso Rodríguez.

- ¿Quieres probarla? –le ofreció el arma Pepe Linares a Rodríguez, agregando-: Es una Taurus nueve milímetros. Con quince tiros expansivos en el cargador. ¡Chulada de fierro, trae mi Tlacuache!

- Te agradezco la oportunidad pero evito las armas. En otra ocasión será – dijo apenado Gabriel.

- No creo que haya otra ocasión, pero vale, no se diga más –repuso Linares fajándose la fusca tras su espalda. Luego envió de vuelta al Tlacuache a esperar en la troca Lobo con los otros sujetos.

Gabriel no sabía el por qué Pepe Linares pidió la pistola, pero antes de que pudiera preguntarle, aquél se le adelantó:

- Creo que te va a gustar tirar con esta otra.

Y en el acto, Linares sacó un revólver de ridículo tamaño, que tenía discretamente guardado en un bolsillo delantero de su pantalón, lanzándoselo a Gabriel Rodríguez de bote pronto. Éste pudo cachar la fusca sin problema, que a pesar de su tamaño, era pesada y muy fría.

- Tienes en tus manos una Smith and Wesson calibre veintidós. Lo que se podría llamar un juguete para niños.

- ¡Vaya vaya! Que linda estética tiene.

- Y vas a oír como truena –sonrió extraño Linares.

Cerca de ellos, se escuchó el sonido de un auto que venía recio por el camino de terracería, con la consecuente nube de polvo a sus anchas. Fue ahí donde Gabriel sospechó que ese vehículo rugiente de velocidad, era el mismo que vio dos veces cuando se puso a platicar con Pepe Linares, el cual había captado la mirada del chaparro criminal al hacer una ronda por el pueblito lejano. Y en efecto, de un frenazo que levantó una muralla de tierra seca de diez metros de altura, el carro detuvo su marcha frente al sendero que conducía al árbol frondoso en la que estaban Gabriel, Pepe Linares y sus sicarios, a pocos pasos de la profunda barranca.

De inmediato se bajaron el conductor y el copiloto de la unidad –un Jetta noventero, color gris plata– y poco después se abrió una de las puertas traseras, saliendo un mastodonte de dos metros de altura, mientras jalaba de las greñas a un tipo que iba amordazado de manos y con los ojos cubiertos por un paliacate rojo. Con pisadas rápidas, llegaron frente a Pepe Linares los cuatro sujetos. El gigantón arrojó violento hacia el suelo al fulano sometido y con respeto se dirigió a Linares:

- Patrón, aquí tiene el pedido. Y como usted dijo, ni quince minutos nos tardamos.

- Chingón mi mamut, muy chingón – aprobó con mueca satisfecha Pepe Linares y de paso preguntó:

- ¿A poco no es bien verga mi lagartijo al volante? Ni el mejor piloto de Rally de México podría chingarlo.

- Patrón, usted sólo deme chance de correr como profesional y nos forramos un varote apostando –alegó el aludido, mirando de reojo a Gabriel Rodríguez quien a la vez disimuló la repugnancia sentida al ver el horrendo rostro de ese delincuente.

- Ya deja de mamar con ese jale pinche lagartijo –gorjeó Pepe Linares. Después, acercándose al sujeto amordazado, se agachó a la altura de su cabeza, subiéndole el paliacate hasta la frontera de sus cabellos bañados de sudor y polvo. El indefenso parpadeó varias veces ante la radiante luz del sol del mediodía, que si bien era detenida por el ramaje del inmenso árbol, no le impedía iluminar intensamente los alrededores. Más la vista de este desgraciado fue hipnotizada por los acechantes ojos pardo azabache de Pepe Linares, que dueño del momento le dijo:

- ¡Quiobas coralillo! ¿A qué no te esperabas que te fueran a encontrar mis muchachos en esa puta pocilga?

- ¡Ay jefecito! –jadeó el prisionero- ¡Usted sabe las mamadas que digo cuando caigo en la peda!

- Ah bueno, ya aceptaste que te pasaste de verga. ¡Ya es un avance chingao! –aplaudió irónico Linares, añadiendo-: Pero a estas alturas de la vida, ya no te sirve de nada.

- ¡Jefecito! Si usted mismo ha dicho que cuando alguien anda pedo y diciendo puras mamadas no hay que hacerle caso –gimió el tipo tratando de pararse también, pero a seña discreta de Linares, el sicario apodado "mamut" le dio un patadón en la espalda que lo arrojó dos metros a la izquierda de Linares. Aquél caminó hacia el golpeado, alzando la voz:

- ¿Sabes qué se te olvidó coralillo? Que también los borrachos se sinceran hablando con todo mundo. Y por esas razones, no tolero que mi gente se apendeje con pinche alcohol ni putas drogas ya que terminan cagándola y feo.

Ante la escena deplorable, Gabriel Rodríguez permanecía inerte. Sobre todo su lengua la tenía sujeta pues no quería soltar cualquier palabra que significara compartir el trágico destino del humillado "Coralillo". Eso sí, su mente no dejaba de cavilar toda posibilidad de sobrevivencia en caso de que Pepe Linares quisiera eliminarlo por ser el principal testigo ajeno al grupo criminal reunido.

Pero en realidad, ¿qué podía hacer Gabriel para evitar ser silenciado? Casi nada. Si hubiera tenido que correr, la inmensa y profunda barranca, lejos de ser su refugio, sería una tumba garantizada. Tal vez ni chance tendría de echarse a la fuga, ya que cualquiera de los sicarios o el mismo Linares le acribillarían para después aventar su cuerpo a la enorme fosa natural sin ser hallado nunca. Quizá resguardarse en la camioneta Ford Lobo sería una opción; seguramente tenía blindaje, pero si no la encendía para escapar, estaba perdido. O teniendo en cuenta que varios hombres estarían persiguiéndolo por el solitario camino, sus posibilidades de huir se reducían a cero. Su automóvil por otro lado, se hallaba a unos cincuenta metros de distancia y peor aún, uno de los matones de Linares lo tenía a su resguardo con las llaves de arranque, su celular y demás objetos personales.

Por último, Gabriel observó la diminuta Smith and Wesson calibre veintidós en su diestra tembleque. ¿De cuántas chances disponía para amenazar a todos los malandros ahí reunidos? Siendo práctico, de ninguna. Ni siquiera pudo revisar la fusca para ver si estaba cargada. Y el bajo calibre no era garantía para herir de gravedad a cualquiera que intentara atacarlo. Claramente se lo dijo Pepe Linares momentos antes..."es lo que se podría llamar un juguete para niños".

Entonces Gabriel oyó a Linares decirle al Coralillo:

- Por esta lindura de palabras, es que estás ahora aquí, hijito de la verga.

Poniéndole al Coralillo un Smartphone a una mano de distancia de su rostro, Linares corrió un video donde se exhibía al desgraciado escuintle, al parecer con otro sujeto y en notable estado de ebriedad gritando burlón:

"¡Pues si mi gente! ¡Que se oiga a todos los putos rincones de este pinche estado y de todo pinche México! ¡Gracias a mí, el culero de José Linares, el culero del Pepe, ha llegado donde está! ¡Soy su jefe y él lo sabe y tan lo sabe, que se me pone de rodillas cuando paso a su lado! ¡A huevo chingao!"

Hasta ahí duraba la videograbación.

Pepe Linares se apartó dos metros del Coralillo y dirigiéndole la lente de la cámara del celular, le dijo con tono macabro:

- Ahora quiero que repitas la misma chingadera y como si fueras un payaso de circo en pleno show, puto de mierda.

- ¡Jefecito! ¡Jefecito! Usted bien sabe lo pendejo que soy y andando pedo mucho peor – jadeó el Coralillo.

- Haz lo que te digo, mierda – ordenó Linares al tiempo que filmaba al desgraciado malandro.

- No jefecito, no me humille así.

Con un gesto instantáneo de Linares, el Lagartijo le metió brutal patada al Coralillo directo a los huevos que lo hizo revolcarse en la tierra. Fue necesario levantarlo de su lecho tras unos minutos de conmoción. Pepe Linares le entregó el celular al Mamut y continuó el intento de conversación con el torturado:

- Bueno pinche Coralillo. Ya estuvo de pasadas de verga. Después de todo, no me agrada estresar de más a quien se lo va a cargar el puto payaso.

- Jefecito, don Pepe, por favor… -suplicó el Coralillo, doblado aún de dolor en la ingle.

- ¡Cállate el hocico de perro que tienes! –le escupió en el rostro Linares-. El día de hoy, es casi seguro que te lleve la chingada. Mira culero, como aquí mis muchachos y tú bien me conocen, es ley mía no perdonar mamadas como ésta, donde le dices a todo mundo lo que piensas de mí. Debes agradecer muy muy en serio que esta vacilada no fue subida a esas chingaderas del feis, del juatsap y el resto de las mierdosas redes sociales que yo detesto, porque foto o video que llega ahí, lo puede ver quien sea y donde sea. Debes dar las mejores gracias pero cagándote de un miedo como nunca has sufrido, de que esta mamada se quedó en tu puto celular y uno de mis hombres que fue testigo del desmadre que te cargabas, pudo quitártelo sin que te dieras cuenta y de inmediato me envío tu chingadera a mi número privado para después borrarlo del tuyo, porque donde se hubiera esparcido tu puto desliz, te disuelvo tu lengua mierdosa en ácido antes de mandarte a la verga.

Pepe Linares sacó un cigarro y lo encendió. El Coralillo sólo veía hacia el suelo, como tratando de hallar un perdón imposible o la más miserable súplica ante el terrible verdugo. Linares jaló la primera bocanada de humo, expulsándola lentamente y remató su mensaje:

- No tiene caso continuar diciéndote nada pinche Coralillo. Me has traicionado y acabas de ver la evidencia. Finalmente, compruebas en carne propia que mis advertencias o las de otros compas míos que andan en estos jales no son poca cosa. A ti especialmente te lo dije cuando andabas sobrio antes de irte a una de esas borracheras: "No te pases de tragos. Y mucho menos, abras el hocico de más." Y mírate ahora.

Pepe Linares se puso frente al sometido y jalándole de las greñas le ladró: ¡Carajo! ¡Puto escuintle! Ni siquiera tienes dieciocho años y te andas buscando sentencia de muerte.

¿Tenía sentido esa última frase dicha por Linares? Ya se sabía que desde varios años para acá la parca no sólo era el terrible merecido para los malandros mayores de edad, sino que incluso se les recetaba a niños y hasta criaturas de escasos días de nacidos, ya fuera por crueles venganzas, ya fuera por balas azarosas durante las ejecuciones inesperadas entre rivales del crimen organizado.

El caso es que Gabriel Rodríguez pudo ver una micro expresión de lástima en la cara de Pepe Linares, que le dio la espalda al Coralillo para seguir fumando hasta terminarse el cigarrillo. Luego observó al muchacho que para ese momento había meado sus jeans azules y sollozaba inevitablemente. Linares escudriñó a sus sicarios quienes compartían ese rostro de compasión no declarada, pero que como leales guardianes acatarían la orden que diera su jefe. En cuanto a Gabriel Rodríguez, Pepe Linares le hizo unas señas para que se acercara a él y a la vez para que se fajara atrás de la cintura la Smith and Wesson calibre veintidós que tenía en su diestra.

Una vez oculta el arma, Rodríguez se puso al lado izquierdo de Pepe Linares y éste se dirigió fríamente al desahuciado sujeto:

- Por vez primera Coralillo, voy a dejar el destino de tu vida al azar. Esto lo digo delante de todos los que aquí estamos. Nunca he perdonado a ningún cabrón que me traiciona o que es enemigo mío. Que no haya duda pues, que este momento es histórico para Pepe Linares. Ahora escucha muy bien, pinche Coralillo. Sólo hay dos reglas. La primera es que debes elegir dos números del uno al diez, pero que no se repitan. La segunda, consiste en escoger a uno de los dos que estamos frente a ti. Puedes decir mi nombre o llamarme patrón o decir el amigo de usted si se trata de este señor a mi lado - dijo Linares señalando con la cabeza a Gabriel Rodríguez.

Paso un largo momento y todos los presentes, salvo Linares, estaban confundidos.

- ¿Acaso eres sordito, hijo de la chingada? –le dijo impaciente Pepe Linares al Coralillo quien al acto replicó:

- Perdóneme jefecito, si entendí, clarito entendí.

- ¿Y qué esperas pedazo de pendejo?

Más por instinto que por inteligencia, el mozalbete contestó:

- Tres y nueve, esos números quiero jefecito.

- Te falta la última cosa, sordo de mierda –clamó colérico Pepe Linares.

Dudando un instante, y viéndole bien la cara a Gabriel Rodríguez, cuya tez lucía blanca de miedo, respondió así el Coralillo:

- Si, ese de usted, jefecito.

- ¿Ese de mí? ¿Quieres decir que ese yo, tu jefecito?

- No jefecito, ese amigo de usted, discúlpeme jefe –repuso el Coralillo muy nervioso echando ojos a Rodríguez.

Pepe Linares exhaló como sacando un peso que le oprimía el corazón. Se notaba satisfecho con las respuestas de su desleal achichincle y le ordenó al Lagartijo que le cortara los recios mecates que inmovilizaban las manos del mocoso confundido. Luego le dijo a otro de sus hombres que volviera a taparle los ojos al Coralillo con el paliacate rojo y que lo apartara hasta la camioneta Ford Lobo. A Gabriel Rodríguez le pidió que le entregara el revólver calibre 22 y de paso que se mantuviera alejado mientras hablaba con los otros sicarios. Ya en bolita, Pepe Linares les explicó al Mamut, al Tlacuache y al Lagartijo la mecánica de lo que iba a suceder:

- Escuchen bien cabrones. Palabra dada, palabra que cumplo. Como pudieron oír, el Coralillo dijo clarito los números tres y nueve y luego señaló a mi amigo, en vez de a mí. Bueno, lo que vamos a hacer es lo siguiente: sin que pueda quitarse el trapo de los ojos, le daré nueve segundos de escape a este pinche baboso y luego cada uno de ustedes tendrá derecho a tirarle un solo balazo en donde quiera, sea la espalda, la choya, las piernas, en las nachas o en el fundillo. Al que le dé un buen plomazo que lo tumbe al suelo, se ganará cien mil varos. Pero si ninguno de ustedes lo hace y yo si le pego, me darán cincuenta mil entre los tres. ¿Estamos cabrones?

El Lagartijo, que ya se sabía de norte a sur y de este a oeste las maneras de apostar de Pepe Linares, añadió:

- Si, entendido patrón. Quiere decir que al elegir el Coralillo el número tres, eso equivale a que le tiraremos tres balazos, pero sólo uno por piocha, o sea, yo, el

Tlacua y el Mamut. Pero sólo hasta que pasen nueve segundos podemos dispararle al Coralillo, que equivale al número nueve que él eligió ¿no patrón?

- Se me hace que este año te dan el Premio Nobel de Lógica – dijo burlándose Linares-. Bueno, cabrones, si no hay más dudas, ahora viene lo bueno de la apuesta. ¿Quién le va a tirar primero? Échense un volado o un chin chan putos.

- Primero yo – pidió el Lagartijo, mostrando a la cintura una poderosa Desert Eagle tres cincuenta y siete al tope de balas expansivas.

- No hay pedo, patrón. Que el Lagartijo truene primero su fierro –dijo resignado el Mamut al tiempo que se desfajó una Glock 45 bien lustrada mientras que el Tlacuache se encogió de hombros.

- A ver cabrones –les interrumpió Linares con mueca seria– me faltó el detalle final. Recuerden que el Coralillo eligió a mi cuate en vez de a mí, esa fue la segunda regla que le di. Esto no es más que él seleccionara, sin saberlo, el arma con el que van a darle. Si mencionaba mi nombre, significa que con este fierro –y les mostró la Taurus nueve milímetros que le había dado el Tlacuache– iban a darle plomo. Pero lo cierto es que prefirió a mi compa quien traía oculta esta belleza y sólo con ella podrán tirarle al Coralillo.

Acto seguido, Pepe Linares sacó la diminuta Smith and Wesson calibre veintidós al tiempo que el Lagartijo se quejó con sarcasmo:

- ¡Uy patrón! Si vamos a estar con esas, mejor de una vez le pagamos los cincuenta mil varos.

- No seas maricón pinche Lagartijo –respondió seco Linares.

- Es que con esa madrecita de fusca, ni siquiera derribamos una puta codorniz – alegó el sicario de jeta horripilante.

- Entonces vete a la verga. Aquí el Mamut y el Tlacuache pueden quedarse con tu parte de la apuesta –dictó su fallo Pepe Linares.

- Pero patrón –repuso lamentándose el Lagartijo– si ellos pierden, ¿tendré que ayudarles a poner esos cincuenta mil vareques?

- Si eso pasa, sólo pondrán veinte mil entre ambos. Palabra. Pero si cualquiera derriba al Coralillo, yo le pago los cien. Y ya deja de chingar, y tráeme a ese culero –ordenó Linares.

Al oír esto, el Lagartijo imploró a su jefe que le diera chance de tirar, y a cambio, hizo la promesa de mantener el pico cerrado. Linares se hizo del rogar pero terminó cediendo, con la única condición de que el mentecato sicario fuera el último en jalar del gatillo. Con aire de frustración, el Largartijo aceptó. Pero en el fondo, Pepe Linares sabía muy bien que de sus tres matones a los que les apostó esa feria, el de mejor puntería era el horrendo Lagartijo, quien desde escuintle había derribado a pájaros, ratas, renacuajos y todo bicho que se moviera, con simples rifles o pistolas de diábolos. Y no por nada se había convertido en uno de sus sicarios mejor forrados de billetes por cumplir ejecuciones casi suicidas.

A la orden de Pepe Linares, el tipo que custodiaba al Coralillo lo llevó hacia el cuarteto criminal. De voz de Linares, el sentenciado escuchó que a la cuenta de tres debía echarse a correr como si fuera una puta rata huyendo de un tecolote, pues tendría nueve segundos exactos de ventaja antes de que le echaran cuete. También le advirtió que hasta que no oyera o sintiera el primer balazo, podía quitarse el paliacate de los ojos. Y por último: si sobrevivía a esta competencia de tiro al blanco, debía largarse directo a su pinche ranchito y no salir de ahí por un mes o hasta que volvieran a contactarlo.

Aparte del Coralillo, Gabriel Rodríguez sintió resquebrajarse su fuerza mental que le diera aguante a lo que a todas luces pintaba para una humillante tragedia. Afortunadamente para él, Pepe Linares olfateó el profundo miedo que le invadía y le hizo un gesto discreto para que se encerrara en la camioneta Ford Lobo con toda confianza. No lo pensó dos veces Gabriel, y a paso veloz llegó a la troca, donde después de guarecerse se puso a orar a Dios por el alma de aquel mozalbete a punto de ser cazado a tiros.

Entre el Mamut y el Tlacuache decidieron por medio un volado quién sería el primero en dispararle al Coralillo. Resultó ganador el Tlacuache, que recibió de Pepe Linares el pequeño revólver y de nueva cuenta la instrucción de que hasta que no oyera gritar el noveno segundo, hiciera fuego contra el muchacho. Eso sí, tenía toda la ventaja para apuntarle donde quisiera en cuanto el Coralillo pelara la carrera. Luego le pasaría el arma al Mamut y éste por último al Lagartijo. Linares les aclaró a sus sicarios que si el prófugo seguía corriendo tras el tercer disparo, él le iba a tirar pero con la Taurus nueve milímetros, a lo que los hombres asintieron sin chistar pero lanzándose miradas de inconformidad.

Frente a frente, Pepe Linares tomó por ambos hombros al Coralillo que respiraba y exhalaba con agitación, pues algo le decía que iba a vivir el último instante de su existencia. Tanto el jefe criminal como sus asesinos pudieron observar que el paliacate rojo que apretaba fuerte la frente del Coralillo, tapándole los ojos, se había impregnado de bastante sudor. Sin soltarlo de los hombros, Pepe Linares le hizo girar unas cinco veces para confundirlo y luego contó lentamente del uno al tres. Tras oír el último número, el Coralillo tal como liebre despavorida, se esfumó en línea recta y directito a la Ford Lobo. En tanto, Linares se puso a cantar los primeros segundos mientras el Tlacuache fijaba la vista en la mirilla de la Smith and Wesson hacia el veloz muchacho, cuyas ágiles piernas estaban repletas de adrenalina. Quizá más por instinto que por otra cosa, el Coralillo pasó rosando la lujosa troca de Pepe Linares en la cual permanecía quieto Gabriel Rodríguez, orando en silencio. Éste apenas vio la ráfaga de una sombra a un lado del vehículo y supo que la cruel cacería había empezado. Cuando buscó con la vista al joven delincuente, aquél ya se hallaba a más de diez metros lejos de la Ford Lobo, dirigiéndose para su desgracia, al mortal desfiladero de la barranca. Rodríguez no quiso mirar más. Pero en el preciso instante en que bajó la cabeza, pudo oír clarito el primer disparo del revólver veintidós. A pesar de ser un arma pequeña y en cierta manera no tan peligrosa, la detonación fue atronadora, tal como Pepe Linares le había dicho a Gabriel poco antes. Persiguiendo con la mirada al despavorido Coralillo, Gabriel Rodríguez se dio cuenta que, para la extraña fortuna del chamaco, éste no había sido derribado y continuaba su veloz escape hacia el precipicio natural. Pero muy astuto, el Coralillo recordó la indicación de Linares, de que en cuanto oyera o sintiera el impacto del primer balazo, podía retirarse el trapo de los ojos. Y eso mismo hizo sin dejar de correr.

Tras recuperar la vista, el Coralillo lanzó tremendo grito que hizo eco en la profunda barranca, al tiempo que detuvo su cuerpo a un metro de precipitarse en dicha ladera y cuya caída lo habría destrozado contra las lejanas rocas del fondo. De inmediato buscó una salida alterna, optando por un llano repleto de matorrales y nopaleras, opuesto al terreno en el que estaban Linares y sus sicarios. En cuanto tomó ritmo para huir, el segundo balazo se oyó tan fuerte como el primero, pegando en la espalda del Coralillo quien no se inmutó ni tantito. "¡Chingada suerte!" escupió el Mamut encabritado tras suponer que había errado el raquítico proyectil mientras que el Tlacuache con aire de resignación dijo: "Es que está a más de cien metros, así ni como tumbar a este culero".

Pero el Lagartijo no le pidió la fusca al Mamut; simplemente se la arrebató violento y con natural pericia puso la mira en el Coralillo, que estaba cerquita de guarecerse tras una inmensa y ancha nopalera en la que cualquier bala calibre 22, a esa distancia, no la habría penetrado.

El Lagartijo jaló del gatillo y este último disparo fue más ruidoso que el de las anteriores detonaciones. Parecía que llevaba una carga de majaderías contenidas en la lengua del violento sicario; quizá fue el tipo de pólvora usada, o tal vez había mucha más pólvora comprimida en el casquillo. El punto es que, combinado con el talento del experimentado matón de Linares, el proyectil golpeó el pómulo derecho del Coralillo, dejándolo aturdido.

- ¡Caite puto! ¡Caite hijo de tu puta madre! –gritó el Lagartijo al observar al joven Coralillo bambolearse de un lado a otro, como si estuviera pasado de copas.

- ¡Ya tírate culero! ¡Tírate ya mierda! –clamaba el Mamut, en cuyos ojos de ridícula caricatura, se veía reflejada la ambición por el dinero fácil.

- Patrón –dijo apresurado el Tlacuache a Pepe Linares- ¿y si subimos la apuesta? Le pagamos setenta mil varos si le da chance al Lagartijo de echar dos fogonazos más, y si ni así se cae ese cabrón, usted gana.

El Lagartijo miró de reojo a Linares que no quitaba la vista al Coralillo, el cual seguía tambaleándose sin desplomarse en tierra. Entonces, el jefe de la banda sacó la pistola Taurus y cortando cartucho, apuntó directo al pecho del Tlacuache:

- Si hay algo que me caga de quien acepta una apuesta conmigo, es que me quiera cambiar lo acordado. ¿Estamos claros pinche inútil?

283

- Patrón cálmese -dijo sacado de onda el Tlacuache–, era sólo para subirle de voltaje a la jugada. No se me encabrone.

- ¡Puta mierda! –se lamentó el Lagartijo–. Ya se peló el Coralillo. ¡Vale verga!

Y en efecto, escondiéndose tras esa enorme nopalera, el muchacho herido recuperó el equilibrio, esfumándose trotando.

- Bueno putitos...me deben cincuenta mil morlacos– suspiró Pepe Linares.

- ¡Ay patrón, no nos agandalle! –reclamó el Lagartijo– Usted dijo que también debía tirarle a ese culero para ver si caía.

Linares, con el fogón en la mano, se acercó hacia donde estaba el Lagartijo, observando por un instante la gigantesca cactácea en la que se había guarecido el Coralillo. Luego apuntó la escuadra Taurus de refulgente cromado hacia ese lugar e hizo fuego sin cesar hasta que el mecanismo abrió la corredera del arma al haberse terminado el parque. Dispersos azarosamente, quedaron los quince casquillos percutidos frente a la atónita mirada de los sicarios de Pepe Linares.

- Mamut y Tlacuache, vayan a ver que fue de ese pendejo –ordenó Linares – y si está muy madreado, lo rematan rapidito y se lo traen pa arrojarlo al barranco.

- ¿Y si no está puteado patrón? – dijo el Mamut.

- Me lo traen aquí y sin hacerle nada más. ¡Jálenle ya!

En menos de tres minutos, los hombres de Linares cumplieron con el encargo, hallando al Coralillo arrastrándose por la árida tierra. La nopalera que le había servido de escudo, estaba destrozada en gran parte de su gruesa mata, de la que escurría su baba natural. Varias esquirlas de bala expansiva se entremezclaron con los restos de espinosos y gruesos nopales así como de algunas tunas enormes de intenso rojo. En cuanto al Coralillo, tenía incrustadas muy superficialmente dos balas de la Smith and Wesson veintidós, en la parte media de la espalda y en su cachete, de donde apenas y salían hilillos de sangre. Pero en la nalga derecha, cerca del nervio ciático, un proyectil nueve milímetros le había impactado directo ocasionándole doloroso daño. Y fue esta herida y no las otras, la que le hizo caer finalmente a tierra.

Ya sin fuerzas y a merced de Pepe Linares, el Coralillo solamente cerró los ojos, esperando al menos el tiro de gracia y que ya no le torturaran más. El jefe criminal seguía con la pistola Taurus en su poder, pero una vez que tuvo cara a cara al rendido guiñapo, le advirtió que si cometía cualquier tipo de pendejada similar a la que había hecho en la cursilería de video, se iba a ir de este mundo sufriendo el peor de los tormentos. Y para demostrarle que la advertencia era seria, Pepe Linares le ordenó pelar bien los ojos y no cerrarlos. De inmediato le puso en la pantalla de su celular un vídeo en el que se veía a uno de sus peores enemigos, inmovilizado totalmente y con crueles heridas en su desnuda humanidad, cuando de repente y ante los gritos agónicos y suplicantes del sujeto, una docena de ratas negras de largas colas grises empezaron a devorarle el rostro y el resto del cuerpo. Antes de que Linares detuviera la macabra y perversa evidencia, el Coralillo chillaba de terror.

Viendo que las heridas del aprendiz de maleante no ponían en riesgo su vida, Pepe Linares les dijo al Mamut y al Tlacuache que llevaran de inmediato al Coralillo al pinchurriento pueblo donde estaba escondido y le abandonaran en alguna calle solitaria. Antes de partir, Linares les prohibió rotundamente amenazar y peor aún, seguir lesionando al jovenzuelo. Una vez que los sicarios partieron con el encargo, Linares entregó la fusca al Lagartijo y éste le reconoció a su patrón su excelente pericia con el arma, pues muy pocos cabrones en México podían tirar a tan larga distancia a un objetivo escurridizo usando sólo una pistola. Pepe Linares rio escandalosamente y le pidió a su sicario que aguardara unos momentos. Luego, fue a la camioneta Ford Lobo Harley Davidson hallando a Gabriel Rodríguez con el rostro abajo, sumamente perturbado. Le pidió con seriedad en la mirada que le abriera la puerta y al hacerlo, Linares le dijo:

- Pues listo. Ya puedes irte. Ve a tu auto y mi muchacho te hará entrega de tus cosas y las llaves.

Gabriel Rodríguez respiró aliviado. No obstante, había visto huir al Coralillo y también oído no sólo tres, sino un madral de balazos. Pensó que la cacería había sido un éxito para Linares y sus hombres y temía preguntar por los restos del infortunado e imprudente mozalbete. Pero fue el propio Linares el que se adelantó a darle la noticia, desde otro ángulo:

- Fíjate que hay en este mundo, hijos de la chingada con buena y con mala suerte. A los que tienen la mala fortuna, basta con que una pinche bala perdida los mande al otro mundo. Conozco muchos casos así. Pero hay algunos, muy contaditos, que tienen una pinche suerte chingona, y por más que les llueva plomo, la catrina no puede llevárselos.

Pepe Linares llevaba otro cigarro en la diestra. Antes de encenderlo, golpeó el pitillo contra la hebilla de su cinturón. Haciendo eso se esfumó un largo instante sin decir palabra. Finalmente, abrió la boca:

- Hoy me tocó ver a ese pinche lengua altanera del Coralillo, esquivar a la muerte en dos momentos. Primero cuando estuvo cerquita de partirse la madre en el barranco y luego tras haberle echado dieciocho balazos. Ni pedo, es cabrón con muy buena suerte.

- ¿Entonces salió ileso el pinche mocoso? –exclamó sorprendido Gabriel.

Linares prendió su tabaco y dio un buen golpe de humo a sus pulmones. Al exhalar, contestó:

- No, tampoco. Con el revólver veintidós apenas le rasguñaron la espalda, aunque mi Lagartijo casi lo deja tuerto de un ojo ya cuando se estaba escondiendo. Y yo con la Taurus, le sangré una nalga, pero son heridas leves. Sanará en pocos días.

Gabriel Rodríguez agradeció a Dios en silencio. Su corta oración, mientras había aguardado en la camioneta de Linares, fue en súplica por la vida del joven maleante, cuya esperanza de salvarse era imposible.

285

Mirando al sotaco carnal gemelo del extinto José Teodoro Linares –otrora el agente encubierto "Adalberto"-, Gabriel le expresó sonriente esa muestra de compasión para con el imbécil Coralillo y de paso, el haberle concedido la entrevista. Cuando caminaban rumbo hacia su automóvil, Pepe Linares le dijo a Rodríguez con aire de confianza:

- Dile a esa tal Carmina que me reuniré con ella. Pero que me dé tiempo y sólo bajo mis condiciones. Si no está de acuerdo, jamás sabrá de mí.

A todos nos llegará la hora.

"Sin la certeza de una vida futura, el hombre es el más desgraciado de los animales"

Dante Alighieri. *La Divina Comedia*

Pasaban de las seis de la tarde cuando Carmina Luna Atanacio sorbía el último trago de un fuerte café de grano de los Altos de Chiapas el cual no venía en el menú de la cenaduría "Doña Ana", sitio muy concurrido de gente y ubicado a media cuadra del jardín del Obelisco en Fresnillo, Zacatecas. La deliciosa bebida, era una cortesía para comensales que iban por primera vez al lugar de parte de la propietaria del lugar, doña Ana Esquivel, viuda nonagenaria que junto a dos de sus hijos, tres nietos y un bisnieto, complacían los paladares de propios y extraños.

Ese tradicional sitio de antojitos mexicanos debía su popularidad al sazonar todos sus platillos con manteca de cerdo y algunas especias, toque que la ancianita había aprendido de su abuela cuando era niña. Además, corría la leyenda que doña Ana llevaba sangre del famoso revolucionario Pancho Villa, cuyos diversos retratos, enmarcados en madera rústica y apolillada, se esparcían por la fondita. Pero también

el añejo rumor tenía bases de certeza. La evidencia más conocida por todos los lugareños y turistas, era una antigua foto en la que aparecía Pancho Villa al lado de una
nena de escasos cinco años y fechada en diciembre de 1922, meses antes del asesinato del Centauro del Norte. Tal instantánea nunca antes había sido registrada por
expertos en fotografía documental de la Revolución mexicana, pero algunos de ellos
la autenticaron a petición de los hijos de doña Ana Esquivel, con el propósito de poder
venderla a algún coleccionista cuando su madre ya no viviera. Y si, la buena noticia es
que se trataba de una foto original sin alteraciones o montajes, pero la mala es que no
tenía valor económico más allá del que pudiera poseer cualquier foto de Villa con gente
desconocida. Esto se debía a la sencilla razón de que los principales jefes revolucio-
narios –cítese a Madero, Zapata, Carranza, Obregón, el propio Villa- llegaron a posar
ante las lentes fotográficas tantas veces como comidas disfrutaron en vida, según ex-
plicaron los especialistas a los ambiciosos hijos de doña Anita.

Pero la conexión de la curiosa foto con esta respetada mujer, es que la niña
que aparecía al lado del Centauro del Norte fue la madre de la señora Ana Esquivel.
Adicionalmente, el parecido de la cara de la chiquilla con la de Pancho Villa era impresionante. Y la leyenda unía otro par de retratos en los que la madre de doña Ana
mostraba su semblante a una edad de treinta años y no cabía duda de que era la viva
imagen de quien primeramente se llamara Doroteo Arango antes de unirse a la lucha
armada nacional a finales de 1910.

Ahora bien, Carmina Luna Atanacio visitaba por vez primera la cenaduría
"Doña Ana" pero también Fresnillo. Si bien ella ya había conocido la bellísima capital
zacatecana, cuando acudió a un congreso sobre derecho penal unos ocho años atrás;
el que ahora estuviera presente en este antiquísimo poblado minero se debía estrictamente a que Gabriel Rodríguez le pidió reunirse con él en ese paraje norteño de México. Ya terminada la tasa de buen café gourmet, Carmina aguardó con paciencia,
teniendo a la mano el teléfono móvil con la batería al tope de pila. Pasaron quince
minutos y al no haber pedido la cuenta, sintió que los ojos quisquillosos de doña Anita
le invitaron a desocupar la mesa, mientras esperaba cualquier mensaje o contacto de
Gabriel Rodríguez.

Por fin sonó un timbrazo en su celular, indicándole que un mensaje de texto le
había llegado. Provenía de un número desconocido para ella, y al abrirlo lo leyó de
golpe:

**"Pida la cuenta al mesero que lleva camisa de cuadros rojos y blancos.
Pague sin reclamar nada y exija la nota de consumo al final. R."**

A Carmina no se le hizo raro recibir este tipo de comunicado, pues Gabriel ya
le había descrito el meticuloso mecanismo para poder reunirse con él. Procedió pues
a pedir la cuenta al hombre indicado en el mensaje y como nada más consumiera la
buena taza de café chiapaneco, no dejó de sorprenderse al revisar la notita, que el

precio a pagar fueran doscientos pesos. De inmediato pensó que se trataba de un error de dedo del mozo o de la propia doña Anita, que atendía la caja de cobro. "Quizá en vez de marcar veinte pesos, se les fue un cero de más", dedujo Carmina Luna e iba a pedir la aclaración educadamente, pero se acordó que en el mensaje de texto recibido se le ordenó no hacerlo, por lo que con extrañeza le extendió al mesero dos billetes de cien pesos, guardando la nota de consumo. Retirándose el joven ataviado con camisa de cuadros rojos y blancos, Carmina revisó la nota por la parte de atrás donde venía escrito con lápiz otro mensaje: "**Espere en una banca cualquiera del jardín del Obelisco**".

Carmina vio a su alrededor y todo lucía tranquilo. Doña Anita ya no la observaba más, ni tampoco los demás meseros que permanecían atentos a cualquier llamado de los comensales apostados en mesas más alejadas donde se hallaba Carmina. Imaginó que ya fuera Gabriel Rodríguez o alguien más, seguramente la vigilaban desde su llegada a Fresnillo, o quizá desde que partió de la Ciudad de México en la terminal de autobuses del norte. Sin demorarse un segundo más, Carmina Luna se retiró con paso moderado de la cenaduría, agradeciendo el buen trato recibido a los mozos presentes. Luego se puso en marcha al jardín del Obelisco, el cual ya albergaba a una veintena de personas, la mayoría sentada en las bancas metálicas, irradiadas todavía por el sol vespertino estival de junio. Tras mirar con calma, pudo hallar una banca de la que se habían levantado un par de ancianos para retirarse del lugar. Con el paso más veloz, Carmina llegó al mueble de hierro, apostando su cuerpo justo en el extremo derecho, para mirar casi todos los ángulos que se entrecruzaban con el elevado monumento de la plaza.

Así aguardó por un largo tiempo hasta que su teléfono celular volvió a timbrar al recibir otro mensaje del mismo número. Al leerlo, Carmina tuvo una ligera temblorina nerviosa. El comunicado le pedía levantarse y caminar hacia un sujeto que estaba a las afueras del parque del Obelisco, vestido con chamarra negra, jeans azules, tenis rojos y una gorra blanca. Ella se movilizó con rapidez y encontró a la persona indicada, resultando ser un tipo de complexión robusta y baja estatura. Por un instante creyó Carmina que aquél misterioso tipo era el mismo que la había agredido sexualmente varios años atrás, el tal José Teófilo Linares, pero cuando lo tuvo frente a frente se percató que la cara no era la misma. Se trataba de un sujeto muy joven, quizá de veinte a veinticinco años y de tez muy blanca y lampiña.

Por la mirada del hombre, Carmina supo que ya la tenía bien reconocida. Aquél le requirió por su nombre de pila a lo que ella repuso asintiendo con la cabeza. El tipo le pidió seguirlo hacia un automóvil Tsuru en muy buen estado y en el que había dos ocupantes. Por un instante Carmina detuvo su andar, como intuyendo un peligro inminente, pero respirando hondo, logró controlarse y seguir hacia el vehículo. El joven que la guiaba le abrió la puerta trasera derecha, para que ella ingresara y así lo hizo. Entonces pudo ver al volante a otro hombre cuarentón y de aspecto rudo, con sendos

289

tatuajes de serpientes en ambos brazos, en tanto que una mujer de edad treintañera como Carmina, ocupaba un asiento en la parte de atrás. Ya cerrada la puerta, la fulana le ordenó toscamente no hablar. Una vez adentro el tipo de la cachucha blanca, se puso en marcha el Tsuru y salieron de Fresnillo, tomando la carretera a Durango. Pocos minutos después de iniciar el recorrido sonó un celular, contestándolo el tipo que iba al volante y mencionando que el encargo iba en camino y sin problemas. Antes de colgar la llamada, les rebasó una camioneta patrulla de la policía estatal cuyo copiloto le hizo una seña al conductor, pero no para que se detuviera, sólo quería saludarlo. Colgando el aparato, el sujeto atendió alegre el gesto al uniformado, y por lo que escuchó Carmina, ambos hombres eran compadres. También pudo darse cuenta que la carretera lucía poco transitada para ser viernes laboral y sobre todo de quincena, percibiendo a algunos camiones tráiler en ambas direcciones. Media hora después de haber dejado Fresnillo, el Tsuru cambió de ruta hacia un camino de empedrado que conducía a una vieja mina abandonada. En ese preciso momento, la mujer al lado de Carmina le exigió entregarle su bolso de mano, su celular y otros objetos que llevara en la ropa. Ella acató de inmediato, dándole un par de anillos y sus aretes pero le rogó a la ruda fémina que le permitiera conservar un escapulario marrón de la Virgen del Carmen, mostrándolo en el acto. Fue suficiente el que se lo pidiera en tono amable Carmina para que la inspectora accediera con mueca respetuosa y sin llamar la atención de los otros sujetos que iban callados mirando el camino. Luego de revisar detenidamente el bolso de mano de Carmina, la mujer apagó el teléfono móvil de aquella y lo puso en el mismo bolso. Prosiguió tanteando las ropas y el cuerpo de Carmina, quien se había acostumbrado a ese tipo de revisiones cuando visitaba en el penal a Jacinto Cañada Fajardo. Tras culminar con la tarea, la mujer dijo en voz alta: "Está limpia".

La ruta empedrada se extendía sobre una ladera con tramos de curvas muy pronunciadas, dejando a la vista un enorme precipicio. Carmina pudo admirar el desértico paisaje y reflexionó sobre la cantidad de vidas humanas que recorrieron el mismo camino que ahora ella hacía en auto. "Debió haber sido muy agotador para esclavos y mulas, subir por estas tierras con los lomos cargados de oro, plata y otros metales", decía Carmina para sus adentros.

De pronto, al tomar una curva cerrada se encontraron una camioneta Suburban negra bloqueando el camino, lo que obligó a dar un buen frenazo al conductor del Tsuru.

- ¡Hijos de su pinche madre! –rugió el tipo al volante del compacto Nissan.
- ¡Que pasados de verga! –refunfuñó el copiloto de la gorra blanca al tiempo que empuñaba una pulcra Colt calibre 45.

Carmina sintió un escalofrío fulminante y se agachó lo más que pudo, temiendo recibir una ráfaga mortal de balas. En vez de eso, oyó como salieron ambos hombres del Tsuru en reclamo con otros batos que estaban aguardándolos en la larga troca y con los que al cabo de unos segundos, se echaron amenas mentadas de madre. Para tranquilidad de Carmina, resultó que la gente de la Suburban negra venía a recogerla por órdenes de su patrón, dando a entender a los del Tsuru que aguardaran en ese punto del camino. El hombre de los tatuajes de víboras hizo una seña a la fulana que custodiaba a Carmina, que de inmediato respondió abriendo su portezuela para salir con el bolso de aquella al tiempo que le indicó bajarse del vehículo y seguirla.

Junto a la dupla de hombres que la escoltaron en el Tsuru, Carmina vio a otro par de sujetos vestidos de chamarra y pantalones de mezclilla, calzando finas botas de piel de cocodrilo y con pistolas fajadas en la cintura. Uno de ellos le abrió la puerta trasera izquierda de la Suburban pidiéndole con amabilidad subiera a bordo. Iba Carmina a preguntar por su bolso pero no fue necesario, ya que la mujer le hizo entrega al otro individuo apenas mediando palabras. Debido a los cristales polarizados de la amplía camioneta, ella no pudo ver a los sujetos que ocupaban los asientos delanteros, y sólo hasta que cerraron su portezuela pudo distinguir, en el respaldo del copiloto, a Gabriel Rodríguez. Aquél la saludó cortésmente, mostrando un rostro sereno, pero no dio motivo para la mínima conversación con Carmina. Ella comprendió que debía continuar en silencio, tal cual le indicaron al subir al primer vehículo en Fresnillo.

Pocos segundos después, el conductor puso en marcha la troca por el camino de empedrado, acelerando a más de ochenta kilómetros por hora, pese a que la ruta exhibía más curvas cerradas que rectas. Sólo Gabriel y Carmina sudaban el miedo en sus rostros, y se debía al enorme riesgo de sufrir una volcadura mortal por la imprudencia del hombre al volante. Pero las expertas habilidades de éste quedaron comprobadas al cumplir con el tiempo necesario que le reportaron al llegar al sitio, tras veinte minutos de trayecto extra. En otras palabras, por lo que oyeron Gabriel Rodríguez y Carmina Luna, el intrépido chofer hizo diez minutos menos que sus otros compañeros de chamba, y aparte, en un automóvil no acondicionado para esa carretera.

En cuanto al lugar, se trataba de lo que alguna vez fue una inmensa mina a la que por más de un siglo se le extrajeron toneladas y toneladas de hierro, zinc y plata, entre otros metales valiosos hasta agotarla. Ahora sólo era un sitio en abandono, con cuatro bocas principales, cuyas profundidades tenían entre ochocientos a mil metros. Dos de ellas llevaban clausuradas varias décadas y las otras se habían convertido en un sitio de interés para el turismo de aventura y desde luego, para hacer reuniones secretas o para cometer fechorías menores por algunos malandros. Al arribar, había un par camionetas al lado de uno de los accesos abiertos; específicamente, se trataba de una Cheyenne Silverado negra y otra Ford Lobo King Ranch gris oscuro. Recargados en ellas, ocho sujetos conversaban departiendo cervezas de lata y fumando, pero sin despegarse de sus fusiles M-16 y AK-47. Por instrucciones dadas, sólo bajaron de la Suburban negra el hábil conductor y Gabriel Rodríguez, quien le pidió serenamente a Carmina aguardar en compañía de los otros hombres. Dirigiéndose hacia la entrada de la mina, Gabriel y el chofer se perdieron en la ancha garganta oscura y por un largo rato no se les vio salir. Carmina respiraba tranquila, en tanto que los guardianes a su lado parecían estatuas, de rostro recio y con la mirada puesta al frente, sin emitir palabra o siquiera sonido alguno, incluso el del aliento, pese a que dentro de la camioneta se sentía calor y poco aire, pues el sol vespertino zacatecano, impactaba directo sobre aquel lugar.

Finalmente, de la entrada de aquella mina, vio Carmina salir al conductor de la Suburban, caminando a paso enérgico. Le preocupó bastante no mirar Gabriel y en sus adentros pidió a Dios que los protegiera a ambos. Sin embargo, ella sabía que ya era muy tarde para arrepentirse de la decisión que había tomado, pues de nada le hubiera servido huir o defenderse. Resignada a su suerte, pero suplicante a Dios, Carmina aguardó la llegada de aquel cafre del volante. Éste abrió la puerta derecha trasera y les dijo a los vigilantes que fueran a tomarse una chela con la banda, ordenando al que llevaba el bolso de Carmina, que lo dejara en el asiento. Luego le indicó a ella que lo siguiera y activó la alarma de la troca, prosiguiendo el camino.

Carmina Luna calculó erróneamente la dimensión de la entrada de la mina, pues desde la perspectiva que ella observó mientras aguardaba en la camioneta, se veía poco más alta y ancha que una portería de fútbol soccer. En realidad, el acceso tenía unos cinco metros de elevación y siete o más de largo, y ya por dentro se iba abriendo mucho más hacia los lados, de manera que podría dar cabida a una veintena de tracto camiones de carga sin problema alguno. Apoyándose de la luz de su teléfono móvil, pues la oscuridad se esparcía a esa hora por el camino cercano a la salida de la mina, el chofer avanzaba un paso atrás de Carmina, apuntando con claridad la fuerte luz artificial para que la joven no tropezara. Habían recorrido unos cincuenta metros cuando ella vio un brillo que salía de un montón de rocas trituradas y, casi como lejano susurro, oyó una voz masculina que no era la de Gabriel Rodríguez. De inmediato, se oyeron cinco disparos secos de pistola y Carmina detuvo su andar, aterrada. El hombre que la escoltaba, con voz amable y persuasiva, le indicó seguir caminando. Por dentro, Carmina elucubró una tragedia inevitable, pues dedujo que Gabriel fue asesinado en ese instante y ahora ella correría la misma suerte, convirtiéndose aquel solitario lugar en la desgracia y sepultura de ambos. En definitiva, no tenía duda alguna de que a la gran parte de los testigos de hechos perturbadores, los malandros los silencian con la muerte.

Pero la escena que halló Carmina fue muy curiosa.

Gabriel Rodríguez, mostrando cara de niño con juguete nuevo, sostenía un enorme revólver apuntando hacia una hilera de caguamas y latas de cerveza, iluminadas por dos barriles de fierro de los que salían largas y ardientes llamas. Otro hombre, muy alto y corpulento, le enseñaba cómo tomar el arma para lograr mayor puntería, y en esa particular manera de instruirlo, usaba un lenguaje repleto de vulgaridades pero de ameno tono. Cuando Gabriel y su entrenador se percataron de la presencia de Carmina, el primero bajó la pistola y un tanto apenado le dijo a ella:

- Licenciada, ¡me agarraste aprendiendo a tirar!

Carmina puso mueca de alivio pero también de asombro y replicó a Rodríguez:

- ¿Usted fue el que disparó hace unos momentos? ¡Vaya susto me llevé!

- Si, aquí el joven Mamut –señaló Rodríguez con veloz ademán al individuo– me está enseñando a echar balazos pero no le di ni a una sola lata.

- ¡Gabriel pero yo pensé que usted sabía de armas! –dijo Carmina un tanto nerviosa.

- Sólo de balines y de diábolos –aclaró Rodríguez– pero esto ya es diferente. ¿O no Mamut?

El referido se encogió de hombros y sin dejar su tono amigable expuso:

- Este si es un cuetón pa espantar o chingar cabrones.

- ¿Qué revolver es, disculpe? –indagó curiosa Carmina.

- Una Magnum Anaconda 44 –contestó algo presuntuoso el grandulón Mamut.

- ¿Y qué la hace tan especial para chingar cabrones? –dijo sorprendida Carmina.

El Mamut enmudeció. Parecía tener un aletargamiento mental que para los demás no tenía sentido, pues sólo bastaba una simple respuesta que explicara a la curiosa Carmina Luna el por qué un simple impacto sobre una pierna o brazo a unos veinte o treinta metros de distancia, con un proyectil de Magnum Anaconda 44, podía lisiar de por vida a cualquier persona. Cuando el Mamut dejó de rascarse la cabeza en señal de una respuesta para Carmina, una voz extraña y masculina se escuchó atrás de ella:

- Lo que la hace tan especial es que con un tiro bien dado, le partes la madre a un rinoceronte o hasta un pinche elefante. ¿O acaso no te acuerdas del video que me pusiste hace poco Mamut?

- Si patrón. Si me acuerdo –musitó el sicario.

Carmina sintió una extraña presencia, dejándola paralizada sin saber por qué. Esa voz, de repente, le era conocida y al mismo tiempo, tenebrosa e hipnótica. Pero no quiso voltear para descubrir la identidad del dueño de ese tono vocal que la tenía indefensa, como una liebre acorralada por una serpiente.

- ¿Y si acabas de ver ese video –prosiguió el hombre a espaldas de Carmina– por qué chingaos no le respondes eso a la dama?

- No se me ocurrió patrón –se excusó agüitado el Mamut.

- Ta bueno, ta bueno –dijo la voz que mantenía inmóvil a Carmina–, te hace falta una buena chela. Eso te refrescará la memoria.

Sin mayor explicación, el hombre pidió a los presentes que esperaran a la entrada de la mina, mientras el charlaba a solas con la licenciada. Carmina Luna seguía inerte de temor, pero pudo ver una mirada serena en Gabriel Rodríguez, que le entregó al Mamut el enorme revólver Magmum 44 Anaconda, retirándose ambos junto al chofer de la Suburban negra.

Transcurrido un minuto, el hombre se puso a un lado de uno de los barriles de los que salían grandes llamaradas, quedando cara a cara con Carmina. Ella fijó la vista en él, poco perpleja. Aunque no se distinguía del todo su rostro, se parecía muchísimo a aquel hijo de la chingada al que llegó a odiar con toda el alma.

- Pues bueno licenciada, me dijeron que quería reunirse con Pepe Linares. Aquí lo tiene.

Carmina cruzó los brazos y en sus ojos se reflejaba el llameante fuego que emergía deforme de los tambos metálicos. Pero siguió callada, sosteniéndole la mirada al sotaco Linares.

- ¿Y ahora? ¿Le comieron la lengua los ratones o las ratas Carmina?

Ya no quedaba duda. Al haber pronunciado su nombre, la memoria de Carmina reconoció al instante a su endemoniado primer violador de aquella noche de rastrero suplicio, incluso cuando su semblante permanecía camuflado por la oscuridad que hacia frontera alrededor de las flamas. Carmina por fin exhaló, manteniendo la postura:

- Aquí tengo mi lengua entera. Y le pido por favor no me llame por mi nombre.

Linares arqueó sus pobladas cejas, sacando el último cigarro de una cajetilla Camel, arrojándola directo a las llamas del barril cercano. Luego palpó sobre los bolsos de la chamarra cazadora que portaba, buscando el encendedor. Al no sentirlo, se pendejeó así mismo recordando que se lo había prestado a su achichincle el Mamut para que encendiera un pitillo. Con tono cortés, le dijo a Carmina:

- ¿Usted de casualidad no trae cerillos o encendedor?

- No fumo –contestó seca Carmina.

Linares alzó las manos en señal de protesta. Acto seguido, puso el cigarro en su boca y con ligera precaución, trató de encenderlo con el fuego del barril. Tras un par de intentos difíciles, finalmente lo hizo sin haberse chamuscado un solo vello de su abultada cara. El hombre dio una larga fumada y entonces le habló otra vez a Carmina:

- Bien licenciada, el tiempo es invaluable. Dígame el asunto que trae conmigo.

Siempre que Carmina Luna Atanacio tenía algo muy delicado de hablar, procuraba darle orden a sus ideas. A veces escribía un par de líneas que le permitieran expresar lo que quería decir, con claridad y sin mucho enredo, no importando si se trataba de gente del entorno social, jurídico o académico. Luego las leía y leía, hasta tres o cuatro veces para grabarlas en la cabeza. Pero para este encuentro tan peligroso en el que de tajo se le abrirían viejas y dolorosas cicatrices del alma, las ideas clave que había memorizado, estaban bloqueadas de su mente. Supo de inmediato que ese corto circuito mental fue debido al hecho de estar nuevamente a solas con el salvaje que la había violado por vez primera y también permitido que sus otros dos

294

secuaces gozarán del cuerpo de ella contra su voluntad. Resignándose al destino en ese instante, a Carmina poco le ayudaron los casi veinte años de su trágico suceso; la herida emocional había sanado pero la profunda e imborrable cicatriz siempre estaría en el recuerdo. Y aunque el tiempo pudo cobrarle factura al desgraciado que tenía enfrente, su rabioso rostro y sobre todo sus ojos, parecían irradiar la misma maldad que ella padeció al ser violada por aquél.

Sin embargo, Carmina Luna tenía que hablar y pronto. Había arriesgado tanto, incluso no sólo su propia integridad física sino la de Gabriel Rodríguez y con ello también la de su esposa Carolina Toscano así como de David Alfonso, hijo adoptivo de ambos y vástago natural de Carmina. Siendo ésta la situación, quizá nada sería igual después del terrible encuentro con Pepe Linares, para el cual ella tuvo que aguardar pacientemente algunos meses. En sus reflexiones diarias, Carmina daba por hecho que hablara o no con ese hombre tan abominable, estaría en el ojo de este peligroso e irrastreable patán por el resto de su vida. Así que no pudiendo recordar nada de lo que originalmente tenía listo para decirle a Pepe Linares, Carmina Luna Atanacio dobló la cabeza con la vista hacia el oscuro techo rocoso de la mina y jalando aire con fuerza, sentó la mirada en el temible agresor y le expuso:

- No sabe usted la carga de repugnancia y miedo que en estos momentos transpira todo mi ser. No imagina la enorme barrera que detiene el inmenso odio que por mucho tiempo sentí contra usted. Ese inmenso muro del perdón, ahora mismo, está a nada de hacerse añicos por el simple hecho de tenerlo frente a mí. Si le he de ser muy sincera, o como dice el famoso dicho, "con el corazón en la mano", pues sepa usted, que mi rencor en este momento quiere tomar a mi férrea voluntad y si por ambos fuera, por los medios que tuviera a mi mano, ahorita mismo estaría cobrándole una añeja, merecida y muy anhelada venganza, la cual, lejos de regresarme la paz a mi mente, la desquebrajaría en mil añicos para jamás retornar. Esto tan lo sé, que ahora puedo verlo directo en sus ojos. Sé que usted puede escarbar las miradas de sus amigos y enemigos. Y no tendría que explicarle porque seguramente lo sabe, que la salvajada que usted y su gente me hicieron aquel día, cambió mi vida y la de los míos definitivamente. La Carmina que ahora ve, ya es otra mujer desde aquel momento en usted eligió violarme con sus degenerados perros de porquería. A esta Carmina que tiene cara a cara, le ha costado mucho entablar relaciones afectivas con hombres y hallar tranquilidad a diario. Cierto, gracias a Dios y a la Santísima Virgen María, mis penas han ido apagándose con el paso de los años, pues al principio de la tragedia que ustedes me ocasionaron, toda mi existencia perecía sin cesar. Era como un incendio interminable, un fuego destructor que me impedía disfrutar de la vida en todos sus horizontes y recónditos placeres. Una deliciosa comida, no me sabía a nada. No disfruté de ningún perfume o de la fragancia de los jazmines tras las lluvias del verano. Si oía alguna canción muy alegre, no se me erizaba la piel de felicidad. Ni tampoco sentí la caricia de mi madre ni de quienes me apoyaron posteriormente a lo que siguió tras las violaciones que sufrí. Y si veía una buena película cómica, lejos de reírme a carcajada fuerte, me deprimía. En ocasiones, le confieso ahora, ansiaba tanto que mi vida fuera la de un personaje de película, de algo montado... falso... irreal.

Pedí tanto a Dios que me dijera que lo que había vivido a mis diecisiete años, fue la más horrenda pesadilla de la que Él me ayudaría a despertar para darme la mayor de las paces y consuelos. Pero al final acepté que esto no era posible, aunque muy en el fondo sé que Dios nunca me abandonó. Ni siquiera aunque yo hubiera sido, además de ultrajada, muerta por usted de haberlo querido. Sé que Dios me habría llevado a su lecho celestial, pero por designio Suyo, seguí viva y además, meses después parí a un hijo que hoy es un buen muchacho. Y así, por varios días y noches, por incontables meses y luego años, poco a poco fui sanando el tremendo y horrible trauma que en un ratito, usted y sus hombres me provocaron.

Carmina hizo una breve pausa. Pepe Linares ya no fumaba, sólo contenía el cigarro encendido en su diestra con la cual se tocaba su frente, la cual relucía con las flamas del fuego expulsado del tambo. Pero su semblante era distinto. Podría decirse que casi nadie le había visto esa mirada ardiente de vergüenza y quizá de un breve pero profundo arrepentimiento por los bestiales abusos cometidos contra aquella valiente mujer que tenía en su presencia.

Dispuesta a sacar todo lo que tuviera enraizado en la médula del amargo recuerdo, Carmina prosiguió:

- Hay tanto por lo que quisiera que pagaran en la cárcel, por el resto de sus vidas, usted y los otros que me atacaron, no lo dude. Si por mi hubiera sido, les habría atormentado por horas o incluso días, antes de asesinarlos. Pues sepa bien ahora que aquella chamaca a la que le sonreía la vida y el amor en su naciente juventud, no tenía ni engendraba pensamientos de odios y venganzas. En mi cabeza nunca le había deseado el mal a nadie y mucho menos hacerlo con mis propias manos. Pero todo cambió después de esa nefasta tarde a la que llegué a maldecir incontables veces por años. Y para curarme de esa asfixiante amargura, tuvo muchísimo que ver el que orara a Dios y a la Virgen María, diario y a cualquier hora. Créame cuando le digo que la fe en Nuestro Señor es lo más poderoso que hay para no perdernos en la desesperación y la locura.

Pepe Linares arqueó las pobladas cejas y respetuosamente dijo a Carmina:

- Entonces lo de hace un momento de querer vengarse contra mí, ¿cómo lo asimilo? Porque en el fondo usted quiere ajustar cuentas conmigo.

- No como usted cree. Yo no quiero más sangre y menos la suya.

- ¿Qué es lo que busca pues? –alegó Pepe Linares al tiempo que arrojaba la colilla del cigarro al fuego.

- Quiero ayudarlo a que pueda reparar parte del tremendo daño que causó aquel día.

- Eso es imposible –dijo Linares con remordimiento-. Lamento recordarle esa vieja frase que dice: "palo dado, ni Dios lo quita".

Carmina le devolvió una mueca esperanzadora:

- Y yo le recuerdo, que para Dios, nada es imposible. Nada. Nada.

- Mire Carmina –replicó Pepe Linares– si por mi fuera, si de verdad por mi fuera…yo…ahora mismo…le juro…

- No vaya a jurar por Dios, se lo ruego –interrumpió Luna Atanacio.

- No he jurado por Dios quién sabe desde hace qué chinguero de años.

- ¿Entonces es creyente? Yo creo que no.

- ¿Qué la hizo suponer eso? Quizá el que usted también sea psicóloga ayuda muchísimo a conocer a las personas ¿no?

- No tanto eso. El que sea psicóloga me da un panorama importante de ciertos comportamientos de las personas, pero no lo es todo.

Pepe Linares no dijo más. Esperó a que fuera Carmina la que continuara el hilo de una conversación en la que ya tenía todo su interés. Ella en cambio, le puso ojos de lechuza acechante, a los que él, por tercera vez en su vida, tuvo que eludir bajando la cabeza repentinamente. Entonces le dijo a Linares en tono conciliador:

- Mire. No se requiere ser psicólogo ni psiquiatra para descubrir parte de la personalidad oculta de gente como usted o como yo. Simplemente le hice una pregunta y usted respondió evadiéndola. Por lo tanto, he de suponer que aunque usted afirma no haber jurado en el Nombre de Dios desde hace mucho tiempo, no significa que crea en Él.

Pepe Linares seguía cabizbajo, pero atento.

- Así pues – prosiguió Carmina – más que volverle a hacer la misma pregunta sobre si cree o no en Dios, respóndame algo más sobre este asunto.

- Adelante licenciada – susurró Linares. Carmina exhalando le expuso:

- Usted José Teófilo Linares, cuando muera… ¿dónde cree que va a pasar toda la Eternidad?

El aludido maleante se llevó ambas manos al rostro, moviéndolo de un lado a otro en señal de negación. Carmina supuso que ante ella estaba un hombre conmocionado por un escalofriante latigazo de algún recuerdo muy especial, pues Linares se quedó en esa postura largo rato. Resignada, Carmina Luna le dijo:

- Si no tiene respuesta para esta pregunta tampoco, en vano sería hablarle del cómo podría ayudarme a reparar el daño que usted y los suyos hicieron. Y siendo así, lo mejor es terminar esta reunión.

- No, no – respondió Linares –. Es que usted no me entendería lo que pasó por mi cabeza al preguntarme lo último. Mire licenciada, esa misma pregunta, tal cual así me la hizo usted… exactita… también me la hizo mi señora madre poco antes de morir. En esto no miento y le juro en el nombre de mi madre, que le digo la verdad

-culminó Linares besando su mano diestra haciendo la señal de la Cruz. Carmina con indiferencia quiso saber la verdad:

- Si su madre le preguntó lo mismo que yo, sus buenas razones tuvo. Pero usted no me ha respondido.

- Créame que sobre esto hay muchas noches en que no logró dormir. Mil pesadillas me atormentan y quizá son la antesala al infierno que se me espera como condena.

- Y coincido con usted. Aun desconociendo las atrocidades que ha hecho, antes o después de conocerme, es de lo más natural que se acongoje por todo lo que tiene que pagar en la otra vida.

- Habla usted con tanta fuerza –dijo admirado Pepe Linares– que en estos momentos podría jurar que es mi madre la que me habla a través suyo. Ella era muy devota de Nuestro Señor y de la Virgen de la Misericordia. Mi hermano también.

- Pero ¿qué hay de usted? –insistió Carmina- ¿cree o no en que Dios puede perdonarlo por todo los males que ha hecho?

- Yo siendo sincero, sé que soy un lacra de la peor mierda en este mundo, pero aun así creo que si puede perdonarme. Para Dios no hay nada imposible, usted lo ha dicho firme y mi madre también así lo decía.

- Entonces, ¿Qué lo detiene a pedirle perdón? ¿Lo ha intentado?

- Si lo que quiere saber es si he ido con un padre a confesarme, pues le diré que sí, pero era un pinche escuintle de veintitantos años cuando me confesé por última vez.

- Pues empiece por ahí otra vez. Regrese a confesarse.

- Ni loco que estuviera –ironizó Pepe Linares-. Ya son bastantes insultos y chingaderas las que he hecho desde entonces, y aunque me confesara el mismo Papa y me diera la absolución, a mí me cuesta mucho perdonarme.

Repentinamente Carmina, sin atisbo de miedo, avanzó hacia Linares. Aquél se quedó estupefacto, pues al verle la cara a la joven mujer, pudo hallar una fortaleza impresionante en su mirada. Ella, con valerosa voz le dijo:

- Olvídese del Papa, de su cuate el arzobispo o el cardenal o del padrecito al que más cariño y confianza le tenga. Olvídese de ellos, ya que si usted no se perdona por lo que sea, por lo más atroz que haya hecho, sólo la Piedad de Dios será su último refugio. Pero si usted rechaza esta piedad, si usted no cree que la merece también, yo le juro que ni Dios lo va a perdonar.

- Que duro suena lo que me dice. Y también muy esperanzador –habló Pepe Linares muy sereno. Luego transcurrió un largo momento. Entonces la voz de Linares se tornó fría y hostil:

- Sólo una cosa. Sólo respóndame una cosita… ¿Usted me perdonaría por la humillante metida de verga que le di aquel día?

Carmina no se echó atrás. Tampoco gritó, ni tembló, ni cerró sus centelleantes ojos negros. Parecía una poderosa guerrera dispuesta a batirse a muerte con el peor de sus enemigos. Linares ahora estaba a su merced:

- Vengo a perdonarlo si usted acepta mi perdón, y con ello, el de Dios Nuestro. Aquí y ahora José Linares.

- No entiendo –dijo confundido el criminal– no puede ser, ¿ni siquiera me va a exigir que yo le pida perdón?

- No estaría aquí frente a usted si no fuera con la intención plena de ayudarlo seriamente. Y tan estoy segura de ello, que a la otra pregunta filosa que me hizo yo también le respondo con otra pregunta cortante: ¿Usted prefiere ser salvado por Dios y gozar de la paz eterna… o prefiere que el diablo le dé una metida de verga dolorosísima y humillante de manera interminable, sin descanso y sin piedad?

Pepe Linares se estremeció por dentro, como si le hubiera estallado una granada en el alma. Y esa sensación nunca la había sentido. En su cara se reflejaba ese dolor terrible, apretándole la conciencia que hasta un niño se habría dado cuenta de su cruenta expresión. Carmina le lanzó una mueca extraña buscando una pronta respuesta, pero no obtuvo nada. Así que esperó a que Linares pudiera recuperarse del madrazo mental. Aquél miró a la joven mujer y le dijo afligido:

- No sé qué chingaos me pasa, disculpe. Me siento mal, y no es del cuerpo, pero me cala también en él.

- ¿Exactamente dónde le duele? –indagó Carmina.

Linares señaló hacia su pecho.

- Puede ser su Ángel guardián. No se preocupe –aclaró Carmina.

- ¿No habrá sido el demonio mismo que ya me las tiene listas pa cobrármelas? –dudó Pepe Linares, más Carmina Luna le expuso:

- Hace tiempo, una persona a la que defendí en un juicio complicado, padeció algo parecido a lo que usted acaba de sentir. Momentos antes de iniciar una audiencia clave ante el juez, estábamos discutiendo un tema muy difícil y supe que me ocultaba información delicada. Yo le insistí que esa postura sólo causaría que perdiéramos en el tribunal, pero para zanjar el tema, me juró por su Ángel guardián y por su alma, que no tenía más que revelarme. Y fue ahí, en ese preciso momento, que algo le perturbó fuertemente el pecho, pero no era un aviso de infarto ni nada de sus pulmones. Dijo que fue como si algo arriba de él, se dejara caer traspasándole el corazón de su alma. Entonces me pidió disculpas sinceras y muy arrepentido comenzó a decirme lo que tanto se negaba a revelar.

- ¿Y sirvió de algo el que le contara esa información? –repuso Pepe Linares más recuperado.

- Ganamos el caso – dijo Carmina airosa - Y con un fallo muy beneficioso para esta persona. Pero lo mejor, ¿sabe qué fue?

Linares con una mano tapando su boca, negó con la cabeza. Carmina Luna fue al grano:

- Simplemente que se volvió un mejor ser humano. Recompuso el camino y poco a poco ayudó a gente necesitada y sin nada a cambio. Retomó las oraciones y rezos que había aprendido de niño. En fin, un día que fue a saludarme al despacho me dijo que desde aquel momento en que su Ángel guardián le advirtió por haber jurado falsamente en su nombre, su vida ya era otra. Y que si no hubiera sido por su Ángel divino, casi seguro habría tocado las puertas del averno al morir.

- Y además de este hombre, ¿le tocó ver situaciones similares con otras gentes?

- Usted es el segundo al que le sucedió esto. Pero si hay quienes juran en Nombre de Dios a cada rato por estupideces o peores cosas y siguen como si nada. Ignoro por qué a ese hombre y ahora a usted les ha ocurrido esto, pero de que Dios actúa en la vía que elige para corregirnos, de eso no hay duda.

- ¿Y qué tal si realmente es el chamuco el que me hizo esto? –volvió a plantear la espeluznante posibilidad Pepe Linares, agregando-: Es que fue tan tremendo y justo cuando usted me hizo esa preguntita tan manchada.

Carmina puso ambas manos detrás de su cintura y en tono enérgico le dijo a Linares:

- Yo creo que si el maldito Satanás estuviera atormentándolo, usted me habría asesinado desde aquella noche en que me ultrajaron. Más bien creo que esto ha sido un llamado fuertísimo de Dios para que ponga un alto en su nefasta y vil existencia, de media vuelta y regrese al camino del arrepentimiento y de la Salvación. Pero la decisión, es sólo suya.

Pepe Linares miró por un rato el fuego abrasador que emergía del tambo metálico. Luego, sin retirar la vista de la incesante lumbre, le expuso a Carmina:

- Para serle muy sincero, pues no. Para nada quiero pasar la Eternidad en el infierno y menos que me violen, torturen o atormenten sin descanso el diablo y toda su bola de demonios. Mire, disculpe la vuelva a llamar por su nombre, Carmina pero le quiero confesar que lo que me acaba de suceder es algo increíble. Cualquiera de mis mejores vatos a los que llevo añales de tratar, se habría espantado de verme como hace unos momentos usted me vio. Por bastante tiempo mi madrecita que Dios tenga en su Gloria, estuvo dale y dale, chingue y chingue con que yo enmendará mi vida. Y ya en los últimos días de ella, aferrada a un chirris de esperanza y con un Rosario en sus manos, me preguntó toda angustiada en dónde quería pasar yo toda la Eternidad. Y me dijeron que mi santa madrecita rezaba por mí a diario, porque después de su muerte, comenzaron las peores pesadillas en mi cabeza... unas cosas, bien pero bien culeras. No tengo duda que la protección del cielo que recibía tras los rezos de mi madre se acabó el día que ella murió. Pero como sea, yo iba aguantando, poco a poco. A veces recurriendo a santeros o hasta algún viejo chamán que hay en estas zonas.

Pero no había cura contra tales males de mi mente. Al contrario, las pesadillas iban aumentando el grado de terror. A cualquier hora del día, de la tarde o de la noche. Bueno, pues... ¡hasta llegó un momento en que a lo único que le tuve verdadero pavor fue a dormir con tal de no morirme por cada espanto culero que soñaba! E intenté de todo, se lo juro licenciada: drogas, café, cigarros, pastillas, en fin... hubo días en que sólo dormí media hora, pero incluso en esos breves momentos, me perseguían sombras gigantescas, seres con el hocico y los ojos en la zona del culo, chillando como hienas hambrientas, algo que nunca he visto en libros ni en películas del terror más cabrón...

- Quizá eran demonios... - irrumpió Carmina, viendo fijamente las llamaradas de unos de los tambos.

Pepe Linares hizo una pausa. Se dio ligeros golpes en la frente como tratando de zafar un recuerdo que no cedía y después continuó:

- Finalmente, fue una doñita muy tierna y apreciada por la gente de la sierra de Puebla, colindando con Veracruz, quien me atendió un par de días. De ella se decía que pasó un buen tiempo con la legendaria María Sabina y mucho aprendió de aquella, pero a mí no me hizo rituales ni nada por el estilo. Me dijo que debía quedarme en su casa, muy sencilla por cierto, de muros de adobe y techo de tejas. Lo que en realidad hacía esta doñita conmigo era mucha oración y rezar el Rosario. Y al menos los días que estuve con ella, las pesadillas se disiparon, así –y Linares chasqueó los dedos– como los nubarrones grises a los que el viento se los lleva de chingadazo. Yo le agradecí muchísimo y no me aceptó pago alguno, salvo que siguiera orando a Dios y a la Virgen con el Rosario. Y créame Carmina, eso hice exactamente. Y funcionaba, en realidad funcionaba. En algún que otro sueño había pesadillas ligeras, pero ya no los horrores que me afligían antes de día y de noche.

Linares volvió a callar y esta vez fue un silencio largo. Carmina vio necesario intervenir:

- Termine de hablar. Sé que le falta algo importante por decirme.

Pepe Linares asintió con la cabeza:

- Pues todo lo que diario hacía en oraciones y rezos, se vino abajo el día que me mataron a mi carnal Teodoro. Dejé ese camino espiritual para saciar una incontenible sed de venganza. En aquellos días, previos a la muerte de mi carnal, yo me mantenía orando diario y estaba pensando en dejar la mala vida. Vaya, en alejarme del crimen. No ordené ejecuciones ni mucho menos maté a alguien, se lo juro. Seguí dedicándome a otros asuntos ilegales, claro, pero no que involucrara la sangre de otros. Entonces pedí una junta con otros compas que tienen giros cabrones, donde hay muchos intereses de por medio. En esa reunión les propuse cederles todos mis negocios por las buenas, sin que se desatara una lucha por controlar territorios o por broncas del pasado. Ellos no entendían el por qué tomaba una decisión tan drástica, pero la respetaron por la memoria de mi madre, pues quería cumplirle esa promesa póstuma de enmendar mi camino antes de que fuera muy tarde. Pero de pronto, uno de mis hombres interrumpió la junta para avisarme que acababan de asesinar a mi carnal Teo, a mi carnal policía. Y ahora mismo... le juro Carmina... voy a meter las manos al fuego por mi carnal, que fue un chingón en su trabajo y sobre todo, honesto e incorrupto. Teo era todo lo contrario a este culero desgraciado que tiene frente a usted.

Pepe Linares no hablaba en vano. En el acto puso sus manos en las flamas que emergían incesantes de uno de los barriles. Carmina lo miró muy sorprendida y pudo ver intenso dolor en la cara de Linares, pero él apenas y exhaló aire para después retirar sus extremidades de las llamas. Luego, un nudo enorme trabó su garganta, mientras sus ojos se tornaron acuosos, quebrándosele la voz:

- En aquel momento, la reunión llegó a su terminó. Los jefes de aquellas plazas criminales respiraron tranquilos aunque consternados por la noticia, y me ofrecieron toda su ayuda para dar con el que ejecutó a Teodoro y hacer con él lo que quisiera. Fue ahí mismo cuando supe que yo ya no tenía remedio. Que árbol que nace doblado, jamás su tronco endereza, como dice esa buena rolita. Lo demás, me lo reservo.

- Ya dijo lo suficiente. Le entiendo. Volvió a bañarse de sangre ajena, hasta saciar su venganza –concluyó Carmina mirándole con lástima.

Pepe Linares clavó sus ojos en un punto lejano y oscuro de aquel solitario lugar sin agregar palabra. Ya con un tono apacible, expresó:

- Por eso le pido a Dios su perdón y le quiero pedir ahora, de rodillas si quiere, que usted me perdone por esa chingadera que le hice con el par de ojetes culeros que me acompañaban. Me cae que si pudiera enmendarle su vida, lo haría de todo corazón y cuando prometo algo, lo cumplo. Le pido pues, no desprecie mi perdón. Porque no soy hombre que reconozca los males hechos y mucho menos que clame piedad de nadie, salvo a mi madre que en paz descanse.

Carmina Luna frunció el ceño y contuvo el aliento; cerrando los párpados un momento, tras abrirlos dijo:

- José Linares, yo lo perdono también de corazón. Y pido a Dios que también tenga misericordia de usted, pero ante todo, le ruego retorne al camino de la oración que antes hacía. Aléjese del mal y procure el bien.

- Le agradezco muchísimo Carmina –suspiró más que aliviado Linares–. Voy a evitar hacer más chingaderas, lo prometo. No será pronto, ya que estoy ahogado de mierda y primero debo salir de esta fosa repugnante. Será poco a poco, pero lo haré. Por ahora, disponga de mí en lo que pueda ayudarle, en cualquier asunto o con cualquier problema que llegara a tener. Tengo una deuda impagable con usted, así que no dude en acudir a mí.

Estas fueron las palabras que Carmina esperaba oír de Pepe Linares. De inmediato recordó la parte más complicada del mensaje que originalmente iba a decirle a aquel temible hombre, y sin más, le soltó a quemarropa:

- Me deja muy esperanzada el que usted comprometa su ayuda conmigo. En realidad, como le dije hace rato, estoy dispuesta a apoyarlo para que en la medida de lo posible, pueda reparar el dolorosísimo daño que no sólo me causó, sino a alguien más.

- La escucho, dígame cómo puedo arreglar lo que esté en mis manos –respondió Linares.

- Se trata de Jacinto, mi ex novio que actualmente está cumpliendo una sentencia en prisión por esos crímenes que nunca cometió -dijo tajante Carmina Luna.

- Algo muy remoto pensé sobre eso –alegó Pepe Linares– pues nunca olvidé el terrible agravio que le ocasioné a ese muchachito. ¿Pero qué requiere con exactitud? ¿Dinero para pagar la fianza? No hay problema, cuente con mi ayuda.

- Por la condena que está purgando, no hay fianza posible –aclaró Carmina – y por otro lado, él jamás aceptaría ninguna ayuda de usted.

- Pero si le llegara de una fuente anónima, tal vez…

- Esa vía no es posible, José –sostuvo Carmina.

- Bueno, sigo escuchando. ¿Qué propone? –dijo Linares cruzando los brazos.

Carmina fue al grano:

- Hay que presentar ante un tribunal, un testimonio fidedigno que revele que Jacinto es inocente de los delitos por los que se le condenó. Segundo, dicho documento debe mencionar al autor o autores materiales de los crímenes cometidos, con nombre y apellidos y de ser posible, dar domicilios o ubicación geográfica de los mencionados. Y tercero, este testimonio debe estar impreso y firmado de puño y letra además de contar con una videograbación en la que quien firma esa declaración, confirma que es su identidad y rúbrica las que están en dicho documento además de manifestar que todo lo que dice ese documento es auténtico. Es más, debe leer ese documento íntegramente cuando se esté filmando.

- ¿Eso sería todo? –dijo dudoso Linares.

- Lo mejor sería que usted y yo presentásemos esa evidencia en el tribunal y mientras aguardamos a que nos reciba el juez para revisar el material, usted se inventa una excusa y se retira del lugar de inmediato. De lo contrario, el juez puede ordenar su detención inmediata como medida preventiva.

- ¿Y si me voy del juzgado podría Jacinto salir de inmediato?

Carmina suspiró:

- No. Se llevaría un tiempo. Quizá un par de meses o más. Incluso aunque usted fuera detenido, Jacinto tampoco saldría pronto. Pero con un buen recurso de apelación basándome en las declaraciones de Jacinto y las mías, que fueron desechadas en el primer juicio contra él, muchas cosas saldrán a flote, sobre todo el que usted admita haber realizado los crímenes que condenaron a Jacinto a cincuenta años de cárcel.

- Un momento –trató de excusarse Pepe Linares- ¿tengo que ser yo a fuerzas el que salga en ese video?

- ¿Pensaba en alguien más? –replicó Carmina- ¿No fue usted acaso quien asesinó al señor Pascual? Sin contar lo que me hicieron después.

- No me malentienda –alegó Linares-. Sólo quiero explorar otra posibilidad. Uno de los hombres que me acompañaron ese día, podría grabar y firmar el documento también.

- ¿Tan grave seria que usted fuera el declarante de ese testimonial de exoneración? –preguntó con extrañeza Carmina Luna.

Pepe Linares meditó un momento, rascándose la barbilla varias veces. Finalmente resolvió:

- Está bien Carmina. Lo haremos como usted quiere. Pero en cuanto yo entré al juzgado, pasados tres minutos, me largo.

- ¿Cuento con su palabra de honor? –dijo Carmina tendiéndole la mano a Linares.

- De honor nada me queda –aclaró el temible criminal– pero cuente con la palabra de Pepe Linares.

Y en el acto, se estrecharon la mano brevemente.

Saliendo de la mina, Linares dio órdenes a su gente de llevar a Carmina Luna y a Gabriel Rodríguez directo al aeropuerto de Zacatecas y les compraran boletos al destino que pidieran ir. Pero ambos, agradeciendo amables la cortesía de Linares, se excusaron alegando que preferían regresar a la Ciudad de México por autobús para poder platicar largo y tendido, como acostumbraban a hacerlo. Sin embargo, la orden no debía entenderse como un detalle especial por parte de Pepe Linares, sino más bien para protegerlos. En pocas palabras, el temible delincuente les dijo: "Traigo un pique fuerte con un peligroso cabrón en esta zona y no quiero que vaya a desquitarse con ustedes, si bien, es difícil que los haya identificado al llegar acá. Pero más vale prevenir. De los pasajes no me aleguen nada, ya están pagados con gusto."

Dicho esto, no hubo necedad de Carmina ni de Gabriel para cambiar el plan de viaje. Con gesto respetuoso se despidieron de Pepe Linares y abordaron la Suburban negra. Tras de ellos les iban escoltando en la camioneta Silverado, cinco hombres dotados con potentes fusiles ametralladora. Poco antes de dejar el camino empedrado que conducía a la mina, se cruzaron con un convoy compuesto de al menos siete trocas repletas de sicarios. Tanto los que iban en la Suburban como los de la Silverado respondían los saludos con las manos o haciendo cambio de luces al pasar lado a lado de las camionetas, gritando fuertes porras para que les partieran la madre a las lacras que tanto chingaban a su patrón, don Pepe.

304

Carmina y Gabriel no sabían que ambos, casi al mismo tiempo, oraron en silencio el poderosísimo Salmo 91 del Antiguo Testamento. Con ello, pudo disiparse su temor profundo ante cualquier anomalía o sospecha de un posible ataque contra el vehículo en el que iban. Ya estando en sus asientos de avión, descansaron muy aliviados y fue Gabriel Rodríguez quien rompió el silencio:

- Gracias a Dios que salimos bien de ésta. Tanto me pediste en reunirte con este hombre así que espero de corazón haya valido la pena la arriesgada odisea.

Carmina asintió con la cabeza y susurrando dijo:

- Te agradezco muchísimo Gabriel y lamento de antemano por haberte involucrado en ello. Ahora lo que me preocupa es que le vaya a pasar algo a Linares. Parece que tiene una guerra muy personal aquí.

Echando el asiento atrás, Gabriel replicó:

- Pues a mí lo que me llegó a preocupar es que no salieras de aquel lugar tan tenebroso. Algunos de sus guarros dijeron que era muy raro que su patrón hablara tanto tiempo con alguien y menos siendo mujer. Llegué a pensar en que te había ocurrido una tragedia terrible y muestra de ello es que me mordí todas las uñas de las manos en ese rato.

- ¡Todas las uñas! ¡Que apenada estoy Gabriel! – se sorprendió Carmina, alegando-: Ignoro cuánto tiempo hablamos, pero presiento que no más de media hora.

- Fueron cincuenta minutos. Estuviste con él cincuenta minutos y dicho por su gente, porque yo no tenía reloj ni celular disponibles.

Carmina Luna se sorprendió, pues no daba crédito a la duración real de la entrevista con Pepe Linares según le reportó Gabriel Rodríguez. Pero al fin y al cabo, así hubieran sido cinco minutos o menos, ella habría hecho lo que fuera para obtener la invaluable ayuda del peligroso Linares. Y si, lo que por mucho tiempo jamás contempló Carmina que iba a suceder, ahora ocurría. De haber maldecido tantas veces a su perverso violador, ahora le bendecía. Aquellas palabras vivas en el Evangelio, dichas por Jesucristo, ahora cobraban especial sentido para Carmina Luna Atanacio: "Oren por sus amigos y también por sus enemigos". Así pues, desde el fondo de su fervoroso corazón, ella le encomendó a Dios que protegiera a Pepe Linares del tremendo enfrentamiento a bala y sangre que seguramente estaría por comenzar, mientras el avión en el que ella iba, surcaba el inmenso y hermoso cielo azul zacatecano.

En la tierra sembrada de incertidumbre.

Gabriel Rodríguez, yacía apostado en la pequeña salita de su oficina de la Dirección del Centro Federal de Investigaciones contra el Crimen Cibernético, viendo con atención el resumen del noticiero matutino "Y entonces sucedió" en voz del célebre periodista Lucio Trujano. En aquel instante, pronunciando un fluido y enérgico español, Trujano daba el panorama nacional de los hechos violentos ocurridos el día anterior:

"¡Y entonces sucedió! En el Desierto de los Leones, Estado de México. La policía federal detuvo a una persona presuntamente involucrada en el secuestro de la joven Miranda Johansson, liberada por sus captores hace unos meses. Durante el operativo de seguridad, el sospechoso trató de evadir a los agentes federales mediante una impresionante fuga en un veloz automóvil Honda Sir 2000, y tras varios minutos de persecución, finalmente se logró su captura con el apoyo de elementos de la policía estatal y otras corporaciones. Cabe señalar que el delincuente portaba dos pistolas de calibre de uso exclusivo de las fuerzas armadas y varios cartuchos útiles. Por el momento no hay declaraciones al respecto por parte de la Unidad Anti secuestros sobre si esta persona estaba realizando actividades de seguimiento contra alguna víctima potencial, pero las

primeras pesquisas apuntan a que dicho sujeto es miembro de la peligrosa banda "Las seis llamadas", que al momento se conoce, ha cometido cuatro secuestros incluyendo el de Miranda Johansson de quien se sabe fue recuperada ilesa, pero en los otros casos se informó que dos víctimas fueron mutiladas en dedos de pies y manos y la otra lamentablemente muerta y sus restos calcinados. Seguiremos pendientes de este asunto.

¡Y entonces sucedió! En la calle Amenotep de la colonia Faraones, en Zacatecas capital. Un fuerte enfrentamiento armado entre dos bandas de sicarios dejó un saldo de nueve muertos y cinco heridos de gravedad, cuando en un domicilio de este fraccionamiento, arribaron cuatro camionetas de las que descendieron una docena de hombres y directamente rafaguearon a varias personas que se hallaban en el inmueble. Al parecer, las detonaciones alertaron a un grupo de choque que estaba muy cerca del sitio, acudiendo de inmediato en defensa de los agredidos. De acuerdo a fuentes oficiales, la balacera duró alrededor de cinco minutos y no hubo víctimas inocentes que lamentar, reportándose al menos un centenar de casquillos percutidos en ese lugar. Sin embargo, una persona logró filmar con su teléfono celular partes del enfrentamiento, ¡por más de diez minutos! De hecho, con esa nueva evidencia de video se pudo calcular, por la cantidad de detonaciones escuchadas, más de trescientos disparos. Este video fue subido hace apenas media hora a través de la plataforma Youtube y a decir de nuestro equipo de investigación, hay algunos comentarios de gente que afirma que el ataque fue derivado de los ajustes de cuentas pendientes entre las bandas de "Los camotes" y "Los ponzoñosos", liderada esta última por el sanguinario Julio Efrén Aiscotía alias El Lagartijo. Le daremos a usted los pormenores de este lamentable hecho.

¡Y entonces sucedió! Vaya tremendo zafarrancho a las afueras del Palacio Legislativo de San Lázaro, en la Ciudad de México. El choque ocurrió alrededor de las cinco de la tarde, cuando un contingente de aproximadamente cinco mil personas protestaba enérgicamente contra la polémica ley federal de pena de muerte aplicada a homicidas y secuestradores, cuando de manera repentina llegó un inmenso grupo compuesto por unos mil manifestantes a favor de la controvertida ley. Sin mediar diálogo, los segundos iniciaron hostilidades verbales y físicas contra los líderes anti pena de muerte, lo que ocasionó que un enorme número de los seguidores de éstos acudieran a defenderlos a golpes y patadas. Fue necesaria la intervención de la policía anti disturbios capitalina con la cooperación de un escuadrón del ejército para resguardar la sede del Congreso de la Unión. El saldo final fue de al menos cien personas heridas de gravedad y más de doscientas con lesiones menores. Se logró la detención de *treinta individuos involucrados en la intensa gresca, la cual provocó el cierre de la circulación vial por al menos cinco horas en las principales calles y avenidas al lugar del enfrentamiento. Cabe señalar que entre los detenidos se encuentra Severiano Magón, considerado el líder más popular del partido Avanza Patriota y quien también fue el principal convocante a la marcha nacional a favor de la vida desde la concepción hace algunas semanas, luego de que se dieran a conocer públicamente en las redes sociales una serie de mensajes y audios privados entre algunos diputados federales del ala izquierda, donde manifestaron su intención clara de eliminar definitivamente los artículos que penalizan el aborto en todo el país. Con su detención, el panorama político para Severiano Magón podría resultarle muy perjudicial acorde a sus planes políticos para obtener la competida candidatura de su partido a la presidencia de México, pero por el momento no ha habido declaraciones al respecto por ninguno de los miembros más importantes del partido Avanza Patriota ni del bloque opositor sobre la situación de Magón. Le invitamos a seguir ésta y otras noticias a través de este espacio informativo y de nuestras cuentas oficiales de redes sociales que aparecen en pantalla. En un momento continuamos."*

Gabriel Rodríguez puso en silencio el televisor y cerró los ojos un largo instante. Nunca antes había recibido un impacto mediático de este tipo. Su cara era de suma preocupación por las tres noticias que acababa de oír. En la primera, sus expertos informáticos habían colaborado de manera crucial para detectar la dirección IP a través de la cual, el sujeto que había sido detenido, estaba vendiendo vídeos por medio de internet, los cuales habían filmado integrantes de la banda de secuestradores "Las seis llamadas" contra la intimidad sexual de sus víctimas y que usaban para ejercer una terrible presión psicológica hacia los familiares de éstas para que pagaran el dinero acordado sin ningún pero. Casi nada se conocía de este criminal, salvo que debía pertenecer a tan peligroso grupo delictivo, o en su caso tenía conexiones clave con algún miembro que le facilitara los vídeos originales. Una hipótesis de la policía es que se trataba de un integrante de esta banda con mayores ambiciones de lucro, pues además de obtener una jugosa paga por cada secuestro cobrado, buscaba obtener ingresos extra ofertando en la red los materiales audiovisuales de las víctimas secuestradas. Pero en Gabriel Rodríguez había un presentimiento nefasto de que posiblemente, uno de sus mejores hackers investigadores, estuviera coludido con el sospechoso arrestado en la zona residencial de El Desierto de los Leones. Todo se debía a un par de hechos extraños que escasos días antes de la captura de este sujeto, encendieron la alarma del equipo de elite del Centro Federal de Investigaciones contra el Crimen cibernético. Para no enredar al lector en torno a los detalles de este asunto, Gabriel Rodríguez fue informado, bajo la más estricta confidencialidad, que el subdirector de Rastreo de Delitos Informáticos había recibido todos los vídeos de humillación sexual contra las víctimas de la banda de "Las seis llamadas", de manera gratuita y a cambio de brindarle protección al dueño de dichos materiales en las redes investigadas, para no revelar su identidad ni las direcciones de internet. Sin embargo, el empleado de confianza de Gabriel Rodríguez cometió un error garrafal. Utilizó una red de datos aparentemente nueva y con potente encriptación al servicio de la corporación federal que tutelaba Rodríguez. Para acceder a los contenidos audiovisuales proporcionados por el criminal, tuvo que ingresar a un enlace de pornografía digital hospedado en la red profunda el cual ya había sido descubierto semanas antes en un informe confidencial del F.B.I. al que tuvo acceso exclusivamente Gabriel. Éste, por alguna fuerte intuición, decidió no revelar el archivo del F.B.I. a su selecto grupo de expertos, entre los que estaba el mencionado subdirector de Rastreo. Y finalmente, su premonición obtuvo un resultado importante aunque algo infructuoso, ya que su subalterno se desapareció sin dejar rastro, varias horas antes de que el vendedor de pornografía digital vinculado a la banda de secuestradores "Las seis llamadas", cayera en manos de la policía.

Mientras Gabriel se daba un masaje en la nuca, también meditó sobre la segunda noticia ocurrida en Zacatecas. De este acontecimiento efervescente y sanguinario, lo único que concluía es que detrás de ello estaba Pepe Linares, aunque su nombre no se difundía en los medios locales y nacionales, y muestra de esto es que el único mencionado en el reporte informativo era el "Lagartijo ", su violento jefe de sicarios. Pero Gabriel Rodríguez sabía que el Lagartijo no habría siquiera echado un escupitajo contra sus adversarios a muerte, si la orden no hubiera provenido de Linares. La preocupación de Rodríguez es que Carmina Luna Atanacio había acordado volver a reunirse con Pepe Linares para obtener su vital ayuda por lo que su temor es que sufriera un mortal ataque o hasta verse inmiscuida en el peligrosísimo ambiente criminal que rodeaba a Linares.

Sin embargo, fue la última noticia la que desquebrajó el tranquilo amanecer que Gabriel Rodríguez pudo admirar camino a la oficina. Es menester aclarar que la broncota reportada en el Congreso de la Unión no era la primera en la historia de las manifestaciones y choques sociales en el más importante recinto parlamentario de México. Pero lo lamentable de este hecho, es que se había cobrado la libertad del gran amigo, confidente y compañero de mil batallas de Gabriel, es decir, Severiano Magón.

Tal situación tarde o temprano iba a suceder, meditaba Gabriel Rodríguez. Se lo había dicho, debatido y hasta gritado en una ocasión a Severiano Magón. *"Ya no estamos en la época de las grandes y desquiciantes manifestaciones sociales tomando las calles y plazas del país"; "Los tumultos de esta época, lejos de abonar simpatizantes a la causa, hacen que se pierdan como granos de arena en las manos"; "La gente quiere propuestas claras y no gritos repetitivos y cansados al asistir a una marcha"*; tales eran algunos de los consejos que Gabriel le suministraba personalmente a

Severiano cuando éste le hacía partícipe de sus numerosas convocatorias para denunciar un hecho o pedir el apoyo ciudadano para pelear por un derecho abolido o demandado.

En sí, lo problemático de la detención de Severiano Magón radicaba en las consecuencias legales y políticas para que él pudiera obtener la candidatura a la presidencia de la República mexicana y contender en las elecciones del año entrante. Si la acusación en su contra era procedente –por el delito de perturbación de la paz y el orden público– Magón quizá no tuviera que pisar la cárcel, pero esquivar el juicio penal sería inevitable, por lo que sus derechos políticos-electorales garantizados en la Constitución federal quedarían suspendidos. Ahora bien, si él lograba quedar libre de las acusaciones, desde luego que podría participar en la contienda presidencial, pero la lentitud burocrática de los procedimientos de los tribunales era una amenaza latente para bloquearle las fechas de registro inamovibles según las leyes electorales vigentes. Y este tipo de escenario, de presentarse, lo alejaría de la vida política mexicana al menos cinco años.

La situación más catastrófica, sin embargo, es que Severiano Magón fuera declarado culpable. Pues además de una sentencia a purgar en la cárcel, lo grave recaía en jamás ser candidato ni siquiera para regidor de ayuntamiento en cualquier municipio del país, ya que los antecedentes penales le impedirían cualquier aspiración de manera definitiva. Y dado que Magón gozaba de una fuerte y creciente popularidad en los últimos años, tan sólo por ser el principal opositor contra la polémica y reestablecida ley de pena de muerte nacional, una gran cantidad de gente quería verlo y votarlo en las boletas electorales del año entrante. Por esa razón, la defensa legal de Severiano Magón tenía que organizarse de manera muy sólida y sin dejar un solo cabo suelto al error frente a las autoridades judiciales.

Seguía Gabriel Rodríguez dándose ese relajante masaje de cuello cuando le llegó una alerta de mensaje a su teléfono móvil que decía lo siguiente:

"Confirmo visita del testigo a tribunal. Muchas gracias por todo, Dios te bendiga. C.L.A."

Las siglas del remitente, en efecto, se referían a Carmina Luna Atanacio. Dicho texto esperado por Gabriel Rodríguez significaba que José Teófilo Linares cumplió lo prometido a Carmina en la entrevista que sostuvieron en aquella mina abandonada de Zacatecas, un mes antes. Rodríguez se incorporó del sofá, mirando por el amplio ventanal, el horizonte atenuado de naranja con azul, que anunciaba la llegada de un nuevo sol y se dispuso a orar profundamente a Dios para que el asunto de Carmina con Linares pudiera resolverse para bien de todos. Luego, se preparó una buena taza de café cargado, comenzando a despachar los pendientes más importantes del día.

Poder dado para chingar o ayudar a quien sea.

"Existen hombres que nunca han asesinado y que sin embargo son mucho
peores que algunos que han llegado a matar a seis personas."
Feodor Dostoyevski. *El sepulcro de los vivos.*

La sala de espera del Tribunal de Apelaciones en materia penal de Guanajuato
lucía casi sin gente para ser martes a primera hora de la mañana. Esta situación era
rara, pero había un motivo claro para explicarla: la mayoría del personal de los juzgados estaba tomando un curso obligatorio en materia de prevención de enfermedades
infecto-contagiosas luego de que cuatro burócratas de esa institución dieran positivo
al peligroso virus de la gripe porcina NY05 (Nueva York, por el ser el lugar donde se
originó el brote y 05 porque fue en el mes de mayo reciente cuando se reportaron los
primeros casos mortales en ese lugar).

Esta situación bacteriológica puso en alerta pandémica a todo Estados Unidos
y a medio planeta en cuestión de semanas, y aunque Nueva York estaba a miles de
kilómetros de Guanajuato, lo que se sabía con certeza es que los cuatro trabajadores

del Tribunal de Apelaciones provenían de un congreso internacional en legislación penal realizado precisamente en el corazón de la Gran Manzana. De momento, el reporte indicaba que la situación de salud de los empleados judiciales es que tenían fiebre cercana a los 40 grados, tos y estornudos incesantes, dolor de articulaciones y anosmia.

Carmina Luna Atanacio logró pasar el filtro sanitario sin ningún problema, pues el encargado del acceso la conocía desde mucho tiempo atrás, generándose en ambos un trato cordial y respetuoso, toda vez que ella no dejaba de luchar legalmente para lograr el tan anhelado veredicto que le diera la libertad a Jacinto Cañada Fajardo. Además de ir vestida con un traje formal marrón, Carmina portaba un sencillo cubreboca color negro y su portafolio de trabajo. Una vez dentro, se dirigió al largo pasillo del tribunal y fue a sentarse a una de las bancas metálicas que daban a un costado de la sala de audiencias en la que tenía programada la comparecencia con el juez. Siempre previsora con cualquier situación, la abogada psicóloga Luna Atanacio llegó media hora antes, y pese a que no había gente alrededor suyo, le era difícil ocultar su nerviosismo. Gracias al tapabocas sus facciones podían pasar desapercibidas, excepto quizá para las video cámaras de vigilancia que apuntaban directo a ella, pues la escasa presencia de burócratas y abogados que recorrían el pasillo apresuradamente, no daba cuenta de la preocupante mirada de Carmina.

Finalmente, se cumplió la hora acordada. Un joven atento abrió la puerta del juzgado en el que Carmina tendría la audiencia y acercándose a ella, le preguntó por su identidad. Al responderle la abogada, el hombre le expuso que el juez que iba a atenderla era uno de los infectados con el virus NY05. Carmina Luna se consternó por la noticia y más al enterarse que el magistrado estaría en observación hospitalaria por al menos quince días, sintiendo una terrible frustración pues ella esperaba la comparecencia de Pepe Linares en ese momento. Y aunque aquél aun no aparecía ni le enviaba mensaje vía celular, Carmina confió plenamente en que cumpliría con su palabra. Pero cosa distinta era cambiarle la fecha y hora a Linares, quien con todo su derecho, podía negarse a acompañar a Carmina a la audiencia judicial en otro momento. Sin que ella supiera todo el tejemaneje de las previsiones de seguridad y el tiempo que la gente de Linares tuvo que realizar para que éste pudiera ir al tribunal, la consecuencia inmediata tras avisarle que dicho evento no se realizaría hoy mismo, es que seguramente jamás volvería a saber de este poderoso jefe criminal en toda su vida. Pero notando que el empleado la miraba con extrañeza, una fuerte necesidad le hizo decir a Carmina: "¡Ay Dios mío! ¡Ay Madre Santísima! ¡Ayúdenme por favor!".

Entonces el joven se solidarizó y le dijo a Carmina que aguardara un momento. Hecho una bala, el muchacho llegó al otro extremo del pasillo del edificio en segundos y luego se perdió de la vista de Carmina, ingresando a un área desconocida para ella. Así transcurrieron diez minutos, durante los cuales, ni el empleado daba luces de retornar ni tampoco había señales de vida de Pepe Linares. Pero a veces, tal como

312

ocurre en la curiosa "ley de los pares", Carmina vio que el imberbe mozalbete salía del lugar en el que se había metido, pegando la carrera hacia ella, mientras tanto, del otro lado del extenso corredor, caminaba a paso apresurado, un sujeto chaparro, vestido de camisa blanca de algodón con pantalones de mezclilla oscuros, tenis blancos y cubierto de la cabeza con una gorra deportiva negra y un tapabocas de igual color. Era Pepe Linares.

El joven empleado del tribunal frenó su trote veloz a dos metros de Carmina y se notaba que tenía excelente condición física, pues sin recuperar el aliento y con voz clara, le explicó a ella que su petición de audiencia iba a ser revisada en unos momentos por un juez al que se le había pedido atender algunos casos de los jueces que estaban ausentes por enfermedad. Luego, con amabilidad, le invitó a seguirla hacia el recinto. Justo cuando Carmina Luna se puso de pie, giró hacia el otro lado del pasillo y vio venir a Pepe Linares a unos cuantos pasos de ella.

Pese al atuendo que le cubría casi todo el rostro, Carmina identificó a Linares sin mayor problema. Sólo tuvo que mirarle esos ojos derrochadores de amenazante agresividad y suspiró discretamente de alivio. Por lo demás, no hubo necesidad de saludos ni intercambio de palabras. Ya Linares le había enviado instrucciones precisas de que una vez dentro del tribunal, sólo hablaría con ella lo indispensable, y eso, hasta estar frente a la autoridad judicial respectiva. Carmina siguió al empleado hacia la sala de audiencias, en tanto que Pepe Linares caminaba tras de ellos como un lobo desapercibido en uno de los sitios donde mayor peligro corría de perder su libertad, si no es que hasta su propia vida, si se diera la situación de un enfrentamiento armado con la docena de guardias distribuidos por el edificio.

Fue en ese preciso momento cuando Carmina Luna le envió el mensaje por celular a Gabriel Rodríguez en el cual le daba cuenta de la visita de ese testigo tan importante que ella requería en la audiencia. Una vez ingresando a la sala del juzgado, Carmina agradeció con suma amabilidad las gestiones del joven burócrata, esperando junto a Pepe Linares a que la llamaran para ser atendida por el juez sustituto. Linares, fijándose en todos los detalles de los sitios nuevos que recorría, le susurró a Carmina:

- ¿Con qué juez tiene la cita para este asunto?

- No lo conozco –musitó Carmina– ya que el que me iba a atender, está incapacitado por enfermedad. El que nos recibirá por ahora para darle entrada a mi solicitud, se llama Marcelino Petrasio.

- Bien, bien. Espero que mi presencia le sea de ayuda –dijo Linares poniendo la vista en el estrado de la sala, en el que se hallaba una mujer vestida con traje formal acomodando unos expedientes.

- No tiene una idea de lo que significa su asistencia para el caso de Jacinto –comentó Carmina esperanzada–. Por lo otro que habíamos hablado, no se preocupe. Usted puede retirarse desde este momento si lo desea.

- En cuanto me vea el juez Petrasio, pediré permiso para ir al baño ¿Le parece Carmina?

- Si, de acuerdo. Yo le sugiero que le pregunte a la secretaria que está frente a nosotros, para que de forma natural, le diga en dónde quedan los sanitarios y no se vea sospechosa su salida.

Pepe Linares asintió con la cabeza. Carmina Luna le entregó un documento, pidiéndole que lo leyera bien, pues Linares tenía que rubricarlo en duplicado para que ella pudiera integrarlo al expediente. Tal papel, de hecho, lo había enviado Carmina a Pepe Linares vía correo electrónico con semanas de antelación a la audiencia. Lo que en esencia contenía, era una seria declaración de culpabilidad de los hechos criminales por los que se inculpó de manera injusta a Jacinto Cañada Fajardo, pidiendo a la autoridad judicial que se le exonerara de inmediato. En ese documento borrador, Carmina le solicitó a Linares que le señalara si estaba de acuerdo o no con el contenido, y en todo caso, que le manifestara lo que habría de quitarse o agregarse, para poder proceder en su momento con la escritura del nombre del declarante así como su firma completa con fecha al día de hoy. Al poco tiempo de enviar el archivo vía email, la respuesta de Linares fue: "Proceda con la impresión así como está".

Y en efecto, tras recibir la declaración en duplicado y sin revisarla, Pepe Linares, con total confianza en Carmina, le estampó su nombre, la fecha y su rúbrica. Adicionalmente, Linares le entregó una credencial de elector más dos fotocopias de ésta en buen estado. Dicha identificación oficial tenía casi diez años de antigüedad, y el domicilio exhibido correspondía a una casita ubicada en un barrio popular de Tuxtla Gutiérrez, Chiapas, la cual estaba a nombre de Linares y en total abandono. Carmina le agradeció con mueca amable la entrega de esos papeles, vitales para corroborar la identidad de tan relevante testigo en la apelación de Jacinto Cañada.

Una vez que Carmina Luna ordenó la documentación, Pepe Linares le dio discretamente un dispositivo de memoria USB diciéndole en voz baja:

- Aquí tiene un material que le será de mucha ayuda. Es algo que me había pedido grabarle para ayudar en este caso. Puede disponer de él en cuanto lo crea conveniente o si se lo pide el juez durante la audiencia. Por si llegara a dañarse o a borrarse la información, tengo una copia lista para ser entregada, pero ya sabe, primero busque a nuestro amigo Gabriel explicándole la situación.

Carmina Luna quedó atónita al recibir esa evidencia de bote pronto. Muy importante era de por si tener la declaración firmada en duplicado junto a la identificación original de Pepe Linares en su poder, además de su comparecencia personal en el mismísimo tribunal. Pero Carmina juraba que Linares no le iba a dar la videograbación que ella le había pedido de manera especial para reforzar la solicitud de apelación de inocencia de Jacinto Cañada Fajardo, cuando se entrevistaron en aquella mina abandonada cerca de Fresnillo, Zacatecas.

Más ahora, con el video testimonial en sus manos, Carmina Luna ya no tenía duda alguna de que Pepe Linares realmente quería asumir su culpabilidad para lograr la libertad de Jacinto, aunque eso no incluyera que él se entregara a las autoridades de una vez por todas. Carmina quiso corresponderle a Linares con una mueca de profundo agradecimiento e incluso pasó por su mente el estrecharle cordialmente la mano, ya que el apretón de palmas que se dieron al terminar la entrevista en la vieja mina zacatecana, había sido muy frío pero sincero. Sin embargo, no hubo tiempo para más, pues en ese instante se abrió la puerta contigua al estrado judicial y, acompañado de otra mujer, apareció el juez Marcelino Petrasio, vestido de traje gris oscuro y con semblante serio. Los presentes se incorporaron por respeto a la autoridad judicial y procedieron a ocupar asiento nuevamente.

El juez Petrasio fue directo al grano y dando indicaciones en voz baja a su secretaria, le concedió la palabra a Carmina Luna para exponer el asunto del que apenas se estaba enterando. Por parte de aquella, la explicación fue concisa, clara y elocuente. Sin mencionar aún a Pepe Linares, quien se concretaba a escudriñar detenidamente las reacciones de la cara del juez Petrasio, Carmina Luna manifestó con total firmeza la petición de que se procediera a conceder la revisión profunda del caso penal de Jacinto Cañada Fajardo, y además, la admisión de nuevo testimonio contundente que condujera a la suspensión definitiva de la condena y la puesta en libertad inmediata del sentenciado. El juez Petrasio observaba con ligera atención el expediente entregado por Carmina y de vez en cuando le dirigía a aquella encendidos ojos de autoridad prepotente, como pretendiendo acallarla poco a poco, a manera de presumir el ejercicio limitado del poder que se le había conferido para liberar o encerrar a cualquier persona cuyo destino estuviera en sus manos.

Entonces, vio Carmina que Pepe Linares no se movía para ir al baño. Con mucha discreción, aprovechando que el juez y su asistente tenían los ojos puestos en los papeles del caso, le hizo un gesto a Linares indicándole que ahora era el momento preciso para que él se retirara. Aquél entendió a detalle el mensaje no verbal de Carmina, pero con una mueca clara le contestó que ella prosiguiera con normalidad. Y así lo hizo.

Estaba Carmina Luna por concluir su exposición cuando el juez Petrasio la interrumpió tajante:

- Licenciada, permítame decirle que tengo habilidades de lectura rápida. Por lo que aquí veo, usted tiene nueva evidencia clave basada en testimonio auténtico de una persona presuntamente involucrada en los hechos imputados a su cliente que sigue bajo condena en prisión. ¿Es correcto?

- Así es su señoría –replicó tranquila Carmina.

- Mire licenciada Luna –habló con cierto tono apático el juez Petrasio–, por la cantidad de casos que debo atender esta semana, más los que me han designado durante las próximas semanas, debido a la incapacidad de salud de mi colega Carlos

315

Gámez, tenemos ahora una sobrecarga de trabajo muy difícil, por lo quiero que vaya-
mos al punto crucial. En este asunto, usted afirma contar con un testimonio de total
relevancia para dar procedencia a su petición. ¿Es correcto?

- Así es.
- ¿Así es... qué? – dijo irritado el juez Petrasio.
- Una disculpa. Así es su señoría – corrigió Carmina.
- Presente pues el testimonio escrito y manifieste si está presente el testigo –
ordenó Petrasio.
- Manifiesto contar con el testimonio debidamente presentado -dijo sin mirar a
Pepe Linares– y también se halla aquí el testigo.
- ¿Es usted el testigo de la abogada defensora? –indagó el juez Petrasio
mientras que con su mano diestra le pidió a Linares levantarse de la silla.
- Es correcto...su señoría. Soy el testigo –repuso poniéndose de pie el alu-
dido.

Una sensación rara recorrió la cabeza de Marcelino Petrasio. Algo así como si
esa voz de aquel retaco de hombre se le hiciera familiar, pero no sabía de dónde.

- Hágame el favor de quitarse el tapabocas y también la gorra –le indicó el
juez Petrasio a Pepe Linares.

En el acto, Linares dejó al descubierto su rostro entero. Una abundante barba
oscura le inundaba desde los pómulos hasta cerca de la clavícula, pero aparte, en la
zona superior de su prieta frente, Linares exhibía una larga y reciente cicatriz heredada
de una herida hecha con violencia. Y dicha marca violenta era impactante para todo
aquel que la viera por vez primera, tal como les pasó a todos los presentes en la sala.
Entonces, la extraña sensación mental se transformó en un latigazo escalofriante que
recorrió toda la espina dorsal del juez Marcelino Petrasio, cuya mirada se turbó de
temor evidente de lo cual se percataron tanto Carmina Luna, las dos empleadas ads-
critas al juzgado y el propio Pepe Linares.

Tuvo que respirar profundo el juez Petrasio para reaccionar con prontitud. Sin
embargo, su voz nerviosa, titubeante, daba muestra clara del pavor que le invadía la
presencia de Linares:

- Gracias ...señor. Puede, tomar asiento.
- Quisiera pedirle permiso para ir al baño, señoría –dijo en tono muy tranquilo
Pepe Linares.
- Adelante, adelante –asintió Marcelino Petrasio mirando disimuladamente
hacia la puerta principal.

Carmina Luna apenas le prestó atención a su acompañante, quien no volvió a
pronunciar palabra. Un claro presentimiento le dijo a ella que quizá nunca más volvería
a encontrarse personalmente con Pepe Linares.

Ya cuando se retiraba aquél del juzgado, Carmina, interiormente, hizo una breve oración por él. El juez Petrasio, en cambio, seguía con actitud nerviosa y simulaba leer en silencio el escrito de petición entregado por Carmina. Posteriormente, y tras hablar unos minutos con su secretaria, le requirieron el testimonial escrito y firmado por José Teófilo Linares, para hacer el debido análisis y ver si era procedente como recurso esencial para dar la exoneración y el auto de libertad a Jacinto Cañada Fajardo. Lo cierto es que dicho testimonio, acompañado de la identificación oficial de José Teófilo Linares, con las rúbricas similares en ambos documentos, constituía una prueba sólida a favor de la inocencia del recluso Cañada Fajardo.

Una vez leído el texto en voz alta por parte de la secretaria del juzgado, el juez Petrasio se mantuvo silente largo rato. Ya para entonces, habían transcurrido veinte minutos sin que Pepe Linares regresara a la sala penal. Carmina por su lado, lucía serena, con aire triunfante.

Entonces, Marcelino Petrasio le reclamó seriamente a Carmina Luna que el testigo José Teófilo Linares estuviera retrasando la audiencia. La defensora sólo se encogió de hombros y Petrasio le ordenó ir por él de inmediato. Carmina le dijo respetuosamente que debido a que el señor Linares había solicitado permiso para ir al baño, por obvias razones ella no podía cumplir con dicho encargo, sugiriéndole al juez que enviara a personal masculino a los sanitarios para traer al testigo. En respuesta, el funcionario judicial le devolvió tremenda mueca de desaprobación a Carmina.

Así transcurrieron otros cinco minutos sin que Pepe Linares volviera a la sala legal. Acorralado por las miradas de Carmina Luna y sus dos empleadas, el juez Petrasio, disimulando su nerviosismo, le dijo a su secretaria que pidiera a un par de guardias que fueran por José Teófilo Linares a los sanitarios y lo trajeran al juzgado. Pero la búsqueda fue inútil, pues tras revisar bien los baños, no había rastro de Linares. Finalmente y cumpliendo con el protocolo para situaciones de escape de sospechosos, se procedió a cerrar todo acceso al tribunal por media hora. Sin embargo, bastó con revisar el material video grabado en las cámaras de seguridad para comprobar que Pepe Linares había salido sin mayor problema y con el rostro totalmente descubierto, saludando a viejos conocidos hasta de efímero abrazo, como si se tratara de una película con cierto toque de humor cínico.

Recorriendo el pasillo que daba al acceso principal del Tribunal de Apelaciones en materia penal de Guanajuato, Linares caminó tranquilo, hasta abordar un taxi sin placas que tampoco dejó rastro ya que el chofer pudo manejar por avenidas desprovistas de videocámaras de vigilancia.

△△△

La huida de Pepe Linares movió a las autoridades de Guanajuato el resto de la mañana, pero poco se pudo hacer para dar con su paradero. Por otro lado, el juez Marcelino Petrasio tuvo que aclarar ante su jefe inmediato los pormenores de la fuga del hombre que le amargó no sólo el día, sino el resto de la semana, del mes y quizá el resto del año. Antes de eso, Petrasio resolvió la audiencia para solicitar la exoneración y la libertad inmediata de Jacinto Cañada Fajardo, la cual se trató de un intercambio de argumentos bien fundamentados por Carmina Luna Atanacio y unos alegatos más de corte leguleyo dichos por el juez Petrasio, bajo los cuales, condicionó la liberación del reo Jacinto Cañada, hasta que José Teófilo Linares diera la cara en el juzgado y admitiera en persona todo lo expuesto en el testimonial declarado con su nombre y firma. Empero, Carmina no estaba dispuesta a perder la vital comparecencia que quizá se pospondría hasta dos o tres meses y eso sin contar el tema de las medidas sanitarias por la epidemia del virus porcino NY05, lo que significaba varias semanas más de espera para una nueva audiencia. Así las cosas, la defensora Carmina Luna negoció con el juez Petrasio la posible entrega de un video original en el que el declarante José Teófilo Linares, afirmara como válido lo expuesto en el documento testimonial entregado a dicho juez. Éste, conociendo bien los procedimientos de admisión de pruebas y recursos en materia de apelaciones, aceptó la petición de Carmina, pero a cambio de fijar un plazo de veinticuatro horas exactas para presentar la filmación y además bajo el análisis pericial obligatorio, con el objetivo de corroborar su autenticidad. Carmina Luna, respiró tranquila y se fue al hotel donde se hallaba hospedada.

Hacia las dos de la tarde, todos los noticieros de radio y televisión de Guanajuato daban cuenta del suceso acontecido en el Tribunal de Apelaciones en las primeras horas de la mañana en sus respectivas secciones de la nota policiaca. Algunos eran prudentes en difundir las filmaciones de seguridad de dicho recinto judicial, los cuales fueron proporcionados por personal de video vigilancia a los medios de comunicación para que coadyuvaran en la tarea de dar con el paradero del hombre que se había escapado durante la comparecencia ante el juez. Lo que si no omitieron informar fue la identidad completa del fugado: José Teófilo Linares a secas. Nunca ningún comentarista ni reportero, pronunció el mote de Pepe Linares y no se mencionaron más datos relativos a este hecho, ni que Linares perteneciera a alguna célula criminal o fuera jefe de una banda de delincuentes. Por último, se pedía a la ciudadanía, garantizando el anonimato, proporcionar cualquier información que ayudara a la captura de Linares.

De estas noticias se enteró Camina Luna al mirar por la pantalla de la habitación del hotel en el que descansaba. Aprovechó para revisar en las páginas de redes sociales de importantes medios periodísticos, si había más datos sobre el tema de la fuga de Pepe Linares, pero no halló nada relevante o diferente a lo que en los noticieros televisados ya había sido difundido. Daba la impresión de que por algún acuerdo especial, esta noticia sería olvidada pronto. Por otro lado, Carmina ya tenía completamente vista y analizada la declaración de culpabilidad de Pepe Linares, hecha en video y disponible en la memoria USB que él le había entregado discretamente a Carmina en la sala de audiencia.

La filmación mostraba a Linares sentado y de cuerpo completo con un muro blanco como fondo. El hombre lucía ataviado de camisa negra y jeans azules, botas café oscuro y el cabello largo peinado hacia atrás, brilloso por el efecto de un gel fijador posiblemente. Su postura era recta, con las manos puestas en ambas piernas con la única diferencia de que en su diestra sostenía una hoja con información impresa. Algo relevante: en su frente aún no tenía herida ni cicatriz tal como la exhibió durante la audiencia en el juzgado, momentos antes de que escapara del tribunal. Esto sólo significaba que Pepe Linares grabó el video previamente a la lesión sufrida en la cabeza. Y dicho aspecto sin duda fortalecía mucho la autenticidad de lo manifestado por el declarante, ya que se podía descartar que éste hubiera sido torturado para manifestar la culpabilidad de los delitos cometidos. Sin embargo, fue la declaración filmada lo que Carmina valoró más como prueba indiscutible a favor de la apelación de inocencia de Jacinto Cañada Fajardo. A primera vista, Pepe Linares empezó leyendo el papel impreso sosteniéndolo con ambas manos, bien firmes y con una voz clara y seria. Hasta ahí, todo lo leído por Linares era la declaración original firmada por él y que Carmina le recibió para ofrecerla como recurso clave en la solicitud de apelación de Jacinto. Pero una vez terminada la lectura íntegra del documento, Pepe Linares guardó silencio diez segundos, sin dejar de mirar a la cámara. Luego, ya sin mediar papel alguno, con mayor seriedad en la voz y una mirada fuerte, dijo estas palabras:

"Acerca de estos hechos criminales cometidos con total alevosía, premeditación y ventaja por mi persona, quiero agregar de manera libre y bajo protesta de decir verdad, que en todas las investigaciones y procedimientos periciales, sobre todo en lo que se refiere a la alteración tanto de las pruebas como de las declaraciones del entonces presunto culpable, Jacinto Cañada Fajardo, así como de la testigo y víctima, Carmina Luna Atanacio; yo obtuve el apoyo de algunas personas que laboraron o quizá aún laboran en la Fiscalía de Justicia estatal. Derivado del pago de sobornos o para saldar deudas de dinero conmigo, estas personas modificaron todo lo que estuvo a su alcance para poder señalar como único imputado al ahora recluso Jacinto Cañada Fajardo, de quien vuelvo a manifestar, sin ningún medio de presión, amenaza u hostilidad contra mi persona, que él es completamente inocente de todos los hechos crimi-

nales por los que se le dictó sentencia penal y que a la fecha sigue purgando."

Ahí terminaba el video, pero sólo para que comenzara una tormenta de dudas. La mente de Carmina se aceleró a elaborar las más importantes: Esta última declaración de Linares, ¿Tenía por objetivo culpar a otros aparte de él? ¿Podría tratarse de una venganza personal de Linares contra algunos enemigos que enfrentaba en la actualidad? La actitud extraña del juez Marcelino Petrasio tras ver la cara completa de Pepe Linares, ¿surgió porque se involucraron ambos en algún hecho ilegal o quizá porque Petrasio le debía algo importante a Linares o viceversa? Por otro lado, ¿qué consiguió en realidad Linares al haberse exhibido de cuerpo y cara completa en el tribunal, toda vez que su imagen digital fue capturada y difundida en algunos medios informativos y aparte en la filmación personalizada que ahora tenía Carmina? ¿Podría recuperar Pepe Linares su bajo perfil y tranquilidad del que había gozado por varios años?

Pero Carmina Luna apenas tenía tiempo de atar posibles cabos sobre lo que había presenciado desde esta mañana en el tribunal, dado que el testimonio adicional de Pepe Linares además de las noticias alusivas a su escape, la tenían muy preocupada. Lo que si hizo tan pronto se encerró en la habitación del hotel, fue respaldar en su laptop el video proporcionado por Linares, y a fin de garantizar la protección más segura, subió a una nube de almacenamiento dicha filmación. Ahora su mente ingeniaba la manera de poder presentar de manera correcta el video testimonial en su poder frente al juez Marcelino Petrasio. Carmina pensó en obtener otra memoria USB y copiar ahí el archivo de video, pero entonces escuchó un sonido en su celular notificándole que había recibido un mail, que al verificarlo provenía del remitente "L.P.", es decir, del propio Pepe Linares. El mensaje, contenía sólo una indicación precisa: "Muestre el video completo y entregue las copias que le pidan. Espero sea suficiente."

Carmina respondió de inmediato, agradeciendo la autorización para disponer del testimonio filmado acorde a lo que ordenara la autoridad judicial, aunque trató de indagar con cuidado sobre el apéndice final del video, en el que Pepe Linares afirmaba haber recibido apoyo de gente al servicio de la fiscalía para embarrar de pruebas y declaraciones alteradas el expediente criminal de Jacinto Cañada Fajardo. No obstante, ya no hubo respuesta a este mensaje de Carmina.

ΔΔΔ

A la mañana siguiente, Carmina Luna acudió con el juez Marcelino Petrasio quien estaba acompañado por su secretaria y por un perito especialista en grabaciones de audio y video. La abogada Luna hizo entrega de una memoria USB en la que se hallaba el único archivo de la filmación testimonial de José Teófilo Linares y se procedió a reproducir el contenido, por orden del juez Petrasio. Al concluir el referido

Linares la lectura del documento, la expresión de Petrasio era serena y segura. Pero sólo le duró diez segundos, pues pensando que había concluido la declaración de Linares frente a la cámara, iba a pedirle al perito que procediera a analizar la autenticidad de la grabación. Sin embargo, al percatarse todos los presentes que Linares volvió a manifestar otro mensaje, se guardó silencio en automático. Tras culminar esa última parte del video testimonial de Linares, el rostro de Petrasio sudaba temor al grado tal que tuvo que excusarse para ir al sanitario privado. Durante su ausencia, el perito revisó el archivo de video del testimonio de Pepe Linares usando dos programas profesionales para corroborar alteraciones o ediciones en cualquier tipo de imagen y audio que presentara la filmación. El buen desempeño del equipo electrónico del especialista permitió obtener el veredicto momentos antes de que el juez Petrasio volviera a la sala de audiencia, pero se reservó la información hasta que Petrasio estuviera presente, como marcaba el procedimiento. Carmina, que había sido bien entrenada tanto en la licenciatura de derecho como en la de psicología para detectar mensajes no verbales en las caras de las personas, no pudo interpretar lo que el perito iba a revelarle al juez. Simplemente, el rostro de ese sujeto era una máscara inexpresiva.

- ¿Tiene resultados sobre la autenticidad de este material grabado? –preguntó el juez Petrasio al experto.

- Si señor juez -afirmó el perito- y usé los dos mejores programas que hay en el mercado. Puedo describir las funciones de cada uno y cómo se realizó el análisis respectivo para disipar cualquier duda que se tenga

- ¿Cuánto llevaría su explicación?

- Alrededor de media hora, pues son detalles técnicos que tendría que explicarles si desconocen del tema, sin afán de ofender.

- No disponemos de media hora –dijo seriamente Petrasio–. Sólo responda a qué conclusiones llegó.

- Usando el programa *Max Im 999* se detecta que la imagen de la persona es original, no tiene alteración alguna y el audio también. Este programa es el segundo a nivel internacional usado por empresas de video y sonido.

- Entonces es un video original en todos los aspectos –concluyó el juez Petrasio.

- Es lo que dice el resultado final de este programa, pero cuando recurrí al *Matryx pro 900*, que por cierto, es el software número uno a nivel mundial, la evidencia deja en claro que el video es original pero el audio no.

Carmina Luna puso ojos inquietos al escuchar esa última respuesta. Por su parte, el juez Petrasio quiso indagar más:

- Entonces, lo que se ve si corresponde a la imagen de esa persona pero no es su voz, ¿dice usted?

- Es lo que revela la prueba de sincronización en el movimiento de los labios de ese sujeto y lo que dice la voz. El programa Matryx pro V900 resalta que hay una diferencia en más del noventa por ciento entre ambos elementos comparados.

- Comprendo, comprendo –afirmó Petrasio-. Así que, derivado de esta última prueba, ¿usted qué opina en referencia a la autenticidad del video y voz de este archivo?

- Considero que la prueba es válida, señor juez. Dado que con ambos programas he logrado obtener dictámenes certeros en varios casos solicitados. Ahora bien, la infalibilidad de estos programas no está a prueba, son los mejores del mercado. Sólo que como aquí tenemos una discrepancia en el aspecto del sonido, debo recomendar sin duda alguna, que optemos por el resultado del software "Matryx pro V900", ya que es el primero dentro del top ten mundial.

- Entonces, el audio está alterado, o modificado –recalcó el juez Petrasio.

- Es lo que señala el análisis exhaustivo de este programa, señor juez – concluyó el perito.

Petrasio sin decir palabra, miró a Carmina Luna y mostrándole ambas palmas de sus manos, le dio a entender que esta prueba era inadmisible. Carmina respetuosamente pidió interrogar al perito y el juez Petrasio la autorizó mirándola desafiante. Ella, sin inmutarse, tomó una libreta de notas y dirigiéndose al técnico le dijo:

- Tengo algunas inquietudes acerca de los dos programas que ha usado, disculpe. La primera es, ¿en qué se basa para afirmar que el programa Matryx pro V900 es el número uno del mundo?

- Una de mis funciones es actualizarme cada mes sobre los mejores softwares especializados en alteraciones profesionales en archivos audiovisuales. Y el Matryx pro es el número uno a la fecha.

- ¿Puede darme algunas referencias específicas?, ¿páginas web?, ¿foros de expertos?, ¿reportajes o cápsulas informativas?

- Desde luego puedo recomendarle las fuentes que consulto.

- ¿Podría ser ahora? Me gustaría consultarlas para darle mayor consistencia y certeza a la información que acaba de darle al señor juez.

- Lo que pasa es que ahora de memoria no me las sé licenciada –repuso algo titubeante el perito.

- ¿Y en la laptop que aquí tiene hay manera de mostrarnos sus fuentes? – persistió Carmina.

- Este equipo no tiene conexión a internet, es exclusivamente para trabajos como el que se me pidió realizar ahora.

- Abogada –irrumpió el juez Petrasio- le pido no prosiga por ese interrogatorio, toda vez que el experto ya le ha dado una clara explicación.

- No hay problema señor Juez –acató Carmina Luna–. En todo caso quiero proseguir con la siguiente pregunta: ¿Cómo es posible que dos de los mejores progra- mas de análisis de video y audio, dicho por usted, hay que recalcarlo, pudieran tener diferencias tan amplias al revisar un archivo?

Mientras Carmina hablaba, el perito retiró de su laptop la memoria USB que contenía el video testimonial de Pepe Linares e hizo entrega de la misma a la secre- taria del juzgado. Luego, siguió revisando algo en la laptop, y sin ver a Carmina, le respondió:

- No es tan raro cómo usted dice abogada. Ocurre con relativa frecuencia.

- Puede decirme en su experiencia, ¿qué tan frecuente? ¿Digamos que de diez archivos revisados, cuántos presentan esta discrepancia?

- De diez u once, al menos dos o tres pruebas presentan diferencias impor- tantes.

- ¿Tanto así? Eso equivale de un veinte a treinta por ciento –dijo sorprendida Carmina.

- Es lo que en promedio ocurre en las pruebas que hago.

- No dudo de ello –aclaró Carmina– pero quisiera hacer un par de analogías, con la venia del señor juez.

Marcelino Petrasio puso ambas manos cubriéndose la boca y asintió muy leve con la cabeza, lo suficiente para que Carmina Luna prosiguiera:

- Si una persona con determinados síntomas va con un excelente médico que le diagnostica cáncer, lo normal es que acuda con otro muy buen especialista. Si éste también le informa que padece cáncer, no será necesario ir con un tercer doctor. Otra situación: si en una casa nueva, hay un fallo eléctrico, el dueño pide el análisis de un experto electricista. Si le detecta el problema y el dueño no está convencido de que esa sea la deficiencia, entonces busca la opinión de otro buen recomendado técnico en electricidad. Si este segundo da la misma respuesta que el primer electricista, ¿para qué pedir una tercera opinión?

El perito en grabaciones audiovisuales se encogió de hombros, pero el juez Petrasio fue directo al grano:

- ¿A dónde quiere llegar con sus ejemplos abogada? Le recuerdo que su au- diencia es un caso extraordinario que este juzgado atiende temporalmente y tenemos todavía muchos asuntos que resolver hoy.

- Es sencillo su señoría –suspiró Carmina-. Quiero decir que la certeza… ¡vaya!, la confianza que ponemos en gente bien preparada y con bastante experiencia, quienes no somos expertos en determinado campo de la ciencia o del conocimiento, es precisamente, para evitar controversias o malas interpretaciones. En otras pala- bras, y recurriendo de nuevo a los ejemplos que di: si un médico me dice que tengo cáncer y otro doctor me asegura que no tengo, entonces es menester que busque una tercera opinión; si un electricista me dice que tengo un problema de los fusibles y el segundo me informa que se trata de un falso contacto, claro que pediré a un tercer electricista me diga cuál es la falla y ahí percatarme si es la que describió el primero o el segundo de los técnicos consultados. Por lo tanto, señor juez, mi pregunta, que surge de la respuesta que nos dio el perito sobre la deficiencia en el audio que detectó con el programa Matryx pro, el mejor de todo el planeta según nos ha dicho hace unos instantes aquí el experto, es la siguiente: lo adecuado en esta situación, ¿sería recurrir a un tercer programa o software para analizar la autenticidad o no del audio de la grabación testimonial que yo presenté como prueba crucial para darle sustento a la apelación de libertad de mi cliente?

- Sirva responder a la abogada la pregunta –le indicó el juez Petrasio al especialista, que atendiendo todavía alguna operación en la pantalla de la laptop, replicó:

- No. No es necesario.

- ¿Bajo qué argumento sostiene que no es necesario? –continuó Carmina.

- Simplemente porque el programa Matryx pro V900 es infalible mientras que el Max im 999 tiende a no detectar errores como el que acabo de señalar del audio alterado en este video que usted presentó.

- Y siendo así, ¿por qué dispone usted de un programa tan deficiente, calificado como el segundo mejor del mundo? ¿No sería mejor contar con un software que coincidiera en todos los diagnósticos realizados tal como lo realiza el Matryx pro?

- El procedimiento que uso es analizar cualquier archivo con el Max Im 999, y posteriormente hago la misma prueba con el Matryx pro. En otras palabras, el segundo mejor programa da su diagnóstico y luego el número uno corrobora si es correcto el primer resultado expuesto. Así no hay margen para el error.

- Pues deja mucha suspicacia que el programa número dos del mundo tienda a fallar en tres de cada diez pruebas –dijo seriamente Carmina.

- ¿Tiene alguna otra duda abogada? –expresó el perito.

- Sólo quisiera agregar que mientras usted realizaba ambas pruebas, mi curiosidad por aprender me llevó a investigar los dos softwares que usted usó para verificar la autenticidad de la videograbación que presenté para esta audiencia. Y bueno –dijo Carmina mostrando a los presentes la pantalla de una tableta electrónica– hallé unos datos importantes que pido se incluyan en los alegatos de la defensa de mi cliente.

- ¿De qué se trata esto abogada? –increpó el juez Petrasio a Carmina-. ¿Acaso busca dañar la impecable trayectoria de uno de los mejores peritos que tiene no sólo el estado sino el país?

- No es esa mi pretensión, señor juez, me disculpo de antemano si di a entender eso.

- Entonces guarde su aparato y concrétese a preguntar algo sobre el campo que domina nuestro experto.

- Procedo a guardar este dispositivo, aunque es mi intención manifestar que en las investigaciones que realicé brevemente, obtuve resultados que informan sobre varias deficiencias que tiene el programa Matryx pro 900, y bajo el cual se estableció que el audio del video que presenté, es falso.

- Abogada, no colme mi paciencia –advirtió el juez Petrasio-. Usted no es experta en el campo de la ingeniería de sonido y video.

Carmina le sostuvo la mirada a Petrasio:

- Precisamente señor juez, porque no lo soy, tuve que recurrir a internet para averiguar más. Lo hago siempre en todos los campos del conocimiento que no domino, para la defensa de mis clientes.

- Pues bueno, terminé lo que deba decir porque sólo le concederé una intervención más y por ningún motivo puede preguntarle más al perito, que tengo entendido, tiene más diligencias que atender ¿cierto señor?

- Hoy tengo que estar en seis audiencias más y mañana en cuatro, señor juez – respondió inexpresivo el especialista.

Carmina contuvo la respiración y con los brazos cruzados, levantó la mano diestra y soltó el alegato final:

- Bien, agradezco mucho la atención prestada a esta defensa, señor juez. Sólo quiero agregar, para que se grabe en la audiencia como yo misma lo hago en mis dispositivos, que la información referida al programa Matryx pro 900 la señala como la mejor de su tipo dentro del inmenso mundo de la tecnología. Cierto es que destacó por ser el programa líder para detectar hasta el más insignificante detalle de alteración en todo tipo de trabajo audiovisual.

- Entonces con esto usted avala el análisis y el resultado de nuestro perito – repuso satisfecho el juez Petrasio. Carmina en cambio arqueó las cejas, prosiguiendo con su alegato:

- Con su permiso señoría, me faltó decir que el programa Matryx tuvo el puesto número uno hasta hace cinco años. Pero hoy ocupa la posición número trece y va cayendo, por lo que pude leer en dos páginas para profesionales en producción audiovisual. La primera es *Enciclotecnólogos digitales* que por lo que leí es la más consultada por expertos de todo el planeta. La segunda referencia es *Videoauditores sin fronteras*, en la cual publica gente que ha trabajado en el ámbito de la edición digital de radio, televisión y cine. En ambas páginas se señala que el error más funesto de Matryx pro 900 es, curiosamente, el emitir diagnósticos falsos al analizar archivos totalmente originales y sobre todo, al tratarse de segmentos de audio y sonido. Lo más extraño, señor juez, es que la anomalía fue detectada durante un importante juicio penal, en el que se involucró al principal dueño de una empresa que suministraba contratos millonarios a la compañía propietaria de Matryx pro 900. El tremendo conflicto de interés quedó expuesto a la opinión pública.

Al escuchar el impresionante alegato de Carmina Luna Atanacio, tanto el juez Marcelino Petrasio como el perito audiovisual tenían irritadas las entrañas, pero ocultaron la rabia explosiva en el rostro; el primero mirando los expedientes arrumbados en el escritorio de su secretaria y el otro haciéndose pendejo revisando su celular. Sin embargo, en Petrasio el coraje no pudo contenerse por mucho más, así que comenzó a tronarse uno por uno, los nudillos de ambas manos. Luego, con indiferencia se dirigió a Carmina Luna:

- Bien. Pues ha quedado registrado su alegato así como la del técnico especialista en video y sonido, a quien solicito me haga llegar su reporte final para incluirlo al expediente del caso que nos ocupa.

- Lo tendrá para mañana, señor juez –dijo obediente el perito.

- Bien. No habiendo más que tratar, abogada, le pido me dé el plazo que marca la ley para emitir el resolutivo.

- Si me lo permite, señor juez –expuso Carmina con tono muy respetuoso– quisiera que el perito analizara ahora con ambos programas que tiene, el audio de dos breves videos tomados aquí de mi persona, sobre todo para concluir si el Matryx pro es infalible. Me puede grabar él con mi celular o con su propio equipo, y así despejamos toda duda.

- Petición denegada – dictó Petrasio sin siquiera ver a Carmina.

- Su señoría, le aseguró que no nos llevaríamos más de cinco minutos en esto. ¿Podría considerarlo?

Marcelino Petrasio ni siquiera echó ojos en Carmina tras oírla.

Carmina Luna nunca había tratado con un representante de la ley tan autoritario como el que ahora tenía enfrente. En casi diez años de litigar derecho penal, no había la menor duda, Marcelino Petrasio destilaba arrogancia con las muecas y pantomimas que su patética personalidad imprimía a propios y extraños. Carmina pudo ver ligeramente el aire de desprecio disimulado que con él tenían las dos mujeres que le asistían en el juzgado, una de ellas, treintañera como Carmina, y muy atractiva; la otra menos agraciada de rostro pero de esbelto cuerpo, rondando los cincuenta y con anillo de casada. Quizá –pensó Carmina– ambas tienen que padecer a solas, algún tipo de acoso o coquetería vulgar de semejante tipejo, sin poderlo denunciar a falta de pruebas contundentes o quizá bajo la amenaza de no poder ascender de puesto en el complejo y muy peleado ambiente burocrático del poder judicial mexicano.

Más el juez Marcelino Petrasio no conocía tampoco de qué estaba hecha Carmina Luna Atanacio. Así las cosas, mientras el perito se disponía a guardar el equipo de cómputo y las asistentes de Petrasio prepararon el terreno para la siguiente audiencia, Carmina se dirigió al estrado del juez y en voz baja, casi susurrando le expresó:

- Si su señoría no tiene objeción alguna, quiero solicitar que otro especialista evalúe la autenticidad del video de la declaración testimonial de José Teófilo Linares.

Marcelino Petrasio mordió su labio inferior, mostrándole a Carmina los caninos superiores afilados y amarillentos para después decirle:

- No le permito que usted me indique cómo hacer mi trabajo. Retírese abogada.

Carmina puso mueca indiferente:

- Su señoría, sólo agregaré que en la información abierta en internet, a la que ya hice referencia en mi alegato final, se menciona que el software Matryx, está vetado por todas las cortes de justicia de Estados Unidos y de varios países, también de agencias de investigación criminalística como la INTERPOL y el propio FBI, porque ya no es de fiar. Usted al admitir un resultado basándose en este programa defectuoso, sólo me obligará a presentar la impugnación pertinente.

- Haga lo que quiera – le dijo Petrasio a Carmina con desvanecida voz pero mirada hostil -. Averigüe quién manda realmente en este tribunal, quién me puso aquí y qué poder me ha dado para chingar o ayudar a quien yo quiera. Pinche abogadilla jodida.

Esta respuesta en automático encendió una de las diferentes formas de la ira de Carmina, una ira extrañamente apacible, ya que ella respondió dando una mueca de irónica acidez. Ya en sus ojos se podía traducir un ajuste de cuentas que Carmina le cobraría personalmente al juez Petrasio, a su debido tiempo. Por lo demás, Carmina captó el mensaje tan claro como el cristal. En pocas palabras, la libertad de Jacinto Cañada Fajardo no le sería concedida por parte del nefasto juez Marcelino Petrasio y por lo tanto, no tenía sentido desperdiciar ni una palabra más con él. No obstante, una inquietud seguía rondando la mente de Carmina Luna: ¿por qué Petrasio se pasmó repentinamente al mirar a Pepe Linares cara a cara el día anterior? Puesto que era innegable que este juez identificó sin duda a Linares al ordenarle que le mostrara su rostro quitándose la gorra y el cubre bocas, la cuestión clave consistía en saber si ambos hombres compartieron algún pasado turbio, o una querella en la que Petrasio afectó en mayor o menor medida los intereses de Linares.

En definitiva, para la abogada y psicóloga Carmina Luna Atanacio, esta nueva batalla, la más decisiva para demostrar la causa de inocencia de su indefenso Jacinto, no sería tan fácil de ganar como aparentaba serlo.

Carmina recorría el pasillo rumbo a la salida del Tribunal de Apelaciones, cuando en su teléfono móvil sonó un tono de notificación de mensaje de texto. Se trataba de un número desconocido, aunque ella intuyó que el remitente quizá era Pepe Linares o alguno de sus hombres.

Al abrir el comunicado, contenía indicaciones muy específicas:

"La están siguiendo. No se angustie ni pida ayuda. En 3 minutos suba al taxi con luces encendidas – placas 2020. Borre este mensaje ya. L".

En ese momento, Carmina detuvo su andar y mantuvo la calma, evitando observar a su alrededor cualquier indicio que amenazara su seguridad personal. En cambio, esperó los tres minutos indicados, aunque sentía por dentro como una mortificación le prendía fuego a su aparente serenidad. Escasos segundos antes de acabarse el tiempo, verificó el arribo de un taxi con la descripción precisa en el mensaje de texto firmado por L.

Carmina Luna abordó el vehículo en cuyo volante estaba un hombre apuesto y fortachón, mientras que en la parte de atrás otro sujeto de aspecto más rudo la saludó cortésmente. Ella se encomendó a Dios persignándose y aguardando con suma paciencia lo que fuera a venir.

Enviado por Quirino Maqueda.

"El bribón jamás vuelve a ser honrado. Del vino se hace fácilmente vinagre, pero de vinagre, vino, no."
Friedrich Ruckert. *Sabiduría de los brahmanes.*

Marcelino Petrasio era un tipo de gustos refinados. Lo que más disfrutaba era el comer y beber productos europeos de la mejor calidad. Para tan apasionado y costoso entretenimiento bañado de un fuerte toque de presunción personal, Petrasio se había hecho el hábito semanal de ir a la Plaza Gourmet Mediterraneum, en la que principalmente cada viernes se consentía por al menos dos horas degustando y adquiriendo lo más fino en quesos, charcutería, pescados y mariscos, pan artesanal francés y vinos de las regiones más exquisitas del Viejo Continente.

Petrasio no acudía solo a realizar sus exclusivas compras culinarias. Lo seguían dos escoltas que no le quitaban el ojo a unos tres metros de distancia. El asunto de por qué el juez Petrasio tenía protección especial se debía en mucho a que por causa de su actividad judicial, tenía en sus manos el firmar las liberaciones o las no procedencias de libertad de algunos de los reclusos de cierta peligrosidad del bajío mexicano. En ese sentido, y tal como él le había dicho de mala gana a Carmina Luna, su cargo como juez atendía casos de apelaciones donde jugaban poderosos intereses de por medio. De ahí que en efecto, Marcelino Petrasio recibía órdenes directas de altos mandos del poder judicial para proceder a liberar a algunos presos y denegar el mismo derecho a otros reos. Como contribución por sus servicios, el juez Petrasio disponía de un par de escoltas pagados por el erario público para acompañarlo las veinticuatro horas del día, los siete días de la semana. Incluso en las dos audiencias que Carmina tuvo con Petrasio, sus guaruras estaban monitoreando a través del circuito cerrado de grabación del juzgado, todos los movimientos de ella y de Pepe Linares en la primera reunión, y posteriormente los de Carmina en la segunda comparecencia. Adicionalmente, estos guarros permanecían en la puerta contigua al estrado de su protegido, cumpliendo con esa norma esencial de los tres metros de distancia.

Al menos unas dos o tres veces por mes, Marcelino Petrasio recibía amenazas de muerte de gente anónima vía el correo electrónico institucional de su persona, cuyo acceso era público a través del directorio de servidores del poder judicial estatal. En todos los casos de los mensajes agresivos, éstos procedían de cyber papelerías de colonias populares o de redes públicas de internet, por lo que se suponía que sólo eran amenazas carentes de seriedad por parte de algunos familiares de presos no liberados. Así la situación, Petrasio adquirió la mala fama de ser el funcionario del tribunal más repudiado. Pero también se trataba del único con el privilegio de tener protección de escoltas. No sólo eso: el vehículo oficial en el que viajaba con sus guarros tenía buen blindaje; y como cereza al pastel, Marcelino Petrasio recibía cuantiosos sobornos por parte de los criminales beneficiados con sus resoluciones. Si bien el sueldo mensual percibido como juez le garantizaba una vida cómoda y con ciertos lujos, el hecho de forrarse mes a mes un centenar de miles pesos extra y en metálico, sin ningún rastro digital en bancos o recibos de pago, causó en Petrasio una sensación de ser imbatible por cualquiera de sus numerosos enemigos. Y ese aire de impunidad que le rodeaba desde muchos años antes, le nutría su arrogancia petulante como a pocos burócratas mediocres en todo México.

En cuanto a su vida personal, Marcelino Petrasio ponía a su familia en el último peldaño de sus ocupaciones esporádicas. Como hijo, apenas y le hablaba a su madre una o dos veces por mes y por ningún motivo se extendía más de diez minutos por llamada. La mujer era una viuda chapada a la antigua que vivía con la única hermana de Marcelino, donde ambas pasaban penurias económicas ya que dependían del sueldo básico de la hija, laborando ella como auxiliar administrativa en una clínica del Seguro Social en el sureño Oaxaca. En cuanto a la vida en pareja, Petrasio era dos veces divorciado, y en su primer matrimonio procreó dos hijos de los cuales se ocupaba en la parte económica, pero no así del aspecto de la convivencia, pues hacía todo lo posible para evitar verlos cada semana, incluso aunque hubiera puentes de descanso por días festivos. Los chamacos comprendieron claramente el repudio de su padre y evitaron usar el apellido Petrasio ya fuera en exámenes, proyectos y libretas escolares o estamparlo en las redes sociales que tenían, optando por el de la madre. Por lo demás, el hombre fuerte del Tribunal de Apelaciones disfrutaba enormemente la vida de soltero y mujeriego. Siempre que veía la chance, no dejó de entablar una relación sentimental con alguna dama durante unos cuantos meses. Pero después de agotarla sobre todo en el terreno sexual, Petrasio aplicaba la típica estrategia del don Juan mal educado o corajudo para discutir hasta del color de la mierda con la pareja que tuviera en ese momento. Otra táctica consistía en simplemente evitar el contacto físico o a distancia vía celular, cortando todo el interés femenino para seguir con el romance. De hecho, el día anterior a recibir en audiencia a Carmina Luna con Pepe Linares, el juez Petrasio había terminado un noviazgo mediante mensajes de voz de Whastapp. La decepcionada mujer era hija de una familia honesta y educada, con quien llevaba cincuenta días de noviazgo aunque la diferencia de años de ambos era de treinta años. El rompimiento se veía venir ya que Marcelino Petrasio no obtuvo el anhelado trofeo del seductor acechante. Procuró los mejores detalles y placeres para que la misma semana en que surgió el romance, la chica se acostara con él. Pero eso no sucedió. Y de seis encuentros en la intimidad dentro su lujosa casa, sólo en el último llegó a contemplar el desnudo pecho de la hermosa joven, quien no le cedió retirarle más ropa en aquella tarde en la que previamente degustaron exquisito fondue, un buen jamón serrano pata negra y vino tinto Sangre de Toro. Poquito después de ese frustrado plan seductor, la muchacha le dijo que si pedía su mano en matrimonio frente a sus padres –con anillo de por medio– podrían hacer el amor. Pero esa situación –similar a cuando un vampiro mira aterrado un crucifijo según la literatura de terror– le puso final a la relación de Marcelino con aquella astuta chica que siempre tuvo el sartén por el mango.

Así pues, aunque dicho noviazgo no dio frutos de alcoba y sexo para Marcelino Petrasio, la relación ya había pasado a la historia y muestra de ello es que el casanova Petrasio se entusiasmó en un nuevo ligue con una ex finalista del certamen Miss México, a la cual había conocido en un coctel de un exclusivo club deportivo del que Petrasio era socio distinguido. Por medio de mensajes vía celular, Petrasio iba acordando en salir con la guapa mujer la próxima semana, cuando llegó con sus guarros a la Plaza Gourmet Mediterraneum. Cumpliendo con el chequeo de rutina, Petrasio aguardó las indicaciones de los escoltas para luego proseguir con calma realizando la típica pasarela de la degustación de deliciosos productos lácteos, entregando su paladar a aquel momento de placer. De pronto, el juez Petrasio observó un stand de venta de quesos de una prestigiosa marca suiza que se montaba una vez por mes, por lo que se dirigió ahí apresuradamente. No era este hombre muy aficionado a los productos que vendía la compañía helvética, sin embargo, la muchacha encargada del puesto desbordaba belleza por doquier. Petrasio ya conocía a las simpáticas empleadas del sitio, que en vano trataron de venderle cualquier producto. Pero la chica que ahora cautivaba babeante Marcelino Petrasio –uno setenta y cinco de estatura, esbelta, de cabellera rubia ceniza, con piernas esculpidas por el ejercicio y un busto natural hermoso– era un imán de tentación para propios y extraños. Lo curioso es que pocos hombres se dieran cuenta de semejante presencia femenina, ya que casi no había clientes degustando las pruebas de la variedad de quesos suizos.

Tan pronto se fue del stand el último curioso, Petrasio se presentó con suma cortesía, aceptando la típica degustación con muestras de los productos ofrecidos por la escultural muchacha. De inmediato se dio una cordial y coqueta plática entre la empleada y Petrasio al grado de que éste logró obtener el nombre y el número de contacto de ella en escasos minutos, bajo la promesa de comprarle todo lo que tuviera en el pequeño puesto con tal de que lo cerrara y salieran a divertirse. Los escoltas por su lado, no le quitaban el ojo ni a Petrasio ni a la hermosa mujer, que también repartía alegres miradas galantes para aquellos. Ella le pidió que le dejara una llamada perdida para guardar su número de celular y Petrasio, embrujado por los encantos de la fémina, marcó de inmediato. Mientras sonaba el primer timbrazo, Petrasio desnudó con la imaginación a la muchacha, quien le sonreía con mordacidad. Repentinamente, le contestó una voz masculina, de amenazante tono:

- Marcelino Petrasio, no vayas a colgar. Repito no vayas a colgar.

Petrasio, permaneció callado y puso ojos en sus hombres. A espaldas de ellos, se hallaban tres tipos cuarentones aparentemente separados, con cubre bocas y portando chamarras de piel y mezclilla, simulando ver productos en los estantes del pasillo, pero todos con las manos dentro de las bolsas de las chaquetas, seguramente con armas cortas listas para abrir fuego. El juez no tenía duda de que eran sicarios.

- ¿Con quién hablo? –dijo Petrasio, con voz nerviosa.
- Con un amigo de un enemigo tuyo.
- No entiendo.
- Vaya que eres pendejo. Soy un enemigo tuyo. Ahora sigue estrictamente las indicaciones.
- Le escucho –dijo Petrasio tragando saliva.
- Si el par de putos que te cuidan intentan hacer algo, los liquidamos y a ti de paso. Ya sabes cómo es nuestro jale.
- Totalmente. Atiendo lo que me diga.
- Tengo más raza repartida por todo el lugar. Cualquier código o clave que tengas para advertir a tus perros, desactívala. Hazlo ya.

Petrasio actuó inteligentemente. Sin siquiera mirar a la atractiva y falsa vende-dora de quesos, le dijo a sus guarros que dieran un rondín porque tenía un pendiente suelto. El escolta mayor intentó reaccionar con discreción, pero captó rápido las posiciones no sólo de los tres matones a sus espaldas, sino de otros cinco sujetos en lugares estratégicos en un perímetro de diez metros listos para operar. El juez Petrasio les pidió calmado a los guardaespaldas esperar en tanto atendiera el pendiente. Luego retomó la conversación telefónica:

- Está hecho. Dígame qué sigue.
- Ve a *La Campiña Toscana*, está a unos dos minutos.
- La conozco, soy cliente.
- Al llegar preguntas por un amigo tuyo que está degustando algunos vinos Merlot de gran reserva.
- Enterado, ¿y después?

La voz anónima colgó la llamada.

Marcelino Petrasio caminó a paso tranquilo, pero podía sentir algunas miradas peligrosas acechándole. Supuso que en cualquier momento, de quererlo, le acribillarían públicamente sin derramar sangre ajena a la suya. Tal como una ejecución profesional. El ritmo cardiaco se le aceleró al grado tal que de padecer taquicardia, le habría estallado el corazón. De su frente exudaba gotas frías, gotas de un miedo mortal. Al llegar Petrasio a La Campiña Toscana le saludaron cortésmente, proporcionándole un tapabocas como medida preventiva ante el riesgo de contagio por el virus NY05. Éste dio la información que se le indicó por teléfono, por lo que un somelier con quien tenía estupendo trato, lo condujo al sitio donde ya lo esperaba el misterioso amigo de Petrasio. Nuevamente su intuición le llevó a suponer que el lugar del encuentro sería en algunas de las cavas para compradores exclusivos del que disponía la famosa tienda de vinos italianos. Y así ocurrió.

En la cava conocida como Placere di Baco, el pasado y presente entremezclaban olores de añejas barricas de cien o hasta doscientos años, las cuales eran parte de la decoración del pequeño espacio, iluminado tenuemente por luz especial para no afectar la calidad del vino en resguardo. El sitio daba cierto aire rústico aunque estuviera en una de las zonas urbanas más modernas de Guanajuato. En cuanto a gente, sólo permanecía un hombre sentado alrededor de una mesa de caoba antigua en la que había un par de copas de cristal limpias y una botella descorchada de tinto cosecha Merlot gran reserva. El hombre iba vestido de un traje oscuro y estaba a espaldas de Marcelino Petrasio. Tocando ligeramente de un codo a Petrasio, el somelier le dio a entender que el amigo por el que preguntó le aguardaba en aquella mesa. Avanzando Petrasio, pudo distinguir que tal sujeto tenía la cabeza a rapa, la cual era grande y con tinte moreno, pero no logró dar en su espléndida memoria con ningún tipo que se le hiciera conocido al menos desde ese ángulo.

Sólo hasta que estuvo frente a él, Petrasio se percató que no era sino Pepe Linares el hombre sentado en aquel sitio. Su aspecto facial cambió en lo referente al cabello, pues en efecto, se había rapado dejando el cuero cabelludo como una dura lija natural, y en cuanto a su poblada barba, la afeitó complemente con rastrillo, luciendo un aspecto más jovial y apenas reconocible por sus centelleantes ojos negros y la costra maciza que tenía en la frente cubierta con una capa de maquillaje. En tanto, el somelier permaneció a la entrada de la cava, como una estatua. Llamándole con un ademán, Pepe Linares le agradeció sus atenciones, y le encargó un pedido escrito en un pequeño papel; aparte, como favor especial, le dijo que no se les interrumpiera durante quince minutos. Mirando sorprendido la nota, el empleado preguntó a Linares:

- Disculpe, para suministrar el producto que pide señor, ¿cómo va hacer su pago y cuáles datos incluimos en la factura?

- El pago es en efectivo joven. No voy a requerir factura.

- ¿Está usted seguro señor? –respondió ansioso el somelier-. No creo que me autoricen una venta de este tipo sin extender factura para el cliente. Es que ya sabe, el gobierno...

- Vengo de parte de don Quirino Maqueda –acotó Linares-. Dígale eso a su jefe y preparen mi encargo, que no falte nada. ¡Ah joven! Tome de parte de don Quirino –y le entregó un billete de cien dólares al catador, cuya mueca brilló de alegría al instante, retirándose del lugar.

Ya a puerta cerrada, Pepe Linares invitó a Marcelino Petrasio a que tomara asiento. Luego comenzó a servir el vino de la botella descorchada en las finas copas de cristal, cuyo aroma eclipsó el olfato de Linares al poner el cuello del envase a escasos centímetros de su nariz y dijo suspirando:

- ¡Qué hechizo le agregaron a semejantes uvas chingao! ¡Bien vale la pena el placer pagar diez mil pesos por un vino de este tipo!

Petrasio no pudo responder, ya que el miedo le había paralizado la lengua. Linares le pasó una copa de vino servida a la mitad y en tono amable le habló a su acompañante:

- Brindemos por el gusto de tener aquí al juez Marcelino Petrasio, todo un caballero del Tribunal de Apelaciones. ¿Disculpa, puedo llamarte Lino como tus buenos cuates te dicen de cariño? También tu madre te sigue llamando así, ¿qué no? Vaya, es que ayer hablé con ella y me dijo que su querido Lino, su Lino tan amado, no la llama desde el mes pasado.

Y al tiempo, Pepe Linares alzó la copa al aire, dando un buen sorbo del Merlot gran reserva. Petrasio en cambio, sólo miró la copa con el tinto repleto de exquisitas notas frutales adormecido por años en las mejores maderas de roble rumano, intentando paladearlo en la memoria, tal cual lo hacía con intenso placer cuando visitaba una de las mejores cavas del bajío. Más ahora, la experiencia le había resultado no amarga, sino estéril.

Pepe Linares, seguía esperando una respuesta por parte de Petrasio. Así que en tono burlón le dijo:

- ¿No quieres que te llame Lino? Bueno, pues entonces que sea como en los viejos tiempos, ¿No mi amigo Cucú? ¡el pinche Cucú!

- Ya basta Pepe. Dejémonos de chingaderas. ¿Qué quieres de mí? – respondió altanero Marcelino Petrasio.

- Lo primero que quiero, es que te quites ese pinche tapabocas y brindes conmigo, Cucú.

- No me llames así, ya no lo permito.

- Quítate esa chingadera del hocico y brinda conmigo culero.

- ¿Por qué tienes esa agresividad hacia mi después de una amistad desde chavos Pepe?

- No lo vuelvo a repetir, pinche Cucú Petrasio. Quítate eso para seguir hablando conmigo y brindemos.

Marcelino acató la orden de Linares, quien le acribillaba la mirada intensamente. Una vez que Petrasio bebió un poco de vino, el temible anfitrión, rascándose la lija de pelitos rapados de la choya, retomó el hilo de la plática:

- Así está mucho mejor, mucho mejor. Digo, hace unos días en tu terreno me ordenaste que hiciera lo mismo, ¿recuerdas? Que me quitara el tapabocas, ¿o no Cucú?

- Llámame Lino, por favor.

- Esa oferta ya expiró –rio sardónico Pepe Linares-. Además, siempre en cada desmadre al que jalamos, te decía Cucú. Y no te preocupes, que las paredes aquí no oyen nada.

- Las paredes quizá no, pero tu teléfono celular quién sabe.

- Personalmente, y lo sabes bien, nunca me ha gustado usar esas chingaderas. Les dicen teléfonos inteligentes, pero terminan delatando a sus dueños.

Marcelino Petrasio sacó su aparato móvil de la bolsa del fino traje que llevaba y le dijo a Pepe Linares:

- Por mi parte, quédate tranquilo. Voy a apagarlo de inmediato.

- Haz lo que quieras Cucú.

Petrasio tomó su copa y en señal de paz, brindó con Linares. Aquél ya estaba por acabarse su ración de tinto, así que de una vez se sirvió al tope de la copa y también la alzó para brindar. Aunque Petrasio hubiera querido catar debidamente el exquisito Merlot en su paladar, presentía que no era el momento adecuado, pues ni siquiera estaba seguro de salir ileso del encuentro con Linares. Una vez que Petrasio digirió el trago albergado en la garganta, Pepe le dijo:

- ¿Qué opinas sobre mi cambio de look?

- Me sorprende mucho Pepe. No te hubiera reconocido si te veo en la calle.

- Pues esa es la idea, pasar desapercibido Cucú.
- ¿Tanto así? Pero si tú eres experto en desaparecer.
- Pues ahora se me va a dificultar un chingo después de que me pediste descubrir mi jeta frente a las cámaras de tu juzgado y de todo el pinche tribunal.
- Ya entiendo. Y ahora me ordenaste hacer lo mismo, para ajustar cuentas.
- Te exigí quitarte esa madre de la cara para que brindáramos. Y del ajuste de cuentas, hace años quedamos a mano.
- Pepe, si te refieres al pedo que armaron el Lagartijo y el Tuerto Esquivel en aquel bar de San Miguel, mira, hice todo lo que estuvo a mi alcance para evitar que ellos pisaran el tambo. Con el Lagartijo supiste de seguro que se echó un mes, pero con el Tuerto no había manera de hacerle el paro, se cargó a tres cabrones esa noche.

Pepe Linares volvió a rascarse la choya rapada con la mano derecha y con el índice izquierdo apuntó a Marcelino Petrasio abriendo la boca:

- Te acabo de decir que ya no tenemos cuentas que ajustar. El Tuerto siempre fue el más atrabancado para los putazos. Si aún me duele su partida, y eso que ya llovió.
- ¿Ya van siete años?
- Tas pendejo Cucú. Va para doce años que valió verga.
- Soy pésimo para recordar fechas Pepe.
- Pero no lo fuiste para averiguar cómo le partieron la madre.
- Fue un rumor lo que supe, nada más.
- Cuéntame pues, pero en caliente.
- Dicen que una puta lo envenenó. Al parecer con cianuro.
- Tus fuentes están de la chingada –dijo irónico Linares-. Por eso no llegarás ni a tocar los escalones de la Suprema Corte.
- Actualízame entonces –repuso Petrasio.
- En memoria de mi querido Tuerto, no creo que sea lo correcto. Pero voy a hacer una excepción contigo, porque hay confianza ¿no?
- Faltaba más Pepe.
- Pues la asesina si fue una wila, pero fue contratada por los padres de una muchacha a la que el Tuerto violó meses atrás. Lo que hizo fue dejarlo exhausto en la cama y como él tenía la costumbre de quedarse jetón cuando terminaba con una puta, esta cabrona le cortó la garganta mientras dormía. Seguía él vivo, desangrándose, y le sacó el ojo que le quedaba llevándoselo como evidencia a los que le pagaron.
- ¡Una viuda negra! Así de plano, ¡qué terrible venganza contra el Tuerto! Pero tú se las cobraste sin pensarlo Pepe –insinuó Petrasio.
- Sólo ajusté cuentas con la piruja. Comprendí que los padres de esa fulana desgraciada querían sangre, pues no tenían más hijos y les caló hondo la chingadera

del Tuerto. En cambio, esta culera también se acostaba conmigo. Imagínate cuando me enteré. Me pudo haber mandado al otro mundo sin que lo viera venir.

- Y tú no das paso sin huarache Pepe, estás en todo lo que le ocurre a tu mundo.

- Pues no. Durante una semana no pude dar con ninguna pista de quien había matado al Tuerto. Pero sin entrar en detalles, gracias a mi hermano Teo, que Dios tenga en su Gloria –y se persignó Pepe Linares– conseguí la información de la agencia de policía donde trabajaba, en la cual ataron cabos valiosísimos para señalar a toda esta gente. En fin.

Pepe Linares volvió a rellenar su copa y de una vez la de Marcelino Petrasio, que lucía muy serio. Enseguida Linares se dispuso a brindar:

- Por nosotros y la amistad. Que dure lo que tenga que durar.

- Salud, mi buen amigo Pepe.

Los dos hombres bebieron y albergaron unos segundos el añejado Merlot en la garganta. Entonces Linares dejó bruscamente la copa de vino en la mesa y le dijo a Petrasio:

- Una amistad como la nuestra, debe sellarse con un acuerdo. ¿No Lino?

- Coincido plenamente mi amigo. Adelante.

Pepe Linares puso una mueca de menosprecio, plena de arrepentimiento:

- Los dos sabemos, Lino, que hemos hecho un chinguero de mierdas por muchos años. Nos hemos fregado tanto a gente mala como a gente inocente. ¿Estás de acuerdo?

Marcelino Petrasio, viendo el vino encerrado en el cáliz cristalino, asintió con la cabeza. Linares retomó el hilo:

- Bueno mi estimado Lino, mi buen juez Lino. Esto debe parar hoy. Al menos con la gente buena, ya no podemos seguir haciéndoles tremendo mal, ni daño alguno. Este acuerdo entre tú y yo, debe comenzar hoy.

Petrasio, viendo claras las intenciones de Pepe Linares, replicó:

- ¿Me estás queriendo decir que lo que hiciste hace unos días en el tribunal va en serio? ¿Te quieres acusar por voluntad propia de los delitos por los que está purgando otro pendejo?

- Ese pendejo a quien te refieres, es inocente de todas las porquerías por las que se le condenó.

- ¿Lo sabes de buena fuente o andas en papel de buen samaritano?

- Lo sé porque fui yo el que las cometió y punto. No se diga más.

Marcelino Petrasio bebió de sopetón el tinto que restaba y echando la cabeza hacia atrás, tomó aire y dijo:

- Mira Pepe, tienes que entender antes que nada, que de mí no depende la libertad de ese fulano. Yo sólo soy una pieza más dentro de toda la maraña que se cuece en el tribunal, pero te aseguro que haré todo lo que pueda para poder intervenir en la resolución y que salga procedente. Palabra.

- Mira Cucú. Tú tienes que entender, de una buena vez por todas, que si no resuelves la petición de este fulano, que te recuerdo se llama Jacinto, voy a proceder a enviar otro vídeo a ciertos amigos periodistas en el que expongo a algunos cabrones que usando su puesto en la fiscalía, alteraron cuanto pudieron para embarrar no sólo a este pobre infeliz, sino a gente de mayor calibre. Y de estos culeros tú encabezas la lista, no te hagas pendejo.

- Pepe, por favor, ¿me estás amenazando? ¿Quieres arriesgar tu seguridad entera de por vida, por ayudar a un tipo que ni tiene poder ni relaciones ni dinero alguno? ¿Te das cuenta del tremendo cartucho que estás quemando a favor de un don nadie?

- Me doy cuenta y eso es lo que quiero, es la petición que te hago. Y sí, esto es una amenaza para que dejes la pendeja de una vez.

- ¿Y a cambio, qué recibe el Cucú?

Sin inmutarse en el rostro, Linares expuso:

- En primera, ya tienes en tu poder mi declaración firmada y grabada. En segunda, mi lengua se queda quieta, garantizándote que yo no te evidenciaré nunca, por ningún medio, si liberas de inmediato a ese pobre desgraciado. En tercera, si lo dejas en paz a él, a su familia y a su abogada, te doy mi palabra que no vuelves a saber de mí.

- ¿Eso es lo que ofreces?

- Es lo que te doy en este momento. ¿Acaso por todo lo que ganaste cuando me hacías algunas chambas, no es más que suficiente las garantías que te doy?

Marcelino Petrasio sostuvo la copa vacía y la olfateó lentamente, buscando retener en la nariz el exquisito buqué del Merlot momentos antes ingerido. Luego dejó el cáliz pegado a su mentón, manifestándole a Pepe Linares:

- Pues yo esperaba también que me dieras una garantía extra que no me comprometiera a futuro.

- Déjate de rodeos pinche Cucú -le soltó Linares secamente- ¿Qué quieres?

- Nada del otro mundo Pepe. Nada. Sólo se trata de que me des cualquier foto, vídeo y grabación de nuestro añejo pasado en el que mi persona se vea salpicada cuando hacíamos negocios.

- ¡Ah!, es eso Cucú. Es eso. Con gusto puedo darte esa garantía. Ahora bien, en aquella época, hicimos un chingo madral de negocios como tú les dices. Y mucha de esa evidencia la destruí personalmente con gente profesional.

- Te creo Pepe, sin duda te creo. Pero debes tener algo extra por ahí, algo que nunca me diste. De negocios más comprometedores.

- Para mí fueron encargos Cucú. Yo te pagaba un lanón y tú hacías el puerquerío legal.

338

- Si, está bien, fueron encargos. Pero ese material de videos o grabaciones, nunca me lo devolviste y creo justo que puedas hacerlo ahora.

Pepe Linares puso los codos sobre la mesa uniendo ambas manos, echando en automático el cuerpo adelante. Escudriñando con sagacidad a Marcelino Petrasio, le dijo:

- Mi amigo Cucú, ¿nunca me equivoqué al ponerte ese apodo cierto? ¿Sabes por qué decidí llamarte así?

- Mira Pepe, no creo que venga al caso perder el tiempo en ese rollo.

- Pero sólo respóndeme esto Lino. Juez Lino. Honorable juez Lino Petrasio – suplicó irónico Linares.

- Pues tú tienes esa pinche costumbre de ponerles apodos a tus cuates al hallar algún parecido con animales. Ahí tienes el caso del Lagartijo, todo escuálido y de piel cacariza, como si tuviera escamas. O al Juan Filisteo, le pusiste Cuino porque apestaba a puerco debido a no bañarse por semanas.

La respuesta satisfizo a Linares:

- Si, vas bien. Entonces, ¿a ti por qué te puse el Cucú?

Seguro de la respuesta, Petrasio contestó:

- Porque me la pasaba trabajando en el turno de madrugada, en la dirección de Averiguaciones Previas, bebiendo café de mala muerte y atendiendo desmadres sin pelar el ojo, como un pinche tecolote que de noche se la pasa cantando ese sonido.

- Pues no Cucú. No fue por eso.

Petrasio arqueó las cejas:

- Siempre pensé que fue por eso, te juro que cualquiera de tus hombres también lo creyeron.

- Es posible. Es posible. Pero tú nunca quisiste saberlo. A quien me pregunta por qué le puse tal apodo, sin pelos en la lengua le digo, pero antes intento que el curioso haga un esfuerzo en identificar la causa de ese mote.

- Y en mi caso, entonces, ¿por qué el Cucú?

- Es una manera de simplificar lo doblemente culero que eres cuando deseas chingar seriamente a alguien.

- ¿Perdona? No entiendo.

- Si. Si entiendes. En vez de llamarte Marcelino Petrasio alías el cuu lero cuu-lero, mejor dejémosle en el cu cú. Así de plano.

- ¿Entonces ese es el motivo? ¿es neta Pepe? –respingó Petrasio.

- ¿Acaso no te lo ganaste a pulso enviando al bote a cuanto cabrón no se te encomendó chingar?

- Es vergonzoso lo que dices. Yo, no creo ser así. Digo, comparado con otros y contigo Pepe, yo nunca he matado a nadie. Nunca.

Linares estalló golpeando tan fuerte la mesa, que tiró tanto la botella de vino como las dos copas de cristal en que habían bebido, rompiéndose al instante:

- Comparado conmigo eres mierda Cucú. Y de la peor mierda igual que yo. Cierto es que tú nunca has quitado una vida con tus propias manos, ni te has grabado las miradas de súplica terrible de gueyes a los que en pocos segundos les he partido su madre de un fogonazo en la choya o en el corazón. Quizá nunca has violado a una mujer, sometiéndola como a una bestia y dejándola hecha añicos en el cuerpo pero sobre todo en la cabeza, con toda la maraña de pensamientos que la atormentarán de por vida. Es probable que jamás hayas extorsionado o secuestrado a gente amable o hasta gente engreída, pero que al sentirse tan vulnerables ante la muerte, claman por su existencia con tanto ruego, que te compadeces de su miserable condición reducida a nada. Sin embargo Marcelino, déjame aclararte que quizá tú eres tan hijo de la chingada como yo o hasta peor. Porque mientras que yo me he manchado las manos con sangre de mis enemigos, tú matas lentamente a otros pendejos arruinándoles dos de los mayores tesoros que el hombre tiene en la tierra; me refiero a su libertad y al tiempo de vida. Tú, cabrón de cagada, sabiendo que hay gente que podría evitar una sentencia en prisión, no sólo logras que la encierren, sino que además se les den penas de tres o más años. ¿Te refresco la memoria? Se me viene a la cabeza Martín Vidal, ingeniero joven, talentoso y de familia humilde. Iba muy bien, tenía mucho futuro en su profesión. Ah, pero de repente, los dueños de la empresa donde laboraba no comprobaron trescientos mil pesos para terminar de pavimentar una calle y en la demanda penal del gobierno, estos culeros no quisieron tener pedos ni tampoco regresar esa lana, porque son unos viles cerdos ambiciosos y se les hizo sencillo comprar tus servicios para inculpar a este muchacho. ¿Y a cuánto lo sentenciaste siendo en aquella época juez penal? ¡A diez años de prisión por algo que no cometió! Hasta supe que los jefes de este ingeniero quisieron reparar el daño, tratando de pedirte que lo enjaularas seis meses y te negaste rotundamente antes de dictar sentencia.

El juez Petrasio movió las manos en señal de calma. Para Pepe Linares eso fue como echar gasolina a su lengua encendida de iracundas llamas:

- ¿Quieres otro caso? Había un par de novios escuintles de un pinchurriento pueblo. Una tarde se toparon con tres engendros salvajes cuando estaban allanando la casa de un vejete a quien de paso, le dieron matarile. Y en vez de eliminar a la parejita, estas tres mierdas decidieron cogerse a la chamaca a la fuerza. Luego, el más culero de ellos te pidió acusar al desgraciado del novio de cometer el asesinato del viejo y la violación de la mocosa. Tú, con todas las artimañas conocidas, mueves, quitas, cambias, pones o te inventas evidencias para que el juez refunda a cincuenta años de cárcel a este muchachito, que a la fecha, ya lleva casi veinte irrecuperables años de su vida encerrado. ¿Ah que no eres un cu cú? Un cuuu lero cuuu lero.

- Ya párale pinche Linares, bájale de huevos.

- ¿Qué ya le pare me dices? ¿Estás sintiendo pasos en la azotea pinche Cucú?

- Así no vamos a llegar a nada, tú lo sabes y yo también.

Pepe Linares sacó un teléfono móvil y lo puso frente a Marcelino Petrasio:

- Checa esto primero Cucú.

- ¿Qué quieres mostrarme?

- Una atenta invitación para poder sellar nuestro acuerdo hoy. Sólo tienes un momento para verlo.

Petrasio tuvo serias dudas, pero al cabo decidió verificar el contenido del teléfono que se trataba de un video detenido. Al reproducirlo, Marcelino Petrasio tembló de nervios. La grabación exhibía a la madre de Petrasio de la cabeza a la cintura, en postura cómoda sobre un sillón viejo. La doñita se dirigía a una persona sin mirar directamente a la cámara, por lo que era probable que ignorara que estaba siendo filmada. Con amable gesto y tono añejo por los pesares de la vida, la anciana dijo cosas de su único muchacho, al que tanto echaba de menos, su Marcelino, y que por azares de la vida o porque así lo había querido Dios, tenía muchos años sin ver. Pero lo que lamentaba más la madre de Petrasio, es que su hijo se hubiera vuelto muy malo con la gente. Solita, sin tener guión escrito o alguien que le hiciera preguntas, la octagenaria viuda cantó ciertas fechorías que algunos familiares y amistades le narraron acerca de su Marcelino, ya fuera por llamada telefónica o cuando iban a visitarla. Y saber acerca de la maldad de su hijo para con sus semejantes en voz de gente sincera y querida, era peor que cualquier otro dolor padecido por la vejez o la pobreza en que vivía.

Petrasio no aguantó más borrando lo grabación ante la mirada lastimera de Pepe Linares.

- ¿Cómo te atreviste a ir a chingar de esa manera a mi jefa? -reclamó Marcelino Petrasio- ¡Te has metido con mi madre, mi propia madre!

- Pinche Cucú doble cara, malparido. A partir de ahora te diré el cucucú, tres veces cu lero.

- Vete a la verga Linares.

- Si en eso tienes razón, ya estoy por irme de aquí, pero tú no. Tú vives en este lugar. Y sigues siendo rependejo si piensas que al eliminar ese vídeo no tengo otra copia y otra copia por ahí.

- Eso no lo dudo, pero ya queda uno menos. Ya verás si antes de que acabe este día, todas tus evidencias quedaran eliminadas donde estén guardadas.

- ¿Vas a pedirle al diablo que te ayude? –indagó sarcástico Linares- ¡Con la cantidad de favores que te ha hecho el cornudo maldito te las va a cobrar pero bien lindo en el averno!

- Qué diablo ni que mamadas –repuso iracundo Petrasio-, voy a pedirle el favor a un buen amigo, que en un santiamén resolverá este tema con el Centro de Investigaciones contra el Crimen Cibernético. Tu chingadera no pasa de hoy, Linares.

Pepe Linares hizo una mueca de fingido asombro y respondió:

- Ya veo, ya veo. He oído hablar de ese lugar algunas veces. Creo que lo dirige un tal Gabriel Rodríguez.

- Es un pelele al servicio de mis poderosos cuates –dijo arrogante Petrasio mientras se levantaba de su silla para retirarse-. Y con esto, déjame aclararte algo Pepe: ni aunque tengas nueva apariencia de cara o aun con la mejor cirugía plástica del mundo, podrás eludir a la tecnología. Mejor disponte a desaparecer de la faz de la tierra.

- Mira pendejo –contestó seco Linares– cualquier artefacto hecho por la gente es eludible. En cambio, nuestra muerte y el Juicio divino, jamás lo será. Eso tenlo por hecho. Y ahora siéntate, que esto no se acaba hasta que se acaba.

Petrasio siguió de pie. Pepe Linares desde la silla y con voz calmada le dijo:

- Es neta que quiero sellar un acuerdo contigo Lino. Ya, en buen plan. El video de tu madre no es nada en comparación a lo que me dijo antes de que la grabara. Me relató que debía hacerse una operación urgente de columna y nunca le enviaste dinero ni para los gastos de hospital, aunque afortunadamente el cirujano se compadeció de ella y no le cobró un peso de honorarios. Pero para lo otro, tuvo que vender sus joyas que había heredado de su abuela y madre, con tanto valor sentimental que la hizo llorar. Me dijo que cuando eras niño y tuvieron momentos terribles de hambre, ella sació la tuya sin probar bocado un día entero, en varias ocasiones. También se quejó de que le juraste ir a celebrar sus ochenta años a la Ciudad de México y nunca apareciste. Que al día siguiente por teléfono y con un tonito grosero te excusaste de que estabas en Guadalajara y que México te quedaba muy lejos como para ir y regresar en un día. ¡Ah pero qué tal si tu jefecita se enterara que a ese lugar vas dos o tres veces por mes para farolear y cogerte a cuanta puta fina te recomienda la lacra culera que frecuentas!

El juez Petrasio se tapó la cara con ambas manos, ocultando la vergüenza. Pepe Linares le acribilló aún más:

- Con lágrimas de pena y amargura me dijo que no podía creer que hubieras desalojado a una tal familia Cavazos, cuando trabajabas de actuario, una familia de la que todos eran amigos de tu mamá y por lo que ella te pidió como favor especial, que les dieras un plazo de tan sólo dos días para pagar algunas rentas atrasadas, pero como el dueño de la casa te dio mordida para sacar a la fuerza a los Cavazos y meter a un nuevo inquilino, tú sin chistar ejecutaste el desalojo delante de tu propia madre y de varios vecinos, que miraban con lástima a esa familia que terminó en desgracia pocos años después. Así que pinche cucucú arrogante de mierda no me vengas diciendo que no eres tan malo en comparación a mía. Ya el Mero Mero del Cielo –Linares apuntó arriba su índice derecho– nos ajustará las cuentas a todos. Y yo tengo muchísimo que pagar, créeme que lo sé y me angustió cada noche, antes de cerrar los ojos.

Ahora te pido por última vez, en trato de caballeros... cerremos este pacto y vayámonos en relativa paz.

Marcelino Petrasio se sentó. Un minuto pasó lentamente. Entonces, suspirando dijo:

- Antes de proseguir, quiero tu palabra de que todo vídeo de mi madre sea eliminado.

- Eso lo puedo hacer, ¿aunque no te gustaría verlo completo? Tu jefe pese a todas las chingaderas que ella sabe cometiste, siempre te va a querer con sus entrañas.

- No quisiera verlo, no por el momento Pepe.

- Bien. ¿Algo más?

- Toda evidencia de voz y video que tengas de mí en el pasado, también te pido la elimines.

- Eso también lo puedo hacer Lino, excepto lo que grabé recientemente para darle sustento a la declaración para exonerar a ese tal Jacinto.

- ¿Y si le doy la exoneración definitiva para que salga libre?

- Entonces no tendrás que preocuparte de nada, pero de nada que te involucre. Yo te doy mi palabra.

- La palabra de José Teófilo Linares – dijo serio Petrasio.

- La palabra de Pepe Linares, quien alguna vez fue tu amigo y hoy quiere ofrecerte la mano.

Petrasio asintió con la cabeza mostrando ojos de relativa incertidumbre. Luego prosiguió:

- Bueno. Una vez admitida tu declaración tanto escrita como en video, ya sabrás que se emitirá una orden de captura contra ti permanentemente. No hay vuelta de hoja y se difundirán en portales y páginas de todas las policías del país, incluso en los medios de comunicación, tu nombre completo y alías, tu media filiación y fotos o vídeos en los que apareciste hace unos días. Es decir, que a partir de que se emita la orden, considérate fugitivo de la justicia hasta que mueras.

- Soy fugitivo desde que me escapé de tu juzgado – aclaró Linares.

- Bueno, por mi parte tienes también mi palabra de que cumpliré pronto lo acordado. Espero que no te pase nada malo. En serio y de corazón te lo deseo Pepe.

Linares se puso de pie y acercándose a Petrasio le extendió su mano diestra para sellar el trato secreto. Aquél le correspondió el gesto con franqueza y vigor, al tiempo que le decía:

- Entonces Pepe, a partir de ahora ya no tengo que preocuparme de nada, pero de nada. ¿Palabra?

- Sólo de una cosa, muy muy canija – dijo Pepe Linares clavándole ojos de profunda reflexión.
- ¿De qué?
- De la salvación eterna del juez Marcelino Petrasio.

El títere que amaba el dinero.

Para todo mexicano consciente de la situación nacional en general, al menos tres asuntos le empapaban la cabeza a través de las noticias y opiniones de analistas día con día. El número uno era la terrible crisis económica de la que daban cuenta cinco millones de desempleados en todo el país; cifra que se iba agravando derivado de las pésimas estrategias de las autoridades para evitar la expansión de la reciente epidemia del virus NY05, estrategias que consistían en un cierre obligatorio de varios comercios pequeños y medianos, ahorcando el flujo de dinero de los empresarios locales en casi todos los estados de la República mexicana.

El segundo tema salpicaba a la polémica ley federal de pena de muerte, que seguía polarizando a la gente y de la que según algunos medios informativos, a través de encuestas de dudosa metodología, más del setenta por ciento de la población nacional veía positivo aplicarla, contra un veinte por ciento en contra y un reducido público al que le era indiferente el asunto. De acuerdo a esta ley, los criminales culpables de homicidio doloso y de secuestro podían ser castigados con la pena capital y a diario se debatía en redes sociales el método más propicio de ejecución legal. Los partidarios de la pena de muerte se dividían entre los que consideraban apropiadas la asfixia

345

mediante la horca, la inyección letal y el paredón de fusilamiento. Había algún que otro usuario de redes sociales con identidad falsa que clamaba la muerte de los delincuentes mediante decapitación con guillotina, también la agonizante silla eléctrica o hasta la incineración en una hoguera moderna. Otros de mentalidad extraña publicaban que debían aplicarse métodos más "naturales" y que no dejaran evidencia de los ejecutados, como arrojarlos al mar con ataduras en pies y manos o también en ciénagas y pantanos repletos de cocodrilos; otra manera de cumplir con la pena letal era abandonarles en medio de inmensos desiertos como la Laguna de la Muerte en el norte de Sonora, totalmente desnudos y sin agua ni comida o arrojarlos desde un helicóptero al cráter del Popocatépetl o sobre cualquier precipicio natural para que sus restos fuesen festín de animales carroñeros.

Pero lo cierto es que a partir de la publicación de la Ley de pena de muerte en el Diario Oficial de la Federación, ni se habían reducido los homicidios dolosos ni los secuestros en México. Además, algunos miembros de la policía y de los tribunales filtraron a la prensa -bajo reserva de anonimato para evitar represalias- que de los presuntos culpables en espera de juicio bajo esta nueva posibilidad de sentencia mortal, muchos de ellos eran chivos expiatorios sin posibilidad de pagar un buen abogado penalista, de tal forma que al ser condenados a muerte, le darían cauce jurídico e impacto social a la población para que el radical castigo sirviera como ejemplo a todo aquel que tuviera las intenciones de secuestrar o quitar una vida en México.

El tercer tema de gravedad nacional se centró en la inminente reforma para legalizar el aborto bajo cualquier circunstancia en el país. En este añejo enfrentamiento dos fuertes bloques estaban bien identificados: los pro vida y los pro aborto. El primer frente contaba con millones de simpatizantes y donadores a la causa, siendo Severiano Magón su principal representante y líder indiscutible. La más poderosa organización de los pro vida llevaba por nombre **DEFIENDEME** y se extendía en los 32 estados de la República mexicana, aunque la sede principal se ubicaba en la Ciudad de México. Más de setenta mil personas socorrían con recursos financieros propios, su tiempo libre y otras actividades en todo el país para esparcir su plataforma ideológica y propagandística en defensa de la vida desde la concepción en el vientre femenino. Y ya fuera difundiendo campañas, realizando foros y encuentros, publicando en medios locales y nacionales y subiendo cápsulas y cortometrajes en canales de Youtube u otros sitios web, su huella era muy importante. En ese aspecto, DEFIENDEME se había convertido en una fuerza ciudadana de mucho poder e influencia en la opinión pública, contribuyendo a mejorar las condiciones materiales y psicológicas de diversas mujeres embarazadas o madres solteras ya fuera por abuso sexual, violación, abandono irresponsable del padre de la criatura o por presión familiar y del entorno social en el que vivían. Como ejemplo exitoso de tantos atendidos, se podía citar el de Carmina Luna Atanacio. Por cerca de dos décadas, tanto el gobierno federal como este tipo de organizaciones trabajaron en conjunto por el sano desarrollo afectivo y profesional de cualquier fémina en desgracia ante un embarazo forzado o por descuido. Y aunque este panorama resultaba alentador para los partidarios pro vida, tampoco se podían evitar abortos clandestinos en todo el país, aunque la cifra se había reducido derivado de la ley federal de protección de la vida humana desde la concepción, cuyo defensor número uno seguía siendo Severiano Magón.

En cuanto a los activistas pro aborto, también se integraron a través de varias organizaciones o mejor conocidos como colectivos, siendo los de corte radical feminista los que mayor presión ejercían para pelear por sus demandas. De igual forma, hubo cierto grupo emergente conformado por académicos y estudiantes de ideas extremas, pertenecientes a universidades públicas de algunos estados del país y que se autonombraban los *antiplaga humana*. Este sector enunció ideas carentes de base científica las cuales advertían sobre los altísimos riesgos de devorar todos los recursos naturales de México si no se ponía un auténtico freno contra la natalidad humana mediante dos simples maneras: el aborto y la esterilización permanente de hombres y mujeres, sobre todo, aplicándola a la población marginada de la nación a la que llamaban con el calificativo de "ignorante". En ese aspecto, sus consignas eran claras y radicales: *"La peor plaga del planeta: la raza humana ignorante"; "Si los ignorantes se multiplican, todos moriremos de hambre"; "Esterilizar a los ignorantes para tener un mundo para todos"; "Ignorante: ¿Por qué traes a este mundo a un niño que no tiene techo, ni comida ni seguridad para vivir?"*

Extrañamente, a pesar de que estas afirmaciones rayaban en la aporofobia y un racismo clasista, si habían logrado conectar con miles de personas afines a la absurda idea de que la sobrepoblación humana era el principal problema que aceleraba el calentamiento global debido al efecto invernadero, así como la falta de alimentos básicos en algunas regiones del mundo. Uno de sus puntos débiles es que no podían sostener con evidencias reales el que la gente marginada fuera la culpable directa del calentamiento terrestre, pues en realidad los pobres no poseían automóviles ni industrias altamente contaminantes, es decir, los auténticos generadores de gases de efecto invernadero según diversas investigaciones. En ese sentido, el debate se había intensificado a través de la comunicación digital. Y para sorpresa de expertos en tráfico de internet, el movimiento antiplaga humana contaba con dos millones de seguidores en las redes sociales tanto de México como de otros países de Hispanoamérica, pero un alto porcentaje eran detractores enérgicos contra sus propuestas radicales, los cuales inundaban de incontables comentarios burlones y negativos así como pulgares abajo, todos los vídeos y publicaciones que emitía el movimiento antiplaga humana.

No obstante el rechazo social en su contra, tanto los colectivos feministas y los antiplaga humana recibían jugosas contribuciones financieras a través de magnates extranjeros como el holandés Ozzro Egrego, que mediante poderosas fundaciones daban respaldo a proyectos extraños que buscaban imponer supuestos derechos humanos democráticos, considerados innovadores y necesarios en aras del progreso global, aunque en realidad tenían el objetivo claro de desestabilizar la vida social y política de cualquier nación cuya base se sustentara en valores tradicionales como la unidad familiar, el trabajo digno y la educación integral fortalecida en la moral cristiana y las buenas costumbres. Por lo demás, mucha gente informada del tema sobre la prohibición o la legalización del aborto seguía con interés las declaraciones y actividades de la asociación pro vida DEFIENDEME; aunque también hacía buen ruido el bloque rival a través de la fundación *Mujer, ¡tú decides!*, cuya principal estructura perseguía con fiereza la obsesiva tarea de despenalizar cualquier tipo de aborto en México.

Sin embargo, y paradójicamente a lo que se esperaría fuera el perfil idóneo para dirigir esta organización adversaria al movimiento pro vida, el principal liderazgo de *Mujer, ¡tú decides!* recayó en Dinora Dubois Elizondo. Ella contaba cuarenta años de edad, nacida de padre francés y madre mexicana siendo criada acorde a un modelo de vida muy ecléctico, en el que lo moralmente prohibido para ellos era aceptable pero poniendo algunos límites. En otras palabras, los padres de Dinora veían con agrado el que una pareja viviera en unión libre antes de casarse, pero no que abortaran a ningún hijo en caso de haberlo procreado. También aprobaban que la mujer chambeara en lo que quisiera, incluso en actividades de alto riesgo como el ejército o la policía, pero si llegaba a tener hijos, debía abandonar definitivamente el trabajo para dedicarse por completo a la crianza de los vástagos. Por su parte, Dinora Dubois se había matrimoniado con un empresario exitoso del ramo restaurantero, siendo además su mano derecha en la administración financiera y reconocida mujer de negocios por el gremio de los alimentos cocinados. Pero cierto día, de manera sorpresiva, Dinora abandonó a su marido y a sus cinco hijos para fugarse a Cuba con su amante, de nombre Vladimiro Padroza Ibañez. Éste tenía el cargo de jefe de cirugía y ginecobstetricia del Hospital Nacional de La Habana; además el populacho le puso el mote de "*mata fetos*", pues desde médico pasante –veinte años atrás– se calculaba que había practicado más de cinco mil abortos a mujeres de distintas edades. Lo cierto es que Vladimiro Padroza tomaba registro meticuloso de cada legrado hecho, y al sumar una centena, descorchaba una botella de ron cubano para brindar con el personal clínico que estuviera presente. Muchos que le detestaban por dar esas celebraciones, revelaron que al contabilizar los primeros mil abortos, Padroza organizó una comilona en su casa con el propósito de cantar su nuevo récord de terminación de embarazos. Tal evento lo llegó a repetir tras acumular dos mil y tres mil abortos, hasta que el régimen de la isla le prohibió realizarlas debido al riesgo de que fuera evidenciado ante los medios de comunicación internacionales.

La podrida fama pública del doctor Vladimiro pareció inflarle su rechoncheta cara sin el menor remordimiento. Para él, le daba igual eliminar la vida humana en los vientres de chamacas estudiantes o prostitutas; amas de casa o empleadas del gobierno; atletas de alto rendimiento o artistas e intelectuales. Pero también se enorgullecía de exterminar las criaturas de mujeres extranjeras en cuyos países el aborto estaba prohibido tales como México, Brasil y Guatemala. Además, el doctor "mata fetos", previo pago de un jugoso soborno, elaboraba informes médicos falsos donde se decía que causas naturales habían provocado la muerte fetal o el aborto involuntario de la madre. Este papel auxiliaba en mucho a las mujeres viajeras para que no tuvieran problemas legales en sus países al retornar de Cuba. En cuanto a su formación ideológica, Vladimiro Padroza se autoproclamó orgullosamente camarada y servidor de la Revolución cubana, también ateo y sin ligaduras morales sobre el pecado de abortar, pues al no creer en Dios, "para qué tengo que preocuparme de un infierno que no existe", decía burlonamente el galeno "mata fetos" cada vez que se le entrevistaba sobre su oficio y apodo criminal.

Por estos antecedentes, para el interés público fue relevante conocer la relación sentimental entre Dinora Dubois Elizondo y Vladimiro Padroza.

Los rumores más fuertes coincidieron en que se habían conocido en La Habana, cuando ella iba turisteando con su marido e hijos aunque al parecer, Dinora ya se sabía embarazada de ocho semanas sin haberlo mencionado a nadie. Luego, secretamente, usó un correo electrónico con nombre falso, para concertar una cita express con el propio doctor Vladimiro quien le suministró un fármaco para inducir la muerte de la criatura. Un día después, mientras Dinora disfrutaba el anochecer en compañía de su familia, empezó a desangrarse y urgentemente fue atendida por el doctor "mata fetos", quien montando teatro terminó de limpiarle el vientre a la mujer e informando a su marido sobre el aborto involuntario de aquella. Al regresar a México, Dinora fingió una depresión profunda por algunas semanas para alejarse de su esposo e hijos y del resto de su familia, aunque en realidad siguió en contacto con Vladimiro Padroza para planear la huida a Cuba. Tomando precauciones, cuando sus hijos estaban en el colegio y su cónyuge trabajando, Dinora Dubois se desplazó a un par de bancos para mover una cuantiosa suma de dinero a su nombre, lo suficiente para vivir sin problemas por un año lejos de México. Esa operación monetaria, que provenía de los ingresos restauranteros de su marido, le fue autorizada sin problema ya que ella tenía un poder legal de él para hacer todo tipo de transacciones necesarias ante los bancos.

Una vez arribando a Cuba, Dinora Dubois le explicó a su familia la decisión de atenderse su trastorno depresivo con ayuda de los mejores psiquiatras de la isla caribeña, recibiendo un total apoyo y confianza de los suyos, manifestándole que ocupara el tiempo necesario para sanar mentalmente. Pero su mentira pronto salió a flote cuando el servicio de espionaje cubano informó a la embajada de México que Dinora y el doctor Padroza tenían una relación sentimental secreta, en donde el gineco obstetra se daba la buena vida en restaurantes y tiendas exclusivas patrocinado por su amante mexicana.

Respecto al cambio de mentalidad de Dinora Dubois, era innegable que se debió en mayor medida a Vladimiro Padroza, quien le inundó la cabeza con bastante propaganda acerca de la legalización del aborto y sus ventajas para reducir la natalidad humana a fin de controlar el crecimiento poblacional por parte de los gobiernos y así garantizar el acceso a todos los servicios, mejorando la calidad de vida de sus habitantes. Sin embargo, esta afirmación se derribaba fácilmente al observar con detenimiento que pese a la baja tasa de nacimientos en Cuba, el desarrollo social de la población seguía siendo deplorable. Los años pasaban y pasaban pero una familia cubana promedio, apenas y subsistía día a día con las migajas entregadas por las autoridades. Más pese a dicha realidad fuera de toda duda, los mensajes y discursos de Dinora Dubois al frente de la organización *Mujer, ¡tú decides!*, perseguían a cualquier costa la eliminación de la ley federal anti aborto o lo que era lo mismo, lograr la legalización de la práctica abortiva sin importar las circunstancias ni la condición de edad de las mujeres en México.

ΔΔΔ

Un punto de análisis relevante al comparar a los liderazgos de la activista Dinora Dubois y de Severiano Magón, fundador y portavoz de la fundación nacional DEFIENDEME, es que Dubois carecía de bastante experiencia para hablar en público así como de una imagen que conectara directo con los seguidores del movimiento pro aborto. En cuanto a Severiano, se le tenía muy bien evaluado, en especial por sus dotes de excelente oratoria además de reconocérsele como un político aguerrido que enarbolaba la bandera pro vida y otros asuntos sociales de corte anti izquierdista. Siempre que Dinora Dubois y Severiano Magón confrontaban sus ideas sobre el aborto, ya fuera en entrevistas en los principales medios de radio y televisión o en canales de youtubers muy populares, así como en debates y foros de discusión abiertos a grandes masas, Magón arrasaba con su rival en aplausos frente a los espectadores, y ni que decir en los miles y miles de likes o comentarios de gente que veía las transmisiones en vivo a través de las redes sociales. Esta situación colmaba la paciencia de poderosas organizaciones vinculadas al magnate Ozzro Egrego, las cuales invirtieron cientos de miles de pesos en el entrenamiento de la imagen pública y del discurso de Dinora Dubois, pero sin obtener resultados alentadores. El principal problema detectado por los expertos en marketing y comunicación, es que Dinora tenía una pésima autopercepción de sí misma, derivada en parte por el repudio de sus propios hijos y de familiares íntimos que le habían dado la espalda tras la decisión de irse a vivir con el cubano Vladimiro Padroza. Aunado a tal conflicto, Dinora Dubois padecía pánico escénico; no importando que estuviera frente a unas cuantas personas pro aborto que la animaban a hablar, Dinora no podía expresarse con tranquilidad. Los asesores de imagen registraron varias reacciones en cadena de incontrolable nerviosismo si ella iba a dirigir un mensaje ante grupos de cincuenta espectadores o menos. No pudiendo salir avante de este pequeño obstáculo, a Dinora Dubois rara vez se le permitía pararse frente a más de mil personas ya fuera en plazas públicas o en auditorios. Cuando esto llegó a ocurrir, Dinora usaba su principal mecanismo de defensa, que en realidad resultó ser un error garrafal, ya que sólo se ponía a leer el discurso en vez de pronunciarlo con ademanes y elocuencia, tal como si lo hacía su rival, Severiano Magón. Y así, con la voz entrecortada, sin ritmo ni pausas necesarias, Dinora ni siquiera ponía los ojos ante la gente que en consecuencia, la observaba con tedio y desesperación. Para colmo de su fracaso comunicativo, su propia imagen personal no dio en el clavo para identificarse con los grupos feministas más radicales. En el fondo, Dinora Dubois pensaba que se vestía como una auténtica activista pro aborto, como una radical defensora de los derechos reproductivos de las mujeres, pero en realidad casi todas las seguidoras del movimiento *Mujer, ¡tú decides!*, la vieron como una señora de clase alta, intentando ser una feminista feroz, aunque en vez de ganar simpatizantes a la lucha a favor del aborto, más bien los ahuyentaba.

    ¿Cómo entonces había sido posible que, con tantos errores de comunicación verbal y no verbal detectados en Dinora Dubois, se le diera el principal puesto de la fundación pro abortista más importante en México? La respuesta no podía venir más que del hecho de que Dubois fue respaldada por su amante, el cubano Vladimiro Padroza, quien gozaba de excelente trato con laboratorios holandeses de investigación farmacéutica, y cuyo principal accionista era Ozzro Egrego. Mientras vivía en Cuba, el "mata fetos" Padroza entregaba clandestinamente varias toneladas de restos humanos abortados a representantes de los laboratorios de Egrego, con su respectiva recompensa monetaria depositada en un banco suizo al menos durante diez años. El material orgánico de las criaturas muertas se destinaba para la fabricación de productos de belleza y el desarrollo de algunos medicamentos de costo altísimo. Al principio el negocio le resultó muy rentable al doctor Padroza, pero su ambición desmedida hizo que dejara de pagar los sobornos necesarios a sus cómplices quienes en venganza lo denunciaron ante las autoridades cubanas. Sin embargo, Padroza ya se había movido días antes pidiendo asilo diplomático en la embajada de Países Bajos, cuyo gobierno mantenía importantes lazos con el magnate Ozzro Egrego, por lo que en cuestión de días la situación de refugiado se resolvió en favor de Padroza, logrando salir ileso y con su cuenta bancaria suiza intacta. Poco después, el "mata fetos" pidió viajar a México para que se le permitiera vivir en la sede diplomática holandesa, tal como le había dicho el principal abogado de Egrego. Por parte del gobierno de Cuba fue muy difícil hallar la evidencia que demostrara el enriquecimiento monetario de Vladimiro Padroza, pues sólo teniendo tras las rejas a este médico corrupto, la policía lo habría sometido a infalibles métodos de tortura física y mental para que les diera las respuestas clave por las que le habían denunciado. Así que no pudiendo avanzar más en el caso, el Estado cubano retiró la solicitud de detención de la Interpol en México y sólo se limitó a prohibirle la entrada al país de por vida a Vladimiro Padroza, que en nada le afectó ni le importó.

ΔΔΔ

Al cabo de un mes de gozar de su nueva vida en la Ciudad de México, Vladimiro Padroza se reunió con los principales operadores financieros de Ozzro Egrego para definir estrategias de apoyo a todos los colectivos pro aborto del país y de paso elegir una figura líder a fin de que representara a todo el movimiento. Por medio de un casting improvisado, se citó a algunas figuras destacadas del feminismo combativo para que expresaran su punto de vista acerca de la ley federal en defensa de la vida desde el embarazo –la por años famosa "ley Severiano"- en el lenguaje que quisieran. Pero al no disponer del análisis de expertos en temas de comunicación e imagen pública, se descartó a todas las mujeres oradoras, pues los representantes de Egrego y el mismo Vladimiro Padroza temían que la forma violenta o ruda de expresarse de aquellas líderes pro aborto provocaran el rechazo de mucha gente. Fue entonces que el doctor Padroza recomendó a los presentes que le dieran una chance de hablar a su amante Dinora Dubois, a quien se le concedió manifestar sus ideas sobre el polémico asunto de interés nacional. Y en unos cuantos minutos, ella pudo convencer a los enviados de Egrego, pues hasta ese momento desconocían el miedo de Dinora a hablar públicamente ante a un auditorio más amplio.

Más fue su habilidad para administrar el dinero el punto clave que terminó por cargar la balanza a favor de Dinora Dubois. Esto lo aprendió al haber sido la mano derecha por muchos años de su ahora ex marido, principalmente en la contabilidad y manejo de efectivo en los diversos restaurantes que él poseía. En tal aspecto, Dinora tenía una notable capacidad con las matemáticas financieras y una memoria sorprendente. Aparte, Vladimiro Padroza sabía de cajón que una poderosa fundación como *Mujer, ¡tú decides!*, necesitaba a fuerza operar con enormes sumas de dinero entregadas por los operadores del magnate Ozzro Egrego. Y al estar su amante Dinora al frente de dicha organización, Padroza dedujo que su suerte de multimillonario iba empezando.

En la realidad nacional, la fuerte lucha entre los bandos pro vida y pro aborto aparentaba ser muy pareja, pues a diario se emitían contenidos sobre el delicado asunto principalmente en las redes sociales, que seguían siendo la tierra de nadie. En el fondo, no obstante, el gobierno federal dispuso de estudios de opinión con rigurosa metodología y los resultados no variaban: entre el setenta y cinco y el ochenta por ciento de la población mexicana no respaldaba la legalización del aborto ni siquiera en situaciones de violación sexual. Además, la gente daba el visto bueno a que se mantuvieran sanciones fuertes contra los violadores debidamente acusados y mejor aún, que tanto autoridades públicas como las fundaciones privadas velaran por el bienestar de las mujeres encintas y sus criaturas al nacer y hasta culminar su educación profesional en caso de seguir estudiando al cumplir la mayoría de edad. Siendo este el panorama social ante el debate sobre la prohibición o la legalización del aborto, las otras encuestas también coincidieron en que un liderazgo tenaz, congruente y carismático que defendiera la vida humana desde la concepción así como los valores que mantuvieran a las familias fortalecidas y en unidad, cosecharía una popularidad tan inmensa para contender por el cargo de la presidencia de México y ganar la reñida elección. Y en ese sentido, Severiano Magón encarnaba la figura del auténtico caudillo decidido a gobernar una nación cada día más encrespada socialmente.

Como bien sabe el lector, a Severiano Magón se le detuvo durante una tremenda gresca entre marchistas anti pena de muerte y un grupo de choque a favor de la pena capital, a las afueras del Congreso de la Unión. Este hecho puso en serias dificultades legales las aspiraciones políticas de Severiano para obtener la candidatura a la Presidencia de México, por lo que sus principales operadores comenzaron a lanzar consignas en las redes sociales afirmando que el encarcelamiento de Magón lo convertía en un preso político para que no compitiera en las elecciones presidenciales próximas a efectuarse.

Transcurrían doce horas desde que el hashtag *Liberen a Severiano* se colocaba en primer lugar en todo el país – alborotando las redes más populares - cuando un juez le concedió a Severiano Magón la libertad plena e inocencia de todo cargo, ya que su hábil abogado demostró con evidencia contundente la no culpabilidad de su cliente de los delitos de incitación a la violencia y perturbación al orden público ocurridos en el Congreso federal. De alguna forma, esta decisión judicial se esperaba pronto, por más presiones y cabildeos que hicieron los enemigos de Magón para convencer al juez y otros altos funcionarios del tribunal de que pudieran enjuiciarle sin tenerlo en la cárcel pero aplicando el bloqueo de la ley electoral que le impediría a Magón aparecer en la boleta presidencial.

Las pruebas que le dieron la exoneración completa a Severiano Magón fueron numerosos videos tomados con celulares de los testigos asistentes a la marcha, así como diputados, senadores y policías antimotines, en los que con claridad se veía a Severiano con enérgica voz, llamar a la calma a sus simpatizantes como a los adversarios, sin incitar odio ni amenazas, pero además, Magón recibía varios empujones y patadas de los incitadores a la violencia. Paradójicamente, casi veinte años antes, este mismo personaje había sido repudiado por millones de personas al haber obtenido la aprobación legal para defender la vida humana desde la concepción, apoyándose de una intensa y numerosa turba de gente que logró invadir las instalaciones del Congreso de la Unión, amedrentando el ánimo y la voluntad de casi todos los diputados opositores a la también nombrada "Ley Severiano".

Y no obstante el costo político que Magón y su partido pagaron los siguientes años al perder las elecciones en algunos estados del país y también una fracción en el Congreso federal, lo innegable es que poco a poco, se dieron los primeros frutos de los programas de apoyo integral para mujeres embarazadas por abuso y violación sexual o abandono de pareja, lo cual cambió positivamente la opinión de la gente acerca de la "Ley Severiano".

Así el panorama actual, y viendo frustrado el plan de detener a Severiano Magón por la vía de los tribunales, la cúspide del movimiento pro aborto consideró urgente aplicarle un duro golpe a Magón y al resto del activismo pro vida en el corazón único que mantenía latiendo todo proyecto o plan que brindara protección de los concebidos en el vientre materno junto a sus progenitoras. En otras palabras, se buscó eliminar definitivamente la "Ley Severiano" en todo México.

En una reunión secreta entre Dinora Dubois y Vladimiro Padroza con los operadores financieros del poderoso magnate Ozzro Egrego, se acordó la estrategia que diera el triunfo seguro para legalizar el aborto tumbando la mentada ley que lo prohibía. Todos los presentes estuvieron de acuerdo en que un error fatal sería recurrir a manifestaciones de gente pro aborto con el objetivo de tomar las calles, plazas y edificios públicos para presionar a las autoridades y al resto de la población, como si acostumbraban a hacerlo los simpatizantes pro vida. Repetir esta fórmula sólo llevaría al desgaste social con la consecuente pérdida de apoyo de la gente indecisa ante el tema de prohibir o permitir del aborto. Y siendo el panorama muy adverso para los colectivos feministas en este asunto de interés nacional, la solución idónea debía ser operar en lo oscurito y negociando con mucho recato, los votos necesarios de diputados federales que le dieran fin a la "Ley Severiano".

Para esta labor, los asesores políticos de la fundación *Mujer, ¡tú decides!*, le informaron a Dinora Dubois y a sus acompañantes que tenían en la mira a una treintena de legisladores cuya postura era neutral al respecto de legalizar o seguir prohibiendo el aborto en todo México. Y haciendo cálculos, bastaban esos votos para inclinar la balanza a favor de la propuesta de dejar sin efectos legales la "Ley Severiano".

Uno de los puntos clave de dicha estrategia a aplicar consideró el sobornar con fuertes sumas de dinero a algunos lidercillos que pudieran votar contra esta ley anti aborto. El plan no presentaba mayores complicaciones: un jefe de bancada obtendría cien mil dólares de tajo por dar el soplo y que los congresistas indecisos de su partido político sufragaran para lograr el objetivo esperado. Una vez hecho el cambio a la ley, esos parásitos levanta dedos recibirían una mordida de diez mil dólares por su sencilla cooperación, en sobre cerrado y con la más absoluta discreción. Para llevar a cabo exitosamente esta maniobra compra votos, los cabilderos al servicio de Dinora Dubois calcularon una cifra de quinientos mil dólares, de los cuales, trescientos mil estaban apartados para los líderes de bancada y el restante para untar las corruptas manos de los legisladores federales.

Este medio millón de dólares que pudiera parecer uno de los sobornos más costosos en la siniestra historia del Congreso de la Unión, fue más bien una inversión forzosa por parte de Ozzro Egrego y sus accionistas farmacéuticos de Holanda. Pues como ya se había contado previamente, Egrego le infló los bolsillos de dinero al médico Vladimiro Padroza para obtener los restos de fetos abortados en La Habana, Cuba. Pero la población de la isla caribeña representaba apenas el siete por ciento en comparación a todo México. Esto, en cálculo de cifras frías en la mente del magnate holandés, daba una cantidad de abortos por día tan sólo en la Ciudad de México al equivalente de los practicados en toda Cuba durante un mes. Pero no era lo único relevante en tal escenario. Pues de eliminarse definitivamente la "Ley Severiano", el poderoso multicorporativo de Ozzro Egrego podría establecerse sin problemas con el objetivo de fundar una inmensa red de clínicas abortivas privadas con costos baratos para las mujeres encintas en todo México y a cambio de firmar una simple renuncia a quedarse con los restos fetales abortados. Y aunque también iba de por medio la intromisión de las autoridades de salud en el asunto del resguardo y eliminación de la vida fetal destruida, la lógica política demostraba que una vez derruido el obstáculo más grande, el resto –las "normas secundarias" según el argot legislativo– eran pan comido. Así puesta la mesa para Ozzro Egrego, hombre sin fronteras y sin escrúpulos, el mayor obstáculo bajo el nombre de "Ley Severiano o de prohibición del aborto" tenía que derribarse para que lo demás llegara por añadidura y sin que la gente opositora pro vida pudiera hacer algo.

Maquiavélicamente hablando, el magnate Egrego tenía muchas cosas previstas. Por ejemplo, en el caso de que los legisladores a sobornar fueran duramente criticados o estuvieran bajo amenaza por los activistas pro vida y por el gobierno mexicano, a ellos se les ofrecería asilo solidario inmediato por parte de Países Bajos, bajo la figura de perseguidos políticos. Esto le garantizaba tanto a Egrego como a los refugiados corrompidos la seguridad plena de vivir muy lejos del país sin tener que dar cuentas a la justicia mexicana, tal cual había sucedido con el médico "mata fetos" Vladimiro Padroza. Por lo demás, Ozzro Egrego anhelaba el día en poder estrechar manos con otros gobernantes de México, ambiciosos de seguir escalando en la vida política nacional, a través de las jugosas aportaciones del calculador inversionista holandés a fin de amarrarlos como leales perros de reserva para pelear las batallas legales que fueran necesarias contra los adversarios pro vida.

También el primer círculo de Egrego confió a plenitud en el talento financiero de Dinora Dubois que bajo el control sentimental del cubano Vladimiro Padroza, les mostró el panorama exitoso por etapas bien definidas. En la primera, Dinora Dubois procedería a convencer monetariamente a algunos diputados federales de México, de eliminar la obsoleta "Ley Severiano". Llegada la segunda etapa, a partir de la legalización del aborto en todo el territorio mexicano, el consorcio de Egrego comenzaría a abrir nuevas clínicas vinculadas a la salud sexual y reproductiva de la gente, pero incluyendo el servicio del aborto libre y voluntario. Previamente, el cabildeo legislativo modificaría las normas de sanidad para que empresas privadas se encargaran del almacenaje y uso de los desechos fetales abortados, acorde a sus propios intereses, con o sin autorización de las mujeres solicitantes de una terminación del embarazo.

Para la tercera fase, los laboratorios EIPR (*Egrego International Pharrmaceutical Research*), provenientes de Holanda, abrirían inmensas instalaciones en las principales ciudades de toda la República mexicana, con el objetivo de contribuir a la investigación farmacológica que permitiera desarrollar medicamentos prioritarios para combatir las enfermedades más graves de la población mexicana y a la vez, ofertar vacantes de empleo.

Estudiando los aspectos generales de este plan sumamente ambicioso de Ozzro Egrego y su gente, nadie hubiera objetado error alguno que evitara llevar a cabo la fórmula del negocio perfecto y más en México, donde la corrupción y la impunidad se paseaban cotidianamente en diversos lugares del territorio nacional. Pero hubo algo que ni el viejo e inescrupuloso zorro Egrego pudo anticipar: el irremediable y obsesivo amor por el dinero del médico cubano Vladimiro Padroza, su presuntuoso títere y protegido.

Ruleta rusa.

"Ni el azar es inescrutable. Él también tiene su orden."
Novalis. *Fragmentos.*

Primer jalón de gatillo.-

Albergada a un costado de la enorme y exclusiva mega plaza Angelópolis, la radiante Estrella de Puebla estaba por cerrar un día más de actividades marcando el reloj las nueve cuarenta y cinco de la noche. El personal a cargo del turno final ocultaba con el cubre bocas, los repentinos bostezos de cansancio tras hacer la tediosa revisión de los tickets que la gente exhibía para acceder a la gigantesca noria de la fortuna, la cual no dejaba de ser uno de los principales atractivos turísticos nocturnos de la capital de Puebla. Pero como rara vez sucedía, la afluencia de personas se redujo bastante a partir de la llegada del ocaso. Tal vez debido a que en el cielo poblano una laguna nubosa se acercaba amenazante buscando inundar el horizonte urbano con tormentosa lluvia, o porque el equipo de fútbol de los camoteros de Puebla disputaba el pase a la final de liguilla contra las águilas del América o incluso por el temor social al riesgo de contagio del virus pandémico NY05; el hecho es que sólo cincuenta de los cuatrocientos usuarios que podía albergar la Estrella de Puebla, se prepararon para a dar la vuelta final por las alturas. Entre la última fila de gente, se encontraba un sujeto cincuentón de un metro setenta de alto, de robusta complexión y rostro, tez apiñonada, con barba crecida aunque oculta por un tapabocas negro. Lucía también amplia calvicie en la coronilla. Iba vestido de sudadera negra, pants grises y tenis blancos. Una vez perforado el pase de acceso, el hombre esperó atento a que le indicaran abordar una de las cabinas de la Estrella de Puebla. Repentinamente sintió que le tocaron el codo izquierdo y al voltear tenía tras de él a un fulano de su vuelo pero bien mamado, con gorra y cubre bocas blancos, ataviado el resto de la figura con sudadera y jeans azul marino y tenis de tela roja. De su cara de piel lechosa sólo se distinguían un par de ojos pardos muy intimidantes.

Ante la reacción del regordete, el otro le susurró:

- ¿Doctor Vladimiro?

- A la orden. A la orden.

- Sígame.

Bien obediente, Vladimiro caminó tras de aquel sujeto y previa autorización del encargado de abordaje, subieron a una caseta que estaba ocupada por otro par de individuos, cubiertos con cachuchas y bufandas. Ya a solas, mientras la cabina iniciaba su viaje por las alturas, uno de los hombres se levantó de su asiento y fue a apostarse al lado del doctor Vladimiro. Éste, aún con el cubre bocas, pudo detectar de inmediato la exquisita esencia de una de sus lociones predilectas: Aqua de Gio de Armani.

Yendo al grano, el tipo perfumado le habló en tono serio:

- Doctor Vladimiro Padroza, me dijeron que quería hablar conmigo. Le escucho.

- Que gusto conocerlo, me indicaron que lo llamara señor Bruno.

- Bruno, así está bien. Le escucho.

- Sé que es hombre de muchas ocupaciones y por eso le vengo a proponer un negocio muy cabrón del que le aseguro no se arrepentirá.

- Hable.

- Se trata de abonarnos quinientos mil dólares, de un solo golpe y sin que nadie salga herido ni muerto.

El tal Bruno le puso ojos de extrañeza al doctor Padroza. Luego, dio un vistazo al horizonte moviendo la cabeza a ambos lados y dijo dudoso:

- Primero que nada, ¿ya ha realizado trabajos de este tipo?

- Nunca de esta magnitud – aclaró Vladimiro.

- ¿Y por qué quiere mi ayuda? ¿Qué le asegura que es un bisne seguro y sin testigos que den problemas?

- Pensé que su mensajero le había explicado los detalles, me refiero al amigo chimuelo.

- Precisamente porque le faltan dientes, a veces no entiendo lo que dice. Dígamelo usted y apresúrele, porque bajándonos de esta madre me largo.

Vladimiro Padroza apretó tuercas a su cerebro y lo que tenía que explicar en cinco minutos, lo condensó en treinta segundos, soltando el acento cubano:

- Mire Bruno, alguien muy cercano a mí va a recibir una transferencia de fondos por la cantidad que le digo. La feria, como ustedes le llaman aquí, le caerá en tres días. Yo sé que esta persona tiene acceso directo a todo el dinero, a través de cuentas bancarias electrónicas. El problema son las claves de seguridad, porque las tiene grabadas en la cabeza y las cambia una vez por semana. Yo le propongo hermano que usted y su gente detengan a esta persona, pero muy bien, profesionales como son ustedes, ¡chingones pues! Y en cuestión de una hora, les aseguro que el dinero será para nosotros. Luego puede soltarla en donde elijan y no habrá manera de que nos incriminen.

La perpleja mirada de Bruno se intensificó al escuchar la propuesta de Padroza, respondiéndole al instante:

- Verá doctor Padroza, no sé qué tanto le haya dicho el chimuelo acerca de lo que yo hago, pero lo que usted quiere, no tiene mucha relación con mi negocio.

- ¡Hombre! El hermano chimuelo no me dijo nada de su negocio, sólo me aseguró que hablaría con usted porque lo poquito que le expliqué, le agradó mucho.

- ¿Y le dijo por qué le agradó tanto?

- Me respondió que una buena feria tan rápida de conseguir no se ve todos los días.

- Esa es su manera de verlo, de explicarlo. Pero para mí como para mi gente, entre menos riesgos haya para sacar hartos billetotes, es sinónimo de un negocio perrón. ¿Comprende doctor?

- Clarito Bruno, clarito.

- Entonces entenderá que su negocio trae riesgos fuertes y el dinero es muy poco para repartirlo entre todos.

- No le entiendo Bruno, disculpe hermano.

- Escúcheme muy atento doctor –le expuso seco Bruno-. Primero, nunca hago un bisne en el que se obtiene dinero electrónico. Eso es rastreable por las autoridades inmediatamente. En mi empresa somos tercos y a la buena, de que sólo el dinero sonante y real es el que sirve. A la mierda con los bancos. Segundo, lo menos que busco obtener en una operación, es el equivalente a un millón de dólares. Su propuesta apenas llega a la mitad de lo que pido. Tercera y muy importante, nunca es bueno involucrarse en algo como lo que usted quiere si va a chingarse a personas cercanas a su vida. Porque en mi negocio, algo que he aprendido, es no tener apegos de ningún tipo, pues en un abrir y cerrar de ojos, hay que tomar decisiones muy pasadas de verga. ¿Me capta ahora doctor Padroza?

- Si, le capto hermano, le capto Bruno – sonó irónico el médico cubano.

- Yo creo que no me capta doctor Vladimiro – dijo Bruno - No lo veo convencido. Pero se lo explicaré con manzanas. Vea, si usted hace este jale, lo más seguro es que no vuelva a ver jamás a Dinora, su mujer. ¿Si es su mujer o no?

Vladimiro Padroza tembló de miedo. Con ojos saltones le respondió afirmativamente a Bruno. Éste continuó:

- Se lo digo en serio. Planifique mejor un buen fraude para clavarse ese varo y si su mujer se apendeja, pues que mejor termine pagando unos años en prisión y odiándolo toda su vida, a que usted cargue en la consciencia el haberla mandado con sus ancestros. ¿O no?

- No entiendo cómo sabe de ella, al chimuelo nunca le conté de mi Dinora – dijo confuso Padroza.

- No fue por el chimuelo que supe de ella y de la buena lana que recibe. Esa averiguación la obtiene mi gente y le aseguro que nos tomamos muy en serio nuestro trabajo.

- ¿Puedo saber en qué consiste su negocio tan rentable?

- Haga caso del viejo refrán: "El pez, por su boca muere" –repuso Bruno.- Mejor que no sepa más de nosotros y no me vuelva a buscar al chimuelo, doctor Padroza.

- Está bueno. Gracias por su tiempo Bruno y perdone el haberlo importunado.

Bruno se levantó del asiento para contemplar de pie las brillantes luminarias de la capital poblana, pareciendo disfrutar del espectáculo aéreo estando en la parte más alta. Poco después, la cabina de la Estrella de Puebla en la que viajaban Vladimiro Padroza con aquellos hombres, descendió lentamente. Momentos antes de que culminara la travesía y en un intento desesperado por sacarle jugo a la experiencia de aquel misterioso criminal, Vladimiro Padroza se acercó a Bruno y le propuso:

- Hermano, si usted conoce a alguien de su total confianza que quiera entrarle a este trabajito, sólo por su valiosa recomendación, le pagaré cien mil pesos. Creo que con dos personas que hagamos esto, es más que suficiente.

Bruno suspiró mirando con recelo al médico cubano:

- ¿Usted cree que con dos arman este negocio?

- Como pan comido hermano.

La cabina completó su vuelta. El encargado de descenso del pasaje se acercó para abrir la puerta, aguardando unos segundos. Dándole la espalda a Vladimiro Padroza, el tal Bruno le insinuó:

- Si esto es lo que tanto quiere, adelante. Sé de alguien que puede ayudarle.

- ¡Gracias hermano! – clamó Padroza - ¿Usted dígame cómo lo busco?

- No doctor. Esta gente lo contactará. Estese listo y mucha, mucha suerte.

Dicho esto Bruno y sus hombres se retiraron a paso veloz en tanto que Vladimiro Padroza echó un vistazo admirando la enorme noria brillante de Puebla. Luego se dijo para sus adentros: ¡No hay duda de que por algo le llaman a esta cosa la rueda de la fortuna!

Segundo jalón de gatillo.-

David Alfonso Rodríguez Toscano corría a toda prisa por las rampas que inter-conectaban los enormes edificios A y B de la Facultad de Medicina de la U.N.A.M., pues iba retrasado para ver a un profesor en el Departamento de Anatomía, ubicado en el inmueble B, ya que David Alfonso tenía especial interés en colaborar en un pro-yecto de investigación que involucraba la experiencia de los técnicos en urgencias médicas, la cual él obtuvo al formar parte de una brigada de socorristas un año antes, cuando cursó la recta final de la preparatoria.

Pese a su extenuante carrera, casi desgarrando los bofes, David Alfonso ya no encontró al docente en su cubículo, pero para su sorpresa, tampoco éste había acudido a la cita, según le informó una de las asistentes administrativas. Y lejos de molestarse por haber perdido dos horas de la mañana en ir a su facultad y no lograr el objetivo, David Alfonso se retiró a paso lento, limpiándose el incesante sudor que le escurría por cabeza, axilas, pecho y espalda. Además la U.N.A.M., acorde con las autoridades sanitarias de la Ciudad de México, puso algunas restricciones debido a la pandemia por influenza del virus NY05, siendo una de éstas la suspensión de clases en las aulas. Sin embargo, se permitía la entrada a un reducido número de alumnos y docentes para poder realizar actividades prácticas que eran imposibles de sustituir mediante las plataformas de internet.

Mientras David Alfonso recorría los silenciosos y abandonados pasillos del De-partamento de Anatomía, meditaba en su cabeza sobre el escenario que presenciaba en solitario. El bullicio de miles de estudiantes, inundando los espacios de la facultad de Medicina más grande de todo México, ahora sólo aparecía como un recuerdo agra-dable y de fuerte añoranza, amenazado a perderse en el océano de la incertidumbre debido a la contingencia sanitaria que en ese momento alertaba a la gente de la capital del país acerca de que el semáforo de riesgo epidemiológico posiblemente cambiaría en unos días del color naranja al temible rojo.

Quitándose el cubre bocas unos minutos, David Alfonso caminó hacia el esta-cionamiento de su facultad y mirando a lo lejos el vacío de gente –tan sólo de los numerosos autos que a esa hora debían atiborrar el aparcadero-, abrió la puerta de su Renault Clío Sport gris plata, auto que sus padres le obsequiaron como promesa si decidía continuar los estudios universitarios. Encendiendo el pequeño deportivo, el estudiante de primer año de medicina se retiró de la Ciudad Universitaria, con ánimo de despabilarse dando un paseo antes de retornar a su hogar.

Conducía David Alfonso por avenida Copilco cuando instintivamente miró hacia el carril izquierdo y pudo identificar la matrícula de una camioneta Mitsubishi Montero color perla, que correspondía al vehículo oficial al servicio del director del Centro Federal de Investigaciones contra el Crimen Cibernético, el ingeniero de software con maestría en Redes Informáticas, Gabriel David Rodríguez Balbuena, su padre. Esta rara coincidencia, tomando en cuenta los millares de autos circulando a diario por las atascadas y numerosas arterias viales de la Ciudad de México, no hizo sino despertar la curiosidad de David Alfonso, quien, como muchos jovenzuelos a esa edad, pensó en gastarle una pequeña broma a su papá, siguiéndole con cuidado hasta donde fuera su destino.

El trayecto no duró mucho. En una zona comercial cerca de la avenida Taxqueña, la troca hizo alto, estacionándose frente a un taller mecánico. David Alfonso se quedó varios metros atrás, aguantando el momento preciso para darle un sustito a su padre, como de vez en cuando le fascinaba hacerle estos juegos pesados en casa. Lo que desconocía totalmente el muchacho aprendiz de galeno, es que a pocas cuadras de ahí, se iba a realizar un operativo policiaco coordinado por la unidad anti secuestros de la Fiscalía General de la República, siendo Gabriel Rodríguez uno de los funcionarios clave de la operación.

Cinco minutos transcurrieron y David Alfonso no vio movimiento alguno fuera de la camioneta Montero. Poco después observó que un sujeto bien cubierto del rostro se puso frente a la ventanilla del copiloto, hablando un momento con los tripulantes. Luego descendió uno de los escoltas de Gabriel Rodríguez para seguir al hombre de la cara oculta, caminando por el fondo de la calle, hasta perderse de la vista de David Alfonso. Aquél tomó una cachucha vieja, el cubre bocas y unas gafas oscuras para esconder su identidad, y una vez hecho, salió de su Clío Sport en dirección a la troca Montero. A través del medallón ligeramente polarizado, el chamaco identificó la silueta de su padre, que estaba en el lado trasero izquierdo del vehículo al parecer hablando por teléfono. Conteniendo la risa que le iba a explotar cuando Gabriel Rodríguez pegara el susto al verlo, David Alfonso redujo el paso hasta quedar frente a la ventanilla al lado de su papá. Después se agachó para simular que se abrochaba una agujeta del zapato, pero al incorporarse, pegó ambas manos fuertemente contra el cristal.

Lo que ocurrió de inmediato fue una mezcla de suerte, excelente entrenamiento de seguridad y adrenalina. David Alfonso vio la mano del chofer escolta de su padre, cargada con una Walter PPK nueve milímetros, apuntándole a la cabeza. La audaz maniobra la hizo el guardia bajando la ventana de su lado, nunca la puerta. Y al tiempo que tenía mortalmente en la mira al bromista mozalbete, le gritó:

- ¡Tírate al suelo! ¡Tírate al suelo!

David no pudo reaccionar, ni para quitarse las gafas. Se paralizó de espanto. En vano fueron sus palabras, tartamudeantes:
- So soy soy Da...Da...
- ¡Tírate pendejo! – ordenó el escolta.

El escuintle obedeció. Al instante se bajó el chofer para catearlo con rudeza, mientras Gabriel Rodríguez miraba desde la ventanilla blindada. Al descubrirle la cara y reconocerlo, llegó un aire de tranquilidad pura tanto para Gabriel como su guardián. Pero tal estupidez, no se la iba a tolerar su padre a David Alfonso. Primero le dio la orden al escolta de que metiera a su hijo a la camioneta. Acto seguido, Gabriel le escupió tremendo regaño:
- ¡Pero qué pendejada acabas de hacer! ¿Cómo se te ocurre hacer una chingadera así? ¿Acaso tienes mierda en la cabeza David?

El muchacho seguía blanco de miedo y no pudo responder. Gabriel Rodríguez encolerizó más ante el silencio:
- ¡Contéstame pendejo! ¿Qué pretendes con esta mamada? ¿Sabes que Víctor te pudo haber disparado sin ningún pedo? ¿Lo sabías? ¡Ahí estaría ahorita toda la mierda de tus sesos regados por la banqueta! ¡Imbécil!

El guardaespaldas alternaba la vista entre los espejos laterales y el monitor que reproducía las imágenes de las videocámaras ocultas en otras partes de la camioneta. Pero se notaba tranquilo. Por fin David Alfonso, ruborizado como tomate, habló:
- Papá, perdóname. No creí que fuera a pasar esto. Sólo quería asustarte como a veces lo hago.
- ¿Por qué me seguiste? ¿Desde dónde? –indagó más calmado Gabriel.
- Desde Copilco, fui a la universidad y al salir ustedes pasaron a mi lado. Pensé que me habías visto.
- No fue así. Si no otra cosa hubiera sido. ¿Si te das cuenta de que esta pendejadota te pudo haber costado la vida David?
- Papá, la neta...no pensé que iba a ser así mi broma.
- Escucha bien esto David, escucha bien–. Gabriel tomó aire y expuso-: este hombre que ves delante nuestro, está muy bien entrenado para responder ante agresiones o amenazas de cualquier tipo. Él no distingue si un pendejo – y señaló a su hijo – viene en plan de broma o a cometer un ataque. Déjame decirte que Víctor ya te tenía bien vigilado varios metros antes de que llegaras. Y por cierto, si hubieras hecho otra maniobra diferente a poner tus imbéciles manitas en mi ventana, una fatal desgracia estaríamos él y yo viendo.
- Quieres decir que si hubiera llegado con una pistola de juguete, ¿me habría disparado? – dudó David Alfonso.
- Respóndele Víctor, por favor –ordenó Gabriel Rodríguez.

El guardaespaldas puso flemáticos ojos en David Alfonso, diciéndole:

- Basta con que hubieras ocultado tus manos atrás del pantalón o en las bolsas de la sudadera que traes puesta, y te pegó dos o tres plomazos.

- ¿Neta? –repuso el escuintle.

- Es lo que marca el procedimiento y nos lo recalcan siempre –señaló Víctor.

Gabriel Rodríguez seguía poniéndole encabronada mueca a su hijo, pero con voz menos dura, le dijo:

- Espero que la lección te haya quedado muy bien aprendida David. Agradece a Dios que estás con vida y que te ayude a madurar en adelante. Busca los momentos propicios para hacer estas bromas, pero recuerda que habrá quien no te tolere tan fácil este tipo de idioteces.

David Alfonso asintió con la jeta apenada, mirando hacia las manos de su padre que portaba un smartphone de alta gama, el cual nunca había visto anunciado ni en las mejores tiendas de tecnología. Tratando de conciliarse con su padre, el estudiante de medicina le preguntó:

- ¿Estás aquí por trabajo?

- Si hijo. ¿Tu auto dónde está?

- A una media cuadra, más atrás.

- Okey. Yo te diré si te sales en un momento para irte directo a casa o te quedas aquí.

Por tal respuesta de Gabriel, David Alfonso supo que algo marchaba mal y quiso indagar:

- Papá, ¿hay peligro aquí dónde estamos?

- Es posible. Ahora no hables.

- Pero es que…

- ¡Cállate!

Transcurrieron dos minutos y adentro de la Montero reinaba el silencio. Entonces, por la radio del escolta se escuchó una voz varonil seca: "Grupo alfa, confirme fuego. Grupo Alfa, confirme fuego." De inmediato respondió otra voz de hombre estentórea: "Confirmado líder, dos disparos". La respuesta de la primera voz fue clarita como el agua: "Luz verde alfa, proceda". Y por último, la segunda voz repuso: "Procedemos líder".

El chofer escolta Víctor le dijo a Gabriel Rodríguez mientras desenfundaba su arma:

- Aquí nos quedamos jefe. Es posible que llueva mucho plomo.

- ¿Y las otras unidades de apoyo?

- Aguardan en las calles contiguas.

- A esperar pues.

Tercer jalón de gatillo.-

Pasó una semana desde la entrevista entre el doctor Vladimiro Padroza y el misterioso Bruno en la ciudad de Puebla, y hasta el momento, el "Mata fetos" Padroza no había sido contactado por mensaje o llamada para darle una respuesta sobre el asunto que le carcomía las uñas y lo vapuleaba con largas horas de insomnio. Vladimiro empezó a dormitar dos horas en promedio por noche a partir de que le surgió la ambiciosa idea de robarle a Dinora Dubois, los quinientos mil dólares que iban a destinarse para sobornar a algunos diputados mexicanos a fin de que votaran por la eliminación de la ley federal anti aborto o "ley Severiano".

Padroza, carente de experiencia en el organizado mundo criminal, consideró que esa falta de comunicación hacia él sólo podía deberse a que el tal Bruno no pudo convencer a la persona que supuestamente le iba a apoyar en la planeación del rapto de Dinora con el único fin de sustraerle todo el dinero de las cuentas bancarias que ella administraba. Lo que si había acontecido fue el depósito de los fondos financieros, pero además, por un monto de seiscientos mil dólares, ya que la gente del magnate Ozzro Egrego le transfirió una cantidad extra para financiar proyectos de propaganda de la organización *Mujer, ¡tú decides!* y otras actividades culturales pro aborto a petición urgente de colectivos feministas.

Pero por si esto no fuera suficiente, Dinora Dubois también recibió ocho millones de pesos –equivalentes a cuatrocientos mil dólares– por parte de la Organización de las Naciones Unidas vía un fondo especial para producciones de cine y televisión enfocados a la elaboración de películas, documentales y programas cuyos contenidos debían impactar en la conciencia de la gente a favor de la legalización del aborto como un derecho a la salud reproductiva. En suma, tomando en cuenta las cuantiosas contribuciones del holandés Ozzro Egrego y de la O.N.U., Dinora Dubois Elizondo, presidente de esa poderosa fundación nacional, tenía a su disposición un millón de dólares.

Vladimiro Padroza no dejaba de pensar en ese inmenso cofre de dinero y cuya exclusiva llave para abrirlo dormía diario a su lado. En sus prolongados periodos de insomnio, teñidos de harta desesperación, el "mata fetos" Padroza se puso a indagar por internet diversos vídeos sobre hipnosis y control de la mente humana. Toda información que le diera la chance de practicar la telepatía también le interesaba, pues iba decidido a obtener las valiosísimas claves de acceso a las cuentas bancarias que su amante Dinora Dubois registraba con memoria fotográfica, sin error alguno y de las que además era celosa guardiana. Esto particularmente enfurecía silencioso a Vladimiro, ya que ninguno de sus encantos o cualquier tetra romántica y chantajista que intentara suavizar la férrea disciplina de Dinora en cuanto al tema del abundante dinero que ella recibía, logró hacer el mínimo efecto de convencimiento en la eficiente mujer administradora. Y lo más frustrante para Vladimiro fue el enterarse en voz de Dinora, sobre ese millón de dólares depositado y a su entera disponibilidad.

El caso es que una tarde del último viernes de aquel mes de julio, Vladimiro Padroza deglutía unos chilaquiles con huevos al albañil bebiendo cerveza oscura junto a Dinora Dubois, en la terraza de la lujosa casa que rentaban. Terminando el platillo – uno de sus predilectos-, Padroza intentó aplicarle a Dinora el método hipnótico de la fascinación, que no era más que recurrir a la mirada profunda y cautivante de quien buscaba controlar la mente y voluntad de otra persona. Al respecto, Vladimiro había averiguado que esta vía de encantamiento manipulador gozaba de muchos practicantes por el mundo, e incluso existían canales de Youtube o páginas de Facebook en los que se debatía constantemente acerca de las variadas técnicas para fascinar a la gente. Incluso halló foros donde los fanáticos rendían un culto enfermizo al ruso Rasputín, extraño practicante del ocultismo y asesinado violentamente un siglo atrás, pero cuya enigmática vista plasmada en fotografías antiguas daba origen a debates y debates sobre el poder de la fascinación. Era curioso pues, que para un ateo recalcitrante como Vladimiro Padroza, negador rotundo del mundo espiritual en todas sus vertientes, su ambición por hacerse rico de manera rápida lo haya orillado a buscar instrumentos carentes de validez científica pero plenamente aceptados por creyentes en energías sobrenaturales.

Dispuesto a aplicar lo aprendido, Vladimiro le pidió a Dinora, a manera de juego, que lo mirara fijamente sin distraerse por ningún motivo. Ella le concedió el deseo y así estuvo la pareja observándose por dos minutos, durante los cuales, Vladimiro pronunció unas líneas repetitivas para lograr el efecto hipnótico controlador sobre Dinora. Pero de pronto, el teléfono de Padroza sonó, rompiendo el ritmo del ejercicio mental que lejos de obtener el resultado real, más bien enternecía a la mujer. Algo irritado, Padroza quiso apagar el móvil para reiniciar la práctica, sin embargo, de reojo pudo checar que el remitente tenía número oculto, bajo lo cual se disculpó con Dinora para tomar la llamada:

- ¿Diga?
- Con el doctor Vladimiro Padroza – dijo una cautivadora voz femenina.
- Con él habla, adelante.
- Doctor Padroza, me dijo Bruno que tiene un buen trabajito y requiere apoyo especial.

Vladimiro tragó saliva y se alejó de Dinora con paso discreto:

- ¡Ah si! ¿Es para una consulta de salud?
- Entiendo doctor, ¿ahora se le dificulta hablar?
- Un poco, pero ya la atiendo. Disculpe, ¿con quién tengo el placer?
- Azucena. Y soy quien le dará el apoyo si usted lo desea.
- Claro que si señorita. La escucho.

- Bien doctor. ¿Dónde está ahora?
- En mi casa.
- Ahora muy importante. Solo diga si o no. La persona a la que le haremos el trabajito ¿está con usted?
- Si. Si.
- Bien. ¿Es posible que logren venir en auto a una dirección? Esto sólo es para que yo tenga reconocimiento visual de esa persona.
- ¿No podría ir sólo yo? Disculpe usted.
- Así no es mi forma de trabajar doctor. Si le resulta imposible, mejor paremos aquí.

Vladimiro Padroza sintió escalofríos y repuso:
- No, no señorita ¿Cuándo hay que acudir y dónde?
- Tiene que ser en dos horas exactas doctor. Por mensaje de texto le daré la dirección. ¿En qué auto viajarán?
- Un Malibú azul marino señorita Azucena.
- Bien. ¿Tiene alguna duda? La que sea.
- No creo señorita –musitó ansioso Vlaidmiro.
- Mire –dijo Azucena con tono serio- ¿Está seguro de hacer este trabajito? Si no lo está, no se preocupe y aquí paramos.

Vladimiro Padroza meditó unos segundos, y luego respondió:
- Mi duda en todo caso es, ¿Cómo sabré identificarla a usted?

La voz femenina dijo amable:
- No se preocupe. Usted sólo dígale a esa persona que lo acompañe a comer unos mariscos que le recomendaron. Invéntese algo. Es todo.
- Lo haré señorita Azucena. En dos horas entonces.

La mujer colgó la llamada. Vladimiro Padroza sudaba de ambas manos mientras que en la cabeza elucubró el pretexto para sonsacar a Dinora Dubois de la comodidad de la casa y llevarla al sitio que le indicara la tal Azucena. Instantes después, recibió el mensaje de texto esperado: *"Calle Matías Pintor 15. Fraccionamiento Bonaventura 2000. Búsquela en el mapa de su celular."*

Vladimiro hizo la tarea con rapidez. La aplicación de rutas y ubicaciones de su teléfono móvil le mostró el lugar en el que tenía que viajar con Dinora, la cual seguía en la mesa de la terracita revisando información en su tablet.

A la hora de haber recibido la llamada telefónica de la tal Azucena, Vladimiro Padroza ya encendía el auto Malibú aguardando a Dinora Dubois, a la que no le fue complicado persuadir para que lo acompañara a comer mariscos, pues ella tenía mucho antojo de un coctel de camarón y ostiones desde semanas antes y ahora se sentía apapachada por su amante cubano al que, por cierto, le daban asco todo tipo de crustáceos.

Cuarto jalón de gatillo.-

La pareja viajó durante casi cuarenta minutos llegando al domicilio que Vladimiro tenía indicado. Extrañamente, no había comercios en aquel paraje, ni casi señales de vida, excepto por algunos albañiles que echaban una cascarita vespertina de fútbol en la calle Matías Pintor, la cual estaba pavimentada y era una de las arterias viales del fraccionamiento Bonaventura 2000, pero del que apenas se distinguían unas treinta casas de interés social en fase de obra negra y el resto era terreno preparado para edificar más viviendas. Lo que si quedó claro, a la vista de Vladimiro Padroza y Dinora Dubois, es que del restaurante de mariscos no existía el menor rastro.

Para ser una broma de parte de Vladi - como Dinora le decía a Padroza-, había sido de pésimo gusto. Tan sólo la propuesta de aquél le abrió el apetito a ella y su estómago le hizo cancha para que saciara su antojo de comida marina. Por el tiempo que tardó en arreglarse y el recorrido en auto hasta aquel recóndito sitio, lo mínimo que le reclamó Dinora con toda ley, se resumía en ser bien atendida con un enorme coctel repleto de camarones y ostiones, limones, galletas saladas y una michelada bien fría. Y al no tener a la vista más que casas en construcción, tabiques, arena, grava y harto polvo levantado por las ventiscas del ocaso, en la lógica de Dinora Dubois, su amante Vladi, tenía que darle una buena explicación.

- ¿Y dónde está la marisquería amorcito? ¿O me viniste a mostrar la que será nuestra casita nueva? –preguntó punzante Dinora.

- No amorcito, ¿Cómo crees? -replicó nervioso Vladimiro-. Aquí se supone que es la comida de marisco.

- ¡Ay Vladi! ¡No te pases! –clamó Dinora– ¡Traigo un hambre de perros y mira dónde estamos! ¿Quién te hizo esta pésima broma?

- Fue una sugerencia que me llegó a mi celular, de esas que envían las aplicaciones de fast food amorcito –se inventó Vladimiro.

- ¡Pues que terrible servicio! Aquí no hay nada. ¡Vámonos a comer lo que sea! – dijo ya enfurecida Dinora.

Vladimiro Padroza observaba hacia los lados buscando alguna señal pero no vio nada sospechoso. Recordó entonces que la misteriosa Azucena le había pedido ir hasta ese lugar sólo para un reconocimiento visual, por lo que imaginó que quizá ya estaban siendo vigilados a cierta distancia y luego recibiría algún mensaje para darle más indicaciones. Tratando de calmar a Dinora Dubois, el cubano giró el Malibú para retornar y hacer un poco de tiempo, ya que aún no transcurrían las dos horas exactas que Azucena le puso como primera tarea. Estando con el auto en dirección a la salida del fraccionamiento, la pareja miró a un albañil transportando material en una carretilla a unos diez metros de ellos. En el instante en que Vladimiro iba a esquivarlo, el hombre detuvo su andar haciendo una seña con la mano para que el conductor frenara un momento el coche y al hacerlo le preguntó al cubano por la razón que los tenía ahí. El "mata fetos" Padroza respondió que se habían perdido buscando un negocio de mariscos, a lo que el chalán le dijo que el lugar estaba más alejado, calmando con ello el enojo de Dinora, pues se daba cuenta que Vladimiro no le había mentido. Pero para el albañil fue muy difícil darles las indicaciones de la marisquería, simplemente porque no sabía explicarse:

"Da tres vueltas seguidas a la derecha por la calle principal, regresa a la izquierda pero hay otra callecita a la izquierda y luego se va dos calles y toma una vuelta a la mitad y luego se mete por la calle donde hay una tiendita, y ahí queda otra calle, se va todo derecho y en la esquina de una calle están los de los mariscos".

Oír varias veces la palabra calle provocó la reacción desesperada de Dinora, que para sus adentros sólo quería gritarle al albañil que se callara. Pero en vez de ello, resolvió la enredosa ruta suplicándole al obrero -con fingido tono de amabilidad– que les pudiera guiar personalmente a cambio de dinero. El hombre no lo pensó dos veces y dejando la carretilla a mitad de la calle se subió contento a la parte trasera del Malibú, guiando a la pareja Padroza Dubois al dichoso restaurante.

El recorrido ya no fue tan complicado bajo la guía del albañil al que ni Dinora ni Vladimiro le preguntaron su nombre siquiera por tantita cortesía. De lo que si se percató la pareja es que, tras unos cinco minutos de viaje, estaban entrando a una zona de terrenos baldíos y sin un alma a la vista. Fue entonces que aparecieron dos autos, el de adelante un Jetta negro y un Caliber gris, detrás del Malibú. Sin mediar aviso, el primer vehículo le cerró el paso a Vladimiro, quien frenó a tiempo para evitar una colisión. El Caliber ya había bloqueado al Malibú en la parte trasera y salieron de éste dos sujetos con pistolas en sus diestras, amenazando con ellas a Dinora y a Vladimiro que espantados pegaron gritos de auxilio en vano. A punta de mentadas de madre les obligaron a bajarse y fueron subidos al Caliber gris. El hombre ataviado de albañil, por su parte, se desnudó de las prendas que portaba y en un santiamén se puso una camiseta, pants y tenis recibiendo la indicación de deshacerse del Malibú en el lugar acordado, abriendo la cajuela del vehículo en el que le pusieron una garrafa repleta de gasolina para incinerarlo.

Quinto jalón de gatillo.-

Ya rumbo a la zona urbana de la Ciudad de México, a la pareja Padroza Dubois se le amenazó, colocándoles los cañones de arma en sus cabezas, para que no hablaran palabra hasta que se les indicara. También les pusieron gorras y cubrebocas a ambos, quienes ya se habían percatado que su identidad al exterior del Caliber era difícil de detectar, pues los cristales laterales y el medallón estaban polarizados. Al fin llegaron los raptores con las víctimas a una pequeña bodega abandonada, de lo que en su momento fue una planta procesadora de químicos. Luego los sometieron de manos y pies con cinta de seguridad, retirándoles las cachuchas y los tapabocas. En un par de camastros malolientes se les puso a descansar en tanto que dos hombres esculcaban el bolso de Dinora así como el celular y la billetera de Vladimiro. Una vez hallado el móvil de ella, un sujeto bravucón les exigió los códigos de desbloqueo de sus teléfonos y al obtener el acceso total, procedió a enviar mensajes falsos desde ambos aparatos, a los grupos y contactos de Whatsapp de ellos, informando que iban de viaje por la sierra de Puebla, por lo que la señal se perdería con frecuencia. Y naturalmente, todas las contestaciones fueron amables, deseando placentero viaje a la pareja Padroza Dubois. Pero no hubo placer sino entera mortificación en Dinora y Vladimiro por el resto de la noche, recibiendo sólo agua y un trozo de pan embarrado de frijoles fríos, con sus respectivas idas a un hediondo retrete donde los dos desgraciados desaguaron pavorosas diarreas.

Amaneciendo el último sábado de ese mes de julio, los criminales despertaron a Dinora Dubois, colocándola con la espalda en alto, liberándole las manos. Aquella sólo pudo dormitar unas dos horas por breves trozos en la madrugada. Lo mismo le había ocurrido a Vladimiro Padroza, quien sin tener noción del tiempo, pegaba la pestaña cinco, diez o quince minutos para luego estar despierto por más de una hora. Y por el contrario, los que tenían inmunidad al sueño eran sus captores. Cuatro sujetos descubiertos del rostro, teñidos algunos del pelo, con ciertos tatuajes otros, se mantenían alertas a cualquier amenaza del exterior, vigilando de vez en cuando a la pareja secuestrada.

El haber perturbado el frágil sopor de Dinora se debió a que un hombre treintañero sentado en una silla de metal, la tenía de frente echándole mansa mirada. Tras escudriñar algunos rasgos de su rostro agradable –piel lechosa y afeitada, labios delgados rojizos, escasa ceja, cabello lacio rubio y cenizo, nariz mediana y ojos pardos– Dinora pensó que era un tipo de bien y que estaba ahí para pedirle una enorme disculpa por cierta equivocación cometida. Además, para confirmar su sospecha, el apuesto varón le dio una enorme torta repleta de milanesa y un refresco de mandarina. Atragantándose con la comida, la hambrienta Dinora desparramó trozos de pan y carne por la sucia colchoneta, los cuales cogía devorándolos a prisa, desaguando la garganta con largos sorbos de bebida.

Ya con el estómago satisfecho, el hombre apostado en la silla le dijo amable:

- Señora, una disculpa por el terrible trato que le han dado estos cabrones. No volverá a ocurrir, se lo aseguro.

Dinora le correspondió con atenta mueca, al tiempo que bebía más soda.

- Verá señora –continuó el sujeto–, tengo un apuro al que sólo usted puede darle inmediata solución. ¿Está dispuesta a ayudarme?

Dinora, confiadamente, asintió con la cabeza.

El hombre hizo un chasquido de dedos y de inmediato apareció otro individuo, de rasgos feos, delgado y bajo de estatura, llevando una laptop encendida. A indicación de vista, el subordinado se sentó en el camastro al lado de Dinora con el aparato portátil para que pudiera verlo, pidiéndole con tono rudo:

- Requiero me dé entrada a este sitio.

Al momento, la cara incauta de Dinora Dubois se tornó de espanto. En la pantalla de la laptop se mostraba el portal central del "BaNaInC" – Banco Nacional de Inversiones Corporativas – con la opción de acceso a cuentahabientes.

No oyendo respuesta de la mujer, el sujeto repitió la pregunta de manera más grosera. Los turbados ojos de Dinora checando la página del banco, daban explicación a su parálisis de voz. Así las cosas, el atractivo hombre sentado frente a ella tomó la palabra nuevamente con menos amabilidad:

- Mire señora, ¿está de acuerdo en que este problema que tengo sólo puede resolverlo usted? No me deje en silencio.

Dinora Dubois respondió nerviosa:

- Joven, ¿De qué se trata esta ayuda? Es que no entiendo. No entiendo.

Jalándose la greña lacia hacia atrás, el hombre le respondió:

- Bueno Dinora, ¿Me quiere ver la cara de pendejo? ¿Quiere vérmela?

- Joven, ¿Cómo sabe mi nombre?

- Dinora Dubois Elizondo, nacida en Toulusse, Francia. Su papá es francés, Jean Claude Dubois y su mamá Ernestina Elizondo, mexicana de Toluca. Tiene usted dos hermanas y un hermano. Usted está por cumplir los cuarentaiún años en quince días y también sé los nombres de sus cinco hijos y de su ex marido y en qué lugar viven. En cuanto a usted, su casa se ubica en la colonia del Valle, tiene dos automóviles, un Malíbu en el que ayer viajaron y una camioneta Jeep Cherokee de la fundación que usted dirige para su uso personal. Pero saber esto no es lo que me interesa Dinora. Lo que requiero con urgencia es que le ayude al señor que está a su lado en la tarea que le pide. ¿Estamos bien claros?

Dinora sentía que la torta de milanesa que recién había engullido iba a vomitarla en cuestión de segundos, pero al cabo hizo un esfuerzo mental y respirando profundo contuvo las náuseas. Luego contestó a aquel hombre:

- Lo que usted me pide es imposible. No tengo manera de darle lo que quiere.
- ¿Debido a qué? – replicó el tipo.
- Las claves de acceso no las tengo aquí, ni siquiera en mi celular. Tendría que llevarme a las oficinas donde trabajo y ahí procedemos a lo que me diga.

Riendo siniestramente, el fulano se incorporó de la silla, revelando su alta estatura y le dijo:

- Sé que las claves no las tiene en ningún aparato ni otro medio escrito ni tampoco en las oficinas de su chingada fundación de mierda. Usted señora, las tiene consigo, las tiene en su cabecita.
- ¿De qué me habla joven?
- No me haga salirme de mis casillas, pinche vieja.
- Joven –trató de excusarse Dinora- espere ¿cómo que las tengo en mi cabeza? Son claves alfanuméricas muy largas las que pide, imposibles de memorizar, se lo juro.
- Pues no le creo, fíjese. Y alguien me lo puede asegurar.
- ¿Pero quién?
- El doctor Vladimiro Padroza Ibañez. De una vez vamos a preguntarle.

Toda la piel del rostro de Dinora Dubois se tornó blanca de muerte. Y como un chispazo, ella pudo acordarse de lo ocurrido el día anterior cuando su querido Vladi la sonsacó para ir a esa marisquería fantasma, pero también de algunos intentos de él, al querer averiguar la información de entrada a las cuentas bancarias que Dinora administraba. Mientras ella unía los cabos para explicar la muy posible traición de su amante cubano, ya los delincuentes le habían perturbado a éste su frágil sueño arrojándole agua helada en todo el cuerpo. Después lo sentaron en una silla metálica corroída por el óxido.

Dando pasos de un lado a otro, el hombre de buen rostro le gritó a Vladimiro:

- ¡A ver doctor Pedroza! Puede decirme rapidito, al chile…¿Dónde guarda las contraseñas del banco su querida Dinora?

Vladimiro miró a su amante que le echaba ojos de rabiosa amargura. Sabiendo que no tenía sentido evadir la sencilla pregunta, el doctor "mata fetos" musitó:

- Las sabe de memoria.
- ¡Hable fuerte!
- Se la sabe de memoria, señor –clamó Vladimiro.
- ¿Cómo está seguro de eso doctor?
- Ella me lo ha dicho y además lo he visto –titubeó Padroza.

Tras oír esto Dinora Dubois explotó contra su amante:

- ¡No seas hijo de puta Vladimiro! ¿Por qué me haces esto? ¡Yo no tengo memorizadas esas claves!
- Amorcito, mejor coopera con esta gente, amorcito –suplicó Padroza.

Pero antes de que Dinora respondiera, otra voz masculina proveniente de un oscuro pasillo se dejó oír:
- Ya es suficiente de estas mamadas. Lo voy a hacer mucho más fácil.

Instintivamente Dinora giró la cabeza al mismo tiempo que Vladimiro, tratando de hallar al individuo que ya caminaba hacia ellos. Y a diferencia de la mujer que lucía perpleja, Vladimiro reconoció al instante esa voz, perteneciente al misterioso Bruno, con quien se había entrevistado en la Estrella de Puebla una semana antes.

Ya de frente a Dinora y Vladimiro, Bruno lucía una apariencia ligeramente campirana, vestido con camisa blanca y arremangada para presumir dos tatuajes en los musculosos antebrazos, aparte de jeans azules con un cinturón de hebilla plateada y unas finas botas de piel de caimán. Medía alrededor de un metro setenta, de complexión atlética, con rostro galante y tez morena clara, barba poblada y ojos claros azules.

Poniéndose frente a Dinora, se dispuso a hablarle:
- La cosa está rete sencilla señora. Aquí su guey –y señaló a Vladimiro– estuvo viviendo en Rusia, cuando estudiaba medicina, según supimos. Allá lo envío el gobierno de Cuba ¿o no doctor Padroza?
- Disculpe, no entiendo la pregunta.
- Sólo confirme si vivió en Rusia hombre.
- En la Unión Soviética, no en Rusia, pero si… allá viví señor –contestó Vladimiro, evitando pronunciar el nombre de su interrogador.
- Bueno, pero aclaremos algo –insistió Bruno– ¿usted estuvo en Moscú o en otra parte?
- En Moscú, afirmativo –dijo extrañado Vladimiro.
- Y Moscú es la capital de Rusia, ¿no?
- Así es, pero cuando yo fui allá era la Unión de Repúblicas Socialistas Soviéticas, o la URSS o Unión Soviética.
- ¡Ah cuánta mierda se inventaron esos pendejos de Lenin y Stalin para quitarle tan chingón nombre a Rusia! A la mierda con esos putos nombres largos y cagados. ¡Es Rusia y listo! ¿O no doctor?
- Lo que usted diga. Tiene toda la razón. Rusia es el nombre correcto y chingón hermano.
- Sólo para terminar, déjeme aclararle que algo de historia aprendí en la escuela y siempre me cuestioné este asunto que acabamos de aclarar. Además doctor, no muy lejos de donde estamos, en Coyoacán, le partieron la madre a otro de esos pinches soviéticos locos, el tal Trostky. ¿Lo sabía?
- Si, si, lo sabía. – respondió apresurado Padroza.

- Y fíjese. Volviendo a mi propuesta para ablandarle la memoria aquí a su mujer. Usted seguro sabe que hay jueguito muy cabrón que pone los nervios de punta a casi todos. Y tiene que ver con Rusia, aunque también con un escritor gringo que por vez primera lo mencionó en el año 1937. ¿A qué no adivinan qué jueguito es?

Dinora mantuvo silencio. Pero Vladimiro dedujo la respuesta:

- ¿La ruleta rusa?

- Bien respondido mi doctor –repuso Bruno con mueca burlona- ¿Y adivinen qué? Hoy se las vamos a aplicar a ustedes dos.

Y con un ligero ademán, Bruno hizo que uno de los hombres al lado de Padroza sacara un revolver calibre 38 especial y dejando un cartucho, retiró los otros cinco; luego hizo girar con rapidez el tambor y lo incorporó de golpe a la zona del percutor. Acto seguido, Bruno le dijo a Dinora:

- Vera señora, la cosa es sencilla. Usted dele las claves que pide mi amigo que está su lado, y si en algo falla, aquel cabrón jalara del gatillo. Si logra darnos lo que pedimos, tan pronto acabemos con esta chambita, les dejamos libres en el mismo sitio donde fueron levantados. ¿Empezamos?

- ¡Pare usted esto! ¡Se lo ruego! –vociferó Dinora.

- Adelante chimuelo – ordenó Bruno al tipo con la fusca, que la colocó con frialdad en la sien derecha de Vladimiro y jaló del gatillo, del que se oyó el golpe metálico al no haber cartucho a detonar. En cambio, Vladimiro Padroza y Dinora Dubois pegaron un chillido simultáneo.

- Denos las claves de acceso –ordenó Bruno con gesto indiferente.

Dinora dictó al sujeto de la laptop una larga clave compuesta de catorce caracteres con letras y números, pero quizá por la situación estresante, la contraseña resultó inválida, informando el achichincle del error.

- Chimuelo... –dijo Bruno al sicario en tanto que Vladimiro Padroza y Dinora cerraron los ojos.

Nuevamente, el sonido seco del arma percutida fue una tremenda pausa de alivio para el doctor Padroza, que bramó a Dinora desesperado:

- ¡Me van a matar! ¡Dales lo que piden amorcito! ¡No falles por favor!

La mujer hizo tremendo esfuerzo para no entrar en crisis nerviosa. Respiró profundamente y con ligera calma le dijo al de la laptop:

- Clave primera: uno, a mayúscula, dos, g mayúscula, cero, s minúscula, ocho, t mayúscula, uno, nueve, tres, o mayúscula. Es todo.

El tipo logró acceder al primer filtro de seguridad, abriéndose el segundo campo obligatorio de contraseña para lo que volvió a indagarle la información requerida.

- La segunda clave es la misma que la primera, pero al revés.

- Dígamela, sin errores –le exigió el criminal informático.

Dinora se la dictó tal cual le había dicho que debía ponerse, empezando desde el cero y culminando con el seis. Empero, al darle la opción de ingreso, el sistema reportó error de clave.

- Se ha equivocado de nuevo –dijo el de la laptop al tal Bruno.
- Chimuelo, ¿qué putas esperas? –mandó irritado Bruno.

Fue inútil para Vladimiro pedir clemencia, pues al instante su verdugo dio jale al gatillo y para la extraordinaria suerte del cubano, no hubo bala detonada. Más todos sabían que las posibilidades de que evitara la violenta muerte se reducían en cada fallo de Dinora.

Ella recordó que la segunda clave tenía un carácter extra que había omitido dictar al fallarle su estupenda memoria por estar pensando cómo salvar su vida y la de Vladimiro Padroza.

En su desesperación, Dinora quiso tomar la sartén por el mango para negociar con sus captores y tomando valor le dijo a Bruno:

- No diré nada más, a menos que libere a Vladimiro. Déjelo salir ahora.

Bruno tapó su cara con ambas manos, señal de que estaba harto de esa mujer. Luego se restregó lentamente el rostro y fue directo hacia el chimuelo; quitándole el revólver, apuntó a la nuca de Vladimiro y le dijo a Dinora:

- Vea bien mi respuesta. Míreme.

Bruno accionó la fusca ante el grito desesperante de Dinora, que fue lo único que se escuchó ya que tampoco hubo disparo mortal. Sin embargo, algo asqueroso vino segundos después: Vladimiro Padroza en vez de gritar, liberó en automático su esfínter rectal expulsando un pedote repleto de burbujeante diarrea, ensuciándole el trasero, las piernas y sus pantalones, causando la humillante burla de los malandros.

El líder de la banda criminal retó a Dinora:

- Dígame si le sigo. Quedan dos intentos, y uno de ellos mandará a la verga a su Vladi.

Sin respingar Dinora Dubois cantó la segunda clave y verificando el resultado el sujeto de la laptop dijo:

- Ya quedó jefe. Entré.
- Procede en chinga cabrón – repuso Bruno.

Al cabo de una hora, el hombre logró mover los veinte millones de pesos –o el millón de dólares– que Dinora Dubois tenía disponibles para transferir como se le diera la gana. Dotado de ciertas habilidades importantes para operar este tipo de cuenta bancaria, el delincuente informático pudo dividir la inmensa cantidad a través de cuentas ocultas en las Islas Caimán, operando bajo la red oscura de internet. Fue necesaria otra vez la cooperación de Dinora para algunos detalles clave, ya que el banco estaba acostumbrado a que clientes grandes dispusieran del dinero en aquellos paraísos libres del rastreo de las autoridades fiscales.

Dinora Dubois no podía dejar de sentirse tremendamente culpable al haber cometido los errores garrafales que provocarían no sólo su despido de la fundación *Mujer, ¡tú decides!*, sino también una demanda legal en su contra por parte de la O.N.U. y del magnate holandés Ozzro Egrego, además de lidiar con un fuerte escándalo mediático. Sin embargo, lo que más anhelaba era salir con vida de sus captores y después pensar en buscarse un buen abogado.

Cuando el hacker financiero concluyó la operación, Bruno dijo alegre a Dinora:

- ¿Ya ve? Eso fue todo. Y fíjese que curioso, normalmente este tipo de operaciones nos lleva meses y meses de trabajo realizar. En una de las últimas, cobramos también casi veinte melonsotes.

- ¿De qué me habla disculpe? –repuso asqueada Dinora.

Bruno contestó irónico:

- Bueno, sin entrar en detalles. Tuvimos de vacaciones forzadas a una bella... ¡que digo bella!, una bellísima muchacha. Se llama Miranda. Su familia nos pidió regresarla de su placentero descanso tras darnos una cooperacha cercana a la que usted nos dio ahorita, simplemente para apoyo de nuestra propia fundación.

- Entonces son secuestradores –dedujo Dinora.

- Pues no tanto así –dijo entre risas Bruno y añadió-: Más bien, somos secuestramantes. Nos encanta complacer a nuestras visitas, ¿se anima?

Todos los hombres, salvo Vladimiro Padroza, que seguía cagado de susto y del cuerpo, rompieron en carcajadas. Dinora gimió de angustia suplicante:

- ¡Ay no Dios mío! No me vayan a hacer nada. ¡Ya tienen el dinero que querían! ¡Déjenos ir!

Pero en vez de tranquilizar a Dinora, Bruno puso a boca de jarro el cañón del revolver en la zona occipital de la cabeza de Vladimiro y con engañosos ojos le dijo a ella:

- Hagamos algo señito. Esta ruleta rusa llegó hasta cuatro intentos. Su macho tiene un chingo de suerte. Pero si sobrevive a este quinto jalón de gatillo, les juro por mi madrecita que ustedes salen vivitos y coleando de aquí.

Vladimiro, sin la menor duda de que su buena estrella se había apagado, recordó al instante el consejo que Bruno le dio precisamente al entrevistarse en la Estrella de Puebla; ese consejo tan valiosísimo sobre el no proseguir con el ambicioso plan de raptar a Dinora para robarle esa buena feria que ella administraba. Pero Padroza supo que era demasiado tarde. Sometido y humillado, con la cintura para abajo manchada de maloliente cagada, exhaló el aliento de su robusto pecho, escupiendo con impotencia: "¡Bruno! Hijo de tu chingada madre, malparido candela, maldi..."

Maldito por el resto de su vida.

Expulsada a una velocidad de cuatrocientos cuarenta metros por segundo –o el equivalente a mil quinientos ochenta kilómetros por hora, tal como un jet supersónico - la bala expansiva calibre 38 destrozó el cráneo del doctor Vladimiro Padroza esparciendo incontables pedazos de hueso entremezclados con sesos, tejidos sanguinolentos y gases de la detonación generada, trazando su corta y mortal trayectoria hacia la salida natural del cuenco ocular izquierdo, convirtiendo al ojo en una masa disforme esparcida por el suelo. Al recibir la cabeza el fatal impacto, la espalda de Vladimiro fue lanzada adelante pero las robustas carnes de su cintura anclaron todo su cuerpo, evitando que cayera de la silla en la que acababa de ser ejecutado.

Aún con el revólver en la mano, Bruno exhibió tan cachazuda mueca, que nadie, ni la misma Dinora Dubois, hubieran creído que ese hombre le había dado muerte a Vladimiro Padroza segundos antes. Sus secuaces le miraban con asombro, como si nunca antes atestiguaran una cara tan tranquila en aquel asesino de temperamento impredecible. Dinora en cambio, entró en un shock paralizante. No grito más, no movió sus manos ni el resto de su humanidad. Su vista se clavó profundamente en la jeta destrozada y sangrienta de su amante Vladi, su cómplice guardián de diversos secretos íntimos de ella, excepto los que tenían que ver con el dinero ajeno, aunque precisamente por ese asunto, por esa ambición sin rienda de Vladimiro, ambos cayeron en manos despiadadas, siendo una de ellas la que le terminó sus días en la tierra.

Bruno le pidió a uno de sus compinches que le trajera una maleta sport que estaba en su auto. Cuando la tuvo en las manos, sacó una fragancia con la cual se roció la camisa de la cintura para arriba tanto en la zona del pecho como la espalda. Luego se acercó a Dinora Dubois que seguía desconectada, como esperando que la violenta ejecución que presenció sólo fuera una cruel broma, pues en el fondo, anhelaba que aquello se tratase de un macabro show con increíbles efectos especiales a fin de que Vladimiro fingiera su muerte y terminara escapando a algún paradisiaco y escondido lugar del mundo, junto a esos farsantes, para disfrutar del botín robado. Si, muy en el fondo de sus pensamientos, Dinora tenía la esperanza de que esto sólo fuera un horroroso engaño.

Bruno tomó nuevamente el revólver e introduciéndole dos cartuchos al tambor, se dirigió a Dinora, todo quitado de la pena:

- Como le dije señito, una apuesta es una apuesta. A veces se gana, a veces se pierde. A ustedes les tocó perder.

Dinora olfateó la loción que el asesino acababa de impregnarse en su prenda. No había duda de que era uno de los perfumes predilectos de su ex marido: Aqua di Gio de Armani. Y con ello, reaccionó de último momento, tratando de evitar lo inevitable:

- ¿Por qué quiere que matarme? ¡Ya obtuvo lo que quiso! Los que secuestran y obtienen el pago siempre liberan a las víctimas.

- No siempre, no siempre señito –aclaró Bruno con el arma lista y apuntando al suelo.

- ¡Entonces es un doble crimen! ¡Es tan cochino usted! ¡No tiene palabra!

- Déjeme le explico algo rápido –le dijo el delincuente–. Por lo general en estos negocios turbios, si todo sale bien, si todo llega a buen arreglo entre las partes, la persona es devuelta sana y salva. En ese aspecto, muchos de los que nos dedicamos a esto, si tenemos palabra. Solamente que hay ocasiones, en que un error lo arruina todo, y no podemos dejar ningún cabo suelto, como dicen algunos culeros que incluso son policías.

- Pero ni siquiera sé quiénes son ustedes –repuso Dinora-, jamás podría acusarlos porque no hay manera, ¡le ruego no me mate!

Ya impaciente, Bruno le gritó a Dinora:

- Usted es la que no entiende por qué esto es así. ¿Pero quiere al culpable auténtico? Mírelo, ahí está frente a usted. Su Vladimiro. Él la traicionó.

- No, no –dijo sollozante Dinora–, me niego a creerlo.

- Claramente le advertí que si él quería chingarle a usted esa feria, no podía dejarla viva. Le aconsejé que mejor olvidara el negocio. Pero al final, él me insistió.

- Pero mire señor, por favor, le estoy pidiendo clemencia. Tengo hijos, soy su madre. No puede dejarlos huérfanos.

Bruno apuntó el arma a la frente de Dinora y susurrándole le dijo:

- Esto no le va a doler. Ya vio que su doctorcito nomás se quedó callado.

- Por lo menos concédame algo -suplicó resignada Dinora.

- Hable.

- ¿Podría evitar dejarme la cara deshecha? No quiero que mis pequeños me vean igual o peor que Vladimiro. Se lo ruego.

- Eso puedo concedérselo, no se diga más –afirmó Bruno, apuntándole directo al corazón de Dinora quien cerró sus angustiados ojos.

Dos balazos atronadores sonaron dentro de la bodega.

Bruno levantó la pistola al tiempo que reclamó encabritado:

- ¿Quién chingados disparó?

- Fue el Chimuelo –respondió uno de los hombres desde el fondo del almacén.

- ¡Tráeme a ese pendejo ahora!

Dinora Dubois seguía con vida. Quizá su Ángel de la guarda respondió a sus últimas súplicas silenciosas cuando estuvo a punto de ser ejecutada a quemarropa por la mano asesina de Bruno. Al cabo de poco tiempo el achichincle fue a reportarse con su jefe.

- ¡Hijo de la verga, ¿qué andas tirando bala a lo pendejo? ¿Qué no recuerdas que sólo aquí es donde se hace? –exclamó Bruno.

- Si patrón, la cagué –admitió el chimuelo, nervioso en la voz.

- ¿A qué vergas le tiraste?

- Vi una rata grande patrón. Pregúntele al Josefo.

- ¿Y a mí qué putas me importan esas alimañas? ¡Pegaste dos balazos cerca de la calle pinche animal!

- Es que esas mierdas se reproducen y luego es un pedo quitarlas –trató de justificarse el chimuelo cuya voz siempre salía distorsionada debido a la falta de algunos dientes.

- A ver pendejo ¿Cuál es la regla número uno que tenemos para usar los fierros en este lugar?

- No pos, ya la sé patrón.

- Dímela imbécil.

- No tirar si usted no da la orden.

- ¿Y la segunda?

- Pos sólo tirar bala aquí, donde estamos.
- Pues para que te quede bien claro chimuelo: la próxima vez que rompas las reglas, te mando a la verga con todo y esas putas ratas.
- Si patrón. Le juro que no vuelve a pasar.

Bruno dio la orden al chimuelo y a otro de sus hombres para que le echaran una discreta revisión a la calle a fin de detectar cualquier movimiento sospechoso o mirada curiosa de gente vecina que hubiese oído las detonaciones del chimuelo. Esto sólo aplazó unos momentos la ejecución de Dinora Dubois, ya que su verdugo aguardaba el reporte de los cómplices una vez dieran el rondín de vigilancia.

Con una pizca de esperanza por sobrevivir, Dinora le preguntó a Bruno:
- ¿Puede decirme algo sobre lo que hacen?
- Aproveche. Ándele. Pregunte como lo hacen los pinches periodistas metiches –le animó irónico el criminal.
- Entiendo lo de robar los bienes de la gente. Sus posesiones, su dinero, sus joyas. Todo eso va y viene, no importa el tiempo que pase. Pero lo que no entiendo es, ¿por qué robarse a la propia gente y pedir dinero por su vida? ¿Por qué secuestran ustedes?

Bruno puso mueca seria, y guardó silencio por un rato. No viendo a sus hombres retornar a la bodega, con frialdad en la voz le respondió a Dinora:
- Se lo diré al chile, señito, sin darle más vuelta al asunto. Estando un tiempo en el tambo, por dedicarme al robo de autos, conocí a un cabrón con el que trabé buen trato, de compas chingones. Como la sentencia de él no se comparaba en nada a la mía, me preguntó qué iba a hacer al salir de la cárcel. Simple y sencillamente le contesté que lo mismo... robar carros, pues es mi oficio y las condenas no eran tan prolongadas. Entonces recuerdo clarito cuando me dio una buena zarandeada por pendejo, por no aprender a ser buena persona y enmendar mi camino. En otras palabras, por joder bien culero a todos los que me querían, desde mis padres, mis hermanos y otras buenas amistades. Pero también me dio un muy buen consejo, lo tengo grabado como si fuera ayer. Simplemente me dijo: *"Bruno, si vas a seguir en estos jales de chingar al prójimo, déjate de pendejadas y no robes autos. Mira, el varo rápido y chingón... lo sacas del secuestro. Pero eso sí, al entrarle a eso, considérate un maldito por el resto de tu vida."*

Sobrevino otro instante sin noticias del chimuelo y del otro truhan enviados por Bruno. Toda ojerosa de la cara y con el maquillaje barrido por la angustia y el llanto, Dinora Dubois le hizo otra indagación al tipo que iba a matarla:
- Ese hombre del que me habla, ¿por qué fue sentenciado?
- Se le condenó por secuestrar a un importante empresario industrial –le dijo Bruno-. La pena fue de 70 años de cárcel, aunque sólo purgara 50. Pero lo más seguro es que se muera en prisión.

De pronto tuvo Dinora un as sobre la manga. No supo cómo llegó el argumento a su mente, pero lo echó a la suerte de inmediato:

- ¿Sabe algo? Al menos su amigo seguirá con vida. Pero ahora a todo secuestrador que detengan le espera un juicio y una condena a muerte. Recuerde esto. ¡Está en las noticias!

- Todo eso lo sabemos –repuso Bruno soberbio- y le aseguro que con este último negocio que acabo de terminar con usted, nos retiraremos un largo tiempo del país. Por eso mismo, me sorprendió lo relativamente fácil que fue armarlo todo en apenas una semana. Claro que debo darle harto crédito al pobre diablo del doctor Vladimiro, porque de él fue la idea original de bajarle a usted esta feriesota.

- Usted va a caer tarde o temprano, de seguir por esta senda –le advirtió Dinora.

- Es posible. Pero no por ahora, ni por este año ni quizá por muchos otros – alegó el secuestrador.

Por fin, tras diez minutos de ausencia, apareció el chimuelo a las afueras de la bodega. Cerca de ahí, un vendedor de tamales pasaba gritando la venta de su apetitosa garnacha matutina. Desde la puerta de acceso, el chimuelo vociferó: "¿Quieren tamales?"

Bruno le dijo a otro hombre que le trajera al chimuelo en chinga. El fulano llegó volando para cumplir el mandato de su jefe. En cuanto tuvo al chimuelo a dos metros de distancia, le dio el recado, pudiendo distinguirle una extraña jeta a su cómplice de escasos dientes. Supo entonces el secuestrador que algo raro ocurría, y trató de alertar a Bruno pero fue demasiado tarde. Un escuadrón de veintidós policías armados con fusiles ametralladora y chalecos anti balas asaltó el recinto sometiendo al último mensajero de Bruno, quien a lo lejos alcanzó a ver el alboroto. Su reacción fue temeraria: manipulando un fusil cuerno de chivo, cortó cartucho, y sin dar tregua a los uniformados, les repartió ráfagas por donde transitaban. Aquellos por supuesto, repelieron la balacera pecho en tierra, escupiendo los cañones de sus armas más de doscientos proyectiles en cuestión de segundos. Dentro de la bodega, el ruidajo era insoportable debido a la acústica del lugar, tal cual en una fiesta religiosa de algún pueblo, quien tiene toda la pirotecnia explosiva sobre su cabeza, en vano trata de taparse los oídos. Al cabo de un minuto, el líder del comando ordenó el cese al fuego pues al parecer los agresores habían desistido de atacar.

Al asegurar todo el perímetro, los agentes hallaron cuatro cuerpos inertes. A primera vista, el obeso cadáver de Vladimiro Padroza, soportó sentado una tremenda descarga de treinta tiros en pecho, piernas y su deshecha cabeza, como si fuera un saco de boxeo a punto de reventarse. El segundo muerto correspondía al del hacker informático quien yacía empapado de sangre en pecho y espalda, al haber sido su humanidad perforada por catorce impactos de bala. Cerca de él, la laptop con la que se había hecho el cuantioso robo financiero, quedó hecha añicos por la refriega de fuego. También Bruno cayó alcanzado por siete plomazos, casi todos en ambas piernas y el toráx, aunque uno le atravesó el cuello, reventándole la aorta, lo que le aseguró su fin de este mundo. La sangre del pescuezo le seguía escurriendo, salpicándole cerca de sus ojos azules, los cuales miraban quietos y sin vida hacia donde se hallaba la cuarta víctima, tirada boca abajo: Dinora Dubois Elizondo. La mujer sin embargo, para su tremenda fortuna y protección celestial, sólo sangraba de la pierna izquierda aunque profusamente.

De inmediato se emitió llamada a los cuerpos de emergencia para atender a Dinora. En tanto, Gabriel Rodríguez seguía encerrado en la Montero blindada junto a su hijo David Alfonso y a su chofer escolta Víctor, quienes pudieron escuchar la ensordecedora balacera dentro del almacén a una cuadra de distancia. Pronto avisaron por la radio privada de Víctor que el sitio estaba asegurado con algunos malandros muertos y una mujer herida en la pierna. Instintivamente, David Alfonso pidió permiso a su padre de ir atender a la víctima. Preocupado, Gabriel Rodríguez negó la petición a su muchacho, pero aquél le dijo que si el área se hallaba bajo control, no había riesgo alguno. Supo entonces Gabriel que debía respetar la voluntad de David Alfonso, ya que por algo había querido servir a la gente siendo técnico socorrista y además estudiando medicina.

A orden de su jefe, el chofer escolta Víctor solicitó que le enviaran a dos guardias para acompañar a David Alfonso en tanto que Gabriel le dio la bendición a su hijo y en un instante le vio partir al cumplimiento del deber.

El escuadrón anti secuestros contaba con equipo de primeros auxilios para aplicar de inmediato a cualquier persona lesionada durante un operativo armado. El manual también exigía disponer de uno o dos especialistas en urgencias médicas que atendieran a quien fuera, dando prioridad al personal de seguridad pública. No obstante, por razones no aclaradas, en ese momento no estaba ningún socorrista a la orden. Por lo tanto, la intervención de David Alfonso fue crucial para evitar que Dinora Dubois se desangrara y muriera. El joven evaluó rápidamente la herida y notó que fue en sedal, sin otro daño producido, aunque la hemorragia no cesaba. Procedió a limpiarla con el material antiséptico del botiquín y hábilmente le hizo un excelente torniquete que le paró el sangrado. Poco después llegó la primera ambulancia que transportó a Dinora con toda prisa al hospital.

Por la premura con que auxilió a la mujer, David Alfonso no se percató bien de la cara de aquella sino hasta que fue atendida por los camilleros que la trasladaron al nosocomio. Pero su memoria le daba vueltas una y otra vez. ¿Por qué su rostro se la hacía conocido? ¿y de dónde? El chamaco no halló respuesta. Su padre Gabriel Rodríguez ya estaba en la bodega hablando con sus expertos informáticos los cuales habían descubierto la ubicación de la red privada de internet con la que se había conectado el hacker informático de la banda criminal a fin de robarle los veinte millones de pesos a Dinora Dubois. Por razones de seguridad, Gabriel le pidió a su hijo retirarse del sitio discretamente, apoyándose de su chofer guardián Víctor para guiar a David Alfonso hasta su hogar.

Antes de despedirse, Gabriel Rodríguez le dijo orgulloso a su valiente vástago:

- David, me informan los compañeros que le salvaste la vida a la señora Dinora Dubois.

- Su herida no es de gravedad papá –le aclaró David- pero no le paraba la hemorragia. Por cierto, gracias por darme el nombre. Te iba a decir que a ella ya la había visto antes. Pero sigo desmemoriado. ¿De dónde la conozco?

Con ojos prestos a su alrededor, Rodríguez le susurró a David Alfonso:

- Hijo, ella es la dirigente nacional de la fundación *Mujer, ¡tú decides!*.

Al oír estas palabras, David Alfonso se frotó los ojos unos segundos. Después se despidió de su padre con un sencillo beso en la mejilla para irse escoltado por el chofer Víctor.

Los noticieros que comenzaban a la una de la tarde, difundieron como reguero de pólvora los pormenores del exitoso operativo para desmembrar a la peligrosa banda de secuestradores "Las seis llamadas", el cual dejó como saldo letal a dos delincuentes abatidos así como al médico cubano Vladimiro Padroza, quien había sido victimado minutos antes del enfrentamiento a balazos. Aparte, se logró capturar a cinco hombres del temible grupo delincuencial los cuales portaban armas de grueso calibre. Pero los reportajes hicieron especial énfasis en informar que la activista pro aborto Dinora Dubois estaba secuestrada por dicha organización criminal en el momento en que se desató la refriega. Además, durante el fuego cruzado entre policías y maleantes, Dinora fue alcanzada por una bala y gracias a la oportuna intervención de un paramédico, logró llegar en condiciones estables a un hospital.

De manera clara, el jefe de la unidad anti secuestros dijo a los reporteros que el operativo resultó triunfal gracias a la valiosa colaboración del Centro Federal de Investigaciones contra el Crimen Cibernético a cargo del maestro Gabriel Rodríguez, que con su equipo de expertos lograron ubicar rápidamente la dirección física donde se hallaban los malhechores.

La pista clave se obtuvo al momento de capturar, semanas antes, a un miembro de la banda "Las seis llamadas" en el Desierto de los Leones, quien negociando un trato con la Fiscalía federal a fin de evitar 40 años de prisión, aportó datos importantes para facilitar el paradero de sus cómplices. No obstante, a pregunta expresa hecha a Gabriel Rodríguez por un periodista de nota roja, éste dijo desconocer si los secuestradores cometieron algún delito informático antes o en el momento en que inició el aseguramiento del lugar en el que operaban, ya que el único equipo de cómputo hallado fue destruido durante las acciones de fuego.

Sangre de oro.

"Siempre ante la ciencia habrá algo que será inasequible para ella, un mundo mágico, poético o divino, cuya entrada le será para siempre vedada".
Carlos Delessert. *El hombre ante el misterio.*

Pasaron cuarenta y cinco minutos desde el ingreso al hospital de Dinora Dubois y el personal médico se topó con un gravísimo problema al atenderla. A pesar del buen torniquete que David Alfonso le realizó a Dinora, ella había perdido dos litros de sangre y requería una transfusión lo más pronto posible. Lamentablemente para su fortuna, los análisis químicos detectaron que ella poseía la extrañísima sangre RH nulo, o también llamada "sangre de oro". En otras palabras, para no marear al lector, el registro actual reportó que en todo el planeta se contaron a unos cincuenta poseedores de este plasma y México sólo tenía el dato oficial de dos personas con dicho tipo sanguíneo en los últimos veinte años, una de las cuales, ya no vivía. Además, los bancos de transfusión en todo el país no resguardaron la mínima reserva del rarísimo

384

plasma, y no pudiendo Dinora Dubois recibir sangre que no fuera RH nulo, su existencia empezaba a pender del delgado hilo entre la vida y la muerte, pues su pulso cardíaco disminuía poco a poco.

A través de los espacios de noticias y las redes sociales, diversos liderazgos feministas y otros afines a la fundación *Mujer, ¡tú decides!*, pidieron la urgente ayuda de donadores con sangre RH Nulo, dando información parcialmente falsa sobre la identidad de la agonizante Dinora, al dejarle sólo el apellido materno Elizondo, para evitar cualquier manifestación de violencia digital y burlas crueles de millones de personas que le tenían tirria a Dinora y a lo que ella representaba.

A veces, en la vida de cada ser humano hay circunstancias terribles en las que el anhelado remedio a las angustias no llega nunca, o muy por el contrario, si ocurre, pero por caminos misteriosos que muchos han llamado milagros divinos. En diversas ocasiones, el milagro se da cuando la esperanza de la persona en desgracia está a punto de agotarse o en el momento cercano al desenlace inevitable.

Hacia las tres de la tarde, en el área de terapia intensiva del hospital de la Divina Misericordia, administrado por una congregación de monjas marianas, Dinora Dubois agonizaba a solas. Con sus parpados cerrados y su cuerpo enfriándose a lentitud por la falta de sangre, Dinora se entregó al mundo onírico en el que su mente deambuló sin limitaciones. Tuvo muchos sueños, algunos agradables pero el resto derivó en horrendas pesadillas de corte infernal.

Quizá la peor de las visiones en aquella desconexión con la realidad le dejó de manifiesto el estado verdadero de su alma errante y viciosa, como la de toda la gente. Estaba Dinora frente a una hermosa playa radiante de sol y con un cielo azul imponente; la brisa era cálida, agradable. El oleaje tranquilo, disperso. Entonces quiso tocar la espumosa agua del mar, y al hacerlo, todo el horizonte se tornó negro, el sol ya no dio su luz y fue engullido por aquella infinita cortina oscura. Las olas y todo el mar se tornaron de intensa sangre roja que fue transformándose en una masa azabache muy violenta, cuyo sonido no era el siempre rompimiento de las crestas marinas, sino incontables clamores de dolor y tormento ininterrumpido. Gritos humanos de ultratumba inundados de locura terrorífica y de un rugir de metales desquiciante. Una y otra vez. Una y otra vez. Una y otra vez. Luego, como un lejanísimo punto perdido en el firmamento del océano, Dinora veía unas figuras extrañas, avanzando a gran velocidad hacia ella. Todo esto ocurría en cuestión de un instante, por lo que al poco de ver aquellas entidades surgir de la lejanía, de repente ya las tuvo a cien metros de distancia, pudiendo distinguirles plenamente su forma física.

Lo que Dinora vio en ese momento nunca antes lo había padecido en ninguna pesadilla. Se trataba quizá de todo el ejército infernal, las legiones enteras, haciendo fila tras de si, porque al frente, cegados por una soberbia maldita, se mostraban Satanás y los otros archidemonios o príncipes del averno. Sus colosales y monstruosos cuerpos, exhibiendo las horripilantes deformaciones en sus caras y extremidades, representaban la cúspide terrorífica contraria a lo que en tiempos inmemoriales fueron los más hermosos Arcángeles creados por Dios. Tan sólo el maldito Belcebú, al mover los ojos de eterno suplicio, expulsaba gigantescas moscas repletas de la más vil mierda que ojo humano pudiera conocer. Las lagañas mismas de tan aborrecible ser, mostrábanse como impresionantes rocas repletas de demonios menores atrapados y corroídos por el odio, la envidia y la venganza hacia el Supremo Creador.

Dinora quiso huir en el acto, pero no pudo siquiera mover un cabello. La diabólica mirada de Lucifer le congeló su humanidad y el alma. Entonces, el rey del infierno se arrojó como gigantesco gusano sobre la playa, causando tan poderoso terremoto que acalambró violentamente a Dinora. Después, abriendo el horroroso hocico, le salieron vapores de tonalidades ámbar que la mujer nunca había olido en la tierra. Este aliento de anatema hizo que el cuerpo de Dinora se pudriera a través de dolorosísimas llagas de pus que le brotaban como espuma de olas. Y todavía más aterrador fue el que ella oyera muchísimos alaridos de espanto, salidos de la lengua del maligno, dispuestos a torturarla de formas inimaginables. Pronto, una fuerza invisible succionó a Dinora lentamente hacia la deforme boca luciferina, la cual parecía un túnel profundo rodeado por incontables colmillos de fuego maldito. Ella tenía paralizado el habla, no pudiendo emitir palabra alguna de socorro a Dios; en cambio Satanás, al unísono con toda la corte infernal, le bramó excitado:

"TE ESPERÁBAMOS...DINORA... MUY...MUY HAMBRIENTOS
PARA HUMILLARTE...Y... DESTROZARTE... Y OIR COMO DULCE
MÚSICA A NUESTROS OÍDOS... TODOS TUS GRITOS DE AMARGURA Y
DOLOR SUPREMO...
Y COMO AQUEL QUE CONTEMPLA EL MÁS HERMOSO
AMANECER EN LA TIERRA, QUEREMOS VERTE EN TODA TU
HUMANIDAD LLENA DE DESESPERACIÓN, POR HUIR DE
NOSOTROS...Y SABER QUE ESTO LO VIVIRÁS COMO NUNCA JAMÁS
LO PUDISTE PADECER EN TU OTRO MUNDO... HOY, Y MAÑANA Y
POR SIEMPRE".

Dinora ya no tenía control sobre su ser. Parecía más una hoja seca a merced de un maléfico viento. Quizá la pavorosa visión era un mensaje de que su alma ya pertenecía al infierno, el más cruel de todos los mundos existentes y del cual tantas ocasiones llegó escuchar y a imaginarse tras leer las Sagradas Escrituras o por medio de la voz de sacerdotes, religiosas y gente devota a la que trató en su vida pero a quienes no les hizo caso por las advertencias dadas.

Iba a ser engullida Dinora por las fauces de Lucifer, cuando una poderosísima luz emergió a las espaldas de ella, atormentando terriblemente a todos los seres del averno. En ese instante, Dinora recuperó la fuerza para alejarse de Satán, que se retorció sin cesar con el resto de los demonios, cuyos cuerpos se agrietaban con rapidez al recibir aquel resplandor celeste, y aunque claramente abrieron sus espantosos hocicos liberando dolores intensísimos, sus gemidos no se oían en lo más mínimo. Más bien, de donde provenía la hermosa luz, Dinora escuchó un susurrante eco que fue creciendo con más fuerza hasta que pudo distinguir las palabras con claridad:

"Misericordia Divina, que nos acompaña en cada momento de nuestra vida, en Vos confío; Misericordia Divina, que nos protege del fuego infernal, en Vos confío; Misericordia Divina, en la conversión de los pecadores empedernidos, en Vos confío; Misericordia Divina, que nos rescata de toda miseria, en Vos confío, Misericordia Divina, que infunde esperanza, perdida ya toda esperanza, en Vos confío. Cordero de Dios que quitas el pecado del mundo, perdónanos Señor. Cordero de Dios que quitas el pecado del mundo, escúchanos Señor. Cordero de Dios que quitas el pecado del mundo, ten piedad de nosotros."

La voz que oraba era femenina y madura, muy apacible pero plena de fuerza celestial, logrando que el lugar en el que se hallaba Dinora se bañara de esa Luz divina de hermosura rojiblanca, bálsamo de amor inigualable en todo el universo. Cuando miró hacia el horizonte, no había más que un mar renovado, de oleaje suave que reflejaba los rayos del sol pero también de miles de estrellas esparcidas por un cielo nunca antes conocido. Y en ese preciso instante, Dinora Dubois Elizondo, despertó en completa paz pero con debilidad.

Dinora distinguió una silueta humana ataviada de una larga prenda azul con blanco, que la acompañaba al pie de la cama. Segundos después, pudo ver la figura de una monja de agradable rostro, que musitaba un rezo con los ojos cerrados, sosteniendo un sencillo Rosario en sus manos. Así permaneció la agonizante mujer hasta que la religiosa abrió los párpados y con una reconfortante sonrisa le dijo:

- ¿Cómo se siente señora?

Con cansancio en el habla, Dinora repuso:

- Creo que bien. Disculpe, ¿en dónde me encuentro?

- Está en el hospital de la Divina Misericordia del Señor. Seguimos al cuidado de usted.

- ¿Usted es enfermera además de monja? –curioseó Dinora.

- No. Sólo soy monja y con el permiso de mis hermanas, a veces paso a orar por los pacientes. ¿Gusta que me retire?

- Para nada. No se vaya– suplicó Dinora- ¿Cómo se llama?

- La hermana Gudelia, a su servicio.

387

- ¡Ah que lindo nombre! Tuve una prima llamada así.
- Gracias, espero en Dios ya esté con Él –dijo la monja persignándose.
- Yo también espero que si. Murió hace cinco años, por cáncer.
- Haré oración por ella, y por usted, Dinora.
- Que gusto que sepa mi nombre. Me alegra mucho.
- Tuve que leerlo en la hoja de datos aquí en su cama, para hacerle el rezo de las tres de la tarde.
- Si, ya veo que hizo el Rosario, le agradezco hermana – acotó con voz apenas audible, Dinora.
- El Rosario lo rezo por las mañanas y por las noches. La devoción que hice hace unos momentos es a La Divina Misericordia.
- ¿Disculpe? ¿Me puede repetir cuál fue? – dijo extrañada Dinora.
- La devoción a La Divina Misericordia de Dios, es sumamente poderosa, ¿Sabe?

La excelente memoria onírica de Dinora Dubois se encendió de una alegría sin igual. Ya no había duda, la voz femenina que había oído en aquella horrorosa pesadilla era la de la monja Gudelia, y en efecto, los divinos rayos omnipotentes le rescataron su alma a punto de ser devorada por toda la familia infernal. Un escalofrío le enchinó la piel a Dinora, que haciendo un esfuerzo, le dijo a Gudelia:

- Hermana, bendita, siempre bendita sea usted. No tiene una idea de lo que acaba de hacer por mí.

Tocándole los desnudos y helados pies, por la falta de riego sanguíneo, Gudelia le respondió:

- No he sido yo quien la ha ayudado en su terrible tribulación Dinora. Sólo soy un instrumento para que Dios la salve de todo mal.
- ¡Y lo creo! ¡hermana, si yo pudiera contarle, no me creería! –clamó Dinora, quebrándosele la voz.
- Yo le creo. Tranquila. Ahora dígame, ¿qué piensa hacer a partir de ahora?
- Sólo quiero algo y urgente, hermana. Le ruego me ayude.

La monja asintió con mueca esperanzadora. Dinora continuó:

- Le pido que me enseñe a rezar la Divina Misericordia de Dios. Se lo ruego.

En ese momento, marcando el reloj del área de terapia intensiva las 3:33 de la tarde, la monja Gudelia cumplió llena de júbilo la petición de Dinora.

Antes de llegar el ocaso de ese día, se presentó a la recepción del nosocomio de La Divina Misericordia del Señor, una mujer de cuarenta y dos años, alta y de complexión robusta, de rasgos afrodescendientes. Hablando un buen español, dijo llamarse Miriam Tristan, oriunda de Dakota del Norte, Estados Unidos. La secretaria que la atendió le puso amable semblante, además de decirle que era un placer conocerla.

También le pidió que aguardara unos minutos para que pudiera entrevistarse con la madre de la congregación religiosa que administraba el hospital, a fin de que le explicara los pormenores de su visita en pos de realizar actividades para concientizar a la gente sobre el tema del aborto. Miriam Tristan miró con extrañeza a la recepcionista y le dijo:

"Señorita, no estoy aquí para impartir pláticas en este hospital."

La empleada le mostró un cartel cerca del pasillo central en el cual aparecían la foto y el nombre de Miriam como parte de los invitados a un encuentro internacional pro vida que había comenzado ayer, por lo que dedujo que ella venía a impartir alguna plática. Miriam Tristan con tono preocupado le replicó: "Señorita, vengo a donar sangre a una paciente en terapia intensiva. Tengo RH nulo. Avise pronto a los médicos."

ΔΔΔ

Pasadas las cinco de la tarde, el foro *En voz de los indefensos que aún no tienen voz* había llegado a la fase de preguntas y respuestas con escaso público presente, debido a las medidas sanitarias para controlar la pandemia de influenza NY05. La estadounidense Miriam Tristan era una de las figuras que más había impactado con su charla como promotora a favor de la vida humana desde la concepción, pues su narración cautivó por media hora a propios y extraños, principalmente a través de las transmisiones en las redes sociales. Siendo directora de escuela secundaria, se entregó por completo a la pedagogía como herramienta transformadora de generaciones jóvenes en Texas, laborando más de ocho horas diarias en promedio con el fin de resolver la conflictiva vida de los adolescentes hispanos de dos colegios públicos ubicados en barrios populares de Dallas y Houston. De esa ardua experiencia, la profesora Tristan aprendió a hablar español con fluidez y se le reconocía por fomentar la conciencia responsable hacia los promiscuos chamacos para evitar embarazos no deseados o contagios por enfermedades venéreas, como el uso del preservativo en ambos sexos y pláticas testimoniales de papás o mamás solteras de cortas edades. También había publicado dos libros acerca de las consecuencias negativas que el aborto marcaba por bastante tiempo a quienes lo realizaron de manera voluntaria y sin remordimientos. Pero fue su breve semblanza familiar lo que cautivó la atención de los oyentes.

La madre de Miriam, Felicity Tristan, tenía dieciséis años cuando fue violada por un pariente cercano, del que nunca le había revelado la identidad completa, aunque si le dijo que era el padre de ella. ¿Por qué al pasarle esto la madre de Miriam no optó por abortarla? ¿No era acaso la solución idónea? ¿Con un método rápido y discreto, para no despertar sospechas? A decir de Miriam, el que su mamá decidiera tenerla en esa circunstancia se debió a una conexión de amor incomprensible, algo que no podía explicar en su interior pero que le suplicaba no acabar la vida concebida contra su voluntad. Así la situación, Felicity Tristan habló con su madre en primera instancia y narrándole a detalle lo sucedido, su progenitora le reveló un secreto del que nadie le había hablado. También Felicity estuvo a punto de no nacer ya que a su padre se le descubrió un agresivo cáncer de esófago con escasas posibilidades de sobrevivencia, por lo que a petición de él, el abortar a la bebe en camino le ahorraría salud y dinero a la futura viuda, dado que ya tenían tres pequeños hijos por cuidar. Pero la abuela de Miriam no quería hacerlo. No le nacía hacerlo. Se aferró al embarazo aunque recibiera fuertes presiones de su casi desahuciado marido junto a otros familiares a fin de convencerla. Y al aferrarse a la vida, también lo hizo hacia Dios, pidiéndole a cualquier hora del día, que no la abandonara. Finalmente, una mañana mientras acariciaba su maternal pansota de ocho meses, las benditas noticias llegaron: su esposo había logrado librar la enfermedad y estaba sano. Felicity nació quince días después, trayendo más dicha a la familia.

Una vez que Felicity supo este dramático episodio vivido por su madre al esperarla en su vientre, ella le dio confianza y su apoyo total, aconsejándole no abortar. "El resto, es historia presente – concluía Miriam Tristan su relato personal – pues de no haber nacido, no estaría aquí y ahora hablándoles de frente, muy feliz y con el deseo de luchar siempre por la vida".

Entre las personas distribuidas en las gradas, una activista pro aborto que pasaba desapercibida, traía algunas preguntas cargadas de pólvora contra Miriam y otros invitados al foro, pero justo cuando le habían concedido la palabra y el micrófono para hablar, puso angustiado semblante y dirigiéndose al público dijo:

- Disculpen les moleste con este asunto que no tiene nada que ver con la plática de los del panel. Me acaban de avisar por celular que la señora Dinora Elizondo, requiere una donación urgente de sangre tipo RH nulo. Lo que mencionan es que sólo puede ser este tipo de sangre, repito RH nulo. Y la paciente, Dinora Elizondo, está en el hospital de La Divina Misericordia. Repito, La Divina Misericordia. Les pediría de favor si pueden consultar en sus redes sociales los que puedan y encontraran el hashtag: *sangre RH nulo* para Dinora o también *RH nulo Dinora*. Mucho, mucho les agradeceremos si nos apoyan con esta tarea urgente y no les quito más tiempo. La gente que nos está viendo por Youtube y Facebook, favor de difundir y ayudar a nuestra compañera Dinora.

Se retiraba ya la líder pro aborto de la sala auditorio cuando Miriam Tristan la alcanzó con uno de los encargados de logística, hablándole a prisa: "Lléveme a ese lugar donde está su amiga. Yo tengo esa sangre."

Mientras los análisis de laboratorio corroboraban que el plasma sanguíneo de la estadounidense Miriam Tristan si era RH nulo, a la entrada del hospital se detuvo un taxi vochito en excelentes condiciones físicas y mecánicas. De la puerta del copiloto salió una atractiva jovencita alta y esbelta, de piel apiñonada, con un cubrebocas negro, resaltando unos ojos miel cautivadores que hacían buen juego con la tonalidad de su cabello castaño cenizo. Se dirigía a paso veloz al acceso del nosocomio cuando sonó su teléfono móvil, contestándolo sin detenerse:

- Hola.
- Hija, tu madre y yo te hemos estado marque y marque, ¿por qué no respondes?
- Disculpa papá, tenía el teléfono en silencio –mintió la chamaca.
- ¿Dónde estás?

La joven pausó unos segundos antes de responder:

- Estoy entrando al hospital.
- ¿Cuál hospital? –indagó nervioso el padre.
- El de la Divina Misericordia.
- ¡Para, para! –le gritó el hombre a su hija.
- No esta vez papá. Ya no.
- Andrea, no puedes ayudar a esa persona. No lo hagas por favor –suplicó el progenitor.
- Es mi vida, y es lo que siento que debo hacer. Discúlpame papá.

Antes de que pudiera replicarle a su retoño, ella colgó la llamada y apagó su celular. Luego se presentó en la recepción, siendo atendida por la misma empleada que recibió a Miriam Tristan:

- Buena tarde, me enteré que la paciente Dinora Elizondo requiere donadores de sangre tipo RH nulo y vengo a donarle.

Muy extrañada reaccionó la recepcionista. Ella había oído clarito como el agua las palabras que el encargado del banco de plasma del hospital le dijo a unas enfermeras sobre la complicadísima situación de salud de Dinora Dubois Elizondo: "Conseguir la sangre que ella tanto requiere es como si un sediento peregrino hallara un charco de agua en medio de un inmenso desierto. O un milagro, por llamarlo de otra manera."

Pero por rarísimo que pareciera, el milagro estaba ocurriendo.

- Muchas gracias señorita. ¿Podría darme su nombre, edad y una identificación oficial? – le pidió la recepcionista poniendo saltones ojos.

La muchacha sacó su credencial de elector y dijo:

- Soy Andrea Magón Méndez. Tengo diecinueve años.

ΔΔΔ

Hacia las ocho de la noche del último sábado de aquel mes de julio, Dinora
Dubois Elizondo salió del área de terapia intensiva, tras haber recibido mil ochocientos
mililitros de sangre RH nulo de las donantes Miriam Tristan y Andrea Magón. La mayoría del personal médico no daba crédito a lo recién acontecido en el sanatorio de La
Divina Misericordia del Señor, y eso que abundaban diversas historias de curaciones
espontáneas o de pacientes con enfermedades gástricas que sanaron tan sólo al beber el agua potable del hospital. Pero cosa aparte fue el recibir no a una, sino a dos
personas portadoras de la sangre más rara en todo el planeta tierra. Mientras seguían
las murmuraciones en los pasillos, Miriam y Andrea reposaban en uno de los cuartos
de descanso de donadores, conversando sobre el asunto que las tenía ahí mismo,
echándose miradas curiosas.

- Es un gusto el conocer a alguien que tiene la sangre dorada. En mis casi
veinte años tú eres la primera –le reveló Andrea a su acompañante.

- Es mutuo el placer –repuso Miriam Tristan– y a mis cuarenta y dos años
también eres la primera persona que veo con la Golden blood.

- ¡Impresionante! ¿Tan rarísimo es tener el RH nulo por lo dicen?

- Tan tan pero tan rarísimo como el que tú y yo estemos aquí –explicó Miriam
-. Porque quizá haya un centenar de portadores pero no se tiene registro más que de
unos cincuenta o menos en todo el mundo.

- Y dicho sea de paso –dijo Andrea– ambas estábamos en sintonía. Yo te
escuché por la transmisión de Youtube que se hizo del foro de promotores a favor de
la vida, así como también supe de la solicitud de donadores urgentes en voz de una
feminista pro aborto. Increíble.

- Perdona –puso semblante serio Miriam- pero me dices que la chica que nos
pidió auxilio para donarle sangre a Dinora Elizondo, ¿es pro aborto?

- No sólo ella. También a quien le donamos sangre.

- ¿What? ¿How is that possible? Disculpa, no entiendo nada– expresó en tono
preocupado Miriam Tristan.

- El asunto no es sencillo –dijo Andrea-. Pero a esta hora, ya debe haberse
difundido que se trata en realidad de Dinora Dubois Elizondo.

Mordiéndose los labios con ojos de arrepentimiento, Tristan suspiró profundo:

- Okey. Ya entiendo todo. A ella si la conozco por ese nombre y hasta la he
visto a través de publicaciones y discursos que da en sus redes sociales a favor del
aborto. Es aburrida en todos los aspectos. Y ahora me queda claro que aquella chica
al pedir la donación de sangre urgente, dio un nombre incompleto.

- Esa es la táctica que usaron los grupos feministas para que la gente no pensara que se trataba de la principal activista pro aborto –agregó Andrea Magón.

- Pero dime algo –husmeó Miriam, cerrando el puño del brazo donador de plasma–. Yo definitivamente no supe bien la identidad real de esta mujer, pues no soy de aquí. ¿Pero tú si lo sabías?

Andrea le devolvió una sonrisa de sincera afirmación.

- ¿Y entonces por qué le has regalado tu sangre? – le increpó Miriam.

- Porque no quiero que muera.

- My God… - susurró Miriam Tristan apretándose el entrecejo, con los párpados caídos.

Un largo silencio incómodo puso fin a la amena charla entre las dos mujeres cuyo flujo sanguíneo libró de la parca catrina a Dinora Dubois, la cual se recuperaba sin mayor dificultad en el área de hospitalización. Miriam Tristan puso la cabeza elevada hacia el techo, abriendo y cerrando los ojos, en tanto meditaba una decepción. Andrea en cambio, revisaba desde su celular las noticias más frescas que se decían sobre la condición de salud de la presidente de la fundación *Mujer, ¡tú decides!*, algunas de las cuales ya daban cuenta de su mejora gracias a la donación de la rarísima sangre de oro por parte de dos voluntarias. De pronto aparecieron sus padres, acompañados por la directora del hospital, una monja chaparrita cercana a los sesenta años de edad de simpática cara. Sus progenitores sin embargo, lucían muecas serias.

- ¿Cómo te sientes hija? ¿Nos vamos a casa? –dijo su madre.

- Me siento bien, sin ningún problema –repuso la muchacha-. Sólo quisiera aguardar unos minutos más y preguntar sobre la salud de la paciente.

- No te preocupes por ella –metió su cuchara la directora-, me han reportado que se encuentra estable.

- Bendito Dios, gracias. Entonces estoy lista para partir –murmuró Andrea.

Su padre, que en efecto se trataba ni más ni menos que de Severiano Magón, no aguardó la reprimenda que le tenía preparada a su primogénita:

- Espero que tengas la conciencia tranquila por el resto de tu vida Andrea. Espero que si, porque yo no tendría paz.

- Papá, no entiendo lo que dices.

- No hay mucho que entender, pero ojalá Dios no te pida cuentas por haber ayudado a una de las personas que más anhelan la reinstauración del aborto en este país.

- Papá… ojalá comprendieras que mi decisión no tuvo ese fin. Nunca lo hubiera hecho.

Impaciente en la voz, Severiano repuso:

- ¿Me dices Andrea que no sabías que la tal Dinora Elizondo en realidad es Dinora Dubois? ¡Por favor!

- Papá, claro que lo supe –aclaró tranquila la jovencita-. Desde que los medios anunciaron que ella había sido herida durante un choque entre policías y unos secuestradores, horas más tarde ya se andaba pidiendo por redes sociales la donación urgente para salvarle la vida, aunque usaron su apellido materno para no relacionarla con su nombre de figura pública.

Dicho esto, intervino Evelia Méndez, su madre:

- ¡Es que me parece increíble hijita mía que le hayas donado tu sangre a esa mujer, que de por si sabes que tienes que cuidar mucho! Andrea se puso de pie y dijo:

- ¡Mamá, papá! Justo en este momento no me pidan que me dé remordimiento lo que acabo de hacer. No cuando lo único que hice fue salvarle la vida a mi prójima. Lo que ella decida hacer en adelante, sólo Dios sabe. Pero les quiero recordar algo que desde niña ustedes me decían tantas veces cuando yo me portaba mal o cuando mis hermanos me hacían algún daño. Se trata de perdonar y pedir perdón. De poder darme a mí o a mis semejantes otra oportunidad. Ustedes me aseguraron que llegaría el día en que se me revelara qué carajos era perdonar de corazón a los que nos ofenden, tal cual reza el Padre Nuestro. Y sé definitivamente que hoy es el día. Yo creo que Dios ha manifestado su Voluntad para que Miriam y yo coincidiéramos en este lugar e instante con el único propósito de salvarle la vida a Dinora Dubois. Espero me perdonen si los he ofendido, pero no sean duros conmigo. No me hagan dudar de que lo que hice ahora fue malo. Se los ruego.

Miriam Tristan le echó caviloso vistazo a Andrea Magón, como queriendo decirle algo pero con la mirada. Severiano, se tocaba la frente con la mano diestra dirigiéndole ojos de complicidad a su esposa Evelia, quien con ligero orgullo le habló a aquél:

- Mi vida, en este momento nuestra hija me recuerda a ti cuando tenías veintiún años y dabas tu ayuda al teporocho de la calle, al indigente hambriento o al borrachito que nadie quería. ¿Cuántas veces no te daban tus buenas regañadas en casa por acabarte el pan y el jamón por alimentar a una familia pobre al pedirte caridad? ¡No cabe duda que es hija de tigre pintito!

- Definitivamente es una Magón por ser tan testaruda como yo –suspiró Severiano– pero también tiene lo Méndez de ti en la manera de hablar tan tranquila y conciliadora. Nunca olvidaré la forma en que suavizaste a tus padres cuando al salir de clases yo te sonsacaba a los mítines y marchas en defensa de la familia y contra la prohibición del aborto. Si, si… vaya que esta chamaca es orgullosamente Magón y Méndez.

En ese instante irrumpió Miriam Tristan:

- Andrea, quiero disculparme contigo si también te hice sentir mal por el reclamo hecho antes de que llegaran tus papás. Ellos son muy buenos contigo y te han dado grandes valores que hoy aplicaste al haber cedido una parte vital tuya para sanar a esa mujer que tantos disgustos ha causado a los que detestamos el aborto. No quisiera que te llevaras una mala impresión de mí, al contrario, quiero que seamos amigas porque nos une la misma causa: proteger a los concebidos en el vientre de las mujeres. Cierto que la mentira con la que yo caí para donar mi sangre me hizo enojar al principio, pero tú has expuesto con toda sinceridad lo que te motivó a hacer lo mismo que yo, incluso sabiendo lo que hace Dinora Dubois. ¡Admiro mucho tu valor y caridad!

Andrea se acercó a Miriam tocándole el hombro en señal de reconciliación. Atónito, Severiano Magón dijo a la dama estadounidense:

- Miriam Tristan, ¡apenas me percaté que es usted! Si supiera cuánta gente le hizo preguntas en el foro pro vida de hoy. El moderador se disculpó con las personas explicándoles que usted tuvo un asunto urgente que atender. ¿Así que también tiene la sangre RH nulo y vino a donarle a la señora Dubois?

Con aire alegre, Miriam respondió:

- Afirmativo, por eso estoy aquí. Pero además no imaginaba lo pequeño que es el mundo. A usted le tengo bien identificado desde hace varios años. He guardado todos los videos con sus discursos y entrevistas defendiendo la vida humana desde la concepción. ¡Son indispensables!

- Y mire en qué circunstancia nos hemos conocido personalmente –señaló Severiano resignado.

- Yo lo tuve a usted a dos metros de distancia, hace diez años, cuando vino a Atlanta, y dio una conferencia sobre los avances de la ley anti aborto en México.

- ¡Lo recuerdo como si fuera ayer! –dijo nostálgico Severiano- ¿Pero por qué no me contactó entonces? ¿O quizá fui grosero con usted?

- Ni grosero, ni majadero. Al contrario, todo un caballero –afirmó Miriam-. Pero si hacemos memoria, en aquel momento mucha gente quería saludarle, muchos paisanos como les dicen aquí a los mexicanos de allá. Fue imposible para mí poderlo saludar ese día.

- Pues mire. Aquí estamos como en familia –le animó Severiano-. Es más, considérese como una miembro más de los Magón Méndez. ¡Y no lo digo sólo porque mi hija y usted tengan la misma sangre!

Todas las mujeres rompieron en ligera carcajada por respeto a otros pacientes hospitalizados. Luego, Miriam Tristan agregó un comentario muy particular:

- Lo que pude ver en aquella visita que usted hizo a Atlanta me dejó en claro que es muy popular y querido entre los suyos. Y en Texas igual, hay un buen de mexicanos que comentan que si Severiano Magón se lanza como candidato a presidente de México, votarán por él sin dudarlo.

- Sé que en los yiunaites tengo simpatías pero para serle sincero, no sé cuántos me darían su apoyo.

- Si yo le contara –suspiró Miriam-. Tan sólo en los dos colegios donde he trabajado, el ochenta por ciento son estudiantes mexicanos y sus padres están pendientes de que usted sea su candidato para darle el voto.

- Debo darme una vuelta pronto por allá, señorita Miriam. Y espero sea por
los rumbos de usted para que pueda acompañarme.

- Desde ahora le digo que estoy con usted en lo que pueda ayudarle. Si tuviera
la ciudadanía mexicana, mi voto ya sería suyo.

La madre directora del hospital mariano se congratuló de que los ahí presentes
lograran reconciliarse caritativamente. En el corazón de la monja, un pensamiento de
agradecimiento profundo se dirigió hacia el Señor:

"No por nada Jesús Mío, este lugar lleva el nombre de Tu Divina Misericordia,
la cual endulza y reconforta a toda alma amargada o sumida en la peor angustia."

Por lo que aconteció al resto del día, la familia Magón Méndez le abrió las
puertas de su casa a Miriam Tristan invitándole una suculenta lasagna de carne con
espinacas y vino tinto. Tras terminar el ameno convite, Severiano y su hija Andrea la
llevaron a la casa de unas amistades en donde ella se hospedaba. Después de convivir
un rato con sus huéspedes, Tristan se fue a la habitación, procediendo a leer y a responder a través de una transmisión por Youtube, cada una de las cuarenta y cinco
preguntas que la gente le hizo al dar su testimonio como activista pro vida.

ΔΔΔ

Dinora Dubois Elizondo obtuvo su alta médica un día después de haber recibido la sangre dorada de Miriam Tristan y Andrea Magón. Desde luego que los abogados de la fundación *Mujer, ¡tú decides!* tomaron cartas en el asunto para que ella
evitara dar la menor de las declaraciones a la marea de reporteros que aguardaban
fuera del nosocomio para sumergirle en un sinfín de preguntas, la mayoría relacionadas al lamentable secuestro que padeció junto al "mata fetos" Vladimiro Padroza, cuyo
cuerpo masacrado seguía en la morgue pues nadie había ido a reclamarlo. A Dinora
también se le quería sacar la sopa sobre la presencia en el hospital de Severiano
Magón y su familia, quienes curiosamente salieron bien tranquilos junto a la líder pro
vida Miriam Tristan, lo cual generó algunas suposiciones entre el gremio periodístico
ahí presente.

Una vez logrado el difícil objetivo, Dinora Dubois tuvo que colaborar desde el
despacho de un importante abogado a su servicio, atendiendo las pesquisas que le
hiciera el personal de la Fiscalía General de la República para construir el expediente

penal contra el resto de secuestradores de la banda "Las seis llamadas". La ardua labor dejó exhausta a la dirigente de la fundación pro aborto más importante de México, la cual de vez en cuando se daba un respiro a solas mientras evadía las más de cinco mil notificaciones acumuladas en las redes sociales de la organización *Mujer, ¡tú decides!*, que buscaban saber sobre su estado de salud principalmente. Este desapego suyo al chismógrafo virtual fue voluntario aunque también forzoso por los asesores jurídicos. Y si bien su teléfono móvil estaba retenido como evidencia de la escena del crimen en la que Dinora había estado, podía disponer de la tablet que dejó en casa antes de salir al lugar donde ella y Vladimiro fueron levantados por la banda criminal. Conscientes los abogados de esa posibilidad, se envió a la asistente personal de Dinora quien tenía copia de las llaves de su hogar, con la orden de obtener cualquier aparato electrónico con el que su jefe pudiera comunicarse por redes sociales.

Al concluir el proceso de investigación ministerial al que Dinora Dubois brindó la atención debida, el equipo jurídico y de comunicación de crisis del magnate Ozzro Egrego, la retuvo en su casa para garantizarle protección contra un grupo de reporteros que como sabuesos, la habían seguido con el fin de que les diera cualquier declaración en torno al secuestro que padeció un par de días atrás. Pero aparte, los expertos asesores instalaron un cuarto de guerra mediático y definieron los escenarios complejos que ahora tenía que afrontar Dinora como máxima figura de la fundación *Mujer, ¡tú decides!*. Primero, el delicadísimo asunto del robo total de los fondos financieros de Egrego y de la O.N.U., destinados a apoyar actividades y propaganda de colectivos pro aborto en varias ciudades de México, no debía mencionarse por ningún motivo hasta que se lograra la devolución del último dólar por parte del banco receptor en las Islas Caimán. Y esa demanda llevaría al menos tres meses en resolverse, debido a la enredosa tramitología ordenada por las leyes internacionales cuando se transferían altas sumas de dinero. Un punto clave para evitar que el tremendo desastre se diera a conocer al público en general, fue cerrar toda posible fuga de información a la prensa nacional e internacional, quedando claro el amplio poder del que gozaba Ozzro Egrego para pedir este tipo de favores al gobierno federal. En segundo lugar, se tenía que hacer una contundente declaración pública por medio de las redes sociales y en voz de la propia Dinora Dubois, aclarando sin entrar en detalles, que iba recuperándose de su salud por el atentado sufrido, agradeciendo el apoyo de la comunidad en general, principalmente a las redes feministas que difundieron con urgencia el auxilio inmediato para donarle sangre. El mensaje tampoco debía mencionar nada sobre el escasísimo plasma RH nulo que Dinora recibió pronto, ni mucho menos que lo hubiera obtenido de dos mujeres afines al movimiento pro vida. Finalmente, ella informaría que iba a tomar un tiempo de descanso para reponerse del terrible trauma sufrido, motivo por el cual, la reconocida abogada feminista Georgina de León Herrera la sustituiría en la presidencia de la organización *Mujer, ¡tú decides!*. A grandes rasgos, de esto se trataba el comunicado final de Dinora Dubois mismo que fue definido por el equipo asesor para afrontar situaciones de crisis.

Una vez concluyera la transmisión completa de este mensaje, Dubois Elizondo tenía que firmar un documento para recibir terapia postraumática en una clínica psiquiátrica muy exclusiva ubicada en Amsterdam, que pertenecía a un socio comercial de Ozzro Egrego. El papel autorizaba al personal de dicho centro de salud mental a recluir por al menos seis meses a Dinora y a obligarle a seguir el tratamiento farmacéutico que ella consentía con su rúbrica, incluyendo el uso de nuevas sustancias o drogas experimentales. Acatando estas condiciones no negociables en ningún aspecto, Dinora tendría la certeza de que ninguna demanda judicial le daría problemas por el resto de su vida.

A pesar de la avalancha de asuntos que afrontó al abandonar el hospital de La Divina Misericordia, Dinora no sentía agobio alguno. Muy cooperativa y animada, acató sin recelos las indicaciones que le daban las autoridades de investigación criminal, así como los abogados y los asesores de comunicación pagados por Ozzro Egrego. Antes de darle descanso nocturno, se le dejó a Dinora el texto que debía leer al menos unas tres o cuatro veces, para familiarizarse con el mensaje final que iba a ser ampliamente difundido al día siguiente. Recostándose en su cama, la que por vez primera sintió muy extensa al no tener ya el calor y compañía de su amante traicionero Vladimiro Padroza, Dinora miró un instante un retrato al lado de su buró, donde ambos se abrazaban en la playa cubana de Varadero. Luego suspiró profundo y guardando la fotografía en el cajón del mueble, se dispuso de lleno a cumplir con la que sería su última actividad como presidente de la organización nacional *Mujer, ¡tú decides!*.

Dulce para unos, amargo para otros.

"La dulzura del hombre con la bestia es la primera manifestación de su superiodad sobre ella." Courtline. *La filosofía.*

"Digo y afirmo que si no fuese por lo amargo, en las cosas no habría placer." Giordano Bruno. *Eroici furori.*

Desde el último pasillo que conectaba con la salida del Centro de Readaptación Social de Celaya – El Cereso -, se podían escuchar un sinfín de aplausos y porras de voces masculinas dando la despedida al recluso Jacinto Cañada Fajardo, quien había purgado de manera injusta diecinueve años, cuatro meses y veinte días de prisión. Al menos cien reclusos le daban palmadas y abrazos deseándole bendiciones y alegría a partir de ahora. También le acompañaban con sonrisas y pulgares arriba la mayoría de los guardias del centro penitenciario, siendo el más veterano de ellos, de nombre Camilo, el que le dio la primicia a Jacinto la noche anterior, al escuchar accidentalmente a una secretaria decir que ya se había recibido el documento firmado por el juez de apelaciones Marcelino Petrasio, en la que se le otorgaba el auto de libertad definitivo y el retiro de todos los cargos por los que se le había condenado a Jacinto a cincuenta años de cárcel.

Tenía Jacinto dieciocho años y medio cuando fue detenido y puesto tras las rejas, marcado por la comunidad proscrita del penal como un traficante menor de drogas, violador de mujer y asesino de un anciano indefenso. Pero contando el hecho de que Jacinto tuvo la sentencia más larga de todo el reclusorio, se le había dejado intacto de cualquier agresión, tal como lo establecía ese código moral grabado en la mentalidad de la familia carcelaria.

Ahora, cercano a cumplir treinta y ocho años de edad, Jacinto Cañada salía a un mundo al que le costaría mucho adaptarse, sin experiencia laboral que le ayudara a obtener un empleo a la brevedad y sintiéndose a la vez como un obstáculo para su reducida familia, que nunca le abandonó por completo, sobre todo su madre Gumercinda, la que sin falta lo visitaba cada sábado o domingo ya fuera sola, o con alguno de sus hermanos u otros familiares. Aparte, el largo encierro había convertido a Jacinto en un hombre sumamente desconfiado en los demás. Largas horas de insomnio tuvo en los primeros años de reclusión, durante las cuales amaneció hundido de amargura por saberse víctima de gente nefasta y mentirosa que a fin de no darle muerte en el acto, eligieron chingarlo a lentitud, como al ave acostumbrada a volar libre por el cielo, se le enjaula para el placer de unos cuantos. Y cierto es que, bastantes días y noches, mirando los barrotes de su celda, Jacinto sintió desahuciada toda posibilidad de recuperar su libertad.

Pero luego, sorpresivamente, regresó a su vida aquella esperanza de salir de la cárcel con la ayuda invaluable de su abogada Carmina Luna Atanacio -su primer y único amor de juventud-, la que nunca renunció a pelear en los tribunales por sacarlo de esa ergástula fría y maloliente; de aquellos inmensos muros grises cercados por la muerte. Y ya no había duda: Carmina por fin le hizo realidad esa promesa al estar Jacinto pagando casi dos décadas en la cárcel.

Fue imposible para Jacinto no derramar lágrimas de una emoción incalculable tras ser despedido por sus mejores amigos. Aquél cálido momento nunca jamás lo borraría de su mente y juró visitarles de vez en cuando, aunque los reclusos le recomendaron no regresar más a este sitio donde claudicaba cualquier aire de esperanza. Todavía más asombroso fue el que, ya en el área administrativa del Cereso de Celaya, algunas secretarias a las que llegó a tratar amablemente cuando acudía a una entrevista con su abogada Carmina, le obsequiaron chocolates con pequeñas cartas de buena suerte y una apreciable cantidad de dinero suficiente para vivir sin preocupaciones durante un mes. Cubiertas del rostro por tapabocas debido a la contingencia sanitaria, Jacinto no pudo evitar abrazarlas con tanta ternura como si fueran sus propias hermanas. Y finalmente, el propio director del centro penitenciario acudió en solitario a darle la despedida y sobre todo una disculpa profunda, a nombre de aquellos que por errores u omisiones de índole diversa, le condenaron por crímenes que nunca cometió, extendiéndole Jacinto su afecto por el buen trato que de este funcionario siempre tuvo.

En las amplias bancas exteriores del acceso principal del reclusorio, se hallaba sentada una mujer de cabello cano y trenzado, de complexión ancha y mirada apacible, con un Rosario entre sus morenas y arrugadas manos. Era la madre de Jacinto Cañada, doña Gumercinda Fajardo, quien viendo hacia el horizonte pintado de un cielo azul intenso, se perdía absorta en el rezo. Jacinto pasó a su lado, para gastarle una pequeña broma pero la mujer no lo miró. Entonces, volviendo hacia ella, se sentó a corta distancia y fue ahí cuando Gumercinda le echó unos ojos desbordantes de alegría; inundándose de recónditas lágrimas que estaban reservadas para salir cuando su muchacho Jacinto estuviera libre de aquellas grises e inmensas paredes.

También se hicieron presentes sus hermanos con las familias que habían formado, esposas e hijos, los cuales le dieron fraternal bienvenida y le invitaron a almorzar a un buen restaurante que habían elegido. Pero alguien sumamente importante en este momento tan especial en la vida de Jacinto no apareció, por alguna extraña razón: Carmina Luna Atanacio. Su querida Carmina, no estaba presente y Jacinto moría de ansias por abrazarla y agradecerle por las horas incontables, desvelos y años invertidos en ganar no la reducción de sentencia, tal cual era el primer objetivo de Carmina, sino su completa libertad sin antecedentes penales.

Algo cabizbajo por el hecho de no tener a Carmina en su festejo, Jacinto se dejó consentir por su familia yendo a disfrutar la comilona. Ya en el restaurante, se distraía entre el ameno ambiente propiciado por un cantante de rancheras, siempre junto a su madre y escuchando a ratos algunos relatos de la vida de sus consanguíneos. Esporádicamente echaba un vistazo a la pantalla de televisión en el que se retransmitía un partido de la Champions League. Entonces, Jacinto fijó su atención justo cuando un jugador iba a cobrar un penalti, pero su vista quedó nublada de forma repentina por un par de manos cálidas mientras una femenina voz le susurró al oído: "¿Será gol o no?"

El cobrador le pegó magistralmente al balón hacia el poste derecho, logrando que el esférico pegara en el metal y saliera con efecto dirigido hacia el palo izquierdo, pasando engañosamente por detrás del cancerbero que apenas y vio la última recta de la pelota golpear aquel tubo para acabar finalmente en el fondo de la red. No había sido gol, sino un fantástico golazo de carambola.

Y si, esas manos que habían tapado la mirada de Jacinto Cañada Fajardo tenían como dueña a Carmina Luna Atanacio. El abrazo que ambos se correspondieron duró un largo momento, derramando lágrimas en su madre. Fue un abrazo único, que jamás olvidarían Carmina y Jacinto.

Y ahora que Jacinto completaba la felicidad de este día, uno de los más imborrables de su vida, quiso saber la causa por la cual su abogada no había acudido a recibirlo tras su salida de la cárcel. Al darle Carmina la razón, le despejó a Jacinto

cualquier duda acerca de por qué ella se tomaba muy en serio su profesión de derecho. En otras palabras, Carmina tuvo que cumplir con los trámites legales para que
Jacinto saliera de inmediato. Entre diversas rúbricas y presentación de papeles engo-
rrosamente burocráticos, la abogada Luna Atanacio tardó una hora, aunque de lejos
pudo ver muy feliz parte de la celebración efusiva que tanto reclusos como personal
administrativo le habían obsequiado a su cliente. Incluso llevaba consigo algunos documentos que Jacinto tenía que firmar antes abandonar el penal, pero confiando en la
palabra de Carmina, el director autorizó la salida del papeleo para que ella se los pudiera entregar a Jacinto en donde estuviera festejando y los regresara antes del cierre
de oficinas.

De muchas cosas y planes habló Jacinto Cañada Fajardo con su familia y con
Carmina. La primera de ellas tenía que ver con culminar una licenciatura en ingeniería
electrónica, cuyos estudios a distancia había iniciado durante el último lustro que estuvo en prisión. A Jacinto se le facilitaban bastante las matemáticas y la física, aprendiendo a reparar componentes eléctricos en distintos cursos que tomó con absoluta
pasión. Su mayor incertidumbre, sin embargo, giraba en torno a conseguir empleo
pronto. Dado que su madre tenía una pequeña fonda a las afueras de Celaya –ya que
algunos años después del encarcelamiento de Jacinto, ella decidió irse a vivir con sus
hijos a dicha ciudad, para poder visitarle-, lo que menos quería Jacinto era convertirse
en una carga para ella, sino al contrario, ayudarle a ahorrar lo suficiente para que
Gumercinda se retirara a descansar en su vejez. Dos hermanos suyos ya le tenían
propuestas de trabajo seguro, pero sin ninguna prestación laboral y con contratos a
seis meses, no garantizando la renovación. Pero Jacinto les agradeció de corazón la
invaluable ayuda.

También Carmina Luna se había movido para ayudar a Jacinto través de un
contacto importante: su amigo Gabriel Rodríguez. Éste, dirigiendo a la también llamada policía federal cibernética, requería de técnicos calificados para darle constante
mantenimiento al numeroso equipo de cómputo que se usaba las veinticuatro horas
del día, los trescientos sesenta y cinco días del año, y por lo tanto, se abrían plazas
de trabajo bajo perfiles específicos. Como Jacinto Cañada tenía una licenciatura trunca
pero acorde a lo que el puesto laboral demandaba, tendría la facilidad de poderla concluir con horarios especiales, aunque mucho también le ayudaba el haber cursado
talleres sobre asistencia y reparación de todo tipo de computadoras estando en la cárcel. Era momento pues de cosechar los frutos de su esfuerzo y del tiempo bien aprovechado en aquel sitio que regresaría sólo para visitar a sus buenos cuates, muchos
de los cuales purgaban sentencias mayores a los veinte años.

Cuando Jacinto escuchó la propuesta de Carmina para poder laborar en el
Centro Federal de Investigaciones contra el Crimen Cibernético, éste no la pensó dos
veces. Y Gumercinda Fajardo tampoco. Ahora que por fin se habían reunido madre e
hijo, lo que menos deseaban era estar separados. La señora de una vez le propuso a

402

su nuera más joven el quedarse con la fonda, pues venía ayudándole dos años atrás y cuyo rico sazón había conquistado a diferente clientela de Celaya. Siendo así, el nuevo panorama pintaba halagüeño para Jacinto Cañada Fajardo, pues aparte, su abogada Carmina, su amiga Carmina, su primera y única novia Carmina, también vivía en la Ciudad de México.

Sorpresivamente, en el restaurante irrumpieron unos mariachis cantando la que Jacinto Cañada consideraba la rola número uno del repertorio ranchero de México: *"Caminos de Guanajuato"* del maestro José Alfredo Jiménez. El inesperado concierto fue de parte de su madre y hermanos, que le volvieron a arrebatar lágrimas de nostalgia, pues durante sus casi veinte años tras las rejas, esa canción en especial sólo pudo disfrutarla a través de discos o por la radio, pero nunca con mariachi. El conjunto musical, de elegante traje charro blanquecino les obsequió también *"México lindo y querido"*, *"La bikina"*, *"Perdón"*, *"El rey"*, *"Alevántate"*, *"Aunque no sea mayo"* – ésta la bailó Jacinto con su madre – y desde luego, para cerrar con broche de oro, *"Piensa en mí"*, del inolvidable *Flaco de oro*, don Agustín Lara, que Jacinto le dedicó a Carmina invitándola a danzar cruzando sus miradas.

ΔΔΔ

Mientras esta celebración transcurría a placer de la familia Cañada Fajardo junto a Carmina, otro hecho trascendental iba a ocurrir en la Ciudad de México. Dinora Dubois Elizondo esperaba luz verde de los asesores en comunicación para dar inicio al mensaje tan esperado de la organización *Mujer, ¡tú decides!* a través de todas sus redes sociales. El atril de color blanco mostraba grande el logotipo de dicha organización, el cual consistía en una silueta de mujer que con el dedo índice diestro se tocaba el vientre y con la mano izquierda mostraba el símbolo del pulgar abajo, como dando a entender el libre deseo de terminar un embarazo. Detrás de Dinora se dispuso de un banner grande por el cual desfilaban fotografías de manifestaciones de gente pro aborto en algunas ciudades de la República mexicana. Pieza clave de la video conferencia fue el que Dinora tuviera a unos pasos y de pie a la mujer que iba a sustituirla en el cargo, ni más ni menos que la luchadora feminista Georgina de León Herrera, quien había obtenido un costoso amparo para evitar su detención y juicio por el delito de poseer y suministrarle la prohibida píldora "del día siguiente" a Carmina Luna Atanacio, casi dos décadas antes. Los atuendos de Dinora y Georgina fueron escogidos por los expertos en imagen pública, portando ambas traje formal de tres piezas: el saco y los pantalones de color naranja y negra la blusa. Poco maquillaje se le aplicó a Dinora Dubois, evitando cubrirle la parte debajo de los ojos, acentuándose sus ojeras padecidas por la violenta experiencia sufrida recientemente. Esto, en efecto, quería evidenciar el demacrado rostro de Dinora frente a los millones de internautas, por el cual se justificaría sin duda el motivo de su renuncia como líder de la poderosa fundación pro abortista.

El semblante de Georgina de León, en contraparte, gozaba de una vitalidad impresionante. El maquillista se había lucido con ella para presumir la nueva cara de la presidencia de *Mujer, ¡tú decides!*, con dotes de mucha fuerza y carácter; una cara dispuesta a rajarse en la lucha sin cuartel contra el movimiento pro vida en México. Y aunque paradójicamente el colorido artificial de Georgina parecía más la de una modelo cincuentona bien conservada - muy contrario al de muchas feministas que odiaban pintarse la jeta- el mensaje no verbal buscaba atrapar los corazones de la gente indecisa frente al tema de la legalización del aborto, cautivando simpatías masculinas con la innegable belleza de Georgina.

A escasos tres minutos de iniciar el mensaje masivo por las popularísimas redes sociales, Dinora solicitó un favor especial al jefe de comunicación y lo cual no era nada del otro mundo. Simplemente le pidió que la dejarán a solas, con Georgina de León presente a su lado, pero a puerta cerrada. Esta petición no le causó conflicto al comunicólogo, pues en diversas ocasiones cuando Dinora iba a dar un discurso, solicitaba que no hubiera gente pasando frente a ella o haciéndole señas, porque la ponían nerviosa. Atendiendo a su favor, el asesor juzgó hasta muy conveniente el permitirle dar su mensaje como quisiera, pues si titubeaba o leía deprisa, se comprobaría a todas luces el terrible estado emocional en que se hallaba Dinora.

Por fin se cerraron las puertas de la sala de conferencias, asegurándose Dinora de ponerle el seguro interno para que nadie entrara por accidente cuando ella estuviera hablando. Georgina de León tranquilizó a su compañera que ya daba muestras de ligera tensión en su mirada, animándola a despedirse con entusiasmo, prometiéndole a la gente retornar en cuanto ella sanara bien por la experiencia traumática que sufrió. Echándole un vistazo de rutina a la computadora por el cual se transmitiría el comunicado, Dinora manipuló el aparato con delicadeza, mientras de cerca escuchaba a Georgina de León pronunciar algunas partes clave de su discurso de toma de protesta como nueva presidente, haciendo énfasis en la presión constante que ella ejercería para que el Congreso de la Unión eliminara inmediatamente la ley anti aborto o también llamada "ley Severiano".

Ya colocada en el atril y teniendo de pie a su izquierda a Georgina de León, Dinora Dubois Elizondo respiró profundo y exhaló el aire justo cuando la cuenta regresiva marcaba los últimos tres segundos para iniciar la transmisión por las redes de internet:

"Muy buena tarde compañeras y compañeros de lucha de nuestra fundación Mujer, ¡tú decides!, así como de otras organizaciones y al público en general. Con el abrazo afectuoso a distancia, les agradezco sinceramente el haberse preocupado por su servidora debido a la lamentable situación que hace unos cuantos días viví al haber

sido secuestrada por gente de malas intenciones y que tuvieron por objetivo el hacerme mortal daño, lo cual, afortunadamente no sucedió. Durante las angustiantes horas que padecí en la más severa de las incertidumbres, busqué negociar con mis victimarios el poder salir ilesa de sus manos, pero esta gente al parecer, tenía claras intenciones de quitarme la vida. Ya sobre el final, fue la oportuna y excelente preparación profesional de la policía, la que logró intervenir momentos antes de que uno de mis captores me diera muerte. Aprovecho este instante para agradecer profundamente al escuadrón anti secuestros que con total valentía encararon con el poder de sus armas, a los peligrosos criminales que les dispararon de manera cobarde y con ventaja de sobra. Afortunadamente, ninguno de los policías que participaron en este exitoso operativo salió siquiera con heridas leves."

Dinora Dubois casi no leía el texto que le había sido entregado por el equipo de comunicadores. Aquellos, del otro lado de la sala de conferencias se miraban con ojos de asombrosa satisfacción al notar que Dinora pronunciaba al pie de la letra lo que el documento decía, sin error hasta el momento. No por nada el mayor atributo de ella lo seguía siendo su magistral memoria fotográfica.

Luego Dinora hizo unos gestos que nunca había hecho al hablar públicamente. Inclinó la cabeza al tiempo que se tocaba el pecho con ambas manos. Así permaneció unos tres segundos para luego decir:

"Quiero manifestarles ahora, que sin ninguna suspicacia en mi corazón, el hecho de que este viva se debe a que Dios me dio otra gran oportunidad. Repito, Dios me ha dado otra gran oportunidad. Siempre le estaré agradecida por ello. Pues nada se mueve en todo el mundo si Dios no lo quiere."

Los focos de alarma se prendieron en la mente de los consultores de comunicación, gritándose el mismo reclamo: ¡¿Quién le entregó ese discurso a Dinora?! Ese último párrafo no estaba en el texto original. Al no haber aceptación de culpa por parte del redactor principal, que no era sino el jefe de propaganda de la fundación pro abortista, éste dijo enfurecido: "Nos acaba de cambiar el mensaje. ¡Paren la transmisión ahora!".

Por medio de otra laptop que estaba enlazada a las redes sociales por las que Dinora se dirigía al ilimitado público de internet, un asesor le dio click en la opción de detener la transmisión, pero de bote pronto le apareció el siguiente mensaje: "Permiso denegado. Realiza esta operación sólo desde el dispositivo que transmite la video conferencia". El profesional repitió la orden pero el aviso fue el mismo. Rápidamente dedujeron que Dinora Dubois, quién sabe cómo, había bloqueado cualquier intromisión a su video conferencia.

Ella, por su lado, continuó hablando, con ojos tranquilos:

"Dicho esto, les manifiesto también que a partir de este momento, renuncio a la dirigencia de esta fundación en la que puse todo mi empeño y capacidad para lograr objetivos muy específicos, los cuales ustedes y yo bien conocemos, pero que ya no puedo seguir defendiendo, pues son contrarios a lo que Dios quiere."

En el área contigua a la sala de conferencias, procedieron a apagar el modem de internet como remedio efectivo para interrumpir de golpe el video discurso de Dinora. Y en efecto, la red wifi del edificio se vino abajo, pero al usar los datos móviles de sus celulares, los comunicólogos y abogados pusieron jetas de horror al ver que Dinora seguía transmitiendo en las redes sociales, sin interrupciones:

"Ahora me dirijo a toda la gente que me ve, sin importar de dónde sea, pues sé que este medio llega a casi todo el mundo. Mi renuncia irrevocable a la fundación Mujer, ¡tú decides!, se basa en unas cuantas reflexiones que me surgieron a lo largo de los dos días pasados en los que estuve convaleciente en un hospital, a punto de fallecer. Quizá para cierta gente no sea de su interés saber que el tipo de sangre que poseo es la más rara de hallar en la tierra. Me refiero a la sangre RH nulo, que cualquiera puede averiguar lo escasísima que es de conseguir en caso de requerir una donación urgente como fue en mi situación. Pero antes de hablarles de lo que realmente sucedió, quiero que sepan que al haber sido herida durante el operativo en que me rescataron, hubo un amable joven paramédico que llegó a auxiliarme, logrando detener la hemorragia de mi pierna lesionada.

Supe que si no hubiera sido por ese joven, de nombre David, seguramente hubiera muerto a las pocas horas de estar hospitalizada."

Para ese momento, ya se había cortado la energía eléctrica de todo el edificio por orden del equipo jurídico al servicio de Ozzro Egrego, esperando con ello que el resto de las redes de internet quedaran inhabilitadas en la computadora que transmitía el mensaje de Dinora Dubois. Pero de igual forma no ocurrió nada. Se dedujo finalmente que ella estaba usando una fuente de datos móviles y al tener esa laptop la batería repleta, la video conferencia seguía su curso. La opción final fue abrir discretamente el acceso a la sala y apagar el dispositivo de transmisión pero se percataron que Dinora había bloqueado por dentro ambas puertas. Ella siguió hablando con serenidad ante la estupefacta Georgina de León, que no sabía del alboroto de nervios que afuera ocurría:

"En cuanto a la espera para recibir donadores de mi tipo de sangre, me enteré posteriormente que no había esperanzas de que se lograra la complicadísima misión,

pues la persona más cercana a mí, se hallaba en Perú, a unas ocho horas por avión. No obstante este enorme problema, mucha gente compartió con urgencia la información en sus redes sociales, aunque la iniciativa fue de líderes feministas o miembros de este movimiento, por lo que se los agradeceré siempre de corazón. Pues lo que parecía imposible a favor de mi causa, en cuestión de tres horas se resolvió cuando no una, sino dos mujeres donantes llegaron al hospital De la Divina Misericordia, estando yo a punto de sucumbir...de someterme a la muerte.

La sangre de ellas resultó ser RH nulo y en estupendas condiciones para poderme hacer la transfusión sanguínea de inmediato. Y heme aquí gracias a Dios, de pie ante ustedes, dándoles este mensaje.

Sin embargo, muy mal haría yo si antes de culminarlo no les diera cuenta de lo que hay realmente detrás de estos tres acontecimientos, que sin duda, fueron milagros divinos que recibí sin mérito alguno. Pues deben saber, estimada gente que me ve y escucha, que aquel joven socorrista que me detuvo el sangrado antes de ser llevada al hospital, es hijo de una mujer violada, según averigüé hace apenas unas horas. Pero no sólo él... también la primera donadora que me ayudó fue procreada al ser su madre víctima de un ultraje sexual. Por último, la segunda donante de sangre, es defensora pro vida y sus padres dirigen esta causa en gran parte de México desde hace muchos años. También al preguntar sobre esta persona, supe que sin importarle que yo fuera la principal promotora a favor de la instauración del aborto en México, lo único que quiso ella fue salvar mi vida donándome su sangre.

¿Comprenden ahora el por qué he dicho que estos milagros de Dios los he recibido sin merecerlo? Pidiéndoles un juicio sincero en sus corazones, al saber quién es realmente Dinora Dubois Elizondo, la que ahora les habla y reconociendo las acciones terribles que ha hecho... ¿Creen que debí recibir esa ayuda invaluable de aquellas tres personas desconocidas en mí existencia?

Sé que en este momento muchos que abrazan la causa pro aborto no me comprenderán nunca, y que me tildarán de loca o de padecer problemas mentales como consecuencia de la terrible experiencia que sufrí y que a nadie en este mundo le deseo que le pase jamás. Pero no, estimada gente, no estoy desquiciada. Y para muestra, les puedo asegurar que este mundo en el que vivimos no es el único en todo el universo. Esta realidad que experimentamos con nuestro cuerpo y la mente, es como una playa ante un inmenso mar desconocido que por dentro tiene otros mundos submarinos, otras dimensiones inalcanzables. Esto que digo lo sostengo por una extraordinaria y única visión que tuve cuando la luz de mi vida se extinguía en aquel hospital. No puedo narrárselas aquí, pero lo que puedo afirmar sin temor a equivocarme es que ese lugar que pude ver por un breve instante, es el mayor de los terrores, el sitio más espeluznante, cruel y violento en el que ninguno de nosotros quisiera vivir por toda la Eternidad."

Haciendo una corta pausa, Dinora cerró los ojos. Georgina de León, asombrada, notó enchinársele la piel del cuello y las vellosidades de esa zona a su acompañante. Ésta se dispuso a concluir su discurso, suspirando lento:

"Más les invito a no perder la esperanza. Puesto que así como vi aquel sitio de horripilante castigo sin fin, también presencié la más hermosa y poderosa de las fuerzas para contrarrestar al abominable mundo de la maldad. Me refiero al Poder de Dios. Creo con todo mi corazón que al renacer a esta nueva vida que se me ha dado, mis palabras y acciones irán encaminadas a servir en caridad y bondad a mis semejantes, pues tengo mucha deuda pendiente que pagar, empezando por la reconciliación a los que más he herido en estos años. Por lo tanto, anunció que a partir de ahora, no sólo dejaré de apoyar la lucha pro aborto en cualquier terreno, sino que pelearé con todas mis fuerzas abrazando la bandera a favor de la vida, pésele a quien le pese.

Y ahora, les dejo con la nueva presidente de esta fundación a cuyos patrocinadores nada debo agradecerles por haberme involucrado en tan nefasta empresa y de la que espero sea destruida algún día y no quede ni el polvo de su pasado. Por último, si me llega a ver ahora o posteriormente, quiero agradecerle con todo mi afecto a usted, hermana Gudelia, el haber rezado por mí durante mi agonía y después en mi recuperación en el hospital. Tiene usted razón al haberme dicho que esas tres personas que me ayudaron de corazón, David, Miriam y Andrea, fueron milagros de la Santísima Trinidad, Padre, Hijo y Espíritu Santo. Desde hoy y hasta que muera, en punto de las tres de la tarde, rezaré con devoción a La Divina Misericordia. Dios la bendiga hermana Gudelia y también a todos ustedes. Gracias."

Con suma paz, Dinora Dubois Elizondo bajó del atril y desapareció de la cámara. Georgina de León, al contrario, ahora era un manojo de nervios al no saber qué responder tras el mensaje inesperado y fuerte de Dinora. Así que al nunca haberse visto en una situación tan especial, Georgina se dirigió a los diez millones de espectadores que seguían la transmisión desde México principalmente, pero también en Estados Unidos, España, Argentina, Chile, Colombia, Venezuela, Perú y otros países hispanoamericanos.

Haciendo gala de su mirada cautivante dijo:

"Muy buen día, tarde o noche a ti que me escuchas y ves en esta transmisión por el canal de nuestra fundación Mujer, ¡tú decides!. Me presento, soy Georgina de León Herrera, la nueva presidenta tal como lo dijo la compañera Dinora Dubois que acaba de retirarse hace un momento. Antes de comenzar mi mensaje, quiero ofrecerte una gran disculpa por lo que presenciaste hace unos instantes. Estoy bien enterada, gracias a un excelente reporte psiquiátrico, que a nuestra compañera Dinora Dubois

se le diagnosticó un trastorno grave postraumático derivado de la grotesca tragedia al ser secuestrada hace unos días. Por lo tanto, te vuelvo a pedir una enorme disculpa a nombre de Dinora si lo que de ella escuchaste piensas que es cierto. En este momento te lo aclaro: todo lo que dijo, salvo su renuncia a este cargo de presidenta, es totalmente falso. De hecho, nuestra estimada compañera va a salir del país para recibir un estupendo tratamiento terapéutico en Amsterdam, el cual se considera punta de lanza a nivel mundial sobre todo para pacientes con trastornos psicológicos como el de la compañera Dinora. Dicho esto, quédate con la plena tranquilidad de que ella regresará en un tiempo no muy largo como toda una guerrera de la lucha feminista en todas sus vertientes, comenzando con la demanda primordial que seguramente pronto será un hecho. Si, me refiero a la interrupción legal del embarazo.

Y ahora me permito dirigirte el siguiente mensaje asumiendo como presidenta de nuestro organismo..."

En ese preciso momento, la transmisión llegó a su fin. La decisión de cortarla vino del jefe de comunicación, cuyo rostro enrojecido de coraje era similar al de un tomate saladet. El mismo sujeto halló pegada a la laptop una diminuta USB con ancho de banda de internet ilimitado, la cual, en automático autodestruyó todos los archivos que pudieran proporcionar información de la red móvil a la que se había conectado para darle soporte a la videoconferencia de Dinora Dubois. Definitivamente, el minúsculo dispositivo había sido programado por un experto en redes informáticas y se lo entregó a Dinora con sencillas instrucciones uso. También con ese instrumento, el hacker pudo restringir temporalmente las opciones de suspensión de la videoconferencia tal como intentaron hacer los asesores de propaganda al notar el cambio radical del discurso de Dinora.

Por cuanto respecta a Georgina de León, todo el equipo jurídico y de comunicación la reprendió con dureza al cometer un error de los grandes tras prejuzgar sin pruebas a Dinora Dubois sobre su estado mental, ya que no existía el reporte psiquiátrico que Georgina afirmó conocer.

Dinora por su lado, tuvo que enfrentarse a la gente soberbia y autoritaria del magnate Ozzro Egrego tras salir de la sala de conferencias. Primero vio a dos abogadas de Egrego aplaudirle lentamente, a manera de burlón reproche mientras que el jefe de comunicación le gritaba amenazas de hundirla hasta la porquería en los tribunales para que terminara viviendo de la mezquindad o quizá enviarla a prisión. Dinora continuaba con su mirada serena y obsequiando sonrisas a sus adversarios. Pero al querer impedirle la salida del edificio, se toparon con un nutrido grupo de activistas de la organización nacional DEFÍENDEME, liderados por Evelia Méndez y su hija Andrea quienes gritaban consignas para que dejaran ir en paz a Dinora Dubois. Una docena de personas de este contingente transmitían desde sus celulares en tiempo real, informando del atropello que le hacían a Dinora contra su derecho al libre tránsito. Al poco rato, a fin de evitar un escándalo mayor, los abogados de *Mujer, ¡tú decides!* permitieron que Dinora abandonara el recinto, siendo arropada por Evelia Méndez y su contingente.

Desde la pantalla instalada en su estudio privado, Gabriel Rodríguez y su compadre Severiano Magón observaban la triunfal salida de Dinora Dubois Elizondo tomando el brazo de su esposa Evelia, en dirección al Ángel de la Independencia. Severiano, dando un buen sorbo a una copa de vino, le dijo a Gabriel:

- Elegiste bien a tu soldado para esta misión. No hay duda que en esto de la tecnología, eres un chingón compadre.

- Él es el mejor –afirmó Gabriel-. Es un excelente ingeniero en redes, pero además me ha dicho abiertamente que es partidario de nuestra lucha. Hacer esto significa mucho para él.

- Eso es lo que cuenta más –repuso Magón moviendo el vino en su copa-. Que tenga clara cuál es su convicción y la defienda.

Viendo por un momento hacia una de las lozas del piso, la cual tenía una rajadura por la mitad, Gabriel comentó:

- Pero sabes compadrito, ¿qué realmente me sorprendió como hace mucho no me pasaba?

Severiano se encogió de hombros. Gabriel Rodríguez vació el resto de la botella en el cáliz cristalino de su acompañante y le dijo:

- La manera en que Dinora decidió dar este giro a su vida. Tan sólo el buscar un celular que tenía escondido en su casa para conectarse a internet, mientras estaba algo vigilada por algunas gentes de su pinche fundación. Luego hallar a tu hija mediante las redes sociales y enviarle una solicitud de amistad y además el mensaje privado, el cual afortunadamente Andy vio. Luego planificar el envío del ancho de banda móvil, que no fue nada sencillo, pero nos las ingeniamos para que ella recibiera el dispositivo. El resto es historia, ya lo vimos. Esa mujer posee una memoria prodigiosa.

- Siendo sincero –aclaró Magón- yo me habría vuelto loco al realizar los pasos que tu hombre le dio para que la transmisión no fuera cortada, como seguramente intentaron hacer estos gañanes.

- Pero déjame decirte en ese sentido mi querido Seve, que aparte de lo bien que trabajó Dinora con el fin de que todo saliera sin problemas, en realidad su mensaje me impactó bastante. Nunca leyó nada, como si todo fluyera en su mente.

- Concuerdo contigo compadre. Digo, luego de que por poco se va de este mundo, más el robo multimillonario del que quizá no se libre de ser acusada.

- Y no olvides la macabra ejecución frente a ella del mentado Vladimiro – repuso Gabriel.

- Si vaya –continuó Severiano- todas esas chingaderas nefastas, bien pudieron haberla enviado de inmediato al manicomio. Pero como ella dijo segura de sí misma, por algo Dios le dio esta segunda chance. Volvió a nacer.

- Salud por ello, y por ella, mi Seve. Por los buenos tiempos que parecen están cerca– brindó Gabriel alzando copas con Severiano Magón, con el goce indescriptible de ese magistral momento, cuyo sabor a grandiosa victoria por tantos años habrían de recordar.

ΔΔΔ

Hacia las cinco de la tarde, todos los hermanos de Jacinto Cañada Fajardo se despidieron de él en caluroso abrazo, repartiéndole también afectos sus cuñadas y sobrinos. Doña Gumercinda Fajardo quiso ir a descansar a su casa, dándole la bendición a su hijo y dejarlo que disfrutara del resto del día en compañía de Carmina Luna Atanacio.

Sin haberlo planeado, Carmina le propuso a Jacinto lanzarse a la ciudad de Guanajuato, aprovechando la luz natural veraniega. Aquél aceptó fascinado la invitación.

Antes de tomar la carretera hacia aquel destino, Carmina tuvo que detenerse en el Cereso de Celaya para entregar los papeles de liberación que Jacinto no había rubricado. Aquel momento fue raro él, pues al observar como hombre libre el centro penitenciario que le albergó por varios años, sintió que siempre tendría un extraño vínculo con ese lugar, pero no por nostalgia ni buenos recuerdos, sino acaso quizá más por haber hecho lazos de amistad fuerte con auténticos criminales, algunos de peso pesado como asesinos y secuestradores; otros no tan peligrosos pero con el ímpetu de joder a sus semejantes en sus bienes o dineros. Más pensamientos se vinieron a la mente de Jacinto Cañada mientras aguardaba en el auto de Carmina Luna en tanto que ella hacía la entrega de los documentos de libertad de su acompañante.

Una vez llegando a Guanajuato, Carmina estacionó su vehículo cerca del Mirador del Pípila. Ahí contempló muy feliz junto a Jacinto la bellísima panorámica de aquella ciudad capital del Bajío mexicano, deslumbrante siempre por su oleaje añejo y novohispano entremezclado de casas, edificios y templos de colores cálidos en su mayoría. Después, la pareja de ex novios se puso caminar por el casco antiguo, disfrutando del viento refrescante del sur, con lejano sabor a otoño. Al llegar al famoso y estrecho Callejón del Beso, donde curiosamente un par de palomos se cortejaban a pasito corrido en la calle del andador, causando la risita picarona de Carmina, los tomó por sorpresa un agradable mimo de la calle, montándoles su breve show de divertidas

411

muecas y excelentes habilidades en su arte. Entonces de improviso, el cómico personaje le obsequió una escondida y hermosa rosa de pétalos escarlata a Carmina, quien le correspondió inclinándole la cabeza con una cautivadora sonrisa, tal cual Jacinto siempre la había recordado. Luego el mimo le entregó otra flor a Jacinto, a manera de broma, pero con el propósito de que éste le terminara comprando ambos detalles para poder sacar la merienda de la noche. A pregunta expresa de Jacinto sobre el precio de ambas flores, el bufón le mostró una tarjeta blanca donde se leía claramente "50 pesos". Afligida, supo Carmina que su acompañante no tenía un céntimo, pues apenas liberado de la cárcel, dependía económicamente de su madre y sus hermanos. Pero vaya sorpresa le dio Jacinto a ella cuando le extendió un billete de cincuenta pesos al amable mimo quien se retiró muy contento por el mismo lugar del que había salido.

Jacinto le puso la segunda rosa a Carmina en su mano izquierda y subieron por el Callejón del Beso. En ese momento no había gente merodeando, ni siquiera en los balcones de las antiguas casas retocadas de vivos colores, y cuyas mudas paredes guardaban silenciosas la memoria de tantos hechos ocurridos en esa ciudad del Bajío nacional, siendo quizá el más recordado, el de la masacre y saqueo contra la población civil llevada a cabo por las huestes incontrolables de campesinos y reos liberados por orden del gran prócer Miguel Hidalgo y Costilla en 1810.

Carmina detuvo su andar un momento y le preguntó a Jacinto si se acordaba de la leyenda que acogía a ese callejón. Él, un tanto ruborizado, se excusó por su pésima memoria, aunque lo escaso que se le venía a la mente sobre la historia, le daba una débil pista acerca de una tragedia que separó a una pareja de enamorados. Ella le felicitó obsequiándole esa sonrisa que a él tanto le fascinaba. Con calma, Carmina le narró a Jacinto la leyenda del Callejón del Beso incluyendo lo del obligado asunto del ósculo que cualquier pareja de novios debía de darse para tener muchos años de buena suerte. Luego, sin meter prisa al momento, ella se llevó los pétalos de las rosas a su sensual boca, hipnotizando la mirada de Jacinto. Aquél comprendió el mensaje instantáneamente, como si fuera la primera vez en que besó los labios de Carmina en aquella naciente primera juventud de ambos. Dejando pasar unos segundos, como si dudara de lo que iba a hacer, Jacinto finalmente se acercó a lentitud a la cara de Carmina, quien removió las flores hacia su pecho, cerrando los ojos a la par de él.

¡Quítense desvergonzados!", gritó una anciana de rudo semblante que venía bajando por el callejón, al tiempo que los separaba con sus brazos.

El susto les provocó más risas a Carmina y Jacinto que reclamos a la doñita, la cual les devolvió el rostro mostrándoles una amarillenta e incompleta dentadura mal cuidada, aunque al final de cuentas, algo sonriente al haberles gastado esa broma.

Con el momento de inspiración deshecho, los jóvenes treintañeros siguieron su recorrido buscando algún nuevo momento especial, quizá en el mirador de la ciudad. Entonces, el teléfono de Carmina sonó al recibir una llamada de Gabriel Rodríguez, la cual contestó de inmediato. Ella quería agradecerle su invaluable ayuda por haber contribuido a la libertad y exoneración de Jacinto Cañada Fajardo. Pero Gabriel, apenas saludándola cortésmente, la dispuso a ver el mensaje final que Dinora Dubois Elizondo había difundido por redes sociales horas atrás, haciéndose tremendamente viral por todo México y otros países del orbe.

Carmina así lo hizo junto a Jacinto. Escuetamente le dijo que su futuro jefe le había pedido ver de inmediato aquel polémico discurso que bajo los hashtags *"Yo con Dinora"*, *"Dinora es provida"*, *"Todos con Dinora"*, *"Dinora chingona"*, etc, seguía expandiéndose como reacción nuclear en cadena. Cuando Carmina y Jacinto checaron todo el video, incluyendo el mensaje que alcanzó a dar Georgina de León, aquella miró a Jacinto con desafiantes ojos y le dijo:

- Es momento de regresar a la Ciudad de México. Y anhelo pronto verte allá, para que comiences tu nuevo trabajo.

- Espera, Carmi. ¿Todo está bien?

- Jacinto, no hay problema contigo, disculpa. Pero en lo que a mí respecta, ha llegado el tiempo de ajustar cuentas con alguien que casi se sale con la suya.

- No entiendo –dijo Jacinto preocupado.

- Digamos querido mío –y Carmina le dio un beso en la comisura de los labios – que si esta persona hubiera cometido su plan conmigo, tú nunca habrías salido de la cárcel.

Hacia el horizonte del devenir social y político de México ya se encontraban sendos nubarrones que provocarían una de las más duras tormentas en la historia de la nación. El primero de esos nubarrones anunció su presencia como un trueno de reverberante efecto reflexivo, al haberse difundido a gran amplitud, el mensaje de renuncia de Dinora Dubois al movimiento pro aborto para convertirse de inmediato en defensora del derecho a la vida desde el momento de la concepción. El debate nacional sobre dicho asunto tan polémico era ya algo añejo, pero nunca había tocado las fibras más sensibles de los partidarios pro vida como los que clamaban la libertad absoluta de las mujeres a decidir qué hacer con sus propios cuerpos.

El segundo nubarrón abarcaba el intenso y delicado tema de la pena de muerte para los delitos de secuestro y homicidio doloso. De hecho, bajo esta posibilidad de sentencia, había ya un millar de personas –la mayoría hombres– en cuyos juicios los fiscales iban a solicitar la mortal condena en caso de que se les demostrara la culpabilidad. Y como a diario se sumaban nuevos sospechosos de estos crímenes –tan sólo los fulanos capturados que tuvieron participación en el secuestro de Dinora Dubois y

Vladimiro Padroza- la fisura entre los partidarios de la pena capital como los que bus-caban prohibirla, lejos de reducirse, seguía fracturando a la sociedad mexicana.

Con la elección presidencial a la vuelta de la esquina, la incertidumbre mane-jaba a su antojo por el sendero político de México, cuyo futuro se disolvía en un caos burbujeante tal cual la pastilla efervescente hacía lo mismo en el vaso con agua que se disponía a beber el encabritado magnate multimillonario Ozzro Egrego, expulsando su ira a lentitud mientras contemplaba una bellísima puesta de sol desde su lujoso penthouse al cual había llegado por helicóptero, sobrevolando la incesante marea de automóviles, transporte urbano y un hormiguero de gente que se movía por las abun-dantes arterias viales de la Ciudad de México, ciudad en la que Egrego iba a quedarse el tiempo necesario, elucubrando todo tipo de planes de día, tarde, noche y de madru-gada, hasta que pudiera imponer en la presidencia de la República al títere que le cumpliera todos sus oscuros intereses.

AGRADECIMIENTOS

Siempre estaré agradecido con Dios por la vida que me ha dado, las experiencias que me han curtido y los momentos cruciales para cambiar a tiempo el derrotero de este libro que estuvo a punto de perderse a la deriva.

Y a ti, amable lector o lectora que has elegido leer el texto que ahora está frente a tus ojos, espero te deje más de una profunda reflexión, principalmente con el ánimo de hacer una sana crítica sobre él.

Luego se me viene a la memoria tanta gente que de alguna forma u otra han influido o aportado con ideas o comentarios para enriquecer esta obra a lo largo de los más de nueve años que me tomó escribirla.

En primer lugar, estoy en deuda con mis estudiantes de preparatoria, que pusieron las primeras piedras de esta novela al apasionarse en los debates sobre los temas tan polémicos como el aborto y la pena de muerte en México.

De parte de mi estimado César García Ramírez, recibí apoyo para realizar algunas investigaciones relevantes así como valiosos consejos para darle mejor estructura a la novela.

También agradezco mucho los comentarios de los participantes en el taller de creación literaria a cargo del poeta Arturo Santana, quienes pudieron conocer extractos de los primeros capítulos de mi obra entre 2013 y 2015.

Ideas clave de la misma surgieron durante algunas estancias en la casa rural de mi amigo Chava Ávalos, a quien siempre le agradeceré por su amable hospitalidad y excelentes charlas contemplando la belleza del campo huimilpense.

Finalmente, mi reconocimiento con todo cariño para mi madre Yeya, que fue la primera lectora del borrador y quien me señaló no solo errores ortográficos y de dedo; en realidad recibí sus impresiones con mucho aliciente para completar la tarea de ver publicada esta obra.

ACERCA DEL AUTOR

Oriundo de Santiago de Querétaro, Yiosef Ávila (1976), es sociólogo y ejerce desde el 2004. Como parte de su formación académica y también del ejercicio profesional, convivió con algunas comunidades rurales de su estado natal así como de la serranía poblana y de la region montañosa de Asturias, observando parte de sus costumbres e idiosincrasia. También se ha desenvuelto en el campo de la docencia a nivel bachillerato y universitario.

En el ámbito político y de gobierno, ha colaborado en algunas campañas electorales como asesor de imagen y de discurso, así como analista del entorno social.

En cuanto a su trabajo en medios de comunicación, fue articulista del semanario Tribuna Universitaria (Hoy Tribuna de Querétaro), reportero del Municipio de Querétaro y por más de quince años productor y comentarista de XHXUAQ 89.5 FM en la capital queretana.

A merced de un maléfico viento, es su primer trabajo literario publicado de manera independiente y con la cual pretende navegar por la mente de los hambrientos lectores tratando de hallar su espacio correspondiente en el incensante y vasto mundo de la novela tanto en formato electrónico como impreso.

Para comunicarse con el autor:

YiosefAvila@protonmail.com

Página de Facebook: Yiosef Ávila

Í N D I C E

PARTE DOS. Cicatrices, Cicatrices

Made in the USA
Columbia, SC
21 November 2022